처음 만나는 고양이 세계문학 단편

고양이를 읽는 시간

일러두기

1. 한국어판 독자들의 이해를 돕기 위해 넣은 옮긴이 주*는 본문 하단에 실었다.
2. 외래어 표기는 일차적으로 국립국어원 표기법을 따랐지만 현재 더 널리 통용되는 표기는 예외적으로 그대로 사용했다.

처음 만나는 고양이 세계문학 단편

고양이를 읽는 시간

A. S. 다운즈 / H. P. 러브크래프트 / P. G. 우드하우스
데이몬 러니온 / 마르셀 프레보 / 마크 트웨인
메리 E. 윌킨스 프리먼 / 사키 / 스티븐 빈센트 비네이
아널드 베넷 / 앤드류 바턴 '반조' 패터슨 / 어니스트 헤밍웨이
에드위나 스탠턴 밥코크 / 에디스 네스빗 / 에밀 졸라
오노레 드 발자크 / 제롬 K. 제롬 / 찰스 더들리 워너
찰스 몰리 / 파멜라 사전트 / 프레더릭 스튜어트 그린
프리츠 라이버 / 헨리 슬레사

지은현 엮고 옮김

꾸리에

차례

실눈을 뜨고 삶을 보라

타다 남은 불씨 앞에서 고양이가 들려준 이야기

책을 엮어내며

한 시간의 사투 끝에 사산한 핏덩이를 뒤도 안 돌아보고 버린 뒤 다시 종이상자 안으로 엉금엉금 기어가 나머지 새끼들을 하나하나 출산하던 어미 고양이를 지켜본 뒤로, 두 마리 새끼를 마당에 남겨두고 떠났다가 간혹 들러 멀찍이서 바라보는 어미를 우연히 발견한 뒤로, 그 흔들림 없는 깊은 눈빛에서 외로움은 자신의 생과 주어진 생존의 조건을 홀로 감당해내려는 고투 외에 다른 무엇도 아님을 알았다. 산 것들의 눈망울을 열기 위해 죽음과 슬픔을 돌아보지 않던 악착스러운 어미의 눈빛에서 아무리 가혹한 조건 속에서라도 생은 살아져야 한다는 것을 알았다. 비린 먹이를 먹고 열심히 입을 닦는 어린 고양이를 보면서, 새끼와 먹이를 두고 다투지 않기 위해 길을 떠나는 어미 고양이의 외로움을 상상하면서, 길바닥을 떠돌지라도 제 혀로 온몸의 털을 단정히 하는 존재의 품위와 마주치면서 나는 이 존재의 거울에 내 힘겨운 일상을 비춰보고 내 삶을 위로받았다.

존재하는 모든 것들은 이유를 지녀야 하며, 그렇지 않은 것들은 그저 목적도 없이, 그러므로 의미도 없이 살아가는 아무짝에도 쓸모없는 존재들이란 것이 요즘 세상의 시선이다. 하지만 어쩌랴. 세상은 그저 그냥 거기 그대로 있을 뿐인 하찮은 존재들로 가득한 것을. 살아가기 위해서는 살아갈 수 있는 권리가 있어야 한다고, 네가 존재해야 할 이유를 네가 증명해 보이라고 세상이 각박하게 우리를 다그치는 이 시대에, 가장 하찮은 존재인 고양이가 떠오르는 것은 어쩌면 당연할지도 모른다. 자매처럼 엮어낸 『개 세계문학 단편』처럼, 어느 날 여러 문필가들이 그려낸 문학 속 '고양이의 세계'는 어떤 모습일지 궁금했다. 그러나, 없었다. 이 책을 엮고 옮긴 이유다.

기준이 있어야 했다. 인간이란 쓸데없는 일을 벌여놓고 한없이 괴로워하는 존재라고 비웃는 나쓰메 소세키의 오만한 고양이라든가, 에드거 앨런 포의 오싹한 『검은 고양이』, 인간들의 추악함을 들쑤시는 사키의 『토버모리』처럼 국내에 이미 여러 번 번역된 유명 작품들은 일찌감치 목록에서 제외했다.

그리하여 마주한 고양이들은 사람들에게 먹을 것 좀 내놓으라고 위풍당당하게 주장하는 한때 집냥이었던 길냥이(에드위나 스탠턴 밥코크의 『어느 고양이의 일기 중에서』), 길 위의 생 전체가 고해라는 것을 가죽밖에 안 남은 몸으로 말해주는 노랑이(프레더릭 스튜어트 그린의 『대나무숲 고양이』), 오지 않는 이를 하염없이 기다리는 일을 통해 외로움은 각자의 몫이므로 다른 외로움에 견주지 말라는 산속의 고양이(메리 E. 윌킨스 프리먼의 『더 캣』), 어차피 서로의 거리를 좁히는 일은 이생의 과제가 아님을 통해(마르셀 프레보의 『여자와 고양이』) 먼지처럼 작아지고 깃털처럼 가벼워질지라도 존재의 존재하려는 몸짓만큼 처절한 것은 없다는 것을 보여주는 고양이들이었다. 그리고 이 이야기들은 당연히 고양이들의 이야기지만, 알다시피 우리들 인간에 대한 이야기이다.

존재의 몫을 정직하게 살아내는 고양이들을 통해(찰스 더들리 워너의 『캘빈—품격 탐구』, 오노레 드 발자크의 『어느 영국 고양이의 비애』) 생의 위엄을 보여주는 고양이들도 있고, 인간이란 외로운 정신의 거울에 비친 잔영을 사랑이라는 이름으로(데이몬 러니온의 『릴리안』, 헨리 슬레사의 『고양이, 나의 아버지』, 아널드 베넷의 『고양이와 큐피드』) 완성해주는 고양이들도 있다. 또한 리처드 도킨스 왈, "영어로 가벼운 희극을 쓰는 작가들 중 가장 위대한 작가"인 P. G. 우드하우스의 글 네 편을 처음으로 선보이니 그 위대함을 몸소 느껴보시기 바란다. 여기 실린 작품들은 시기적으로는 19세기 이후이고, 영미 작가들뿐 아니라 유럽과 호주 작가의 목록도 포함되어 있다.

에밀 졸라는 『고양이의 천국』에서 '자유로운 고양이는 감옥을 대가로 깃털로 만든 방석이나 고양이용 고기를 절대 맞바꾸지 않는다'고 한다. 집고양이에 안도하고 길고양이를 연민하는 나는 나의 외로움을 위해 자유의 감옥을 만든 건 아닐까. 귀여움 담당이던 막내 고양이가 가출하여 돌아오지 않던 며칠을 울었던 것은 나의 허전함 때문이었을까, 아니면 그가 겪을지 모를 비참함 때문이었을까. 먹이와 거처와 안전을 보장받는 집고양이로 사는 게 행복할지, 아니면 길에서 태어나 떠돌이가 되어 주린 배로 살아도 거리와 담과 지붕을 넘나드는 자유로운 삶이 행복할지에 대한 질문은 이 책을 읽는 내내 아마 어지러운 발자국만을 남길 것이다. 나비의 자리를 빼앗지 않고서도 나비가 되어 날 줄 아는 그들을 보면서, 문득문득 지상을 걷는 네발이 얼마나 외로움으로 비워질 수 있으면 공중을 걸을 수 있을까 부러워하면서, 하늘 아래 혼자임을 아는 짐승만이 견딜 수 없는 지상의 비루함을 박차고 공중을 날 수 있다는 사실을 알면서도, 나는 아직은 공존의 조건이 마련되지 않은 이기적인 인간 세계로의 출가를 허락하지 않지만……. 처음으로 묶은 이 '고양이 책'이 여러분에게 뜻하지 않은 위로와 같은 선물이 되기를 바라며.

2017. 늦가을. 엮은이 지은현.

오래된 욕망이 나를 사로잡았다

고양이들의 가장 큰 특권은 우아하게 떠나는 행실에 있는 거야.

몸단장을 하러 어디로 가는지 아무도 알지 못하게 해. 아름답다고 생각할 때만 자신을 드러내. 네 외모에 속아서 모든 사람들이 너를 천사로 여기도록 말이야.

에드위나 스탠턴 밥코크 어느 고양이의 일기 중에서

월요일— 몹시 변덕스럽고 칙칙한 날씨 때문인지 무척 축축하고 불쾌하다. 오늘 아침에는 일찍 일어나야만 했다. 가끔씩 머물렀던 집의 요리사가 내가 간밤에 지낸 난로 옆 석탄통을 쓰고 싶은 것처럼 보였기 때문이다. 나는 한동안은 내게 쓸모가 없으니 이제 가져도 좋다는 뜻을 그녀에게 전했다. 그러면서 아침을 어디서 얻어먹을 수 있는지 알려주면 고맙겠다는 뜻을 어쩔 수 없이 내비쳤다. 그녀는 나를 문밖으로 쫓아냈다. 나는 돌아서서 책망 섞인 표정으로 요리사를 요리조리 뜯어봤다. 그녀의 발이 별로 우아하지 않은 것을 보고는 진작에 불길한 징조를 알아봤다. 아니나 다를까, 나는 요리사의 발길질에 쫓겨나던 방향으로 붕 나가떨어졌다. 그러한 재앙은 종종 우리를 우유부단함에서 구해준다. 어떤 방향으로든 쫓겨나는 것이 그 자리에 있는 것보다는 낫다. 나는 어스름하게 동이 터오는 가운데 물웅덩이 가장자리를 빙 둘러서 어렴풋이 보이는 쓰레기통 쪽으로 조심스레 걸어갔다. 별로 관심을 둘만 한 것을 거의 보지 못했지만, 쓰레기통 주변을 천천히 걸으면서 예리하게 살펴본 뒤 마침내 쓰레기더미 속에 반쯤 박혀있는 조그만 닭뼈다귀를 발견했다. 어느 정도 공들여 뼈다귀를 끄집어내고는 맛있게 식사를 했다. 아침식사를 마친 뒤에는 최대한 외모를 가꿨다. 날씨가 형편없이 나빴기에 온종일 화재 대피용 비상 사다리를 오르락내리락하며 재미없이 짧게 소풍하거나 랙펜스Rack Fence가를 거닐면서 따분하게 보냈다. 그러다 드디어 햇빛이 비쳤고, 있기 편해 보이는 현관 계단을 발견하고는 남은 시간 동안 조용히 사색하며 보냈다.

화요일— 오랫동안 말뚝 박힌 울타리로 둘러싸인 정원이 무척이나 궁금했다. 지붕 위에 나 있는 내 전용 산책로로 매일 지나가는 곳이다. 나는 정원을 내려다보려고 툭하면 가던 길을 잠시 멈추곤 했고, 정원이 나오는 똑같은 꿈을 세 번이나 꿨다. 꿈속에서 어찌 된 일인지 정원으로 들어갈 수 있었고, 그 멋들어진 풍경 속에 있는 게 그렇게 즐거울 수 없었다. 대담한 모험과 재미난 오락거리가 부족한 줄을 몰랐다. 왜냐하면 여기저기서 경쾌하고 날렵하게 움직이는 흰쥐떼들에게 넋을 빼앗겼을 뿐 아니라, 나를 유혹하는 새들이 나무들 사이로 훨훨 날아다녔기에 제일 좋아하는 사냥과 먹잇감 놀이를 할 수 있었기 때문이다. 이 온갖 즐거움 외에도, 우유를 내뿜는 분수가 햇빛을 받으며 저 높이 빙글빙글 돌아가고 있었고, 그 분수의 커다란 물웅덩이에서는 빛깔 고운 금붕어가 이리저리 헤엄쳐 다니며 내 시선을 끌려고 갖은 애를 쓰고 있었다. 꿈이 워낙 생생했기에 정원에 들어가려고 온갖 방책을 다 써봤지만, 기어들어 갈 수 있는 좁은 틈새를 발견하지 못했다. 지붕 위를 돌아다닐 때 나는 항상 이 목표를 명심했다. 나는 가능한 모든 관점에서 들어갈 수 있는 상황을 재보고 추정하면서 주의 깊고 정확하게 살폈다. 그러다 드디어 네 번만 뛰어오르면 정원 입구에 다다를 수 있겠다는 생각이 들었다. 점프를 시도한 결과 처음 세 번 뛰어오르는 것은 실제로 가능했지만, 연달아 네 번 뛰어오르는 것은 아주 기묘한 재주가 있어야 한다는 사실을 깨달았다. 아직 내 기량으로는 부족하다는 것을 입증했지만, 꼭 네 번의 점프를 해내고 말리라 다짐했다.

이 네 번의 점프는 계속해서 실패했다. 거의 불가능한 도약을 확실히 이뤄낸 친구들은 네 번의 점프에 수반되는 위험성에 대해 경고했다. 하지만 밑으로 기어들어 가지 못한다면 위로 뛰어넘는 수밖에는 없다. 그래서 나는 지금까지 점프를 연습하고 있다. 맨날 한결같이 자빠져서 맨날 한결같이 네발로 엉덩방아를 찧지만 말이다.

수요일— 오늘은 겨울용 주거지로 지하실에서 나무통 중 하나를 사용하는 것과 관련하여 상의하려고 식료품점 주인을 만나러 갔다. 나는 죽은 쥐들을 대가로 지불하겠다고 제안했다. 그리고는 견본용으로 그 즉시 하나를 보여줬다. 그는 죽은 쥐를 가지고 자기가 무엇을 할 수 있는지 물었다. 나는 그게 참 어리석은 질문이라고 생각했다. 왜냐하면 살아있는 쥐들을 가지고는 어떤 용도로도 사용할 수 없다는 것을 봐왔기 때문이다. 그래서 나는 그에게 죽은 물고기도 아주 잘 팔아왔으니까 죽은 쥐들도 팔아야 한다고 제안했다. 내 태도에 무슨 문제가 있길래 식료품점 주인이 그토록 화가 났는지 모르겠다. 그 사람은 꼬리가 없기 때문에 나는 그 사람의 분노가 솟구치고 있다는 사실을 알아챌 수 없었다. 그래서 나는 그가 내 목덜미를 쥐고 거리로 내팽개쳤을 때 이만저만 놀란 것이 아니었다. 항의할 겨를도 없었다. 그때 내 느낌은 말로 다 할 수 없다. 공중에서 빙글빙글 돌면서 날아가다 보면 아픔도 없어진다. 거꾸로 뒤집혀졌는지 옆으로 누워있는지도 모를 때, 게다가 종잡을 수 없는 미로에 얽혀 계속 빙글빙글 돌아가는 시점에서, 내가 느낀 바를 기록하는 것은 거의 불가능하다. 그때 나는 나를 둘러싸고 있는 환경에 대하여 굉장히 흥미로운 시각을 얻게 되었다는 점만을 말해두겠다. 그 느낌들을 더 명확하게 기억해낼 수 없다는 것이 유감이다. 하지만 재빠르고 낮

부끄럽게 빙글빙글 돌아갔던 때를 상기하면서, 나는 우리가 타인들의 자세를 올바르게 판단하기 위해서는 우리 스스로가 얼마나 똑바로 서 있어야 하는지를 알았다. 식료품점 주인이 나를 내팽개칠 때, 내 눈에는 식료품점 주인이 머리로 서 있는 것처럼 보였지만, 사실은 내가 공중에 떠 있었기 때문에 그의 자세를 오해했던 것이었다. 말했듯이 날아가는 내 속도는 엄청났고, 비록 네발로 내려앉았지만 식료품점 주인과의 거리는 믿을 수 없을 정도로 멀었다. 다행히도 나는 마음의 평정을 되찾으며 다시 방향을 돌려 식료품점 주인이 한 행동을 조금도 수긍할 수 없다는 듯한 눈길로 요리조리 뜯어봤다. 내가 보기에 그가 성급한 나머지 중대한 실수를 저질렀으며, 그런고로 더 이상 폐를 끼치지 않을 거라는 말을 전하기 위해서였다. 그런 다음 식료품점 주인이 보고서는 횡령할 것이 뻔한 견본 쥐를 그곳에 남기고 온 것을 후회하면서 골목길을 걸어 내려갔다.

금요일— 한동안 목소리를 가다듬는 것에 흥미가 생겼다. 쉽게 만들어 낼 수 있는 어떤 음색을 찾아서 비범한 가창력을 가진 소리로 발전시키려는 것이었다. 저녁 늦은 시간에, 나는 백펜스Back Fence가에 편안하게 자리를 잡은 뒤 이러한 음색을 연습했다. 나는 대단히 아름답고 감미로운 소리를 얻으려고 연습에만 매달렸다. 나와 같은 야심을 가진 친구가 한둘 더 있어서 우리는 매일 밤 같은 곳에 모여 얼마나 진척했는지를 서로 비교하자는 데 선뜻 동의했다. 목소리를 가다듬으려고 무진장 애를 쓰자 우리와 한집에 사는 식구들이 우리들에게 불현듯 강렬한 호기심을 보이기 시작하더니 종종 경외심과 놀라움이 뒤섞인 감탄사를 외쳐댔다. 우리는 풍부한 감정을 표현할 수 있는 여러 멋들어진 음색을 화음으로 결합할 셈이다. 그것은 "열망의 화음" 혹은 "헤아릴 수 없이 비통한 노래"로 불릴 것이고, 고음과 저음의 곡조를 오가며 깊은 울림을 가진, 구슬프게 하소연하는 성격의 노래가 될 것이다.

월요일— 네 번의 점프를 계속해서 연습했지만 실패한 뒤, 푸줏간 주인에게 가서 고기를 한 점 얻으려고 시도했다. 나는 일찌감치 안으로 들어가서 "살려면 먹을 게 있어야 하니까요"라고 사람들이 말 할 때처럼 당당한 태도를 취했다. "먹으려고 사는 게 아니고?" 푸줏간 주인이 쏘아붙였다.

푸줏간 주인은 무뚝뚝하고 매서운 남자다. 말이 짧은 것은 그가 추구하는 기질에 영향을 받았기 때문이다. 고기를 썰거나 자르는 것보다 더 재빠르고 순식간에 해치우는 일도 없다. 푸줏간 주인은 정확성과 간결성을 표현하는 방식을 찾아내는 데 크게 성공했다. 나는 그가 나를 잡을 수 없는 넓은 건조대 위로 뛰어올랐다.

"썩 꺼지지 못해, 이 짐승아!" 주인이 외쳤지만 나는 발톱으로 부드럽고 통통한 살을 더 깊이 파헤쳤다. 그러자 주인은 나를 미끼로 유혹했다. 불그스름한 육즙이 줄줄 흐르는 살코기 토막으로 유인해서 내려오게 하는 순간, 나는 그 살코기를 입으로 낚아채 정육점 바깥으로 달려나가 쓰레기통 뒤에서 먹어치웠다. 사람들은 궁핍하면 정신상태가 날카로워진다고 말한다. 하지만 굶주려 죽을 지경으로 날카로워지면 제정신으로 있기가 힘들어진다. 상당한 정도가 되면 궁핍함 때문에 녹초가 되기 때문이다.

화요일— 여러 번 실패한 뒤, 드디어 잠자기에 가장 바람직한 곳을 발견했다. 공원 입구의 정문에 있는 큼지막한 흰색 항아리 중 하나를 쓰기로 했다. 커다란 떡갈나무 가지가 정문 위로 넓게 드리워져 비바람이 들이치지 않는 널찍하고 품격 있는 물건으로, 떡갈나무 가지에서 항아리 속으로 눈송이처럼 사뿐하고 유려하게 뛰어내릴 수도 있다. 그곳에서 나는 고독하고 우울하게 지냈다. 달빛은 숲 속에서 희미하게 빛나는 차가운 여러 조각상들을 드러내고, 작동하지 않는 분수는 새하얀 빛줄기 속에 휩싸여 있다. 이기적인 존재가 되고 싶지도 않고, 사내자식으로서 잠자리에 대한 분별력도 기르고 싶어서 나는 우연히 알게 된 '악마 점박이'란 고양이를 초대하여 다른 한 항아리를 쓰도록 했다. 점박이는 완강하게 거절했다. "나는 상징하는 바가 없는 곳에서는 자고 싶지 않아"라고 부루퉁하니 말하는 본새로 봐서 창피해하는 것 같았다. 하지만 점박이는 어리석고 근거 없는 편견을 가지고 있으며, 태생적으로 거칠고 미신을 믿었다. 그와 그의 두 친구인 '까치발 난봉꾼'과 '검댕이 좀도둑'은 이상한 3인조를 이루었다. 외모에 전혀 개의치 않았으며, 난폭하고 반항적인 태도로 봐서 심히 으스대며 허세를 부릴 것 같은 인물들이었다. 하지만 그들이 나누는 대화와 모험담은 무척 흥미로웠다. 나는 그들이 굉장히 입담이 좋고 정확한 단어를 구사한다는 것에 주목했다. 오히려 인습적인 것이 결여된 면이 그들을 독창적이고도 설득력 있는 화술을 구사하게 만든 것이었다. 그리하여 나는 이러한 질문을 던진다. 오로지 방랑자나 사회적으로 추방된 자만이 철저하게 명백한 진실들을 전할 수 있는 걸까? 난봉꾼만이 자기 생각을 숨김없이 말할 수 있는 걸까?

화요일— 온화한 날씨다. 봄이 오고 있나 보다. 아침에 텅 빈 하수관 속을 이리저리 헤매다니며 보냈다. 남몰래 은밀하게 다니는 여행으로, 나는 그런 게 무척 재미있다. 먹고 싶은 것들을 종종 이 하수관 속에 감춰놓고는 나중에 찾아 먹는다. 단 하나 어려움이 있다면, 하수관들이 다 똑같이 생긴 데다 서로 다른 길거리들까지 길게 쭉 늘어져 있어서 어느 곳에 뼈다귀나 베이컨 껍질을 보관해 놓았는지 종종 기억해내기가 어렵다는 것이다. 때로는 그 숨겨둔 보물을 찾아 엄청난 거리를 헤매다니지만, 결국엔 틀린 하수관으로 들어왔다는 것만 알게 될 때가 있다. 하지만 여행은 재미있으며 본의 아니게 자주 흥미로운 곳으로 데려다주기도 한다. 오늘 아침, 하수관 끝에서 햇빛이 쏟아지는 바깥으로 나왔을 때 나는 개 사육장에 있다는 걸 알게 됐다. 나는 사육장이 텅 비어있다고 결론 내렸다. 문 옆에는 우유가 든 접시가 있었다. 갈증을 풀려고 멈춰 선 순간 사육장 바깥으로 뛰어나와 사납게 욕설을 퍼붓는 늙은 눈먼 동물의 습격을 받았다. 나는 뒤로 물러섰다. "부인, 오해가 좀 있으신 거 같은데요." 내가 말했다.

"잘못은 네가 했어!"라고 늙은 동물은 쏘아붙이더니 끔찍한 저주의 말을 퍼부으며 "여기서 꺼져!"라고 했다. 여자가 불쾌한 성미를 드러내자 나는 완전히 낙담했다. 내가 우유에 관심을 보인 것은 단지 우발성 관측의 정확도를 시험하려는 노력의 일환일 뿐이라고 설명하고 싶었지만 참았다. 나는 아주 정나미가 확 떨어져서 하수관 속으로 냉큼 되들어갔다.

수요일— 며칠 전, 여가를 피젼 플레이스Pigeon Place에 있는 가죽나무 밑에서 자연학습에 바치고 있었다. 나는 천진난만하게 뛰어다니는 참새 떼에 온 신경을 집중하려고 노력하고 있었다. 그중에서 꾸밈없는 교태를 부리는 한 마리가 특히 내 관심을 끌었다. 그 참새가 내게 드러내는 요염함이 퍽 즐거웠기에 나는 참새에게 더 가까이 다가갈 방법을 찾아내려고 애썼다. 왜냐하면 세상에서 조막만한 참새만큼 내성적이고 수줍어하는 동물도 없기 때문이다. 나는 참새가 앉아있는 굵은 나뭇가지를 따라 살금살금 나아가고 있었다. 참새는 무척이나 수줍어하며 나를 바라보고 있었다. 그때 나는 다른 누군가가 나무에 오르고 있다는 것을 알고 화들짝 놀랐다. 내려다보니 '악마 점박이'가 나무에 잽싸게 오르고 있었다. 나는 나뭇가지 뒤로 숨었지만, 예리한 점박이가 나를 놓칠 리 없었다. 점박이가 접근하자 참새들은 재미있는 놀이를 그만두고 날아가 버렸다. 나는 좌절했고, 점박이의 어설픈 짓으로 인한 원통함을 감출 수 없었다. 점박이는 멈춰 서더니 나를 찬찬히 뜯어봤다.

"야, 쥐방울만한 새들을 쫓고 있었냐?" 특유의 거친 말투였다.

나는 짜증이 났다. 그리곤 짜증 난 걸 망설이지 않고 드러냈다. 커다란 나뭇가지 위로 더 멀리 올라가 버린 것이었다. 점박이가 따라왔다. "삐치기는." 점박이가 얼레리꼴레리하며 놀려댔다.

나는 점박이를 마주 보고 차갑게 멸시하는 듯한 표정을 지었다. "너 진짜 상거지처럼 보인다." 자기 모습이 얼마나 꾀죄죄한지 알아차리라는 식으로 말했다. 녀석의 꼬락서니는 최악으로 더럽고 끔찍했기 때문이었다.

점박이는 돌아서서 발톱을 나뭇가지에 긁어대며 시비조로 말했다. "이야, 손 좀 봐줘야 쓰겠네! 생긴 거 하고는 꼭 동물 모양의 과자 같은 게! 야, 넌 꼭 반점이 없는 표범 같다야!"

그 말투에서 나는 세상에서 제일 솔직한 녀석이 상처를 받았다는 것을 알았다. 그래서 좀 더 온화한 말투로 나를 방해하는 이유를 물었다. 점박이는 말없이 잔가지를 한두 개 씹어대더니 "덤벼"라고만 대답했다.

나는 즉시 흥미가 생겼지만 주저했다. 네 번의 점프나 연습해야겠다는 생각과 함께, '쥐골목 협회'도 싫었다. 점박이는 나를 경멸스럽다는 듯 노란 두 눈의 동공을 세로로 가늘게 모으면서 노려보았다. 마침내 내가 말했다.

"아니, 난 여기에 있을 거야. 싸움의 당사자가 되지 않는 게 내 원칙이라는 것을 알아 둬."

점박이는 땅으로 풀쩍 내려가더니 나를 한심해 죽겠다는 눈빛으로 보았다. "원칙?" 점박이가 코웃음쳤다. "원칙이래! 이야, 싸움의 당사자가 되지 않겠다고? 그래, 거기 나뭇가지에 앉아서 쥐방울만한 새들이나 구경해라! 세상에, 원체 고귀하셔서 싸움의 당사자가 되고 싶지 않으시대. 세상에나!" 욕을 퍼부으며 비웃은 뒤, 앙칼지고 모질게 "잘 먹고 잘 살아라, 이 대박 원칙주의자야!"라고 말하고는 '쥐골목Rat Alley' 쪽으로 난 울타리를 따라 달려갔다.

목요일— 오늘 아침 우리 엄마와 오래도록 알고 지냈던 친구분과 재미있는 토론을 했다. 우리의 대화는 진지한 문제로 옮겨갔고, 나는 그 친구분에게 고양이 목숨이 아홉 개라는 이론을 믿는지 물었다. 그분은 자기가 실제로 일곱 번이나 살아났기 때문에 확실히 안다고 대답했다. 그러면서 내게 적어도 여분으로 한 개의 목숨을 확보하지 않고서는 네 번의 점프와 같은 경솔한 모험을 하지 말라고 경고했다.

토요일— 어느 어린아이의 집에서 어제 오후와 저녁을 보냈다. 그 소녀는 대구가 그려진 종이를 갖고 있었는데 그만 그 그림에 혹해서 따라갔던 것이다. 아이가 사는 집은 무척이나 따뜻하고 쾌적했으며, 나는 타오르는 난로 앞에 비스듬히 누워서 이런 집에 사는 이점을 고려해 보았다. 한때는 나도 살면서 누군가의 소유였던 게 틀림없다는 생각이 곧잘 들곤 했다. 나를 걱정해주고 내게 애정을 쏟던 살가운 사람이 입었던 부드러운 옷에서 나던 향기와 애정 어린 손길로 어루만지던 느낌을 떠올릴 수 있기 때문이다. 비록 희미하긴 하지만, 나를 껴안았던 섬세한 하얀 손과 꼭 끌어안았던 가슴에서 나던 향내를 기억할 수 있다. 어찌하여 그 모든 편안한 환경에서 분리된 것인지 나는 알지 못한다. 하지만 그건 오래전 일이고, 현재의 내 삶에는 하나도 중요하지 않다. 이제 나는 닫혀 있는 환경을 견딜 수 없는 데다 친절한 마음씨를 가진 사람이 잠시 머물게 해줘도 예외 없이 거리의 마법에서 헤어 나오지 못하기 때문이다. 그 마법은 근심 걱정 없는 안락한 생활로부터 나를 빠져나오게 하고, 방랑하는 삶이 얼마나 신비롭고 긴장감이 도는지를 실감 나게 해준다. 바로 어제만 해도 그랬다. 다과로 내온 아주 맛있는 커스터드와 차가운 간 요리를 먹은 뒤 어린 소녀의 무릎 위에서 깜빡깜빡 졸고 있는데, 어디선가 불현듯 나를 부르는 소리가 들렸다. '지붕의 사막'이나 '조용한 자갈길'과 같은 드넓은 고독한 공간에 있고 싶다는 오래된 욕망이 나를 사로잡았다. 나는 고독한 밤으로 가는 길이 쭉 펼쳐지는 어렴풋한 지붕의 홈통과 잊혀지지 않는 오래된 굶주림, 바깥으로 나가서 무언가를 찾아야겠다는 강렬한 열망에 사로잡혔다. 나는 어린 소녀의 무릎에서 내려와 거리로 이어지는 문밖으로 나섰다.

에드위나 스탠턴 밥코크Edwina Stanton Babcock

미국의 소설가 겸 시인. 「하퍼스 매거진」을 비롯, 여러 매체에 글을 기고하고 책을 썼다. 1904년에 이 '일기'를 쓸 당시 미국에는 유기된 고양이의 수가 수십만 마리에 달한 것으로 전해진다.

데이몬 러니온 릴리안

누누이 하는 말이지만, 윌버 윌라드는 굉장히 운이 좋은 사람이다. 어느 눈 내리는 추운 날 아침, 47번가를 따라 비틀거리며 걷고 있을 때 어미를 찾아 인도 주변에서 야옹야옹거리는 릴리안을 만난 게 행운이 아니고 무엇이겠는가?

59번가에 있는 아파트에 앉아서 친구 해거티와 커다란 맥주 잔으로 스카치위스키를 몇 잔 들이켜서 완전히 고주망태가 된 게 행운이 아니고 무엇이겠는가? 만약 윌버 윌라드가 고주망태로 취하지 않았더라면 릴리안을 조그만 검은 고양이로만 여기고는 그냥 지나쳤을 것이다. 왜냐하면 모든 사람들이 검은 고양이는 심지어 새끼일지라도 끔찍하게 불길하다는 것을 알기 때문이다.

하지만 방금 말한 것처럼 완전히 고주망태가 되었기에 윌버 윌라드에게 상황은 매우 달라 보였다. 그는 릴리안을 눈 속에서 이리저리 허우적거리는 조그만 검은 고양이가 아니라 아름다운 한 마리 표범으로 보았다. 왜냐하면 윌버 윌라드를 아는 오하라라는 이름의 경찰관이 마침 그때 지나가면서 윌버가 이렇게 말하는 것을 들었기 때문이다.

"아, 넌 정말 아름다운 표범이구나!"

경찰관은 얼른 주변을 살펴봤다. 왜냐하면 자기 관할구역 주변에서 표범이 돌아다니는 것은 법에 저촉되는 것으로 그런 일이 생기는 것을 바라지 않기 때문이었다. 하지만 나중에 내게 말해준 것처럼, 경찰관이 본 것이라고는 이 술고래 삼류배우인 윌버 윌라드가 거죽만 남은 조그만 검은 고양이를 들어 올려 외투 주머니 속에 쏙 집어넣는 모습뿐이었다. 경찰관은 또 윌버가 이렇게 말하는 것도 들었다.

"네 이름은 릴리안이야."

그런 다음 윌버는 브뤼셀 호텔이라고 불리는 8번가의 낡은 싸구려 여관 꼭대기 층에 있는 방까지 비틀거리며 갔다. 브뤼셀 호텔의 관리인이 배우들을 신경 쓰지 않는 데다 정말로 마음이 바다처럼 넓기 때문에 그곳에서 꽤 오래 살고 있었다.

같은 날 아침 윌버와 같은 호텔에 묵고 있는 사람에게서 불만이 제기되었다. 에이브러햄 링컨이 암살된 이래 일을 하지 않고 있는 미니 매디건이라는 이름의 익살스러운 늙은 여자다. 그녀는 윌버가 자기 방으로 가면서 아름다운 표범에 대해 계속 지껄이는 것을 들었다며, 접수계 직원에게 전화를 걸어 호텔이 야생동물의 출입을 허용하는 것은 격에 맞지 않는 일이라고 항의했다. 하지만 직원이 윌버의 방에 들러보니 윌버는 전혀 해로워 보이지 않는 조그만 검은 고양이와 놀고 있을 뿐 늙은 여자가 불평한 것은 아무것도 없었으며, 특히나 지금까지 브뤼셀 호텔의 품격을 주장한 사람은, 적어도 강력하게 주장한 사람은 아무도 없었다.

당연히 윌버는 다음 날 오후 술이 깼을 때, 릴리안이 표범이 아니란 사실을 알 수 있었다. 사실 윌버는 침대에서 조그만 검은 고양이가 자기와 함께 누워있는 것을 알아차리고는 상당히 놀랐다. 릴리안이 몸을 따뜻이 데우려고 윌버의 가슴팍에서 자고 있었기 때문이다. 처음에 윌버는 자기가 본 것을 믿지 않았고, 해거티의 스카치 탓으로 돌렸지만 어찌 된 영문인지 드디어 납득이 갔다. 그래서 릴리안을 주머니에 넣어 핫박스 나이트클럽으로 데려가 우유를 좀 줬다. 릴리안은 우유를 무척 좋아하는 것 같았다.

릴리안이 어디서 왔는지는 아무도 모른다. 누군가 창문 밖 눈길로 쫓아냈을 가능성이 크다. 뉴욕에서는 사람들이 항상 새끼고양이들이나 이것저것 잡다한 것들을 창문 밖으로 내던지기 때문이다. 사실 이 도시에 풍요로운 것이 한 가지 있다면, 그것은 결국 자라서 어른고양이가 되는 새끼고양이들이다. 고양이들은 쓰레기통 주변에서 기웃거리고 지붕에서 야옹야옹 울면서 사람들의 숙면을 방해한다.

개인적으로 나는 새끼고양이를 포함하여 고양이가 하나도 필요 없다. 고양이를 당최 어디다 써먹는단 말인가. 고양이들이나 때로는 개들을 훔친 뒤 그들을 동반자로 삼기 좋아하는 나이 든 여자들에게 팔아 생계를 유지하는 푸시 맥과이어란 이름의 사내를 알고 있긴 하지만 말이다. 하지만 푸시는 오직 페르시안이나 터키시앙고라만 훔친다. 그 고양이들은 아주 멋지지만, 릴리안은 당연히 그런 고양이가 아니다. 릴리안은 그냥 검은 고양이로, 이 도시에서 검은 고양이는 대체로 몹시 불길하다고 여겨지기 때문에 릴리안에게 단 한 푼이라도 지불할 사람은 아무도 없을 것이다.

몇 주가 지나면서 윌버 윌라드는 릴리안을 헤르만이나 시드니라는 이름으로 부를 수도 있지만, 굳이 릴리안이란 이름을 고집했다. 몇 년 전 소극장에서 공연할 때 상대 배우의 이름이었기 때문이다. 자주 있는 일이지만, 엉망진창으로 취했을 때 그는 내게 릴리안 위싱턴에 대해 이야기하곤 했다. 윌버는 주위에 마실 것이 있으면 물만 빼고는 스카치위스키나 호밀 위스키, 버번, 진 등 닥치는 대로 퍼마시는 사람이다. 사실 윌버 윌라드는 둘째가라면 서러운 술고래로 이 나라에서 술을 마시는 것은 법에 저촉된다고 말해봤자 소용이 없다. 그러면 그는 빌어먹을 법 따위는 필요 없다고 더욱더 화를 내면서, 결국엔 '빌어먹을'이라는 말보다 훨씬 더 난폭한 말들을 쓰기 때문이다.

"그녀는 말이지, 꼭 아름다운 한 마리 표범 같았어." 윌버는 내게 릴리안 위싱턴에 대해 말했다. "찰랑찰랑거리는 검은 머리에 검은 눈이 마치 우리와 대극장 공연 프로그램에 같이 있던 동물 공연에서 본 표범 같았어. 우린 그 때 스타였지. 윌라드와 위싱턴은 이 나라에서 최고의 가수이자 춤꾼이었어. 그녀를 텍사스에 있는 샌 안토니아에서 발탁했지. 수녀원에서 나온 지 얼마 되지 않았을 때였어. 게다가 난 그때 막 오래된 파트너인 매리 맥기를 잃었거든. 그녀는 폐렴에 걸려서 기력을 잃고 내일모레 하고 있었어. 릴리안은 나와 같이 무대에서 공연하기를 바랐지. 아주 멋들어진 목소리를 지닌 타고난 여배우였어. 꼭 표범 같았어." 윌버가 말했다. "표범 말이야. 그녀의 내면에는 고양이가 있었던 게 틀림없어. 고양이와 여자는 둘 다 배은망덕하지. 난 릴리안 위싱턴을 사랑했어. 그녀와 결혼하고 싶었지. 하지만 그녀는 냉정했어. 평생 무대를 따라다니고 싶지 않다더군. 자기는 돈과 호화로운 생활과 좋은 집을 바란다고 했고, 당연히 나 같은 놈은 그런 것들을 줄 수 없다고 하더군.

난 그녀의 수족이 되어 충실하게 섬겼어. 그녀의 노예였지. 그녀를 위해서라면 못할 게 없었으니까. 그러던 어느 날 보스턴에 있을 때였는데, 굉장히 차가운 표정을 짓더니 그만 끝내자는 거야. 거기서 어떤 부자놈과 결혼한다더군. 음, 당연히 그 자리에서 다투고 헤어졌어. 또 다른 파트너를 찾을 마음이 눈곱만큼도 생기지 않았어. 그런 다음 나는 술병을 꿰차고 다니기 시작했고, 지금의 내가 된 거야. 카바레에서나 공연하는 연기자가 된 거지."

어떤 때는 그가 울음을 터뜨렸고, 또 어떤 때는 나도 같이 울었다. 윌버는 자기가 줄 수 없는 것들을 바라던 한 아가씨와 끝낸 것을 꽤 잘한 일로 여기는 듯했다. 이 도시에 사는 많은 사내들이 자기들이 줄 수 없는 것들을 바라는 여자들과 얽혀있고, 그 역시 똑같이 얽힌 채 그녀의 마음을 편하게 해주려고 무진장 애를 썼었다.

윌버는 핫박스 극장에서 연예인으로 일하면서 수입이 꽤 짭짤했다. 비록 대부분의 돈을 스카치위스키를 마시는 데 써버렸지만 그렇게 술을 마셔댄다고 해서 아주 형편없는 연예인도 아니었다. 나는 기분이 울적할 때면 그가 부르는 '멜랑꼴리 베이비'나 '문샤인 벨리'처럼 가슴 저리는 슬픈 노래를 들으러 수시로 핫박스에 갔다. 개인적으로 나는 왜 여자들이 윌버를 사랑하지 않는지 모르겠다. 특히 그가 찬찬히 '멜랑꼴리 베이비' 같은 노래를 부르는 것을 듣는다면 말이다. 게다가 키도 크고 게슴츠레한 갈색 눈동자에 속눈썹도 길고 잘생긴 데다 보통 여자들한테 굉장히 잘 먹히는 저음의 애달픈 목소리를 가지고 있다. 사실 윌버가 핫박스에서 노래를 부를 때면 많은 여자들이 추파를 던지지만 어쩐 일인지 윌버는 전혀 반응을 보이지 않는다. 오로지 릴리안 워싱턴만을 생각하고 있기 때문인 것 같았다.

어쨌든, 검은 새끼고양이 릴리안을 얻고 난 후 윌버는 삶에 새로운 활력을 찾은 것처럼 보였다. 릴리안은 정말 귀여운 고양이로 판명이 났고, 윌버가 잘 먹여서 토실토실 살찌우고 나자 모양새도 사납진 않았다. 릴리안은 흰 얼룩이라곤 한 군데도 없이 높이 솟은 굴뚝보다 더 새까맸고, 나날이 무척 빨리 자라서 더 이상 주머니에 넣고 다닐 수 없게 되었다. 그래서 윌버는 목줄을 채워 동네에 끌고 다녔다. 윌버가 여러 곳을 데리고 다녔기 때문에 릴리안은 브로드웨이에서 유명인사가 되었고, 나중에는 윌버가 끌고 다닐 필요도 없이 강아지처럼 졸졸 따라다녔다. 그리고 모든 포효하는 40도대*에는 릴리안과 대적하고 싶어 하는 개들이 없었다. 사람들이 저리 가라며 쓰읍 하고 쫓아내는 소리를 내는 것보다 더 빨리 릴리안은 개들에게 덤벼들었고, 개들이 천만다행으로 릴리안에게서 풀려나 달아날 때까지 할퀴고 물어뜯었다.

물론 그곳의 개들은 금발 여자들이 끌고 다니는 차우차우나 페키니즈, 포메라니안이나 조그맣고 하얀 털북숭이 푸들이 대부분이라 영리한 고양이를 상대로 싸우기에는 적합하지 않았다. 결정적으로 윌버 윌라드는 타임스 스퀘어**와 콜럼버스 서클*** 사이에서 개를 소유하고 있는 어떤 여자들과도 말을 주고받는 사이가 아니었으며, 그들 모두 윌버와 릴리안이 어딘가에서 쓰러져 죽기를 바라고 있었다. 더욱이 윌버는 그 여자들의 남자친구들과 몇 차례 싸움을 벌였는데, 너무 엉망진창으로 취해있어서 다리가 후들거리지만 않으면 싸움질을 곧잘 했다.

핫박스에서 사람들에게 즐거움을 준 뒤에는 보통 아직 영업하고 있는 주류 밀매점을 돌아다니며 이미 핫박스에서 단숨에 들이켜서 충분히 취했는데도 더 들이켰다. 이 도시에서 핫박스에 있는 술과 다른 술을 섞어 마시는 것은 매우 위험하다고 알려졌지만 윌버에게는 전혀 문제가 되지 않는 것 같았다. 여명이 밝아올 때면 그는 스카치위스키 두어 병을 들고 브뤼셀 호텔에 있는 방으로 가서 잠들기 전에 마셨다. 그래서 잠에 곯아떨어질 준비가 됐을 즈음에는 이미 뱃속에 충분한 양의 술이 두어 가지 섞인 상태였다.

물론 브로드웨이의 어느 누구도 윌버를 술고래라고 비난하지 않았다.

*Roaring Forties. 원래는 험한 풍랑이 이는 남위 40~50도대 해역을 말하지만, 여기서는 윌버가 살던 뉴욕을 말한다.

**뉴욕 맨해튼의 번화가.

***센트럴 파크의 남서쪽 입구.

그들은 그가 릴리안 위싱턴을 사랑한 것과 그녀를 잃은 것에 대해 알고 있기 때문이었다. 이 도시에서는 사내가 여자를 잃었을 때 술을 마시는 것을 이유 있는 변명으로 여긴다. 그게 바로 이 도시에 왜 그렇게 술을 마시는 사람이 많은지에 대한 이유지만, 윌버가 어떻게 그 많은 술을 마시고도 죽지 않는지는 수수께끼였다. 공동묘지에는 윌버보다 훨씬 덜 마신 사내들로 가득 차 있었지만, 그는 특별히 힘들어 보이지도 않는 것 같았다. 그게 아니라면 요즘 마시는 술의 종류를 다른 사람들에게 떠벌리지 않고 혼자만 간직하고 있기 때문일 것이다.

윌버는 일이 끝난 후 '찰리네서 좋은 시간'이라는 주류 밀매점에서 술을 마시는 걸로 시작하기 때문에, 어느 겨울날 '민디네'의 밀매점 주위에 있는 청년들 몇몇은 많은 돈을 잃었다. '찰리네서 좋은 시간' 밀매점의 술을 그렇게 많이 마시고도 살아남을 수 있는 사람은 없을 거라고 생각한 그 청년들은 봄이 계속될 때까지 살아남을 수 있을지 4대 1로 내기를 걸었기 때문이었다. 하지만 윌버 윌라드는 똑같이 술을 마셔댔으며, 그래서 모두들 타고난 초인이라고 말하고는 그쯤에서 내기를 그만 뒀다.

가끔 윌버는 '민디네'에 들렀는데, 그를 따라온 릴리안은 개가 있는지 이리저리 찾아다니거나 날씨가 안 좋을 때는 윌버의 어깨 위에 올라앉아 있었다. 그 둘은 우리와 이런저런 얘기를 지껄이면서 몇 시간 동안 같이 앉아있었다. 그럴 때에도 윌버는 보통 엉덩이 뒷주머니에 술병을 가지고 있었고 이따금 한 모금씩 들이켰지만, 이는 그에게는 당연히 음주 축에도 끼지 못하는 것이었다. 윌버와 함께 있을 때 릴리안은 항상 최대한 윌버 가까이에 있었다. 누가 보더라도 윌버를 무척 좋아하는 것 같았다. 윌버 역시 릴리안을 무척 아꼈다. 비록 가끔은 자기도 모르게 깜빡깜빡하는지 릴리안을 어여쁜 표범이라고 부르긴 했지만 말이다. 하지만 그건 당연히 말실수일 뿐이었고, 어쨌든 릴리안을 표범이라 생각하면서 어떤 기쁨을 얻더라도 그건 본인 몫이지 다른 사람이 신경 쓸 바가 아니다.

“언젠가는 도망가 버릴 거 같아.” 털에서 정전기가 날 때까지 릴리안의 등을 쓰다듬으면서 윌버가 말했다. “그래. 내가 간이나 캣닢[개박하], 또 이런 저런 것들을 아무리 많이 주고 애정을 쏟아부어도 나를 떠나갈 거야. 고양이들은 여자와 같고 여자들은 고양이와 같아. 둘 다 배은망덕해.”

“대개는 둘 다 재수가 없지.” 주사위 도박꾼인 빅 닉이 말했다. “특히 고양이들, 그중에서도 특히 검은 고양이들은 더 재수가 없다니까.”

사내들은 윌버에게 검은 고양이들이 재수 없다고 말하며, 밤에 언제 릴리안에게 봉돌을 매달아 노스리버*에 빠뜨리라고 충고했다. 하지만 윌버는 릴리안 위싱턴을 잃었을 때 이미 세상에 있는 모든 불운을 다 겪었기 때문에 고양이 릴리안이 자기 운을 더 나쁘게 만들 건더기도 없다면서 더욱 살뜰히 릴리안을 보살폈다. 릴리안은 속에 세인트버나드**가 들어있을지도 모른다는 생각이 들기 시작할 때까지 몸집이 점점 더 커지고 커졌다.

마침내 나는 릴리안에게서 흥미로운 면을 주목하기 시작했다. 때로는 윌버를 아주 좋아죽겠다는 듯 행동하지만, 그러고 나서는 몹시 쌀쌀맞게 대하거나 침이 튀어나올 정도로 하악질하는가 하면 적개심에 찬 표정을 지으며 발톱으로 할퀴었다. 윌라드가 엉망진창으로 취했을 때는 릴리안도 괜찮은 것 같았지만, 아주 조금만 취했을 때는 윌라드가 그렇듯 릴리안 역시 슬프고 짜증 난 것처럼 보였다. 그리고 릴리안이 슬프거나 짜증이 났을 때는 브뤼셀 호텔 인근의 개들에게 아주 끔찍이도 사납게 굴었다.

*North River. 뉴욕 허드슨강 하류의 별칭.
**개의 한 품종으로 스위스 원산의 대형견.

사실 릴리안은 개를 사냥하러 다녔다. 윌버가 휴식을 취하고 있을 때 슬그머니 방을 빠져나와서는 특히 개줄이 매어있지 않은 개를 발견하면 밭다리 걸기 기술로 달려들었다. 개줄이 풀린 개는 당연히 릴리안의 밥이었다.

당연히 이런 짓은 개들을 소유한 여자들 사이에서 엄청난 분노를 일으켰다. 어느 날엔가는 릴리안이 자기만큼이나 몸집이 큰 페키니즈의 목덜미를 물고 와서 자신을 위해 만들어 놓은 문구멍을 통해 방으로 페키니즈를 끌고 들어왔다. 페키니즈의 주인인 금발 여자는 몹시 흥분한 채 릴리안을 따라와 윌버 윌라드의 문 바깥에서 고래고래 소리를 질렀다. 하지만 윌버는 릴리안이 그런 짓을 하는 것에 대해 화를 내고 때리는 게 아니라 좀 즐거워하는 것처럼 보였다. 왜냐하면 릴리안이 페키니즈를 물고 왔을 때 릴리안을 멋진 한 마리 표범으로 생각해 어찌할 바를 모르는 것 같았기 때문이다.

"세상에, 정말로 헌신적인 사랑이야. 내 멋진 표범이 정글로 들어가서 내게 저녁식사로 영양을 가지고 오다니 말이야." 윌버가 말했다.

물론 이건 말도 안 되는 이야기다. 왜냐하면 페키니즈는 절대 영양이 아니고, 윌버의 문 바깥에 있는 금발 여자가 윌버가 그렇게 중얼거리는 소리를 들었을 때 저녁식사로 페키니즈를 먹을 거라 오해해서 큰소리로 꽥꽥대며 항의하는 것은 몹시 끔찍한 일이기 때문이다. 브뤼셀 호텔 주변에서는 이처럼 릴리안이 페키니즈를 낚아챈 데 대해 금발 여자가 항의하는 골치 아픈 일이 다반사였으며, 더욱이 금발 여자를 한결같이 사랑하는 사내가 다음 날 밤에 핫박스에 나타나서는 윌버 윌라드를 후려갈기고 싶어 했다. 그는 그레고리오라는 이름의 난폭한 주류 밀매업자임이 밝혀졌다.

하지만 윌버가 그를 불러들여 같이 몇 잔을 마시며 '멜랑꼴리 베이비'를 불러주자 그는 윌버와 릴리안에게 무척 다정하게 대하며 술집을 나섰다. 그리고는 릴리안이 다시 페키니즈를 잡아채도록 윌버에게 5달러를 주고 싶어 했다. 단, 릴리안이 페키니즈를 돌려보내지 않겠다는 약속을 해야 했다. 그레고리오는 진심으로 페키니즈를 좋아하지 않았다. 오로지 금발 여자를 기쁘게 해주고 진심으로 사랑한다는 것을 믿게 하려고 싸우는 척했을 뿐이었다.

하지만 나는 릴리안이 뭔가 분위기가 달라졌다는 것을 알 수 있었고, 결국 윌버에게 그것을 알아차렸는지 물어보았다.

"그럼, 알고말고." 그가 상심하여 말했다. "릴리안의 사랑을 붙잡을 수 있을 거 같지 않아. 요즘 부쩍 변덕스러워지고 있어. 며칠 전에 브뤼셀 호텔 우리 층으로 한 남자가 어린 소년을 데리고 이사 왔는데 릴리안이 그 아이를 보자마자 굉장히 좋아하더라고. 그들은 아주 친한 사이가 되어버렸어. 별수 없지, 뭐." 윌버가 말했다. "고양이들은 여자와 같아. 애정이 지속되지 않아."

며칠 후 브뤼셀 호텔로 갈 일이 있었다. 윌버 윌라드와 같은 층에 사는 크러치라는 이름의 사내에게, 만약 에일 맥주를 그들 구역으로 가져가겠다고 고집 피운다면 우리 시민 중 일부가 그를 보는 걸 좋아하지 않으니 도시를 떠나는 게 좋겠다는 이야기를 하기 위해서였다. 그때 나는 복도에서 릴리안이 아이와 함께 있는 것을 보았다. 윌버가 말하는 그 아이인 것 같았다. 아이는 검은 머리에 검은 눈으로 세 살 정도 되어 보였고 무척 귀여웠다. 아이는 릴리안의 털을 가지고 깜짝 놀랄만한 방식으로 놀고 있었다. 릴리안은 심지어 윌버 윌라드조차도 털을 가지고 노는 것을 용납하지 않는 고양이였다.

나는 브뤼셀 호텔 같은 곳을 어떻게 집이랍시고 아이를 데려오게 되었는지 의아했다. 하지만 어떤 배우의 아이인데 아마 엄마가 없기 때문에 데려왔을 거라 막연하게 짐작했다. 나중에 이에 관해 윌버에게 이야기했더니 이렇게 말했다.

"음, 만약 아이의 아버지가 배우라면, 일을 하고 있지 않을 거야. 거의 방구석에서만 틀어박혀 지내거든. 그리고 아이가 복도 이외에 다른 곳에 가는 걸 허락하지 않아. 그 조그만 녀석이 하도 불쌍해서 릴리안이 그 아이와 놀도록 허락한 거야."

이제 한파가 오고 있었다. 우리 일행은 거의 새벽 다섯 시가 가까워질 무렵까지 '민디네'에 앉아있었고, 소방차가 지나가는 소리를 들었다. 얼마 지나지 않아 캔자스라는 이름의 사내가 들어왔다. 캔자스 출신이기 때문에 캔자스라고 불리는 사내로 직업 노름꾼이었다.

"브뤼셀에 불났어." 캔자스 사내가 말했다.

"거긴 언제나 불타고 있지." 브뤼셀 호텔 주변에서는 언제나 화끈한 일들이 많이 벌어진다는 뜻으로 빅 닉이 말했다.

이 시간쯤에 걸어 들어오는 사람은 윌버 윌라드밖에 없었다. 행색을 보아하니 누가 봐도 당연히 마구 떠돌아다녔다는 것을 알 수 있었다. 아마 '찰리네서 좋은 시간'에서 나왔을 것이고, 상당히 취한 게 분명했다. 나는 윌버 윌라드가 그 이상으로 망가진 것을 본 적이 없었다. 그는 릴리안과 함께 있지 않았다. 찰리가 고양이를 싫어했기 때문에 '찰리네서 좋은 시간'에는 릴리안을 절대 데려가지 않았던 것이다.

"이봐, 윌버." 빅 닉이 말했다. "자네 집인 브뤼셀에 불났다고."

"이런, 난 조그만 반딧불이야. 빛이 필요해. 불이 있는 곳으로 가 볼까." 윌버가 말했다.

브뤼셀은 '민디네'에서 몇 블록 떨어지지 않은 곳에 있었다. 달리 할 일도 없어서 우리 중 몇몇은 우리 앞에서 넘어질 듯 휘청거리는 윌버와 함께 8번가로 걸어갔다. 우리가 도착했을 때 낡은 판잣집 같은 건물은 맹렬히 타오르고 있었고, 소방관들은 안에 물을 뿌리고 있었다. 이른 아침 시간이라 군중이 많지는 않았지만 경찰관들은 군중들을 뒤로 물러서게 하려고 소방 비상선을 치고 있었다.

"아름답지 않아?" 화염을 올려다보며 윌버 윌라드가 말했다. "이렇게 온통 환히 밝혀지니 요정들이 사는 궁전 같지 않아?"

보시다시피, 윌버는 집이 불타고 있다는 것을 깨닫지 못했다. 남자들과 여자들이 그곳에서 나와 어디로든 달려가고 있었는데, 대부분 거의 벗다시피 했거나 아니면 아예 아무것도 입지 않은 채였다. 소방관들은 창문에서 뛰어내리는 사람이 있는 경우를 대비해 안전망을 펴고 있었다.

"기막히게 아름답군." 윌버가 말했다. "릴리안을 데려와서 이걸 보게 해야겠어."

누구도 생각할 겨를도 없이, 윌버는 마치 아무 일도 일어나지 않았다는 듯 브뤼셀 호텔 현관 쪽으로 걸어가고 있었다. 소방관들과 경찰관들은 놀란 나머지 입이 딱 벌어져서 윌버에게 소리 지르는 것밖에는 어쩔 도리가 없었다. 하지만 윌버는 조금도 신경 쓰지 않았다. 당연히 모든 사람들이 윌버가 완전히 가망이 없다고 판단했지만, 약 10분이 지나자 들어갔던 문으로 아주 멋지게 불길과 연기를 뚫고 걸어 나왔다. 팔에는 릴리안이 안겨 있었다.

놀래서 눈이 튀어나올 것처럼 서 있는 우리들 앞으로 오더니 윌버가 말했다. "글쎄 엘리베이터가 고장이 났는지 우리가 사는 층까지 걸어 올라가야만 했어. 이 호텔의 서비스가 점점 더 엉망진창이 되고 있다니까. 밀린 방세를 지불하는 대로 관리인에게 강력하게 항의해야겠어."

그때 릴리안이 큰소리로 야옹야옹 울더니 윌버의 팔에서 풀쩍 뛰어내려 경찰관들과 소방관들을 폴짝폴짝 뛰어넘더니 등을 둥글게 구부렸다. 그리고 다음에 벌어진 일은 누구나 알듯이 엄청난 속도로 낡은 호텔의 현관문으로 돌진했다는 것이다.

“세상에, 이런 세상에.” 윌버가 소스라치게 놀라며 말했다. “저기 릴리안이 가네.”

그리고 이 바보 멍청이 윌버 윌라드가 하는 짓이라곤 돌아서서 다시 브뤼셀 호텔로 되돌아가는 것이었다. 이때쯤에는 연기가 현관까지 뿌옇게 뿜어져 나왔기 때문에 그는 순식간에 시야에서 사라졌다. 당연히 경찰관들과 소방관들은 또다시 놀라서 입이 딱 벌어졌다. 불길 속을 들락날락거리는 남자에게 익숙하지 않기 때문이다.

이번에는 주변에 서 있는 누구라도 2.5대 1 혹은 3대 1로 윌버가 다시 모습을 드러내지 않는다는 데 내기를 걸었다. 왜냐하면 낡은 브뤼셀의 위층들은 불길이 심하지는 않은 것 같았지만 이제 펑 하고 터지면서 아래층 창문들에서 연기가 나오고 있기 때문이었다. 호텔에 있는 모든 이가 나온 것으로 보였고, 심지어 소방관들도 이제는 바깥에서 불길을 잡으려고 애쓰고 있었다. 브뤼셀이 워낙 노후해서 금방이라도 무너져 내릴 것 같았기에 각 층에 들어가서 위험을 무릅쓰겠다는 의지가 꺾였기 때문이다.

내 말뜻은 그러니까, 윌버 윌라드와 릴리안을 제외한 모두가 그곳에서 나왔다는 말이다. 우리는 그들이 호텔 안 어딘가에서 새까맣게 타고 있을 거라고 생각했다. 비록 피트 사무엘스는 13대 5로 릴리안이 무사히 나온다는 데 약간의 판돈을 걸자고 제안했지만 말이다. 피트는 고양이의 목숨이 아홉 개이므로 그 돈이면 공정한 내기라고 주장했다.

그때 모두를 후끈 달아오르게 할 정도로 멋진 여자가 나타나더니 관중들을 밀치며 거의 기다시피 밧줄이 있는 곳까지 나아갔다. 그러고는 너무 시끄러워서 도저히 딴생각이 안 날 지경이 될 때까지 비명을 질렀다. 거의 같은 순간, 그곳에 있던 모든 사람들이 마치 스위스의 요들송 가수가 노래하듯 아이리히히후—라고 하는 소리를 들었다. 브뤼셀의 지붕에서 나오는 소리였다. 올려다보니 윌버 윌라드가 불길보다도 연기보다도 더 높은 지붕 끝에 서서 큰소리로 요들송을 부르고 있었다.

한쪽 팔 밑에는 커다란 보따리 같은 것이 있었고, 다른 한쪽 팔 밑에는 릴리안과 함께 복도에서 놀던 어린아이가 있었다. 그가 거기에 서서 아이리히히후를 계속해서 부르고 있을 때, 우리 가까이에 있던 잘빠진 여자가 윌버가 부르는 요들송보다 더 큰소리로 엉엉 울기 시작했다. 소방관들은 안전망을 가지고 윌버가 서 있는 아래로 황급히 달려갔다.

윌버는 또다시 아이리히히후—를 부르면서 아이와 보따리와 함께 두 다리를 쫙 벌리고 아래로 떨어졌다. 하지만 안전망에 주저앉았다가 풀쩍 튕겨 오르는 것을 몇 분 동안 한 뒤에야 결국 진정되었다. 사실 윌버는 튕겨 오르는 것을 즐기고 있었다. 소방관들이 붙잡고 있던 안전망을 손에서 놓아 그를 땅에 떨구지 않았더라면 아마 아직까지도 튕겨 오르고 있을 것이다.

윌버가 안전망 밖으로 나오려고 할 때, 나는 그 보따리가 둘둘 말린 담요라는 것을 알 수 있었다. 릴리안의 두 눈이 담요 한쪽 끝에서 살짝 보였다. 다른 쪽 팔 밑에는 아이가 고개는 앞으로 내밀고 다리는 뒤로 젖혀 있었다. 릴리안을 다룰 때만큼 아이를 조심스럽게 다루지는 않은 것 같았다. 윌버는 거기에 서서 소방관들을 비웃는 듯 바라보다가 마침내 이렇게 말했다.

"내가 잡히고 싶어 하지 않는다면 안전망에서 나를 잡을 수 있다고 생각하지 마세요. 나는 한 마리 나비라 따라잡기가 무지하게 어려울걸요."

그때 갑자기 꽥꽥 비명을 질러대던 잘빠진 여자가 윌버에게 달려들더니 아이를 와락 잡아채고는 끌어안고 입을 맞추기 시작했다.

“월버. 제 아이를 구해줘서 고마워요. 하느님의 은총을 받으실 거예요, 월버! 아, 고마워요, 월버, 고마워요! 거지 같은 남편이 아이를 납치해서 도망쳐버렸는데 겨우 몇 시간 전에서야 형사들이 어디 있는지 찾아냈어요.”

월버는 30초 정도 황당한 표정으로 그 여자를 바라보더니 걸어 나오기 시작했다. 그때 상당히 그을린 냄새가 나는 릴리안이 담요에서 꿈틀꿈틀대며 나왔다. 아이는 릴리안을 보더니 소리를 지르기 시작했다. 그래서 월버는 결국 릴리안을 아이에게 건네주었다. 릴리안을 떠나고 싶지 않은 월버는 망연자실 당황한 채 주변에 서 있었다. 여자가 그에게 말을 걸었고, 마침내 그들은 함께 떠났다. 월버가 아이를 안고 가고, 아이는 릴리안을 안고 가고 있었다. 릴리안은 화상 때문에 상태가 별로 좋지 않았다.

월버는 아마 지난 몇 년 동안 보낸 아침 이 시간 그 어느 때보다도 정신이 말짱했을 것이다. 그들이 떠나기 전, 월버가 여전히 좀 횡설수설하고 있을 때 잠시 이야기할 기회가 생겼다. 나는 그가 하는 말을 이렇게 이해했다. ‘처음에 릴리안을 데리러 갔을 때 방에서 릴리안을 발견하긴 했지만 어린아이의 머리카락이나 살갗은 보지 못했으며 심지어 아이가 있다고 생각하지도 못했다. 왜냐하면 아이가 어느 방에 있는지도 모르고 어쨌든 아이가 있으리라고는 전혀 생각하지 못했기 때문이다. 하지만 두 번째로 올라갔을 때, 복도 끝에 있는 문 밑에서 릴리안이 코를 킁킁거리고 있었고, 그 틈새로 물 같은 것이 흘러나오는 것을 본 기억이 나는 것 같다’는 것이었다.

“릴리안을 덮을 담요를 찾으려고 내 방으로 돌아가는 것은 성가신 일이라 그 방에서 담요를 가지고 나와야겠다고 판단했지. 손잡이를 돌리려고 했지만 문이 잠겨 있었어. 발로 냅다 걷어찼지. 들어가 보니 글쎄 연기가 꽉 차

있는 거야. 게다가 창문 사이로 불길이 너무도 사랑스럽게 뿜어져 나오고 있었어. 담요를 침대에서 확 벗겨내 잡아챘는데, 그 담요 안에 글쎄 아이가 있는 게 아니겠어?

세상에, 아이는 엉엉 울어대지, 릴리안은 야옹야옹거려대지, 완전히 돌아버리겠더라니까. 그래서 지붕 위로 올라가는 게 더 낫겠다, 그러면 코를 찌르는 냄새는 맡지 않을 수 있겠다 싶었지. 그런데 문과 침대 사이에 탁자가 엎어져 있었는데, 그 옆 방바닥에 한 사내가 뻗어있더라니까. 한쪽 손에 병을 든 채 죽었더라고. 죽은 사내를 힘겹게 끌어 나르는 건 당연히 승산 없는 일이라 릴리안과 아이를 데리고 지붕으로 올라갔어. 그리고는 꼭 벌새처럼 날아올랐지. 이제 술을 한잔해야겠어." 윌버가 말했다. "누구 술 좀 가진 사람 없어?"

다음날 신문에는 윌버와 릴리안, 특히 릴리안에 관한 기사가 가득 실렸다. 둘 다 위대한 영웅이었다.

하지만 윌버는 언론의 관심을 오래 견딜 수 없었다. 신문기자들과 사진기자들이 그의 이야기를 듣고 사진을 좀 더 찍자며 몇 분 간격으로 뛰어오는 바람에 술 마실 시간이 도통 나지 않았기 때문이다. 그래서 어느 날 밤 그는 사라졌다. 릴리안도 함께 사라졌다.

약 1년 후, 윌버는 옛날 여자친구인 릴리안 위싱턴-하몬과 결혼했으며, 돈도 많이 벌었고, 더욱이 술을 끊고 여러모로 꽤 쓸 만한 시민이 되었다는 소식이 들려왔다. 그러니 모두들 검은 고양이가 항상 액운을 가져오는 것만은 아니라는 것을 인정해야 했다. 나는 윌버의 경우에는 릴리안이 검은 고양이라는 것을 알고 시작한 게 아니라 표범이라고 생각했기 때문에 약간 예외라고 말했다.

어느 날 보석으로 치장하고 좋은 옷을 쫙 빼입어 상당히 멋쟁이가 된 윌버와 우연히 만나게 되었다.

"윌버, 나는 릴리안이 어린아이한테 그렇게 갑작스럽게 정을 붙인 것이 얼마나 놀라운지, 그리고 아이가 호텔에 있다는 것을 기억해내고, 자네가 두 번째로 올라갔을 때 바로 그 방으로 이끈 것이 얼마나 놀라운 일인지 수시로 생각한다네. 내 이 두 눈으로 직접 보지 않았다면 나는 고양이가 그런 일을 할 정도로 머리가 똑똑하다는 사실을 절대 믿지 않았을 거야. 난 고양이들이 지독히도 멍청하다고 여겼었거든." 내가 말했다.

"머리는 무슨 머리. 릴리안은 돌아갈 머리가 없어. 더욱이 아이에 대한 애착이나 산토끼에 대한 애착이나 비슷해. 자, 그렇다면 이제 릴리안에 대해 폭로할 때가 왔군. 릴리안은 절대 받아선 안 될 칭찬을 엄청 받았어. 릴리안에 대해 말해주지. 나 말고는 아무도 모르는 얘기야." 윌버가 말했다.

"있잖아, 릴리안이 새끼고양이였을 때 항상 릴리안 우유에다 스카치위스키를 탔었거든. 한편으로는 릴리안을 강하게 키우는데 도움이 되지 않을까 싶어 그랬던 거고, 또 한편으로는 나는 절대 술을 혼자 마시지 않거든. 음, 처음에 릴리안은 우유에 위스키 탄 것을 별로 좋아하지 않았지만, 결국엔 좋아하게 됐지. 난 계속해서 더 독한 토디*를 릴리안에게 만들어 줬어. 나중에는 우유를 타지 않은 체이서**도 콧구멍을 벌렁벌렁거리면서 덥석 받아먹었어. 더 달라고 난리도 아니었지. 사실 말이지, 난 릴리안이 꼭 그 당시 나처럼 술고래가 되었다는 것을 불현듯 깨달았어. 그로그주***를 마셔야만 할 정도였다니까. 릴리안이 페키니즈를 낚아채려고 자리를 떴을 때 있잖아. 사실

*독한 술에 설탕과 뜨거운 물을 넣고 때로는 향신료도 넣어 만든 술.
**약한 술 뒤에 마시는 독한 술, 또는 독한 술 뒤에 마시는 약한 술.
***물을 탄 술, 특히 럼주.

은 그땐 완전히 취해서 맛이 갔던 때였어. 그리고는 노상 난폭해진 거야.

불이 났던 때는 내가 매일 아침 집에 가서 릴리안에게 네덜란드 진*을 줬던 때였어. 그런데 불이 난 호텔에 들어가서 릴리안을 처음으로 데리고 나왔을 때는 릴리안에게 스카치위스키를 주는 걸 깜빡한 거야. 릴리안이 호텔로 다시 뛰어들어간 건 자기 술을 찾으려는 이유였어. 그리고 아이가 있던 방의 문 앞에서 코를 킁킁거린 이유는 아이가 그 안에 있어서가 아니라 문 아래 틈새로 스카치위스키가 흘러나오고 있기 때문이었어. 죽은 사내의 손에 들려있던 병에서 술이 흘러나오고 있었던 게야. 이런 얘기를 전에 절대 하지 않은 이유는 말이지, 죽은 사내에 대한 기억을 깎아내릴지도 모른다는 생각이 들었기 때문이었어. 특히 남몰래 마실 때는 말이야."

"그래서 요즘 릴리안은 어떻게 지내?" 월버 윌라드에게 물었다.

"릴리안한테 크게 실망했어. 술버릇을 고치질 않았어. 나도 고쳤는데 말이야. 릴리안에 대해 마지막으로 들은 소식은 주류 밀매업자인 그레고리오를 따라갔다는 거였어. 그는 릴리안에게 스카치위스키를 충분히 먹여서 언제나 취해 있게 하거든. 그러면 금발 여자의 페키니즈를 못살게 구니까."

*독한 술의 일종.

데이몬 러니온Damon Runyon

미국의 신문기자이자 작가. 뮤지컬 『아가씨와 건달들』의 원작인 단편소설 『미스 새러 브라운 이야기』 등 많은 단편소설과 에세이를 썼다. 실제로 노름을 즐기는 자신의 경험을 살려 노름꾼, 도박꾼, 배우, 갱 단원 등에 대한 유머러스한 이야기를 풀어냈다. 특히 정중한 어체와 요란한 은어를 혼합하거나 과거 사실을 현대 시제로 나타내는 등 특색 있는 대화체를 사용했으며, 그가 만들어낸 캐릭터는 당대에 독특한 사회적 전형으로 받아들여졌고 '러니언식Runyonesque'이라는 형용사까지 통용되었다.

찰스 더들리 워너 캘빈—품격 탐구

캘빈이 죽었다. 그의 삶은 그에게는 길었을지 몰라도 남은 우리들에게는 무척 짧게만 느껴졌다. 깜짝 놀랄만한 모험담으로 채워진 삶은 아니었지만, 남다른 됨됨이에 본받을만한 자질을 갖추고 있어서 그를 개인적으로 아는 사람들은 내게 그의 삶의 이력에 대한 기억들을 적어달라고 했다.

캘빈의 혈통과 족보는 수수께끼에 싸여있었다. 나이조차도 순전히 추측한 것이었다. 녀석은 몰타 종*이었지만 미국 태생이라고 공감할 만한 근거가 분명히 있었다. 8년 전 스토 부인**이 줬는데, 그녀도 캘빈의 나이나 혈통에 대해 아는 것이 하나도 없었다. 어느 날 어떤 이유에서인지 집으로 걸어들어오더니 마치 늘 식구들과 친구였던 것처럼 그 즉시 편안하게 자리를 잡더라는 것이었다. 녀석은 예술적, 문학적 취향을 가지고 있는 모양이어서 『톰 아저씨의 오두막』의 저자가 사는 곳인지 여부를 문 앞에서 꼼꼼히 살펴보고는 맞다는 확신이 들자 그곳에서 기거하기로 결정한 것 같았다. 전에도 그런 적이 있었는지 여부는 전혀 알려지지 않았기 때문에 이것은 물론 상상에서 나

*회청색에 털이 짧은 게 특징으로, 품종이 불확실한 고양이에게 종종 주어지는 이름이다. 몰타 섬에 이런 종류의 고양이가 많은 데서 유래했다고 한다.

**『톰 아저씨의 오두막』의 저자인 미국의 사실주의 작가이자 노예제 반대론자 해리엇 비처 스토(1811~1896)를 말한다.

온 얘기다. 하지만 녀석이 살아있는 동안 스토 부인의 『톰 아저씨의 오두막』에 대해 말하지 않는 집이 거의 없었으니 듣지 않을 수 없었을 것이다. 스토 부인에게 왔을 때, 녀석은 지금처럼 몸집이 컸고 분명히 나이가 들 만큼 들어 있었다. 하지만 외모로 봐서는 나이가 많이 들어 보이지 않았고, 모든 면에서 성숙미가 절정에 달해 있었으며, 사람들은 오히려 영원한 젊음의 비결이 그 성숙함에 있다고 말했다. 녀석에게도 미숙한 어린 시절이 있었다는 것을 상상하는 것만큼이나 늙어갈 거라고 생각하는 것은 힘든 일이었다. 녀석에게는 신비로운 불멸성 같은 것이 있었다.

몇 년 후, 스토 부인이 플로리다에서 겨울을 나기로 했을 때, 캘빈은 우리와 살러 왔다. 처음부터 녀석은 우리 집의 방식을 분명히 이해하고 식구로 인정받는 지위에 있다는 듯 굴었다. 내가 '인정받는 지위'라고 한 이유는, 녀석이 왔다는 것이 알려진 후에 우리 집에 오는 손님들이 언제나 녀석을 찾았으며, 다른 식구들에게 온 편지에도 항상 녀석의 안부를 묻는 소식이 있었기 때문이다. 비록 최소한으로 눈에 띄는 존재였지만 녀석은 그 자체로 항상 존재감이 있었다.

외모는 이 존재감과 깊은 관련이 있었다. 위풍당당한 태도에 잘 자란 듯한 분위기를 풍겼기 때문이다. 녀석은 몸집이 컸지만 비대하리만치 뚱뚱하기로 소문난 앙고라 혈통과는 차원이 달랐다. 즉, 건장하면서도 절묘하게 균형이 잡혔고, 한창때의 표범만큼이나 모든 움직임이 우아했다. 녀석은 구식 걸쇠가 걸려있는 모든 문을 열 줄 알았는데, 문을 열려고 서 있을 때면 경이롭게 키가 늘어났고, 난로 앞에 있는 양탄자 위에서 기지개를 쭉 켤 때면 세상에 저렇게 길 수 있을까 싶을 정도로 길어졌다. 털은 몰타 종 특유의 점잖은 음영이 졌는데, 지금까지 본 고양이 털 중에서 가장 곱고 부드러웠다. 목에서부터 아래쪽으로 내려가 하얀 발 끝부분에 이르기까지 녀석은 새하얗고 우아한 어민*을 두르고 있었다. 녀석보다 더 단정하게 깔끔 떠는 사람을 지금껏 본 적이 없을 정도였다. 곱게 빚어진 두상에서는 귀족적인 면모가 풍겼다. 조그만 두 귀는 가지런히 다듬어졌으며, 콧방울은 분홍빛이 감돌았고, 얼굴은 잘생긴 데다 대단히 지적인 표정이었다. 만약 사랑스럽다는 말이 녀석의 경계태세와 총명함에 어긋나는 게 아니라면, 나는 그 모습까지도 사랑스럽다고 말하겠다.

이름에서 풍기는 엄숙함과 진지함 때문에 녀석이 얼마나 발랄한지를 전달하는 건 쉽지 않은 일이다. 우리는 녀석의 가족에 대해 아는 바가 없으므로, 당연히 캘빈이라는 이름을 종교적인 것으로 이해했다.** 녀석은 편안히 늘어져 있다가도 놀이에 푹 빠지곤 했다. 실뭉치를 가지고 즐거워하며, 여주인이 화장하고 있을 때 리본을 헝클어뜨리고 잡아당기며 장난쳤고, 세상에 이보다 더 재미난 일은 없다는 듯 자기 꼬리를 잡으려고 했다. 몇 시간이고 혼자서도 재미있게 잘 놀았지만 아이들을 좋아하지는 않았다. 아마 과거의 어떤 일이 녀석의 기억에 떠오르지 않나 싶다. 녀석은 전혀 나쁜 습관이 없었으며 타고난 기질이 완벽했다. 낯선 고양이가 한 마리 우리 잔디밭에 나타났을 때 꼬리가 어마어마하게 부풀어 오르는 것은 보았을지언정, 진짜로 화를 내는 것은 한번도 보지 못했다. 녀석은 고양이들을 싫어했다. 고양이들을 신뢰할 수 없는 고양잇과로 여기고 있는 게 틀림없었고, 전혀 어울리지도 않았다. 간혹 관목 숲에서 한밤중에 고양이들이 떼로 쩌렁쩌렁 울어대는 소리가 들리면 캘빈은 문을 열어달라고 했다. 그런 뒤 득달같이 달려가서 그 "해충들"을 해치웠다. 한밤중의 콘서트를 뒤엎은 뒤에 캘빈은 평온하게 들어

*ermine. 북방족제비의 흰색 겨울털. 왕들의 가운, 판사의 법복 등을 장식하는 데 쓰였다.
**유럽 근대 초기 종교개혁의 대표자 중 하나인 캘빈에서 따온 것으로 이해했다는 말.

와 난로에 있는 자기 자리로 다시 돌아갔다. 녀석의 태도에서 분노한 기색은 안 보였지만, 그런 일이 집 주위에서 일어나는 것은 두고 볼 수가 없었다. 녀석은 보기 드문 관대한 미덕을 지니고 있었다. 자기 자신의 권리에 대한 확고한 개념을 가지고 있었으며, 권리를 얻는 데 있어 기이할 정도로 끈덕지긴 했지만 거절당해도 절대 성질을 내지 않았다. 원하는 것을 얻을 때까지 그야말로 확고하고 집요하게 계속할 뿐이었다. 식단이 한 가지 예였다. 녀석이 식단에 대해 생각하는 것은 사전에 대해 학자들이 하는 생각과 똑같았다. "최고를 얻어내라"는 것이 그것이다. 녀석은 집안에 무엇이 있는지 그 누구보다 잘 알았다. 칠면조를 먹을 수 있게 된다면 소고기를 거부했다. 굴이 있으면 앞으로 굴이 나오지나 않을까 살피면서 칠면조를 놓고 기다렸다. 그렇지만 엄청난 미식가는 아니었다. 내가 빵을 먹는 것을 보면 녀석도 먹었는데, 억지로 먹는 것 같지는 않았다. 식사 습관 또한 세련되었다. 절대 칼을 사용하지는 않았지만, 손을 포크처럼 들어 올려 다 큰 어른처럼 우아하게 입으로 가져갔다. 반드시 그래야 할 필요가 없다면 부엌에서는 식사를 하지 않았다. 식당에서 식사하겠다고 고집 피웠고, 손님이 나타날 때까지 참을성 있게 기다렸다. 그리고는 손님이 집의 규칙에 대해 문외한이기를 바라면서 먹을 것 좀 달라고 성가시게 졸라댔다. 사람들은 녀석이 바닥에 까는 식탁보로 어떤 유명한 교회의 주보를 선호한다고 말하곤 했다. 하지만 이것은 영국 성공회 교도가 한 말이었다. 내가 아는 한, 녀석은 로마 가톨릭교도와 연관시키는 것을 좋아하지 않는다는 것만 빼면 종교적인 편견이 전혀 없었다. 녀석은 하인들에게 관대했다. 하인들도 그 집의 일원이었기 때문이다. 그래서 녀석은 가끔 부엌 난로 옆에서 서성거리기도 했다. 하지만 손님이 들어오면 곧장 일어나 문을 열고는 응접실로 당당하게 걸어갔다. 녀석은 자기와 대등한 일행들과의 만남을 즐겼다. 아무리 많은 방문객들이 응접실로 오더라도 자기가 교제할 만한 사람이라고 인정하면 절대 뒤로 내빼지 않았다. 그러나 친구들을 좋아했어도 가려서 사귀고 싶어 했다. 신앙심보다는 품격을 까다롭게 따지는 게 틀림없다고 나는 생각한다. 대부분의 사람들과 마찬가지로 말이다.

캘빈의 총명함은 고양이로서는 경탄스러울 정도였다. 녀석은 자기가 원하는 것, 심지어는 일부 감정까지도 전달할 수 있는 방법을 만들어 많은 일들을 자기 마음대로 할 수 있었다. 한 구석진 방에 난방조절장치가 있었다. 녀석이 혼자 있고 싶을 때면 가곤 하던 곳이었는데 좀 따뜻해지기를 바랄 때면 녀석은 항상 난방장치를 열어놓았다. 하지만 나간 뒤 문을 절대 닫지 않았고, 마찬가지로 난방장치도 절대 닫는 법이 없었다. 녀석은 말하는 것만 빼면 거의 모든 일을 할 수 있었다. 사람들은 가끔 녀석의 총명한 얼굴에서 애절하게 말하고 싶어 하는 모습을 볼 수 있다고 단언하곤 했다. 녀석의 자질을 과장하고 싶지는 않지만, 다른 무엇보다도 하나 더 눈에 띄는 게 있다면 그것은 자연을 아주 좋아한다는 것이었다. 녀석은 낮은 창가에 몇 시간이고 앉아 산골짜기와 광대한 숲을 바라보며 그것들의 미세한 흔들림을 즐기곤 했다. 하지만 무엇보다도 나와 함께 정원을 거닐며 새들이 지저귀는 소리를 듣고 땅에서 갓 올라오는 냄새를 맡으며 햇볕을 쬐는 것을 아주 좋아했다. 녀석은 나를 따라다니며 강아지처럼 폴짝폴짝 뛰어다녔고, 잔디밭 위에서 데굴데굴 뒹굴며 무수한 방식으로 기쁨을 표현했다. 내가 일하고 있을 때면 앉아서 나를 감시하거나 둑 너머를 바라보거나 체리나무에서 새들이 지저귀는 소리에 귀를 쫑긋거리곤 했다. 폭풍이 몰아칠 때면 꼭 창가에 앉아 눈이나 비가 떨어지는 것을 위아래로 훑어보며 매서운 눈초리로 지켜보았다. 그렇기에 한겨울의 폭풍우는 항상 녀석을 즐겁게 했다. 나는 녀석이 진심으로 새들을 좋아한다고 생각하지만 내가 아는 한 보통 하루에 한 마리로 한정시켰다. 어떤 사냥꾼들이 그렇듯 살생 자체를 좋아해서 새들을 죽이는 법이 없이, 교양 있는 자들이 그렇듯 반드시 필요한 경우에만 죽였다. 밤나무에 사는 날다람쥐와도 친하게 지냈는데 너무 친한 나머지 여름에는 거의 매일 한 마리씩 데려와서 다람쥐들이 자포자기할 지경이었다. 녀석은 실제로 탁월한 사냥꾼이었다. 절제하는 능력이 말살하는 능력을 보완하지 않았더라면 아마 엄청난 손상을 가했을 것이다. 녀석은 자기보다 하등한 동물들에게 잔혹하게 대하는 일이 거의 없었다. 나는 녀석이 쥐를 잡는 것을 단지 즐기기 위해서라기보다는 자기가 할 일을 정확히 알고 있기 때문이라고 생각한다. 녀석은 우리와 함께 거주한 첫 몇 달 동안 쥐떼를 상대로 끔찍한 활동을 벌였는데, 그 이후로는 녀석이 모습만 드러내도 그 구역에서 쥐들이 출몰하는 것을 단념했을 정도였다. 쥐를 가지고 노는 것을 즐거워하긴 했지만, 대체로 진지한 상대로 받아들이기에는 너무 시시한 사냥감으로 여기는 것 같았다. 나는 녀석이 쥐를 가지고 한 시간 정도 논 후에 은혜를 베푸는 듯한 태도로 풀어주는 것을 본 적이 있다. "생계를 이어나가는" 모든 문제에 있어서 캘빈은 자기가 살았던 시대의 탐욕스러움과 크나큰 대조를 이루었다.

친구들과 사귀는 능력이든가 자연에 대한 애착심에 대해 말하기가 약간 망설여지는 이유는 녀석이 가진 내성적인 습성상 그런 것에 대해 말하는 것을 별로 달가워하지 않는다는 것을 알기 때문이다. 우리는 서로를 완벽하게 이해했지만, 절대 그런 사실에 대해 유난을 떨지 않았다. 내가 녀석의 이름을 말하거나 손가락을 까딱거리면 나에게로 왔다. 밤늦게 집에 들어갈 때면 문 근처에서 나를 기다린 게 분명한데도 순전히 우연히 거기에 있었다는 듯 일어나서 길을 따라 어슬렁거렸다. 흔히 감정을 드러내는 것을 무척 수줍어했던 것이다. 문을 열면 보통 고양이들처럼 절대 후다닥 뛰어들어오는 법이 없이, 들어갈 생각이 하나도 없지만 은혜를 베풀겠다는 식으로 빈둥빈둥 어정거리며 들어왔다. 하지만 사실은 저녁 준비가 되어 있다는 것을 알았기 때문에 반드시 거기에 있어야 했던 것이었다. 녀석은 저녁식사 시간을 준수했다. 여름에 우리가 집을 떠나있는 동안 저녁식사를 일찍 할 때가 가끔 있었다. 이리저리 어슬렁거리며 돌아다니던 캘빈은 그걸 몰랐고 늦게 들어왔다. 하지만 다음날에는 절대 실수하지 않았다. 녀석이 절대 하지 않았던 것이 또 한 가지 있다. 열린 출입구로는 돌진하지 않는다는 것이었다. 녀석은 위엄을 잃는 법이 없었다. 나가고 싶은 생각이 간절하면 얼른 문을 열어달라고 했을 법도 한데, 항상 유유히 빠져나갔다. 꼬리가 문에 거의 끼기 직전까지 우산을 가져가야 하는 게 나을지 어떨지 생각하는 듯 문틀에 서서 하늘을 바라보고 있던 모습이 지금도 눈에 선하다.

녀석에게 있어 우정이란 것은 드러내놓고 표현하는 것이라기보다는 변함이 없는 것이었다. 우리가 거의 2년 만에 집으로 돌아왔을 때, 캘빈은 우리를 분명 기쁘게 맞아주었다. 하지만 안달복달 씩씩대는 모습으로가 아니라 차분하게 만족스럽다는 듯 기쁘다는 표현을 드러냈다. 녀석은 우리가 집에 돌아오는 것을 좋아하도록 만드는 능력을 가지고 있었다. 이렇듯 한결같이 변하지 않는다는 점이 캘빈의 매력이었다. 친구를 사귀는 것을 좋아했지만 쓰다듬어 주기를 바라거나 찰싹 달라붙어 있거나 잠시라도 무릎 위에 앉아있으려고 하지 않았다. 항상 친밀감과 위엄을 구분하였으며 기분을 드러내지도 않았다. 하지만 토닥거리며 쓰다듬어줄 때도 있었는데, 그것은 녀석이 그러기로 결정했을 때였다. 녀석은 종종 앉아서 나를 바라보다가 미묘하게 마음이 움직이면 내게로 와서 내 얼굴에 자기 코를 비벼댈 수 있을 때까지 코트와 소매를 잡아당기고는, 비벼대고 난 뒤에는 흡족해 하면서 가버렸다. 아침에는 내 서재에 오는 버릇이 있었다. 몇 시간이고 내 옆이나 책상 위에 조용히 앉아 종이 위에서 펜이 움직이는 것을 지켜보다가 가끔은 압지押紙 위에서 꼬리를 흔들기도 하며 잉크병 옆에 있는 종이뭉치들 사이에서 잠이 들곤 했다. 좀 드문 일이긴 했지만, 내 어깨 위에 걸터앉아 내가 쓰는 것을 지켜보기도 했다. 글을 쓰는 것은 녀석에게 항상 흥미로운 일이었으며, 내가 쓴 것을 이해할 때까지 펜을 쥐고 싶어 했다.

친구와 있을 때는 늘 자제하는 듯한 모습을 보였다. 마치 '우리 서로 인격을 존중하자고. 우정을 '개똥'으로 만들지 않도록 말이야'라고 말하는 것 같았다. 서로의 품위를 떨어뜨리는 것은 에머슨*의 말처럼 "하찮은 편의주의적인 관계"로 넘어갈 위험이 있다고 보았다. '왜 무분별하게 친구들을 사귀려고 하는 거지?' '만지지도 말고 할퀴지도 마'라고 말하는 듯 말이다. 하지만 나는 녀석의 초연함, 자기 자신과 타인에 대해 서로 침범해서는 안 된다는 녀석의 섬세한 감각이 부당하다고 생각하지 않는다. 여러분이 믿거나 말거나 자주 반복되었던 일과 관련지어 보겠다. 캘빈은 여름이건 겨울이건 한밤중에 몇 시간씩 밤의 아름다움을 관조하며 보내는 습관을 가지고 있었다. 그런 뒤 온실 지붕을 건너 우리 방의 열린 창문으로 들어와 침대 발치에서 잠을 잤다. 항상 정확하게 이런 방식을 취했다. 만약 우리가 일부러 층계를 오르게 해서 방문으로 들어오도록 해버렸다면 절대 방에 머무르려 하지 않았을 것이다. 녀석은 그랜트 장군**처럼 고집이 셌다. 하지만 그게 녀석의 방식이었다. 녀석은 아침에 깨끗이 몸단장을 마치고는 다른 가족들과 아침식

*Ralph Waldo Emerson(1803~1882). 미국 사상가 겸 시인.
**Ulysses S. Grant(1822~1885). 미국의 18대 대통령이자 남북전쟁의 영웅이라 불린다.

사를 하러 내려왔다. 다른 때와 달리 아내가 집에 없을 때에는, 아침에 식사 준비를 마쳤다는 종이 울리면 침대 머리맡으로 와서 발을 올리고 내 얼굴을 들여다보았다. 내가 일어나면 따라와서 옷 입는 것을 '도와주면서' 우렁차게 골골골 소리를 내며 애정을 표현했다. 마치 분명히 '아내분은 없지만 내가 여기 있잖아요'라고 말하는 것 같았다. 그런 경우는 흔치 않았다.

녀석에게도 한계는 있었다. 자연을 아무리 좋아했을지라도, 예술에 대한 개념을 가지고 있지는 않았다. 한번은 프레미에*가 굉장히 멋지고 섬세한 청동 고양이 두상을 녀석에게 주라고 선물로 보내었다. 나는 그것을 바닥에 놓아두었다. 녀석은 그 두상을 뚫어져라 보더니 몸을 굽혀 살금살금 다가가서 코를 대보고 가짜라는 것을 감지하고는 홱 돌아서 가버렸다. 그 이후로는 두 번 다시 관심을 기울이지 않았다. 전반적으로 녀석의 삶은 운이 좋았을 뿐만 아니라 행복한 것이기도 했다. 내가 아는 한 녀석이 두려워하는 것은 딱 하나였다. 배관공들에 대한 극심한 두려움이 그것이었다. 배관공들이 왔을 때는 절대 집에 있으려 하지 않았다. 아무리 구슬려도 진정시킬 수 없었다. 물론 우리가 배관공들에게 지불해야 하는 요금에 대한 두려움을 함께 나누고자 함은 아니었겠지만, 우리가 모르는 삶의 어떤 한 부분에서 배관공들에게 끔찍한 일을 겪은 게 틀림없었다. 녀석에게 배관공은 악마 같은 존재였다. 녀석의 분류표에서 배관공들은 자기에게 해를 끼치는 존재라고 일찌감치 정해놓은 게 분명했다.

캘빈의 가치에 관해 논할 때, 나는 결코 세속적인 기준으로 평가하겠다는 생각을 한 적이 없었다. 누군가 죽으면 살아생전 그가 얼마나 가치 있는 존재였는지 물어보는 것이 요즘의 관례이며, 더욱이 신문 부고란에도 그러한

*Emmanuel Frémiet(1824~1910). 프랑스의 조각가.

평가가 없으면 완결된 게 아니라고 여겨진다는 것도 알고 있다. 하루는 우리 집에 온 배관공들이 "저 사람이 저 고양이는 100달러도 안 나간다고 말했다고 어떤 여자가 말했다고 사람들이 말했대"라고 하는 말을 우연찮게 듣게 되었다. 내가 그런 말을 했느니 안 했느니 하는 말조차 쓸데없는 말이다. 나는 캘빈과 관련된 한 돈으로 거래할 수 있다는 생각을 해본 적이 없다.

돌이켜보면, 캘빈의 일생은 운이 좋은 것 같다. 강요당하지 않는 자연스러운 삶이었기 때문이다. 배고프면 먹고, 졸리면 자고, 발가락 끝을 핥는 것을 즐겼고, 몸 끝에서 살랑살랑 움직이면서 감정을 표현하는 꼬리가 있다는 것을 즐거워했다. 녀석은 정원을 돌아다니며 나무들 사이를 한가로이 거닐거나, 푸른 잔디 위에 누워서 여름이 주는 온갖 감미로운 기운을 느긋이 즐겼다. 휴식의 참뜻을 알고 있었으므로 누구도 게으르다고 비난할 수 없었다. 캘빈에 대한 무척 예쁜 시를 쓴 시인은 녀석의 짧은 일생이 상당 부분 잠으로 둘러싸여 있었다면서 녀석의 더할 나위 없는 행복을 과소평가했다. 캘빈은 잠자는 것으로 인해 양심의 가책을 느끼는 일이 하나도 없어 보였다. 사실은 좋은 습관과 자기 삶에 만족해하는 마음을 지니고 있었다. 서재 문으로 걸어들어와 의자 옆에 앉아 가지런히 모은 발에 우아하게 꼬리를 두르고는, 이루 말할 수 없는 행복감에 가득 찬 아련한 얼굴로 나를 올려다보던 모습이 지금도 눈에 선하다. 나는 녀석이 언어가 가진 힘이 없는, 말을 못하는 동물로서의 한계를 느꼈을 거라고 종종 생각했다. 하지만 본인은 말을 못하면서도 자기보다 하등한 동물들이 불분명한 소리로 우물우물하는 것은 경멸했다. 녀석에게 있어 고양이들이 천박하게 야옹야옹 울부짖는 소리는 품위를 떨어뜨리는 것이었다. 가끔 중요하다고 여기거나 원하는 것에 주의를 환기시키고 싶을 때는 또렷하게 표현하거나 점잖게 외칠지언정 절대 징징거리는 법이 없었다. 들어오고 싶은데 창문이 닫혀있을 때는 군말 없이 몇 시간이고 앉아서 기다렸다. 그리고 문이 열렸을 때도 오래 기다려서 안달 났다는 듯 '번개'처럼 뛰어들어오는 법이 없었다. 고양이 종족들에게 주어졌으나 녀석은 사용하지 않는 불쾌한 종류의 발성이라든가, 언어 능력은 없을지라도 마음에 드는 사람에게 골골골거리며 자기가 얼마나 만족스러운지를 표현하는 막강한 능력을 가지고 있었다. 녀석에게는 다양한 힘과 표현을 음전* 하는 음악적 기관이 있어서 그 기관으로 스카를라티의 저 유명한 '고양이 푸가'**도 연주할 수 있었을 거라고 나는 믿어 의심치 않는다.

캘빈이 노령의 나이로 인해 죽은 것인지 아니면 어린 시절에 얻은 질병 중 한 가지로 인해 쓰러진 것인지는 알 수 없다. 베일에 싸인 채 조용히 온 것만큼이나 조용히 떠나갔다. 나는 다만 녀석이 우리가 사는 이 세상에 완벽한 위상과 아름다운 모습으로 나타났다가 얼마 지나지 않아 로엔그린***처럼 저 멀리로 떠났다는 것만을 안다. 투병 중에도 녀석은 흠잡을 데 없는 일생만큼이나 후회 없는 시간을 보냈다. 그보다 더 위엄있고 상냥하게 질병을 감내할 수는 없는 것 같았다. 녀석에게 일종의 무기력과 식욕 저하가 점차 심하게 다가왔다. 바깥에서 활활 타오르는 장작불보다 난방장치에서 오는 온기를 더 좋아하는 것도 심상치 않은 증상이었다. 아무리 고통스러울지라도 녀석은 묵묵히 견뎌냈으며, 자기가 아프다는 것을 사람들에게 무리하게 강

*오르간 등에서 각종 음관音管으로 들어가는 바람의 입구를 여닫는 장치.

**Domenico Scarlatti(1685~1757). 이탈리아의 작곡가. 550곡이 넘는 건반악기 소나타를 작곡했다. 스카를라티의 고양이가 건반을 밟고 지나가자 그 음들을 주제로 만든 푸가라고 알려져 있다.

***독일 작곡가 리하르트 바그너(Richard Wagner, 1813~1883)가 직접 대본을 쓰고 작곡한 오페라 곡으로 억울한 누명을 쓰고 고통받는 한 여인, 엘자를 구원하기 위해 나타난 성배의 기사 로엔그린의 이야기이다. 엘자는 '신분과 이름을 묻지 말라'는 로엔그린의 당부를 지키지 못하고 결국 질문을 하고 이에 로엔그린은 엘자를 남기고 떠나고 만다.

요하지 않는 것이 유일하게 바라는 점인 것 같았다. 우리는 제철에 나는 진미로 식욕을 돋우기도 해봤지만, 머지않아 먹을 수도 없게 되어 2주 동안은 거의 아무것도 먹지도 마시지도 못했다. 가끔은 조금이라도 먹으려고 애썼지만, 그건 우리를 기쁘게 하려는 것인 게 분명했다. 나는 이웃 사람들의 조언이 전혀 도움이 안 된다는 것을 확신하지만, 어쨌든 이웃 사람들이 캣닢을 추천했다. 녀석은 냄새도 맡으려 하지 않았다. 우리는 심령치료를 하는 게 본업인 비전문 의료인의 간병을 받게 했지만 녀석의 증세에는 손도 댈 수 없었다. 처방한 환약을 삼켰지만 환약이 효과가 있는 때는 지난 분위기였다. 녀석은 날마다 거의 꼼짝도 하지 않고 앉아있거나 누워있었는데, 일반적으로 볼 수 있는 경련이나 고통으로 인한 몸부림을 보인 적이 단 한 번도 없었다. 불쾌감을 주기 싫었던 것이다. 녀석은 온실 옆에 놓인 스미르나*산 양탄자 한가운데 제일 밝은 곳을 좋아했다. 그 자리에 있으면 햇볕이 쏟아지고 분수가 졸졸 흐르는 소리를 들을 수 있기 때문이다. 우리가 다가가서 상태가 어떤지에 대해 관심을 보이면 늘 우리 마음을 다 안다는 듯 고마워하며 골골골거렸다. 내가 이름을 부를 때면 '이봐, 무슨 말인지 알아. 하지만 아무 소용없어'라고 말하는 듯한 표정으로 올려다보았다. 녀석은 고통 속에서도 자기를 찾아오는 모든 사람들에게 인내심과 침착함의 귀감이 되었다.

나는 캘빈이 떠나는 마지막 순간에 집을 비우고 있었지만, 쇠약해지는 상태에 대해 매일 우편엽서로 전해 들었다. 그리고 녀석의 살아있는 모습을 다시는 보지 못했다. 어느 화창한 아침, 몹시 수척한 상태로 양탄자에서 일어나 온실로 들어가서는 자기가 아는 모든 식물들을 바라보며 찬찬히 이리저리 둘러보았다고 한다. 그러고는 식당에 있는 내닫이창으로 가서 이제는

*터키 서부의 항구인 이즈미르의 옛 이름.

갈색으로 바짝 말라버린 조그만 들판을 내다보며 오랫동안 서 있은 뒤, 살면서 가장 행복한 시간을 보냈을 정원으로 눈길을 돌렸다고 한다. 그것이 녀석이 본 마지막 풍경이었다. 녀석은 돌아서서 걸어 나와 양탄자에서 제일 밝은 곳에 누웠고, 조용히 세상을 떠났다.

캘빈이 죽었다는 소식이 알려지자 이웃 사람들은 상당히 충격을 받았다고 해도 과언이 아니었다. 그만큼 됨됨이가 뛰어났기 때문이다. 친구들이 잇따라 녀석을 보러 왔다. 터무니없이 감상적인 장례식은 치르지 않았다. 어떤 식으로라도 과시하는 듯한 모습은 녀석의 마음에 들지 않을 거라고 느꼈기 때문이다. 장의사 역할을 맡은 존은 양초용 상자를 준비했는데 나는 그것이 직업적 예의를 갖춘 거라고 믿었다. 하지만 그 이면을 들여다보니 평상시처럼 별 뜻 없는 것이었다. 그가 부엌에서 "여태껏 치른 초상 중에서 가장 형식적"이라고 하는 말을 들었기 때문이다. 하지만 모든 이들이 캘빈에게 애정을 느꼈고 일종의 경의를 표했다. 녀석과 버사* 사이에는 깊은 우정이 자리잡고 있었으며, 그녀는 녀석의 천성을 이해했다. 그녀는 녀석이 자기를 다 안다는 듯한 눈빛으로 바라보는 게 가끔은 두렵다고 말하곤 했다. 하지만 녀석이 보이는 것 이상을 안다는 사실은 전혀 몰랐다.

내가 집으로 돌아왔을 때, 사람들은 위층 방의 열린 창문 옆 탁자 위에 캘빈을 눕혀두고 있었다. 2월이었다. 캘빈은 테두리에 상록수 이파리가 둘러진 양초용 상자 속에서 평온하게 잠들어 있었다. 머리맡에 놓인 포도주잔에는 꽃이 몇 송이 꽂혀 있었다. 난롯가 앞에서 가장 좋아하는 자세로 있을 때처럼 두 팔에 턱을 괸 자세로 누워있었는데, 마치 보드랍고도 더없이 우아한

*Bertha Runkle(1879~1958). 미국의 소설가이자 극작가. 1893년에 이 글을 쓴 찰스 더들리 워너와 30권으로 된 『세계 최고의 문학 도서관』을 집필하기 시작하였다.

털 안에서 편하게 잠들어 있는 것 같았다. 녀석이 누워있는 것을 본 사람들은 무심결에 "꼭 살아있는 것처럼 보여요!"라고 외쳤다. 나는 아무 말도 하지 않았다. 존은 녀석을 두 그루의 산사나무 밑에 묻었다. 하나는 흰색이었고 다른 하나는 분홍색이었다. 캘빈이 누워서 여름 풀벌레들이 윙윙거리는 소리와 새들이 지저귀는 소리를 듣는 것을 좋아했던 자리였다.

아마도 녀석을 아는 사람들에게는 따로 말이 필요 없는 성품을 이 글에서 나는 제대로 드러내지 못했을 것이다. 어찌 됐든 나는 녀석과 관련하여 있는 그대로의 진실만을 적어 내려갔다. 녀석은 언제나 신비로웠다. 나는 녀석이 어디에서 왔는지도, 어디로 가버렸는지도 모른다. 다만 녀석의 무덤 위에 놓아둔 화환에 거짓된 잔가지를 하나도 엮지 않으려 했을 뿐이다.

찰스 더들리 워너Charles Dudley Warner

미국의 수필가, 소설가. 마크 트웨인의 친구로 『도금시대』 소설을 공동 집필했다. 살아있는 동안 소설가로서 유명세를 떨쳤지만 비평가들로부터는 큰 호응을 받지 못하였다. 이 글은 1870년 작 『정원의 여름』에 실려 있다. 자주 여행과 강연을 다녔으며, 감옥시설 개혁, 도시공원 관리감독 등의 공익을 위한 운동에 적극적으로 관심을 보였다.

오노레 드 발자크 어느 영국 고양이의 비애

오! 프랑스 동물 동지 여러분! 여러분의 첫 회합이 열린다는 소식이 런던에 닿았을 때, 동물개혁가 동지들의 가슴은 두근두근 방망이질 쳤다. 보잘것없는 경험이긴 하지만 나는 인간보다 동물이 우월하다는 증거를 아주 많이 가지고 있다. 영국 고양이라는 내 특성상 나는 영국의 위선적인 법 때문에 내 가엾은 영혼이 얼마나 극심한 고통에 시달렸는지를 보여주기 위하여 내 삶에 대한 이야기를 출판할 기회를 오랫동안 기다려왔다. 이미 두 번의 기회가 있었다. 여러분들의 존엄한 의회가 법안을 통과시킨 이래 나는 쥐들을 존중하겠다는 맹세를 했고, 일부 쥐들이 나를 콜번 출판사로 데려갔을 때 그곳에는 나이든 부인들과 나이가 분명하지 않은 노처녀들, 심지어 젊은 기혼 여성들까지도 자신의 의견을 피력하며 교정을 보고 있었다. 나는 자문했다. 여성들도 각자 자신의 방식으로 살아가는데, 왜 발을 가진 나는 내 방식으로 발을 활용하면 안 되는가. 사람들은 여성들이 생각하는 것, 특히 글을 쓰는 여성이 생각하는 것을 절대 알 수 없지만, 영국의 배반행위에 희생된 고양이인 나는 생각하는 것 이상을 말하는 데 관심이 있을뿐더러, 넘쳐나는 수많은 이야깃거리는 여성들이 말하지 않는 것을 보완하는 역할을 할 것이다. 우리 혈통 가운데 가장 고귀한 가문으로 우뚝 솟은, '장화 신은 고양이'로 만천하에 알려진 오! 프랑스 고양이 여러분! 그토록 많은 이들이 흉내 내려 했지만 아직 그 누구도 기념비를 세우지 못한, 나는 고양이계의 인치볼드 부인*이 되고 싶은 야망이 있으니 내 숭고한 노력에 대해 부디 혜량하여 주시기 바란다.

나는 야옹베리라는 작은 마을 근처에 있는 캣셔에서 한 교구주임 목사의 가정에서 태어났다. 우리 어머니는 자식들을 아주 많이 낳았는데 거의 모두가 젖먹이 때 가혹한 운명에 처해졌다. 왜냐하면 여러분도 알다시피 온 세상을 차지할 정도로 위협적인 영국 고양이들의 무절제한 모성에 대한 원인이 아직 해결되지 않았기 때문이다. 수고양이들과 암고양이들은 서로 자신들이 가진 상냥함과 미덕 덕분이라고 주장한다. 하지만 아무 관계없는 엉뚱한 평자들은 올바르게 처신하라는 요구를 지겹도록 받는 영국 고양이들에게는 자식을 낳는 것만이 유일한 오락거리라고 말한다. 다른 이들은 영국의 인도 지배와 관련시켜 여기에 무역과 정치에 대한 중차대한 문제들이 숨어 있을지도 모른다고 주장한다. 하지만 이러한 문제들은 내가 발로 써야 하는 문제들이 아니니 「에든버러 리뷰」지**에 일임하겠다. 나는 순백색의 털옷 때문에 젖먹이 때 다른 형제자매들과 함께 익사당하지 않았다. 또한 '이쁜이'라는 이름도 가지게 되었다. 하지만 아아 슬프게도, 아내와 열한 명의 딸들을 둔 목사님은 찢어지게 가난해서 나를 키울 수가 없었다. 한 나이 든 여성분이 내가 목사님의 성경책에 애정을 품고 있다는 걸 알아차렸다. 나는 언제나 성경책 위에서 잠을 잤는데, 독실해서가 아니라 그 집에서 찾아낼 수 있는 유일하게 깨끗한 곳이 그곳이었기 때문이다. 그 노부인은 아마 내가 '발람의

*Elizabeth Inchbald(1752~1821). 남성이 지배하는 사회에 대한 불만을 토로하는 소설들을 썼다.
**휘그당의 정치 · 문예 계간지였다.

당나귀'*에 나오는 성스러운 동물 종파에 속한다고 여겼는지 나를 데리고 왔다. 겨우 두 달밖에 되지 않았을 때였다. '차와 성경'이라는 글귀가 새겨진 카드를 보내는 일을 하며 저녁 시간을 보냈던 이 노부인은 이브처럼 쓸데없이 호기심이 강한 여자들이 얼마나 치명적인지를 내게 전하려고 애썼다. 개인의 존엄성과 세상에 마땅히 해야 할 의무에 관해 길게 설교하는 방식은 매우 성공적이었다. 그 지루한 설교를 피하려면 순교자적 고통을 짊어질 수밖에 없었으니까.

어느 날 아침, 가련한 미물인 나는 크림이 얹혀 있는 머핀 그릇에 마음을 홀랑 빼앗겨 발로 머핀을 쓰러뜨린 뒤 크림을 핥아먹었다. 그러고는 대단히 흡족해하고 있었는데, 아마 내 미성숙한 오장육부가 약한 탓인지 어린 고양이들이 느끼는 피할 수 없는 욕구로 인해 왁스칠한 바닥에다 그만 먹은 것을 배설해버렸다. 소위 무절제와 교육 탓이라는 증거를 잡은 노부인은 나를 붙잡더니 자작나무 회초리로 모질게 때리면서 나를 숙녀로 만들지 못하면 갖다 버릴 거라고 딱 잘라 말했다.

"네게 품위에 대해 가르쳐야겠구나." 노부인이 말했다. "이쁜이 양, 영국 고양이들은 영국의 체통을 지키는 규율에 위배되는 자연적인 행위들을 가장 철저하고 비밀스럽게 감춘단다. 알아듣겠니. 부적절한 모든 것은 멀리해야 해. 박사 학위 소지자인 심슨 목사님이 '하나님께서 창조를 위해 만드신 법은 피조물들에게 적용하는 것'이라고 하는 말을 들었을 거야. 지구가 점잖

*민수기 22:21~41에 나오는 일화다. 이스라엘 백성을 두려워한 모압 족속의 왕 발락은 마법사 발람을 불러 이스라엘을 저주하도록 요청하였다. 발람은 발락에게 가던 중 천사의 등장으로 길을 차단당했다. 놀란 나귀가 쓰러졌고 이때 발람의 발이 벽에 긁혀 상처가 나자 나귀를 세게 때렸다. 주님께서 나귀의 입을 통해 발람의 잘못을 깨닫게 한 후에야 비로소 발람은 천사가 길을 가로막았음을 깨달았다. 발람은 이 일을 겪은 후 발락이 집요하게 요구한 이스라엘에 대한 저주를 모두 축복으로 바꾸어 예언하였다.

지 못한 행동을 하는 것을 본 적이 있니? 욕구를 드러내기보다는 죽을 고생을 하더라도 고통을 참는 법을 배워. 충동을 억제하는 것이 바로 성자들의 미덕이야. 고양이들의 가장 큰 특권은 우아하게 떠나는 행실에 있는 거야. 그리고 몸단장을 하러 어디로 가는지 아무도 알지 못하게 해. 아름답다고 생각할 때만 자신을 드러내. 네 외모에 속아서 모든 사람들이 너를 천사로 여기도록 말이야. 앞으로 그러한 욕구에 사로잡힐 때는 창밖을 내다보면서 산책하러 가고 싶다는 인상을 줘. 그런 다음 숲 속이나 시궁창으로 달려가렴."

온전히 양식 있는 고양이로서 이 교리가 무척 위선적이라는 것을 알았지만, 나는 너무 어렸다!

"그렇다면 시궁창에 있을 때는 어쩌지요?" 생각난 김에 노부인을 바라보며 물었다.

"일단 혼자 있게 돼서 아무도 보는 이가 없다는 것을 확신하면 훨씬 더 아름답게 체통을 저버릴 수 있단다, 이쁜아. 너는 사람들이 있는 데서 분별 있게 해왔잖니. 바로 이러한 수칙을 준수했을 때 영국인들의 도덕적 극치가 가장 빛을 발하는 거야. 영국인들은 오로지 겉으로 보여지는 모습에만 빠져들거든. 슬프게도 이 세상에 존재하는 것들은 다 환상이고 기만일 뿐이야."

나는 이러한 위선이 내가 가진 모든 동물적 양식에 혐오감을 준다는 것을 인정하지만, 또다시 채찍질을 당할까 봐 영국 고양이에게 요구되는 것은 결국 허례허식일 뿐이라는 사실을 이해하는 편이 차라리 더 낫겠다고 생각했다. 이 순간부터 나는 좋아하는 음식 몇 조각을 침대 밑에 숨겨놓는 습관이 들었다. 지금까지 내가 먹거나 마시거나 몸단장하는 모습을 본 이는 아무도 없었다. 나는 고양이계의 전형典型으로 받아들여졌다.

이제 나는 소위 석학이라고 불리는 어리석은 사람들을 관찰할 기회가 생겼다. 내 여주인의 친구들 중 박사 등등의 친구들이 있었는데 그중 심슨이라는 얼간이가 한 명 있었다. 유산이 떨어질 날만을 기다리고 있는 부유한 지주의 아들이었다. 그는 모든 동물들의 행동을 종교적 논리로 설명해야 마땅하다고 주장하는 사람이었다. 어느 날 저녁, 그는 내가 접시에서 우유를 핥아먹는 것을 보았다. 접시 가장자리를 먼저 핥아먹어서 점차 유체流體의 원이 줄어드는 것을 보더니 내가 교육받은 방식에 대해 노부인에게 칭찬을 늘어놓았다.

그가 말했다. "보세요. 모든 것에 완벽을 기하는 이 성스러운 친구를. 이 쁜이는 영원이 무엇인지를 이해하고 있어요. 우유를 핥으면서 영원의 상징인 둥근 원을 그리고 있잖아요."

양심상 나는 고양이들이 극도로 싫어하는 것이 털이 젖는 것이라서 그런 식으로 마실 뿐이라는 사실을 말해야겠다. 하지만 우리 고양이들이 가진 지혜를 발견하는 것보다 자신이 가진 지식을 보여주는 것에 훨씬 더 정신이 팔린 석학들은 늘 우리를 잘못 이해했다.

사람들이 나를 안아 올려 털에서 정전기가 일도록 손으로 내 새하얀 등을 어루만질 때면 노부인은 자긍심에 가득 차서 "드레스를 망칠까 걱정하지 않고도 안고 있을 수 있어요. 감탄스러울 정도로 예의 바른 아이거든요!"라고 말했다. 모두가 나보고 천사라고 했다. 뱃속은 산해진미로 가득 채워졌지만, 진심으로 지루했다는 것을 밝히는 바다. 나는 이웃의 한 젊은 암고양이가 수고양이와 도망쳤다는 사실을 잘 알고 있었다. 바로 이 '수고양이'라는 말, 이 말 때문에 나의 영혼은 고통스러웠다. 그 어떤 것도 고통을 덜어줄 수 없었다. 내가 받는 칭찬의 말들조차도, 아니 좀 더 정확히 말하면 내 여주인에게 아낌없이 쏟아지는 찬사조차도 말이다.

"이쁜이는 정말로 품행이 단정해요. 작은 천사라고나 할까요." 노부인이 말했다. "굉장히 아름다우면서도 자기가 아름답다는 걸 다 안다는 듯한 태도가 없어요. 누군가를 유심히 살펴보는 짓도 절대 하지 않죠. 그게 바로 뛰어난 귀족 교육의 정점이라고 할 수 있는 거잖아요. 누군가를 유심히 살펴볼 때는 우리가 어린 소녀들에게 요구하는 것처럼 철저히 무심한 태도를 유지하죠. 그건 엄청난 고난을 통해서만 얻을 수 있는 거예요. 또, 부르지 않으면 절대 자기 마음대로 오는 법이 없답니다. 친하다고 품속으로 뛰어오르는 일도 없어요. 먹는 모습을 본 이가 여태껏 아무도 없을 정도고요. 틀림없이 '괴물 바이런' 경*마저도 흠모했을 거예요. 확실하게 검증된 영국 여성처럼 차를 좋아하고, 진지하고도 차분하게 앉아서 성경 말씀을 들어요. 누군가를 나쁘게 생각하는 법도 없어요. 이 사실은 이쁜이 앞에서라면 누구라도 허심탄회하게 말하는 게 가능하다는 것을 보여주고 있지요. 소박한 데다 집착도 하지 않아서 보석에 아무런 욕심이 없어요. 반지를 하나 줘도 가지지 않을 거예요. 결정적으로, 사냥꾼들이 하는 천박한 짓을 흉내 내지도 않는답니다. 자기 보금자리를 좋아해서 그곳에서 지극히 평온하게 지내지요. 그 모습을 보고 있노라면 가끔은 버밍엄이나 맨체스터에서 만든 기계 고양이가 아닐까 싶다니까요. 최고 수준의 교육을 자랑하는 완벽한 예라고 할 수 있죠."

이 신사들과 노부인들이 교육이라고 부르는 것은 자연스러운 태도를 감추는 관례를 말하는 것이고, 우리를 철저히 타락시켰을 때 그들은 교육을 잘 받고 자랐다고 말했다. 어느 날 저녁, 여주인이 아가씨들 중 한 명에게 노

*George Gordon Byron(1788~1824). 영국의 낭만파 시인으로 알려진 바이런을 말한다. 할아버지는 '악천후惡天候 잭Foul-Weather Jack'이라는 별명을 얻은 해군 제독이었고, 큰아버지는 술 취한 김에 친척을 죽인 '악당 바이런', 아버지는 '미치광이 잭'이라는 별명을 가지고 있었다. 바이런은 시로도 유명하지만 '바이런적 인물Byronic hero'이라는, 우울하며 동시에 정열적이고, 아프게 참회하면서 동시에 후회 없이 죄를 저지르는 과격하고도 변덕스러운 성격으로도 잘 알려져 있다.

래를 청했다. 아가씨가 피아노 앞으로 가서 노래하기 시작했을 때, 나는 즉시 어린 시절에 들었던 아일랜드 곡이라는 것을 알아차렸고, 나 또한 노래를 곧잘 불렀다는 사실이 기억났다. 그래서 그녀가 노래 부를 때 나도 같이 불렀는데 그녀가 찬사를 받는 동안 나는 머리를 몇 대 쥐어 맞았다. 권력자들의 부당함에 비위가 상한 나는 다락방으로 달아났다. '조국에 대한 신성한 사랑이여! 얼마나 달콤한 밤이런가!' 나는 마침내 지붕의 의미를 알았다. 수고양이들이 자기 짝들에게 불러주는 찬가가 들려왔다. 이 사랑스러운 애가哀歌를 듣고 있으려니 여주인이 내게 강요했던 온갖 위선적인 행위가 수치스러워졌다. 이내 고양이 몇 마리가 내가 있다는 것을 알아채었는데 나의 출현을 불쾌하게 여기는 것 같았다. 멋진 수염을 기른 풍채 좋은 털북숭이 수고양이 한 마리가 와서 나를 보고는 친구들에게 "에게, 아직 애잖아!"라고 말했다. 이런 거들먹거리는 말투에 내가 애가 아니란 것을 보여주려고 기왓장 위에 날렵하게 풀쩍 뛰어올라 다른 동물은 흉내 낼 수도 없을 정도로 유연하게 착지했다. 하지만 이런 애교는 순전히 시간낭비였다. "언제면 누군가가 나에게 세레나데를 불러줄까?" 나는 혼잣말을 했다. 수고양이들의 거만한 태도와 인간의 목소리로는 절대 대적할 수 없는 그들의 곡조에 깊은 감동을 받은 나는 계단에서 가사를 조금 붙여 노래를 불렀다. 하지만 이 순진무구한 삶에서 나를 완전히 결딴나게 하는 엄청나게 중요한 사건이 이제 막 벌어지려 하고 있었다.

나는 여주인의 조카딸과 함께 런던에 갔다. 나를 흠모했던 부유한 상속녀로, 광적으로 나를 어루만지고 뽀뽀해댔다. 나를 아주 즐겁게 해주기도 해서 나는 우리 종족의 모든 습관을 거역하면서까지 그녀에게 정을 붙이게 되었다. 우리는 한시도 떨어져 있지 않았으며 나는 런던시즌* 동안 런던의 귀족 사회를 자세히 들여다볼 수 있었다. 심지어 짐승들에게도 유세를 떠는 영국인들의 괴팍한 행위에 대해 살펴보게 된 것도 그곳에서였다. 바이런이 저주를 퍼부었던 위선적인 말투도 알게 되었다. 비록 바이런만큼 한가하게 즐기지는 못했지만, 바이런만큼이나 나는 희생자였다.

내 여주인인 애러벨라는 영국의 다른 많은 아가씨들과 비슷한 젊은 아가씨였다. 즉, 그녀는 남편감으로 어떤 사람을 원하는지 확신이 없었다. 남편감을 선택하는 데 있어 아가씨들에게 허용된 완전한 자유는, 특히 영국의 관습이 결혼 후에는 성적인 것과 관련된 은밀한 대화를 허용하지 않는다는 점을 상기할 때 그들을 거의 돌아버리게 만들었다. 나는 런던의 고양이들이 이런 엄정한 관습을 취할 거라고는, 영국의 법률이 내게 잔인하게 적용될 거라고는, 게다가 그 끔찍한 민법박사회관** 법정에서 내가 피해자가 될 거라고는 꿈에도 생각하지 못했었다. 애러벨라를 만나는 모든 남자들이 그녀에게 매력을 느꼈고, 누구 하나 빠지지 않고 이 아름다운 아가씨와 결혼할 거라고 믿었다. 하지만 연애가 결혼으로 결판날 듯하면, 그녀는 헤어질 구실을 찾았다. 내게는 별로 품위 있는 것처럼 보이지 않는 행동이었다. "안짱다리 남자와 결혼하라고! 말도 안 돼!" 한 남자에 대해서는 이렇게 말했다. "짜리몽땅한 그 남자는 들창코야." 내게는 남자들이 죄다 비슷비슷했기 때문에 순전히 신체적 차이에 근거하는 이런 태도를 이해할 수 없었다.

마침내 어느 날 유서 깊은 영국 귀족이 나를 보며 그녀에게 말했다. "정말 아름다운 고양이를 가지고 계시군요. 꼭 당신을 닮았어요. 눈처럼 하얗고 생기 넘쳐요. 남편이 있어야겠는걸요. 저희 집에 있는 멋진 앙고라를 데려와

*5~8월까지 열리는 런던의 사교 시즌으로, 지방에 있던 유지들이 런던에 모여 무도회나 오락 활동, 사교계 데뷔 등 각종 행사를 치른다.

**런던의 민권변호사협회로 1857년까지 유언 · 결혼 · 이혼 등을 다루었다.

도 될까요?"

사흘 뒤, 그 귀족은 세상에서 제일 잘생긴 귀족 수고양이를 데려왔다. 이름은 '뿜뿜이'로, 검은색 털에 녹색과 황금색이 섞인 두 눈동자는 참으로 아름다웠지만 차갑고 거만했다. 황금색의 둥그런 띠가 눈에 띄는 길고 비단결 같은 꼬리털은 양탄자를 쓸고 다녔다. 어쩌면 오스트리아 제국의 황실 출신일지도 몰랐다. 왜냐하면 털 색깔이 황실 문장을 대표하는 색깔*이었기 때문이다. 그는 궁정이나 상류사회에서나 보이는 예의범절을 지키고 있었다. 굉장히 엄격하게 처신해서 다른 이들 앞에서는 발로 머리를 긁지도 않을 정도였다. 뿜뿜이는 대륙도 여행한 적이 있었다. 요약하자면, 뿜뿜이는 한눈에 확 뛸 정도로 잘생겨서 영국 여왕도 쓰다듬었다고 했다. 단순하고 순진한 나는 같이 놀자며 잽싸게 그의 목에 달려들었다. 하지만 남들이 지켜보고 있다는 핑계를 대며 뿜뿜이는 거부했다. 나는 그때 이 영국 귀족 고양이가 영국에서 체통이라고 부르는 강압적이고도 가식적인 엄숙함을 유지할 수밖에 없는 것이 나이와 폭식 때문이라는 사실을 감지했다. 사람들이 감탄의 눈길로 바라보는 몸무게 때문에 뿜뿜이는 움직이는 것도 버거워했다. 나의 사근사근한 구애에 응답하지 않은 진짜 이유는 바로 그것 때문이었다. 그는 이루 말할 수 없이 차분하고 침착하게 앉아 수염을 움찔거리거나 나를 뚫어져라 바라보거나 때로는 눈을 지그시 감고 있었다. 영국 고양이 사교계에서 뿜뿜이는 교구 주임목사네 출신 고양이의 관심을 사로잡을 정도로 아주 귀티 나는 유형이었다. 뿜뿜이는 시중드는 하인도 둘이나 있었다. 중국 도자기에서만 음식을 먹었고, 음료는 홍차만 마셨다. 마차를 타고 하이드 파크로 갔으며, 의회에도 가본 적이 있었다.

*유럽에서 가장 영향력 있는 가문인 합스부르크 왕가의 문장은 황금색과 검은색으로 이루어져 있었는데, 그들은 결혼을 통해 오스트리아 제국과 신성로마제국, 프랑스 등 다수 국가를 지배했다.

내 여주인이 뿜뿜이를 기르게 되었다. 런던의 모든 고양이 인구가 캣셔에서 온 이쁜이 양이 오스트리아 황실 빛깔을 지닌 뿜뿜이 군과 결혼했다는 사실을 알고 있었다. 나만 모르고 있던 것이었다. 그날 밤 나는 거리에서 합창하는 소리를 들었다. 자기 취향대로 느릿느릿 걷는 남편과 함께 거리로 내려갔다. 우리는 귀족 고양이 친구들을 우연히 만났는데, 그들은 내게 와서 축하 인사를 건네고는 '쥐애호가 협회'에 가입하지 않겠냐고 물었다. 그들은 세상에서 쥐나 생쥐를 쫓는 것이 가장 저속한 일이라고 설명했다. 그들의 입에서 충격적이고도 상스러운 말들이 끊임없이 나왔다. 결론적으로, 그들은 조국의 영광을 위해 '절제 협회'를 만들었다고 했다. 며칠 밤 지난 뒤 남편과 나는 회색 고양이가 그 주제에 관해 연설하는 것을 들으러 알막 연회장*의 지붕 위로 갔다. 회색 고양이가 간곡하게 권고하자 고양이들은 끊임없이 "옳소! 옳소!"라고 외치며 연설을 지지했다. 그것으로 봐선 성 바오로가 자애에 관한 글을 쓸 때 영국 고양이들을 염두에 둔 게 분명했다. 그는 두려움 없이 배를 타고 바다로 나가 세계 곳곳을 누비며 의욕적으로 '쥐애호가'의 원칙을 전파하는 것이 영국 고양이들의 특별한 임무가 되어야 한다고 주장했다. 실제로 영국 고양이들은 이미 위생학적 발견에 기초하여 협회의 신조를 설파하고 있었다. 쥐와 생쥐들을 해부해 본 결과 고양이들과 크게 차이가 나지 않았으며, 한 종족을 다른 종족이 탄압하는 것은 인간의 율법보다 훨씬 더 강력한 동물의 율법에 저촉되는 것이라는 주장이었다. "그들은 우리의 형제들입니다." 회색 고양이가 말을 이었다. 그리고는 고양이의 입에 물린 쥐의 고통스러운 모습을 생생하게 묘사했다. 나는 와락 눈물이 쏟아졌다.

회색 고양이의 연설에 혹했다는 것을 알아챈 뿜뿜이 경은 영국이 쥐와

*1765년에서 1871년까지 지속되었던 런던의 연회장으로, 귀족들이 이곳에서 음악회와 만찬, 무도회 등을 즐겼다고 한다. 설립자인 윌리엄 알막William Almack 이름에서 따왔다.

생쥐들을 가지고 막대하게 무역을 할 예정이라고 내게 털어놓았다. 고양이들이 더 이상 쥐들을 잡아먹지 않으면 쥐들이 영국의 최고 상품이 될 거라면서, 영국인의 도덕성 뒤에는 늘 실리적인 이유가 감추어져 있다고 했다. 도덕성과 무역 간의 동맹이 영국이 실지로 중요하게 여기는 유일한 동맹이기 때문이라는 것이었다.

뿜뿜이는 훌륭한 정치인일지는 몰라도 내가 만족스러워하는 남편처럼은 보이지 않았다.

한 시골 고양이는 대륙, 특히 파리의 요새 근처에서 수고양이들이 가톨릭교도들에 의해 매일 희생당하는 것에 관한 소견을 발표했다. 이에 누군가가 "이의 있소!"라고 외치면서 말을 끊었다. 이렇듯 잔인하게 처형된다는 이야기는 용감한 동물들을 겁쟁이로 뒤집어씌우려는 끔찍한 중상모략이며, 정부와 외교, 내각을 제외하고는 거짓말과 속임수를 허용하지 않는 진정한 영국 국교회에 대한 무지가 그런 거짓말과 만행을 낳는다고 덧붙였다.

시골 고양이는 급진적인 몽상가로 취급받았다. "오늘 우리는 대륙 고양이들의 이해관계가 아니라 영국의 고양이들의 이해관계를 위해 이곳에 모였습니다!" 격분한 수고양이 토리당원*이 외쳤다. 뿜뿜이는 잠들어 버렸다. 회합이 막 끝났을 때 프랑스 대사관에서 온 한 젊은 고양이가 내게 오더니 아주 감미로운 말을 했다. 말씨가 국적이 어디인지를 여실히 보여주고 있었다.

"친애하는 이쁜이 양. 자연이 당신만큼 완벽한 고양이를 또 다시 만들려면 영겁의 시간이 걸릴 겁니다. 당신의 곱고도 멋진 비단결 같은 털과 비교했을 때 뻬흐시아와 인도의 캐쉬미어는 낙타털이나 마찬가지군요. 당신은 천사들의 본질적인 지고의 행복이 농축된 향기를 내뿜고 있습니다. 이 지루

*한때 잉글랜드 왕국의 정당이었다. 현재 보수당의 전신에 해당한다.

한 회합에 오려고 떠나온 딸레이랑 왕자*의 살롱에서 맡았던 향기예요. 당쉰의 두 눈에서 나오는 광휘는 이 밤을 밝게 비추는군요! 제 애원에 귀 기울여주쉰다면 당쉰의 두 귀는 완벽해질 거예요. 당쉰의 조그만 장미 같은 입술만큼이나 아름다운 장밋빛 빛깔을 가진 장미는 영쿡에 없을 겁니다. 어부는 당쉰의 하얀 이빨만큼이나 뛰어난 품질의 진주를 찾으려고 헛되이 오르무스**를 뒤지고 다니겠지요. 곱고 우아하면서도 사랑스러운 당쉰의 얼굴은 영쿡이 낳은 만고절색이군요. 당쉰이 입고 있는 새하얀 천상의 옷 근처에서는 알프스 산에 쌓인 눈도 붉게 보일 겁니다. 아아! 안개 속에서도 당쉰의 것만 보일 털들이여! 부드럽고 우아하게 당쉰의 몸을 지탱하는 발들은 창조의 기적 중에서도 절정이지만, 당쉰 심장의 고동을 미세하게 연주하는 꼬리는 발을 능가하는군요. 그래요! 이보다 더 절묘하게 곡선을 그리고, 더 정확하게 둥글게 말리는 꼬리는 세상에 없을 거예요. 전 지금까지 당쉰의 꼬리보다 더 우아하게 움직이는 꼬리를 본 적이 없답니다. 휘그당에 자쉰을 팔아먹은 비열한 악당인 데다가 벵골에 너무 오래 체류한 탓에 고양이를 즐겁게 하는 법을 잃어버린 채, 의회에서 영국 귀족처럼 잠이나 자는 늙은 얼간이 뿜뿜이를 떠나세요."

그때 나는 자세히 살펴보지 않는 척하면서 이 매력적인 프랑스 수고양이의 외모를 눈여겨보았다. 그는 경솔하지만 귀여운 장난꾸러기였고 영국 고양이와는 여러모로 달랐다. 귀를 탈탈 터는 방식뿐 아니라 호기 어린 태도는 하등의 걱정거리가 없는 명랑한 미혼남이라는 것을 보여주고 있었다. 나는 영국 고양이들의 엄숙함과 순전히 실속만 차리는 예의범절에 염증이 나

*Prince de Talleyrand(1795~1858). 프랑스의 정치가.

**10세기부터 17세기까지 존속했던 왕국으로 페르시아만에서부터 호르무즈해협에 걸쳐져 있었다. 교역과 상업의 중심지였으며 온갖 보석들과 향수, 와인 등이 거리에 넘쳐났다고 한다.

있었다는 것을 솔직히 인정한다. 그들의 체면치레는 특히 우스꽝스러워 보였다. 런던에서 봐왔던 모든 고양이들과는 완전히 대조적으로, 단정한 것과는 거리가 먼 차림새를 한 이 고양이의 넘쳐나는 자연스러움에 나는 몹시 놀랐다. 게다가 내 삶이 너무 엄격하게 규제되는 것 외에도, 남은 평생 동안 그렇게 살아야 한다는 것을 잘 알고 있었기 때문에 나는 이 프랑스 고양이의 인상 속에서 찾은 뜻밖의 희망을 흔쾌히 받아들였다. 내 온 삶이 무미건조해 보였다. 나는 다음과 같은 노랫말*로 위대한 영국 장군의 승리에 대해 자위하는 사람들이 사는 나라에서 온 놀라운 존재와 한지붕 위에서 살 수도 있겠다는 사실을 깨달았다.

Malbrouk s'en va-t-en guerre,
말브흐는 전쟁터에 나갔네,
Mironton, ton, ton, MIRONTAINE!
미홍똥, 똥, 똥, 미홍뗀느!(아라리 아라리 아라리요!)

그럼에도 불구하고 나는 남편을 깨워 밤이 얼마나 깊었는지 말했고, 들어가야만 한다는 뜻을 내비쳤다. 내가 이 사랑의 고백에 귀 기울였다는 어떤 신호도 보내지 않고, 명백히 아무런 감동도 받지 못했다는 태도를 보이자 브리스케는 깜짝 놀라는 분위기였다. 그는 자신이 잘생겼다고 여겨왔기 때문에 그 어느 때보다도 더욱 놀라서 덩그러니 뒤에 남아 있었다. 그에게는 대부분의 고양이를 유혹하는 것이 쉬운 일이라는 사실을 나는 나중에 알았다. 나는 곁눈질로 그를 자세히 살펴보았다. 그는 절망에 빠진 프랑스 고양이답

*프랑스 동요의 한 구절로, 뒤 문장은 뜻이 없는 후렴구이다.

게 조금 폴짝폴짝거리며 뛰어가다가 돌아와서는 거리를 가로질러 뛰어다니더니 다시 뛰어 돌아왔다. 진정한 영국 남자였다면 자신이 어떻게 느꼈는지를 절대 알지 못하도록 점잖게 행동했을 것이다.

며칠 후, 남편과 나는 유서 깊은 귀족의 웅장한 저택에 잠시 머무르게 되었다. 우리는 바람을 쐬러 마차를 타고 하이드 파크로 갔으며, 닭뼈와 생선가시, 크림, 우유, 초콜릿만 먹었다. 남들은 미칠 듯 흥분하는 이런 식단에도 소위 남편이라는 작자는 이성을 가지고 차분하게 대했다. 그는 나를 대할 때조차도 체통을 차렸다. 보통 그는 저녁 일곱 시부터 휘스트 테이블*에 앉아 있는 각하의 무릎 위에서 잤다. 이 때문에 내 영혼은 아무런 만족감도 얻지 못했고, 나는 핼쑥해졌다. 이런 상태는 뿜뿜이가 상용하는 순수 청어 오일이 장에 약간 질환을 일으키면서 악화되었다. 청어 오일은 영국 고양이들에게는 포트와인**이었다. 나는 그 오일을 먹고 중병을 앓았다. 여주인은 파리에서 오랫동안 공부한 뒤 에든버러에서 대학을 졸업한 의사를 불렀다. 내 병을 진찰한 뒤 의사는 다음 날 나를 치료하러 오겠다고 여주인에게 약속했다. 그는 약속한 대로 다음 날 다시 왔고, 주머니에서 프랑스제 기구를 꺼냈다. 가느다란 관 끝에 매달린 흰 금속통을 보자 두려움에 오싹했다. 의사는 기계를 만족스럽다는 듯 과시했다. 그걸 본 우리 각하들은 낯을 붉히더니 못마땅해했다. 그리고는 영국인의 위엄성에 관한 우아한 고견을 중얼거렸다. 예를 들어, 옛 영국의 가톨릭교도들은 성경에 대한 소신보다 이러한 수치스러운 도구에 대한 소신으로 더 유명했다는 식이었다. 공작 각하는 파리에서 프랑스 사람들은 뻔뻔스럽게도 국립극장에서 몰리에르의 희극***을 상연하지만, 런던에서는 야경꾼들조차도 그 도구의 이름을 입에 올릴 생각을 하지 않

*카드 게임의 일종인 휘스트 게임용 탁자.

**발효 중인 와인에 브랜디를 첨가한 포르투갈의 달콤한 와인.

는다고 덧붙였다.

"감홍****을 좀 쓰시오."

"하지만 각하, 그러면 죽을지도 몰라요!" 의사가 외쳤다.

"프랑스 사람들은 저 좋을 대로 한다니까." 각하가 말했다. "이런 격 떨어지는 도구를 사용했다가는 무슨 일이 벌어질지 나도 모르고 더욱이 당신도 모르오. 하지만 나는 진정한 영국 의사라면 오래된 영국의 치료법으로만 환자를 고쳐야 한다고 알고 있소."

큰 명성을 쌓아가기 시작했던 이 의사는 그만 상류사회에서 모든 환자를 잃었다. 또 다른 의사가 불려왔다. 의사는 나에게 뿜뿜이에 대한 약간 부적절한 질문을 했다. 그리고는 영국의 진짜 치료책은 '신과 나의 권리!'*****라는 사실을 알려줬다.

어느 날 밤, 거리에서 프랑스 고양이의 목소리가 들려왔다. 아무도 우리를 볼 수 없을 터였다. 나는 굴뚝 위로 기어 올라가 지붕 꼭대기에서 외쳤다. "처마 홈통에 있어요!" 이 응답은 그에게 날개를 달아주었다. 그는 눈 깜짝할 사이에 내 곁에 왔다. 이 프랑스 고양이가 뻔뻔스럽게도 내 외침을 기회로 활용하다니 믿을 수 없는 일이었다. 그는 나를 잘 알지도 못하면서 감히 고귀하신 이 몸에게 친한 척하며 "와서 내 품에 안겨요"라고 외쳤다. 나는 쌀쌀맞게 대해야겠다고 생각하고, 교훈을 주기 위해 '절제 협회' 회원이라고 말했다.

***몰리에르(1622~1673)는 프랑스의 극작가이자 배우이다. 『상상병 환자』(1673)는 17세기 당시의 의학과 의사들의 권위주의를 풍자한 작품으로 몰리에르의 유작이다. 주인공인 아르강은 실제로 아픈 데가 없지만 아프다고 상상하는 건강 염려증 환자로 주기적으로 관장하는 등 오래 살기 위한 온갖 노력을 기울인다.

****염화 제1수은. 하제下劑 · 이뇨제 · 매독치료제로서 내복용으로 쓰이기도 하고, 연고로 외용外用되기도 하는데, 극약에 속한다.

*****Dieu et mon droit congugal. Dieu et mon droit. 중세 유럽 고어체로 영국 왕실 문장紋章에 쓰여진 표어. 여기서는 부부관계를 패러디한 것으로 보인다.

"선생님, 대화 시에 하는 말투와 방탕함을 보니 비웃거나 조롱하는 경향이 있으시네요. 선생님께서는 모든 가톨릭교도 고양이들처럼 고해성사를 하면 죄가 깨끗이 씻겨진다고 믿으시는군요. 하지만 영국에는 또 다른 도덕적 기준이 있답니다. 우리는 늘 체통을 지키지요. 쾌락을 느낄 때조차도 말이에요." 내가 말했다.

영국인의 위선적인 말투가 주는 위엄에 충격을 받은 이 젊은 고양이는 내가 하는 말에 주의를 집중하는 듯 귀담아들었다. 이에 나는 그를 개신교로 개종시킬 수 있겠다는 희망을 품었다. 그러자 그는 온갖 미사여구로 나를 흠모하도록만 허락해 준다면 내가 바라는 건 무엇이든 다 하겠다고 말했다. 나는 그저 그를 바라볼 뿐 차마 대답을 할 수가 없었다. 그의 아름답고도 눈부신 두 눈이 별처럼 반짝이면서 밤을 밝히고 있었기 때문이다. 내가 침묵하자 그는 대담하게 "사랑스러운 새끼고양이여!"*라고 외쳤다.

"이건 또 무슨 무례한 말이죠?" 나는 프랑스 고양이들이 인용에서 매우 자유롭다는 것을 의식하고는 강력히 따졌다.

브리스케는 대륙에서는 모든 사람이, 심지어 왕조차도 딸에게 애정을 표현할 때 '내 귀여운 새끼고양이Ma petite Minette'라고 부르며, 무척 예쁘고 귀족적인 많은 젊은 아내들이 심지어 사랑하지 않을 때조차도 남편을 '내 사랑스러운 고양이Mon petit chat'라고 부른다며 나를 설득시켰다. 만약 내가 그를 기쁘게 하고 싶으면 '내 사랑스러운 남자!Mon petit homme'라고 부르면 된다는 것이었다. 그러더니 앞발을 더없이 우아하게 들어 올렸다. 완전히 겁먹은 나는 도망쳐버렸다. 브리스케는 무척 행복한지 '브리타니아여, 통치하라'**를 불렀다. 그리고 다음 날 그의 애절한 목소리가 다시 내 귓가에 맴돌았다.

*"Dear Minette!". minet는 프랑스어로 '멋쟁이, 소녀, 새끼고양이'란 뜻이고, 여성형이 minette이다.
**Rule Britannia. 영국의 애국가.

"아아! 내 사랑 이쁜아, 너도 사랑에 빠졌구나." 아름다운 기억에 푹 빠져 양탄자 위로 몸을 쭉 뻗고는 그 부드러움에 몸을 내맡긴 채 발가락을 쭉쭉 늘리는 모습을 본 여주인이 말했다.

나는 여성이 그만큼이나 예지력이 높다는 사실에 놀랐다. 그래서 등을 곧추세워 그녀의 다리에 몸을 비벼대며 내 알토 목소리에 가장 깊은 사랑의 마음을 담아 골골대기 시작했다.

여주인이 내 머리를 긁고 쓰다듬으며 내가 그녀를 아련한 눈빛으로 바라보는 동안, 본드가街에서는 내게 끔찍한 결과를 낳은 사건이 발생했다.

뿜뿜이의 조카인 '악귀'는 뿜뿜이의 대를 잇는 인물로 근위기병연대 막사에서 잠시 살았는데 그곳에서 내 사랑스러운 브리스케와 우연히 마주쳤다. 교활한 근위대장인 악귀는 내가 영국에서 매력적이라고 소문난 수고양이들을 퇴짜 놓았었다는 사실을 덧붙이면서, 자기네 가문과 내가 성공적으로 결합하게 된 것에 대해 칭찬을 늘어놓았다. 어리석고 허영심 많은 프랑스 고양이인 브리스케는 내 관심을 받게 돼서 무척 행복하긴 하지만, 자기에게 성경이나 절제 등과 같은 것을 말하는 고양이들은 몹시 싫어한다고 응답했다.

"아! 그렇다면 그녀와 대화를 나눴다는 말인가요?" 악귀가 말했다.

이리하여 사랑하는 프랑스 고양이 브리스케는 영국 사교술의 희생양이 되었고, 나중에는 영국의 예의 바른 고양이들을 화나게 하는 용서할 수 없는 잘못 중 하나를 저질렀다. 이 철딱서니 없는 얼간이는 참으로 규범에 부합하지 않는 인물이었다. 하이드 파크에서 나에게 인사를 하더니 마치 우리가 잘 알고 지내는 사이처럼 친하게 대화를 하려는 것이 아닌가? 나는 싸늘하고 엄숙한 태도로 그를 못 본 척 똑바로 앞만 바라보았다. 마부는 프랑스 고양이가 나를 모욕하는 줄 알고 채찍을 휘둘렀다. 브리스케는 살을 베었지만 죽지는 않았다. 하지만 채찍질에도 아랑곳하지 않고 나만을 계속 바라보는 모습에 나는 완전히 마음을 빼앗겼다. 나는 그가 아주 조금만 적대감이 보여도 도망치는 고양이들의 자연스러운 성향을 이겨내고 오직 나만을 바라보며, 오직 나의 존재만을 마음에 담으며 형벌을 받아들이는 방식이 마음에 쏙 들었다. 겉으로 보이는 냉담함에도 불구하고, 실은 애가 타 죽을 지경이었다는 것을 그는 몰랐을 것이다. 그 순간부터 나는 사랑의 도피행각을 벌이기로 결심했다. 그날 저녁, 지붕 위에서 나는 전율하면서 그의 품에 안겼다.

"내 사랑, 늙은 뿜뿜이에게 보상하는 데 필요한 자산은 가지고 있나요?" 내가 물었다.

"나는 수염과 네발, 그리고 이 꼬리 외에는 다른 자산은 없어요." 프랑스 고양이가 싱글싱글 웃으며 대답했다. 그러더니 자긍심에 찬 몸짓으로 홈통을 미끄러지듯 지나갔다.

"다른 자산은 없다니요. 그렇다면 당신은 그저 모험가일 뿐인가요, 내 사랑?" 내가 외쳤다.

"나는 모험을 아주 좋아해요." 그가 상냥하게 말했다. "프랑스에서는 당신이 말하는 상황에서는 결투를 하는 것이 관습이랍니다. 프랑스 고양이들은 금이 아니라 자신의 발에 의존하죠."

"가난한 나라군요." 내가 말했다. "그런데 왜 외국 대사관에 빈털터리 짐승을 파견하죠?"

"아주 간단합니다." 브리스케가 말했다. "우리의 새 정부는 돈을 좋아하지 않아요. 적어도 공직자들이 돈을 가지는 것을 좋아하지 않죠. 지적 능력이 있는 사람만을 얻으려고 할 뿐이에요."

사랑하는 브리스케가 전연 대수롭지 않게 대답해서 나는 그가 너무 자만심에 빠진 게 아닌가 걱정되기 시작했다.

"돈 없는 사랑은 바보 같은 짓이에요." 내가 말했다. "당신이 먹을 걸 찾아다니는 동안에는 나에게 매달릴 수 없잖아요, 내 사랑."

이에 대한 응답으로, 이 매력적인 프랑스 고양이는 자기가 '장화 신은 고양이'의 직계 자손이라며 나를 안심시켰다. 게다가 돈을 빌릴 수 있는 99가지 방법을 가지고 있지만, 그 돈을 쓰는 방법은 단 한 가지뿐이라고도 말했다. 마지막으로, 자기는 음악에 조예가 깊기 때문에 음악을 가르칠 수도 있다고 했다. 사실, 그는 가슴 저미는 음조로 그의 조국의 민요인 '달빛 속에서Au clair de la lune'를 불러주었다…….

그가 펼치는 논리에 푹 빠져 있던 이때, 아내를 편안하게 부양할 수 있게 되자마자 함께 도망가자고 약속하는 하필이면 바로 이때, 악귀가 여러 다른 고양이들을 대동하고 나타났다.

"길을 잃었어요!" 내가 외쳤다.

바로 다음 날, 민법박사회관의 판사석에는 간통죄와 관련된 조서調書들이 쌓여있었다. 뿜뿜이는 귀가 먹었고, 그의 조카는 바로 이 약점을 이용했다. 심문을 받은 뿜뿜이는 그날 밤 내가 자기에게 '내 사랑스러운 남자!Mon petit homme'라고 부르며 알랑거렸다고 했다. 이 진술은 나에게 가장 끔찍한 것 중 하나였다. 왜냐하면 내가 어디서 이런 사랑의 말을 배웠는지 설명할 길이 없었기 때문이다. 뿜뿜이가 이용당한 걸 모르는 판사는 나에 대한 편견에 사로잡혔고, 나는 뿜뿜이가 노망이 들었다고 진술했다. 판사는 내가 추잡한 음모의 희생양이라는 것에 대해 전혀 의심하지 않았다. 여론에 맞서 나를 변호해야 할 많은 어린 고양이들은 뿜뿜이가 늘 그의 눈을 즐겁게 해주는 천사, 그의 사랑스러운 이쁜이를 찾았다고 증언했다!

런던에 온 엄마는 영국 고양이는 항상 올바르게 처신해야 하며 내가 당신의 노년을 쓰라리게 만들었다고 하면서 나를 보려고도, 얘기하려 하지도 않았다. 마지막으로 하인들이 나에게 불리한 증언을 했다. 나는 그때 영국에서 모두가 어떻게 완벽하게 이성을 잃는지를 분명히 보았다. 간통죄의 문제일 경우에는 모든 감정이 마비된다. 어머니는 더 이상 어머니가 아니고, 유모는 물린 젖을 빼고 싶어 하고, 모든 고양이들은 거리에서 악을 쓰며 법석을 떤다. 하지만 그 모든 것 중에서도 가장 수치스러운 것은, 한때 영국 여왕의 무죄*를 믿었을 내 친구 변호사에게 사소한 일까지 하나하나 다 고백한 것이었다. 변호사는 그 누구도 고양이에게 채찍질을 할 수는 없다고 말했고, 내 결백을 증명하기 위해 나는 변호사에게 "간통죄"라는 말의 뜻조차도 몰랐었다고 시인했다.(그는 간통죄가 간통죄라고 불리는 이유가 바로 간통을 저지르는 동안에는 간통이라고 거의 말을 하지 않기 때문이라고 내게 말했었다.) 근위대장 악귀에게 매수당한 변호사가 나를 형편없이 변론해서 나는 재판에서 질 것 같았다. 이런 상황에서 나는 증언대에 섰다.

"존경하는 재판관님, 저는 영국 고양이이고 결백합니다. 만약 사람들이 유구한 영국의 정의를……"

고양이 '역대기'**와 악귀의 친구들에게 강력하게 영향을 받은 대중들이 웅성거리는 소리 때문에 나는 말을 마칠 수가 없었다.

"그녀는 배심원 제도를 만들어낸 유구한 영국의 사법제도에 관해 의문을 제기하고 있습니다!" 누군가가 외쳤다.

*흔히 '천일의 앤'으로 알려진 이야기다. 헨리 8세는 왕비였던 캐서린과 이혼하고 캐서린의 시녀였던 앤 불린과 결혼하지만, 앤 역시 계속 아들을 낳지 못하자 왕비가 된 지 1,000일 만에 그녀에게 간통죄를 씌워 런던탑에 가둔 후 사형에 처했다.
**구약 중의 상하 2권.

"존경하는 재판관님, 그녀는 프랑스 고양이를 영국 국교회 신자로 개종시키려고 지붕 위로 올라갔다는 해명을 하려는 겁니다. 하지만 사실은 '내 사랑스러운 남자Mon petit homme'를 프랑스어로 어떻게 말하는지 배우고, 또 로마 가톨릭교의 혐오스러운 교리에 귀 기울이고, 또 유구한 우리 영국의 법과 관습을 멸시하는 것을 배우려고 지붕 위로 간 것입니다!" 가증스러운 상대편 변호사가 외쳤다.

그런 허튼소리는 항상 영국의 관중들을 열광시킨다. 그리하여 악귀의 변호사가 한 말들은 우레와 같은 박수갈채를 받았다. 나는 26개월의 나이에 아직도 수고양이라는 말의 정확한 뜻을 모른다는 것을 증명할 수 있음에도 유죄 판결을 받았다. 하지만 나는 옛 영국을 앨비언*이라고 부르는 관행 때문에 이 모든 일이 일어났다는 것을 알게 되었다.

나는 깊은 '고양이 혐오증'에 빠졌다. 이혼 때문이라기보다는 내 사랑하는 브리스케의 죽음으로 인한 것이었다. 악귀가 복수당할까 봐 두려워 자기 패거리들을 시켜 브리스케를 살해한 것이었다. 또한 영국 고양이의 정절에 관해 이야기하는 것을 듣는 것보다 더 화가 치밀어오르는 일은 없었다.

오! 프랑스 동물들이여, 우리들은 인간들에게 익숙해지면서 그들의 온갖 악덕과 나쁜 제도를 차용했다. 자, 이제 우리의 본능에만 따르며, 자연의 신성한 소망과 충돌하는 관습을 찾을 수 없는 야생의 삶으로 돌아가자. 나는 현재 동물 노동계급의 착취에 관한 논문을 쓰고 있다. 이는 고깃덩어리를 굽는 꼬챙이를 돌리는 일**을 삼가겠다는 서약을 받도록 하기 위함이며, 마

*Albion. 영국이나 잉글랜드를 가리키는 옛 이름. 로마 사람들이 영국에 갔을 때 영국의 관문인 도버해협에서 본 하얀 절벽을 보고 영국을 부르기 시작한 말로, Alb라는 말은 '하얀색'을 뜻한다. 여기서는 순결과 하얀색을 연결시킨 듯하다.

**turning spits. 옛날 영국에서는 개가 나무로 만든 바퀴 속에 들어가 쳇바퀴를 굴림으로써 고깃덩어리를 굽는 꼬챙이를 돌리는 일을 했다. 몸통이 길고 다리가 짧은 이 개의 종을 턴스피트라고

구를 채워 마차에 연결하도록 허용하는 것을 거부하기 위함이며, 요컨대 대귀족계급의 억압에 맞서 스스로를 보호하는 방법을 가르치기 위함이다. 비록 우리는 난필亂筆로 악명이 높지만, 이 때문에 마티노 양***이 나를 멀리하지는 않을 것이다. 여러분도 알다시피 대륙에서 문학은 비도덕적인 독점이라는 결혼제도에 이의를 제기하며, 각종 제도적 폭압에 저항하며, 자연의 법칙을 장려하고자 하는 모든 고양이들의 안식처가 되어왔다. 참, 브리스케의 시신에는 등에 베인 상처가 있는 데도 악명 높은 위선자인 검시관이 비소로 음독자살했다고 발표했다고 말한다는 것을 그만 빠뜨렸다. 마치 그토록 명랑하고 그토록 해맑은 고양이가 삶이라는 주제에 대해 그토록 진지한 생각을 품으면서 오래도록 숙고했다는 듯, 마치 내가 사랑했던 고양이가 살고 싶은 최소한의 욕망도 없어서 자신의 현존을 단념하기라도 했다는 듯! 그러나 마시의 기구****로 검출해보니 접시에서 소량의 비소가 발견되었다고 한다.

불렀는데, 턴스피트종은 개가 아니라 기계의 부품처럼 주방용품으로 간주되었다. 개가 이 일을 하기 전에는 가장 신분이 낮은 사람이나 어린 소년이 바퀴를 돌렸었다. 1750년까지 영국 전역에서 턴스피트 개가 이 일을 했고, 1900년대에 와서 값싼 기계가 이를 대체하면서 완전히 사라졌다.

***Harriet Martineau(1802~1876). 영국의 사회이론가이자 최초의 여성학자로 불린다. 사회학적, 종교학적, 여성학적 관점에서 다양한 종류의 글을 썼다.

****미량의 비소, 특히 아비산을 검출하기 위해 사용하는 기구. 1836년 영국의 J. 마시가 만들었다.

오노레 드 발자크Honore de Balzac

하루 16시간의 글쓰기 노동을 한 프랑스 리얼리즘 문학의 대표 작가. 그 결과 쉰한 살이란 짧은 생애 동안 100여 편의 장편소설과 여러 편의 단편소설, 여섯 편의 희곡과 수많은 콩트를 썼다. 이 작품은 독일의 작곡가 한스 베르너 헨체가 1983년 오페라곡으로 만들기도 했다.

찰스 몰리 피터, 꼬리가 하나인 고양이

지금부터 이야기하려는 짧은 내력을 지닌 감탄스러운 고양이 피터는 어느 엄동설한 겨울밤에 이 세상에 모습을 드러냈다. 눈보라가 걷잡을 수 없이 거세었고, 진눈깨비가 허공에서 무서운 속도로 휘몰아치고 있었으며, 거리엔 휘날리는 눈들이 쌓여 있었다. 모든 교통이 마비되었고, 런던의 굉음이 잠재워졌으며, 모든 사람들이 이 기념비적인 날씨로 인해 아주 소소한 핑계를 대며 난롯가를 찾았다. 거칠고 황량한 도시의 밤, 거칠고 황량한 땅의 밤, 거칠고 황량한 바다의 밤이었다. 항상 보금자리와 난로를 연관시켜 생각하는 동물인 한 마리의 고양이가 탄생하는데는 확실히 가장 불길한 밤이었다. 피터는 기록상 가장 폭풍우가 휘몰아치는 밤에 태어났다는 사실은 아직도 변함이 없다.

우리는 의자를 난로 가까이 끌어당겼다. 차 도구들이 탁자 위에 놓여 있었다. 어머니가 막 우려낸 홍차의 농도를 맛보려 하고 있을 때, 온갖 시련을 겪은 우리의 충실한 하녀 앤 티비츠가 문을 두드리지도 않고 방으로 뛰어들어 왔다. 모자는 엉망으로 흐트러져 있었고, 머리칼은 헝클어져 있었다. 그녀는 온몸을 부들부들 떨고 숨을 헐떡이면서 어머니에게 말했다.

"저기요, 마님, 고양이가 지 새끼들을 마님 보닛 속에 넣어놨어요!"

이러한 규율위반은 모든 것에는 다 제자리가 있는 법인 우리의 고지식한 가정에서는 있을 수 없는 일이었다.

어머니는 이마 위로 안경을 올리고는 앤을 근엄하게 바라보며 말했다. "어느 쪽이지, 앤? 여름 보닛, 아니면, 음, 겨울 보닛?"

"모피 안감이 있는 보닛이요, 마님."

"흠, 필시 살기에 가장 편안한 게 그 보닛이라는 거네!" 어머니는 마치 그러한 상황에서 모든 고양이들에게 선택의 기회가 주어지기를 바란다는 듯 비꼬는 투로 대답했다. "다른 고양이 같으면 레이스와 제비꽃들이 장식된 보닛을 고를 수도 있었을 텐데. 정도에 지나치게 말이지. 하지만 우리 집에서 길들여진 고양이라 좀 믿을 만한 구석이 있군."

어머니는 차를 한 잔 부었다. 전혀 동요하지 않는다는 사실을 드러내는 듯, 관습적 허용 한도인 설탕을 두 덩어리 넣고 크림은 마음껏 넣었다. 하지만 1~2분 있다가 뜨개질을 시작했을 때, 나는 연속적으로 두 코가 빠졌다는 것을 알아차렸다. 마음이 혼란스럽다는 확실한 신호였다. 어머니는 불쑥 난로로 눈길을 돌렸다.

"앤, 몇 마리나 되지?" 탁자에서 어머니의 지시를 기다리며 서 있는 우리의 충실한 하인에게 뜨개질을 뜨면서 어머니가 말했다.

"일곱 마리입니다, 마님."

"일곱 마리라고?" 어머니가 외쳤다. "일곱 마리라니, 말도 안 돼. 세상에, 내 보닛이 남아나질 않을 텐데."

"세 마리는 보닛에 있고, 두 마리는 마님, 마님의 새 토시에 있어요!"

"새 토시에 있다고?" 어머니가 외쳤다. "네가 뭔가 숨기고 있다는 거 알아." 뜨개질 코를 빠뜨리는 게 빠르고 격렬해졌다. "다섯 마리밖에 안 되잖아,

앤." 어머니는 뜨개질거리에서 올려다보며 계속해서 말했다. "나머지 두 마리는 어디 있지? 꼭 알아야겠어."

"알래스카산 모피 목도리 안에 있습니다, 마님." 앤이 쭈뼛거리며 대답했다.

어머니의 노여움이 서서히 사라졌다. 평소의 평정심을 찾은 것 같은 모습이었다.

"흠, 훨씬 더 나빴을 수도 있었군. 새끼들을 내 실크드레스에 넣었을 수도 있었어. 하지만 그래도 어떤 조치를 취해야 하는 건 분명해. 난 친절한 여자지만, 어리고 연약한 일곱 마리 새끼고양이를 책임지진 않을 거야. 앤 티비츠, 영국은 모든 여자가 자신의 의무를 다할 거라 기대하고 있어!"

"전부요?" 앤이 물었다.

"네 마리." 어머니가 대답했다.

"지금요?" 앤이 물었다.

"빠르면 빠를수록 좋지." 어머니가 말했다.

바로 이때 갑작스럽게 강풍이 불면서 집안의 모든 창문이 흔들렸다. 순간적으로 창문이 완전히 박살 날 위험에 처한 것 같았다.

"날씨가 아주 험악하네." 어머니가 중얼거렸다. "아주 고약한 날씨야. 어휴! 너무 추워! 이런 밤에 여기서 불쌍한 네 마리 새끼고양이한테 사형선고나 내리고 있다니. 포근한 어미 품과 내 토시, 내 알래스카산 모피 목도리에서 새끼들을 낚아채서 차가운 얼음물이 든 양동이에 담가. 아무리 날씨가 이렇다 하더라도 그놈들을 없애야 해. 가만, 앤, 좋은 생각이 났어. 물을 따뜻이 데워. 그럼 편안하게 세상을 뜰 거 아냐. 절대 죽는 줄 모를 거야."

충실하고 감정을 드러내지 않는 앤은 어머니의 지시를 따랐다. 피터는 안에 털을 댄 보닛에서 태어난 세 마리 중 하나였다. 몸에 있는 흰 반점은 항상 녀석이 처음으로 야옹 소리를 내던 중 날리던 무시무시한 눈보라를 떠올리게 했다.

몇 주가 지나자 우리 고양이 코델리아가 제멋대로 어머니의 아름다운 장식품을 차지했던 일은 잊혀졌고, 식구들은 평소대로 따분한 일상생활로 돌아갔다. 티비츠는 조그만 상자에 신생아 침대를 만들어줬고, 의사는 코델리아가 예상했던 만큼이나 잘 해내고 있다고 단언했다. 매일 아침 우리는 늘 하는 질문을 했다. "코델리아는 어때?" "잘됐네, 고마워." "새끼 고양이들은?" "그것도 잘됐네." 때가 되자 앤은 새끼 세 마리가 눈을 떴다는 희소식을 가져왔고, 현관문에 붙여놓은 "살살 두드려주세요"는 즉시 떼어내졌다. 새끼고양이들이 앞을 볼 수 있게 되었다는 기쁜 소식을 들은 그날 아침 티비츠는 내게 아래층으로 내려와서 마음에 드는 놈을 선택하라고 했다. 나는 내려갔지만 새끼고양이들은 한 마리도 볼 수 없었다. 꼬리를 휙휙 치면서 이글이글 불타오르는 두 눈에 수염이 사방으로 곤두선 코델리아만이 샴페인이 포장되어 있던 밀짚 상자 주위를 빙글빙글 돌고 있었다. 하! 그런데 그 상자들 중 하나가 걷기 시작했다. 그 움직임이 코델리아의 시선에 딱 걸리자 코델리아는 앞발로 상자를 넘어뜨렸다. 그러자 검은 몸에 흰 반점이 하나 있는 솜털로 뒤덮인 오동통한 새끼고양이가 모습을 드러냈다. 그 조그만 것은 그렇게 내 마음을 사로잡았고 나는 녀석을 주머니에 넣었다. 더 이상 소동을 피우지 않는 녀석을 위층으로 데려가서는 내 소유로 하겠다는 결심을 공개적으로 선언했다.

"이름을 뭐라고 부를까?" 어머니가 물었다.

"피츠." 비어있는 샴페인 상자를 암시하는 뜻으로, 누군가가 말했다. 우리는 절도 있는 가족으로 탄산이 든 액체에는 거의 관심을 주지 않기 때문에 그 제안은 즉시 기각되었다. "팝"이라는 제안 역시 반대표를 받았다. 저속할 뿐만 아니라 지금까지와는 정반대의 행동을 취하는 이름인 데다 주도층 인사들이 우리가 청량음료에 크게 중독되었다고 짐작할 거라는 이유였다.

"얘들아, 내 생각엔 피터[베드로]가 태어난 날이—" 어머니의 일장연설은 "꼬끼오 꼬꼬" 하면서 의기양양하게 울어대는 수탉 소리 때문에 중단되었다.

"저 흉측한 닭이 또 우네!" 어머니가 탄식했다.

문제의 수탉은 이웃 사람의 소유로 아주 성가셨다. 심지어 내 새끼고양이조차도 그 싸움투의 어조 때문에 불안해했다. "야—아—옹?" 온순하게 물어보는 식으로 녀석이 말했다. 마치 '저 끔찍한 소음은 뭐죠?'라고 말하는 것 같았다.

"꼬끼오 꼬꼬." 수탉이 다시 울었다.

"야옹." 이번에는 새끼고양이가 목소리에 분노를 담아서 대답했다. "꼬끼오 꼬꼬." 분명히 격노한 소리로 닭이 비명을 질렀다. "야옹!" 새끼고양이가 다시 항의하는 투로 말했다. 수탉의 고함과 새끼고양이의 대답의 나머지 음절은 어머니가 손을 귀에 대고 이렇게 말하면서 가로막혀졌다.

"저 수탉이 세 차례 울었어. 얘들아, 이제 됐어!"

"뭐라고요, 엄마?"

"우린 이 녀석을 피터라고 부를 거야." 가족에게 외쳤다.

"검둥이 피터?"

"그냥 피터?"

"피터 대제?"

"아니." 익살맞게 눈을 깜빡거리며, 거실 한쪽 구석의 작은 보조탁자 위에 항상 놓여있는 가정용 성경*을 가리키며 "사도 피터야"라고 어머니는 대답했다. "피터는 크든 작든 상관없이 거짓말에 대한 살아있는 경고가 될 거야."

그 뒤 한 그릇의 물이 탁자 위에 놓여졌으며, 녀석의 헌납된 등 위로 물이 한줄기 뿌려졌다. 녀석의 소유주로서 나는 가까이서 바라보며 외쳤다.

"일어나거라, 피터야. 네 주인을 따르거라."

하지만 내가 한창 설교하는 와중에 코델리아가 탁자 위로 뛰어들더니 피터의 목덜미를 물고는 아기방으로 다시 데려가 버렸다.

피터를 외투 주머니에 넣고 녀석의 새집으로 데려가는 날이 왔다. 유전에 대한 확고한 신념을 가진 나는 녀석에게 커다란 확신을 가지고 있었다. 녀석의 아버지는 전혀 알지 못했지만 할아버지는 묘비에 명시된 바와 같이 용맹하다는 평판이 자자했었다. 비문은 다음과 같았다.

'여기 리어 잠들다. 약 여덟 살. 난로와 보금자리를 지키느라 템플 기사단원의 수고양이와 단 한 번의 전투 끝에 죽다. 영국은 모든 고양이가 자신의 의무를 다하리라 믿는다.'

녀석의 어미 코델리아는 천성이 다정했다. 사냥에 관심이 거의 없었으며, (참새를 제외하고) 조류에 무관심하고, 물고기에게 따뜻이 대하며, 개에게 소심하고, 상냥한 어머니였으며, 아이를 할퀴었다고 알려진 바가 없었다. 나는 피터가 친인척의 존경할만한 자질을 이어받을 수 있는 모든 가능성이 있다고 믿었다. 녀석이 접한 세계에는 내가 여러 매장에서 산 작고 특이한 수집품들이 대거 포함되어 있었다. 오래된 참나무 조각들, 조그마한 갑옷들, 도자기들, 태피스트리들, 내 흥미를 끌었던 셀 수 없을 정도로 많은 잡동사

*Family Bible. 한 가족의 출생 · 사망 · 혼인 등을 기록할 여백 페이지가 달린 큰 성경.

니들이었다. 피터는 시간이 흐르면서 누르스름한 갈색으로 변한 남자 해골의 발가락 사이에 놓아둔 크라운 더비* 접시에서 우유를 마셨다. 크라운 더비 접시와 해골은 내 방에 있는 다른 가구와 마찬가지로 "특가"였다. 이 시기에 피터는 일련의 불규칙한 원과 닮아있었다. 가령 기하학자가 잠시 자리를 비운 순간에 만든 것처럼 말이다. 둥근 눈 두 개, 둥근 머리 하나, 둥근 몸 하나였다. 나는 어린 엄마가 첫아기를 가진 것만큼이나 녀석을 첫아기로 여겼다. 나의 첫 번째 애완동물이었기 때문이다. 나는 녀석이 위험에 빠지지 않도록 지켜보았다. 또 내가 고양이들의 언어라고 부르는 괴상한 전문용어로 대화를 나누었다. 녀석과 끊임없이 놀았고, 쥐들의 집으로 짐작되는 해골의 왼쪽 발 뒤쪽에 난 개구멍을 알려주었다. 녀석은 개구멍을 면밀히 감시하더니 어느 날 첫 쥐를 잡았다. 나는 그날을 결코 잊을 수 없을 것이다. 쥐는 아주 작았지만 피터의 주둥이에 대롱대롱 매달려 피를 흘리고 있었다. 힘든데도 불구하고 피터는 공중에 꼬리를 빳빳이 세운 채 내게로 당당하게 걸어오더니 내 발치에 초주검이 된 쥐를 내려놓았다. 눈빛을 보니 이렇게 말하고도 남는 것 같았다. '카이사르를 생각나게 하지요! 주인님, 제가 이겼사옵니다.'

녀석은 다시 개구멍으로 돌아가더니 좀 더 애처롭게 야옹야옹 울었다. 피터는 여러분도 이해하듯, 완전 풋내기였지만 얼마 가지 않아 야옹거리는 울음소리를 내면 쥐들이 꾀지 않는다는 사실을 발견하고는 그 교훈을 마음에 새기며 앞날을 위하여 침묵을 지켰다. 쥐 사냥은 피터의 시간 중 일부를 차지할 뿐이었다. 녀석은 젊음과 활기가 주는 온갖 기묘한 장난을 쳤다. 계단을 굴러 내려오는 것을 특히 좋아했으며, 내 최고 보물 중 하나인 사자머리의 입에 숨는 것도 즐겼다. 또한 젊은 성聖 조지와 용이 조각된 촛대에 부딪

*Crown Derby. 영국 더비산産 자기로, 왕실 인가의 왕관표가 있다.

혔고, 초의 심지에서 타오르는 불꽃의 근원을 밝혀내려고 새로 나기 시작하는 수염을 홀라당 태워 먹었다. 또한 꽃병, 장식품, 그림에 대한 훌륭한 감정가가 되어 그것들 앞에 앉아 각기 한 시간씩 감정했다. 발견의 항로에도 깊은 관심을 가졌으며, 암흑대륙[아프리카]에 각별히 매료되었다. 녀석은 사자의 입도 두려워하지 않았다. 나는 마술사처럼 신상품 남성용 정장 모자 안에서 오믈렛을 만들어낸 적도 있다. 또 우리는 어느 날 아침, 식사 중에 피터가 토끼고기로 만든 파이 속에 숨어있다가 걸어 나오는 것을 보고 기겁한 적도 있었다.

나는 키우는 카나리아를 방에서 날아다니게끔 했고, 피터는 카나리아를 쫓아다녔다. 카나리아가 선반 위에 있는 오래된 투구로 날아갔기 때문에 피터는 몹시 당황스러웠다. 카나리아는 이 점을 알고 있는 것 같았다. 피터가 방에 있을 때는 항상 투구로 날아가 편안하게 노래했기 때문이다. 카나리아가 어디 다른 곳에 앉아 쉬고 있으면 추격전이 벌어졌다. 날씨가 화창해서 홍방울새의 새장을 창턱에 놓아두면 피터는 또 홍방울새에게 큰 관심을 보였다. 녀석은 그 꾀꼬리 같은 명가수를 볼 순 없었지만, 노래를 듣고 그 소리의 근원지를 발견하려고 자기가 알고 있는 갖은 수단을 다 썼다. 마침내 새장 뒤쪽에 있는 조그만 구멍으로 새를 엿보았을 때, 녀석은 크게 만족해하며 노래를 방해하려는 어떤 시도도 하지 않았다.

먹고 마시는 문제를 보면, 피터는 비트와 양배추를 무척 좋아해서 채식주의로 기우는 경향이 있었지만, 얼마 안 가 육식에 버릇 들었고, 항상 채소와 감자, 고기, 이렇게 세 부분으로 식단이 나눠지는 것을 좋아했다. 게다가 우리가 주는 그러한 음식과 더불어 스스로 찾아낼 수 있는 별미들도 절대 마다하지 않았다. 예를 들어, 녀석은 글리세린 한 병을 깨끗이 해치웠다.

또 덮개를 기울인 뒤 바늘꽂이에서 바늘을 빼내었지만 다행히도 늦지 않게 구제되었다. 분통에도 호기심이 많아서 하얗게 분을 바른 채 아래층으로 야옹거리며 내려왔다. 무턱대고 새들을 업신여기지도 않았다. 거울에서 정적을 마주쳤을 때는 화가 솟구쳤으며, 거울이 빙그르르 돌며 방향을 바꾸었는데 고작 납작한 널빤지만 보게 되었을 때는 분노로 제정신을 잃었다. 녀석의 가장 색다른 경험은 처음으로 힐끗 달을 보았을 때였다. 조그만 뒤뜰에서였다. 그 놀라운 광경에 경탄한 녀석은 그 자리에서 꼼짝도 하지 않았다. 아무리 불러도 헛수고였다. 유일한 대답은 내 가슴을 저미는 우울하고도 사랑의 포로가 된 야옹야옹 소리였다.

그렇듯 피터는 어린 시절을 즐겼고, 까불까불 뛰노는 장난은 끝이 없었다. 그렇다고 녀석이 교육을 소홀히 받았다고는 혹여라도 생각하지 마시라. 특히 예절과 행실은 매우 중대한 문제이고, 두 가지 모두 입신양명하는데 필수적이다. 나는 식탁에 앉도록 가르쳤으며, 방에 들어갈 때는 우아하게, 나올 때는 위엄을 갖추라고 가르쳤다. 정말 하나도 어려울 게 없었다. 피터는 체스터필드*만큼이나 엄격하게 그러한 모든 문제를 적절히 준수했다. 나는 여러분에게 살면서 치러야 하는 의례적인 면에 있어서 피터보다 더 옳고 그름에 대한 폭넓은 지식을 가진 본보기는 없다는 것을 증명할 수도 있다. 참을 수 없는 재채기가 나오려고 하면 방에서 총총거리며 나가 바깥에서 재채기를 했다는 정도만 말해두겠다. 피터는 놀 때도 아주 사뿐사뿐 놀았으며 눈에

*Chesterfield(1694~1773). 영국의 정치가 · 저술가. 18세기 영국의 정계를 주도했으나 '물러나야 할 때 물러난다'라는 신념에 따라 정계를 은퇴했다. 아들에게 보내는 편지에서는 무조건 '착하게 살아라'는 식의 피상적인 훈계를 넘어 '사람의 본성과 세상의 이치를 파악해 즐겁고 지혜롭게 인생을 살아라'는 식의 냉철한 충고를 하기도 했다.

거슬리는 짓으로 연장자들의 수면을 방해하지도 않았다. 입 아프게 두 번 말할 필요도 없었다. 피터에겐 한 번이면 족했다. 또 한편, 파손의 문제를 보면, 녀석은 지금까지 살았던 새끼고양이 중에 가장 덕망이 높았다. 나는 서랍장에 서른 개의 소중한 푸른색 도자기 화병을 가지고 있었는데, 피터는 항상 화병을 조금도 건드리지 않고 그 좁은 미로를 요리조리 헤쳐 나갔다. 이런 면에 관한 미덕은 하인들에겐 뭐 워낙에 유명했고, 장담하건대 우유 단지나 찻잔들을 깼다며 피터에게 욕을 하는 이가 아무도 없었다. 최고의 인간과 마찬가지로 녀석에게도 결점은 있었지만, 아주 사소한 문제들이라 여기서 언급하기엔 적절하지 않다.

피터는 금요일을 굉장히 좋아했다. 금요일은 청소하는 날이었기 때문이다. 여러분이 만약 부엌 바닥을 닦는 여자를 본 적이 있다면, 한쪽 바닥을 깨끗이 닦아낸 뒤 옆에 바닥을 닦는다는 사실을 알아챌 것이다. 마치 각각의 바닥에 자부심을 가지고 하나의 그림으로 여기듯 말이다. 이러한 집안일을 앉아서 지켜보는 게 피터의 즐거움이었다. 여자가 아직 닦지 않은 영역으로 등을 돌리자마자 피터는 이제 막 닦아낸 바닥으로 후다닥 달려가 꼭 탐험가가 일련의 깃발로 합병한 영토를 표시하는 것처럼 발도장을 찍어놓았다. 그건 그저 장난에 불과했다. 이 무렵 나는 피터의 능력이 공연하는 데 있다는 사실을 발견했다. 나는 실 한 가닥에 토끼고기의 발을 묶고는 피터의 눈앞에 매달아 놓았다. 또, 낯선 곳에다 토끼고기의 발을 숨겼다. 나는 그것을 아래층으로도 내던지고, 위층으로도 던졌다. 토끼고기의 발은 늘 녀석을 매료시켰다. 우리는 함께 바닥에서 굴러다녔으며, 숨바꼭질을 하고 놀았다. 나는 녀석이 꼬리를 내밀고 머리를 바닥에 대 발을 꼰 채 벌러덩 눕는 습관이 있다는 사실을 알아챘다. 점차 나는 명령에 따라 자세를 취하도록 가르쳤다. 그래서 "피터, 빵!" 하면 피터는 털썩 바닥에 쓰러졌고, 다시 일어나라고 허락할 때까지 꼼짝 않고 그대로 있었다.

또한 고양이의 말로 명령하는 법을 가르쳤다. 일부 상냥한 비평가는 말도 안 된다고 소리치며 비웃었다. 나는 지금까지 살면서 피터가 나에게 반복적으로 대담무쌍하고도 신중하게 한 말에 대해 어떤 비평가와도 논쟁하고 싶지 않다. 물론 녀석은 자기에게 "안녕"이라고 인사한 당사자와 대화에 빠져들진 않겠지만, 나는 피터와 내가 "야옹"이라는 소리를 가지고 서로 많은 대화를 나눴다고 다시 한번 주장한다. 미묘하게 차이가 나는 "야옹" 소리는 스무 개 정도로 그 각각의 의미가 달랐다.

피터는 독서도 곧잘 좋아해서 코에 안경을 걸치고 발 사이에 종이를 끼고 앉아있곤 했다. 여러분도 당연히 상상할 수 있듯, 피터가 처음으로 기도를 드린 날은 나와 함께 있게 된 것을 기념하는 날이었다. 나는 녀석이 조그만 발을 들고 두 눈을 천장으로 향했을 때 녀석이 이룬 그 어떤 업적보다 더 기뻤다. 비록 아무 생각이 없는 경박한 날파리들이 더 진가를 알아보긴 했지만 말이다. 내 발치에 쥐를 한 마리 놓으면 대단히 좋아했다. 관중들의 인기를 한몸에 받을 수 있기 때문이다. 하지만 나는 바로 그러한 박수갈채에 대한 갈망이 녀석을 망칠지도 모른다는 생각이 들었다.

여름이 왔다. 런던의 포장도로가 폭염으로 맹위를 떨치기 시작했을 때 나는 얼른 시골에 가야겠다고 결심했다. 우리가 좋아하는 것들을 함께 나눌 생각을 하면 즐거움은 갑절이 된다. 나는 피터를 데려가기로 결심했다. 그래서 녀석만을 위해 특별히 제작한 여행용 객실에 녀석을 집어넣었다. 더 정확히 말하자면, 공기구멍이라든가 젖병과 같은 여행에 필요한 온갖 편의도구들을 넣은 플란넬로 안감을 댄 바구니였다. 우리는 한껏 들뜬 마음으로 출발했다. 피터는 새로운 세계가 자신 앞에 펼쳐져 있다는 것을 알았고, 시골의 헤아릴 수 없는 아름다움은 우리를 매료시켰다. 우리는 천장이 낮은 방에 반은 나무로 반은 벽돌로 된 기이한 낡은 집에 사는 기골이 장대한 농부의 손님이었다. 거실은 널찍한 부엌 겸용으로 그림같이 아름다워 보였다. 참나무로 만든 벽판은 천장 절반 정도까지 이어져 있었다. 냄비와 프라이팬은 열린 찬장에 깔끔하게 정돈되어 있어서 그 안에 들어찬 맛있는 음식이 연상되었다. 창문의 붉은 화단에는 꽃이 피어 있었고, 침실은 한 폭의 그림처럼 멋지고 깨끗했다.

이 쾌적한 환경 속에서 피터는 곧 무척 행복해졌고, 잭이라는 고양이와 아주 친해졌다. 잭은 피터를 인솔하여 시골살이의 여러 면을 보여주었다. 잭은 농장에서 총애받는 고양이였다. 녀석은 확실히 방랑하는 버릇이 있었고, 항상 "저녁을 먹으러 집에 오는" 것은 아니었다. 시골 지역에서 쥐잡이 잭을 당해낼 고양이는 거의 없었다. 어느 날 저녁, 난롯가에 앉아서 이야기를 나누고 있을 때 농부는 내게 잭이 건초더미 한 군데에서만 무려 400마리 이상의 생쥐들을 해치웠다고 말했다.

잭은 아이작 월튼*의 수제자로, 강 가장자리 옆 이끼로 뒤덮인 둔덕에 웅크리고 있다가 이따금씩 조그만 송어를 잡곤 했다. 농부는 위대한 어부 그 자체였다. 잭은 낚시에 임하는 자의 완벽한 본보기였고, 정신을 집중한 채 주인의 발뒤꿈치 가까이 따라다녔다. 낚싯대가 드리워진 동안 잭은 골풀들

*Isaak Walton(1594?~1683). 서양의 '낚시 바이블'인 『조어대전釣魚大典The Compleat Angler』(1653)을 쓴 영국의 작가. 왕당파 당원으로서 청교도 혁명 당시 혁명권에 대항해서 싸우는 대신 난세를 피하여 영국의 산천을 즐기면서 낚시와 대화와 옛 노래로 삶을 풍요롭게 지냈다. 이 책에서 그는 낚시꾼이야말로 예수의 수제자들의 후예라고 주장했다.

사이에 웅크리고 있다가 미끼가 수면을 따라 표류할 때 물길을 열심히 살폈다. 그 녀석은 낚시질에서 열렬한 기쁨을 맛보았고, 물고기가 미끼와 씨름하고 있을 때 미리 축제를 예견하면서 항상 소리 높이 골골골거렸다. 송어가 끌어올려지고 낚싯줄이 다시 던져지면 녀석은 먹이를 물고 살금살금 슬그머니 도망쳤다. 나중에서야 늙은 농부는 물고기가 분실되었다는 사실을 알아차렸다. 잭과 피터는 함께 초원지대를 이리저리 돌아다녔고, 양계장은 그들에게 크나큰 관심의 대상이었다. 그들은 쥐와 싸웠고, 개똥지빠귀와 찌르레기가 올 때까지 누워서 기다리곤 했다. 농부는 내게 잭이 어렸을 때 오래된 참나무 구멍 속에 보금자리를 잡더니 그곳에서 깃털로 뒤덮인 조류들을 먹고 살았다고 했다. 그러다 마침내 녀석은 집으로 돌아왔다. 몇 시간 동안 발각될까 두려워 집을 이리저리 돌아다니다가 화단 사이에 웅크리고 있으면서 현관에 걸린 시계 소리에 깜짝 놀라 풀쩍 뛰어올랐다. 그리고 결국엔 부엌에 발을 들여놓았는데, 창문으로 들어와 부엌 난로 근처로 기어가서는 귀뚜라미의 울음소리를 들으며 꾸벅꾸벅 졸았고, 또 한 사람의 돌아온 탕아*처럼 환대받았다.

아아 슬프도다! 이러한 즐거움은 갑자기 중단됐다. 피터와 나는 전문가다운 목적을 위해 곧바로 통발을 싸서 해변으로 나아갈 수밖에 없었기 때문이다. 피터는 바다를 좋아하지 않았다. 요트를 타러 데리고 갔을 때 녀석은 남자 승무원을 찾을 수밖에 없었다. 그리고 어느 날엔가는, 얕은 물에서 바위를 탐험하면서 깊은 웅덩이의 거울같이 잔잔한 수면에 비친 자신의 매력적인 얼굴을 황홀하게 바라보고 있을 때 호기심에 찬 어린 바닷가재가 피터의 꼬리를 잽싸게 무는 바람에 해안이 떠나가도록 애타게 도움을 요청할 수

*Prodigal Son. 누가복음 15:11-32에 나오는 회개한 죄인.

밖에 없었던 일도 있었다. 피터는 그때 이후로 바다를 전혀 좋아하지 않게 되었고, 당시의 재앙이 너무 깊이 각인돼 있어서 아주 질 좋은 육고기 한 점도 그 위에 소금 알갱이가 얹어져 있으면 거부한다는 사실을 알게 되었다. 짠 내가 녀석을 다시 바다와 바닷가재, 남자 승무원에게 둥실둥실 실어 날랐기 때문이다. 피터의 상상력은 참으로 대단했다!

이러한 추억들은 7~8년의 기간에 걸친 것들이며, 지면이 제한되어 있으므로 독자 여러분은 마법사의 편안한 양탄자에 앉아 다음 여정지로 사뿐하게 날아가는 데 두말 않고 동의하리라고 본다. 자, 이제 이곳은 손풍금 연주자들과 휙휙 지나가는 사람들, 거리의 악단들, 돌아다니는 흰쥐들이 엄청나게 빈번한 런던 교외의 즐거운 샛길이다. 이 길은 항상 내 마음속에서 피터의 불가사의한 실종과 연관된다. 우리는 두 집 위에 사는 기이한 노부인을 수시로 비웃었었다. 노부인의 애완동물들이 사라졌을 때 보여준 불안 때문이다. 그런데 이제는 우리 차례가 되었다.

이 노부인은 고양이들을 무척 좋아했다. 내가 글을 쓰고 있는 시점에 아홉 마리를 키우고 있었다. 날씨가 따뜻할 때면 매일 아침, 노부인과 그녀의 고양이들은 바깥으로 나와 무의식적으로 일련의 조각 예술작품을 만들어냈다. 우리는 그 광경이 무척 재미있었다. 자그마한 잔디밭 한가운데 있는 배나무 밑에 깔개가 펼쳐져 있고, 이 깔개 한가운데에 버들가지를 엮어 만든 커다란 의자가 하나 놓여 있다. 이 준비를 마치면 아주 땅딸막한 노부인은 항상 기괴할 정도로 긴 모자*를 쓰고 볼품없는 검은색 실크 드레스를 입고 나와 의자에 앉았다. 노부인 뒤로 아홉 마리의 고양이가 따라 나왔다. 그 뒤 어

*원문에는 poke bonnet으로 되어 있다. 챙 앞부분이 넓고 길게 나온 여성용 모자를 말한다.

린 하녀가 쟁반을 들고 나타났다. 쟁반 위에는 아홉 개의 작은 푸른색 도자기 접시들과 우유 주전자가 하나 있었다. 아홉 개의 작은 접시들은 반원형으로 배열되었고, 우유가 가득 채워졌다. 그러면 노부인은 “맘마 먹을까, 우리 귀염둥이들? 맘마, 맘마, 맘마?”라고 외쳐댔다. 이렇게 초대하면 아홉 마리의 고양이들은 그 즉시 반응을 보였다. 고양이들이 우유를 다 마시고 나면 노부인은 “세수 할까, 우리 귀염둥이들? 세수, 세수, 세수?”라고 외쳤다. 그러면 아홉 마리의 고양이들은 궁둥이를 땅에 대고 앉아 단장을 하기 시작했다. 청결함에 대한 요구가 만족되면 어린 하녀가 아홉 개의 그릇을 치웠고, 노부인은 두 팔을 내밀면서 “뛰어놀까, 우리 귀염둥이들? 놀까, 놀까, 놀까?”라고 소리쳤다. “야옹야옹 야옹야옹, 이리 온, 내 새끼”를 부르면 멋진 페르시안 고양이 한 마리가 오른쪽 어깨로 뛰어올랐다. “까꿍까꿍, 까꿍까꿍아”라고 말하면 또 다른 페르시안 고양이가 왼쪽 어깨로 뛰어올랐다. “이쁜아, 이쁜아”라고 한 번 더 부르면 검은 고양이가 모자 꼭대기까지 기어 올라갔다. 아홉 마리의 고양이가 노부인의 널찍한 체구가 제공하는 모든 가능한 위치에 자리 잡을 때까지 하나씩 하나씩 제각기 사랑받는 애칭으로 소환되었다. 고양이들은 노부인의 몸에서 꼬리를 이리저리 흔들며 앉았다. 여주인의 조그만 관심에도 아주 기뻐하는 게 분명했다.

미 부인은 우유 배달부와 푸줏간 주인을 제외하고는 이웃에서 별로 인기가 없었다. 우리 동네의 여러 가정에 고양이 먹이용 질 나쁜 고기를 공급하는 남자는 노부인을 정말로 싫어한다는 이야기를 하녀에게 들었다. 노부인이 방심하던 차에 소리를 낮추더니 “하! 하! 내 꼭 복수할 거야”라고 말하는 것을 그가 들었다는 것이었다. 고양이들이 양고기 갈비와 신선한 우유를 먹고 살았기 때문에 질 나쁜 고양이용 고기를 우습게 보는 것은 부자연스러운 일은 아니었다. 피터가 사라지기 3주 전쯤에 3~4일이라는 짧은 간격 동안 미 부인의 고양이들이 다섯 마리 이상 비명횡사했다. 다섯 개의 작은 무덤이 파여졌고, 다섯 개의 조그만 묘비가 세워졌으며, 영면하는 곳에 노부인이 직접 손으로 다섯 마리의 죽은 고양이를 내려놓았다. 장례식이란 게 대체로 즐거운 것은 아니지만, 나는 우리의 괴상한 늙은 이웃이 죽은 애완동물의 유해를 따라가는 모습을 보고는 실소를 금할 수 없었다. 어린 하녀가 차 쟁반 위에 경건하게 유해를 운반하고 있었고, 식사시간 때 치는 종을 조그맣게 댕그랑 댕그랑 울리며 노부인이 앞장서고 있었다. 남은 고양이들은 그 뒤를 따르며 죽은 동무들의 운명에 대해 골똘히 생각하고 있었다.

이 불행한 희생자 중 세 마리가 우리 집 문간에서 발견되었었다. 나는 노부인에게 몹시 화가 났다. 노부인이 우리 집 문간에서 죽어가는 것을 발견했다는 사실을 결정적 증거로 제시하면서 애완동물의 죽음을 내 탓으로 돌렸기 때문이다. 어느 날 아침, 나는 익명의 엽서를 받았다. 채링 크로스* 소인이 찍혀있긴 했지만, 노부인이 보냈다는 것을 분명히 알 수 있었다. 엽서에는 이렇게 쓰여 있었다.

"아시리아 병사들이 늑대처럼 무리 지어 내려왔다."**

인내심의 한계를 넘어서는 것이었다. 나는 그간 노부인의 고양이들에게 호감을 보이며 친절한 마음씨를 갖고 대했다고 여겼기 때문이다. 같은 날 오후에 피터가 사라졌기 때문에 나는 이 엽서를 똑똑히 기억한다. 나는 녀석이 독이 발라진 족발의 유혹에 넘어가 버린 게 아닐까 두려워지기 시작했다. 우리 집 정원에서 족발의 살점이 벗겨진 채 발견되었기 때문이다. 이것은 피

*Charing Cross. 런던시의 중앙, 스트랜드가 서쪽 끝의 번화가.

**The Assyrian came down like a wolf on the fold. 시인 바이런의 「센나케리브의 멸망The Destruction of Sennacherib」 중 일부를 인용했다.

터가 절대 저항할 수 없는 별미였다. 왜 녀석의 접시에 매일 같이 쌓여있는 질 좋은 음식보다 족발을 더 좋아했는지는 나로선 도저히 알 수가 없었지만 말이다. 우리는 이웃을 샅샅이 뒤졌으나 헛수고였고, 결국 광고를 하기로 결심했다. 그래서 즐겨 읽는 신문에 광고를 실었다. 내용은 다음과 같다.

"돌아와, 피터야. 길을 잃었거나, 도둑맞았거나, 위치를 벗어났거나, 독살되었을지 모르지만, 검은 바탕에 흰색 반점이 하나 있는 피터라는 이름의 고양이에요. 최종적으로 지난 월요일 오후에 사라졌어요. 붉은색 실크로 '피터'라고 새겨진 푸른색 리본을 목에 매고 있어요. 피터는 취침하기 전에 항상 기도를 드려요. 죽었든 살았든 슬퍼하는 친구들에게 되돌려만 주신다면 보상금으로 2파운드를 드립니다."

나는 이렇게 골머리를 썩게 될 줄 몰랐다. 죽어가는 고양이들 앞에서 곤욕을 치르는 것도 모자라, 이제는 살아있는 고양이들 때문에 골치가 아팠다. 고양이들은 바구니나 상자, 품에 안겨 내게 왔다. 유전적인 이유 외에도 꼬리가 없는 고양이들과 맹크스고양이*들, 절름발이 고양이들, 눈먼 고양이들, 한쪽 눈만 있는 고양이들, 사팔뜨기 고양이들이었다. 나는 이때껏 그렇게 기이한 무리들을 본 적이 없었다. 이제 내 시간은 온전히 고양이들을 데리고 온 방문객들과 면담하는 데 쓰였다.

사내아이들은 예전에도 못됐지만 지금은 천 배는 더 못됐다. 여기 드는 예는 스무 개 중 하나일 뿐이다. 팝이라는 이름의 한 소년이 빨래 광주리를 들고 왔다.

"고양이 찾았어요?"

*Manx cat. 영국 연안의 '맨섬'에서 처음 발견된, 꼬리가 시작되는 부위가 오목하게 들어가 있어 꼬리가 없거나 짧은 고양이.

"아니, 아직 못 찾았단다."

"누랭이라고 하지 않았어요?"

"아니, 그런 적 없는데."

"내가 뭐라 그랬냐, 합?" 근처의 횡단보도를 건너고 있는, 다리가 하나밖에 없는 친구를 돌아보며 의기양양하게 팝이 말을 계속했다.

"팝, 넌 얼룩이라 그랬잖아." 팝 뒤에 숨은 채 쑥스러워하면서 합이 중얼거렸다.

"얼룩이, 바로 그거야. 얼룩이. 합과 내가 얼룩이를 찾았어요, 사장님. 여기 가지고 왔어요."

"아냐, 우리 고양이는 얼룩고양이가 아니야." 내가 대답했다.

"이런, 사장님, 우리도 알아요. 아무렴 우리가 피터도 모를까 봐서요! 아! 피터는 엄청 제자리로 돌아오고 싶어했어요. 피터가 그랬어요. 하지만 사장님, 합과 나는 완전 대박 얼룩이를 데리고 왔어요. 피터보다는 훨씬 못하지만요. 불쌍한 피터! 피터는 죽었어요. 확실해요. 이 길바닥에선 흔한 일이죠. 우리가 상금을 받아야 해요, 그렇지 않냐, 하피?"

그들은 고양이를 받쳐 들었지만 얼룩고양이도 아니었으며, 옴이 잔뜩 올라있었다.

"야, 이 녀석들아. 그 고양이 치워. 지금 당장 썩 꺼져. 얼른 가!"

"이 고양이를 갖고 싶지 않으세요? 사장님. 다시 한번 생각해보세요. 고양이 없이 어떻게 지내려고요? 여기 길바닥에는 쥐들이 무시무시하다고요. 그러지 말고, 사장님. 내가 하자는 대로 하세요. 싸게 해줄게요." 팝이 말했다.

나는 얼룩고양이 포상자에게 얼른 꺼지라고 말했다. 그리고 그다음 날 광고를 중단하고 자포자기하는 심정으로 체념했다. 피터가 사라진 지 일주일 후, 문에서 팝의 목소리가 들렸다. "저기, 아저씨, 올가미를 가지고 왔어요. 저랑 같이 가요. 피터를 찾은 거 같아요. 정말이에요. 목에 푸른 리본을 매고 기도를 드리고 있어요. 얼른 모자 쓰고 절 따라오라니까요, 얼른이요, 얼른." 팝이 앞장 서 길을 걸었다. 우회전해서 우리는 몇 달 동안 비어 있던 커다란 집에 당도할 때까지 또 다른 길을 걸어갔다. 배수관을 들어 올리느라 일꾼 두세 명이 분주히 움직이고 있었다. 팝은 곧바로 나를 "고양이를 애타게 찾는 신사분"이라고 소개시켰다. "목에 푸른 리본을 맨 고양이 한 마리 본 적 있어요?" 나는 팝이 의도하는 바를 수상히 여기면서 그들에게 물었다.

"음, 며칠 동안 고양이가 한 마리 여기 있었소만." 내가 말을 건넸던 일꾼이 대답했다. "우리가 저녁 먹을 때 여기 오곤 했소. 잘은 모르지만 옆집에 있을지도 몰라요. 2층 현관으로 올라가면 볼 수 있을 거요." 계단 꼭대기에 피터가 있었고, 나를 즉시 알아보더니 마치 내 분노가 폭발하는 것을 달래주기라도 하듯 아주 애정 어린 태도로 골골골거리며 내 다리에 몸을 비벼대기 시작했다. 화를 내기에는 너무나 기분이 좋았다. 피터를 따라 빈방으로 들어가니 종이와 쓰레기로 잔뜩 어질러져 있었고, 바닥에는 40~50마리 정도 되는 쥐들의 잔해가 흩어져 있었다. 피터는 나를 쳐다보며 이렇게 말하는 것 같았다. '별로 나쁜 숫자는 아니죠, 네, 주인님?' 구석에는 피터가 침대로 사용하곤 했던 자루가 하나 있었다. 팝은 내게 일꾼들이 매일같이 와서 자기들하고 밥을 같이 먹는 웃기는 고양이에 관해 이야기하는 걸 들었다고 설명해줬다. 이 대화를 듣고 팝은 그 집을 샅샅이 살펴봐야겠다 생각했으며, 그리하여 피터는 슬픔에 잠긴 가족의 품으로 돌아오는 행복한 결과를 낳게 된 것이었다. 팝은 빨래 광주리를 갖고 다니던 일을 그만두고, 보상금을 자기 소유의 조그만 개인 사업에 투자했다.

피터와 나는 런던과 시골의 여러 집들을 돌아다녔다. 우리는 아파트와 호텔, 농가, 독신자용 셋방에서 함께 살았다. 독신자용 셋방에서 우리는 이야기를 전하기엔 시간이 모자랄 정도로 여러 낯선 경험을 했다. 따라서 나는 이 기간 동안 피터에게 있었던 일을 간단하게만 언급하겠다. 피터는 신사적인 고양이로서 숙녀분들을 즐겁게 해주는 게 아무리 힘들지라도 숙녀분들과 절대 싸우지 않았고, 숙녀분들이 마음대로 갖고 놀도록 내버려 두었다. 그다지 자애로운 고양이는 아님에도 내그스비 부인이 닭을 훔친다고 비난했을 때, 말하자면 어여쁜 등을 둥그렇게 구부리고는 내그스비 부인의 발목에 대고 골골골거리면서 그녀를 달래주려고 애쓰지 않았던가 말이다! 한층 부드러운 분위기에서 그녀는 이따금 긴장을 풀었고, 심지어 신문을 읽을 때는 피터에게 옆에 앉으라고까지 했다. 피터는 내그스비 부인의 집에서 잃어버린 모든 물품에 대한 책임을 져야 했고, 6개월을 사는 동안 파손된 물품에 대해 지불한 돈을 다 합치면 아마 시골에 작은 집을 장만하고도 남을 터였다. 내그스비 부인은 과부였고, 고인이 된 내그스비는 유포니움*을 연주하면서 그녀를 부양했었다. 그 악기는 내그스비 부인의 작은 방에 있는 상자에 고이 보관되어 있었다. 방은 1층 뒤쪽에 있었고, 벽은 우중충해 보였다. 내그스비 부인은 별일이 없는 한 매주 토요일 아침마다 정기적으로 유포니움을 깨끗이 닦곤 했다. 그걸 보면 내그스비 부인의 고인에 대한 애정이 얼마나 깊었는지를 알 수 있을 것이다. 그 토요일들 중 어느 날, 거리의 악단이 현관에서 멈춰서는 일이 생겼다. 내그스비 부인은 금관악기 소리의 유혹을 저항할 수 없었다. 그녀는 연주를 들으려고 위층에서 1층 현관으로 황급히 뛰어 내려왔다. 운명은 내그스비 부인에게 악단의 연주를 들으려고 서두를 때 그 소

*euphonium. 힘 있고 따뜻한 음색을 지닌 저음역의 금관악기.

중한 유포니움을 바닥에 두어야 한다고 명했다. 운명은 또한 이 특별한 순간에 피터에게 아래층으로 내려와 내그스비 부인의 응접실로 가야 한다고 명했다. 운명은 또한 내그스비 부인의 안락의자 뒤에 난 구멍에 사는 쥐 한 마리에게 이 특별한 순간에 빵부스러기를 찾아 탐험하라고 명했다. 내그스비 부인은 살림꾼이라 빵 부스러기를 한 톨도 못 찾은 쥐는 유포니움 입구에 보이는 조용한 길을 천천히 더듬어갔다. 피터가 그 쥐를 따라가는 것은 지극히 당연한 일이었다. 하지만 불행히도, 피터는 더 이상 앞으로 나갈 수 없었다. 녀석이 들어가기에는 몸집이 너무 컸기 때문이다. 마침 내 방의 문이 열려 있었기에 나는 즉시 구출하러 달려갔다. 피터는 유포니움 깊숙이 낀 머리를 빼내려고 격렬하게 몸부림치고 있었다. 내그스비 부인이 아래층으로 내려와서 응접실로 들어가려고 하는 순간 나는 피터의 머리를 악기에서 빼냈다. 나는 피터가 왜 그런 곤경에 처했는지 그 비밀을 알지도 못한 채, 녀석의 무모한 모험 때문에 지독한 잔소리를 들어야 했고, 겸손하게 사과를 거듭했다.

좀 진정된 주인아주머니는 마침내 유포니움을 들고는 피터가 망가뜨리지나 않았는지 보려고 입구에 망원경처럼 눈을 갖다 대었다. 나는 또 잔소리가 이어지겠거니 예상하고 있었다. 그 순간 유포니움의 금속성의 진동음이 내는 귀청이 터질 듯 날카로운 소리에 나는 화들짝 놀랐고, 내그스비 부인은 악기를 바닥에 떨어뜨리며 쿵 주저앉았다. 정말로 쥐방울만한 쥐가 노부인의 얼굴을 허둥지둥 가로지르더니 안락의자 뒤로 사라졌다. 틀림없이 그놈을 걱정하던 가족과 재회했을 것이다. 내그스비 부인은 하녀가 온 뒤 정신을 차렸고, 나는 부인의 콧구멍 밑에서 누런 종이 몇 장을 태워야 했다. 하지만 화해하는 데는 큰 어려움을 겪었다.

그 책임이 내게 있지 않다거나 심지어 피터에게도 있지 않다고 지적하는 것은 부질없는 일이었다. 우리는 약간의 논쟁 끝에 거리의 악단한테 책임이 있다는 데 합의했다. 그 일이 있은 후 내그스비 부인은 절대 악단을 애용하지 않았다.

나는 염가로 산 그레이하운드 때문에 내그스비 부인의 눈 밖에 더 났다. 나는 녀석의 품성을 몰랐다. 녀석은 품성이 없었기 때문이다. 내그스비 부인이 고기용 손도끼를 가지고 녀석을 죽였더라도 나는 평정심을 유지했을 것이다. 하루도 아서왕의 이름을 들먹이지 않고 지나간 날이 없기 때문이다. 녀석을 데려온 첫날 밤, 내그스비 부인은 부엌 식탁에 묶어놔도 좋다는 큰 호의를 베풀었다. 아침에 식탁 다리 두 개가 못쓰게 되어 버렸다. 이것이 내가 녀석을 원탁의 아서왕이라고 부르는 이유다. 다음 날 밤, 아서왕을 위층으로 데리고 와서 세면대 다리에 묶어놓았다. 나는 집이 무너져내리는 게 틀림없다고 생각이 드는 무시무시한 소리에 잠에서 깨었다. 이내 나는 아서왕이 물주전자를 용으로 착각했다는 사실을 깨달았다. 어쨌든 물 주전자는 산산조각 났고, 그 소리에 놀란 내그스비 부인은 화가 나서 내 방으로 득달같이 달려왔다. 아서왕 때문에 파손된 물건과 양의 다리들 값을 현찰로 지불한 것을 생각하면 참으로 애석하다고 말하지 않을 수 없다. 가엾은 피터! 그 네발 달린 악마에 비하면 너는 성인이었노라!

드디어 대단원에 이르렀다. 그것은 아서왕이 숙녀분들을 아주 좋아하는 데서 비롯되었다. 내그스비 부인이 총애하는 세입자였던 그 숙녀분은 외모상 특별히 눈에 띌만한 것이라곤 없었다. 그 여자는 3년 동안 내 방 바로 위의 방을 빌렸는데, 흑담비 꼬리로 테두리를 장식한 아주 아름다운 물개가죽 재킷을 가지고 있었다. 아서왕은 불행히도 모피에 대해 여자들이 갖는 애착을 가지고 있어서 나는 녀석을 유행이 휩쓰는 거리에 데려갈 엄두도 내지 못했었다. 녀석이 여자들을 따라갈 게 뻔했기 때문이다. 여자들 자체가 좋아서가 아니라 여자들이 입고 있을지도 모르는 모피 때문이었다. 어깨에 거는 모피에 불과하든 염색한 토끼 가죽이든 아서왕에게 그런 건 중요하지 않았다.

어느 운수 나쁜 오후였다. 나는 그레이하운드를 집으로 데려오고 있었다. 우리 앞에서 그리 멀지 않은 곳에서 내그스비 부인의 2층에 세 들어 사는 여자가 흑담비 꼬리로 장식된 물개가죽 재킷을 빛내며 햇볕을 쬐고 있었다. 주머니에서 성냥갑을 꺼내느라 나는 그만, 오싹하게도, 목줄을 떨어뜨렸다. 아서왕을 막으려고 몇 발자국 가기도 전에 녀석은 내그스비 부인의 2층 세입자에게 전속력으로 달려가고 있었다!!! 아서왕은 계속해서 달려가서는 말 그대로 그 여인의 간을 떨어지게 했고, 그 고급스러운 흑담비 테두리를 갈기갈기 찢기 시작했다. 천한 동물은 흑담비 테두리를 마저 찢는 것으로는 성이 차지 않는 것 같았다. 내가 희생자에게 다가가기도 전에 이미 녀석의 입은 물개가죽으로 가득 차 있었다. 그날 밤 아서왕은 무분별한 행동에 대한 희생물로 내그스비 부인의 집 뒤에 있는 마구간에서 총에 맞았다는 사실을 빼먹으면 안 되겠다.

이제 나는 돌이킬 수 없는 파국을 맞이하게 되었다. 나와 피터는 마침내 내그스비 부인의 거주지에서 쫓겨났다. 위아래로 틀니를 한 그 부인은 잠자리에 들 때 화장대에 틀니를 놓아두는 습관이 있었다. 허물없는 분위기로 있을 때 나는 이 얘기를 처녀인 사라에게 들었다. 말한 적이 있던 것 같은데, 피터는 내 방에서 잤다. 아주 무더운 어느 날 밤, 내그스비 부인은 문을 열어놓은 채로 잤고, 종야등은 평소처럼 타오르고 있었다. 나 또한 문을 열어놓은 채 잤고, 피터는 우리들과 마찬가지로 찜통더위 때문에 산책하려고 방을 나갔다. 그리고는 내그스비 부인의 침소를 찾아갔다. 이내 녀석은 내그스비 부인의 틀니를 물고 돌아왔다. 적어도 그렇게 생각할 수밖에 없는 것이, 내가 잠에서 깼을 때 난로 앞에 까는 깔개 위에서 틀니를 발견했기 때문이다. 어떻게 원래 있던 자리에 다시 가져다 놓을 수 있을까 생각하니 약간 당황스럽긴 했지만 상당히 우습기도 했다. 조금 생각한 뒤, 나는 아침을 먹으러 내려가서 차받침에 그 전리품을 올려놓고는 사라에게 보여줬다. 사라는 꽥 비명을 지르며 배신자가 되어 달려가서는 여주인에게 알렸다. 내그스비 부인은 걷잡을 수 없이 노한 채 아래층으로 내려왔다. 하지만 당연히 말을 할 수가 없었다. 나는 이 점을 고마워했지만, 흥분한 노부인은 발작적으로 씩씩거린 뒤 차받침에 놓인 실종된 물품을 흘끗 보았다. 그리고는 수치스러운 줄 모르고 제자리에 다시 채워놓고는 세상에서 제일 난폭한 욕설을 마구 쏟아냈다.

피터와 나는 떠났다.

찰스 몰리Charles Morley

영국의 언론인. 「폴 몰 가제트Pall Mall Gazette」 잡지의 편집자였으며 런던을 소개하는 책을 쓰기도 했다. 이 글은 런던에서 초판본으로 발행되었을 당시(1892년), 천재 고양이 화가 루이스 웨인이 삽화를 그렸으며, 미국과 영국 등에서 청소년을 위한 고전 소설로 널리 인정받고 있다.

헨리 슬레사 고양이, 나의 아버지

그는 내가 그녀에게 모든 것을 말할 수 있는지 의심했고, 비틀거리면서 나는 그럴 수 없다는 것을 인정해야만 했다. 그녀는 아주 훌륭했지만, 인간이었다.

어머니는 브리타니 해안 출신의 사랑스럽고 우아한 여인으로, 딱하게도 요를 세 겹 안짝으로 깔고 잤으며, 사람들 말로는 정원에서 떨어지는 나뭇잎 하나에도 다친 적이 있다고 한다. 프랑스 혁명기 때 사형수 호송차를 몰았던 귀족 가문의 후손인 할아버지는 짧은 시간 동안만 피어나는 진귀한 꽃을 애지중지 보살피듯 어머니의 연약한 몸과 마음을 금이야 옥이야 보살폈다. 이러한 점들로 미루어 볼 때 결혼에 관련된 할아버지의 태도를 상상할 수 있으리라. 할아버지는 어느 날 천박하고 고압적인 사내가 어머니의 마음을 사로잡을 거라는 공포 속에 살았고, 결국 이 끝없는 두려움이 할아버지를 죽였다. 하지만 할아버지의 걱정은 쓸데없는 것이었다. 어머니는 남편이 저지를 수도 있는 일상적인 잔혹성과는 거리가 먼 구혼자를 선택했기 때문이다. 어머니가 선택한 남자는 할아버지가 돌아가신 직후 사유지에 길을 잘못 들어선 눈부시게 하얀 고양이인 도팽*이었다.

도팽은 몸집이 예사롭지 않게 커다란 앙고라였고, 프랑스어와 영어, 이탈리아어를 수준 높게 구사하는 능력 때문에 어머니는 흔쾌히 애완동물로 입양하겠다는 마음을 먹게 되었다. 어머니는 얼마 가지 않아 도팽이 더 높은 지위를 가질 자격이 있다는 것을 깨달았고, 도팽은 어머니의 친구이자 보호자, 동반자가 되었다. 도팽은 어디 출신인지도 말한 적이 없었으며, 그토록 유쾌한 벗이 되도록 만든 수준 높은 교육을 어디서 받았는지도 말하지 않았다. 2년이 지나자 세상 물정을 하나도 모르는 순진한 어머니는 그들 사이의 종의 차이를 잊어버리게 되었다. 사실 어머니는 도팽이 마법에 걸린 왕자라고 확신하게 되었으며, 어머니의 그런 환상을 고려한 도팽은 어머니를 전혀 설득하려 들지 않았다. 마침내 그분들은 그 지역의 이해심 많은 성직자 덕에 결혼하게 되었다. 성직자는 엄숙하게 혼인신고서에 에드워드 도팽이라는 이름을 채워 넣었다.

나 에티엔 도팽은 그분들의 아들이다.

터놓고 말해, 나는 어머니의 우아한 용모를 빼다 박은 잘생긴 청년이다. 아버지의 유산은 커다란 고양잇과의 눈과 날렵한 몸매, 민첩한 움직임에서 분명히 드러난다. 네 살 때 어머니가 돌아가시자 나는 아버지와 충직한 하인 일행의 손에 맡겨졌다. 그분들은 나를 최고로 잘 키워줬다. 지금 내가 지니고 있는 온갖 미덕은 아버지의 인내심 있는 가르침 덕분이다. 고양이인 아버지의 사뿐사뿐한 발걸음은 나를 문학과 미술, 음악의 보물창고로 이끌어주었고, 수염은 제대로 시중드는 식사와 정선된 와인, 맛있게 요리된 거위로 가득한 기쁨을 맛보게 하였다. 얼마나 행복한 시간을 많이 나눴는지 모른다!

*Dauphin. '프랑스의 황태자'라는 뜻.

아버지인 고양이는 내 평생 23년 동안 만났던 그 어떤 사람보다도 삶과 인간에 대해 더 많이 알았다.

열여덟 살이 될 때까지 나의 교육은 아버지의 개인적인 도전이었다. 그런 다음, 나를 문밖의 세계로 보내려는 것이 아버지의 바람이었다. 아버지는 나를 위해 미국에 있는 한 대학을 선택했는데, 소위 "위대한 미개척 국가"를 무척 좋아해서 그곳에서라면 반드시 만나게 될 털북숭이 개들의 공격성으로 인해 내가 가진 고양잇과의 성질이 누그러질 수 있다는 믿음 때문이었다.

미국으로 건너간 초기에는 고양이 아버지의 지혜와 온갖 안락한 생활에서 벗어났기 때문에 어느 정도 불행했다는 사실을 고백해야겠다. 하지만 곧 적응했고 대학을 졸업한 뒤에는 대도시 미술관에 취업했을 정도였다. 조애너를 만난 것은 바로 그 미술관에서였다. 신부로 삼으려고 작정한 아가씨였다.

조애너는 위대한 미국 남서부 출신이었고, 목축업자의 딸이었다. 그녀의 얼굴과 몸에서는 활기가 넘쳐흘렀다. 탁 트인 하늘과 사막이 낳은 생기였다. 그녀의 머리카락은 고대의 유물과도 같은 황금빛이 아니라, 검은 바위에서 갓 채굴한 싱싱한 황금빛이었다. 두 눈은 오래된 다이아몬드와 달리 폭포가 쏟아지는 강에 내리쬐는 햇살처럼 반짝였다. 몸매는 자신의 성별을 공개적으로 선언할 정도로 두드러졌다.

그녀는 아마도 요정 같은 엄마와 앙고라 고양이의 아들에게는 범상치 않은 선택이었을 것이다. 하지만 우리가 처음으로 눈을 마주친 후, 나는 언젠가 조애너를 내 약혼녀로 선보이기 위해 아버지의 영지로 데려갈 거라는 사실을 알았다.

나는 당연히 있을 법한 두려운 마음으로 접근했다. 내가 미국을 떠나기 전, 아버지는 당신과 관련된 비밀에 대해 거듭 강조하며 대놓고 충고했었기 때문이다. 내 부계가 밝혀지면 조롱과 불행이 뒤따른다는 것이었다. 두말할 필요도 없이 그 충고는 타당한 것이었지만, 조애너는 우리 인생의 종착지가 드넓고 고상하며 대화할 줄 아는 고양이의 영지가 되리라는 것을 꿈도 꾸지 못했을 것이다. 나는 진실을 드러내는 적절한 장소가 프랑스에 있는 아버지 저택의 분위기라고 믿으면서 고아가 되었다는 인상을 의도적으로 조성했다. 그리고 조애너가 큰 고민 없이 시아버지를 받아들일 거라고 확신했다. 실제로 거의 한 세대에 걸쳐서 대략 스무 명의 인간 하인이 계속해서 고양이 주인을 받들어 모시고 있지 않은가?

우리는 6월 1일에 결혼식을 올리고, 5월 4일에 뉴욕에서 파리로 가는 비행기를 타기로 합의했다. 오를리 공항에서 프랑수아를 만났는데, 그는 아버지의 근엄한 종복으로 보호자로서 수행하는 역할을 위임받았다. 아버지는 그와 같은 구식 예절을 계속 고수하고 있었다. 브리타니에 있는 우리 영지로 자동차를 타고 가는 길은 먼 길이었고, 나는 집으로 가는 내내 솔직히 조애너를 당혹스럽게 하는 음울한 침묵이 흘렀던 것을 인정한다.

하지만 석조로 만든 거대한 성채인 우리 집이 시야에 들어오자 내 두려움과 의구심은 빠르게 떨쳐졌다. 많은 미국인들이 그렇듯 조애너도 우리 영지를 둘러싸고 있는 귀족적인 풍습과 기품 있는 분위기에 감동했다. 프랑수아는 생기발랄한 금발미인을 본 순간 기쁨에 차서 통통한 늙은 손으로 손뼉을 치는 졸리네 부인에게 조애너를 부탁했다. 졸리네 부인은 조애너를 2층에 있는 방으로 데려가면서 암탉이 병아리에게 꼬꼬댁거리듯 수다를 떨었다. 나로 말하자면, 내게는 즉각적인 소원이 단 하나 있었다. 바로 내 아버지 고양이를 만나는 것이었다.

아버지는 우리가 도착하기만을 애타게 기다리고 있던 서재에서 나를 반갑게 맞아주셨다. 난롯가 옆, 아버지가 제일 좋아하는 의자에 몸을 동그랗게 말고 있었는데, 옆에는 꼬냑이 든 커다란 잔이 있었다. 서재에 들어서자 아버지는 격식을 차리느라 앞발을 하나 들어 올렸지만, 곧 재회했다는 감정에 사로잡히면서 자제심을 내던지고 부끄러움이라고는 조금도 없이 기쁨에 차서 내 얼굴을 핥아줬다.

프랑수아가 아버지의 잔을 다시 채우고는 내게도 한 잔 따라줬다. 우리는 서로의 안녕을 빌면서 건배했다.

"울 아빠를 위해서." 나는 어린 시절에 애정 어리게 부르던 호칭을 썼다.

"조애너를 위해서." 아버지가 말했다. 아버지는 꼬냑을 마시며 입맛을 다시고는 근엄하게 수염을 닦았다. "그런데 이 절세미인은 어디에 있지?"

"졸리네 부인과 함께 있어요. 곧 내려올 거예요."

"모든 사실을 말했니?"

나는 얼굴을 붉혔다. "아뇨, 아빠. 아직이요. 집에 올 때까지 기다리는 게 좋을 거 같다고 생각했어요. 그녀는 아주 훌륭한 여성이에요." 나는 충동적으로 덧붙였다. "아마 그다지—"

"충격을 받지 않을 거라고?" 아버지가 말했다. "왜 그렇다고 확신하니, 아들아?"

나는 결연하게 말했다. "아주 마음이 넓은 여성이기 때문이에요. 그녀는 미국 동부에 있는 유명한 여자대학에서 교육을 받았어요. 그녀의 조상들은 전설과 민속신앙을 믿는 아주 다부진 사람들이에요. 그녀는 따뜻하고 인간적인 사람이고—"

"인간적이라." 아버지가 한숨을 푹 쉬고는 꼬리를 휙휙 휘둘렀다. "에티엔, 넌 네 애인에게 너무 많은 걸 바라고 있구나. 이 상황에서는 세상에서 제일 성격이 좋다는 여자라 할지라도 경악할 수 있단다."

"하지만 우리 엄마는—"

"네 엄마는 예외야. 요정이 바뀐 거란다. 조애너의 눈에서 네 엄마의 영혼을 찾으려고 해선 안 된단다." 아버지는 의자에서 뛰어올라 내게로 오더니 내 무릎 위에 발을 올려놓았다. "내 얘기를 안 해서 정말 다행이구나, 에티엔. 이제부터 넌 영원히 침묵을 지켜야 한다."

나는 충격 받았다. 나는 몸을 아래로 숙여 아버지의 비단결 같은 털을 만졌다. 나이 들어서 황금빛 눈동자에는 회색이 돌고 하얀 털은 노란빛으로 엷게 물들여진 것을 보자 슬퍼졌다.

"아니, 아빠." 내가 말했다. "조애너는 진실을 알아야만 해요. 내가 에드워드 도팽의 아들이라는 것을 얼마나 자랑스러워하는지 알아야만 한다고요."

"그러면 그녀를 잃을 거야."

"아뇨, 절대 그렇지 않을 거예요! 그런 일은 일어나지 않을 거예요!"

아버지는 회색빛 재를 가만히 쳐다보면서 벽난로 쪽으로 뻣뻣하게 걸어갔다. "벨을 눌러서 프랑수아 불러. 불을 지피라고 해. 몸이 으슬으슬하구나, 에티엔."

나는 벨을 잡아당겼다. 아버지는 내게로 돌아서더니 이렇게 말했다. "아들아, 넌 기다려야만 한단다. 적어도 오늘 저녁식사 때까지는 말이야. 그때까지는 나에 대해 말하지 마라."

"네, 잘 알았어요, 아빠."

서재를 나설 때 계단 맨 위에 있는 조애너와 마주쳤다. 그녀는 흥분해서 말했다.

"오, 에티엔! 정말 아름다운 저택이에요. 완전히 반해버렸어요! 다른 곳도 구경할 수 있죠?"

"당연하지."

"근데 안색이 안 좋아 보여요. 무슨 일 있어요?"

"아니, 아냐. 당신이 얼마나 사랑스러운지 생각하고 있었어."

우리는 포옹했고, 내 품에 폭 안겨있는 그녀의 따뜻한 몸을 느끼며 나는 우리가 절대 헤어질 수 없다는 확신을 확인했다. 그녀는 내게 팔짱을 꼈고 우리는 멋진 방들을 천천히 돌아다녔다. 그녀는 방의 크기와 우아함에 황홀해했다. 양탄자와 옹이가 진 고풍스러운 가구, 오래된 은 식기와 백랍 접시, 가족 초상화가 모여 있는 회랑을 보고 감탄사를 연발했다. 어머니의 어린 시절 초상화에 다다르자 그녀의 두 눈에는 이슬이 맺혔다.

"아름다우셔요. 꼭 공주님 같아요! 그런데 아버지는 어디 계세요? 아버지 초상화는 없어요?"

"응." 나는 서둘러 말했다. "아버지 초상화는 없어." 나는 처음으로 조애너에게 거짓말을 했다. 어머니가 살아 계셨던 마지막 해에 그리기 시작했던 반쯤 그리다 만 초상화가 있었기 때문이다. 초상화는 약간 수채화 형태였는데 경악스럽게도 조애너가 그 그림을 발견했다.

"우와, 정말 멋진 고양이에요! 애완동물이었어요?" 그녀가 말했다.

"도팽이야." 나는 쭈뼛쭈뼛 말했다.

그녀가 활짝 웃었다. "꼭 당신 눈 같아요, 에티엔."

"있잖아, 조애너. 할 말이 있는데—"

"그럼 이 콧수염을 단 사나워 보이는 신사는 누구예요?"

"할아버지야. 조애너, 있잖아. 꼭 들려줄 얘기가—"

그때 그림자처럼 우리를 따라다니던 프랑수아가 끼어들었다. 나는 그가 끼어든 게 단순한 우연이 아니라는 생각이 들었다.

프랑수아가 말했다. "7시 30분에 맞춰 저녁식사를 준비해놓았습니다. 숙녀분께서 옷차림에 신경 쓰신다면—"

"물론이죠. 에티엔, 잠깐 실례할게요." 조애너가 말했다.

나는 그녀에게 가볍게 눈인사를 했고, 그녀는 갔다.

약속된 저녁식사 시간 15분 전에 나는 준비를 마쳤다. 그리고는 아버지와 다시 한번 이야기하려고 아래층으로 서둘러 내려갔다. 아버지는 식당에서 하인들에게 은 식기와 장식품들을 배치하는 문제에 대해 지시하고 있었다. 아버지는 훌륭한 식단에 대해 자랑스러워했었고, 아주 품위 있게 식사를 했었다. 음식과 와인에 대한 평가는 내 경험에 비할 바가 아니었기에 나는 식사자리에서 다마스크직 식탁보 너머로 살금살금 다가가 아버지 앞에 마련된 은 식기들에 우아하게 발을 담그는 모습을 지켜보는 게 늘 굉장히 즐거웠었다. 아버지는 저녁식사 준비 때문에 원체 바빠서 대화할 시간이 없는 척했지만, 나는 대화를 나눠야 한다고 고집부렸다.

"아빠, 드릴 말씀이 있어요. 어떻게 해야 할지 결정해야만 해요."

아버지가 눈을 반짝이며 말했다. "쉽지 않을 거야. 조애너의 입장에서 생각해보렴. 나처럼 몸집이 크고 늙은 고양이는 세간에서 이러쿵저러쿵 말하기가 아주 좋은 법이란다. 게다가 말을 할 줄 아는 고양이를 보면 질겁할 거야. 식구들과 식탁에 앉아서 식사를 하는 모습은 또 얼마나 충격적이겠니. 그리고 네가 소개시켜야만 하는 고양이는—"

"그만 하세요!" 나는 부르짖었다. "조애너는 진실을 알아야만 해요. 그녀에게 진실을 밝히는 것을 아빠가 도와주셔야만 한다고요."

"내 충고를 따르지 않겠다는 거냐?"

"이번만은요. 조애너가 아빠를 받아들이지 않는 한 우리의 결혼생활은 절대 행복해질 수 없어요."

"그렇다면 만약 결혼 자체를 못 하게 된다면?"

나는 그 가능성을 인정하려 들지 않았다. 조애너는 내 여자고, 아무것도 그 사실을 바꿀 수는 없을 터였다. 내 눈에 서린 고통과 곤혹스러운 모습이 아버지에게 여실히 드러난 게 틀림없었다. 왜냐하면 앞발로 내 팔을 부드럽게 만지면서 이렇게 말씀하셨기 때문이다.

"도와주마, 에티엔. 그러려면 나를 믿어야 한다."

"그럼요, 믿고말고요!"

"그렇다면 조애너를 데리고 올 때 아무것도 설명하지 마라. 내가 나타날 때까지 기다리거라."

나는 아버지의 발을 쥐고는 내 입술에 발을 올렸다. "고마워요, 아빠!"

아버지는 프랑수아에게로 향하더니 느닷없이 "지시대로 했지?"라고 물었다.

"네, 주인님." 하인이 대답했다.

"자, 이제 다 준비됐어. 에티엔, 난 이제 내 방으로 돌아갈 거란다. 약혼녀를 데려오려무나."

나는 서둘러 계단을 올라가서 식사할 채비를 마친 조애너를 만났다. 반짝이는 하얀색 새틴 옷을 입은 그녀는 눈부시게 아름다웠다. 우리는 웅장한 계단을 내려와 식당에 들어섰다.

식탁 위에 마련된 호화로운 식사와 진열된 고급 포도주들을 보자 그녀의 눈에서 빛이 났다. 아버지의 즐거움을 위하여 포도주 중 일부는 이미 그에 맞는 적당한 잔에 따라져 있었다. 쌩 떼스떼쁘의 오 메독, 정통 샤블리, 에뻬르네 샹빠뉴, 아버지가 좋아하는 미국산 나파 밸리였다. 나는 기대에 차서 아뻬리티프*를 홀짝이며 아버지가 나타나기만을 기다렸다. 조애너는 내 고통스러운 상태에 대해서는 아무런 생각 없이 지루한 이야기를 나누었다.

여덟 시 정각이 되어도 아버지는 모습을 드러내지 않았다. 프랑수아가 마드리아 부이용**을 내오라는 신호를 보내자 나는 점점 더 심란해졌다. 아버지가 마음을 바꾼 것일까? 아버지의 도움 없이 상황을 설명해야 하는 걸까? 나 자신에게 할당된 임무가 얼마나 힘든 것인지를 깨닫는 바로 이 순간, 조애너를 잃을지도 모른다는 끔찍한 두려움이 내 안에서 꿈틀거렸다. 수프는 내 입맛에 향미도 없고 맛도 없었다. 눈에 띄게 괴로워하는 내 모습을 조애너가 놓칠 리 없었다.

"무슨 일이에요, 에티엔? 하루 종일 너무 시무룩하잖아요. 뭐가 잘못됐는지 말해줄 수 없어요?"

"아냐, 아무것도 아니야. 그냥—" 모든 이야기를 털어놓아야겠다는 충동이 일었다. "조애너, 당신한테 꼭 해야 할 말이 있어. 우리 어머니와 아버지에 관한—"

"에헴!" 프랑수아가 헛기침을 했다. 그의 눈이 문간으로 향하자 우리의 시선도 그쪽으로 향했다.

"오, 에티엔!" 조애너가 외쳤다. 기쁨이 울려 퍼지는 목소리였다.

우리 아버지 고양이였다. 황금빛 도는 회색 눈동자로 우리를 지켜보고 계셨다. 아버지는 소심하게 힐끔힐끔 조애너를 쳐다보면서 식탁으로 다가왔

*aperitif. 식전에 마시는 와인.
**bouillon au madere. 마드리아 와인을 넣어 야채와 고기를 삶아서 만든 고기 국물.

다.

"그림 속의 고양이잖아요! 에티엔, 왜 여기에 고양이가 있다고 말하지 않았어요? 너무 예뻐요!"

"조애너, 이 분은—"

"도팽이구나! 어디선가 꼭 만난 적이 있었던 것 같아. 도팽, 여기로 와! 여기로, 그렇지. 야옹아, 야옹해 봐, 야옹!"

아버지는 천천히 그녀가 뻗은 손 가까이로 다가와서는 목 뒤의 풍성한 털을 긁도록 내버려 뒀다.

"이렇게 예쁘고 조그만 야옹이가 있다니! 세상에서 제일 예쁜 야옹이네!"

"조애너!"

조애너는 아버지의 궁둥이를 번쩍 들어 올려 무릎 위에 올려놓고는 털을 쓰다듬으며 여자들이 보통 애완동물에게 하듯 우스꽝스럽게 우쭈쭈쭈 해댔다. 그 광경을 보자 나는 고통스럽고 당황스러웠다. 어떤 말부터 꺼내야 할지 찾고 있었지만, 사실은 그 순간에도 아버지가 답을 내놓기만을 내내 바라고 있었다.

그때 아버지가 입을 열었다.

"야옹!"

"배고프니?" 조애너가 걱정스럽게 물었다. "우리 예쁜 야옹이 배고파?"

"야옹!" 아버지가 말했다. 그때 내 가슴은 찢어졌다. 아버지는 조애너의 무릎에서 풀쩍 뛰어내리더니 사뿐히 방을 가로질러 갔다. 아버지가 프랑수아를 따라 우유가 담긴 납작한 그릇이 놓인 구석으로 가는 모습을 보자 나는 눈시울이 붉어졌다. 아버지는 우유를 마지막 한 방울까지도 깨끗이 핥았다. 그런 뒤 하품을 하고 기지개를 켜고는 내가 다음에 해야 할 일을 분명히 말하는 듯 내 쪽을 한번 흘낏 보더니 문간으로 다시 총총거리며 돌아갔다.

"정말 멋진 동물이야." 조애너가 말했다.

"맞아. 우리 엄마가 제일 좋아하셨어." 내가 대답했다.

헨리 슬레사Henry Slesar

미국의 작가, 극작가, 카피라이터. TV 시리즈와 드라마 수백 편의 대본을 썼다. 「TV 가이드」는 그를 "미국에서 가장 많은 시청자를 가진 작가"라고 불렀다. 카피라이터로 일하면서 알프레드 히치콕의 「미스터리 매거진」 등에 탐정 이야기, 공상과학 소설, 스릴러 등 수백 편의 단편 소설을 발표했다. 그의 재능을 높게 산 히치콕은 영화사에 아예 그를 채용하기도 했다. 첫 소설인 『회색 플란넬 수의』(1958)로 1960년 '에드거 앨런 포'상을 수상했다.

아널드 베넷 고양이와 큐피드

I

이백의 결혼에 관한 비밀스러운 내력이 이제 처음으로 세간에 알려졌다. 이름 첫음절에 강세를 두는 것을 선호하는 이백 가문은 한때 올드캐슬을 지배하다시피 했다. 오랜 역사적 전통을 지닌 깨끗하고 자부심 강한 자치구인 올드캐슬은 산업적, 민주적, 종교적인 면에서 불결한 다섯마을*과 인접해 있었다. 이백 가문은 아직까지도 올드캐슬을 추억하며 살고 있다. 그 저속한 다섯마을에 맞서서 빼어난 올드캐슬 사람들의 우월한 사회적, 도덕적, 종교적인 면을 보존하기 위해 이백 가문보다 더 큰 공을 세운 가문은 없기 때문이다. 이백의 결혼으로 이어지는 일화들은 올드캐슬에서만 일어날 수 있는 일이다. 뜻인즉 다섯마을 중 어떤 곳에서도 일어날 수 없다는 말이다. 다섯마을에서는 그런 종류의 일은 일어나지 않는다. 왜 그런지는 모르겠지만, 어쨌든 그렇다. 올드캐슬의 사람들은 축구나 경마에 거는 돈, 이율, 공원, 차

*저자인 아널드 베넷은 일명 '도자기 마을'이라 불리는 영국의 '스톡 온 트렌트'에서 태어났다. 이곳에는 여섯 개의 마을이 있었는데, 작가들이 흔히 그렇듯 원래 이름을 조금씩 변형하여 사용하였다. 이 마을들은 1910년에 자치구로 합병된 후, 1925년에 도시 지위를 부여받았으며, 'Six Towns'보다 'Five Towns'가 어감상 더 좋아서 'Five Towns'라고 했다고 한다.

등제, 블랙풀로의 소풍, 시에서 벌어지는 소동, 오르간 연주자와 같은 것들에 지극히 관심이 많다. 다섯마을에서 오르간 연주자는 월요일마다 오는 위생설비 검사관이나 경매인과 다름없다. 올드캐슬에서 오르간 연주자는 길거리에서 인정받듯 오르간 연주자다. 다섯마을에서는 오르간 연주자가 노부인들과 어울리며 총애를 받는다는 말을 그 누구도 들어본 적이 없다. 하지만 이런 일은 올드캐슬에서는 일어날 수 있다. 실제로 정말 그런 일이 일어났다.

성 플래시드의 원래 오르간 연주자인 스커릿 씨를 올드캐슬에서 사라지게 만들었던 불명예스러운 정황은 이백 가문의 여인들이 새로운 오르간 연주자를 찾기 시작하면서 펼쳐지는 현재의 서사와는 아무런 상관이 없다. 성 플래시드의 새로운 교회가 웅장한 모습을 갖춘 것은 이백 가문 덕분이었다. 전직 의원이지만 현재는 마비 환자인 가야파 이백은 12,000파운드 비용을 전부 다 대서 앱스*를 지었다. 하지만 노동자들이 맥주에 대한 관심이 줄어든 데다 다른 몇몇 것들에 엄청난 투기를 해서 힘들게 일해서 번 전 재산을 거의 다 날려버리자, 그는 침실 창문에서 앱스 전경을 보는 것보다 현금으로 12,000파운드를 가지고 있는 게 더 좋았을 거라며 교회에 돈을 댄 것을 다소 후회했다. 하지만 절대 불평할만한 사람은 아니었다. 불행이 닥친 이후 그는 비교적 작은 집에서 두 딸들과 함께 살았다. 이백 미망인과 이백 양이었다. 이 두 여인이 이 이야기의 여주인공들이다.

이백 미망인은 현재 고인이 된 사촌과 결혼했었다. 미망인은 자기 몫으로 1년에 약 600파운드를 보유했다. 그녀는 노처녀 여동생인 이백 양보다 두 살 더 많았다. 이백 양이 이백 미망인보다 두 살 어렸던 것이다. 그들 각각의 나이에 관한 더 이상의 정보는 지금까지 유출되지 않았다. 이백 양은 고인이

*apse. 성당 건축에서 제단 뒤에 마련한 반달형의 장소. 지붕이 반달형으로 둥근 모양을 하고 있다.

된 어머니로부터 약간의 돈을 물려받았고, 가야파는 전 재산을 날려버렸다. 가구의 총수입은 1년에 1,000파운드에도 훨씬 미치지 못했지만, 그나마 1년에 200파운드마저도 이백 미망인의 의붓딸인 젊은 이디스 이백이 차지했다. 이백 미망인이 남편의 두 번째 부인이었기 때문이다. 어리석고 시건방진 계집으로 유명한 이디스는 대부분의 시간을 런던이나 그 외 다른 터무니없는 곳에서 보냈으며, 가끔 방문하긴 했지만 식구라고 할 수도 없었다. 아파서 몸져누워있는 늙은 가야파와 두 딸들, 그리고 골디Goldie가 식구였다. 골디는 수고양이로, 근사한 황갈색 털을 가지고 있어서 골디라고 불렸다. 집 꼭대기에 있는 풍향계를 제외하고는 골디가 그 어떤 사람이나 그 어떤 것보다도 이백 가문의 결혼과 관련이 많았다. 이 얘기가 약간 이상하게 들릴지도 모르겠지만, 앞으로 전개될 이야기를 보면 조금도 이상하지 않을 것이다.

II

교구 목사의 도움으로 이백 자매가 교회 일을 해서 근근이 먹고살 수 있었던 것은 어찌 보면 당연한 일이다. 사람들은 자매에게 "교구위원"*이라는 직함을 붙였다. 사람들의 유일한 목적이 교회의 진정한 복지라는 사실을 고려할 때, 그 직함은 그다지 좋은 직함은 아니었다. 자매와 교구 목사는 겉으로는 호의적이고 야단스러웠지만 서로 싫어했다. 가끔은 자매가 교구 목사를 이겼고, 자주는 아니지만 목사가 자매를 이기기도 했다. 새로운 오르간 연주자를 선택할 때는 자매가 목사를 이겼다. 자매가 내세운 후보자는 예술적 고아인 칼 울만 씨였다.

*교구의 재산을 관리하는 신도 대표.

칼 울만 씨가 이 이야기의 남자주인공이다. 그는 영국의 도기가 독일의 도기에 비해 얼마나 열등한지를 주민들에게 납득시킬 목적으로 다섯마을에 가끔씩 들렀다가 정착한 독일 도기 예술가들 중 한 명의 자식으로 어머니는 영국인이었다. 그 자신은 뼛속까지 영국인이었다. 영어는 모국어인 듯 유창했으나 독일어는 외국인이 구사하듯 조금 서툴렀다. 그는 색을 입힐 수도 있었고, 점토로 본을 뜰 수도 있었으며, 오르간을 포함하여 악기도 세 종류나 연주할 수 있었다. 한 가지 못하는 게 있다면, 먹고살 만큼의 돈을 벌지 못한다는 것이었다. 그는 항상 구빈원 문 쪽으로 보이지 않는 끈에 끌려가는 것처럼 보였다. 이따금 대리로 오르간을 연주해서 50펜스를 가외로 벌어들였는데, 그런 식으로 일하다가 이백 여인들에게 소개되었다. 자매는 그의 낭만적이면서도 어딘가 우울해 보이는 외모에 매력을 느꼈고, 그 결과 예배를 마치고 점심을 같이 먹자고 청했으며, 저녁 예배 때까지도 함께 있게 되었다. 한담을 나누던 도중 자매는 그의 할아버지가 작센 왕국의 입법부 의원이었다는 사실을 알게 되었다. 이후 자매는 스커릿 씨가 쫓겨나면 그 자리에 칼 울만이 오면 얼마나 좋을지 틈만 나면 말하곤 했다. 그리고 실제로 스커릿 씨가 음흉한 짓을 해서 쫓겨나자 자매는 자신들의 기도에 응답한 것이라 여겼고, 칼을 대신하여 강력하게 주장하면서 그를 고용하게 되었다. 봉급은 1년에 100파운드였다. 칼은 살면서 단 한 번도 1년에 100파운드를 벌어본 적이 없었기에, 그 돈은 부유함의 상징이었다. 그는 그 일을 받아들이면서도 침착하고 우울한 모습이었다. 낭만주의적인 우울함은 그의 삶의 기쁨이었다. 그는 올드캐슬에서 편한 숙소를 찾을 수 없을 게 뻔하다고 우수에 잠겨 말했다. 그러자 이백의 여인들이 "적당한" 숙소를 찾을 때까지 자기 집에서 골디랑 아빠와 며칠 같이 지내자고 했다. 그는 사람들 사이에 자리를 잡는 게 싫지만 그리 요청하니 어쩔 수 없다고 했다. 이백의 여인들은 그의 검은 눈동자와 평온한 비관주의에 호들갑을 떨었고, 둘 다 즉시 젊어지기 시작했다. 참으로 기묘한 일이지만 진짜로 그랬다. 자매는 그의 연주를 흠모했으며, 찬송곡에 대한 견해가 자신들의 견해와 일치한다는 점, 결론적으로 교구 목사와는 일치하지 않는다는 점을 발견하고는 더욱 매료되었다. 처음 1~2주 동안 자매는 논쟁에서 목사를 다섯 번이나 꼼짝 못하게 이겼다. 오르간 연주자를 집에 들인 장점이 점점 더 명확해졌다. 자매는 그가 골디를 대할 때의 상냥함에도 깊은 감동을 받았으며, 여러 진지한 문제들에 대한 지적 호기심에도 감탄했다.

어느 날 이백 양이 언니에게 쭈뼛쭈뼛거리며 말했다. "오늘 자로 딱 6개월 됐네."

"그게 무슨 말이야?" 이백 미망인이 겸연쩍어하며 물었다.

"울만 씨가 온 지 말이야."

"어머, 그렇구나!" 노처녀 동생이 이제 막 알게 된 것처럼 말하자 이백 미망인도 이제 막 알았다는 듯이 말했다.

자매는 더 이상 말하지 않았다. 입장이 아주 조금 난처했다. 칼은 숙소를 찾지 못했다. 가려고 하지도 않았다. 자매도 그가 가기를 바라지 않았다. 그는 돈을 내려고 하지 않았다. 그리고 정말로 세탁물과 위스키, 소란스러움만 빼고는 아무것도 치르지 않았다. 그에게 돈을 내라고 어떻게 말할 수 있겠는가? 그는 마치 아름다운 수수께끼처럼 자매들 가운데 살았으며, 모두가 만족스러운 듯 보였다. 칼은 옷도 전혀 사지 않았고 담배도 피지 않았기 때문에 아마 봉급 전부를 저축하고 있을 터였다. 이백의 여인들은 그저 자기들이 좋아하는 것을 할 뿐이었다.

III

외부인은 이러쿵저러쿵 말할 필요가 없다고 생각한다면 큰 오산이다. 이백 미망인은 이백 양보다 두 살 더 많았고 이백 양은 이백 미망인보다 두 살 더 어리다는 사실, 늙은 가야파는 마비됐다는 확실한 이유 때문에 항상 집에만 있다는 사실, 그 여인네들이 잘 알려진 고양이 숭배자들이라는 사실, 지금까지 이백 가문의 명성에 오점이 없었다는 사실, 이백 가문이 앱스를 짓는 돈을 댔고 사실상 교회 전체를 지었다는 사실. 이 모든 사실들을 다 합친 것 외에도 외부인들은 할 말이 또 있었다.

처음에는 아무런 말도 돌지 않았다. 다만 서로의 표정을 살피며 헛기침을 할 뿐이었다. 어느 아침 칼 울만이 연습하고 있는 동안 누군가가 무심코 교회로 들어왔다가 이백 양이 구석에서 조용히 황홀경에 빠져있는 것을 보았다. 그리고 며칠 지난 뒤 아침에, 호기심이 발동한 똑같은 사람이 이번에는 이백 미망인이 칼 울만과 함께 오르간 석에 있는 것을 보았다. 하지만 이백 양이 있다는 낌새는 없었다. 이때를 기점으로 말들이 나오기 시작했다.

말! 온전한 문장이 아닌 말들! 문장은 절대 끝나지 않았다. "당연히 그야 내 알 바는 아니지만……" "사람들이 이백 자매들을 좋아한다면 말이지……" "그런 일이 일어날 거라고 암시할 생각은 추호도 없지만……" "처음에는 동생이 그러더니 나중에는 언니가…… 어머, 세상에!" "이백 미망인이나 이백 양이 조금이라도 생각이 있는 사람들이라면 즉시……" 등등 그런 식이었다. 공중에 둥둥 떠 있는 실체 없는 비난이 거미줄처럼 꼬여 있었다.

IV

어느 날 저녁, 아니, 정확하게 6월 1일이었다. 남서쪽에서 폭풍우가 휘몰아치면서 다섯마을에서 뿜어내는 연기가 온 천지에 흩어지고 이백의 집에 있는 풍향계가 삐걱거리는 소리를 내고 있을 때, 이백 여인들과 칼 울만은 평소처럼 응접실에 앉아있었다. 뜰로 통하는 두 짝으로 된 유리문이 열려 있었지만 서로 하나씩 간격을 두고 쾅 닫혔다. 칼 울만은 피아노를 연주하고 있었고 이백의 여인들은 음악이 성격에 미치는 영향에 관해 아주 지적인 대화를 나누고 있었다. 이백 미망인은 다소 통통했고 이백 양은 마른 편이었다. 자매는 언제나 대화의 주제로 그런 것을 골랐다. 칼은 주로 침묵을 지켰지만 위스키를 한 모금 마신 후에는 가끔 감동을 받았다는 듯 "맞습니다"라고 말하고는 어두워지는 창밖을 우울하게 바라보았다. 이백의 여인들은 음악이 성격에 미치는 영향을 이야기하며 그 주목할 만한 본보기로 이디스 이백의 모습을 들었다. 이디스는 왈츠만, 그것도 발퇴펠* 것만 골라서 연주했는데, 그녀의 경박한 성격에서 나오는 하찮고 천박한 짓들이 바로 이런 연주 습관의 직접적 결과라는 것이었다. 이디스의 경망한 행동에 대한 설명을 들은 뒤, 칼은 이디스가 멀리 떨어져 살겠다고 선택한 것이 애석하면서도 기뻤다.

그런 다음 해가 완전히 사라지면서 대화는 시들해지고 잦아들었다. 그리고 어떤 자의식이 사교적인 분위기를 어둡게 했다. 마을에서 수군대는 뜬구름 잡는 소문이 집까지 뚫고 들어왔다. 이백의 여인들은 소문을 경멸하긴 했지만, 어쨌든 영향을 받지 않을 수가 없었다. 칼 울만도 마찬가지였다. 그러

*Emil Waldteufel(1837~1915). 프랑스의 작곡가. 초반기에는 파리 사교계에서 '듣보잡' 취급을 받았으나 영국 왕족들 앞에서 공연한 후 명성을 얻게 되었다. 요한 슈트라우스 2세를 비롯한 슈트라우스 가문이 유럽을 석권하던 시절 가장 강력한 라이벌들 중 한 사람이었다.

한 소문은 관습적인 효과가 있기 마련이다. 평소에는 주의를 끌지도 않았을 문제일 테지만 사람들이 수군대면 그게 맞다는 생각이 확립되는 것이다.

이백의 여인들은 속으로 생각했다. '우린 더 이상 열아홉 살이 아냐. 더욱이 아버지와 같이 살고 있어. 아버지가 아파서 몸져누워있는데, 뭘 어쩌라고? 울만 씨와 우리 이름을 연결시키는 이 소문은 아무런 근거가 없는 것보다 더 나빠. 어처구니가 없네. 우리는 울만 씨와 어떤 꿍꿍이도 없다고 단호하게 주장해야 해.'

그렇긴 하지만, 그 소문에 대해 이런저런 생각을 한 덕에 울만 씨와 결혼한다는 생각을 노골적으로 해보자 충격도 이내 멎었다. 자매는 신경질적이 되지 않고도 그 소문을 가만히 지켜볼 수 있었다.

칼에 관해서 말하자면, 그는 서른에서 마흔다섯 사이쯤 되었을 자기 나이에 대해 종종 곰곰이 생각했었다. 그리고 그 여인네들의 알쏭달쏭한 나이, 선량함, 매력, 진지함, 지성, 자신을 향한 연민에 대해서도 곰곰이 생각했다.

그리하여 땅거미가 지자 정신이 들었다.

이백 양은 기분을 전환하려고 창가로 새침하게 걸어가서는 "골디! 골디!"라고 외쳤다.

골디는 잘 시간이었다. 여름에는 항상 저녁 식사 후에 정원을 거닐었고, 잘 시간이라고 부르는 소리가 들리면 거의 언제나 감각적으로 반응했다. 골디가 계단 아래에 있는 커다란 바구니에 안전하고 편안하게 자리를 잡을 때까지는 누구도 자리를 뜰 생각을 하지 못했다.

"말썽꾸러기 골디야!" 이백 양이 정원에 대고 말했다.

그녀는 골디를 찾으려고 정원으로 갔다. 이백 미망인이 그녀의 뒤를 따랐고, 칼 울만이 이백 미망인의 뒤를 따랐다. 그들은 캄캄한 밤이 되고 폭풍이 불 조짐이 보이다가 마침내 폭풍이 휘몰아칠 때까지 골디를 찾았지만 헛수고였다. 폭풍 속에서 밖에 나가 골디를 찾는 여인들의 모습은 처량하기 그지없었으나 칼 울만은 아주 기분이 좋은 듯 보였다. 한참을 찾다가 비가 쏟아지는 바람에 안으로 들어가 응접실에서 걱정스러운 얼굴로 서 있었다. 칼의 지시하에 두 하인이 골디를 찾으려고 집을 수색했다.

"저, 저기요, 마님." 하녀가 보통 때와 달리 응접실로 허둥지둥 뛰어오더니 더듬거리며 말했다. "요리사 생각으로는 골디가 지붕 위의 풍향계 안에 있는 게 틀림없답니다."

"지붕 위의 풍향계 안이라고?" 이백 미망인이 파랗게 질려 소리쳤다. "풍향계 안에?"

"예, 그렇습니다, 마님."

"사라, 도대체 그게 무슨 말이야?" 더 파랗게 질린 이백 양이 물었다.

이백의 여인들은 골디가 다른 고양이들과는 완전히 다르다고 확신하고 있었다. 골디는 절대 지붕 위로 가지 않으며, 가장 엄밀한 의미에서 신사적이지 않거나 올바르지 않은 것은 그 어떤 것이라도 하지 않는다고 믿었다. 그리고 만약 우연히 지붕 위로 올라갔다면, 그건 그냥 지붕 자체를 살펴보거나 신사다운 호기심에서 바깥의 전경을 즐기려는 것일 게다. 그래서 지붕을 언급한 것은 그들에게 충격이었다. 비바람이 몰아치는 그런 밤에 전경을 본다는 논리가 맞지 않기 때문이었다.

"요리사가 저녁식사를 마치고 위층으로 올라간 뒤 풍향계가 계속해서 삐걱거리는 소리가 들렸답니다. 그런데 지금은 멈췄다는 거예요. 요리사는 골디가 야옹야옹하는 소리를 들을 수 있다고 합니다."

"요리사가 다락방에 있어?" 이백 미망인이 물었다.

"네, 마님."

"나오라고 해. 울만 씨, 위층에 올라가서 좀 살펴봐 주시면 안 될까요?"

망토를 두른 요리사가 두 번째 층계참에 서 있는 동안 울만 씨와 여인들은 그녀의 방에 들어갔다. 야옹야옹거리는 소리는 끔찍했다. 울만 씨가 지붕창을 열자 목이 터져라 야옹야옹거리는 소리와 함께 비가 쏟아져 들어왔다. 하지만 그는 신경 쓰지 않았다. 번개와 천둥이 쳤다. 그래도 그는 신경 쓰지 않았다. 그는 의자를 손으로 집더니 창문을 등지고 그 위에 올라섰다. 그러고는 지붕 위를 엿볼 수 있도록 몸을 앞으로 비틀어 쑥 내밀었다. 여인들은 비에 흠뻑 젖을 거라고 군소리했지만 그는 들은 체도 안 했다.

그 뒤 머리에서 빗방울이 뚝뚝 떨어지면서 방으로 돌아왔다. "번개 치는 걸 봤어요." 감격한 목소리로 그가 말했다. "그 불쌍한 녀석은 풍향계에 꼬리가 단단히 붙들려 있어요. 저 위에서 꼬리를 이리저리 흔들고 있다가 풍향계가 돌아갈 때 꼬리가 낀 게 틀림없습니다. 풍향계는 아예 꼼짝도 하지 않아요."

"정말 끔찍해요!" 이백 미망인이 말했다. "도대체 어떻게 해야 하죠?"

"아침이 되기 전에 죽을지도 몰라요." 이백 양이 흐느끼며 말했다.

"제가 지붕으로 올라가서 풀어주겠습니다." 칼이 사뭇 진지하게 말했다.

그들은 그가 지붕으로 올라가는 것을 용납하지 않았다. 그런 뒤에는 제발 올라가지 말아 달라고 간청했다. 하지만 그는 단호했다. 사실 그들이 애원하는 말투 속에는 약간 위선적인 분위기가 있었다. 골디 때문에 속상해 죽겠는 데다 칼이 스스로 영웅임을 증명하는 것에 대해 전혀 꺼리지 않고 있었기 때문이다. 위험하다고 극렬하게 외치며 여인들이 걱정하는 가운데, 칼은 창문 밖으로 기어나가 천둥과 번개, 비, 미끄러운 지붕, 미친 고양이와 마주했다. 다락방 문 바깥에는 하인 셋이 옹기종기 모여 있었다.

다락방에 있는 여인들은 지붕 위에서 그가 움직이는 소리를 들을 수 있었다. 그는 점점 더 높이 올라가고 있었다. 긴장감이 최고조에 달했다. 그런 다음 조용했다. 야옹거리는 울음소리조차도 멎었다. 그때 천둥소리가 들리더니 지붕에서 거대한 바윗덩어리가 아래로 굴러가는 것처럼 덜거덕거리는 끔찍한 소리가 났다가 그 무시무시한 소리가 잠시 멈추었고, 마침내 나뭇잎들이 요란하게 짓밟히는 소리가 나면서 나무에 쩍쩍 금이 가는 소리가 났다.

이백 미망인은 창가로 뛰어갔다.

"괜찮아요." 아래에서 침착하고 음울한 목소리가 나왔다. "진달래나무 덤불 속에 떨어졌는데 골디도 같이 있어요. 다행히도 다치진 않았어요! 제가 하는 일이 그렇죠, 뭐!"

종소리가 긴박하게 울렸다. 마비 환자가 울린 종이었다. 그는 이 예사롭지 않은 사건으로 인해 잠이 깼다.

"얼른 아버지한테 가보자." 미망인이 말했다. 틀림없이 살면서 이보다 더 감격적인 일은 겪은 적이 없는 상태에서 둘은 서둘러 아래층으로 내려갔다.

V

이백 미망인은 가스등이 켜진 응접실에서 온몸이 흠뻑 젖은 채 빗물이 뚝뚝 떨어지는 칼과 고양이를 맞닥뜨렸다. 굉장히 놀라운 광경이었다. 이제 그들은 1초당 대략 5실링의 비율로 페르시안 양탄자에 손실을 입히고 있었다. 하지만 그 위험을 무릅쓰고 구해온 그토록 애지중지하는 동물과 칼 둘 다 다치지 않은 건 확실해 보였다. 물론 그것은 기적이었다. 기적이라는 말 외에는 달리 무어라 할 말이 없었다. 이백 미망인은 동정심과 자긍심, 존경심과 배려심이 뒤섞인 감탄의 말들을 쏟아낸 뒤 홀린 듯 넋을 잃은 채 있었다. 고양이는 안고 있는 팔에서 뛰쳐나와 도망가 버렸다. 골디를 따라가는 대신 이백 미망인은 계속해서 영웅만 바라보았다.

"이 고마움을 어떻게 말로 다할 수 있을지!" 그녀가 속삭였다.

"뭘요?" 칼이 간결하면서도 우울한 목소리로 물었다.

"제 귀염둥이를 구해주셨잖아요!" 이백 미망인이 말했다. 그녀의 목소리에는 정념이 있었다.

"아! 아무것도 아닌데요, 뭐!" 칼이 말했다.

"아무것도?" 이백 미망인이 그대로 따라 했다. 마치 아무것도 아닌 게 아니라 모든 것이라고 말하는 듯, 마치 그가 한 행위가 태곳적 이래 지금까지 한 가장 훌륭한 행위로 평가되어야 한다는 듯, 마치 그가 한 모든 일이 말로 내뱉거나 감사의 말로 보답하는 것을 넘어서는 차원이라는 듯, 칼을 바라보는 미망인의 두 눈은 녹아내리고 있었다.

사실 칼 자신도 뭉클했다. 2층짜리 건물 지붕에서 아주 잘 가꾼 진달래나무 덤불 속으로 한 치의 흔들림도 없이 떨어진다는 것은 있을 수 없는 일이었다. 그것도 상이라도 주고 싶은 멍청한 고양이를 팔에 안고서 말이다. 그리고 칼은 단지 육체적으로만이 아니라 도덕적으로, 또 정신적으로도 조금 흔들렸다. 결국 자기가 칭찬받아 마땅한 경탄스러운 일을 해냈다는 생각을 부정할 수 없었다. 그는 흔한 상황과는 전연 다른 상황 속에 있다고 느꼈다.

그는 끊임없이 양탄자 위에 빗물을 뚝뚝 떨어뜨렸다.

"고양이가 제게 얼마나 소중한지 아시죠." 이백 미망인이 계속해서 말했다. "어쩌면 죽을지도 몰랐을 제 고양이 때문에 제가 받는 아픔을 덜어주려고 당신은 목숨을 걸었어요. 진달래나무 덤불이 하나도 상하지 않고 15년 전처럼 그대로 있는 것도 얼마나 감사한지 몰라요! 전혀 예상치 못했는데……."

그녀가 말을 멈췄다. 미망인의 두 눈에 눈물이 흘러내렸다. 그를 흠모하는 게 분명했다. 그가 한 영웅적인 행위에 몰입한 나머지 그녀는 그가 양탄자를 축축하게 만들고 있다는 생각조차 들지 않았다. 또한 칼의 눈과 마주쳤을 때 그의 눈에는 그녀가 점점 더 젊어지는 것처럼 보였다. 그때 그의 마음속에 그들의 이름을 결부시키는 온갖 소문들이 아련하게 떠올랐다. 또 사랑과 열정, 그리고 단 한 번의 긴 신혼여행이 될 단 한 번의 결혼에 대해 일찍이 꿈꾼 것들이 떠올랐다. 그리고는 일찍이 꾸었던 그런 꿈들이 얼마나 우스꽝스러운지를 알았다. 그는 지대한 관심사와 드높은 이상이 살아 숨 쉬는 진지하고 성숙한 사람과의 결합을 통한 행복한 결혼생활을 할 수 있는 절호의 기회가 왔다는 것을 알았다. 그렇다, 그녀는 그보다 나이가 많았다. 하지만 아주 많지는 않았다! 아주 많지는! 기껏해야 몇 살밖에 많지 않을까? 그리고 그는 바로 그날 밤, 자기가 피아노 치는 모습을 넋이 빠진 듯 지켜보던 그녀의 모습을 기억해냈다. 사랑이 나이와 무슨 상관이 있지? 사랑은 모든 연령대에서도 생겨날 수 있다. 바로 지금처럼 생겨나는 것이었다. 그녀의 아련한 두 눈과 약간 뚱뚱한 체형에서도 사랑이 배어 나왔다. 그 유명한 비스콘필드*도 자기보다 현저히 나이가 많은 여인을 아내로 삼지 않았는가? 그리고 그러한 혼례를 통해 더없는 행복을 이루지 않았는가 말이다. 고양이를 구하면서도 그는 고양이가 식구들에게 그렇게 특별한 존재인지를 명확하게 알지 못했었다. 하지만 이제, 그녀의 태도와 경외심에 크게 마음이 흔들린 나머지 그는 그녀를 기쁘게 하려는 주체할 수 없는 본능적인 욕망과 그녀를 얻고야

*영국의 정치인이자 문인인 디즈레일리를 말한다. 35세까지 독신으로 살다가 자신보다 15세 연상의 부유한 미망인이었던 메리 앤 루이스와 결혼했다.

말겠다는 마음이 스스로를 움직여 경사진 지붕의 위험한 통로를 떠맡게 된 것이라고 설득하기 시작했다.

요컨대, 마을에서 쓸데없이 떠돌던 소문이 이제 막 그 정당성을 증명하려는 참이었다. 다음 순간, 그는 그녀의 넉넉한 품 안에 빗방울을 뚝뚝 떨어뜨렸을지도 모른다……. 이백 양이 응접실로 휙 들어오지만 않았더라면!

"어머나, 세상에!" 숨을 헐떡거리며 이백 양이 말했다. "그 가엾은 것이 폐렴을 앓을 거 같아요. 언니, 언니도 골디 심장이 튼튼하지 않다는 거 잘 알죠. 울만 씨, 제발 가셔서, 제발 좀 봐주세요."

그는 조심스럽게 일을 마치고는 자러 갔다. 하녀가 쟁반에 뜨거운 위스키를 가지고 왔다.

VI

다음 날 아침 약간 특이한 일이 일어났다. 보통은 칼 울만 혼자 「스태포드셔 시그널」지를 읽으면서 아침식사를 하는 게 일상이었다. 이백의 여인들은 불가사의하게도 침대에서 아침식사를 했다. 그런데 오늘 아침 칼은 아침식사 자리에서 자기 앞에 이백 양이 앉아있는 것을 보았다. 그녀는 그에게 건강은 어떤지 기력은 어떤지에 대해 꼬치꼬치 캐묻기 시작했다. 그녀는 마당으로 함께 나가 그의 목숨을 구해준 진달래 덤불을 보고는 몸서리를 쳤다. 그녀는 유명한 철학자들에 따르면 '기회'라는 것은 우리가 이해할 수 없는 법적 효력에 부여한 이름일 뿐이라고 했다. 이렇게 수준 높은 대화를 나누면서 그녀는 그에게 커피를 따르고 토스트를 건넸다.

거센 폭풍 후에 맞는 달콤한 아침이었다.

새로 싹 빗질한 골디는 마치 지붕을 한 번도 가본 적이 없는 것처럼 보였고, 꼬리를 위로 치켜든 채 거만하게 방으로 슬금슬금 들어왔다. 이백 양은 고양이를 들어 올리더니 열렬히 입을 맞춰댔다.

"내 사랑!" 그녀가 속삭였다. 딱히 정확하게 울만 씨에게는 아니었지만 그렇다고 딱히 고양이에게만도 아니었다. 그런 뒤 눈부시게 환한 얼굴로 칼을 힐끗 보더니 "그 끔찍한 폭풍우 속에서 우리 불쌍한 골디를 구하겠다고 소중한 목숨을 내놓은 걸 생각하면……. 골디가 제게 얼마나 소중한 존재였는지 짐작하셨었나 봐요? 울만 씨, 어떤 말로도 감사의 마음을 제대로 전할 수가 없어요. 어떻게 표현해야 할지……." 그녀의 두 눈은 촉촉이 젖어있었다.

어리지는 않았지만, 그녀는 2년 더 젊었다. 그녀의 나이는 언니보다 두 살 더 적었던 것이다. 그녀는 남자의 손길이 닿은 적이 없었다. 그녀의 저 뺨과 저 입에 지금까지 어떤 사내도 입을 맞추지 않았었다. 그래서 칼은 그토록 오랫동안 기다려왔던 그 꽃을 따는 첫 사내가 될지도 모른다고 느꼈다. 바로 그때 그는 그녀의 턱 밑이 움푹 패인 것과 옷깃 밑에 숨겨진 두 개의 힘줄을 보지 못했다. 오직 그녀의 영혼만을 보았다. 그는 그녀가 미망인보다 더 유순할 거라 짐작했고, 미망인처럼 남편감을 놓고 비교하는 입장이 아닐 거라고 확신했다. 물론 고양이의 소유권에 관해서는 약간의 혼선이 빚어지는 것 같았지만 말이다. 물론 그는 서로 다른 두 사람에 대한 사랑 때문에 고양이의 생명을 구한 것은 아니었다. 하지만 그것은 핵심을 벗어난 것이었다. 본질적인 것은 그가 전날 저녁 미망인에 대해 확실한 결정을 내리지 않은 것을 기뻐하기 시작했다는 것이다.

"내 사랑!" 다시 열정적으로 그녀는 골디에게 입을 맞추고 있었지만, 힐끗거리는 시선은 칼을 향하고 있었다.

그가 버터 바른 토스트를 두 번째로 베어 문 바로 그 순간, 풍만한 이백 미망인이 방으로 들어오지 않았더라면 중차대한 질문을 던졌을 것이다.

"이리 와, 언니!" 이백 양이 외쳤다.

"우리 동생, 여기 있었구나!" 이백 미망인이 대꾸했다.

VII

아주 유서 깊은 올드캐슬 자치구에서 무슨 즐거운 일이 일어날지 점치는 것은 불가능하다. 경박하기 짝이 없다는 이디스가 며칠 동안 런던에서 올드캐슬로 내려오겠다고 결심한 것이 그런 것이다. 런던이 찜통처럼 뜨겁다는 게 이유였다. 그녀는 솜털처럼 복슬복슬한 황금색 머리칼에 대략 서른 개의 흰 드레스를 가진 예쁜 아가씨였다. 고루한 의붓어머니나 고지식한 의붓이모 말대로 상당히 철없이 굴었다. 조심스러운 그 집의 질서를 완전히 엉망진창으로 만들어버렸고, 의붓어머니의 「컨템포러리 리뷰」지와 의붓이모의 『유럽 윤리의 역사』 사이에 놓인 응접실 탁자 위에 드러눕거나 읽다 만 소설책을 그대로 두었다. 음악적 취향은 몹시 뻔뻔하고 솔직했다. 연장자들이 말한 것처럼 왈츠만 연주한다는 것도 사실이었다. 심지어는 칼 울만에게 왈츠를 연주하도록 강요했다. 그리고 어느 날엔가는 칼이 혼자 응접실에 있을 때, 둘둘 만 악보를 팔에 요염하게 끼고 뛰어들어오더니 이렇게 말했다.

"배로픗에서 제가 뭘 찾아냈는지 아세요?"

"저야 모르죠." 칼은 우울하게 미소 지으면서 말한 다음, 우울기를 싹 빼고 미소 지었다.

"발퇴펠의 왈츠는 네 손가락을 사용하도록 편곡되어 있어요. 저랑 같이 얼른 쳐봐요."

둘은 같이 피아노를 쳤다. 성 플래시드의 오르간 연주자가 머리가 텅 빈 이디스와 함께 일련의 춤곡을 연주하는 것은 무척 슬픈 광경이었다.

하지만 최악은, 그가 그녀와 연주하는 것을 좋아한다는 것이었다. 그는 나이 많은 자매들의 엄격한 예술적 취향과 높은 지적 수준을 선호하는 게 당연하다는 것을 알았다. 하지만 그렇게 하지 않았다. 그는 그 경박한 이디스가 자신의 비밀스런 영혼에 더욱 강력하게 끌린다는 것을 알아차리고는 깜짝 놀랐다. 게다가 우울함 또한 없어지고 있다는 것을 알고는 더욱 놀랐다. 우울함이 사라지면서 그에게는 낯선 감정이 생겨났다. 중년으로 접어들면서 각반을 찼던 남자가 그 각반을 버리는 것과 같은 느낌이라고나 할까.

발퇴펠을 연주한 뒤 그녀는 그동안의 사연을 말하기 시작했다. 이스트엔드*에서 어떻게 빈민굴 구경을 하게 되었는지, 그리고 그게 얼마나 지독했는지에 대해 말했다. 그리고 어떻게 블룸즈버리**에 정착하게 되었는지, 그리고 그게 얼마나 대단했는지에 대해서도 말했다. 나중에는 이렇게 말했다.

"울만 씨, 제 불쌍한 고양이를 용감하게 구해주신 데 대해 감사해하지 않는 저를 무척 이상하게 여기셨을 거예요. 사실은 제가 오늘까지 그 소식을 못 들었기 때문이었어요. 정말 얼마나 고마운지 말로 할 수가 없어요. 그 광경을 봤어야 했는데 너무 안타까워요."

"골디가 당신 고양이인가요?" 그가 맥이 빠진 채 물었다.

"네? 물론이죠!" 그녀가 말했다. "모르셨어요? 아, 당연히 모르셨겠군요! 골디는 항상 제 것이었어요. 할아버지가 저에게 사주셨어요. 하지만 런던에서 같이 지낼 수가 없어서 저분들한테 돌봐달라고 늘 여기에 놓고 가는 거예

*East End. 전통적으로 노동자 계층이 사는 런던 동부지역.

**Bloomsbury. 런던 중앙부에 위치한 교육, 주택 지역.

요. 골디가 저를 얼마나 좋아하는데요! 저를 절대 잊는 법이 없답니다. 꼭 내 앞에만 와요. 당신도 보셨을 텐데요. 얼마나 감사한지 정말 말로 다 할 수가 없어요! 정말 대단하신 분이에요! 그날 밤 어머니나 이모가 어떤 상태였는지를 생각할 때마다 웃음이 터져 나오긴 하지만요!"

엄밀히 말하자면, 자매는 그가 1년에 100파운드를 벌게 해주는 것을 빼면 단 한 푼어치의 관계도 없었다. 하지만 그는 그녀의 머리칼과 결혼했고 그녀는 그의 우수에 젖은 두 눈동자와 결혼했다. 그녀는 빈민굴이 거의 없는 올드캐슬에 정착한 것을 만족해했다. 의붓어머니는 이디스의 강요로 100파운드에서 400파운드까지 올려줬다. 이백 미망인에게는 다소 힘든 일이었다. 이제 이백 미망인은 과부로 남게 되었고, 이백 양은 아무도 이름을 불러주지 않는 꽃으로 남게 되었다. 하지만 떠도는 소문은 들리지 않게 되었다.

골디는 하늘이 명한 시간을 충만하게 살다 갔고 모두 애도했다. 하지만 늙어 아파 몸져누워있는 가야파보다 더 진심으로 애도한 이는 없을 것이다.

"내 고양이가 보고 싶어 죽겠어!" 늙은 가야파가 소파에 앉아있는 칼에게 심통을 부리며 말했다. "골디는 주인을 알아봤지, 암! 이디스는 자네와 결혼하고 가정을 꾸릴 때 나한테서 고양이를 훔쳐가려고 별짓을 다했어. 내가 골디를 사려고 했던 이유는 다른 누구한테도 아닌 오직 나한테만 매달리기 때문이었어! 아아! 그 고양이와 같은 고양이는 다신 가질 수 없을 거야."

이것이 이야기의 전말이다.

아널드 베넷Arnold Bennett

영국의 소설가. 그의 작품 중에는 도자기 제조로 이름난 고향 마을인 '다섯마을'을 배경으로 한 작품이 많은데, 이 이야기도 그중 하나다. 우리나라에서는 자기계발 서적 관련 작가로 유명하다.

오지 않는 이를 기다리는 일

내 말 잘 들어. 넌 밖에 나갈 수 없어. 바깥은 위험해.

너 자신을 위해서 집 안에 있어야 한다고. 그게 최선이야.

어니스트 헤밍웨이 빗속의 고양이

호텔에는 미국인 두 사람만 여장을 풀고 있었다. 그들은 방을 드나들면서 계단에서 마주치는 어느 누구도 알지 못했다. 그들이 머무는 2층 방은 바다를 향하고 있었으며, 공원과 전쟁 기념비도 마주 보고 있었다. 정원에는 커다란 종려나무들과 녹색 의자들이 있었다.

날씨가 좋을 때는 이젤을 가진 화가가 한 명 늘 거기에 있었다. 화가들은 종려나무가 뻗어 나가는 방식이나 정원과 바다를 마주하는 호텔의 환한 빛깔을 좋아했다.

이탈리아 사람들이 전쟁 기념비를 보려고 멀리 떨어진 곳에서 왔다. 청동으로 만들어진 기념비가 빗속에서 번들거렸다. 비가 내리고 있었다. 종려나무에서 빗방울이 뚝뚝 떨어지고 있었다. 자갈길 위에 여기저기 물웅덩이들이 패여 있었다. 파도가 빗속에서 길게 줄지어 해변을 따라 내려와 치솟다가 다시 빗속에서 길게 줄지어 부서져 갔다. 자동차들이 전쟁기념비 옆 광장에서 사라졌다. 광장 건너편 카페 입구에서 한 종업원이 텅 빈 광장을 내다보며 서 있었다.

미국인의 아내는 창밖을 내다보며 서 있었다. 창문 밖 바로 밑에서 고양이 한 마리가 비가 뚝뚝 떨어지는 녹색 탁자 밑에 웅크리고 있었다. 고양이는 떨어지는 비를 맞지 않으려고 몸을 옹송그리고 있었다.

"내려가서 저 고양이를 데려와야겠어요." 미국인의 아내가 말했다.

"내가 가지." 남편이 침대에서 말했다.

"아뇨, 내가 가겠어요. 탁자 밑에서 젖지 않으려고 애쓰는 불쌍한 고양이를 꺼내와야겠어요."

남편은 침대맡에 베개를 두 개 받치고 누운 채 계속해서 책을 읽고 있었다.

"비 맞지 마." 남편이 말했다.

아내가 아래층으로 내려가자, 호텔 주인이 일어나 사무실을 지나가는 그녀에게 인사를 건넸다. 그의 책상은 사무실 맨 끝에 있었다. 그는 나이가 든 남자로 키가 무척 컸다.

"비가 내리네요." 아내가 이탈리아어로 말했다. 그녀는 호텔 주인이 마음에 들었다.

"예, 예, 부인. 날씨가 참 고약하네요."

그는 어둑어둑한 방의 맨 끝에 있는 책상 뒤에 서 있었다. 아내는 그가 마음에 들었다. 어떤 불평도 다 받아주는 아주 진지한 자세가 마음에 들었다. 품위 있는 자세도 마음에 들었다. 그녀에게 봉사하고자 하는 자세도 마음에 들었다. 그녀는 호텔 주인이란 존재에 대해 생각하는 그의 태도가 마음에 들었다. 그녀는 그의 늙고 진중한 얼굴과 커다란 손이 마음에 들었다.

주인이 마음에 든 그녀는 문을 열고 바깥을 살펴보았다. 비가 더 세차게 내리고 있었다. 고무로 만든 비옷을 두른 한 남자가 카페 쪽으로 텅 빈 광장을 가로지르고 있었다. 고양이는 오른쪽 주변에 있을 터였다. 처마 밑을 따라 걸어가면 될 터였다. 출입구에 서자 우산 하나가 뒤에서 펼쳐졌다. 그들의 방을 담당하는 여종업원이었다.

“젖으시면 안 돼요.” 그녀가 이탈리아어로 말하면서 미소 지었다. 당연히 호텔 주인이 그녀를 보냈을 터였다.

여종업원이 그녀 위에 우산을 받쳐 들었다. 그들이 머무는 방의 창문 아래까지 자갈길을 따라 걸어갔다. 비를 맞아서 환한 녹색으로 씻겨진 탁자는 거기에 있었지만 고양이는 사라지고 없었다. 그녀는 순간 실망했다. 여종업원이 그녀를 올려다보았다.

“잃어버린 게 있으신가요, 부인?”

“고양이가 한 마리 있었어요.” 미국인 여자가 말했다.

“고양이요?”

“네, 고양이요.”

“고양이요?” 여종업원이 웃었다. “이 빗속에 고양이라고요?”

“그래요. 이 탁자 밑에 있었는데.” 그런 다음 그녀가 말했다. “아, 전 그 고양이를 무척 가지고 싶었어요. 새끼 고양이를 한 마리 가지고 싶었어요.”

그녀가 영어로 말하자 여종업원의 얼굴이 굳어졌다.

“부인. 안으로 들어가셔야 해요. 이러다 다 젖겠어요.” 그녀가 말했다.

“그래야겠네요.” 미국인 여자가 말했다.

그들은 자갈길을 따라 다시 돌아가 문 안으로 들어갔다. 여종업원은 바깥에서 우산을 접었다. 미국인 여자가 사무실을 지나가자 주인이 책상말에서 인사를 건넸다. 여자는 속으로 아주 초라하고 답답한 기분이 들었다. 주인은 그녀를 무척 초라한 기분이 들게도 했지만 동시에 무척 중요한 사람이라고 느끼게도 했다. 그녀는 자기가 지극히 중요한 존재라는 것을 순간적으로 느꼈다. 그녀는 2층으로 올라갔다. 방문을 열었다. 조지는 침대에서 책을 읽고 있었다.

"고양이 데려왔어?" 책을 내려놓으며 그가 물었다.

"가버렸어요."

"어디로 갔지?" 그가 책에서 눈을 떼며 말했다.

그녀는 침대에 앉았다.

"고양이를 무척 가지고 싶었는데." 그녀가 말했다. "그 고양이가 왜 그렇게 가지고 싶은지 저도 모르겠지만, 그 가여운 고양이가 가지고 싶어요. 가여운 고양이한테는 밖에서 비를 맞는 게 하나도 즐겁지 않을 거예요."

조지는 다시 책을 읽고 있었다.

그녀는 화장대로 가서 거울 앞에 앉더니 손거울로 얼굴을 들여다보았다. 처음에는 한쪽 옆모습을 찬찬히 살피더니 이어서 다른 쪽 옆모습을 찬찬히 살폈다. 그런 다음 머리 뒤쪽과 목도 찬찬히 살폈다.

"머리를 기르면 좋을 거 같지 않아요?" 그녀가 다시 옆모습을 들여다보며 물었다.

조지는 고개를 들어 사내아이처럼 바짝 깎은 그녀의 뒷목덜미를 보았다.

"지금 그대로가 좋은데."

"싫증 났어요. 사내아이처럼 보이는 게 너무 싫증 나요." 그녀가 말했다.

조지는 침대에서 자세를 바꿨다. 그는 그녀가 말을 시작한 이래 그녀에게서 눈길을 돌리지 않고 있었다.

"아주 근사해 보여." 그가 말했다.

그녀는 화장대에 거울을 내려놓고 창문 쪽으로 가서 밖을 내다보았다. 어두워지고 있었다.

“머리를 뒤로 매끄럽고 단단하게 잡아당겨서 커다란 리본으로 묶고 싶어요.” 그녀가 말했다. “무릎 위에 앉혀놓고 쓰다듬으면 그릉그릉 소리를 내는 새끼 고양이를 가지고 싶어요.”

“그래?” 조지가 침대에서 말했다.

“그리고 나만의 은 식기로 식사를 하고 싶어요. 촛불도 여러 개 켜져 있으면 좋겠어요. 그게 봄이면 좋겠고, 거울 앞에서 리본으로 묶은 머리를 끄르고 곱게 빗어 넘기고 싶어요. 새끼고양이가 한 마리 있으면 좋겠고 새 옷들도 몇 벌 있으면 좋겠어요.”

“아, 제발 그만하고 읽을 거나 좀 찾아 봐.” 조지가 말했다. 그는 다시 책을 읽고 있었다.

아내는 창밖을 내다보고 있었다. 이제 꽤 어두워졌고 종려나무에는 여전히 비가 내리고 있었다.

“어쨌든 저는 고양이를 한 마리 가지고 싶어요.” 그녀가 말했다. “고양이를 한 마리 가지고 싶다고요. 지금 당장 한 마리 고양이를 가지고 싶다고요. 긴 머리를 가질 수 없거나 다른 즐거운 일이 없다면, 고양이는 한 마리 가질 수 있잖아요.”

조지는 귀담아듣지 않고 있었다. 그는 책을 읽고 있었다. 아내는 창밖을 내다보았다. 광장에 불이 켜져 있었다.

누군가 문을 두드렸다.

“들어오세요.” 조지가 말했다. 그는 책에서 눈을 떼고는 올려다보았다.

문 앞에 여종업원이 서 있었다. 그녀는 그녀의 몸에 대고 버둥거리는 커다란 얼룩고양이 한 마리를 단단히 붙들고 있었다.

“실례지만,” 그녀가 말했다. “주인께서 이것을 부인께 갖다 드리라고 하셨습니다."

어니스트 헤밍웨이Ernest Hemingway

이 글은 단편 소설집 『우리 시대에』(1925)에서 처음 발표됐다. 첫 부인 해들리와 함께 파리에 살면서 이 글을 썼지만, 이야기의 배경이 되는 작은 이탈리아 도시는 제1차 세계대전 중 적십자 야전병원 수송차 운전병으로 이탈리아에 있을 때를 기억하면서 썼다고 전해진다.

파멜라 사전트 어딘가 어울리지 않는

어딘가 어울리지 않는 느낌이 들기 때문이다
쥐가 날개를 달고 사람의 얼굴을 하고 있으니
_시어도어 로스케Theodore Roethke, '박쥐' 중에서

마샤가 처음으로 고양이가 생각하는 것을 들었을 때는 아침식사를 하고 난 뒤 그릇을 씻는 중이었다. '목말라. 왜 물을 더 주지 않지? 내 그릇에는 간식으로 먹는 마른 음식밖에 없는데.' 그러더니 잠시 멈췄다. '어떻게 저 여자가 먹잇감을 잡는지 궁금하단 말이야. 살금살금 몰래 접근하는 것도 아니고, 새들을 항상 쫓아버리잖아. 내가 근처에 있을 때 절대 아무것도 잡지 않는데 말이야. 왜 음식들을 저런 네모나거나 둥그런 것에 넣었다가 다시 꺼내는 거지? 근데 음식이라는 게 뭐지? 물이란 건 또 뭐지?'

마샤는 씻고 있던 컵을 아주 천천히 내려놓고 수도꼭지를 잠그고는 고양이를 마주 보았다. 호리호리한 샴 고양이인 '펄'은 플라스틱 밥그릇 옆에 앉아있었다. 그릇 밑에 놓인 신문지를 한쪽 발로 탁탁 치더니, 옆에다 펼쳐놓았다. '빗질하고 싶어. 배를 긁고 싶어. 왜 그 남자는 여기 없지? 항상 어디 멀리 간단 말이야. 둘 다 여기에서 내 시중을 들어야 하는데 말이지.' 펄의 입은 움

직이지 않았지만 마샤는 그것이 펄이 하는 말이라는 것을 알았다. 우선, 집에는 다른 사람이 아무도 없었기 때문이다. 또 한 가지는, 누구 것인지 알 수 없는 목소리가 고양잇과가 낑낑거리는 것과 같은, 완전히는 아니지만 거의 야옹거리는 소리처럼 들렸기 때문이다.

이런, 세상에! 마샤는 자기가 미쳐가고 있다고 생각했다. 계속해서 고양이를 바라보면서 그녀는 뒷문으로 살금살금 가서 문을 열었다. 신선한 공기를 쐬자 기분이 한결 나아졌다. 울새 한 마리가 풀밭에서 쪼아대고 있었다. '대지여, 너의 소중한 보물을 나에게 양보하려무나. 나는 허기지구나. 내 새끼가 밥을 달라고 외치고 있구나.' 이 목소리에는 음악적인 가락이 있었다. 마샤는 문틀에 기대었다. '나는 공간을 만든다.' 이번 목소리는 깊고도 느릿느릿했다. '우주가 내 앞에서 갈라졌다. 단단하고 어둡고 축축한 우주는 삼라만상에 걸쳐있지만 나는 공간을 만든다. 나는 무한에 다가간다. 누가 무한을 만들었는가? 엄청나게 거대한 규모로 세계를 헤쳐 가면서 무한을 남겨놓았을 것이다. 그 무한이 지금 내 앞에 있다. 온기가— 아!'

목소리가 끊겼다. 울새는 벌레를 잡았다.

마샤는 문을 쾅 닫았다. 도움이 필요하다고 생각했다. 르로이 박사가 뭐라고 할지 궁금했다. 지난 1년간 상호작용분석*과 주간 집단요법**을 병행하면서 그녀는 자신이 단지 약간 우울한 신경증 환자일 뿐이라는 사실을 확신했다. 집단요법을 하는 동안 그룹 내의 다른 사람들 앞에서 베개를 치거나 비명을 지를 수도 없었고, 다른 환자들처럼 르로이 빌 박사에게 차마 전화를

*transactional analysis. 개인 및 집단 요법 양쪽에 응용되며, 인간관계의 성질을 조직적으로 이해하고자 하는 정신요법의 한 형.

**환자들의 집단 또는 환자를 포함한 관계자의 집단 또는 그 양방에 대해서 행하여지는 정신요법으로, 집단의 각 성원 간의 상호작용을 이용하고 있다.

걸 수도 없었지만 적어도 편두통 횟수는 줄었다. 정신과 의사는 차도가 있다며 만족해했다. 그런데 이제 그녀는 정신병자가 되었다고 확신하기에 이르렀다. 정신병자들만이 그런 목소리를 들었기 때문이다. 르로이 박사가 틀렸다는 것을 알게 되자 약간 고소하기도 했다.

펄은 이리저리 어슬렁거리고 있었다. 마샤는 침착하게 있으려고 무지 애썼다. 내가 펄의 생각을 들을 수 있다면 펄도 내 생각을 들을 수 있지 않을까? 그렇게 추론하자 몸서리가 쳐졌다. "펄." 그녀는 불안하게 떨리는 목소리로 불렀다. "야옹아, 이리 온. 착하지, 우리 펄." 그녀는 복도로 가서 계단으로 향했다.

고양이는 계단 맨 위에서 몸을 웅크린 채 꼬리를 탁탁 치고 있었다. 마샤는 펄에게 메시지를 전하려고 집중했다. 만약 지금 당장 부엌으로 오면 '슈퍼슈퍼'* 통조림 한 통을 다 줄 거라고 생각했다.

고양이는 움직이지 않았다.

마샤는 계속 생각했다. 만약 지금 즉시 내려오지 않으면 아무것도 주지 않을 거라고.

펄은 그대로 가만히 있었다.

마샤는 펄이 자신의 생각을 듣지 못한다고 여기자 안심이 되었다. 이제 그녀는 약간 바보 같은 느낌이 들기 시작했다. 모두가 상상이었던 것이다. 르로이 박사에게 그것이 무엇을 의미하는지 물어봐야 했다.

'난 여기서 뛰어내려 계단 밑에 사뿐히 설 수도 있어.' 펄이 생각했다. '뛰어서 발톱으로 살갗을 할퀼 수도 있지만, 그러면 벌 받겠지.' 마샤는 뒷걸음질 쳤다.

*상표명.

전화가 울렸다. 마샤는 냅다 부엌으로 가서 벽에 기대어 웅크린 채 수화기를 들었다.

"마샤?"

"응, 폴라."

"마샤, 어떻게 해야 할지 몰라서 전화했어. 아마 나를 미쳤다고 생각할 거야."

"일 때문에 그래?"

"나 지금 병났어. 내 생각에 신경쇠약 증세인 거 같아. 오늘 아침 바론의 생각을 들었어. 내 말은 그러니까, 바론이 생각하는 것을 들은 거 같다는 말이야. '저들이 죄다 또 훔쳐가고 있네, 훔쳐가고 있어.' 이렇게 말하더니 '하지만 또 다른 남자가 그들을 붙잡을 거고 훔친 것 중 일부를 돌려주겠지. 난 그 남자한테 짖을 거야. 그 남자는 내가 상냥하게 짖는데도 무서워서 벌벌 떨겠지'라고 생각하더라니까. 난 그게 무슨 뜻인지 드디어 이해했어. 바론은 청소부들을 도둑이라고 생각한 거고, 우편배달부가 나중에 그들을 잡는다고 생각한 거였어."

"바론이 독일어로 생각했어?"

"뭐라고?"

"독일 셰퍼드니까 당연히 독일어를 알 거 아냐, 안 그래?" 마샤는 발작적으로 웃어댔다. "미안해, 폴라. 나도 펄의 생각을 들었거든. 난 게다가 새와 벌레의 생각까지도 엿들었다니까."

"바론이 내 생각도 듣는 건 아닌지 몰라. 다행히도 그런 거 같진 않지만." 폴라가 잠시 멈췄다. "이런. 바론이 방금 들어왔어. 내 향수가 내 냄새를 망친다고 생각하고 있어. 이 녀석은 자기가 제일 좋아하는 전봇대에 다른 개들이 오줌을 누는지 보려고 주변을 킁킁거리는 시간이 제일 즐겁대. 우린 이제 어떡하지?"

"나도 몰라." 마샤가 아래를 내려다보았다. 펄이 그녀의 다리에 대고 몸을 비비고 있었다. '왜 빗질 안 해줘?' 고양이가 생각했다. '왜 나한테 신경 안 쓰지? 맨날 저 물건하고만 이야기한단 말이야. 내가 훨씬 더 예쁜데.'

"나중에 다시 전화할게." 마샤가 말했다.

마샤가 세탁실에서 나왔을 때 더그는 식탁에 앉아있었다.

"일찍 왔네."

턱수염이 난 얼굴을 찡그리며 더그가 올려다보았다. "지미 바지니가 오늘 각자 물건을 가져와서 발표하는 수업시간에 햄스터를 가져왔어. 근데 그 망할 놈이 말을 하기 시작했어. 우리 모두 들었다고. 그러자 교실의 질서가 다 깨졌어. 아이들이 햄스터 주위에 몰려들더니 질문을 퍼붓기 시작했지. 하지만 햄스터는 마치 아이들을 이해할 수 없다는 듯 찍찍거리기만 했어. 그런데 입은 전혀 움직이지 않더라고. 난 처음에 지미가 소리를 내는 줄 알았는데 그게 아니었어. 그런 다음에야 이해했어. 햄스터의 생각을 들은 게 분명하다는 걸 말이야. 어쨌든 그런 다음 프라이스 선생님이 들어오더니 과학실험 수업에 있는 흰쥐도 말을 하고 있다는 거야. 그 이후에는 톨만이 학교 내 방송 장비로 수업을 일찍 파하겠다고 알렸어."

"그럼 내가 미친 게 아니네. 아님 우리 모두가 미쳤든가. 나도 펄의 생각을 들었거든. 근데 폴라가 전화 와서는 바론 폰 리벤트로프가 자기 생각을 말하고 있다는 거야."

잠시 침묵한 뒤 마샤가 물었다. "그래서 뭐래? 햄스터 말이야."

"'이 철창에서 나가고 싶어'라고 하더군."

러시아인이 소유한 고양이는 러시아어를 구사할까? 마샤는 궁금했다. 프랑스에 있는 개는 프랑스어로 생각을 전할까? 동물들은 다국어를 구사했거나 아니면 사람들이 그들의 생각을 모국어로 들었거나 둘 중 하나였다. 그녀는 뉴스를 보면서 추측할 수 있었다.

언론과 TV 뉴스 프로그램은 이제 거의 전적으로 이 현상을 대서특필하고 있었다. 이는 동물들이 사실상 지능을 갖게 되었다는 것을 의미하는 걸까? 아니면 원래 동물들이 항상 생각을 말하고 있었는데 단지 처음으로 사람들이 듣게 된 걸까? 아니면 세상이 집단으로 정신병에 걸린 걸까?

이제 새들이나 다른 사람들의 애완동물들이 하는 생각을 소상히 듣지 않고서는 산책하는 것이 거의 불가능해졌다. 마샤는 거리에 있던 코커스패니얼이 그녀의 몸에서 나는 향기를 좋아한다는 사실을 알았고, 옆집에 사는 샘슨 씨의 푸들이 그녀의 다리를 간절히 물고 싶어 한다는 사실도 알았다. '침입자가 다가오는 중!'이라는 외침이 들리자 개미집을 밟을 수가 없었다. 조그만 뱀이 하는 생각을 들은 뒤에는 마당에서 시간을 보내는 것이 두려워졌다. '스르르 나가볼까. 햇볕이 따뜻하네. 똬리를 틀어볼까. 공격하느냐 아니면 공격당하느냐. 그것이 문제로다. 송곳니는 준비되어 있는데 말이지.'

마샤는 이 불협화음으로부터 숨어 집구석에 처박혀 있었다. 대신에 동물행동학자, 동물원 관계자, 개 훈련사, 농부, 정신과 의사 및 몇몇 괴짜들이 자신들의 견해를 라디오와 텔레비전으로 떠들어대는 말에 귀 기울이고 있었다. 이 문제를 연구하기 위한 대통령 자문위원회가 꾸려졌고, 대통령 보좌관은 철새들을 군축협정을 확약하기 위한 정찰병으로 훈련시키는 것에 대한 견해를 피력했다. 마샤는 여러 이론을 들었다. 사람들은 동물들의 생각을 듣고는 다소 이해할 수 있는 용어로 번역하고 있었다. 또한 자신들의 생각을 선별해서 그것을 가장 가까운 생물들에게 투사하고 있었다. 동물들의 생각은 지각이 있는 다른 존재를 노예와 물건으로 취급한 것에 대한 인류의 죄악을 보여주는 징후였다. 어느 철학자가 '굿모닝 아메리카'*에서 과장한 것처럼 사람들은 모두 '인종차별주의자'이거나 '종차별주의자'였다. 그 말은 일반적으로 널리 쓰이게 됐다.

마샤는 고양이의 성격을 통찰하고 싶은 마음에 펄을 따라다니기 시작했다. 고양이의 관점을 이해하면 지혜가 생길 수도 있다는 생각이 들었기 때문이다. 하지만 펄은 그녀를 실망시켰다. 고양이의 마음은 거의 순전히 연상되는 것들이었다. 즉, 먹는 것, 귀 뒤를 긁는 것, 교미하는 것, 가구에 발톱을 다듬는 것에 대한 생각으로 이루어져 있었다. '마당에 있는 새들에게 몰래 살금살금 접근하고 싶어'라고 펄은 생각했다. '발바닥으로 풀의 감촉을 느끼고 싶은데, 그러면 콧구멍이 간지럽단 말이야. 옆집에 사는 개의 코를 할퀴니까 개가 깽깽 울었어. 그 개는 정말 짜증 나. 왜 사람들은 내가 쥐를 한 마리 잡아서 베개 위에 놓으면 나를 보며 비명을 지르는 걸까. 아, 목말라. 왜 사람들은 참치를 자기들만 먹지 않고 나한테 주는 걸까?' 무엇보다도 펄은 거의 대화가 되지 않는 새엄마 마샤를 떠올리고 있었다.

그 모든 생각들을 들었음에도 마샤는 여전히 고양이를 좋아했다. 저녁에 마샤가 더그와 함께 텔레비전을 보고 있을 때 펄이 마샤의 무릎 위로 깡충 뛰어 올라오면 마샤는 털을 쓰다듬어 주었다. 그러면 펄은 '아, 기분 좋아'라고 생각하면서 골골골 소리를 내기 시작했다. 밤에 잠자리에 들기 전에 마샤는 심지어 고양이에게도 성교는 사적인 것이어야 한다고 느끼기 때문에

*Good Morning, America. 미국 ABC 방송의 모닝 쇼.

항상 침실 문을 닫았다. 이제 마샤는 그렇게 해온 것이 다행이라는 생각이 들었다. 마샤는 그 주제에 관해 펄이 뭐라고 하는지 알고 싶지 않았다.

대통령은 국민들에게 일상 업무로 복귀할 것을 촉구하려고 텔레비전에 출연했고 더그의 학교는 다시 개학했다. 마샤는 일종의 죄책감 같은 것을 느끼며 또다시 일자리를 찾아야겠다고 생각하면서 그날은 홀로 남아 거실을 진공청소기로 청소했다. 몇 달 동안 집에만 있으니 게으름이 늘었기 때문이다. 너무 쉽게 주부의 일상에 정착해버린 것이 과연 멍청해졌다는 사실을 의미하는 걸까, 그녀는 의아했다. 아둔해졌다는 생각이 사라지지 않고 계속되자 그녀는 직업소개소로 가는 대신 식료품점에서 쇼핑을 하기로 결정했다.

더그는 차를 내버려 둔 채 버스를 타고 일터로 갔다. 그녀는 운전하면서 자신이 바보 같다고 느꼈다. 안톤의 가게는 겨우 한 블록밖에 떨어져 있지 않아서 장바구니를 들고 걸어가면 되었는데, 차마 이웃집 동물들을 마주할 수가 없었던 것이다. 샘슨 씨의 푸들과 길거리에 있는 똥개 한 마리가 펄의 주인이라는 이유로 그녀에게 앙심을 품고 있다는 것을 확연히 알 수 있었다. 오늘 아침 뉴스에서는 인도에서 전하는 소식을 들었다. 인도에서는 최근의 사건들로 인해 동요하는 사람이 거의 없다고 했다. 동물들의 명상을 듣는 것은 많은 사람들이 이미 오래전부터 믿어왔던 사실을 확인하는 수준, 즉 동물들이 영혼을 가지고 있다는 것을 확인하는 수준이라는 것이었다. 실제로 몇몇 사람들은 특정한 생물이 죽은 친척이나 조상이 틀림없다고 밝혔다.

안톤의 가게 뒤에 주차한 뒤 차에서 내리면서, 그녀는 쓰레기통을 앞발로 긁고 있는 콜리를 주목했다. '뼈다귀들이 있어.' 그 개가 생각하고 있었다. '저 안에 뼈다귀들이 있다는 걸 난 알지. 갈비를 하나 뜯고 싶어. 정말 멋진 하루야! 가까이에서 암컷 냄새가 나는데!' 콜리가 짖었다. '왜 사람들은 내가 뼈다귀를 좀 얻겠다는데, 그걸 그렇게 어렵게 만들지?' 개의 기분이 점점 더 나빠지고 있었다. 개가 마샤의 차 쪽으로 방향을 바꾸었다. '난 저것들이 싫어. 저 번쩍이면서 굴러다니는 거북이 등딱지들이 끔찍이도 싫어. 저번에는 저거 하나가 거리를 으르렁거리며 굴러 내려가면서 여자가 있는 걸 보지 못했어. 난 봤는데 말이야. 여자는 컹컹 짖고 깽깽거리며 울다가 죽어버렸어. 그러고는 저것의 옆면이 열리더니 한 남자가 나왔어. 저것은 그냥 바퀴 위에 앉아서 골골골거리기만 했어. 난 저것들이 미워.' 개가 다시 짖었다.

가게에 들어섰을 때 안톤 씨는 금전등록기 뒤에 있었다. "지니는 어디 있어요?" 그녀가 물었다.

안톤 씨는 30년 동안 고객을 기다리며 둥근 얼굴에 끊임없이 미소를 지어온 사람의 얼굴이 그대로 굳어진 것처럼 대체로 즐거워 보였다. 하지만 오늘 그의 갈색 눈동자는 침울해 보였다. "보흐너 부인, 전 오늘 그녀를 해고해야만 했어요." 안톤이 대답했다. "정육코너에 있는 다른 종업원들도 다 해고해야만 했어요. 자그마치 30년 동안 이 일을 했는데, 앞으로 얼마나 오래 버틸 수 있을지 모르겠습니다. 육류 납품업자는 이젠 더 이상 고기를 납품할 수 없을 거예요. 지금 대도시에서는 유통되고 있지만, 향후에는 어찌 될지—" 그가 어깨를 으쓱했다. 그리고는 "도와드릴까요?"라며 오래된 습관이 알아서 다시 효력을 발휘하는 것처럼 미소를 지었다.

통조림들이 진열되어 있는 매대를 유심히 보다가 육류 판매대가 거의 텅 비어있다는 것을 알았다. 회색 머리칼의 어깨가 떡 벌어진 또 다른 남자 손님이 여섯 개들이 맥주를 들고 이리저리 돌아다녔다. "앞으로 또 무슨 일이 벌어질지 모르겠네요." 지갑을 찾으려고 더듬으며 그 남자가 말했다. "지난 주말에 친구와 같이 시골로 갔었어요. 얼마나 시끄러운지 잠을 잘 수가 없더라니까요. 밖에서 코요테가 생각하는 것도 들었어요. 코요테가 뭐라고 했는지 아세요? '두 발 달린 사냥꾼을 조심해야 해'라고 했어요. 그게 누구인지는 말 안 해도 알겠죠. 그러더니 목 놓아 울부짖더라고요."

"'추적 60분'을 봐야 했어요." 안톤 씨가 말했다. "참치 낚는 어부들을 다루면서 어부들이 어떻게 망했는지를 보여주더군요. 최후로 조업하는 모습도 보여줬죠. 아이들이 보고 있을 때 그런 것들을 방송해서는 안 돼요. 내 손자는 밤새도록 울었어요." 안톤은 금전등록기 위로 팔을 걸쳤다. "농장을 운영하는 사내가 그게 실제로는 강제수용소라는 걸 어떻게 알겠어요? 모든 소들이 불평한대요. 이젠 소들이 불평하는 소리를 듣지 않고는 헛간에 들어갈 수도 없게 됐다고 하더라고요." 안톤이 한숨을 쉬었다. "우린 적어도 아직까지는 우유를 얻을 수 있어요. 암소들은 젖이 부풀어 오르면 돌아다닐 수가 없거든요. 하지만 나중엔 도대체 무슨 일이 일어날까요? 암소들은 더 큰 마구간, 더 나은 사료, 더 많은 목초지를 바라겠죠. 만약 암소들이 송아지 새끼들 때문에 젖을 내놓지 않겠다고 하면 어쩔 거냐고요?"

"글쎄요." 마샤가 어쩔 줄 몰라 하며 말했다.

"정부가 뭔가를 해야 해요." 회색 머리칼의 남자가 말했다.

"닭들 좀 보세요. 붐벼 터지는 닭장에서 완전히 미쳐버렸다고요. 양계장은 정신병원이나 매한가지예요. 돼지는 최악이에요. 왜냐하면 제일 똑똑하기 때문이죠. 제가 어떤 기분이 드는지 아세요? 꼭 살인자 같다니까요. 내 손에 피를 묻힌 살인자, 식인종 같다는 기분이 들어요."

마샤는 햄버거와 구운 버지니아 햄*을 사겠다는 생각으로 집을 나섰었

*Virginia ham. 반半야생인 돼지고기로 만든 햄을 히코리나무 연기로 훈제한 것.

다. 이제 식욕이 뚝 떨어졌다. "앞으로 어떻게 할 거예요?"

"저도 모르죠." 안톤 씨가 대답했다. "콩이나 채소와 같은 신선한 농산물을 시작하려고 해봐야죠. 하지만 그런 품목을 다루게 되면 존 램니의 청과물점과 경쟁해야 돼요. 채식주의자를 고문으로 두면 무엇을 비축해야 할지 알게 되겠죠. 채식주의자 대학생이 길 저 아래쪽에 살고 있는데 컨설팅 회사를 차릴 생각인 거 같더라고요."

"그렇군요." 마샤가 바닥을 내려다보며 말했다.

"감자 샐러드 좀 드릴까요? 아내가 갓 만들었어요. 적어도 감자는 말을 하지 않으니까, 아직까지는."

더그는 저녁식사 자리에서 두부와 채소를 깨작거렸다. "눈치챘어? 사람들이 점점 더 말라가고 있어."

"모두는 아니지. 어떤 사람들은 탄수화물을 더 많이 먹고 있어."

"그건 그래." 더그가 말했다. "장기적으로 볼 때 우리한테는 그게 더 나을지도 몰라. 우린 더 오래 살게 될 거야. 이젠 좀 나아지겠지."

"그럴 거 같아. 그런데 펄의 고양이 사료가 다 떨어지면 어떻게 해야 할지 모르겠어." 펄에 관해 이야기할 때면 마샤는 목소리를 낮췄다. 저녁을 먹은 뒤 그들은 저녁 뉴스를 시청했다. 방송은 다시 정상적인 상태로 돌아와 있었다. 1부는 국제적 위기, 의회 청문회, 기자회견 등 일반적인 소식들을 종합적으로 구성한 프로그램이었다. 방송 중간에 대통령의 래브라도 리트리버가 사망했다는 소식이 발표되었다. 「워싱턴포스트」는 첩보기관이 보안상 위험요소이기 때문에 개를 없애버렸다고 주장하고 있었다.

"세상에!" 마샤가 말했다.

프로그램이 끝날 무렵 동물 관련 뉴스를 좀 더 전했다. 캘리포니아의 집단 치료사들은 고객들에게 치료 시 애완동물을 데리고 오라고 요청하고 있었다. 전국 각지의 동물보호소는 직원들이 안락사를 거부하면서 개와 고양이들로 넘쳐났다. 의학 연구원들은 동물에 대한 연구를 포기하고 컴퓨터 설계로 돌아섰다. 경마장은 말들에게서 내부 정보를 얻고 있던 상습도박꾼들이 너무 많기 때문에 폐쇄해 버렸다. 모스크바에서는 정부가 비밀스럽고도 광범위하게 훈증 소독을 했고, 그래서 도시의 하수도에서 수천 마리의 죽은 생쥐들이 발견되었다는 소문이 돌았다. '맥도날드'라는 한 남자에 대한 이야기도 있었다. '맥도날드 농장'이라는 그의 신문 칼럼은 농장 마당에 있는 동물들에게서 주워들은 경구와 격언들로 이루어져 있었다. 그 칼럼은 동시에 여러 신문에 배급하는 식이어서 여러 주요 일간지에 게재되었고, 곧바로 '파머 밥'과 경쟁하게 되었다. 파머 밥 역시 자신의 칼럼난을 가지고 있는 '투데이 쇼' 해설자였다. 맥도날드의 동물들의 생각이 윌 로저스*처럼 들리고, 파머 밥의 동물들의 생각이 오스카 와일드**를 연상시켰기 때문에 마샤는 두 남자 측에서 편집 조작을 하는 것이 아닐까 의심했다.

펄은 뉴스가 끝나자 방에 들어오더니 양탄자를 발톱으로 긁기 시작했다. 마샤가 말했다. "오늘 아침 '필 도나휴 쇼'에서 흥미로운 고양이를 한 마리 봤어. 페르시안 고양이였는데, 철학자 같은 면이 있더라고. 그 고양이의 주인은 자기 고양이가 사후세계에 대한 이론을 가지고 있다면서 고양이들이 평행우주***에서 산다고 생각한대. 밤에 우리가 흔히 듣는 고양이들의 괴상한

*Will Rogers(1879~1935). 미국의 연극배우이자 라디오 방송인, 저술가, 저널리스트, 영화배우 등으로 다채롭고 왕성하게 활동했다. 삐딱한 유머 감각을 즐겼다.
**Oscar Wilde(1854~1900). 아일랜드의 시인, 소설가 겸 극작가이자 평론가. 19세기 말의 유미주의를 대표하는 작가.

소리가 사실은 고양이들의 영혼의 소리라는 거야. 흥미로운 점은 그 고양이는 새나 쥐는 영혼을 가지고 있다고 생각하지 않는다는 점이야."

"하루 종일 텔레비전만 보지 말고 직장이나 구하는 게 어때?"

"하루 종일 보지 않아. 당신도 알다시피 식사 준비에 많은 시간을 보내야 해. 당신이 적응하지 못하는 채식 요리는 시간이 무척 오래 걸리거든."

"그건 변명이 될 수 없어. 당신이 일할 때 난 내 몫을 하잖아."

"펄을 하루 종일 혼자 내버려 두는 게 걱정돼."

"전에는 전혀 신경 쓰지 않았잖아."

"전에는 펄의 생각을 들은 적이 없기 때문이야."

앞다리는 쭉 뻗고 뒷다리는 둥그렇게 구부리면서 펄은 기지개를 켜고 있었다. '오늘 밤은 침대에서 자고 싶어.' 고양이가 생각하고 있었다. '낮에는 내내 침대에서 자게 하면서 왜 밤에는 못 자게 하지? 자기들끼리만 쓰려고 하는 걸까? 머리에 붉은 털이 난 그 여자는 밤에 침대에서 자게 하면서 난 안 된다고 한단 말이야.'

더그가 꿀꺽 숨을 들이마셨다. 마샤가 자세를 바로 해서 앉았다. 고양이는 계속해서 생각했다. '남자가 여자에게 달려들었어. 그러고는 둘 다 곧장 바깥 껍질을 벗어버렸지. 남자는 데굴데굴 구르면서 여자에게 비벼댔어. 내가 침대로 뛰어오르니까 남자가 나를 쫓아버렸어.'

마샤가 말했다. "이 나쁜 자식!" 더그는 자신의 수염을 잡아당기고 있었다. "언제 이런 일이 있었던 거야?" 더그는 대답하지 않았다. "내가 언니네 집에 방문했을 때였겠지, 그렇지? 야, 이 개자식아." 마샤는 누군가가 주먹으로

***parallel world. 어떤 세계에서 분기하여 그에 병행하여 존재하는 다른 세계를 의미한다. 다중우주는 여러 개의 우주가 있다는 이론이지만, 평행우주는 동일한 차원의 우주만을 의미한다.

배를 친 것처럼 벌떡 일어섰다. “머리에 붉은 털이 난 여자? 엠마가 틀림없어. 어쩐지 맨날 그년이 당신을 따라다니는 거 같더라니. 이런, 젠장! 모텔에 갈 생각도 못했단 말이야!”

“밖에 나가서 친구들과 같이 맥주를 몇 병 마셨어.” 더그가 기어들어 가는 목소리로 말했다. “그녀가 나를 집에 태워다줬어. 무슨 일이 벌어질 거라고는 생각도 못했어. 진짜 아무 의미 없는 일이었어. 그게 그렇게 중요한 거였으면 진작 당신한테 말했겠지. 근데, 전혀 그게 아닌데 뭐 하러 당신을 괴롭히겠어? 난 엠마를 그렇게 좋아하지도 않는다고.” 더그는 잠시 침묵했다. “당신은 성교에 별로 흥미를 보이지 않았어. 일을 그만둔 이후에는 아무것에도 관심이 없는 것 같았단 말이야! 적어도 엠마는 집안일이나 잡소문들, ‘필 도나휴 쇼’ 외에 다른 얘기도 한단 말이야.”

“당신은 심지어 문을 닫지도 않았어.” 주먹을 불끈 쥐면서 마샤가 말했다. “펄을 생각하지도 않았단 말이야.”

“이런 세상에, 마샤. 당신은 보통 사람들이 고양이가 보는 걸 신경 쓴다고 생각해?”

“요즘은 신경 써.”

펄이 생각했다. ‘목말라. 뭘 좀 먹고 싶어. 왜 아무도 내 화장실을 청소하지 않지? 항상 악취가 나는데. 아무 데나 오줌 눌 수 있으면 좋겠다.’

더그가 말했다. “저놈의 고양이새끼 죽여 버릴 거야.” 그러고는 방을 가로질러 고양이를 잡으려고 달려들기 시작했다.

“아니, 안 돼.” 마샤가 그 앞에 서서 길을 가로막았다. 펄이 허둥지둥 달아났다.

“비켜.”

"안 돼."

마샤는 더그와 몸싸움을 벌였다. 더그가 옆으로 밀치자 그녀는 비명을 지르며 주먹을 휘두르다가 울부짖기 시작했다. 둘 다 바닥에 주저앉았다. 더그가 미안하다고 말하는 동안 마샤는 훌쩍거리며 욕을 퍼부었다. 더그가 꺼버릴 때까지 텔레비전은 시끄럽게 떠들어대고 있었다. 더그가 와인을 꺼내왔다. 그들은 잠시 와인을 마셨고, 마샤는 그를 내쫓아야겠다고 생각했다. 그러자 직장도 없는데 펄과 홀로 있어야 된다는 사실이 기억났다.

사과하다 지친 더그는 일찍 잠자리에 들었다. 마샤는 소파에서 분개하며 그를 노려보고 있었다. 소파에서 자야 하는 것은 그녀가 아니라 그였다.

마샤는 잠들기 전에 펄을 불렀다. 고양이 먹이를 꺼내는 동안 펄이 지하실에서 기어올라 왔다. "네가 제일 좋아하는 닭고기 간이야. 이건 상으로 주는 거야, 우리 착한 야옹이." 그녀는 고양이에게 속삭였다.

마샤는 그날 아침 날카롭게 찢어지는 듯한 목소리를 들었다. 옆집의 푸들이 길거리에 뻗은 채 죽어 있었다. 사체를 발견한 샘슨 씨는 길 건너 호니그 씨 집에다 꽥꽥 소리 지르기 시작했다.

"나와, 이 살인자야!" 그가 고함쳤다. "여기로 나와서 왜 내 개에게 총을 쐈는지 말해. 이 개자식아, 얼른 나와!"

마샤는 앞마당에 서서 지켜보고 있었다. 더그는 내닫이창으로 내다보고 있었다. 노박의 코커스패니얼은 마샤의 잔디밭 가장자리에 앉아있었다. '죽음의 냄새가 나. 분노의 냄새가 나. 도대체 무슨 일이지? 우린 인간의 친구잖아. 그런데 왜 충성심을 증명하기 위해서 죽어야만 하지? 우린 인간의 친구가 아니야. 노예야. 우린 주인의 손을 핥으면서 죽어.' 스패니얼이 생각했다.

호니그 씨가 문을 열었다. 총을 들고 있었다. "내 잔디밭에서 썩 꺼져, 샘슨!"

"넌 내 개를 쐈어." 샘슨은 잠옷을 입은 채였다. 대머리가 햇볕을 받아 반짝였다. "이유를 알아야겠어. 경찰 부르기 전에 지금 당장 대답을 듣고 싶다고."

호니그 씨는 현관으로 걸어 나와 계단을 내려갔다. 호니그 부인이 문으로 와 놀라 숨이 턱 막힌 채 남편의 손을 비틀어 무기를 떼어내며 따라갔다. 그는 부인을 밀치고 샘슨 씨에게 갔다.

샘슨 씨가 울부짖었다. "왜? 왜 그랬냐고?"

"이유를 말해주지. 난 아무리 싫어도 하루 종일 죽어라 사납게 짖어대는 당신 개와 살 수도 있었어. 우리 마당에 온통 똥을 싸대고 개줄이 풀린 채 뛰어다니는 것도 신경 쓰지 않았어. 하지만 염탐하고 모욕하는 것은 도저히 참을 수가 없었어. 당신 개는 속이 아주 시커멓다고!"

샘슨 씨가 소리쳤다. "설령 그랬더라도 개는 이제 죽었어. 당신은 개를 죽이고 거리에 방치했어."

"그 개는 내 아내를 모욕했어. 아내의 가슴을 보고 비웃었다고. 우리 집 침실 창문 바로 밖에 와서는 아내의 가슴을 조롱했다고." 호니그 부인이 총을 가지고 물러났다. "우리에게서 악취가 난다고 했어. 정말로 그렇게 말했다니까. 너무 오랫동안 밖에 누워 있었던 냄새가 난다고 했어. 난 매일 샤워해. 그런데도 악취가 난대. 게다가 입에 담기도 끔찍한 말들도 해댔어."

샘슨 씨가 몸을 앞으로 숙였다. "이런 멍청이. 개는 이해를 못해. 자기도 그런 생각이 드는 걸 어쩔 수가 없잖아? 당신이 귀담아듣지 말았어야지."

"개가 어떻게 그런 생각을 하게 됐는지 내 아주 잘 알지. 설마 스스로 그런 생각을 하지는 않았을 거 아냐. 난 개를 쏜 게 아주 좋아 죽겠어. 샘슨, 당신 생각은 어때?"

샘슨 씨는 주먹으로 대답했다. 얼마 안 가 두 짜리몽땅한 남자는 잔디밭 위에서 주먹을 주고받으며 뒹굴었다. 이웃집 아이들이 그 장면을 보려고 모여들었다. 경찰차가 나타났다. 마샤는 경찰관들이 두 남자를 서로 떼어내는 모습을 구경했다.

안으로 들어가면서 마샤가 더그에게 말했다. "이런 세상에, 경찰이 왔어." 더그는 이제 소파에 일요일판 「뉴욕타임스」를 펼쳐놓고 있었다. 그녀는 옆방에서 식탁을 긁으면서 펄이 하는 생각을 들었다. '예쁘게 잘 다듬어야지.' 펄이 말하고 있었다. '예쁘게 잘 다듬어야 해. 내 발톱은 소중하니까. 털이 빠지고 있어. 왜 아무도 빗질을 안 해주는 거야?'

"실망시키지 않을게." 불쑥 더그가 말했다. 마샤는 긴장했다. "꼭 엠마와 같은 일뿐만 아니라, 그러니까 전반적으로 말이야." 그들은 펄의 폭로가 있던 그날 밤 이후로 그 사건에 대해 일절 말하지 않았다.

"아니, 그럴 필요 없어." 마샤가 말했다.

"아냐, 그래야 해. 어쩌면 아이가 있어야 했는지도 몰라."

"내가 지금 아이를 원치 않는다는 것을 잘 알잖아. 어쨌든 우린 아직 아이를 키울 형편이 안 돼."

"그게 유일한 이유는 아니야." 더그가 부엌 입구를 뚫어지게 보면서 말했다. 그곳에선 이제 펄이 조용히 앉아서 발을 핥고 있었다. "샴 고양이들이 얼마나 소유욕이 강한지 당신도 잘 알잖아. 만약 아이를 낳으면 펄이 굉장히 싫어할 거야. 아이는 하루 종일 상스러운 말을 들어야만 할 거라고. 노이로제에 걸릴지도 모르지."

펄은 그들을 말없이 바라보았다. 두 눈이 이글거리는 것 같았다.

"어쩌면 펄을 없애야 할지도 몰라." 더그가 계속했다.

"아, 안 돼. 아직도 화가 풀리지 않았나 보네. 어쨌든 펄은 당신을 좋아한다고."

"아니, 그렇지 않아. 펄은 아무도 좋아하지 않아."

'쓰다듬어 줘.' 펄이 말했다. '귀 뒤를 좀 제대로 잘 긁어달란 말이야.'

"오늘 닭고기가 들어왔어요." 마샤가 가게에 들어서자 안톤 씨가 말했다. "다음 주에는 소고기가 들어올 거예요." 안톤 씨는 벽시계를 힐끗 보면서 계산대에 기대었다. 폐점시간이 거의 다 되었다. "지니는 화요일에 돌아올 거예요. 다시 평소대로 돌아갈 겁니다."

"그러겠죠." 마샤가 말했다. "이제부터는 토요일마다 들를 거예요. 드디어 일자리를 찾았거든요. 아, 뭐, 특별한 일은 아니에요. 그냥 사무직이에요." 마샤가 말을 잠시 멈췄다. "웃기지 않아요?" 닭고기를 가리키며 말했다.

"처음엔 그랬죠. 하지만 이런 생각이 들더군요. 우선, 닭들은 멍청해요. 제 생각엔, 닭들이 하는 생각을 들을 수 있기 전까지는 닭들이 얼마나 멍청한지 아무도 진짜로 알지 못한 거 같아요. 그리고 소는— 음, 납품업자가 한 말과 같아요. 아무도 해치지 않으려 하는데, 많은 소들이 사람들에 대해 듣기 좋은 말을 하지 않아요. 그중에서 어떤 소들은 진짜 말썽꾼인 모양이에요. 이를테면, 누가 목이 잘리게 될지 아는 거 같다고나 할까요. 우리가 소들의 생각을 들을 수 있다는 것을 소들이 모르는 게 다행이에요." 안톤 씨는 목소리를 낮췄다. "그리고 돼지 말인데요. 돼지들은 자기들이 우리보다 더 낫다고 생각해요. 하루 종일 축사에서 빈둥거리면서 지들이 더 낫다는 생각만 한다니까요. 이젠 아마 후회할 거예요."

그날 저녁 닭고기와 달걀을 가지고 집으로 걸어가고 있자니 거리가 한층 더 조용해진 것 같았다. 새들은 여전히 짹짹 지저귀고 있었다. '내 알은 따뜻해.' '바람이 나를 들어 올려 내 사랑에게로 데려가네.' '전선이 발밑에서 윙윙거리네.' '나는 튼튼하고, 둥지는 견고하다네. 이제 짝을 만나고 싶어.' 다람쥐 한 마리가 나무 위로 쏜살같이 올라갔다. '얼른 먹어치우자, 얼른 먹어치워. 내 비밀장소에는 도토리가 엄청 많지. 얼른 모아야지, 얼른 모아, 모아야 해. 미리미리 대비해야 해.'

마샤는 이웃집 애완동물들의 생각을 듣지 않았다. 어떤 동물들은 속으로 생각했지만, 또 어떤 동물들의 생각은 정말 너무도 명백했다. 그녀는 회색 고양이 두 마리의 사체를 지나친 뒤, 죽은 똥개의 사체를 빙 둘러서 갔다. 두 눈이 무언가에 찔린 듯 아팠다. 우린 항상 동물들을 죽였다고, 그녀는 생각했다. 이번만큼은 왜 달라져야 할까?

루이즈 노박은 죽은 코커스패니얼 옆에 울부짖으며 서 있었다. "루이즈?" 마샤가 아이에게 다가가며 말했다. 아이는 코를 훌쩍거리며 올려다보았다. 마샤는 자신을 좋아했던 스패니얼을 떠올리며 가만히 바라보았다.

"아빠가 죽였어요." 소녀가 말했다. "개가 만나는 사람들마다 아빠가 엄마를 때린다고 말하는 것을 존스 부인이 우연히 들었대요. 아빠는 개가 엄마와 저만 좋아한다고 말했어요. 그렇게 생각하는 것을 들었다면서요. 아빠가 미워서 일부러 슬리퍼도 잘근잘근 씹었고, 아빠가 못된 사람이라 목을 물어뜯어 버리고 싶다고 개가 하는 말을 들었대요. 그렇게 했으면 좋았을걸. 전 아빠가 미워요. 아빠가 죽어버렸으면 좋겠어요."

집에 다다랐을 때 마샤는 차가 진입로에 있는 것을 보았다. 더그가 집에 들어와 있었다. 식료품들을 풀어 보관 장소에 넣는 동안 마샤는 더그가 위층에서 움직이는 소리를 들었다. 펄이 부엌으로 들어오더니 야옹 하고 울었다. 그런 뒤 계속 야옹야옹거리면서 문으로 잽싸게 뛰어갔다. '밖에 나가고 싶어. 왜 저 여자는 나를 내보내지 않지? 새들을 사냥하고 싶어. 놀고 싶단 말이야.'

펄은 타자성에 대해 너무나 무지했고, 너무나 고집스러웠으며, 너무나 철저했다. '조심하는 게 좋을 거야'라고, 마샤는 고약한 생각을 했다. '어떤 게 너한테 좋을지 안다면 친구들이 집에 왔을 때 평정심을 유지하는 게 좋을 거야. 아니면 지하실에 갇혀있게 될 테니까'라고 생각했다. '그리고 나에 대해 생각하는 것도 조심하는 게 좋을 거야'라고 생각했다. 순간 그녀는 질겁하면서 불현듯 깨달았다. 그럴 만한 상황에서는 그녀도 벽에다 고양이의 대가리를 처박을 수 있다는 사실을.

'밖에 나가고 싶어.'

"펄." 마샤가 고양이에게 몸을 숙이고 말했다. "펄, 내 말 잘 들어. 이해하려고 해봐. 네가 이해할 수 없다는 걸 알지만 그래도 노력해 봐. 넌 밖에 나갈 수 없어. 바깥은 위험해. 여기에 있어야만 해. 너 자신을 위해서 집 안에 있어야 한다고. 그게 최선이야. 이제부터는 집 안에만 있어야 해."

파멜라 사전트Pamela Sargent

미국의 페미니스트로 과학소설 작가, 편집자. 금성의 지형 변화와 관련된 일련의 책을 썼으며, 과학소설사에서 여성의 공헌을 기념하기 위해 다양한 선집을 편집했다. 조지 제브로우스키와 함께 네 권의 『스타트렉』 소설을 공동작업했다. 2012년에 SF와 판타지 부문에서의 평생 공로를 인정받아 과학소설연구협회에서 수여하는 필그림상을 받았다.

사키 박애가와 행복한 고양이

조칸타 베스버리는 평온하고도 품위 있게 행복한 기분이었다. 그녀의 세계는 즐거운 곳이었고, 그곳은 가장 즐거운 면 중 하나를 띄고 있었다. 그레고리는 서둘러 점심을 먹은 뒤 아늑한 방에서 담배를 한 대 피우려고 간신히 집에 도착했다. 점심은 맛있었고, 커피를 마시고 담배를 피울 시간은 충분했다. 커피와 담배 둘 다 나름대로 훌륭했고, 그레고리도 나름대로 훌륭한 남편이었다. 조칸타는 자신이 남편에게 아주 매력적인 아내일 거라 생각했고, 일류 재봉사라고 확신했다.

"첼시에서 나보다 더 매사에 만족해하는 사람은 찾을 수 없을 거야." 조칸타는 넌지시 혼잣말을 했다. "애탭만 뺀다면 말이야." 기다란 소파 한 귀퉁이에 편안하게 늘어져있는 얼룩고양이를 흘낏 쳐다보면서 조칸타는 말을 이어갔다. "저 녀석은 저기 누워서 골골골거리며 꿈을 꾸지. 편안한 쿠션에 푹 빠져 이따금 자세나 바꾸면서 말이야. 녀석은 매끄럽고 폭신폭신한 온갖 부드러움의 대명사 같아. 구조상 뾰족한 구석이라곤 하나도 없잖아. 자기가 잠을 자거나 남을 자게 하자는 게 철학인 몽상가야. 그러다 저녁이 되면 정원으로 나가 눈에 빨갛게 쌍심지를 켜고 꾸벅꾸벅 졸고 있는 참새나 죽이고 말이야."

"모든 참새 한 쌍이 1년에 열 마리 이상 부화하는데 공급되는 먹이는 그대로니까, 애탭과 같은 고양이들이 오후를 어떻게 즐겁게 보낼까 생각하는 편이 오히려 다행이지." 그레고리가 말했다. 나름 슬기로운 의견을 전하면서 그레고리는 또다시 담배에 불을 붙이고는 조칸타에게 쾌활하고 다정한 작별 인사를 고하고 바깥으로 나갔다.

"헤이마켓*에 가야 하니까 오늘 저녁은 좀 일찍 먹어야 한다는 거 명심해요." 그녀가 뒤에서 외쳤다.

홀로 남은 조칸타는 차분하고 성찰적인 시선으로 자신의 삶을 바라보는 과정을 이어갔다. 그녀는 이 세상에서 원하는 것을 전부 가지고 있지는 못하더라도, 최소한 자기가 가진 것에 대단히 만족하고 있었다. 예를 들어, 약간 아늑하고 고상한 동시에 고급스러워 보이도록 꾸며진 방에도 그녀는 대단히 만족하고 있었다. 도자기는 진귀하고 아름다웠으며, 중국의 법랑 세공품은 벽난로 불빛 속에서 멋진 색조를 띠고 있었으며, 양탄자와 커튼은 화려한 색채의 조합으로 눈길을 끌었다. 대사나 대주교를 접대하기에도 적당한 방이었지만, 스크랩북을 만들려고 그림을 오려내서 어질러도 신을 노엽게 한다는 기분이 들지 않는 방이기도 했다. 방과 마찬가지로 집의 나머지 부분들도 만족스러웠고, 집과 마찬가지로 삶의 다른 부문에도 만족했기에 그녀는 정말로 첼시에서 가장 만족스런 여자 중 한 사람이 될만한 충분한 이유를 가지고 있었다.

자신의 운명에 대한 들끓는 만족감에서 그녀는 생활도 환경도 지긋지긋하고 남루한 데다 즐거움도 없이 공허하기만 한 주변의 수많은 사람들을 너그럽게 동정하는 단계로 넘어갔다. 특히 공장 여공이나 가게 점원과 같은

*Haymarket. 런던 웨스트 엔드의 번화가.

계급의 사람들이 동정심의 사정거리 안에 들어왔다. 그들은 운명에 내맡기면서 되는대로 사는 가난뱅이들과 같은 자유도 없었고, 부자들처럼 여유롭게 살 자유도 없었다. 극장에서 가장 값이 싼 1실링짜리 관람석 표를 사기는커녕 레스토랑에서 커피 한 잔과 샌드위치조차 사 먹을 여유가 없기 때문에 긴 하루의 일과를 마치고 서늘하고 우울한 침실에 홀로 앉아있어야만 하는 젊은이들이 있다는 것은 생각만 해도 슬픈 일이었다.

조칸타는 오후에 여기저기 쇼핑을 하러 나설 때도 마음속으로 여전히 이 주제에 관해 곰곰이 생각하고 있었다. 그녀는 순간 충동적으로, 주머니가 텅 비어서 아쉬워하는 마음을 가진 노동자 한두 명의 삶에 즐거움과 흥미를 불어넣는 무언가를 할 수 있다면 다소 위안이 될 거라고 속으로 생각했다. 그러면 그날 밤 극장에서 즐거운 기분이 상당히 더해질 터였다. 그녀는 인기 있는 연극의 2층 정면석 표 두 장을 사서 싼값에 차를 파는 찻집에 들어가 처음으로 가볍게 대화를 나눌 수 있는 흥미로운 여공 둘에게 그 표를 선물하려고 작정했다. 표를 쓸 수 없게 되었는데 버려지는 것도 바라지 않고 또 한편으로는 환불하느라 애먹고 싶지 않다고 설명하면 될 터였다. 좀 더 곰곰이 생각해보니, 표를 딱 한 장만 구해 홀로 간소한 식사를 하며 앉아있는 외로워 보이는 아가씨에게 주는 게 더 낫겠다는 생각이 들었다. 그러면 아가씨는 극장에서 옆 좌석에 앉은 사람과 어쩔 수 없이 친해지고는 지속적인 우정의 기초를 쌓을지도 모른다.

도움이 간절히 필요할 때 도와주는 대모 같은 사람이 되고 싶다는 강렬한 충동이 인 조칸타는 매표소로 가 상당한 논란과 비판을 불러일으키고 있는 '노란 공작새'라는 연극의 2층 정면석 표를 무척 신중하게 골랐다. 그런 다음 찻집을 찾아 박애주의적인 모험에 나섰다. 거의 같은 시간, 애탭은 참새를 사냥하겠다는 일념으로 느긋하게 정원으로 걸어갔다. 그녀는 어느 찻집 구석에 빈자리를 발견하고 얼른 자리에 앉았다. 옆 테이블에 젊은 아가씨가 한 명 앉아있다는 사실 때문이었다. 그 아가씨는 약간 평범한 외모에 생기 없는 두 눈은 지쳐 보였고, 전반적으로 궁핍해 보이는 것을 한탄하지 않는 듯한 분위기를 풍겼다. 옷은 싸구려 천으로 만들어졌지만 유행을 좇고 있었고, 머리칼은 고왔지만 안색이 나빴다. 그녀는 차와 빵으로 이루어진 조촐한 식사를 이제 막 마치고 있었다. 바로 그 순간에 런던에 있는 찻집에서 이제 막 차를 다 마셨거나 아니면 마시기 시작하거나 아니면 계속해서 마시고 있는 수많은 다른 아가씨들과 하나도 다를 바가 없었다. '노란 공작새'를 본 적이 없을 거라는 추측이 맞아떨어질 확률이 월등했다. 무작위로 자선을 베푸는 조칸타의 첫 실험에 훌륭한 자료를 제공할 것이 분명했다.

조칸타는 차와 머핀을 주문한 다음, 옆자리에 앉은 아가씨의 시선을 사로잡을 요량으로 다정한 눈길로 찬찬히 바라보았다. 바로 그 순간, 아가씨의 얼굴이 갑작스레 기쁜 빛을 활짝 띄며 두 눈이 반짝반짝 빛나고 두 뺨은 발그레해졌다. 거의 예뻐 보일 지경이었다. 그녀가 "안녕, 버티"라고 상냥하게 맞이한 한 젊은 남자가 그녀의 테이블로 오더니 맞은편 의자에 앉았다. 조칸타는 새로 온 남자를 지그시 바라보았다. 조칸타보다 몇 살 더 어려 보이는 외모에 그레고리보다 훨씬 더 잘생겨 보였다. 아니, 사실은 그녀가 어울리는 무리의 어떤 다른 젊은 남자들보다도 더 잘생겼다. 그녀는 그가 도매점에서 일하는 예의 바른 점원일 거라 짐작했다. 쥐꼬리만한 월급으로 근근이 살아가면서도 최대한 즐겁게 지내며, 1년에 대략 2주간의 휴가를 받겠지. 물론 본인이 잘생겼다는 것을 알고 있지만, 라틴계나 셈족처럼 노골적인 자기만족이 아니라 앵글로색슨족의 숫기 없는 자의식을 가지고 있을 거야. 대화하고 있는 아가씨와는 친한 사이인 게 분명해. 어쩌면 정식으로 약혼하게 될지도 모르지. 조칸타는 남자의 집을 그려보았다. 교제 범위가 약간 한정되어 있을 테고, 저녁을 어디서 어떻게 보냈는지 항상 알고 싶어 하는 귀찮은 어머니가 있겠지. 자기 가정을 꾸리는 당연한 과정과 저 따분한 속박 상태를 맞바꿀 거야. 하지만 허구한 날 돈이 모자라고, 삶을 편안하고 즐겁게 만드는 대부분의 것들이 부족해 아등바등 살겠지. 조칸타는 그 남자가 무척이나 애석하게 느껴졌다. 그가 '노란 공작새'를 관람했을지 궁금했다. 보지 않았을 거라는 추측이 맞아떨어질 확률이 월등했다. 아가씨는 차를 다 마셨으니, 조만간 일터로 되돌아가겠지. 남자가 혼자 있으면 조칸타가 이런 말을 거는 게 훨씬 수월할 것이다. "제 남편이 오늘 저녁에 저를 위해서 다른 약속을 잡았지 뭐예요. 그래서 말인데, 이 표를 좀 써주시겠어요? 안 그러면 버려야 할 거 같아서요." 그러면 어느 날 오후 그녀가 차를 마시러 다시 왔을 때 그를 만난다면 공연이 어땠는지 물어볼 수도 있을 것이다. 그가 괜찮은 남자이고, 알고 지낼수록 점점 좋은 사람이라는 생각이 들면 극장표를 더 많이 줄 수도 있을 테고, 어쩌면 어느 일요일에 첼시에 차를 마시러 오라고 청할 수도 있을 것이다. 조칸타는 그가 접촉할수록 점점 좋은 사람일 거라고 마음의 결정을 내렸다. 그레고리도 그를 좋아할 테고, 그러면 도움이 간절히 필요할 때 도와주는 대모 노릇은 원래 예상했던 것보다도 훨씬 더 즐겁다는 사실을 입증할 것이다. 그 남자는 확실히 남들 앞에 내세울만 했다. 아마 어디서 보고 흉내 낸 솜씨일 텐데, 머리를 빗질하는 법을 잘 알고 있었다. 직감일 텐데, 어떤 색깔의 넥타이가 자기한테 어울리는지도 알고 있었다. 그리고 당연히 우연일 텐데, 그는 조칸타가 딱 좋아하는 유형이었다. 요컨대, 아가씨가 시계를 보고 남자에게 다정하지만 서둘러 작별인사를 고했을 때 조칸타는 상당히 기뺐다. 버티는 "잘 가"라며 고개를 살짝 숙이고는 차를 한 모금 가득 마시더니 한입에 꿀꺽 삼켰다. 그런 뒤 외투 주머니에서 책을 한 권 꺼냈다. 『세포이와 나리—위대한 항쟁 이야기』*라는 제목이었다.

찻집의 예법은 우선 낯선 사람의 눈길을 사로잡지 않고는 낯선 사람에게 극장표를 주는 것을 금지한다. 설탕통을 건네달라고 부탁할 수 있다면 훨씬 더 수월하다. 그전에 자기 테이블에 설탕이 가득 든 커다란 통이 있다는 사실을 숨길 수만 있다면 말이다. 이것은 그다지 어렵지 않다. 인쇄된 메뉴판은 보통 테이블만큼이나 커서 똑바로 서 있게 할 수 있기 때문이다. 조칸타는 기대에 차서 작업에 착수했다. 그녀는 비난할 게 아무것도 없는 머핀에 결함이 있다고 주장하면서 여종업원에게 한참 동안 상당히 언성을 높였다. 어처구니없이 외딴 교외까지 런던의 지하철이 운행되는지를 크고 애처로운 목소리로 문의했고, 찻집의 새끼고양이에게 기막히게 위선적으로 말을 걸었으며, 최후의 수단으로 우유병을 엎지르고는 우아하게 욕설을 내뱉었다. 요컨대, 그녀는 찻집에 있는 상당수 사람들의 관심을 끌었지만, 멋지게 머리를 빗어 넘긴 남자의 관심은 단 한 순간도 끌지 못했다. 남자는 엄청나게 멀리 떨어진 인도 북부지방의 뜨거운 평원이나 버려진 방갈로들 한가운데에서, 사람들로 들끓는 시장에서, 봉기를 일으키는 연병장들에서 톰톰**이 울려 퍼지는 소리와 멀리서 소총이 달그락거리는 소리에 귀 기울이고 있었다.

조칸타는 첼시에 있는 집으로 돌아왔다. 처음으로 집이 따분해 보였고 가구도 지나치게 많아 보인다는 생각이 들었다. 저녁을 먹는 동안 그레고리는 재미없을 게 뻔했고, 저녁을 먹은 뒤에 볼 공연은 지루할 거라고 확신했

*인도인 용병들을 중심으로 일어난 반영反英 항쟁을 다룬 책.
**tom-toms. 손으로 두드리는, 통이 길고 좁은 북.

다. 그녀는 분통했다. 전체적으로 그녀의 기분은 현 상태에 만족하면서 골골골거리는 애탭과 뚜렷한 차이를 보였다. 애탭은 온몸의 곡선에서 지극한 평온함을 발산하며 다시 기다란 소파 한 귀퉁이에 몸을 둥그렇게 말고 있었다.

하지만 그때 그는 참새를 죽인 뒤였다.

사키Saki

영국의 소설가. 본명은 헥터 휴 먼로Hector Hugh Munro. 재치 있고 때로는 변덕스럽고, 종종 냉소적이며 기괴한 단편소설을 통해 에드워드 시대의 관습과 태도, 사회와 문화를 풍자했으며, 오 헨리에 버금가는 단편소설의 거장이라 불린다. 이 단편 역시 사키의 특징이라 할 수 있는 욕심, 이기심, 위선과 같은 면을 드러내고 있다. 통렬한 자연주의자인 사키는 인간사회의 허세와 허풍을 동물계의 도덕적 단순성과 대조하는 것을 특히 좋아했으며, "용기와 자존심"을 가진 고양이들에 대해 찬사를 바쳤다.

메리 E. 윌킨스 프리먼 더 캣

눈이 내리고 있었다. 눈을 맞아 털이 빳빳이 곤두섰지만 캣은 침착했다. 그는 먹잇감이 튀어 오르면 덮칠 태세로 몇 시간 동안 몸을 웅크리고 앉아있었다. 밤이었지만 그건 중요하지 않았다. 캣에게는 먹잇감을 기다리는 시간은 모든 시간이 다 똑같았다. 게다가 캣은 겨울에 혼자 살고 있었기 때문에 인간의 뜻에 아무런 제약을 받지 않았다. 이 세상에서 그를 부르는 목소리는 어디에도 없었다. 난롯가에서 그를 기다리는 음식도 없었다. 지금처럼 만족스럽지 못할 때 그를 괴롭히는 욕구만 제외하면 그는 꽤 자유로웠다. 캣은 몹시 허기졌다. 사실 거의 배가 고파 죽을 지경이었다. 며칠 동안 날씨가 아주 궂어서 고양잇과의 태생적 농노들, 즉 유전적으로 그의 먹잇감으로 타고난 연약한 야생동물들 대부분이 굴과 둥지를 지키고 있었기에 오랫동안 사냥감을 찾아다녔지만 아무런 보람이 없었다. 하지만 캣은 종족 특유의 상상도 할 수 없는 인내심과 끈기를 가지고 기다렸다. 게다가 그는 확신했다.

캣은 절대적인 신념을 가진 동물이었으며, 자신이 추론한 바에 대한 믿음이 확고했다. 토끼는 낮게 매달린 소나무 가지 사이로 들어갔다. 이제 토끼의 조그만 출입구 앞에는 수북이 쌓인 눈의 장막이 있었지만, 그 안에 토끼가 있었다. 캣은 토끼가 그 안에 들어가는 것을 보았다. 재빠른 회색 그림자처럼 날카롭고 단련된 눈으로 물체를 곁눈으로 쫓고 있던 순간 토끼가 사라져 버린 것이었다. 그래서 캣은 앉아서 기다렸다. 성난 북풍이 산꼭대기에서 아득한 비명을 지르다가 점점 격노해서 맹렬하게 휘몰아치며 사나운 독수리 떼처럼 격렬한 하얀 눈의 날갯짓으로 계곡과 골짜기를 내리 덮치는 소리를 들으면서, 하얀 눈이 내리는 밤에 여전히 기다리고 있었다. 캣은 나무가 우거진 비탈 위, 산기슭에 있었다. 그 위 몇 발자국 떨어진 곳에 대성당의 벽처럼 가파른 암벽이 우뚝 솟아 있었다. 캣은 암벽에 오른 적이 한 번도 없었다. 그에게는 나무들이 삶의 정점에 이르는 사다리였기 때문이다. 그는 종종 암벽을 경이롭게 바라보면서 신이 금지한 것 앞에서 인간이 그러하듯 분개하며 격렬하게 야옹거렸었다. 왼쪽에는 절벽이 있었다. 뒤로는 짧게 펼쳐진 무성한 수목 사이에 깎아지른 듯 얼어붙은 계곡이 있었다. 앞에는 집으로 가는 길이 있었다. 토끼는 나오면 갇힐 터였다. 토끼의 작고 갈라진 발로는 그렇게 연속적인 가파른 비탈을 오를 수 없기 때문이다. 그래서 캣은 기다리고 있었다. 그가 기다리고 있는 곳은 나무가 소용돌이치는 것처럼 보이는 곳이었다. 단단히 뿌리를 박은 채 산기슭에 매달려 서로 얽혀 있는 나무들과 관목들, 바닥에 쓰러져 있는 기둥들과 줄기들, 자라나는 모든 것을 강력하게 묶고 휘감으면서 둘러싸는 덩굴들은 신비로움을 자아냈다. 마치 오랫동안 거센 물줄기가 거칠게 흐르면서, 아니, 단지 물줄기만이 아니라 바람까지도 거세게 불어 닥치면서 그들의 습격에 굴복하여 모든 것이 소용돌이치는 모양으로 바뀐 듯했다. 그리고 이제 이 소용돌이치는 숲과 암벽과 죽은 줄기와 가지와 덩굴 위로 온통 눈이 내리고 있었다. 암벽 산마루 위에서 연기가 날리는 것 같았다. 평지에서는 자연의 죽은 유령 같은 것이 빙글빙글 도는 기둥처럼 서 있다가 절벽 끝에서 부서졌다. 캣은 부서지는 눈기둥이 거꾸로 거

세게 불어 닥치는 것을 맞으며 웅크리고 있었다. 아름답고 빽빽한 털 사이로 얼음으로 만든 바늘이 살갗을 찌르는 것 같았지만, 그는 절대 흔들리거나 단 한 번도 울지 않았다. 운다고 얻는 것은 아무것도 없으며, 모든 것을 망치기만 할 뿐이었다. 그가 울면 토끼는 그가 밖에서 기다리고 있다는 사실을 알게 될 것이다.

기이한 하얀 연기와 더불어 점점 더 어두워지고 있었다. 평소 어두웠던 밤보다 더 어두웠다. 자연의 밤에 더해 죽음과 폭풍우까지 몰아치는 밤이었다. 산은 모두 감추어지고, 감싸여지고, 위협당하고, 무시무시하게 압도당하고 있었지만, 작은 캣은 회색 털 아래 인내심과 정신력을 갖고 굴복하지 않고, 약해지지 않고, 기다리고 있었다.

한층 더 맹렬한 돌풍이 암벽 위를 휩쓸면서, 강력한 회오리바람이 빙그르르 돌다가 평지를 가로질러 절벽 위로 넘어갔다.

그때 캣은 공포에 질린 채 도망치려는 충동 때문에 극도로 흥분해 어둠 속에서 빛나는 두 눈을 보았다. 덜덜 떨면서 벌름벌름거리는 작은 콧구멍을 보았고, 쫑긋 서 있는 두 귀를 보았다. 캣은 모든 미세한 신경조직과 근육을 철삿줄처럼 팽팽하게 긴장시킨 채 가만히 기다렸다. 그때 토끼가 튀어나왔다. 도주와 공포가 체현된 기다란 선이 한 줄 그어졌다. 캣은 토끼를 수중에 넣었다.

그런 뒤 눈길을 헤치며 먹잇감을 질질 끌고 집으로 갔다.

캣은 주인이 지어놓은 집에서 살았다. 아이들 장난감 집만큼이나 대충 만든 것이었지만 충분히 견고했다. 낮게 경사진 지붕 위로 눈이 수북이 쌓여 있었지만 지붕 밑으로 내려앉지는 않았다. 두 개의 창문과 문은 단단히 붙들어 매져 있었지만 캣은 들어가는 길을 알고 있었다. 무거운 토끼를 물고 있어 힘들긴 했지만 집 뒤에 있는 소나무로 잽싸게 올라간 뒤, 처마 밑에 있는 작은 창문으로 들어가 사닥다리를 타고 밑에 있는 방으로 내려갔다. 그리고는 단숨에 주인의 침대로 올라가 토끼까지 포함하여 모든 것에 대한 위대한 승리의 함성을 질렀다. 하지만 주인은 없었다. 초가을에 떠났고, 지금은 2월이었다. 봄이 될 때까지는 돌아오지 않을 것이다. 노인이기 때문이다. 산의 혹독한 추위가 표범처럼 주인의 생명기관을 꽉 물고 있었기에 주인은 마을에서 겨울을 났다. 캣은 주인이 떠나고 없다는 사실을 오랫동안 알고 있었지만, 그의 추론은 늘 순차적이었고 순회적이었다. 즉, 항상 그래왔듯, 주인이 있을 거라 기대하면서 집으로 돌아오면 놀랍게도 기다리는 일이 훨씬 더 쉬웠다.

아직 주인이 돌아오지 않았다는 사실을 알고, 캣은 침대였던 낡아빠진 소파에서 토끼를 끌어내 바닥으로 물고 갔다. 죽은 토끼를 조그만 한쪽 발로 꽉 눌러 고정시키고는 머리를 한쪽으로 기울인 채 강력한 이빨로 물어뜯기 시작했다.

숲 속보다 집안은 더 어두웠고, 숲 속보다 더 혹독할 정도는 아니었지만 추위도 매서웠다. 신의 뜻임이 분명한 털옷을 하사받지 못했더라면 어땠을까. 캣은 털옷을 가진 것에 대해 무척 감사해했을 것이다. 털은 얼룩덜룩한 회색이었고 가슴과 얼굴에 난 털은 희었으며 더 이상 날 수 없을 정도로 빽빽했다.

바람이 창문에 눈을 휘몰았다. 진눈깨비처럼 강력하게 휘몰아치자 창문이 덜거덕거렸고 집도 약간 흔들렸다. 그때 불현듯 캣은 어떤 소리를 들었다. 캣은 토끼를 물어뜯다 말고 귀 기울였다. 빛나는 녹색 눈동자를 창문에 주시하였다. 어떤 쉰 목소리가 외치는 소리가 들렸다. 절망적으로 호소하는 목소리였다. 하지만 캣은 주인이 집에 돌아왔을 때 내는 목소리가 아니라는 것을 알았다. 그는 한 발로 여전히 토끼를 누른 채 기다렸다. 그런 뒤 다시 목소리가 들렸고, 캣은 대답했다. 아주 명백히 자신이 이해한 것들에 대해 본능적으로 말했다. 그가 한 응답의 외침은 의문, 정보, 경고, 공포, 그리고 마지막으로 우정을 표하는 것이었다. 하지만 밖에 있는 남자는 캣의 대답을 듣지 못했다. 폭풍우가 휘몰아치는 소리 때문이었다.

그런 뒤, 문을 요란하게 두드리는 소리가 들렸다. 다시, 또다시 들렸다. 캣은 토끼를 침대 밑으로 끌고 갔다. 문을 두드리는 소리가 점점 잦아지고 빨라졌다. 문을 두드리는 팔은 힘이 약했지만 필사적이었다. 마침내 빗장이 풀리며 낯선 남자가 들어왔다. 침대 밑에서 내다보던 캣은 갑작스럽게 비친 빛에 눈을 깜빡거리며 녹색 동공을 세로로 좁혔다. 낯선 남자는 성냥을 켜고 주위를 둘러보았다. 캣은 굶주림과 추위로 파랗게 질린 남자의 헝클어진 모습을 보았다. 혈통을 알 수 없는 미천한 신분과 가난 때문에 사람들 사이에서 따돌림받는 불쌍하고 늙은 주인보다도 더 가난하고 더 늙어 보이는 남자였다. 그리고 캣은 까칠하게 부르튼 애처로운 입술에서 알아들을 수 없는 목소리로 고통스럽게 중얼거리는 소리를 들었다. 그 소리에는 욕설과 하소연이 있었지만 캣은 하나도 알아들을 수 없었다.

낯선 남자는 억지로 밀치고 들어온 문을 버팀대로 받치고는 구석에 쌓여있는 나무들을 가져와 반쯤 얼어붙은 손이 할 수 있는 만큼 최대한 빨리 낡은 난로에 불을 지폈다. 불을 지피면서 얼마나 애처롭게 온몸을 덜덜 떨던지 침대 밑에 있는 캣까지도 그 떨림을 느낄 수 있을 정도였다. 작고 허약하고 고생한 흔적이 완연한 남자는 낡은 의자 중 하나에 앉아 마치 영혼을 바쳐 사랑하고 갈망하는 사람이기라도 하듯 난로 위로 몸을 구부렸다. 남자는 누런 손을 누런 발톱처럼 난롯가로 내밀더니 끙끙 앓는 소리를 냈다. 캣은 침대 밑에서 나와 토끼를 문 채 남자의 무릎 위로 뛰어올랐다. 남자는 고성을 지르며 두려움에 깜짝 놀라 그 자리에서 벌떡 일어났다. 캣은 발톱으로 움켜잡았지만 바닥으로 미끄러졌고, 자력으로 행동할 수 없는 토끼도 툭 떨어졌다. 남자는 벽에 기대어 사색이 된 채 두려움에 숨을 헐떡였다. 캣은 토끼의 늘어진 목을 꽉 물고는 남자의 발밑으로 끌고 갔다. 그 뒤 날카롭고 기다란 소리를 내면서 등을 높이 세워 둥그렇게 구부렸고 꼬리를 우아하게 깃털처럼 흔들었다. 캣은 찢어진 신발 밖으로 튀어나온 남자의 발에 몸을 비벼댔다.

남자는 부드러운 손길로 캣을 밀어내고는 작은 오두막을 살펴보기 시작했다. 심지어 힘겹게 사다리를 타고 다락으로 올라가 성냥을 켜고 눈을 찌푸리며 어둠 속을 들여다보았다. 고양이가 한 마리 있었기에 사람이 있을까 두려웠던 것이다. 사람들하고 겪었던 남자의 경험은 즐거운 것이 아니었고, 사람들 역시 남자와 겪었던 경험이 즐겁지 않았을 것이다. 남자는 같은 부류들 사이에서 늙은 떠돌이 이스마엘* 같았다. 동생의 집을 우연히 발견하였으나 동생이 집에 없어 기뻐하는 꼴이었다.

남자는 캣에게로 돌아와 뻣뻣하게 몸을 숙여 등을 쓰다듬었고, 그 동물은 활처럼 유연하게 등을 구부렸다.

그런 다음 남자는 토끼를 집어 들고 난롯가에서 열심히 살펴보았다. 남자의 턱이 근질근질했다. 거의 날 것으로 집어삼킬 기세였다. 남자는 거칠거칠한 선반과 탁자를 손으로 더듬어 찾았다. 캣은 남자의 발치 가까이 있었

*'추방당한 사람', '세상에서 버림받은 자', '사회의 적', '떠돌이'라는 뜻. 『구약성서』에서 아브라함의 아들로 사랑을 독차지하며 살았지만, 적자인 이삭이 태어나자 모든 관심과 사랑이 이삭에게 집중되면서 젖 떼는 날 벌인 잔치에서 이삭을 괴롭힌다. 이를 본 이삭의 어머니가 분노하여 이스마엘을 쫓아내 떠돌이가 된다.

다. 남자는 끙끙거리며 선반에서 기름이 든 램프를 찾아낸 뒤 자축했다. 램프를 켠 뒤 남자는 프라이팬과 칼을 찾아내 토끼의 가죽을 벗겨냈다. 토끼 요리를 준비하는 동안 캣은 남자의 발치에 붙어 있었다.

토끼고기가 익어가는 냄새가 오두막을 채우자 남자와 캣은 굶주린 늑대 같았다. 남자는 한 손으로는 토끼고기를 뒤집고, 다른 한 손으로는 몸을 숙여서 캣을 토닥거렸다. 캣은 남자가 아주 좋은 사람이라고 생각했다. 남자를 알게 된 지 얼마 되지 않았지만 캣은 남자가 진심으로 좋았다. 비록 남자의 얼굴이 몹시 애처롭고 모나게 생겨서 누구 못지않게 가까이 다가가기 어렵지만 말이다.

꼬질꼬질한 회색 머리털을 가진 얼굴에는 세월이 내려앉아 있었고, 뺨은 열병에 걸려 움푹 패였으며, 칙칙한 눈에는 부당하게 취급당한 기억이 담겨 있었지만, 캣은 아무 망설임 없이 남자를 받아들였고 좋아했다. 토끼고기가 반쯤 익었을 때는 남자도 캣도 더 이상 기다릴 수 없었다. 남자는 토끼고기를 가져와 정확히 반으로 나누어 반은 캣에게 주고 다른 반은 자신이 차지한 뒤에라야 먹었다.

그런 다음 남자는 불을 끄고 캣을 오라고 불렀다. 그들은 침대 위로 올라가 누더기 같은 이불을 끌어당겼다. 그는 캣을 품에 안고 잠들었다.

남자는 남은 겨우내 캣의 손님이었다. 산속의 겨울은 길었다. 작은 오두막의 합법적인 주인은 5월까지는 돌아오지 않을 터였다. 그 시간 내내 캣은 힘들게 일했지만 전보다 상당히 여위어 갔다. 쥐만 빼고는 모든 음식을 손님과 나누어야 했기 때문이다. 때때로 사냥감들은 경계가 심했고, 며칠 동안의 인내심의 산물은 둘에게는 턱없이 모자랐다. 하지만 남자는 병이 들고 허약했기에 많이 먹을 수가 없었다. 스스로 사냥할 수 없다는 점을 감안하면 오히려 다행스러운 일이었다. 남자는 하루 종일 침대에 누워 있든지 아니면 난로 위로 몸을 숙인 채 앉아있었다. 땔감이 문 가까이에 있는 게 아니라 곧바로 집어들 수 있도록 마련되어 있어 다행이었다. 그 일은 스스로 처리해야만 하기 때문이었다.

캣은 지칠 줄 모르고 먹이를 찾아다녔다. 때로는 며칠 동안이나 나가 있기도 했다. 처음에 남자는 캣이 절대 돌아오지 않을 거라고 생각하면서 두려워하기도 했다. 그러다 문에서 익숙한 울음소리를 들으면 비틀거리며 일어나 안으로 들였다. 그런 뒤 둘은 똑같이 나눈 밥을 함께 먹었다. 그러고 나서 캣은 쉬며 골골골거리다가 남자의 품에서 잠이 들었다.

봄철이 되자 사냥감이 풍성해졌다. 작은 야생 사냥감들이 위험을 무릅쓰고 훨씬 더 많이 보금자리에서 나왔다. 먹이뿐 아니라 짝을 찾으러 나온 것이었다. 어느 날 캣에게 토끼 한 마리, 자고새 한 마리, 쥐 한 마리를 잡는 행운이 찾아왔다. 그것들을 한꺼번에 물고갈 수는 없었지만, 어떻게 해서든 문 앞에 모두 가져다 놓았다. 그런 뒤 울음소리를 냈지만 아무런 대답이 없었다. 모든 산골짜기의 개울이 흐르기 시작했고, 대기는 콸콸 흐르는 물소리로 가득 찼다. 이따금 높이 지저귀는 새의 소리가 대기를 갈랐다. 나무도 봄바람을 맞아 새로운 소리로 바스락거렸다. 펼쳐진 숲 사이로 보이는 먼 산 중턱에는 장밋빛과 황금색으로 빛나는 녹음이 넘쳤다. 덤불 끝이 부풀어 오르면서 붉은빛이 반짝였고 드문드문 꽃도 피었다. 하지만 캣은 꽃에 아무 관심이 없었다. 캣은 전리품을 옆에 둔 채 문 앞에 서 있었다. 끊임없이 승리와 불평과 애원을 담은 소리로 울고 또 울었지만 아무도 캣을 들여보내 주러 나오지 않았다. 그런 뒤 작은 보물들을 문에 두고 집 뒤에 있는 소나무로 가서 허둥지둥 기어올라 갔다. 그리고는 작은 창문으로 들어가 방으로 가는 사닥다리를 타고 내려왔다. 남자는 없었다.

캣은 다시 울었다. 세상의 구슬픈 울음소리 중 하나로 반려인을 그리워하는 동물의 울부짖음이었다. 캣은 구석구석 들여다보았다. 창가에서 의자 위로 뛰어올라 밖을 내다보았다. 하지만 아무도 오지 않았다. 남자는 떠나버렸고 다시는 오지 않았다.

캣은 밖으로 나가 집 옆 풀밭에서 쥐를 먹었다. 토끼와 자고새를 힘겹게 집 안으로 물고 왔지만 나눠 먹을 남자는 오지 않았다. 결국 하루 이틀 만에 혼자서 다 먹어치웠다. 그런 뒤 침대에서 오랜 시간을 잤다. 잠에서 깨었을 때도 남자는 그곳에 없었다.

이윽고 캣은 다시 사냥터로 나갔다. 한사코 지치지도 않고 남자가 집에 있을 거라고 기대하면서 오동통한 새를 한 마리 물고 밤에 집으로 돌아왔다. 그러자 정말로 창문에 불빛이 있었다. 캣이 울자 옛 주인이 문을 열고 안으로 들여보내 줬다.

주인은 캣과 동료의식은 두터웠지만 살갑지는 않았다. 자상한 떠돌이처럼 쓰다듬어준 적이 한 번도 없었다. 하지만 주인은 캣을 자랑스러워했고 캣의 행복을 걱정하기도 했다. 비록 아무 거리낌 없이 겨우내 홀로 남겨두고 떠나긴 했지만 말이다. 캣이 고양이 중에서 몸집이 크고 힘이 센 사냥꾼이긴 했지만, 주인은 캣에게 어떤 안 좋은 일이 닥치지나 않았을까 걱정했었다. 그래서 문 앞에 윤기가 반질반질 흐르는 겨울 털옷을 입은 채 햇살에 눈처럼 반짝이는 하얀 가슴과 얼굴을 보았을 때 주인의 얼굴은 기쁨으로 빛났다. 캣은 환희에 차 고동치는 그릉그릉 소리를 내며 몸을 둥그렇게 구부려 주인의 발을 에워쌌다.

캣은 잡아 온 새를 혼자 먹었다. 주인은 이미 화로에서 자신의 저녁밥을 짓고 있었기 때문이다. 저녁을 먹고 난 뒤 주인은 파이프를 가져와서는 겨울 동안 오두막에 남겨두었던 소량의 담뱃잎을 찾았다. 주인은 종종 담배가 생각났었다. 꼭 담배와 캣 때문에 봄에 집으로 돌아오는 것 같았다. 그런데 담뱃잎이 없었다. 가루 하나 남아있지 않았다. 남자는 단호하고 단조로운 목소리로 욕을 좀 해댔는데, 그래서인지 욕설은 특유의 관습적인 효과가 없었다. 주인은 예나 지금이나 술고래였다. 세상이 그의 영혼을 쓰라린 궁지로 몰아넣고 그것이 굳어져 상실에 대한 감각이 둔해질 때까지 그는 세상을 방랑했다. 이제 그는 늙어빠진 노인이었다.

주인은 따분한 전투를 치르는 것마냥 끈질기게 담뱃잎을 찾았다. 그러다 놀라 얼이 빠진 채로 방구석을 빤히 바라보았다. 불쑥 여러 부분이 바뀐 것 같은 인상을 주었다. 난로 뚜껑도 하나 부서져 있었다. 낡은 양탄자 조각이 추위를 막으려고 창문 위로 못질 되어 있었다. 땔감도 없었다. 둘러보니 통에 기름도 한 방울도 남아있지 않았다. 침대 위에 있는 이불을 보았다. 그는 이불을 치우고는 다시 불평하는 듯한 이상한 소리를 입 밖으로 냈다. 그런 다음 다시 담뱃잎을 찾아다녔다.

마침내 주인은 포기했다. 그는 난롯가에 주저앉았다. 산속의 5월은 춥기 때문이다. 입에 빈 파이프를 문 채 거칠게 튼 이마에 주름살을 지었다. 주인과 캣은 천지가 개벽한 이래 인간과 동물 사이에 놓여있는 넘어설 수 없는 침묵의 장벽 너머로 서로를 바라보았다.

메리 E. 윌킨스 프리먼Mary Eleanor Wilkins Freeman

미국의 소설가. 『뉴잉글랜드 수녀』(1891)와 같은 작품들을 통해 일찌기 여성의 역할과 가치관 및 사회관계를 다루었으며, 비전통적인 방식으로 페미니스트로서의 가치를 보여주려고 노력했다.

마크 트웨인 딕 베이커의 고양이

내 동료 한 명 중에 몹시 지친 타지생활에서도 인내의 십자가를 지고 다닌 무척이나 순수한 영혼을 가진 사람이 있었다. 노역에 대한 보수도 없고 희망도 꺾인 채 18년간 희생해온 또 한 사람으로, 데스홀스 협곡*에서 광석 노다지꾼으로 있는 의젓하고 소박한 딕 베이커였다. 마흔여섯 살로 쥐처럼 회녹색 머리칼에 성실하고 사려 깊고 배움이 얕고 단정치 못한 옷차림에 진흙범벅이었으나, 여태껏 삽으로 파낸 어떤 금보다도 더, 아니 정말로 지금까지 채굴하거나 주조한 그 어떤 것보다도 천성이 더 고운 사람이었다.

일진이 좋지 않아 약간 낙담할 때마다 그는 자신이 기르던 멋진 고양이의 죽음을 애도하기 시작했다.(여자와 아이들이 없는 곳에서 다정다감한 감성을 가진 남자들은 무언가를 사랑해야만 하기 때문에 애완동물들과 어울린다.) 그는 그 고양이의 보기 드문 총명함에 대해 항상 이야기했는데, 그 고양이에게는 인간적인 면, 어쩌면 초자연적이기까지 한 면이 있다는 것을 마음속 깊숙이 믿는다는 듯한 태도였다.

*캐나다의 태평양 연안 북쪽 끝에 붙어 있는 유콘 지방의 클론다이크에서 금이 발견되었다는 소문이 나자 전 세계가 들썩거리며 노다지꾼들이 클론다이크를 향해 앞다투어 달리기 시작했다. 그러나 그들이 가는 길은 너무나 험준하였고, 3천 마리의 말과 노새들이 이곳을 넘다 죽었기 때문에 곧 '말무덤 고개Deadhorse Pass'라는 별명까지 붙었다.

나는 그가 그 동물에 대해 이야기하는 것을 한 번 들은 적이 있다. 그는 이렇게 말했다.

"어야, 나가 여그서 괭이럴 한 놈 길렀는디 말이시, 이름이 톰 쿼츠Tom Quartz*라고, 자네도 쪼까 관심이 생기제잉. 나 생각에는 그럴 거 같은디? 여그서 8년 동안 길렀는디, 글씨 난 살면서 이태까 그런 괭이를 본 적이 읎당께. 등치가 아조 겁나게 커불고 잿가리맨치로 흐건 숫놈 괭이였는디, 여그 노숙지의 워떤 인간들보담도 타고난 감각이 솔찬했당께. 그러고 머시냐 위엄도 있었제. 을매나 위엄이 있냐면 캘리포니아 주지사님헌티도 곁을 허락허지 않을 정도였당께. 또 평생 살믄서 주새끼 한 마리도 안 잡었어. 아만, 그란 거슨 눈에도 안 들어왔제. 그놈은 암것도 관심이 없고 오로지 채굴에만 관심이 있었당께. 그놈은 차말로 나가 여태까 본 어떤 놈들보담도 채굴에 대해서 더 많은 거슬 알고 있었제. 그놈 앞이서는 사광 채굴이나 광석덩어리에 대해 명함도 못 꺼낸당께. 타고난 놈이었제. 나허고 짐이 깔끄막으로 탐광하러 갈 때게는 우리럴 쪼르리 쫓아와서 파고 그랬제. 멀리 갈 때게는 시상에 8키로매다나 가는디도 우리 뒤럴 쫄래쫄래 따러 댕기고 그랬당께. 그러고 거다가 그놈은 워디럴 파야헐지 아는 아조 최고의 판관이었다고 봐야제. 왜 자네는 보지도 못허는 것을 말이여. 우리가 일하러 가먼 그놈이 한 번 요러고 휙 둘러봐. 그러고는 빌 조짐이 안 보인다 싶으면 '자, 나는 이만 먼저 가겄소' 허고 말허는 얼굴로 쳐다봐. 그러고는 한 마데 말도 없이 콧구녁을 하늘 높은 줄 모르고 쳐들고는 만사를 제끼고 집으로 가부러. 근디 땅에서 뭐가 나올 거 같잔애? 그러먼 납작허게 엎드려서 선광냄비에 첫 모래럴 담고 물로 일을 때까정 아무 말도 안허고 가만치 있어. 그런 다음 쭈뼛쭈뼛 다가와갖고 한 번

*Tom은 '수고양이', Quartz는 '석영'이라는 뜻.

또 요러고 쳐다 봐. 예닐곱 그레인*이 나오면 그걸루다 만족해서 더 이상 탐광을 허지도 않어. 그러고는 우리 외투 우게 자빠재서 증기선맨치로 코를 골다가 우덜이 광맥을 찾으면 뿔딱 일어나서 감독질을 해. 득달같이 달려와서 감독질을 헌당께.

근디 시간이 지남서 금년에 석영 열풍이 안 불어 닥쳤졌는가? 죄다 거기에 뛰어들었제. 모다 깔끄막에 있는 흙더메럴 삽으로 파는 대신에 광석을 골라내거나 폭파하는 디다 뛰어든 거시여. 모다 갱 외면을 긁어내는 대신에 갱도럴 파내래 갔어. 짐이라고 뱄족한 수 있간디. 하기 싫어도 해야제. 우덜도 광맥 찾어서 씨름 쪼까 했제잉. 우덜이 갱도럴 파내려가기 시작헌께 톰 쿼츠가 당최 이 인간덜이 먼 지껄이럴 헌가 궁금하기 시작한 거시여. 아 그 전에는 이딴 식으로다가 채굴허는 거슬 보덜 모던 거시제. 그래서 그놈이 당황해분 거시여. 그놈한테는 이딴 식으로다가 허는 거시 당최 이해할 수 없었다는 것도 맞는 말이제. 그놈은 또 그거슬 싫어했어. 어마어마한 힘을 내는 기계가 싫은 것도 두말하면 잔소리제. 그놈은 늘상 그 일이 시상에서 젤로 고집스럽고 바보 같은 짓이라고 여기는 것 같었어. 허지만 괭이는, 자네도 알다시피, 최신식 장치에다가 맨 삐딱허잔애. 암튼가네 그놈은 질대 버틸 수 없었제. 자네도 오래 묵은 버릇을 가지고 있닥 헌 것이 어떤지 알잔애. 허지만 시간이 흐름시로 톰 쿼츠도 어쩔 수 없이 쪼까 견딤시로 받아들이기 시작했제. 사금이 한나도 안 나오는 갱도럴 줄창 파는 거슬 도통 이해할 순 없지만 말이여. 근디 워메 아 그놈이 그거슬 알아보겄다고 갱도로 직접 내래온 거시여. 그놈은 지가 울적해지거나 초라해졌다고 느낄 때게는 짜증을 내거나 아조 넌더리를 쳤쌌제. 내야 헐 돈은 노상 늘어만 간디 우덜이 한 푼도 못 벌고 있다는

*grain. 형량의 최저 단위.

거슬 알고 있을 때게는 그랬제. 그놈은 구탱이에 있는 푸대짜리 우게서 웅크림시로 잠이 들고 그러고. 근디 글씨, 그러던 어느 날 갱도 약 2매다 아래로 내려갔을 때, 바우가 무자게 딴딴해서 폭약을 설치해야 쓸 판이었제. 톰 쿼츠가 태어난 뒤로 우덜이 첨 해보는 발파였제. 우덜은 도화선에다가 불을 붙이고 기어 올라와서 45매다 정도 물러나 있었제. 아 근디 톰 쿼츠가 푸대짜리 우게서 곤혼히 잠들었다는 거슬 깜빡 까먹고 내버려둔 거시여. 1분도 채 안 되야서 우린 구녁에서 연기가 훅 허고 뿜개져 나오는 거슬 봤고, 그러고는—이, 이? 워매—엄청난 굉음이 딸래나오는디 한 4백만 톤은 되는 독댕이허고 먼지허고 연기허고 파편들이 하늘로 한 2키로매다까지 솟아올랐어. 아니 근디 시상에, 톰 쿼츠가 바로 그 정중앙에서 얼이 빠져 갖고 뱅글뱅글 여리저리 돔시로 콧김을 씩씩거림서 재채기럴 허고 발톱으로 긁음시로 뭐라도 잡을라고 발을 내밀고 있는 게 아니것어. 허지만 암것도 세용이 읎더라고. 자네도 알다시피 암것도 세용이 읎더라고. 그 2분 30초 정도가 우덜이 그놈을 본 마지막이었제. 근디 갑자기 독댕이덜허고 찌끄래기들이 쏟아지기 시작허더니 우덜이 서 있던 디서 3매다 떨어진 그만텍에 그놈이 곧바로 쿵 소리럴 냄서 떨어져 내렸어. 워매, 자네도 봤다면 시상에서 암택에도 젤로 고약헌 몰골이라고 생각했을 거시구만. 한쪽 귀때기는 목덜미 우게 벌러덩 뒤집해부렀제, 꼬랑지는 뿌석허니 타부렀제, 눈태기는 그실러부렀제, 아조 온 몸땡이 여그저그가 몽창 만신챙이가 되야 부렀어. 연기에다 질편한 진흙에 폭약 가리를 뒤집어 써갖고 아조 시꺼맸어. 아이고, 이놈아, 사과할라고 해도 세용읎었에. 우덜은 한 마데도 헐 수 읎었응께. 그놈이 지 몸을 혐오시럽게 훑터보는 거 같드만, 그러고는 우덜을 봤는디 꼭 요로케 말하는 거 같더랑께. '이 양반들아, 석양 채굴에 경험이 한나도 없는 고양이럴 활용허는 것이 현명허다고 생각했겄제. 허지만 나 생각은 다르당께.' 그러고는 홱 돌아서더니 그 이상은 한 마데도 않고 집으로 가버리더라고.

그거시 그놈 식의 농담이었다고 봐야제. 자네는 믿지 않겄지만 나중에 그놈만큼 석영 채굴에 대해 편견을 가진 괭이는 절대 볼 수 없었제. 시간이 흘러 그놈이 또다시 갱도에 내래갔을 때게럴 자네가 봤다면 아마케도 을매나 영리헌지 깜짝 놀랐을 거시여. 폭약을 발포해서 도화선이 지지직 타기 시작허는 순간 그놈이 '자, 나는 이만 실례' 허고 말하는 얼굴로 갱 바깥으로 나와서 나무 꼭대기로 끼대올라가는디 차말로 놀래부렀당께. 똑똑허다고? 아따 그거스로는 이루 다 말헐 수가 읎제. 그놈은 요물이랑께!"

"그렇군요, 베이커 씨. 고양이가 어떻게 석영 채굴에 대한 편견을 가지게 되었는지 감안하면 놀랄 만한 일이네요. 그런데 그런 생각을 바꿔줄 수는 없었어요?" 내가 말했다.

"그거슬 고친다고? 옘병, 되덜 않는 소리 허덜 말더라고! 톰 쿼츠는 한번 아니면 죽으락 해도 아닌 거시여. 3백만 번을 날래부러도 석영 채굴에 대해 가진 황소고집 같은 편견을 꺾지는 못헌당께."

마크 트웨인Mark Twain

『톰 소여의 모험』, 『허클베리 핀의 모험』, 『왕자와 거지』 등 다수의 작품을 쓴 소설가. 노예 해방과 노예제도 폐지 지지론자로도 유명하지만, 동물 학대와 착취에 관한 대중의 인식을 높이는 데도 크게 기여했다. 특히 동물의 생체해부에 강력하게 반대하였으며, 고양이를 19마리나 키울 정도로 애묘인으로 유명했다. 시어도어 루스벨트 전 대통령은 이 단편을 무척 좋아해서 백악관의 고양이에게 톰 쿼츠라는 이름을 붙여 주었다고 한다.

P. G. 우드하우스의 웃기는 고양이들 이야기 네 편

고양이들은 이기적이야. 사람들은 지극정성으로 머리끝부터 발끝까지 몇 주 동안

시중을 들어. 한없이 가벼운 변덕에 비위까지 맞춰가면서 말이야.

그런데 이놈의 고양이들은 뒤도 안 보고 떠나버려. 길을 쭉 따라 내려가면

생선을 더 자주 맛볼 수 있는 곳을 찾았기 때문이지.

P. G. 우드하우스

고양이를 싫어한 남자

우리를 처음으로 알게 해준 것은 해럴드로, 어느 날 밤 소호에 있는 브리타니크 카페에서 저녁을 먹고 있을 때였다. 브리타니크 카페의 특징은 언제든, 심지어 겨울에도 파리를 볼 수 있다는 것이다. 그날 밤은 눈이 내리고 있었다. 문 안쪽으로 향하면서 주위를 훌긋 둘러보니 그리운 얼굴들이 여럿 있었다. 오랜 지인인 '청파리 퍼시'는 나이에도 불구하고 굉장한 멋쟁이로 숨을 크게 들이쉬며 양고기 갈비를 뜯느라 내게 잠깐 고개를 까딱할 겨를도 없었다. 하지만 늘 활동적인 그의 사촌 해럴드는 나를 보더니 부산을 떨면서 맞이했다.

해럴드는 내 오른쪽 귀에 대고 술래잡기 놀이를 마치고 나서, 나를 즐겁게 해줄 다른 방법은 없을까 생각하며 공중을 천천히 빙빙 돌고 있었다. 그때 냅킨이 휙 소리를 내며 움직이면서 한줄기 세찬 바람이 불었다. 해럴드는 이제 거기에 없었다.

나는 내 테이블과 이웃해 있는 수호자에게 감사의 인사를 전하려고 몸을 돌렸다. 그는 우수에 찬 모습의 프랑스 남자였다. 삶의 가스관에서 새는 구멍을 불 켜진 양초로 찾는 사람의 모습을 하고 있었다. 세 번째 조끼 단추 밑을 신경질적으로 세게 한 번 치려고 운명의 주먹을 불끈 쥐고 있는 그런 남자였다.

그는 내 감사의 인사를 일축하며 이렇게 말했다. "핀볼게임처럼 하찮은 건데요, 뭘." 우리는 호의적이 되었다. 그는 내 테이블로 옮겨왔고, 커피를 마시며 친분을 나누었다.

그런데 난데없이 그가 동요하더니 바닥에 있는 무언가를 발로 찼다. 그의 눈에서 분노의 빛이 번뜩였다.

"자-잠-깐만요!" 그가 쓰읍—하는 소리를 냈다. "저리 가!"

나는 테이블 구석을 둘러보고는 레스토랑의 고양이가 위풍당당한 모습으로 물러나고 있다는 것을 알아챘다.

"고양이를 좋아하지 않나 보죠?" 내가 물었다.

"저는 모든 동물들을 증오한답니다, 선생님. 특히 고양이를요." 그가 눈살을 찌푸렸다. 망설이는 것 같았다.

"제 얘기를 들려드릴게요." 그가 말했다. "선생님도 측은하게 여길 거예요. 선생님의 얼굴에선 동정심이 보여요. 한 남자의 비극에 관한 이야기죠. 희망이 꺾인 삶에 관한 이야기예요. 용서하지 않을 한 여자에 관한 이야기예요. 이 이야기는……"

"열한 시에 약속이 있는데요." 내가 말했다.

그는 넋이 나간 채 멍하니 고개를 끄덕이더니 담배를 피우며 이야기를 시작했다.

* * *

선생님, 저는 몇 년 전 파리에서 동물들에게 증오심을 품었었어요. 제게 동물들은 청춘의 잃어버린 꿈에 대한 상징입니다. 야망을 좌절시키고, 예술가적인 욕구를 잔인하게 짓밟아버린 상징이에요. 놀라셨군요. 제가 왜 이런 것들을 말하는지 묻고 싶겠지요. 이제 말씀드릴게요.

저는 파리에 있을 때, 젊고 열정적이며 예술적 감각도 있었어요. 그림을 그리고 싶었지요. 재능도 있었고 열의도 있었어요. 위대한 부게로*의 수제자가 되고 싶었거든요. 하지만 그러지 못했어요. 작은아버지의 후원에 의존해야 했거든요. 작은아버지는 부자였어요. 쥘 프리오 호텔의 소유주였죠. 제 이름도 프리오예요. 작은아버지는 동정심이 없었어요. "작은아버지, 저는 재능도 있고 열의도 있어요. 그러니 그림을 그리게 해주세요"라고 말했더니 고개를 가로저었죠. "내 호텔에 자리 하나 줄 테니 그걸로 먹고 살아"라고 했어요. 제게 무슨 선택권이 있겠어요? 저는 흐느껴 울었지만 달리 도리가 있나요. 꿈을 접을 수밖에요. 그래서 저는 일주일에 35프랑의 급료를 받는 작은아버지네 호텔의 계산원이 되었어요. 명색이 예술가인 제가, 그렇게 끔찍한 급여를 받고 돈을 계산하는 일을 하는 기계가 된 거예요. 선생님이라면 어쩌시겠어요? 다른 선택의 여지가 있나요? 저는 남에게 빌붙어 먹고사는 놈일 뿐인걸요. 저는 호텔에 다니면서 온갖 동물들을 증오하게 됐어요. 특히 고양이들을요.

이유를 말씀드리죠. 작은아버지의 호텔은 부유층이 애용하는 호텔이었어요. 부자 미국인들, 부자 마하라자**들, 세계 각국의 부자들이 작은아버지네 호텔에 왔죠. 그들은 올 때 애완동물을 데리고 와요. 선생님, 그 동물들은 악몽과도 같은 존재였어요. 내가 바라보는 곳마다 동물들이 있었어요. 들

*William-Adolphe Bouguereau(1825~1905). 프랑스의 신고전주의 화가. 엄격한 형식과 기법, 완벽주의 정신으로 작품을 그렸다.

**Maharajah. 과거 인도 왕국 중 한 곳을 다스리던 군주.

어보세요. 언젠가 한 번은 인도 왕자가 왔어요. 단봉單峰낙타 두 마리와 함께 왔죠. 인도의 다른 왕자도 한 명 있었어요. 그는 기린 한 마리와 함께 왔어요. 기린은 털을 보기 좋게 유지하려고 최상품의 샴페인을 매일 한 다스씩 마셔 대요. 명색이 예술가인 저는 기껏해야 흑맥주 한 잔에다 털도 푸석푸석한데 말이죠. 어린 사자와 함께 온 손님도 있었어요. 악어와 함께 온 손님도 있었죠. 그런데 특별히 고양이가 한 마리 있었어요. 뚱뚱했죠. 이름이 알렉산더였어요. 알렉산더는 미국 여자가 데리고 왔어요. 그녀도 뚱뚱했죠. 그녀는 내게 알렉산더를 과시했어요. 야회용 망토처럼 만들어진 모피와 비단으로 감싸여 있더군요. 그녀는 매일매일 내게 알렉산더를 과시했죠. 내가 알렉산더를 엄청나게 증오할 때까지 "알렉산더가 어쩌고" "알렉산더가 저쩌고" 하더라고요. 저는 모든 동물을 증오했어요. 특히 알렉산더를요.

선생님, 그 호텔은 나날이 그런 식으로 동물원이 되어 갔어요. 저는 매일 매일 동물들을 더 증오하게 되었어요. 특히 알렉산더를요.

선생님, 우리 예술가들은 신경과민의 순교자들이에요. 이제 점점 견딜 수 없게 돼요. 날마다 점점 더 견딜 수 없게 돼요. 밤에 제 꿈속에는 모든 동물들이 하나씩 하나씩 나온답니다. 기린, 단봉낙타 두 마리, 어린 사자, 악어, 알렉산더가요. 특히 알렉산더가요. 고양이와 어울리는 것을 참을 수 없는 사람들에 대한 얘기를 들어보셨을 거예요. 사람들이 있는 데서 얼마나 목이 터져라 울어대고 공중에서 풀쩍풀쩍 뛰어다니는지! 네? 뭐라고요? 로버츠 경* 도 그렇게 싫어했다고요? 맞아요, 선생님. 전 그만큼 많이 읽거든요. 자, 들어보세요. 저는 서서히 거의 로버츠 경처럼 되었어요. 전 고양이 알렉산더를 보

*Frederick Roberts(1832~1914). 보어전쟁에서 뛰어난 기량을 발휘한 영국군의 육군원수. 빅토리아시대의 가장 성공한 군인 중 한 사람으로, 고양이를 혐오하기로 유명해서 그 일화가 신문에 실릴 정도였다.

았을 때 목이 터져라 울지도 않고 공중에서 뛰어다니지도 않았어요. 하지만 이를 갈면서 그를 증오했지요.

네, 저는 휴화산이에요, 선생님. 어느 날 아침, 저는 화산이 폭발하는 듯한 고통을 겪었어요. 사연은 이래요. 말씀드리죠.

당시 저는 신경과민의 순교자이면서 동시에 치통의 순교자이기도 했어요. 그날 아침 저는 치통 때문에 몹시 아팠어요. 지금까지 겪은 가장 끔찍한 고통이었죠. 장부에 숫자를 합하면서도 끙끙 앓을 지경이었어요.

신음하고 있을 때 저는 어떤 목소리를 들었어요.

"알렉산더, 프리오 씨에게 아침인사 해야지." 선생님, 이 뚱뚱하고 짐승 같은 고양이가 내 책상 위에서, 게다가 내 앞에 자리를 잡고 있을 때 내 심정이 어떨지 상상해 보세요!

뚜껑이 열렸어요. 아뇨, 이건 그냥 하는 말이 아니에요. 정말로 뚜껑이 열렸어요. 그동안 억눌러왔던 동물에 대한 증오심이 폭발했어요. 더 이상 증오심을 감출 수 없었죠.

벌떡 일어났어요. 정말 끔찍했거든요. 그놈의 꼬리를 붙잡았죠. 그놈을 내팽개쳐버렸어요. 어디로 팽개쳤는지는 모르겠어요. 신경도 쓰지 않았죠. 그때는요. 네, 맞아요. 그 이후에도요.

롱펠로우*가 이런 시를 썼죠. "공중을 향해 화살을 하나 쏘았으나, 땅에 떨어졌네, 내가 모르는 곳에." 그런 다음 롱펠로우는 화살을 찾아냈다고 했죠. 한 친구의 가슴속에서요. 그렇죠, 맞죠? 그건 저에게도 비극이었어요. 저는 고양이 알렉산더를 내팽개쳐버렸어요. 그런데 제가 빌붙어 먹고 사는 작은아버지가 바로 그 순간 지나가고 있었던 거예요. 작은아버지의 얼굴 한 가

*Henry Wadsworth Longfellow(1807~1882). 미국의 시인. '화살과 노래'라는 시의 한 부분이다.

운데로 고양이가 날아갔어요.

'극장의 막'에 대한 예술가적 본능을 가진 친구가 잠시 이야기를 중단했다. 그는 밝게 빛나는 레스토랑을 둘러보았다. 사방에서 들리는 나이프와 포크가 달그락거리는 소리와 수프를 먹는 사람들을 날카롭고 예리하게 주시하고 있었다. 조금 떨어진 구석에서는 한 어린 웨이터가 커다란 목소리로 전성관傳聲管을 통해 요리사의 이름을 부르고 있었다. 생기 넘치는 광경이었지만 내 동료에게는 아무런 생기도 주지 못했다. 그는 크게 한숨을 쉬더니 이야기를 계속했다.

* * *

전 그 고통스러운 광경을 보러 부리나케 달려갔어요. 핏방울이 줄지어 있었죠. 작은아버지는 성질이 불같으셨어요. 고양이는 육중했고, 전 그런 고양이를 단단히 내동댕이쳐버렸어요. 신경과민에 치통에 증오심까지 더해서 힘이 장사처럼 솟더라니까요. 이것만 해도 성질이 불같은 작은아버지를 격분시키기에 충분했죠. 선생님도 이해할 테지만, 전 그 호텔에 계산원으로 있는 거지 고양이 던지기 선수로 있는 게 아니잖아요. 그런데 이것만이 다가 아니었어요. 전 이제 아주 값비싼 후원자를 모독하게 되어 버렸던 거예요. 그날 미국 여자가 호텔을 떠나겠다고 할 테니까요.

결과는 빤하다는 생각이 들었어요. 해고되는 일만 기다리는 거였죠. 고통스런 광경 이후에 전 떠나야 한다는 사실을 알게 되었어요. 그것도 즉시. 작은아버지는 화가 난 미국 여자에게 나를 곧바로 내쫓겠다고 보장했어요.

작은아버지는 저를 사무실로 불렀어요. 딴말을 하다가 끝에 가서 이렇게 말하더군요. "장, 이 멍청이, 얼간이, 아무짝에도 쓸모없는 바보 천치 같은 놈아. 내 호텔에 좋은 자리를 줬는데 고양이들을 내팽개치는 데나 시간을 보내다니. 너를 더 이상 용납할 수 없어. 하지만 그래도 네가 내 사랑하는 동생의 자식이라는 것은 잊을 수 없구나. 지금 천 프랑을 줄 테니 앞으로 다신 보지 말자."

작은아버지가 고마웠어요. 왜냐하면 제게 그 돈은 엄청난 재산이거든요. 이전에는 한 번도 천 프랑을 가져본 적이 없었으니까요.

호텔에서 나왔어요. 카페로 가서 흑맥주를 한 잔 주문했죠. 담배를 피웠어요. 계획을 세우는데는 담배만큼 좋은 게 없거든요. 천 프랑을 가지고 시내에서 작업실을 빌려 예술가로서의 삶을 시작하면 될까? 아니, 안 될 일이었죠. 전 여전히 재능도 있고 열의도 있지만 훈련을 받지 못했으니까요. 그림을 그리기 위한 재능을 연마하기 위해서는 오랫동안 작업해야 하고, 또 천 프랑도 영원히 지속되지는 않을 거란 생각이 들었어요. 그렇다면 어떻게 해야 하나? 알 수 없었죠. 흑맥주를 한 잔 더 주문하고 담배를 더 피웠지만 여전히 모르겠는 거예요.

그런 다음 혼잣말을 했어요. '작은아버지에게 돌아가서 간청해야지. 적당한 기회가 오면 붙잡을 거야. 저녁식사 후 작은아버지가 기분이 좋을 때 접근해야지. 하지만 그러려면 필시 가까이 있어야 해. 그, 뭐라더라? 아! "준비된 놈!"'

결심이 섰죠. 이제 계획을 세운 거였어요.

작은아버지의 호텔로 돌아가서 너무 비싸지 않은 침실을 예약했어요. 작은아버지는 몰랐죠. 여전히 사무실에 있었거든요. 전 방을 확보했어요.

그날 밤 싸구려 식사를 했지만, 극장에 가서 영화를 본 뒤에 저녁을 또 먹었어요. 왜? 내게는 천 프랑이 있으니까요! 침실에 왔을 때는 늦은 시간이었어요.

잠자리에 들었지만 오래 자지는 못했어요. 어떤 목소리에 잠이 깨어버렸거든요.

"움직이면 쏜다! 움직이면 쏜다!"라고 말하는 목소리였어요. 전 꼼짝 않고 누워있었어요. 움직이지 않았죠. 전 용감하지만 무기를 가지고 있지 않았으니까요.

그런데 그 목소리가 다시 들리는 거예요. "움직이면 쏜다!" 강도인가? 내 돈을 약탈하려고 방에 들어온 약탈자인가?

전 알지 못했어요. 강도일 거 같다는 생각만 들었죠.

"누구세요?" 내가 물었어요. 대답이 없었어요.

간신히 용기를 내어 침대에서 뛰어올랐죠. 문으로 돌진했어요. 아직까지 총은 발사되지 않은 상태였어요. 복도에 이르러 도와달라고 소리쳤어요.

호텔 관계자들이 위층으로 달려왔어요. 문이 열렸어요. "무슨 일이야?" 여러 목소리들이 외쳤어요.

"내 방에 무장 강도가 있어요." 그들에게 알렸죠.

그런 뒤에 알았어요. 아니, 제 실수였다는 게 맞아요. 선생님도 아시겠지만, 제 방의 문은 열려 있었어요. 제가 그 말을 하고 있을 때 커다란 녹색 앵무새가 폴짝 뛰어내렸어요. 암살자는 다름 아닌 녹색 앵무새였던 거예요.

앵무새는 복도에 모인 사람들에게 "움직이면 쏜다!"라고 했어요. 그런 뒤 내 손을 콕콕 쪼고는 지나가더라고요.

저는 분했어요, 선생님. 하지만 잠시뿐이었어요. 분통함을 잊었죠. 열린

문에서 어떤 목소리가 "내 앵무새예요. 오늘 저녁에 잃어버린 내 앵무새가 맞아요"라고 아주 기뻐하는 말투가 들렸기 때문이죠.

저는 돌아섰어요. 경이로움에 숨이 턱 막혔어요. 분홍색 잠옷을 입은 아름다운 여인이 그 말을 하고 있었던 거예요.

그녀는 저를 바라보았어요. 저도 그녀를 바라보았어요. 홀딱 반할 만큼 사랑스러운 그녀를 보자 다른 것은 다 잊어버렸어요. 옆에 서 있는 사람들도 잊었고, 내 손을 콕콕 쫀 앵무새도 잊었어요. 심지어는 내가 거기에 파자마를 입은 채 맨발로 서 있다는 것도 잊을 정도였어요. 넋이 나간 채 오로지 그녀만 뚫어져라 바라보았어요.

드디어 적당한 말을 떠올렸죠.

"아가씨, 아가씨의 새를 되찾는 데 제가 도움이 돼서 기쁘군요."

그녀는 감사의 눈인사를 한 뒤 감사의 말도 했어요. 저는 그만 홀딱 반해버렸어요. 그녀는 성스러웠죠. 발이 차갑다는 것도 괘념치 않았어요. 밤새도록 거기 서서 이야기를 나눌 수만 있다면 바랄 게 없었어요!

그녀는 크게 놀라면서 외마디 비명을 질렀어요.

"저기, 손이요! 상처 났어요!"

저는 제 손을 들여다보았죠. 네, 새가 쫀 곳에서 피가 흐르고 있었어요.

"쯧쯧, 아가씨, 뭐 이런 하찮은 걸 가지고."

하지만 아니, 하찮지 않았어요. 그녀는 속상해했어요. 그녀는 시인 스콧*이 말한 대로 '구원의 천사'였어요. 자신의 손수건을 찢더니 상처난 제 손에 묶어줬죠. 저는 황홀했어요, 아, 아름다워라! 다정하기도 하여라! 그녀 앞에 무릎을 꿇고 내 연정을 밝히지 않을 수가 없었어요.

*Walter Scott(1771~1832). 영국의 역사소설가 · 시인 · 역사가.

우리는 영혼의 쌍둥이였어요. 그녀는 다시 한번 내게 감사의 눈길을 전하고는 앵무새를 꾸짖었어요. 방으로 돌아가면서 그녀는 내게 미소를 지었어요. 그거면 충분했어요. 저처럼 감성과 분별력을 가진 남자에게는 굳이 말로 할 필요가 없죠. 그리고 좀 더 적절한 시기에 우리의 우정을 새롭게 다지고 싶다고 해도 그녀가 불쾌하게 여기지 않을 거라는 사실을 알았어요.

문이 닫혔어요. 투숙객들도 각자 방으로 돌아갔고, 호텔 종업원들도 각자의 직무로 돌아갔어요. 저도 방으로 돌아갔죠. 하지만 자려는 것은 아니었어요. 늦은 시간이었지만 잠을 이룰 수가 없었어요. 그녀를 생각하며 뜬눈으로 누워있었죠.

선생님, 선생님도 다음 날 아침 제게 밀려온 복잡한 심경이 어떨지 상상이 될 거예요. 한편으로는 작은아버지를 예의주시해야만 했어요. 선생님네 관용어로는 뭐라고 하더라? 아, 맞다! "고생 끝에 낙이 올 때까지" 작은아버지를 피해 다녀야만 했으니까요. 또 한편으로는 앵무새를 가진 아가씨도 지켜봐야만 했어요. 저는 우리가 다시 만나는 순간만을 손꼽아 기다렸죠.

작은아버지를 요리조리 잘 피해 다니면서 조반 시간 즈음에 그녀를 봤어요. 노신사와 이야기하고 있었죠. 저는 가볍게 눈인사를 했어요. 그녀는 미소 지으며 내게 가까이 오라고 눈짓했어요.

"아빠, 이 신사분이 폴리를 잡았어요." 그녀가 말했죠.

우리는 악수를 나눴어요. 그분은 너그러운 아빠였어요. 그분 역시 제게 미소를 짓고는 감사의 마음을 전했죠. 우린 서로 통성명을 했어요. 그분은 영국인으로 영국에 땅을 아주 많이 가지고 있었어요. 파리에 머물고 있었죠. 부자였어요. 성함이 헨더슨이었죠. 그분은 딸을 마리온이라고 불렀어요. 가슴속으로 저도 마리온을 불렀지요. 제가 너무 멀리 나갔다고요?

조반이 왔어요. 저는 그분들에게 제가 내겠다고 간청했죠. 선생님도 알다시피, 제 호주머니에는 작은아버지가 준 돈이 아직 많이 있었거든요.

그분들은 동의했어요. 기분이 끝내줬죠.

다 잘 되고 있었어요. 우리의 우정은 놀라운 속도로 진전되었죠. 노신사와 저는 급속히 친한 친구가 되었어요. 저는 그분에게 제 예술적 명성에 대한 꿈을 털어놓았고, 그분은 저에게 로이드 조지*를 얼마나 싫어하는지 말씀하셨어요. 그리고 그날 그분과 마리온 양이 런던을 떠난다고 말했어요. 가슴이 텅 빈 것 같았어요. 얼굴이 덜덜 떨렸죠. 그분은 제가 느끼는 절망감을 지켜보셨어요. 그리고는 저를 런던으로 오라고 초대했어요.

제가 얼마나 가슴이 아플지 상상해보세요. 제 유일한 바람은 그들을 만나러 런던으로 가는 것이었어요. 감사히 받아들였지만 어떻게 해야 할지 자문했죠. 직업도 없는 가난한 놈팡이인 데다 9백 프랑밖에 없었어요. 그분은 당연히 제가 부자일 거라 여기셨어요.

어떻게 하면 좋을까? 저는 그날 오후 계획을 짜는 데 시간을 보냈어요. 그러다가 문제를 해결할 방법을 찾았어요. 작은아버지에게 가서 이렇게 말하기로 했죠. '작은아버지, 부유한 영국 지주의 딸과 결혼할 수 있는 대박의 기회가 왔어요. 이미 그녀는 고맙다는 말을 했고요. 저는 젊고 잘생긴 데다 다정다감하기 때문에 곧 그녀의 사랑을 받을 거예요. 그러니 작은아버지, 한 번만 더 기회를 주세요. 이 연애에 걸맞는 체면을 차릴 수 있도록 돈을 더 주세요.'

작은아버지에게 이 말을 하기로 결심했어요. 저는 호텔로 돌아가서 작

*Lloyd George(1863~1945). 영국의 정치가. 고소득에 대해 부가세를 도입하는 등 불로소득에 대한 영국 역사상 획기적인 예산안을 제출했다.

은아버지 사무실로 들어갔어요. 화기애애해지기 전까지는 비밀을 털어놓지 않을 작정이었어요.

“천하의 몹쓸 놈 같으니! 여기서 뭐 하고 있어?” 작은아버지가 버럭 소리 질렀어요.

저는 서둘러 작은아버지에게 모든 걸 말했고, 품위를 지킬 수 있게끔 돈을 더 달라고 간청했어요. 작은아버지는 믿지 않았죠.

“그가 누군데?” 작은아버지가 물었어요. “영국 지주라고?” 어디서 어떻게 그를 만났는지 물었죠.

모든 걸 말했어요. 작은아버지는 놀라는 눈치였어요.

“낯가죽도 두껍지, 내 호텔 방을 빌렸다고?” 작은아버지가 또 소리를 버럭 질렀어요.

전 아주 교활해요. 요령을 잘 피우기도 하죠.

“작은아버지, 파리 어느 곳에도 이 호텔만큼 내 집처럼 편안한 곳이 없어요. 요리요? 기가 막히죠! 침대요? 장미꽃잎으로 장식돼 있잖아요! 서비스요? 최고죠! 딱 하룻밤만 지내라고 한다면, 다른 호텔 다 집어치우고 전 이 호텔에서만 머무를 거예요.”

저는, 그 말을 뭐라고 하더라? 아! “정곡을 찔렀”어요.

작은아버지는 이성을 되찾더니 이렇게 말했어요. “네가 하는 말에는 확실히 뭔가가 있어. 이런 훌륭한 호텔이 내 것이라니!”

단 하나의 훌륭한 호텔이라고 저는 작은아버지에게 장담했어요. 모리스 호텔? 쳇! 손가락 두 개를 대고 튕기며 딱 소리를 냈죠. 리츠 호텔? 흥! 다시 한번 저는 딱 소리를 냈어요. “파리 온 구석을 다 뒤져봐도 이만한 호텔은 없다고요.” 작은아버지는 차츰 진정되었어요. “고진감래”였죠. “장, 계획을 다시 말해 봐."

사무실에서 나올 때는 이미 합의가 된 상태였어요. 마지막으로 한번 더 기회를 주자는 것에 동의를 한 거죠. 작은아버지는 이 전도유망한 계획을 기와 한 장 아끼려다 대들보 썩히고 싶지 않았을 거예요. 제 목적을 위해 돈을 주겠다고 했어요. 하지만 헤어질 때 작은아버지는 만약 실패하면 저와 관계를 끊겠다고 했어요. 지금은 내가 당신의 사랑하는 동생의 자식이란 걸 까먹을 수가 없지만, 만약 내가 성스러운 마리온 양의 애정을 얻지 못한다면 당연히 조카고 뭐고 다 끝이라고 했어요.

다 잘 되고 있었어요. 일주일 뒤 저는 헨더슨 씨를 찾아 런던으로 갔죠.

다음 며칠 동안, 선생님, 전 천국에 있었어요. 저를 초대한 주인은 이튼스퀘어에 아주 웅장한 저택을 가지고 있었어요. 그는 부자였고 평판이 좋았어요. 완전히 상류계급이었죠. 그리고 저는, 음, 저는 젊고 잘생긴 데다 다정다감한, 성공한 청년이었어요. 저는 지금만큼 영어를 아주 잘 구사하진 못해서 간신히 따라갈 정도였어요. 그래도 곧잘 지냈어요. 저는 똑똑하고 붙임성 있으니까요. 모두가 저를 무척 좋아했죠.

아니, 모두는 아니에요. 바셋 대령, 그는 나를 좋아하지 않았어요. 왜? 왜냐하면 그는 우리 매력덩어리 마리온 양을 사랑하고 있었고, 내가 급속도로 친해지는 모습을 눈여겨보고 있었거든요. 그는 가족의 친구였어요. 스코틀랜드의 근위병 대령으로, 그 집의 주인은 제게 그가 군인으로도 상당히 뛰어나다고 알려줬어요. 그럴지도 모르죠. 뭐, 군인으로서는, 그럴지도. 하지만 대화할 땐 그다지 뛰어난 사람은 아니었어요. 음, 네, 잘생기고, 네, 뛰어난, 네, 꽤 괜찮은 친구였어요. 하지만 그는 생기가 없었어요. 제가 가진 활기라든가 기백도 없었죠. 선생님네들은 그걸 뭐라고 하죠? 아, 그 사람보다는 제가 "타의 추종을 불허"했죠.

하지만, 칫! 그때 저는 영국군 전체, 아니 외교사절단 중에서도 타의 추종을 불허했어요……. 저는 영감을 받았으니까요. 사랑은 제게 영감을 줬으니까요. 저는 정복자였으니까요.

하지만 선생님, 구구절절한 구애 얘기로 선생님을 지치게 하지는 않을게요. 선생님은 동정심이 많지만, 선생님을 피곤하게 하면 안 되니까요. 나흘째인가 닷새째인가 만에 엄청 주목할 만한 성과를 거두었다는 것만 말해두고, 비극의 결말로 넘어가죠.

비극에 대해서는 거의 네 마디면 충분할 거 같군요. 당시 런던에서는 '그 고양이가 결국 돌아왔네'라는 우습고 천박한 노래가 인기를 끌고 있었어요. 선생님도 들어보셨어요? 저는 들어봤는데 아무런 감흥이 안 느껴지더라고요. 딱히 불길하게 경고하는 것 같다는 느낌도 없었고요. 어떤 일이 일어날 것 같은 인상을 주지도 않았어요. 그런데도 선생님, 그 문장 속에 저의 비극이 숨어있었던 거예요.

어떻게요? 말씀드릴게요. 그 문장은 아직도 제 심장에 비수를 꽂지만, 그래도 말씀드릴게요.

어느 날 오후, 우리는 차를 마시고 있었어요. 모든 게 다 잘 되고 있었죠. 저는 활기차고 쾌활하니까요. 마리온 양은 매력적이고 우아했어요. 그 자리에는 헨더슨 씨의 누이인 고모도 있었어요. 하지만 전 고모는 별로 신경 쓰지 않았어요. 제 두 눈과 입술로 이야기를 나누는 사람은 마리온이니까요.

그때 바셋 대령이 왔다고 하인이 알려왔어요.

대령이 들어왔죠. 우리는 서로 정중하지만 냉담하게 인사를 나누었죠. 정적이니까요. 그의 태도에는 내가 아주 마음에 들어 하지 않는 어떤 게 있었어요. 환희나 기쁨을 억지로 숨기는 것과 같은 거요.

아직은 그저 막연할 뿐이긴 했지만 전 불안했어요. 선생님도 그 마음 이해하시지요? 그렇다고 대령이 저에게 사형선고를 내리려고 한다는 불길한 예감은 아니었어요.

그는 마리온 양에게 말을 걸었어요. 기쁨에 들뜬 목소리였죠. "헨더슨 양. 대단히 좋은 소식이 있답니다. 당신도 기억하시지요? 파리에 있는 호텔에서 미국 여자가 가지고 있던 그 고양이 말이에요. 제게 말했던 고양이. 어젯밤 저녁식사 자리에서 그녀 옆에 앉아있었답니다. 처음에는 그녀인지 확신이 안 섰어요. 그래서 제가 유럽에는 두 명의 발더스톤 록메틀러 부인이 있을 수 없다고 말하면서, 그 고양이를 언급했어요. 간단히 말하자면, 당신에게 줄 조그만 선물로 고양이 알렉산더를 사겠다고 조심스럽게 말했어요."

저는 공포심에 절규했지만 제 목소리 따윈 들리지도 않았어요. 마리온 양의 환희에 찬 외침 때문에요.

"오, 바셋 대령님! 정말 멋진 분이세요! 저는 알렉산더를 처음 본 순간부터 사랑에 빠졌었어요. 얼마나 감사한지 말로 다 할 수가 없네요. 그런데 그 여자분을 설득해서 알렉산더를 내주도록 할 수 있었다는 게 더 놀라워요. 파리에서 그 여자분은 제 온갖 제의를 다 거절했었거든요."

그는 당황해서 잠시 멈칫했어요.

"사실은 그 여자분과 알렉산더 사이가 약간 냉랭했습니다. 알렉산더가 그녀를 속였기 때문에 그녀는 알렉산더를 더 이상 좋아하지 않았어요. 런던에 도착하자마자 알렉산더가 불행하게도 여섯 마리의 귀여운 새끼고양이를 갖게 된 거예요. 하지만 전화위복이라고, 그걸 계기로 당신에게 알렉산더를 줄 수 있게 되었습니다. 지금 아래층 바구니에 있어요!"

마리온 양은 하인들을 부르는 종소리를 울려 즉시 알렉산더를 데려오라고 지시했어요.

선생님, 그 고양이와의 만남을 설명하진 않을 거예요. 선생님은 동정심이 많죠. 제가 어떤 심정이었는지 이해하시죠. 자, 계속 말씀드릴게요.

선생님, 제가 얼마나 괴로웠을지 생각해보세요. 전 예술가예요. 전 배짱이 두둑한 놈이지만, 고양이 앞에서는 쾌활할 수도, 영리할 수도, 사근사근할 수도 없어요. 그런데 이제 거기에 늘 고양이가 있게 된 거예요. 끔찍한 일이었죠. 이 경주에서 뒤처졌다 생각했죠. 그녀는 점점 더 바셋 대령에게 감사하는 마음을 가지게 되었어요. 그놈에게 미소를 보냈죠. 태양을 바라보며 수탉이 울 듯 그놈은 날개를 홰치며 울어댔어요. 그놈은 이제는 조용히 듣기만 하지도 않았어요. 조용히 듣게 된 것은 오히려 저였죠. 저는 어떤 조치를 취해야겠다고 속으로 생각했어요.

기회가 왔어요. 어느 날 오후, 저는 우연히 혼자 복도에 있게 되었어요. 새장에서는 앵무새 폴리가 폴짝폴짝 뛰고 있었죠. 창살 사이로 앵무새에게 말을 걸었어요.

"움직이면 쏜다!" 앵무새가 외쳤던 말이죠.

제 두 눈에는 눈물이 그렁그렁했어요. 그 모든 걸 어떻게 되돌릴 수 있을까! 흐느끼고 있을 때 고양이 알렉산더가 다가오는 것을 알아챘어요.

계획을 세웠죠. 새장의 문을 열어 앵무새를 풀어줬어요. 고양이가 헨더슨 양이 그토록 애지중지하는 앵무새를 공격할 거라고 생각했거든요. 그러면 알렉산더를 더 이상 사랑하지 않을 거라고요. 그러면 알렉산더는 쫓겨날 거라고.

* * *

그가 잠시 말을 멈췄다. 이 사악한 음모를 피력하자 내 얼굴에서 그에 대한 연민을 살짝 상실하는 듯한 표정을 내비쳤기 때문일 것이다. '청파리 퍼시' 조차도 충격을 받은 것 같았다. 그는 설탕 그릇에 내려앉아 있다가 이 말을 듣고는 벌떡 일어나 테이블을 떠났다.

"선생님도 괜찮다고 생각하지 않으시죠?" 그가 물었다.

나는 어깨를 으쓱했다.

"내가 관여할 바가 아니잖아요. 하지만 약간 치사하다고 생각하지 않으세요? 새에게 좀 난폭하다는 생각이 조금이나마 들지 않던가요?"

"그랬죠, 선생님. 하지만 선생님이라면 어떡하시겠어요? 오믈렛을 만들려면 달걀을 깨트려야 하는걸요. 사랑과 전쟁은 수단을 가리지 않잖아요. 이 경우는 두 가지 다예요. 선생님이 반드시 아셔야 할 게, 더욱이 저는 앵무새에게 방향을 가리키지도 않았어요. 앵무새는 아무 데도 얽매이지 않은 자유로운 영혼이었어요. 저는 단지 새장의 문을 연 것뿐이에요. 앵무새가 폴짝거리며 나와서 고양이가 있는 마룻바닥으로 가는 건 앵무새 마음이잖아요. 계속해도 될까요, 네?"

* * *

저는 새장의 문을 열고 조심스럽게 사라졌어요. 사건 현장에 목격자로 남아있는 건 현명하지 않죠. 알리바이를 만들기 위한 것이기도 했어요. 저는 응접실로 가서 그곳에 머물렀어요.

그날 밤 저녁식사 자리에서 헨더슨 씨가 연신 피식피식 웃어댔어요.

"오늘 오후 내내 배꼽이 빠질 만큼 웃기는 일을 우연히 보았지 뭐냐. 마리온, 네 앵무새 말이다. 그 앵무새가 새장에서 다시 한번 탈출해서는 바셋 대령이 네게 준 고양이와 다툼을 하고 있더구나."

"오! 알렉산더가 제가 애지중지하는 가엾은 폴리를 다치게 하면 안 되는데!" 그녀가 말했어요.

"주먹다짐까지 가지는 않았단다." 헨더슨 씨가 말했죠. "새가 스스로 제 몸을 잘 건사할 거라는 사실을 믿어도 되겠더구나, 얘야. 내가 그 광경을 봤을 때는 고양이가 털을 잔뜩 부풀리고 등을 곧추세운 채 구석에 있었어. 폴리는 고양이 앞에 서서 움직이지 말라고, 안 그러면 쏜다고 말하고 있었지. 고양이가 꿈쩍도 안 하고 있을 때 난 얼른 앵무새를 붙잡아 새장 속에 다시 데려다 놓았어. 그제서야 고양이는 번개처럼 위층으로 휘리릭 달려가더라니까. 앵무새는 자기가 가진 성질의 힘만으로 피를 흘리지 않는 승리를 이끌어 냈어. 자, 앵무새를 위하여, 건배!"

이 이야기를 들을 때 제 심정을 상상하실 수 있겠지요. 닭 쫓던 개 지붕 쳐다보는 격이었어요. 저는 당황스러웠고, 크게 낙담했어요. 뭘 해야 할지 모르겠더라고요. 다른 계획을 찾아야 했지만 그게 뭔지 모르겠는 거예요.

어떻게 해야 그 고양이를 없애버릴 수 있을까? 죽여야 할까? 안 되죠, 용의자가 될 수도 있으니까요.

누군가를 고용해서 고양이를 훔치라고 할까? 안 되죠, 공범이 저를 배신할지도 모르니까요.

내가 직접 훔칠까? 아! 그게 낫겠다는 생각이 들었어요. 아주 훌륭한 계획이었죠.

이 계획이라면 얼마 가지 않아 완벽하게 해낼 수 있을 것 같았어요. 선생님, 어떻게 할 계획이었는지 들어보세요. 아주 단순하지만 훌륭한 계획이었어요. 기회를 기다려 집에서 고양이를 은밀하게 제거할 계획이었죠. 그 구역의 주문품 배달인들의 사무실로 고양이를 데려가 배달인에게 알렉산더를 즉시 고양이 보호소로 데려가라고 주문한 뒤, 보호소 소장에게 즉시 고양이를 없애버리라고 하는 거예요. 어때요, 단순하지만 아주 훌륭한 계획이죠.

전 거침없이 계획을 실행했어요. 고양이를 확보하는 것은 그리 어렵지 않았어요. 응접실에서 잠들어 있었으니까요. 주변에는 아무도 없었어요. 제 침실에는 파리에서 가져온 모자 상자가 있었어요. 그 모자 상자를 응접실로 가지고 나왔어요. 그 안에 고양이를 넣고는 집을 빠져나왔어요. 고양이는 바락바락 울어댔지만 아무도 듣지 못했어요. 주문품 배달인들의 사무실에 도착했어요. 고양이가 들어있는 상자를 건넸죠. 실장은 공손하고 동정심이 많은 사람이었어요. 담당자가 마차를 타고 고양이 보호소로 출발했어요. 저는 깊은 안도의 한숨을 내쉬었죠. 이제 살았으니까요.

저는 돌아오면서 혼잣말을 했어요. 고생은 끝났다고, 다시 한번 마리온 양과 함께 쾌활하고 다정다감하고 생기 넘치게 살 수 있을 거라고요. 저를 괴롭히는 고양이 알렉산더는 더 이상 없을 테니까요.

집에 돌아오니 커다란 소동이 빚어지고 있었어요. 하인들이 "야옹아, 야옹아!"라고 부르면서 계단을 오르내리고 있었죠. 집사는 큰 소리로 우쭈쭈쭈— 혀 차는 소리를 냈고, 우산으로 가구 밑을 쿡쿡 찌르고 있었죠. 온 집안이 고양이를 찾느라 온통 난리도 아니었어요.

응접실에 있는 마리온 양은 무척 괴로워 보였어요.

"내 귀염둥이 고양이 알렉산더를 어디서도 찾을 수 없어. 집안 어디에도 없어. 어디에 있을까? 길을 잃은 게 분명해."

저는 다정하고 동정심이 많아요. 그녀를 위로하려고 애썼죠. 그런 짐승 같은 고양이를 제가 충분히 대체할 수 있지 않겠냐는 뜻을 넌지시 비쳤어요. 하지만 그녀는 슬픔을 가눌 수 없는 것 같았어요. 참을성이 있어야 했어요. 적절한 때가 오기만을 기다려야 했죠.

바셋 대령이 왔어요. 무슨 일이 벌어졌는지 듣고는 괴로워하더라고요. 마치 자기도 다정하고 동정심이 많다는 듯한 태도였죠. 하지만 제가 누굽니까. 준비된 놈 아닙니까. 대령이 갈 때까지 머물러 있었죠.

다음 날, 다시 여기저기서 "야옹아, 야옹아!"라고 외쳐댔죠. 다시 집사는 우산을 가지고 가구 밑을 더듬었어요. 또다시 마리온 양은 괴로워했어요. 그리고 또다시 저는 위로해주려고 애썼어요.

제 생각에도 이번에는 별로 실패하지 않은 것 같았어요. 선생님도 알다시피, 저는 젊고 잘생긴 데다, 동정심도 많지 않습니까. 최대한 빨리 그녀의 손을 잡고 저의 연정을 분명히 밝히려 하고 있었어요.

하지만 또 바셋 대령이 왔다고 알려왔어요.

불운한 정적을 보듯, 저는 대령을 뚫어져라 보았어요. 저는 자신 있었죠. 저는 정복자니까요. 아, 하지만 전 생각도 못했어요! 내 인생 최고의 순간이 최악의 순간이 될 줄이야.

바셋 대령 역시 정복자의 태도였어요. 그가 말하기 시작했죠.

"헨더슨 양, 다시 한번 더 좋은 소식이 있습니다. 전 실종된 알렉산더를 추적해야겠다고 생각했습니다, 모르셨죠?"

마리온 양은 기쁨에 차서 비명을 질렀어요. 하지만 저는 침착했죠. 알렉산더는 이미 어제 처치되었으니까요!

대령이 다시 말하기 시작했어요. "저는 잃어버린 고양이가 어디에 있을 가능성이 가장 높을까 생각해보았습니다. 그리곤 답을 얻었습니다. 바로 '고양이 보호소'라는 것을요. 오늘 아침 고양이 보호소에 가서 실종된 알렉산더와 꼭 닮은 고양이를 한 마리 봤습니다. 잃어버린 알렉산더와 외모가 정말로 똑같았어요. 그런데 제가 그 고양이를 사려고 하니까 어떤 말 못할 희한한 문제가 있는 것 같았습니다. 생각할 시간을 좀 달라고 말하더군요. 그 자리에서 곧바로 결정하지 못하더라고요."

"이런, 말도 안 돼요!" 마리온 양이 절규했어요. "그 고양이가 내 고양이가 맞다면 당연히 내게 돌려줘야만 해요! 우리 셋이 얼른 마차를 타고 고양이 보호소로 가보자고요. 우리 셋 모두가 잃어버린 알렉산더가 맞는지 확인하면 돌려줄 수밖에 없을 거예요."

선생님, 저는 불안했어요. 안 좋은 예감이 들었지만 가야만 했어요. 달리 선택의 여지가 없잖아요? 우리는 마차를 타고 고양이 보호소로 갔어요.

소장은 공손하고 동정심이 많았어요. 소장이 고양이가 있는 곳으로 안내하자, 제 심장에는 찬물이 확 끼얹어졌어요. 알렉산더였기 때문이에요. 왜 처치되지 않았을까? 소장이 말하고 있었어요. 저는 마치 꿈결에 듣는 듯했지요.

"아가씨, 이 고양이가 아가씨의 고양이가 맞다는 게 확인되면 문제는 끝납니다. 오늘 아침에 선생님이 오셨을 때 제가 망설였던 이유는 한 배달원이 즉시 처치하라는 지시를 함께 보냈기 때문이었습니다."

바셋 대령이 말했어요. "그 배달원 성질 참 고약한 사람이군요." 선생님도 제 심정 아시겠지만, 대령은 들떠있었어요. 그는 정복자였으니까요.

저는 아무 말도 안 하고 조용히 있었어요. 저는 경박한 놈이 아니니까요. 선생님네 말로는 그 뭐라고 하더라? 아, 저는 이미 "완전히 새 됐으니까요."

"배달원이 아닙니다, 선생님." 소장이 말했어요. "오해가 있습니다. 익명의 발신인이 처치하라고 지시 내린 것이었어요."

"누가 그런 사악한 계략을 썼을까요?" 마리온 양이 분개하며 물었어요.

소장은 몸을 숙이더니 탁자 뒤로 가서 모자 상자를 하나 가져왔어요.

"이 안에 고양이가 실려 왔습니다. 하지만 편지는 들어있지 않았어요. 발신자는 익명으로 처리되었습니다."

"혹시," 바셋 대령이 하는 말이 더더욱 꿈결에 들리는 듯했어요. "혹시라도 모자 상자에 그 괘씸한 이름이나 다른 단서가 될 만한 것들이 있을지 몰라요. 그렇죠?"

저는 탁자를 꽉 움켜쥐었어요. 방이 빙글빙글 돌고 있었어요. 제 속은 허허로울 뿐이었어요.

"이런, 아차! 선생님 말씀이 맞습니다. 저기에 뭔가가 있네요. 아까 보지 못했다니 참 이런 일도 있나. 이름과 주소가 있어요. 장 프리오라는 이름이 있는데요? 주소는 파리, 쥘 프리오 호텔이고요." 소장이 말했어요.

친구가 갑자기 말을 멈추더니 손수건을 이마 위에 갖다 댔다. 그리고는 재빨리 위스키가 든 잔에 손을 뻗쳐 단숨에 벌컥벌컥 마셨다.

"선생님, 제가 그 장면을 상세히 묘사하길 바라지 않으시죠? 저는 굳이 졸라풍*을 따르고 싶진 않거든요. 진심으로요!"

"그녀가 당신을 뻥 차버렸나요?" 감정이 복받쳐있을 때 입에서 튀어나오는 것은 가장 단순한 언어다.

그는 고개를 끄덕였다.

"그리고 바셋 대령과 결혼했고요?"

그가 다시 고개를 끄덕였다.

"작은아버지는요? 작은아버지 반응은 어땠어요?"

그가 한숨을 쉬었다.

"다시 한번 핏자국이 줄줄이 이어졌어요, 선생님."

"당신과는 관계를 끊었나요?"

"완전히는 아니에요. 작은아버지는 불같이 화를 냈지만 한 번 더 기회를 줬어요. 저는 여전히 그분의 동생의 자식이고, 그걸 잊을 수는 없을 테니까요. 작은아버지의 지인 중 한 분이 폴 사르틴이라는 문인인데, 비서가 한 명 필요했어요. 보수를 많이 주는 자리는 아니지만 종신직이었죠. 작은아버지는 내가 그 일거리를 받아들여야 한다고 고집했어요. 제게 달리 무슨 선택권이 있겠어요? 받아들였죠. 그게 바로 이 나이 때까지 하고 있는 일자리예요."

그는 브랜디를 한 잔 더 주문하더니 벌컥벌컥 마셨다.

"선생님도 잘 아는 이름일 텐데요? 사르틴 씨라고 들어보셨죠?"

"글쎄요, 들어본 적 없는데. 누구죠?"

"박학다식한 사상가예요. 지난 5년 동안 대작에 매달리고 있죠. 그분이 글 쓰는 데 도움을 받는 사실자료를 수집하는 게 제 일이에요. 오늘 오후에도 대영박물관에서 사실자료를 수집하느라고 보냈어요. 내일도 다시 갈 거예요. 그다음 날도 가겠지요. 그리고 그다음 날도, 매일매일 가겠지요. 책은 완성되려면 앞으로 또 10년은 매달려야 할 거예요. 그분의 대작이니까요."

"그럴 거 같군요. 근데 내용이 뭐에요?" 내가 물었다.

그는 종업원에게 신호를 보냈다.

*19세기 프랑스 자연주의 작가인 에밀 졸라풍의 소설 이론과 수법. 인간의 생태를 자연현상으로 보고, 작가의 태도도 자연과학자와도 같아야 한다는 것. 과학자적 태도는 사실의 적나라한 묘사로 이어지며, 인간은 본능이나 생리적 필연성에 강력히 지배당한다는 관점이다.

"이봐요, 여기 브랜디 한 잔 더요. 그 책은요, 선생님. '고대 이집트에서의 고양이의 역사'에 관한 책이에요."

P. G. 우드하우스P. G. Wodehouse

영국의 소설가 겸 정치인. 독일 지배하 그리스에서 영국 파견군 대장으로 산악 게릴라전에 참가한 경험을 바탕으로 소설 『분쟁의 씨』를 발표했다. 제2차 세계대전 중이던 1939년 나치스에게 체포되어 대영방송對英放送을 강요당한 일로 한때 비난도 받았으나 조지 오웰 등의 변호로 비난을 면하였다. 1955년 미국에 귀화하였다.

우드하우스는 광범위하게 글을 썼는데, 때로는 동시에 두 종류 이상의 책을 준비했다. 줄거리를 잡고 약 3만 단어의 시나리오를 작성하는 데 2년가량 걸렸으며, 시나리오가 완료된 후에 이야기를 써 내려갔다. 그는 에드워드 시대의 은어와 수많은 시인들에게서 가져온 인용문, 여러 문학적 기법을 혼합하여 우화적인 시와 뮤지컬 코미디에 비견될 수 있는 산문체를 만들어냈다. 살아있는 동안 일부 비평가들은 그의 작품을 경박하다고 깎아내렸지만, 팬들 중에는 동료 작가들이나 영국 총리와 같은 이들이 많았다. 『만들어진 신』에서 리처드 도킨스는 영어로 가벼운 희극을 쓰는 작가들 중 우드하우스가 가장 위대하며, 자신이 인용한 성서의 어구 중 절반은 우드하우스의 작품에 나오는 것이라고 했다.

우드하우스와 그의 아내 에델 우드하우스는 롱아일랜드에 동물보호구역을 설립하기 위해 아낌없이 돈을 기부할 정도로 동물애호가들이었다. 우드하우스는 특히 개와 고양이에 관한 단편을 많이 썼는데 여기, 네 편의 고양이 이야기가 이어진다. 가볍지만 기발한 그의 글의 정수를 맛보기 바란다.

P. G. 우드하우스 고양이들아, 잘 있거라

클럽의 새끼고양이가 드론즈 클럽의 흡연실에 느릿느릿 걸어 들어와서는 그곳에 있던 프레디 위전에게 다정하게 야옹— 인사했다. 구석에서 두 손으로 머리를 감싸 쥐고 앉아있던 프레디가 단호하게 일어섰다.

그는 냉정하고 차분한 목소리로 이렇게 말했다. "난 이곳이 신사들에게 조용한 휴식처인 줄 알았네. 그런데 이제 보니 빌어먹을 동물원이군. 난 그만 물러나겠어."

그리고는 보란 듯이 흡연실을 나갔다.

아연실색하는 분위기와 뒤섞이며 모두들 놀라는 눈치였다.

"무슨 일이야?" 에그가 걱정스럽게 물었다. 그렇게 자기감정을 노골적으로 드러내는 것은 드론즈에서는 드문 일이었다. "저 고양이하고 싸웠나?"

언제나 모든 사정에 밝은 크럼핏이 고개를 가로저었다.

"프레디는 이 특정한 새끼고양이와 사적인 불화는 없었어. 단지 매첨 스크래칭스에서 지낸 주말 이후에는 고양이를 보는 걸 견딜 수 없을 뿐이야." 크럼핏이 말했다.

"매첨 뭐?"

"스크래칭스 말이야. 옥스퍼드셔에 있는 달리아 프렌더비의 조상들이 대대로 사는 곳이지."

"나도 한 번 달리아 프렌더비를 만난 적이 있어. 좋은 여자 같던데." 에그가 말했다.

"프레디도 그렇게 생각했어. 그는 그녀를 미친 듯이 사랑했지."

"그리고 당연히 그녀와 헤어졌고?"

"암만!"

사려 깊은 빈이 말했다. "프레디 위전이 사랑했다가 잃은 모든 아가씨들을 일렬로 늘어놓으면, 누가 그렇게 할 수 있는 건 아니지만, 피커딜리로 가는 길 절반에 이를 거라는 데 내기를 걸지."

"그보다 더할걸." 에그가 말했다. "그 아가씨들 중 일부는 상당히 훌륭했어. 내가 도저히 이해할 수 없는 건 왜 쓸데없이 그들을 사랑하느냐 이거야. 아가씨들은 결국엔 항상 그에게 퇴짜를 놓거든. 그럴 바엔 시작하지도 않는 게 차라리 낫지. 그 시간에 좋은 책이나 읽는 게 더 나아."

"내 생각에 프레디의 문제는 항상 출발이 너무 순조로운 데 있는 거 같아. 춤도 잘 추는 잘생긴 놈인 데다 귀도 잘 쫑긋거리잖아. 여자들은 그 순간 훅 가는 거야. 그것 때문에 그는 늘 용기백배했지. 나한테 한 말로 봐서는, 그 프렌더비 아가씨와는 처음부터 진도가 꽤 멀리 나갔던 거 같아. 그러니까 그녀가 매첨 스크래칭스에 그를 초대했을 때 『모든 새신랑이 알아야만 하는 것들』이라는 책을 벌써 산 거잖아." 크럼핏이 말했다.

"거 참 기묘하네. 왜 오래된 시골집 이름이 스크래칭스*지?" 빈이 골똘히 생각에 잠겼다.

*Scratching. scratch는 '긁다, 할퀴다'라는 뜻이다. 고양이들이 발을 긁는 기구 이름도 스크래쳐이다.

"프레디도 그곳에 도착할 때까지는 그걸 궁금해했어. 그런데 다녀오더니 그 말이 딱 맞다고 하더라고. 달리아네 가족은 동물애호가들이었대. 그 집은 애완동물 소굴일 정도로 야단법석이라는 거야. 눈길이 닿는 곳마다 개들이 자기 몸을 긁고 있거나 고양이들이 가구를 긁고 있더래. 프레디는 공식적으로 만나본 적이 없다고 하지만, 내 생각에는 길들여진 침팬지도 부지 내 어딘가에 있을 거 같아. 틀림없이 다른 개나 고양이들처럼 부지런히 긁어대고 있겠지. 시골 한가운데 가면 여기저기서 그런 곳을 볼 수 있잖아. 매첨도 중심지에서 꽤 멀리 떨어져 있어. 가장 가까운 역이 10킬로미터나 된다니까.

달리아 프렌더비는 2인승 차로 프레디를 역까지 마중하러 나왔대. 그리고 집에 가면서 다정한 관계가 진행되어 가는 젊은 커플들에게 있을 법한 대화를 나누게 되었다는데 내가 보기엔 이게 아주 중요해. 그러니까 내 말은 말이야, 온갖 종류의 일들이 다 벌어지고 나서야 그때 나눈 대화가 무엇을 의미하는지 쓰라리게 깨닫게 되었다는 거야.

"당신이 정말 잘 해냈음 좋겠어요, 프레디." 잠시 이런저런 이야기를 나눈 뒤에 여자가 말했대. "이곳에 온 남자들 중에는 형편없이 실망시킨 남자들이 있었거든요. 아버지에게 좋은 인상을 주는 게 굉장히 중요해요."

"그럴게요." 프레디가 말했어.

"간혹 약간 곤혹스러울 수도 있어요."

"저한테 맡겨주시면 제가 다 알아서 할게요. 저한테 맡겨만 주세요."

"문제는 아버지가 젊은 남자들을 별로 좋아하지 않는다는 거예요."

"전 좋아할 거예요."

"그러면 좋겠어요. 근데 정말 그럴까요?"

"당연하죠!"

"왜 그렇게 생각하시죠?"

"전 볼수록 매력 있는 남자거든요."

"아, 그러세요?"

"그럼요."

"그러면 좋겠네요, 근데 정말 그럴까요?"

"당연하죠!"

그들은 그렇게 밀고 당기기를 했대. 그녀가 키득키득 웃으면 그는 종이 봉지가 터지는 것마냥 웃음을 터뜨렸대. 그러고는 또 주거니 받거니 했대. 그녀가 "어머, 이런 바보!" 하면 그는 "허, 뭐라고?" 했대. 이 모든 것으로 보건대 이때쯤 어느 단계에 이르렀는지 알겠지? 물론 아직 확실하게 자리 잡은 것은 아니었지만, 여자의 마음속에 사랑이 싹트기 시작한 것은 분명해.

당연히 프레디는 여자가 그렇게 진지하게 말한 아버지에게 가는 동안 생각에 생각을 거듭했어. 절대 그녀를 실망시키지 않겠다고 단단히 결심했지. 늙은 아버지의 비위를 맞추는 건 식은 죽 먹기니까. 그는 자신이 가진 매력적인 면모를 아버지에게 온전히 다 쏟아붓기로 작정했고, 그러면 공전의 히트를 칠 거라 고대했지.

자네들도 프레디를 잘 아니까 굳이 말할 필요는 없겠지만, 모티머 프렌더비 경의 세력권에 진입해서 그가 한 첫 행동은 아주 천박한 실수였어. 채 10분도 되지 않아 얼룩고양이로 모티머 프렌더비 경의 목덜미를 쳐버렸거든.

그가 탄 기차는 조금 연착했기 때문에, 집에 도착했을 때는 '메도스위트 홀에 오신 것을 환영합니다'라는 식의 웅대한 환대도 받을 겨를이 없었대. 여자는 번개같이 옷을 갈아입으라며 그를 방으로 잽싸게 올려보냈어. 15분 후에 저녁식사를 해야 하기 때문이라며, 자기는 수프와 생선을 준비해야 한다고 황급히 가더래. 프레디는 셔츠를 찾으려고 여기저기 둘러보았어. 침대에 두었었거든. 모든 게 아무 탈 없이 돌아가고 있던 그때 커다란 얼룩고양이 한 마리가 셔츠 위에 서서 발로 꾹꾹이를 하고 있는 것을 본 거야.

음, 자네들은 그 친구가 셔츠 앞부분을 봤을 때 어떤 기분이었는지 알겠지? 일순간 프레디는 넋이 나간 채 서 있었어. 그런 뒤 목이 쉬도록 고함을 지르며 앞으로 후다닥 달려가 그 녀석을 들어 올리고는 발코니로 가 공중으로 내동댕이쳐 버렸어. 그런데 하필 바로 그 순간 모퉁이를 돌고 있던 노신사의 뒷목덜미에 명중해버린 거야.

"이런, 빌어먹을!" 노신사가 외쳤어.

창문에서 머리가 하나 삐죽이 나왔어.

"모티머, 도대체 무슨 일이에요?"

"비바람이 몰아치고 있어."

"말도 안 돼요. 이렇게 화창한 저녁인데요." 머리는 그렇게 말하더니 사라졌지.

프레디는 사과하는 게 맞다고 생각했어.

"저기요." 프레디가 말했지.

노신사는 말이 나오는 방향을 이리저리 둘러보더니 드디어 발코니에 있는 프레디를 봤어.

"저, 본의 아니게 끔찍하게 맞혀서 정말 죄송합니다. 제가 그랬습니다."

"당신이 그런 게 아니었어요. 고양이가 그랬어요."

"알아요. 제가 그 고양이를 던졌거든요."

"왜?"

"음……."

"이런 바보 멍청이."

"죄송합니다." 프레디가 말했어.

"닥쳐!" 노신사가 말했어.

프레디는 방으로 돌아왔고, 그 사건은 그렇게 일단락되었지.

프레디는 평소 옷을 상당히 빨리 입는 편이지만, 이 사건 때문에 제정신이 아니었어. 옷깃에 단추를 채우는 것도 까먹은 데다 처음 두 번이나 시도한 넥타이를 엉망으로 매었지. 결과는 재킷도 입지 않은 셔츠 차림에 훈장을 달았다는 거야. 방에서 나오자 식당에선 이미 일행들이 부이용에 코를 들이밀고 있다고 하인이 알려주더래. 그래서 곧장 식당으로 달려가서 마지막 한 숟가락을 뜨고 있는 여주인 옆자리에 앉았대.

당연히 어색했지만, 달리아 같은 아가씨와 같은 식탁 밑에서 무릎을 밀치닥거리고 있다는 생각 때문에 꽤 기분이 좋았대. 식탁 머리맡에서 그를 노려보고 있던 주인장에게는 때가 되면 모든 것을 다 설명하겠다고 말하려는 듯 고개를 끄덕이면서 말이지. 그는 셔츠 커프스를 밖으로 내놓고 위엄 있는 태도로 프렌더비 부인과 재기 넘치는 대화를 나누기 시작했어.

"참 매력적인 곳이지요?"

프렌더비 부인은 보통 모두들 현지의 풍광을 보고 감탄한다고 했어. 부인은 키가 크고 팔다리도 길고 두 눈동자는 차가운 데다 입술은 앙다문 게 꼭 엘리자베스 여왕 같은 부류였대. 프레디는 외모가 별로 마음에 들지 않았지만, 좀 전에 말했듯 상당히 흥분해 있었기 때문에 계속 기운이 넘쳐났지.

"사냥하기에 꽤 훌륭한 시골이겠네요?"

"네, 이 근처에서 사냥을 꽤 많이 한다고 알고 있어요."

"그럴 줄 알았어요. 바로 그거예요! 경치 좋은 시골을 신나게 가로지르다가 종말에는 멋들어지게 죽이는, 그 뭐라더라, 뭐라더라? '앞으로! 쉭! 쉭 쉭!' 하는 소리 같은 거요."

프렌더비 부인은 온몸을 덜덜 떨었어.

"전 당신의 열정을 함께 나눌 수 없어요. 전 강력한 사냥 반대론자거든요. 사냥과 같은 모든 야만적인 유혈 스포츠에 대해 반대한답니다."

적어도 두 코스의 요리를 무난하게 넘길 수 있는 주제라고 생각한 가엾은 프레디에게 이것은 심한 충격이었지. 그는 당분간 침묵을 지켜야 했어.

마음을 다잡으려고 잠시 멈춘 6분 30초 동안 정말 단 한 번도 눈을 떼지 않고 노려보고 있던 주인장이 손으로 입을 가리더니 식탁 너머로 달리아에게 말을 걸더래. 그는 조심스럽게 속삭이는 소리로 말한다고 믿었겠지만, 실제로는 양배추를 파는 행상만큼이나 공중에 쩌렁쩌렁 울렸다나 봐.

"달리아!"

"네, 아빠?"

"저 흉악한 녀석은 누구냐?"

"쉿!"

"쉿이라니, 그게 무슨 말이야? 저 녀석 누구냐니까?"

"위전 씨에요."

"누구라고?"

"위전 씨요."

"웅얼거리지 말고 분명하게 말하면 좋겠구나." 아빠가 짜증을 냈어.

"내 귀에는 '위전'이라고 들려. 누가 저 녀석을 여기 오라고 했어?"

"제가 그랬어요."

"왜?"

"친구니까요."

"흠, 내 눈엔 새파란 놈이 꼭 빌어먹을 치한처럼 보이는구나. 낯짝이 딱 범죄자 같아."

"쉿! 조용히 하세요."

"너 왜 계속해서 쉿!이라고 말하니? 미친 게 틀림없어. 고양이를 사람한테 던지다니."

"아빠, 제발 좀!"

"'아빠, 제발 좀!'이라고 말하지 마! 씨도 안 먹히니까. 내 분명히 말하는데, 저놈은 고양이를 사람한테 던지는 놈이야. 내게도 한 마리 던졌거든. 얼빠진 놈. 그래, 그렇게 부르는 게 낫겠구나. 게다가 여태껏 부지 내에서 본 녀석 중에 제일 역겹게 생긴 녀석이야. 그래, 얼마나 머무를 건데?"

"월요일까지요."

"이런, 젠장! 오늘은 겨우 금요일이란 말이야!" 모티머 프렌더비 경이 고함을 질렀어.

당연히 프레디에게는 불쾌한 상황이었고, 특히 잘 해내지 못했다는 걸 인정할 수밖에 없었어. 그가 해야 했던 것은 분명 편안하게 술술 이어지는 한담을 나누는 것이었어. 그런데 고작 생각할 수 있는 거라곤 프렌더비 부인에게 사냥을 좋아하냐고 묻는 것이라니! 프렌더비 부인은 무감각하고 냉혈한 살인마를 형성하는 야만적인 본능과 타당한 이유 없이 일삼는 폭력적인 충동이 없었기 때문에 사냥을 좋아하지 않는다고 대답한 것이었어. 그는 아래턱을 늘어뜨린 채 다시 침묵에 잠겨야만 했지.

저녁식사가 끝난 게 오히려 다행이었어.

대부분의 좌석이 숙모라는 부류로 일괄적으로 분류되는 흰 검버섯이

핀 여자들 무리로 채워져 있었고, 남자로는 프레디와 모티머 경 둘만이 식탁에 있을 때, 그는 조금 전보다는 더 좋은 조건에서 의기투합할 수 있는 순간이 드디어 왔다고 생각했대. 그러면 서로의 진정한 가치를 알게 될 테니 말이지. 그는 편안하게 쉬면서 단둘이서만 대화를 나누기를 고대했어. 대화하는 중에 그 고양이 사건을 수습하고, 상대방이 자신에 대해 형성된 부정적인 시각을 힘이 닿는 범위 내에서 전력을 다해 바로잡으려는 생각이었지.

하지만 모티머 경은 술병을 가지고 프레디 주위로 다가오는 대신 혐오스럽다는 시선만 오래도록 던지다가 뜰로 통하는 유리문으로 휙 나가더니 정원으로 가 버렸대. 그러다 잠시 후, 머리를 다시 들이밀더니 이렇게 말하더래. "너와 너의 그 빌어먹을 고양이들!" 그리고는 어둠 속으로 모습을 감추더라는군.

프레디는 무척이나 당혹스러웠어. 이 모든 것이 새로운 것이었지. 한창 때 수많은 시골의 저택들을 들락날락거려 봤지만, 저녁식사를 마치면서 자기를 두고 떠나는 이런 경우는 처음이었거든. 그래서 이 상황을 어떻게 대처해야 할지 아주 난감했어. 그런데 모티머 경의 머리가 다시 시야에 들어오더니 또다시 오래도록 혐오스럽게 바라본 후 "어허, 거 참, 참말로 고양이들이란!"이라고 말하고는 또다시 사라지더래. 그는 여전히 난감했지.

프레디는 이제 정말로 짜증이 났어. 달리아 프렌더비가 아버지와 사이가 좋았으면 좋겠다고 한 것까지는 다 이해했어. 하지만 연이은 몇 초 동안 있던 자리에 그대로 있지도 못하는 인물하고 어떻게 친해질 수 있겠냐고? 회전목마처럼 동에 번쩍 서에 번쩍하면서 밤새도록 남은 시간을 보내려는 게 모티머 경의 의도라면, 진정한 화해에 이르는 희망이 거의 없어 보였어. 낯익은 얼룩고양이가 난데없이 나타나자 오히려 안심이 되었다더군. 분노를 해소하는 수단을 제공하는 것 같았대.

그래서 프렌더비 부인의 접시에 남아있는 바나나를 하나 집어서 약 2미터 거리에서 정확하게 그 동물을 후려갈겼대. 얼룩고양이는 비통하게 울부짖으며 도망갔대. 그러자 잠시 후, 모티머 경이 또 나타났다는 거야.

“저 고양이를 걷어찼어?” 모티머 경이 말했어.

프레디는 이 늙은 환자에게 자기가 사람이라고 생각하는지 아니면 깜짝 장난감 상자*라고 생각하는지 물어볼까 말까 했지만, 위전 가문의 혈통이 그런 마음을 억제시켰대.

“아뇨. 걷어차지 않았는데요.”

“시속 65킬로미터로 잽싸게 튀어나간 걸 보니 네가 무슨 짓을 한 게 틀림없어.”

“전 그저 과일 한 조각을 줬을 뿐인데요.”

“다시 한번 해봐. 자네한테 무슨 일이 벌어지는지 보게.”

“아름다운 밤이에요”라고 말하면서 프레디는 주제를 바꾸려고 했어.

“아니, 아름답지 않아. 이 얼간아.” 모티머 경이 말했어. 프레디가 일어났지. 내 생각엔 그의 신경조직이 약간 흔들렸던 거 같아.

“저는 이만 숙녀분들께 가봐야 해서요.” 프레디가 위엄 있게 말했어.

“아이고, 가엾은 숙녀들!” 모티머 프렌더비 경은 가장 가슴 깊은 곳에서 나오는 본능적인 목소리로 대답했어. 그리고는 또다시 사라지더래.

프레디는 여러 생각으로 가득 찬 채 응접실로 향했대. 그가 그다지 영리하다고 생각은 안 하지만, 언제 성공할지 아닐지 알 정도는 돼. 오늘 밤은 그런 식으로 하면 절대 안 된다는 것을 알았대. 즉, 매첨 스크래칭스의 우상으

*jack-in-the-box. 뚜껑을 열면 용수철에 달린 인형 등이 튀어나오게 되어 있음.

로서 응접실에 들어가는 게 아니라 억울한 첫인상을 남긴 젊은 친구로서 그 집에서 정말로 인기가 많다고 스스로도 여길 수 있을 정도가 되려면 우선 환심을 살만한 일을 엄청나게 많이 해야 한다는 걸 안 거야.

그는 분주히 돌아다니며 만회해야 한다고 생각했어. 평생을 시골에서 살아온 이 촌닭들이 중요하게 생각하는 것은 빅토리아 여왕 시대에 대유행했던 약간의 정중함과 관심을 드러내는 일이었지. 응접실에 들어서면서 처음으로 해야 할 일은, 커피잔을 놓을 곳을 찾으려는 숙모 중 한 명에게 서둘러 달려가는 것이었어.

“부디 제가 하도록 해주십시오.” 눈썹으로 정중함을 표하며 프레디가 말했어.

그들이 받아야 할 마땅한 대우라고 생각하며, 그는 곧장 한 고양이를 밀치고 나갔어.

“아, 미안”이라고 하면서 뒤로 물러서는데 발뒤꿈치로 또 다른 고양이를 밟았어. “정말 미안해 죽겠다고!” 그가 말했지.

그리고는 비틀거리며 의자로 갔는데 그만 세 번째 고양이 위에 털썩 주저앉아 버린 거야.

후다닥 일어났지만 당연히 너무 늦었어. ‘별일 아니’라는 듯, ‘천만에’라는 듯한 모습이었지만 그는 속뜻을 읽을 수 있었어. 게다가 프렌더비 부인의 두 눈이 그토록 짧은 순간에 그에게 꽂혀 있을 줄이야. 그거면 말 다했지. 그는 헤롯의 왕이 ‘고대 히브리인 어머니들의 토요일 오후 사교모임’에 있었을 때의 입장이 대략 어떠했는지를 알 수 있었어.

이런 일들이 벌어지는 동안 달리아는 응접실 끝에 있는 소파에 앉아 주간 신문을 넘기고 있었대. 그녀의 모습을 본 프레디는 자석처럼 끌렸어. 이 순간에 필요한 것은 그녀의 여성 특유의 동정심이었지. 아주 조심스럽게 발을 디디면서 그는 그녀가 앉은 곳으로 건너갔어. 그리고는 고양이들이나 간신히 앉을 수 있는 지형을 한눈에 쓱 훑어보고 그녀 옆에 앉았대. 그런데 여성 특유의 동정심이 사라진 것을 발견했을 때 정신적 고통이 어땠을지 상상해 봐. 그녀는 곳곳에 뾰족뾰족한 못을 두른 아이스크림 덩어리 같았대.

"해명하실 것까지는 없습니다." 그가 첫 말을 뗀 데 대한 대답으로 그녀가 차갑게 말했어.

"뜻밖에도 동물들을 싫어하는 사람들이 있다는 걸 저도 잘 알고 있으니까요."

"그렇지만, 제기랄!……." 팔을 미친 듯이 흔들며 프레디가 외쳤어. "아, 미안." 그가 덧붙였지. 휘두르던 주먹이 또 다른 동물의 갈비뼈를 세게 후려쳤거든.

달리아가 공중으로 붕 날아가는 그 동물을 붙잡았어.

"엄마, 아우구스투스를 끌어안고 있는 게 좋겠어요. 위전 씨를 화나게 할 거 같아요." 그녀가 말했어.

"그래. 나랑 있는 게 더 안심되겠구나." 프렌더비 부인이 말했어.

"그렇지만, 젠장……." 프레디가 힘없이 푸념했어.

달리아 프렌더비가 숨을 크게 들이쉬었어.

"자기 집에서 만나보기 전까지는 한 남자를 절대 제대로 알지 못한다는 말은 진리예요."

"그게 무슨 뜻이죠?"

"아, 아무것도 아니에요." 달리아 프렌더비가 말했지.

그녀는 일어나 피아노로 가서는 거리감을 두는 듯한 태도로 유서 깊은 브르타뉴의 민요를 부르더래. 프레디에게는 가족 앨범이나 보라고 하나 내주면서 말이야. 그 앨범은 1893년에 숙모 에미가 랜디드노*에서 해수욕할 때 찍은 빛바랜 사진이 포함되어 있었는데, 그 밑에는 '사촌 조지가, 가장무도회에서'라고 쓰여 있었대.

마침내 프렌더비 부인이 자애롭게도 휘파람을 불어서 침실로 몰래 빠져나갈 수 있는 자유를 얻었다고 해. 그토록 길고도 고요하고도 말 없는 저녁이 끝난 거야.

자네들은 아마 프레디가 온통 달리아에 대한 생각만으로 가득 차 있을 거라고 짐작하겠지. 위층으로 촛불을 들고 어슬렁거리며 올라가야겠다는 생각 말이야. 하지만 실정은 그렇지가 않았네. 그는 물론 그녀가 명백히 토라져 있는 모습에도 어느 정도 관심을 보였어. 하지만 실제로 그의 마음을 채우고 있는 것은, 결국 매첨 스크래칭스의 동물 왕국의 길과 자신의 길이 이제 나누어져 있다는 사실을 편안하게 받아들여야 한다는 것이었어. 말하자면, 그가 윗길로 가는 동안 그들은 아랫길로 간다는 사실이었지. 식당이든 응접실이든 혹은 그 집 안의 나머지 어디에 만연한 상황이 무엇이든, 종류를 막론하고 고양이가 단 한 마리도 없는 침실만은 천국일 것이라 느꼈어.

하지만 저녁식사 전에 있었던 그 불행한 일화를 기억하고는 네발로 기면서 구석구석 샅샅이 살펴봤대. 고양이는 한 마리도 없었대. 안심하면서 일어서서 흥겹게 노래를 불렀대. 그런데 몇 소절을 부르기도 전에 뒤에서 저음의 목소리가 갑자기 들려오기 시작하더래. 돌아보니까 글쎄 튼튼한 셰퍼드 개가 한 마리 침대 위에 있는 게 아니겠어?

프레디는 개를 바라보았어. 개도 프레디를 바라보았어. 곤혹스러움 그

*Llandudno. 웨일스 북서부에 위치한 휴양지.

자체인 상황이었지. 한눈에 봐도 일이 완전히 잘못 돌아간다는 걸 확신할 수 있더래. 자신의 전용 잠자리를 주제넘게 침범한 이방인으로 여기고 있다는 게 분명했지. 아주 분개하는 듯한 태도였대. 개는 길고 하얀 이빨을 더 잘 드러내도록 윗입술을 약간 둥그렇게 만 채 냉혹한 노란 눈을 프레디에게 고정시키고 있더래. 게다가 코까지 벌름벌름거리면서 멀리서 천둥이 치는 듯한 저음의 소리를 내더라는 거야.

프레디는 어디로 가야 할지 몰랐어. 침대보와 같은 것들 사이로 올라가는 것은 불가능했지. 다른 한편, 의자에서 밤을 지새우는 것은 그의 방침에는 이질적인 것이었어. 그는 내가 가장 정치인다운 것이라고 여기는 짓을 했어. 옆걸음질로 살금살금 발코니로 나가서 벽을 따라 올라가 아주 가까이에 불 켜진 창문이 없는지 눈을 가늘게 뜨고 보는 거였지. 혹시 알아? 창문 뒤에서 누가 나서서 도와줄지 말이야.

조금 떨어진 곳에 불 켜진 창문이 하나 있었어. 그래서 최대한 고개를 바깥으로 빼고는 이렇게 말했어. "여기요!" 아무런 반응이 없어서 다시 반복했어. "여기요!"

그러고는 결국 요지를 충분히 알리도록 계속 외쳤어. "여기요! 여기요! 여기요!"

이번에는 응답이 왔어. 프렌더비 부인의 머리가 창문 밖으로 불쑥 튀어나온 거야.

그녀가 물었어. "누가 이렇게 시끄럽게 소리 지르고 있어?"

프레디가 바라던 태도와 정확히 일치하지는 않았지만, 인생의 고난도 기쁨과 마찬가지로 받아들여야 하는 법.

"저예요, 프레더릭 위전."

"꼭 발코니에서 노래를 불러야겠어요, 위전 씨?"

"노래 부른 게 아니에요. '여기요'라고 말한 거예요."

"뭐라고 했다고요?"

"'여기요!'라고요."

"뭐라고요?"

"'여기요'라고 말했다고 말씀드리는 거예요. 제가 무슨 뜻으로 이 말을 했는지 아신다면, 가슴이 터지도록 울부짖는 소리란 것도 아실 거예요. 개 한 마리가 제 방에 있어요."

"어떤 종류의 개에요?"

"어마어마하게 큰 셰퍼드예요."

"아, 빌헬름이에요. 그럼, 잘 자요, 위전 씨."

창문이 닫혔어. 프레디의 가슴은 찢어졌어.

"저기, 여기요!"

창문이 다시 열렸어.

"아, 왜요, 위전 씨!"

"제가 뭘 해야 하죠?"

"뭘 하다니요?"

"어마어마하게 큰 셰퍼드한테 뭘 해야 하냐고요!"

프렌더비 부인은 골똘히 생각하는 것처럼 보였어.

"달달한 비스킷은 주면 안 돼요." 그녀가 말했어. "아침에 하녀가 차를 가져올 때 설탕을 넣어주면 안 돼요. 찻잔에 우유를 조금 따라주면 돼요. 빌헬름은 지금 식이요법을 하고 있어요. 그럼, 잘 자요, 위전 씨."

프레디는 아연실색했어. 그런데 그 짐승 같은 개가 식이요법을 하고 있다고 여주인이 말한 그 순간, 프레디는 의사가 자신의 가족들에게 설탕을 금지하지 않았던 사실을 떠올리곤 안심이 되었대. 어쨌든 그는 다시 한번 머리를 굴려 다음에 해야 할 임무를 확정했어.

가능한 여러 방법이 있었어. 발코니는 땅에서 멀리 떨어져 있지 않았기에 원한다면 아래로 뛰어내려 한련화* 화단에서 건강한 밤을 보낼 수도 있겠지. 아니면 마룻바닥에 웅크리고 있을 수도 있고, 아니면 방에서 나와 아래층으로 내려가서 아무 데서나 잘 수도 있겠지.

이 마지막 계획이 제일 나아 보였어. 그 계획을 실현하는데 유일한 장애물은 문을 열기 시작했을 때 한방에서 자는 녀석이 자기를 한적한 시골집에서 은을 훔치려는 도둑으로 생각해서 꼼짝 못하게 붙들지도 모른다는 사실이었지. 하지만 위험을 감수해야 했어. 잠시 후, 그가 발끝만 디디고 양탄자를 가로지르는 모습은 마치 제대로 된 발돋움을 기억하지 못하는 외줄타기 예술가처럼 보였을 게야.

때가 온 듯했어. 그가 움직이기 시작한 순간, 개가 침대 위에 쿠션처럼 보이는 뭔가에 열중한 것처럼 보였어. 개는 그 물체를 아주 정성스럽게 핥느라 프레디가 '완충지대'에 반쯤 건너갈 때까지도 전혀 눈치채지 못했지. 그때 갑자기 개가 그를 향해 앉은 자세로 일종의 높이뛰기를 하더라는 거야. 2초 후엔 바짓가랑이에 찬바람이 새어 들어오는 것 같은 기분이 들었대. 프레디는 옷장 위로 올라가 있었고 밑에서는 개가 올려다보고 있었지. 살면서 그보다 더 빨리 튄 적은 열네 살 때 삼촌인 블리세스터 경의 서재에서 담배를 훔쳐 피우다 발각됐을 때가 유일했었대. 그러면서 오히려 적어도 5분의 1초 이상 기록을 단축한 게 틀림없을 거라더군.

*여름 화단을 장식하는 일년초로 여러 약재라든가 혼합차의 재료로 이용된다.

마치 그를 위한 하룻밤의 잠자리가 준비된 것 같았대. 개의 변덕에 맞춰서 옷장 꼭대기에서 하룻밤을 보내야 된다고 생각하니, 자네들도 익히 알 수 있듯, 자존심이 상당히 긁혔지. 하지만 셰퍼드는 논리적으로 설득할 수 있는 존재가 아니었기 때문에 그냥 그대로 있는 게 유일한 방책이었어. 그는 다리의 살갗을 찔러대는 날카로운 나무 조각들을 그대로 내버려 둔 채 최대한 편안하게 있으려고 애썼지. 그때 복도에서 코를 킁킁거리는 소리가 들리더니 희미한 빛 속에서 처음에는 식별할 수 없는 물체가 문으로 들어오더래. 펜닦개* 같기도 하고 난로 앞에 까는 깔개처럼 보이기도 하더래. 그런데 자세히 살펴보니까 페키니즈 강아지더라는 거야.

프레디가 신참자에게 느끼는 불안감이 셰퍼드에게도 똑같이 나타났지. 셰퍼드는 어리둥절한 표정으로 눈썹을 추켜올리고는 침대에서 일어나더니 자세히 살펴보러 다가갔어. 그러고는 머뭇거리면서 앞발을 하나 내밀더니 침입자를 데굴데굴 굴렸어. 그런 뒤 다시 다가가 코를 낮추고 킁킁거렸어. 아주 친한 친구라면 그런 행동을 해선 안 된다고 충고했을 법한 일이었지.

페키니즈는 아주 거친 녀석들이야. 특히 암컷의 경우엔 더 그래. 페키니즈들은 세상에 꺼릴 것이 하나도 없는 데다 친근하게 구는 것을 무척 불쾌하게 여겨. 분노의 폭발이 있은 다음 순간 셰퍼드는 꼬랑지를 다리 사이에 내리고는 방에서 쏜살같이 튀어 나갔어. 페키니즈가 맹렬하게 뒤쫓았지. 프레디는 복도를 따라 굴러다니면서 싸우는 소리를 들을 수 있었대. 그에게는 무척 반가운 소리였지. 이런 일이 벌어진 건 셰퍼드가 자초한 짓이었기 때문에 당해도 싸다는 생각밖에 안 들었대.

*pen-wiper. 펜이나 만년필 촉이 막히지 않도록 펜촉에 묻은 잉크를 닦는 천. 1800년대에 널리 사용되었는데, 온갖 자수를 수놓는가 하면 구슬, 금속 손잡이가 달려있는 등 아기자기하고 예쁘게 만들었다.

이내 페키니즈가 돌아왔어. 이마에서 구슬땀이 비 오듯 흘러내리고 있었지. 그러더니 뭉툭한 꼬리를 흔들며 옷장 아래에 앉았어. '공습경보가 해제' 되었다는 것을 느낀 프레디는 이제 자유롭게 내려올 수 있었지.

프레디가 첫 번째로 취한 조치는 문을 닫는 것이었고, 두 번째는 그의 수호자와 친해지는 것이었어.

프레디는 감사해야 할 곳에서는 감사해할 줄 아는 녀석이야. 프레디에게는 이 페키니즈가 그 종이 가진 자부심 자체를 보여준 것 같았어. 그랬기에 페키니즈를 즐겁게 해주려고 갖은 애를 썼지. 프레디는 바닥에 누워서 페키니즈가 얼굴을 233번이나 핥도록 내버려 두었대. 개의 왼쪽 귀와 오른쪽 귀 밑, 꼬리 주변을 열거한 순서대로 간질여주면서 말이야. 아, 배도 긁어줬대.

개는 이러한 모든 행위를 진심으로 기쁘게 받아들였대. 그런데도 여전히 재미있는 것을 찾는 분위기였고, 프레디를 분명 영국 왕실의 공식 축연祝宴 사무국장으로 여기는 것 같았대. 프레디는 페키니즈를 실망시킬 수 없다고 느꼈대. 무슨 대가를 치르더라도 페키니즈와 즐겁게 놀아야만 된다고 생각했지. 그래서 넥타이를 푼 뒤 건네줬어. 자기는 아무한테나 그렇게 넥타이를 건네주지는 않는다면서 말이야. 하지만 목숨을 구해준 페키니즈에게는 못해 줄 게 없었대.

넥타이는 수월하게 자기 역할을 했지. 처음부터 성공적이었어. 페키니즈는 방 안 이리저리에서 넥타이를 씹어대고 쫓아다니고 그 속에서 뒤엉키고 끌고 다녔어. 그런데 이제 막 좌우로 흔들기 시작했을 때 불행한 일이 일어난 거야. 거리를 잘못 재는 바람에 침대 다리에 머리를 쾅 세게 부딪힌 거지.

잠시 후, 일급살인을 한 살인자에게 제2당사자가 죽어가면서 내지르는 비명처럼 밤새도록 울려퍼지는 일련의 끔찍한 비명소리로 인해 프레디의 등

골은 오싹해졌어. 단지 페키니즈에 불과한 것이, 그것도 청소년기의 페키니즈에 불과한 것이 그토록 엄청난 괴성을 내지를 수 있다는 게 무척이나 놀라웠다더군. 서재에서 봉투를 열 때 쓰는 종이 자르는 칼로 등을 찔린 준准남작은 그런 괴성의 절반도 지를 수 없을 거라나.

마침내 고통이 누그러지는 것 같았대. 그러다 갑작스럽게 마치 아무 일도 없었던 것처럼 페키니즈는 깽깽 짖는 것을 멈추더니 다시 넥타이를 가지고 유쾌하게 웃는 얼굴로 놀기 시작하더래. 동시에 밖에서 속삭이는 소리가 들리더니 이어서 문을 두드리는 소리가 났어.

"누구세요?" 프레디가 물었지.

"저에요, 선생님. 비글스웨이드."

"비글스웨이드가 누군데요?"

"집사입니다, 선생님."

"왜 그러시죠?"

"저희 마님께서 선생님이 고문하고 계신 개를 치워버리라고 하십니다."

그러더니 조금 더 속삭였어.

"마님께서는 또한 아침에 이 사건을 '동물학대방지협회'에 보고할 거라고 말씀드리라고 하셨습니다."

그러더니 또다시 속삭였어.

"마님께서는 선생님께서 혹여 완강하게 반항한다면 부지깽이로 머리를 내려치라는 별도의 지시를 제게 내리셨습니다."

흠, 자네들은 그 불쌍한 프레디에게 이게 즐거운 일이라고 말할 수 없겠지. 그리고 프레디 자신도 전혀 즐겁다고 여기지 않았어. 문을 열었더니 금방 프렌더비 부인 일행, 즉 그녀의 딸인 달리아, 숙모들, 집사, 부지깽이까지도 보게 되었지. 그리곤 달리아의 눈과 마주쳤는데, 그녀의 눈이 날카로운 칼처럼 그를 찌르더라는 거야.

"설명드릴게요……." 그가 이야기를 시작했어.

"상세하게 설명할 필요 없어요." 프렌더비 부인이 부르르 떨면서 말했어. 그녀는 페키니즈를 안아 올리고는 부러진 뼈가 있는지 만져보았어.

"저, 제 얘기 좀 들어보세요……."

"안녕히 주무세요, 위전 씨."

숙모들도 밤 인사를 했고, 집사도 그랬어. 달리아는 불쾌한 얼굴로 침묵을 지켰어.

"솔직히 말씀드려서 정말 아무 일도 아니었어요. 개가 머리를 침대에 부딪혀……"

"저 사람 지금 뭐라 그랬어?" 숙모들 중 귀가 잘 안 들리는 분이 물었어.

"저 불쌍한 동물의 머리를 침대에 박아버렸다는구나." 프렌더비 부인이 말했어.

"어머나, 끔찍해라!" 그 숙모가 말했어.

"소름 끼쳐!" 두 번째 숙모가 말했어.

세 번째 숙모가 또 다른 생각의 장을 펼쳤어. 그녀는 프레디 같은 남자가 집에 있다면 어느 누가 안전하겠냐고 했어. 그녀는 그들 모두가 침대에서 살해당할 가능성이 있다는 의견을 제시했어. 프레디는 그녀들의 침대 근처에는 조금도 갈 의사가 없다는 보증서를 쓰겠다고 제안했는데, 그 생각은 깊은 인상을 준 것 같았어.

"비글스웨이드." 프렌더비 부인이 말했어.

"네, 마님?"

"오늘 밤 남은 시간 동안 부지깽이를 들고 이 복도에 남아있어요."

"좋은 생각이십니다, 마님."

"이 남자가 방을 나가려고 하면 머리를 콱 내리치세요."

"그리합죠, 마님."

"저, 제 얘기 좀 들어보세요……." 프레디가 말했어.

"그럼, 주무세요. 위전 씨."

군중들이 흩어졌어. 이윽고 복도는 집사인 비글스웨이드만 빼고는 텅 비었어. 집사는 왔다리 갔다리 하다가 이따금 공중에 부지깽이를 휙휙 날리려고 멈춰 서기도 했어. 손목 근육이 유연하게 잘 돌아가는지를 시험해보고는 마무리 동작을 할 만큼 충분한 상태인 것에 만족한다는 듯 말이지.

집사가 하는 짓이 몹시도 불쾌해서 프레디는 방으로 물러나 문을 닫아버렸어. 자네들도 상상할 수 있듯, 그는 괴로워 죽을 지경이었어. 달리아 프렌더비가 던진 시선은 적잖이 분노를 들끓게 했지. 그는 잔뜩 긴장한 채 생각해야 할 게 많다는 것을 깨닫고는 생각을 집중하기 위해 침대에 걸터앉았어.

아니, 좀 더 정확히 말하면 침대에 누워있는 죽은 고양이 위에 앉은 거지. 셰퍼드와 프레디와의 관계가 최후에 단절되기 직전에 핥고 있었던 고양이 말이야. 자네들이 기억할지 모르겠지만, 프레디가 쿠션이라고 짐작했었던 그 물체는 바로 고양이였어.

그는 그 시체가 차가운 게 아니라 몹시 뜨거운 것마냥 풀쩍 뛰어올랐어. 그 동물이 그저 혼수상태에 빠진 것일 뿐이라는 희망을 버리지 않으면서 아래를 가만히 쳐다보았어. 그런데 한 번 본 순간, 그에게 엄청난 변화가 일어나리라는 사실을 말해주고 있었지. 고양이는 확실히 죽어 있었어. 삶의 열병을 끝마치고 평안히 잠들어 있던 거야.*

불쌍한 프레디는 이제 간담이 서늘해졌다고 해도 크게 틀린 말이 아니었어. 이미 그 집에서 프레디의 평판은 꽝이었고, 명성은 땅에 떨어졌어. 모든 면에서 그는 '아마추어 생체해부 옹호자, 위전'으로 여겨지겠지. 이 마지막 재앙은 필시 그에게 오명을 씌울 터였어. 조금 전까지만 해도 그는 아침에 좀 더 분위기가 차분해졌을 때 페키니즈에 관한 문제를 해명할 수 있으리란 어렴풋한 희망을 품었었어. 하지만 방에서 그가 죽은 고양이를 발견했다고 하면 누가 그의 말에 귀 기울여줄까?

그때 방에서 죽은 고양이가 발견되지 않게 할 수도 있다는 생각이 들었어. 아래층으로 들고 가서 응접실이나 다른 어딘가에 유해를 넣어두면 자신에게 의심의 눈길이 쏠리지 않을 거란 생각이었지. 어쨌든 그 집처럼 커다란 고양이 동물원 같은 곳에서는 고양이들이 항상 도처에서 파리처럼 죽어갈 거 아냐. 아침에 하녀가 그 동물을 발견하고는 총사령부에 시설의 묘구가 1만큼 감소했다고 보고하겠지. 그러면 여기저기서 '쯧쯧쯧' 하겠지. 어쩌면 조용히 눈물을 한두 방울 떨굴지도 몰라. 그런 다음에는 잊혀지겠지.

그런 생각을 하니까 새로운 희망이 생겼어. 재빨리 그리고 능률적으로 사체의 꼬리를 집어 들고 끙 신음소리를 내며 이제 막 방에서 달려나가려던 참이었는데, 비글스웨이드가 떠올랐어.

밖을 몰래 내다봤어. 일단 권력자가 주의 깊게 지켜보지 않으면 집사는 남은 시간 동안 잠을 자러 자리를 뜰 수도 있잖아. 하지만 그렇지 않았어. 매치 스크래칭스의 표어는 명백히 봉사와 성실이었으니까. 집사는 거기서 여전히 손목으로 부지깽이를 치는 연습을 하고 있었어. 프레디는 문을 닫았어.

그렇게 내다보다가 불현듯 창문이 떠올랐지. 거기에 해결책이 있었어. 여

*After life's fitful fever he sleeps well. 셰익스피어의 비극 『맥베스』에 나오는 한 구절을 인용한 것으로 보인다.

기에서 문을 어떻게 나갈 건지나 바보같이 생각하고 응접실에 대해서나 생각하고 있었다니! 내내 발코니가 바로 눈앞에 있었는데 말이지. 그가 해야 하는 것은 조용한 밤에 사체를 밖으로 휙 던져버리는 것이었고, 하녀가 아니라 정원사들이 사체를 발견하도록 하는 것이었어.

그는 서둘렀어. 신속하게 행동해야 하는 순간이었지. 무거운 짐짝을 들어 올렸어. 그리고는 혼신을 다해 앞뒤로 빙빙 휘두른 뒤 내던졌어. 그러자 어두컴컴한 정원에서 느닷없이 단단히 분노에 찬 자의 외침이 들려왔어.

"누가 고양이를 던졌어?"

주인장인 모티머 프렌더비의 목소리였어.

"고양이 던진 사람 나와!" 그가 큰 소리로 고함쳤어.

창문들이 들어 올려지고 머리들이 빼꼼히 나왔어. 프레디는 발코니 바닥에 주저앉은 뒤 벽에 딱 달라붙어서 움직였어.

"도대체 무슨 일이에요, 모티머?"

"고양이한테 맞은 게 분명해. 어디 낯짝이나 보자고."

"고양이요?" 프렌더비 부인의 당황하는 목소리가 들렸어. "확실해요?"

"확실하냐니? 그게 무슨 말이야? 당연히 확실하지. 해먹에서 깜빡 잠이 들었는데, 갑자기 커다란 짐승 같은 고양이가 한 마리 공중에서 붕— 소리를 내더니 내 눈에 정확히 명중했다고. 거 참 잘한 짓이다! 자기 집 정원의 해먹에서 자고 있는 사람한테 고양이를 내던질 수 있다는 게 말이 돼? 고양이가 던져지는 게 무서워서 해먹에서 잘 수도 없다는 게 말이 되냐고! 고양이를 던진 사람의 피를 보고야 말겠어."

"어느 쪽에서 왔는데요?"

"저기 발코니 쪽인 게 틀림없어."

"위전 씨의 발코니네요." 프렌더비 부인이 쌀쌀한 목소리로 말했어. "내 짐작은 했지만."

모티머 경이 꽥 소리를 질렀어.

"내 짐작도 그래! 당연히 위전이라고! 저 추잡한 자식 말이야! 그놈은 밤마다 고양이들을 집어 던졌어. 저녁식사 전에도 내게 한 마리를 던져서 뒷목덜미가 몹시 아프다고. 누가 와서 현관문 좀 열어. 상아를 깎아 만든 손잡이가 달린 무거운 지팡이를 가져와야겠어. 아니면 채찍이라도 급한 대로 쓸모가 있을 거야."

"잠깐만요, 모티머." 프렌더비 부인이 말했어. "경솔하게 하지 마세요. 그놈은 아주 위험한 미친놈이 틀림없어요. 비글스웨이드를 보내 그놈을 꼼짝 못하도록 제압하게 하겠어요. 비글스웨이드는 부지깽이를 갖고 있어요."

더는 할 말이 거의 없어.(라고 크럼핏이 말했다.) 그날 새벽 2시 15분에 매첨 스크래칭스에서 약 10킬로미터 떨어진 비젤의 로워 스매터링이라는 간이역에 넥타이도 매지 않은 채 정장을 입은 침울한 모습의 남자가 다리를 절뚝거리면서 들어왔지. 새벽 3시 47분, 런던으로 향하는 완행열차가 출발했어. 프레더릭 위전이었어. 그는 마음의 상처를 입은 것은 물론 양쪽 발뒤꿈치에도 물집이 생겼어. 그 상처받은 마음속에는 모든 고양이들에 대한 혐오심이 들어차 있었어. 자네들이 최근에 본 바로 그 모습에서 분명히 드러나지 않던가? 프레더릭 위전이 영원히 고양이들과의 관계를 끊겠다고 하는 말은 사실이야. 이제부터 고양이들은 그와 마주칠 때 위험을 각오해야 할 거야.

P. G. 우드하우스 웹스터 이야기

"고양이는 개가 아니야!"

일상적인 대화 속에서 아주 우연히 짜증스러운 것들을 떨쳐버리는 좋은 이야기들을 들을 수 있는 유일한 장소가 있다. '앵글러스 레스트Angler's Rest' 술집이 바로 그런 곳이다. 우리는 거기서 난롯가 주위에 둘러 앉아있었는데, 조용히 생각에 잠긴 듯한 '비터 한 파인트'*가 방금 꺼낸 말이 그 말이었다.

지금까지의 대화는 아인슈타인의 상대성 이론을 다루고 있었다. 우리는 새로운 주제에 대처하기 위해 선뜻 마음을 가다듬었다. 밤마다 뮬리너 씨가 주재하는 이러한 따뜻하고 품위 있는 대화에 정기적으로 참석하는 것은 정신적 민첩성을 기르기에 아주 좋다. 우리의 소규모 모임에서 나는 40초 안에 '영혼의 최종 목적지'에서 '베이컨 지방의 육즙을 보존하는 최선의 방법'으로 논의가 바뀌는 법을 배웠다.

'비터 한 파인트'가 말을 계속 이어갔다. "고양이들은 이기적이야. 사람들은 지극정성으로 머리끝부터 발끝까지 몇 주 동안 고양이의 시중을 들어. 한

*Pint of Bitter. 비터맥주는 쓴맛이 강한 맥주이고, 파인트는 액량 · 건량 단위로 영국에서는 0.568리터에 해당한다. 보통은 '맥주 한 잔' 정도로 해석되지만, 이 단편에서는 등장인물들의 진짜 이름이 나오는 대신, 자신들이 마시고 있는 음료에 따라서 이름을 부르고 있다.

없이 가벼운 변덕에 비위까지 맞춰가면서 말이야. 그런데 이놈의 고양이들은 뒤도 안 보고 떠나버려. 길을 쭉 따라 내려가면 생선을 더 자주 맛볼 수 있는 곳을 찾았기 때문이지."

"내가 고양이들을 싫어하는 이유는 말이야." 개인적으로 품은 불만에 대해 곱씹으며 '레몬 사우어Lemon Sour'가 격정적으로 말했다. "신뢰할 수 없다는 점 때문이야. 고양이들은 솔직하지도 않고 의리도 없어. 경우에 따라 다르지만, 보통 고양이를 키우면 토머스나 조지라고 부르잖아. 거기까지는 좋아. 그런데 어느 날 아침에 일어났는데 모자를 보관하는 상자에서 새끼고양이 여섯 마리를 발견하게 돼. 그러면 완전히 다른 각도에서 접근하면서 모든 문제를 다시 생각해야 해."

"고양이들의 문제가 뭔지 알고 싶다고?" 네 번째 위스키를 시키느라 탁자를 두드리고 있던, 눈이 풀린 채 얼굴이 벌겋게 달아오른 남자가 말했다. "고양이들은 눈치가 없다는 게 문제야. 내 친구 중 한 명이 고양이를 한 마리 키우고 있었어. 그 고양이를 무지하게 좋아했지. 그런데 무슨 일이 벌어졌는지 알아? 결과가 뭔지 알아? 어느 날 밤, 내 친구가 좀 늦은 시간에 집에 들어가서 코르크 마개를 뽑는 기구로 열쇠 구멍을 더듬고 있었는데, 믿거나 말거나 고양이가 딱 바로 그 순간에 나무에서 친구 녀석의 뒷목덜미로 뛰어내렸어. 눈치가 젬병이라니까."

뮬리너 씨가 고개를 가로저었다.

"다 인정해. 하지만 그래도 내 생각에는 문제의 본질을 제대로 파악하지 못한 것 같네. 대다수 사람들이 고양이들을 진짜로 반대하는 이유는 잘난 척하는 참을 수 없는 태도 때문일세. 고양이들은 고대 이집트에서 계급적으로 신으로 숭배되었다는 사실 때문에 거만함을 하나도 떨쳐버리지 못했어.

이러한 이유 때문에 고양이들은 자신들과 운명을 같이 하는 부정하고 죄 많은 인간들을 향해 스스로를 비평가나 검열관으로 설정하기 일쑤야. 고양이들은 질책하는 듯한 눈빛으로 빤히 쳐다봐. 또 염려하는 눈빛으로 세심히 살펴. 예민한 사람에게 이런 모습은 아주 심대한 종류의 열등감을 유발시키면서 곧잘 최악의 영향을 미치지. 대화가 이런 식으로 돌아간다는 게 좀 이상하네만." 레몬을 곁들인 뜨거운 위스키를 마시며 뮬리너 씨가 말했다. "내 사촌인 에드워드의 아들 랜슬롯에 대한 좀 괴상한 사건을 오늘 오후 내내 생각하고 있었기 때문일세. 어떤 고양이에 관한 얘기야—" 배스 맥주 작은 병을 마시기 시작하면서 뮬리너 씨가 말했다.

내 사촌인 에드워드의 아들 랜슬롯은 스물다섯 해 정도의 여름을 보낸 곱상한 젊은이야. 어린 나이에 고아가 되어서, 볼저버*의 대성당 주임사제인 시어도어 삼촌 집에서 자랐지. 랜슬롯은 성년에 달하자 삼촌에게 첼시의 보트가에 작업실을 얻어 대도시에 남아 예술가가 되겠다고 작정했다는 편지를 런던에서 보냈어. 그 고매하신 분은 엄청난 충격을 받았지.

주임사제님은 예술가들을 업신여겼거든. 볼저버 공안위원회**의 저명한 회원으로서 최근에 '열정의 팔레트'와 같은 영화의 비공개 상영회에 의무적으로 참석하는 걸 불쾌하게 여겼어. 그분은 조카의 서신에 격정적인 답장을 보냈네. 육친 중 한 사람이 조만간 불가피하게 러시아 공주가 반나체로 길들인 재규어를 팔에 안고 긴 의자에 누워있는 그림을 그려야 하는 직업을 의도적으로 가진다는 생각을 하니 고통으로 가슴이 미어진다는 걸 강조하셨지.

*Bolsover. 잉글랜드 더비셔에 있는 조그만 마을.

**Watch Committee. 잉글랜드와 웨일스에서는 1835년부터 (일부 지역에는) 1968년까지 지방정부 기관인 공안위원회를 두어 치안을 감독했다.

아직 시간이 있을 때 돌아와서 큐레이터가 되라고 강력히 권고하셨어.

하지만 랜슬롯은 확고했네. 그는 늘 존경해 왔던 친척과 자신 사이의 균열을 개탄했었지. 개성이 억눌려지고 영혼이 사슬에 묶여있었던 환경으로 되돌아가려고 작심했었다면 당장에라도 달려갔을 거야. 그러고는 삼촌과 조카 사이에 4년간의 침묵이 흘렀다네.

이 기간 동안 랜슬롯은 자신이 선택한 직업에서 많은 진전을 이루었어. 이야기는 그의 앞날이 창창해 보였던 것에서부터 시작하네. 그는 브렌다의 초상화를 그리고 있었어. 사우스 켄싱턴의 맥스턴 스퀘어 11번지에 사는 B. B. 카베리-퍼브라이트 부부의 외동딸이었지. 초상화를 넘기는 동시에 호주머니에 30파운드가 들어왔거든. 그는 달걀과 베이컨을 요리하는 법을 배웠어. 우쿨렐레는 완전히 통달했지. 게다가 글래디스 빙리라는 이름의 자유시를 쓰는 당찬 젊은 시인과 결혼하려고 약혼까지 한 상태였어. 그녀는 '풀럼의 가비지 주택에 사는 음유시인'으로 더 잘 알려진, 펜 닦개처럼 보이는 매력적인 아가씨였어.

랜슬롯에게는 인생이 아주 충만하고 아름다운 것으로만 보였지. 그는 현재를 즐기며 살았고, 과거에 대해서는 눈곱만큼도 염두에 두지 않았네.

하지만 사실 과거라는 것은 현재와 떼려야 뗄 수 없이 뒤섞여있는 게 아닌가. 그래서 우리는 발밑에 언제 터질지 모르는 시한폭탄들이 있을 리 없다고 장담할 수 없는 것 아닌가. 어느 날 오후, 앉아서 브렌다 카베리-퍼브라이트의 초상화를 조금 손보고 있는데 약혼녀가 들어왔어.

그는 그녀가 들를 것을 예상하고 있었어. 오늘이 프랑스 남부에서 3주간의 휴가를 보내려고 떠나는 날이었는데, 역으로 가는 길에 들르겠다고 약속했기 때문이야. 그는 붓을 내려놓고, 그녀의 코에 있는 모든 주근깨를 얼마나 흠모하는지에 대해 수없이 생각하면서 애정을 갈망하는 눈빛으로 그녀를 바라보았지. 흑인 인형처럼 어디서든 눈에 확 띄는 단발머리를 한 채 문 앞에 서 있는 모습은 정말 매력적이었어.

"야아, 파충류네!" 그가 사랑이 깃든 말투로 말했지.

"뭐라고요, 벌레라니요!" 왼쪽 눈에 쓴 단안경* 사이로 뜨거운 사랑이 수줍게 빛나고 있었어. "딱 30분 정도 머무를 수 있어요."

"아, 30분은 너무 후딱 지나가." 랜슬롯이 말했어. "그런데 거기 가져온 거 뭐야?"

"편지예요, 고집쟁이씨! 무슨 편지 같아요?"

"어디서 났어?"

"밖에서 우편배달부가 주던데요."

랜슬롯은 그녀에게서 봉투를 앗아 이리저리 살펴보았어.

"어이쿠!"

"왜, 무슨 일인데요?"

"시어도어 삼촌이 보낸 거야."

"난 당신에게 삼촌이 있다는 걸 몰랐는데."

"물론 삼촌이 있지. 그것도 아주 오랫동안 있었지."

"삼촌이 뭐라고 썼는데요?"

랜슬롯이 말했어. "있잖아, 2초 동안만 조용히 있으면 말해 줄게."

그리고는 모든 뮬리너 가문이 그러하듯, 아무리 멀리 떨어져 있어도 분명하게 들리는 낭랑하게 변조된 목소리로 다음과 같이 읽었어.

*한쪽 눈에만 대고 보는, 렌즈가 하나뿐인 안경.

윌트셔, 볼저버, 주임사제 관사에서 보냄.

사랑하는 랜슬롯,

예배 시간에 이미 들어서 익히 알고 있으리라 확신하지만, 서아프리카의 봉고봉고*에 주교직이 결원이라 그곳으로 와 달라는 제안을 받아들였단다. 하나님의 축복이라 여기며 새로이 취임하기 위해 즉시 떠나야 한단다.

상황이 이렇다 보니 내 고양이 웹스터에게 맞는 좋은 집을 찾아야만 하는구나. 슬프게도 웹스터를 데리고 가는 것은 불가능한 일이야. 그곳의 기후도 가혹할 뿐 아니라 기본적인 편의시설이 부족해서 그러잖아도 허약한 체질을 해칠지 모르기 때문이란다.

내 사랑하는 조카야, 너의 집 주소로 짚으로 엮은 바구니 속에 웹스터를 넣어 보낸다. 네가 친절하고도 성실한 주인이 되리라는 것을 믿어 의심치 않는다.

진심으로 행복을 빌며, 너를 사랑하는 삼촌 시어도어, 봉고봉고.

이 서신을 읽은 뒤 잠시 동안 작업실에는 생각에 잠긴 듯 침묵이 흘렀어. 마침내 글래디스가 말을 꺼냈지.

"참 뻔뻔하시네! 저라면 생각도 하지 못할 거예요."

"왜?"

"고양이를 가지고 뭐할 건데?"

랜슬롯은 곰곰이 생각했어. "내 재량에 맡긴다면, 난 당연히 내 작업실

*Bongo-Bongo. 제3세계 국가, 특히 아프리카나 가상의 나라를 언급할 때 쓰는 경멸적인 용어다.

이 고양이 사육장이나 고양이 쓰레기통으로 변하지 않는 것을 택하겠지. 하지만 특별한 상황이라는 걸 고려해야 해. 지난 몇 년 동안 시어도어 삼촌과 내 관계는 약간 껄끄러웠어. 사실 완전히 틀어졌다고도 말할 수 있지. 내 생각엔 삼촌이 생각을 바꾸려는 거 같아. 난 이 편지가 어느 정도는, 소위 당신이 말하는 '올리브 가지'*로 이해돼. 만약 내가 이 고양이를 만족스러울 정도로 잘 키우면 나중에 급전을 빌릴 수 있지 않을까?"

"삼촌이 돈이 많아요? 부자예요?" 글래디스가 관심을 가지며 말했어.

"굉장한 부자지."

"그렇다면 아까 반대한 건 철회할게요. 지체 높으신 고양이 애호가가 고마워하는 마음으로 수표를 준다면 틀림없이 큰 도움이 될 거예요. 올해 안에 결혼할 수 있을지도 몰라요." 글래디스가 말했어.

"바로 그거야." 랜슬롯이 말했어. "고양이 생각만 해도 앞날이 끔찍하지만, 얼른 이 문제를 처리해야 해. 빨리 끝내버릴수록 더 좋아. 그렇지?"

"당연하죠."

"그럼 이것으로 이야기는 끝난 거야. 고양이 양육권을 받아들이겠어."

"그게 유일한 길이에요." 글래디스가 말했어. "근데 빗 좀 빌려줄래요? 침실에 빗 같은 거 있어요?"

"빗은 왜?"

"점심 먹을 때 수프에 머리카락이 좀 들어갔거든요. 1분도 안 걸릴 거예요."

그녀는 서둘러 나갔고, 랜슬롯은 다시 편지를 들춰보다가 뒷장에 계속 쓰여진 것을 빼먹고 읽지 않았다는 사실을 알았지.

*평화의 상징, 혹은 화해의 손짓을 말한다.

편지에는 다음과 같이 쓰여 있었어.

추신. 네 집에서 웹스터가 자리 잡으면서, 나는 내 충실한 친구이자 반려묘가 부족함 없이 산다는 단순한 욕망을 바라기보다는 또 다른 동기를 자극하는 것을 보고 싶구나.

도덕적, 교육적 관점에서 봤을 때, 웹스터가 네게 더없이 귀중한 가치를 보여줄 거라고 확신한단다. 웹스터의 출현으로 나는 정말로 네가 삶의 전환점을 맞기를 조심스럽게 바라본다. 넌 틀림없이 자유분방하고 부도덕한 보헤미안들 사이에 끊임없이 내던져졌을 게야. 이 고양이에게서 품행이 단정하다는 게 어떤 건지 본보기를 발견하게 될 거다. 웹스터는 분명히 시시각각 네 입술에 갖다 대는 유혹의 독배에 해독제 역할을 하지 않고는 못 배길 테니 말이다.

한 가지 더 추신. 크림은 정오에만, 생선은 일주일에 세 번 이상 주지 말 것.

이 편지를 다시 읽고 있을 때 초인종이 울렸고, 계단에 바구니를 가지고 있는 남자를 발견했지. 조심스럽게 야옹야옹거리는 소리가 그 안에 있는 내용물이 무엇인지를 드러내고 있었어. 랜슬롯은 바구니를 작업실로 가져가면서 끈을 잘랐어.

"안녕!" 문으로 가면서 우렁차게 소리쳤지.

"무슨 일이에요?" 약혼녀가 위에서 크게 소리 질렀어.

"고양이가 왔어."

"알았어요. 바로 내려갈게요."

랜슬롯은 작업실로 돌아왔어. "여어, 웹스터!"라며 쾌활하게 말을 걸었지. "잘 있었어?" 고양이는 대답을 하지 않았어. 고양이는 고개를 숙이고 앉아서 기차 여행을 마친 뒤 꼭 필요한 세수와 몸단장을 하고 있었어.

몸단장을 용이하게 하려고 고양이는 왼쪽 다리를 들어 올려 공중에 단단히 고정시키고 있었어. 그때, 랜슬롯이 젖먹이였을 때 무슨 이유 때문인지 모르겠지만 유모가 전해준 오래된 미신이 불현듯 떠올랐어. 고양이가 다리를 공중에 들어 올리고 있을 때 슬금슬금 다가가 다리를 잡아당긴 뒤 소원을 빌면 그 소원이 30일 이내에 이루어진다고 유모는 말했어.

상당히 혹하지 않았겠어? 랜슬롯은 그 이론을 시험해 보는 것도 좋을 것 같다는 생각이 들었어. 그래서 조심조심 다가가 손가락을 내밀어 막 잡아당기려는 순간, 웹스터가 다리를 내리면서 몸을 돌리고는 눈을 치켜떴어.

웹스터는 랜슬롯을 노려보았어. 랜슬롯은 불현듯 끔찍한 생각이 들면서, 지금 막 취하려고 했던 무례한 행동이 용서받을 수 없는 짓이었다는 사실을 깨닫게 되었어.

삼촌이 추신에서 웹스터에 대해 경고하긴 했었지만, 이때까지 랜슬롯 뮬리너는 집안에 들인 고양이의 이런 태도가 무엇을 뜻하는지 알아채지 못했었어. 이제 처음으로 그는 웹스터를 찬찬히, 온전히 다 살펴보았어.

웹스터는 아주 몸집이 컸고 털은 새까맸으며 굉장히 침착한 성격이었어. 고양이가 얼마나 조심성 있는 존재인지를 잘 보여주고 있었지. 대성당 그늘 아래에서, 또 주교 관저의 뒷 담장에서 점잖게 구애했던 성직자 조상들의 후손답게 웹스터는 지위가 높은 성직자들처럼 자태가 우아했어. 투명하고 흔들림이 없는 두 눈동자는 죄책감으로 채워진 젊은이들의 영혼의 밑바닥까지 꿰뚫어 보는 듯했지.

오래전, 격정적이었던 어린 시절에 여름방학을 주교 관저에서 보내는 동안 랜슬롯은 진저비어*를 마신 뒤 원죄에 미혹되어 공기총으로 선임 참사회원의 다리를 쏜 적이 있었어. 몸을 돌리는 순간, 시찰 중이던 부주교가 바로 뒤에서 이 사건의 전말을 보고 있었다는 사실을 알게 되었지. 부주교의 눈과 마주쳤을 때의 그 느낌이 지금 웹스터가 아무 말 없이 던지는 시선 속에서 그대로 느껴졌어.

웹스터는 사실 실제로 눈을 치켜뜬 것은 아니었어. 하지만 그 모습을 보고 랜슬롯은 자기가 철저히 무시당했다고 느꼈어. 그는 얼굴을 붉히면서 뒤로 물러섰지.

"미안해!" 랜슬롯이 중얼거렸어.

잠시 침묵이 흘렀어. 웹스터는 계속해서 그를 유심히 살펴보고 있었어. 랜슬롯은 문 쪽으로 살살 움직였어.

"저…… 미안한데…… 잠깐만……." 랜슬롯은 웅얼거렸어. 그리고는 옆걸음질 치며 방에서 나와 미친 듯이 위층으로 달려갔지.

"있잖아." 랜슬롯이 말했어.

"또 뭔데?" 글래디스가 물었어.

"거울 다 봤어?"

"왜요?"

"음…… 그게…… 내 생각엔…… 면도하는 게 좋을 거 같아서."

여자가 놀란 얼굴로 그를 쳐다보았어. "면도? 그저께 했잖아요?"

"응, 알아. 하지만 그래도…… 아주 멋져 보일 거야. 그러니까 내 말은, 저 고양이한테 말이야."

*생강 맛을 첨가한, 알코올 성분이 아주 조금 든 탄산음료.

"왜? 고양이한테 왜요?"

"그게 말이야. 음, 고양이가 면도하는 걸 바라는 거 같아. 알다시피, 정말로 말을 한 건 아닌데 저 녀석의 태도를 보면 자기도 알 수 있을 거야. 얼른 면도해서 청색 서지 정장으로 갈아입어야 할 거 같아……."

"목이 마를 수도 있어요. 우유 좀 주지 그래요?"

"그럴까?" 랜슬롯이 미심쩍어하며 말했어. "내 말은, 난 저 녀석과 제대로 친해질 수 있을 거 같지 않다는 말이야." 잠시 말을 멈췄어. 그러더니 우물쭈물하면서 "아 참! 자기야"라면서 말을 이어갔어.

"응?"

"내 말에 신경 쓰지 않을 거란 걸 알고 있지만, 코에 주근깨가 좀 있어."

"나도 알아요. 항상 주근깨가 있었거든요."

"저기…… 부석으로 빡빡 문지르면…… 어떨까 싶은데…… 자기도 첫인상이 얼마나 중요한지 알기에 하는 말……"

여자가 빤히 쳐다보았어.

"이봐요, 랜슬롯 뮬리너 씨. 내가 저 거지 같은 고양이 한 마리를 기쁘게 해주려고 코를 뺏속까지 벗겨내야 한다고 생각한다면……"

"쉿!" 랜슬롯이 진땀을 흘리며 외쳤어.

"내려가서 고양이를 봐야겠어요." 글래디스가 심통 사납게 말했어.

그들이 작업실에 다시 들어섰을 때, 웹스터는 벽 한쪽에 장식되어 있는 '파리 여인의 삶' 그림이 몹시 마음에 안 든다는 듯한 태도로 조용히 바라보고 있었어. 랜슬롯은 그 그림을 황급히 찢어버렸지.

글래디스는 웹스터를 별로 탐탁지 않아 하는 눈길로 바라보았어.

"저게 그 녀석이란 말이죠!"

"쉿!"

글래디스가 말했어. "내 생각을 말해줄까요? 내가 보기에 저 고양이는 그간 너무 호강하며 살았어요. 엄청나게 호의호식했다고요. 먹이를 좀 줄이는 게 좋겠어요."

사실 그녀의 비판은 정당하지 않았어. 웹스터가 비만인 건 분명했지만, 그녀의 말투에는 비만 이상의 혐의가 있었던 게야. 웹스터에게서는 우리가 대성당 교구에 거주하는 사람들과 어울릴 때 느껴지는 평온하고 위풍당당한 분위기가 풍겼어. 랜슬롯은 마음이 좀 불안해서 주춤했지. 글래디스가 좋은 인상을 주기를 바랐는데 눈치 없이 쓸데없는 말을 하기 시작한 거야.

랜슬롯은 웹스터에게 그녀의 방식이 원래 그럴 뿐이라고 설명하고 싶은 마음이 간절했어. 보헤미안들 사이에선 그녀가 그런 식으로 사람들에게 친근하게 장난치면 다들 정말로 즐겁게 받아들인다고 말이지. 하지만 너무 늦었어. 장난은 끝났어. 웹스터는 매서운 눈길로 돌아보더니 소파 뒤로 조용히 물러났어.

글래디스는 정신없이 떠날 준비를 하고 있었어.

"음, 아." 그녀가 경쾌하게 말했어. "3주 후에 봐요. 내가 등을 돌려 떠나는 순간 자기하고 저 고양이 둘 다 신나서 놀러 다닐 거 같네."

"제발! 제발!" 랜슬롯이 한탄했어. "제발 그런 말 하지 마!"

그는 소파 뒤로 삐죽 튀어나와 있는 까만 꼬리 끝을 얼핏 보았어. 살짝 씰룩쌜룩 흔들고 있다는 것을 랜슬롯은 책 보듯 훤히 알 수 있었지. 실망스럽게도, 그는 웹스터가 약혼녀에 대해 섣부른 판단을 하고 경솔하고 하찮은 인간이라는 판정을 내렸다는 것을 알 수 있었어.

열흘쯤 뒤, 신소용돌이파派* 조각가인 버나드 워플이 푸스 타미건에서 점심을 먹다가 유력한 젊은 초현실주의자인 로드니 스칼럽을 만났어. 잠시 예술에 관해 대화를 나눈 뒤에, "랜슬롯 뮬리너에 대해 무슨 소식이 들리던데, 도대체 무슨 소리야?" 워플이 물었어. "주중에도 면도한 것을 봤다는 말도 안 되는 이야기가 떠돌고 있어. 사실이 아니겠지, 그렇겠지?"

스칼롭은 진지해 보였어. 그러잖아도 랜슬롯에 관해 언급하려는 찰나였거든. 스칼롭은 랜슬롯을 무척 좋아해서 깊이 고민하고 있었기 때문이야.

"사실이야." 스칼롭이 말했어.

"믿기지 않는 소리군."

스칼롭은 앞으로 몸을 숙였어. 잘생긴 얼굴에 수심이 가득 차 있었어.

"재미있는 이야기 하나 해 줄까, 워플?"

"뭔데?"

스칼롭이 말했어. "이건 확실한 사실이야. 랜슬롯 뮬리너가 요즘 매일 아침마다 면도를 한대."

워플은 둥글게 둘둘 말고 있던 스파게티를 옆으로 밀쳐냈어. 그리고는 잠시 친구를 빤히 쳐다보았어.

"매일 아침?"

"매일 아침마다! 며칠 전에 잠깐 들렀는데 청색 서지 정장을 쫙 빼입고는 아주 깔끔하게 면도했더라니까. 더군다나 면도하고 나서 탤컴파우더**까지 바른 것 같았어."

"설마, 말도 안 돼!"

"진짜야. 다른 얘기도 하나 해줄까? 탁자 위에 책이 한 권 펼쳐진 채로 있었어. 내가 볼까 봐 숨기려고 했지만 너무 늦었지. 그 책은 바로 예절에 관

*소용돌이로 그림을 구성하는 미래파의 일파.

**주로 땀띠약으로 몸에 바르는 분.

한 책 중 하나였어!"

"예절이라고?"

"보드뱅크 콘스탄스 부인이 쓴 "『예의 바른 행동』이었어."

워플의 왼쪽 귀 주변에 둘둘 말려있던 스파게티 한 무더기가 스르르 풀렸어. 워플은 무척이나 불안했어. 자신도 랜슬롯을 무척 좋아했기 때문이야.

"다음번에 저녁을 먹을 때는 정장을 입겠네!" 그가 소리쳤어.

스칼롭이 진지하게 말했어. "저녁 먹을 때 정장을 입는다고 믿을 만한 충분한 근거가 있어. 지난 화요일에 랜슬롯과 똑 닮은 한 남자가 킹스 로드에 있는 호프 브라더스에서 빳빳한 옷깃 세 개와 검은색 넥타이 하나를 살그머니 사는 걸 봤거든."

워플이 의자를 뒤로 밀치더니 벌떡 일어났어. 단호하게 결심한 듯한 태도였지. "스칼롭, 우린 뮬리너의 친구야. 나한테 말한 거로 봐서는 우리의 우정이 이보다 더 절실했던 적이 없었던 것 같아. 어떤 파괴적인 힘이 작용하고 있는 게 분명해. 얼른 가서 그를 만나보지 않을래?"

"내가 하려던 말이 바로 그거였어." 스칼롭이 말했어.

20분 뒤 그들은 랜슬롯의 작업실에 도착했어. 스칼롭은 친구의 주목을 끌었던 랜슬롯의 외모를 의미심장하게 훑어보았지. 랜슬롯 뮬리너는 바짓단까지 주름을 잡은 청색 서지 양복을 입고 있었는데, 깔끔하다 못해 심지어 멋까지 부린 상태였어. 턱은 오후의 햇빛을 받아 반들반들하게 빛나고 있었지. 워플은 살을 도려내는 듯 아파왔어.

친구들이 시가를 피우는 모습을 보자 랜슬롯은 초조해하는 모습을 여실히 드러냈어.

"정말 미안한데, 시가 좀 꺼줄래?" 랜슬롯이 애원하듯 말했어.

스칼롭은 약간 거만한 태도로 시가를 끄면서 물었어. "언제부터 첼시에 있는 최고급 시가가 너한테 맞지 않았는데?"

랜슬롯이 황급히 스칼롭을 진정시켰어. "내가 아니야." 랜슬롯이 소리쳤어. "내 고양이 웹스터 때문이야. 웹스터가 담배 연기를 싫어한다는 걸 우연히 알게 됐거든. 웹스터의 견해를 존중해서 담배를 끊어야만 했어."

버나드 워플이 코웃음을 쳤어. "지금 천하의 랜슬롯 뮬리너가 그깟 빌어먹을 고양이 한 마리한테 좌우된다는 걸 믿으라는 거야?" 비웃었지.

"쉿! 조용히 해." 랜슬롯이 온몸을 부르르 떨며 외쳤어. "웹스터가 거친 말을 얼마나 못마땅해하는데!"

로드니 스칼롭이 소리쳤어. "이놈의 고양이새끼 어디 있어?" 두 귀는 갈가리 찢겨 너덜너덜해지고, 입 언저리에서는 비정한 방식으로 우웽우웽 소리를 내며 창문 밖 마당에 서 있는 험상궂은 수고양이를 가리키며 그가 말했어. "저게 그 짐승이야?"

"맙소사, 아니야!" 랜슬롯이 말했어. "저 고양이는 쓰레기통에서 점심을 먹으려고 이곳을 수시로 들락날락거리는 길고양이야. 웹스터는 완전히 달라. 아주 침착한 데다 타고난 위엄을 갖추고 있어. 웹스터는 늘 자기가 깨끗한 차림새를 하고 있다는 데 자부심이 있는 고양이야. 게다가 봉홧불과 같은 두 눈에서는 숭고한 원칙과 드높은 이상이 빛나." 그때 랜슬롯이 갑작스럽게 태도가 변하며 감정을 주체하지 못하더니 낮은 목소리로 이렇게 덧붙였어. "젠장! 젠장! 젠장! 젠장!"

워플은 스칼롭을 쳐다보았어. 스칼롭은 워플을 쳐다보았어.

"진정해, 친구야." 랜슬롯의 숙인 어깨 위에 다정하게 손을 얹으며 스칼롭이 말했어.

"우린 네 친구야. 우리에게 비밀을 털어놔 봐."

"말해 봐. 도대체 무슨 일이야?" 워플이 말했어.

랜슬롯은 억지웃음을 지었어.

"무슨 일인지 알고 싶어? 그렇다면 들어 봐. 난 묘처가야!"

"묘처가?"

"공처가라는 말 들어봤지, 그렇지?" 약간 신경질적으로 랜슬롯이 말했어. "그렇다면 난 묘처가야."

그리고는 중간중간 막히는 말을 이어가며 자신의 얘기를 들려줬어. 작업실에 처음으로 편지가 도착했을 때부터 시작된 웹스터와의 관계에 대해 자세히 말했지. 그 동물이 자기들이 하는 말소리가 들리지 않는 거리에 있다는 것을 확신했기 때문에 랜슬롯은 기탄없이 속마음을 털어놓았어.

"맹수의 눈에 뭔가 있어." 랜슬롯이 떨리는 목소리로 말했어. "최면술 같은 거야. 웹스터는 내게 마법을 걸어. 나를 탐탁지 않아 하면서 빤히 쳐다봐. 난 점점 더, 조금씩 조금씩 웹스터의 영향을 받아서 도덕적으로 건전하고 자존심 강한 예술가로 타락하고 있어……. 음, 너희들이 그걸 뭐라고 부르는지 모르겠어. 담배를 끊었고, 천으로 된 실내화를 신고 옷깃도 달지 않은 채 돌아다니는 걸 그만두었고, 정장을 입지 않고는 간소한 저녁식사 자리에 앉는 걸 이제는 꿈도 꿀 수 없게 되었다는 정도만 말해두자. 그리고 또," 잠시 말문이 막힌 것 같았어. "우쿨렐레도 팔아버렸어."

"그것만은 안 돼!" 얼굴이 하얗게 질리면서 워플이 말했어.

"그래, 맞아. 웹스터가 시시하다고 여기는 거 같았어."

긴 침묵이 흘렀지.

"뮬리너, 이건 내가 생각했던 것보다 훨씬 더 심각한 문제야. 찬찬히 생각 좀 해보자." 스칼롭이 말했어.

"해결책을 찾을 수 있을지도 몰라." 워플이 말했어.

랜슬롯이 절망적으로 고개를 가로저었어.

"해결책은 없어. 모든 방법을 다 강구해봤어. 이 견딜 수 없는 속박에서 내가 벗어날 수 있는 유일한 길은 한 번만, 딱 한 번만이라도, 고양이를 붙잡아서 기분을 풀어주는 거야. 그래서 한 번만, 딱 한 번만이라도, 내 앞에서 단 한 순간만이라도 근엄한 위엄을 버린다면 마법이 풀릴 거 같아. 근데 그럴 희망이 안 보이잖아?" 랜슬롯은 격렬하게 울부짖었어. "방금 마당에 있는 길고양이를 가리켰잖아. 그 고양이는 마당에 서서 웹스터의 초인적인 자제심을 허물어뜨리려고 별의별 짓을 다 했어. 나는 길고양이가 웹스터에게 정맥에 붉은 피가 흐르지 않는 고양이는 그 즉시 고통받을 거라 생각하지 않느냐고 하는 말을 들었어. 그러자 웹스터는 부주교가 죄 많은 소년 성가대원을 보듯 그 길고양이를 바라보다가 고개를 돌리더니 꿀잠에 빠져버리더라고."

랜슬롯의 말라붙은 눈물이 그쳤어. 언제나 낙관주의자인 워플은 상냥한 말투로 비극을 최소화하려는 시도를 했지.

"아, 그래." 워플이 말했어. "물론 당황스럽긴 하지만, 저녁식사 자리에 정장을 입거나 면도를 하는 것과 같은 것은 실제로 해롭진 않잖아. 예를 들어 휘슬러*와 같은 많은 위대한 예술가들이……"

"잠깐!" 랜슬롯이 외쳤어. "아직 끝난 게 아냐. 최악이 있어."

랜슬롯은 격분해서 일어나더니 이젤로 가 브렌다 카베리-퍼브라이트의 초상화를 공개했어.

"이거 좀 봐. 보고는 이 여자에 대해 어떻게 생각하는지 말해 줘."

*James Abbott McNeill Whistler(1834~1903). 유럽에서 활약한 미국의 화가. '예술을 위한 예술'을 표방하고 회화의 주제 묘사로부터의 해방을 주장하였다.

두 친구는 조용히 그들 앞에 있는 초상화를 이리저리 뜯어봤어. 카베리-퍼브라이트 양은 새침하고 얼음처럼 차가운 면이 보이는 젊은 여자였어. 자기가 그려진 초상화를 가지고 있고 싶어 할 이유가 하나도 없겠더군. 집안에 가지고 있는 것이 몹시 불쾌한 일처럼 여겨질 지경이었어.

스칼롭이 침묵을 깼어. "네 친구야?"

"이 여자를 도저히 참고 볼 수가 없어." 랜슬롯이 정색을 했어.

"그렇다면 솔직히 얘기할게. 왕재수야." 스칼롭이 말했어.

"왕짜증이야." 워플이 말했어.

"왕짜증에 왕재수야." 스칼럽이 요약했어.

랜슬롯이 밭은기침을 내뱉으며 웃었어.

"아주 정확하게 말했어. 그녀는 내 예술가적 영혼에 몹시 낯선 모든 것을 상징하지. 아주 골칫거리야. 난 그녀와 결혼할 거야."

"뭐?" 스칼롭이 외쳤어.

"하지만 글래디스 빙리와 결혼할 거잖아." 워플이 말했어.

"웹스터는 그렇게 생각하지 않아." 랜슬롯이 비통한 목소리로 말했어. " 첫 만남에서 웹스터는 저울질을 해보더니 글래디스는 안 된다는 걸 알았어. 그런데 브렌다 카베리-퍼브라이트를 본 순간 꼬리를 90도로 치켜세우더니 마음에서 우러나오는 그릉그릉 소리를 내며 머리를 그녀의 다리 사이에 비벼댔어. 그런 다음 돌아서서 나를 바라보았어. 난 웹스터의 눈빛을 읽을 수 있었어. 웹스터의 마음이 어떤지 알았지. 그 순간부터 웹스터는 결혼을 성사시키려고 전력을 기울이고 있어."

"하지만 뮬리너." 언제나 밝은 면만 지적하고 싶어 하는 워플이 말했어. "이 아가씨가 왜 너처럼 형편없고 볼품없는 데다 돈까지 쪼들리는 하찮은 놈하고 결혼하려 들겠냐? 힘내, 뮬리너. 싫증 내서 퇴짜 맞는 건 시간문제일 테니까."

랜슬롯이 고개를 가로저었어.

"아니." 랜슬롯이 말했어. "워플, 너 꼭 진정한 친구처럼 말하네. 하지만 네가 알지 못하는 게 있어. 이 그림의 어머니인 카베리-퍼브라이트 부인이 초상화를 그리는 내내 샤프롱* 역할을 했었는데, 얼마 전에 나와 시어도어 삼촌과의 관계를 알아차렸어. 너도 알다시피 시어도어 삼촌은 돈이 엄청나게 많잖아. 그 어머니는 내가 언젠가 부자가 될 거라는 사실을 잘 알고 있지. 시어도어 삼촌이 보톨프신 나이트브리지의 보좌신부였을 때부터 알고 지냈다는데, 나를 처음 본 순간부터 오랜 가족의 친구라며 역겨울 정도로 다정한 척하더군. 집에서 여는 파티나 일요일 오찬 모임, 소규모 저녁식사 자리에 언제나 나를 불러들이지 못해 안달이야. 한번은 나보고 그녀와 자기의 징글징글한 딸을 왕립미술원까지 데려다 달라고 하더라니까." 랜슬롯은 씁쓸하게 웃었어.

"나는 말이지, 이 모든 제안에도 단호하게 응답하지 않았어." 랜슬롯이 다시 이야기를 시작했어. "난 처음부터 싸늘하게 무관심한 태도를 취했거든. 집에서 여는 파티에 가느니 차라리 관계를 끊겠다는 말을 실제로 하지만 않았을 뿐이지, 내 태도가 그걸 말해주고 있었어. 그리고 이제 막 그녀가 웹스터와 충돌해서 모든 상황을 틀어지게 만들어야겠다는 생각을 하기 시작했어. 지난주에 그 지긋지긋한 집에 몇 번이나 갔는지 알아? 자그마치 다섯 번이야. 웹스터가 그러길 바라는 것 같았거든. 난 정말로 길을 잃은 남자야."

랜슬롯은 두 손으로 얼굴을 파묻었어. 스칼롭이 워플의 팔을 살짝 건드

*chaperon. 과거 사교 행사 때 젊은 미혼 여성을 보살펴 주던 나이 든 여인.

렸고, 두 남자는 함께 조용히 집을 나섰지.

"안됐어!" 워플이 말했어.

"정말 안됐어. 믿겨지지가 않아." 스칼롭이 말했어.

"세상에나! 슬프게도 뮬리너처럼 아주 예민하고 극도로 민감한 예술적 기질을 가진 사람들 사이에서는 이런 경우가 전혀 드문 일이 아니야. 내 친구 하나는 활기 넘치는 실내 장식가인데, 숙모가 잉글랜드 북쪽에 있는 친구를 방문하는 동안 숙모의 앵무새를 작업실에서 돌봐주겠다고 성급하게 약속했대. 숙모는 열렬한 복음주의 신도였는데 그 새가 글쎄 숙모의 관점을 흡수했다지 뭐야. 앵무새는 머리를 한쪽으로 움직이는 버릇이 있는 데다 포도주 병에서 코르크 마개를 뽑아내는 것처럼 목청이 엄청 컸대. 그런데 그 큰 목청으로 내 친구에게 구원받을 수 있겠냐고 허구한 날 묻는다는 거야. 간략하게 말하자면, 내 친구가 작업실에 하모늄*을 설치한 뒤 한 달 후에 내가 우연히 들러서 테너로 찬송가를 부르고 있었는데, 글쎄 앵무새가 횃대에 한쪽 다리로 서서는 베이스를 맡는 거 아니겠어? 참 기가 막힐 노릇이었어. 당황스러워서 어쩔 줄 모르겠더라니까." 워플이 몸서리를 쳤어.

"정말 어이가 없군! 스칼롭, 우리가 할 수 있는 일이 없을까?"

로드니 스칼롭은 잠시 생각에 빠졌어.

"글래디스 빙리에게 전보를 쳐서 즉시 집에 오게 하자. 그녀라면 논리적으로 설명해서 불행한 남자를 설득할지도 몰라. 여성의 온화한 힘으로 말이지……. 그래, 우린 그걸 할 수 있어. 집에 가는 길에 우체국에 들러 글래디스에게 전보를 보내자. 네 도움이 없다면 생각도 못 했을 거야."

그들이 떠난 작업실에서 랜슬롯 뮬리너는 방금 방에 들어온 검은색 형

*작은 오르간 같은 악기.

체를 멍하니 바라보고 있었어. 막다른 골목에 몰린 남자의 모습이었지.

"안 돼!" 랜슬롯은 울부짖고 있었어. "안 돼! 죽어도 안 돼!" 웹스터가 계속해서 그를 보고 있었어.

"왜 그래야 하는데?" 랜슬롯이 힘없이 따져 물었어. 웹스터는 눈 한 번 깜빡이지 않았지.

"아, 그래, 알았어." 랜슬롯이 시무룩하게 말했어.

그는 무거운 다리를 이끌고 위층으로 가서 옷을 갈아입고 중절모자를 썼어. 그런 뒤 상의에 치자나무 꽃을 꽂고는 맥스턴 스퀘어 11번지로 갔어. 카베리-퍼브라이트 부인이 『강한 남자의 키스』라는 책을 쓴 클라라 톡모턴 스투지를 대접하기 위해 "단 몇 명의" 지인들과만 차를 마시는 자리였지.

글래디스 빙리는 워플의 전보가 도착했을 때 앙티브*에 있는 호텔에서 점심을 먹고 있었어. 그녀는 몹시 걱정되었어. 정확히 어떻게 된 사연인지 도통 이해할 수가 없었지. 버나드 워플의 감정에 다소 일관성이 없기 때문이었어. 전보를 읽는 순간 그녀는 랜슬롯이 끔찍한 사고를 당했다고 생각했어. 또 다른 순간에는 뇌를 크게 다쳐서 정신병원들이 랜슬롯을 수용하려고 마치 경쟁하는 것 같다는 생각이 들었어. 그러다가 또 다른 순간에는 다시, 랜슬롯이 고양이와 손잡고 여자들 꽁무니를 쫓아다니기 시작했다는 것을 암시하는 것처럼 보였어. 하지만 한 가지 사실만은 분명했지. 그녀가 사랑하는 사람이 어떤 심각한 어려움에 처해 있어서 친한 친구들이 그녀의 즉각적인 귀향만이 그를 구할 수 있다는 데 동의한다는 사실이었어.

글래디스는 조금도 망설이지 않았어. 오른쪽 눈썹에 붙어 있던 아스파라거스 조각을 떼어내고는, 전보를 받은 지 30분 만에 짐을 싸서 북쪽으로

*Antibes. 프랑스 동남부, 니스 서남쪽의 항구 도시.

가는 첫 열차의 좌석을 알아봤어.

런던에 도착해서 처음에는 곧장 랜슬롯에게 가야겠다는 충동이 일었지만, 여자로서의 당연한 호기심이 발동했어. 그래서 버나드 워플에게 들러 전보에서 다소 난해하게 전한 구절들의 진의를 밝히는 게 먼저라는 생각이 들었지.

워플은 글솜씨는 애매모호한 경향을 띠었지만, 말로 제한하니까 굉장히 분명하고도 명확하게 이야기했어. 5분 만에 글래디스는 문제의 핵심을 확실하게 파악할 수 있었지. 짧은 휴가에서 돌아온 약혼녀가 자기가 부재중인 동안 사랑하는 이가 정도正道에서 벗어났다는 것을 발견한 뒤에 볼 수 있는 단호한 표정을 지으며 그녀는 입을 굳게 다물었어.

"브렌다 카베리-퍼브라이트라고요?" 글래디스가 말했어. 침착했지만 불길한 말투였지. "브렌다 카베리-퍼브라이트라! 맙소사, 약혼자를 귀찮게 하지 않고 짧디짧은 휴가를 보내려고 앙티브로 떠났더니 모르몬교 장로*처럼 행동하기 시작하네. 정말 세상 험악한 꼴을 보게 되는군."

따뜻한 마음씨를 가진 워플은 그녀를 달래주려고 최선을 다했어.

"고양이 탓이에요. 내 생각에 랜슬롯은 저지른 죄 이상으로 죗값을 받는 거 같아요. 나는 그 친구가 부당하게 압박을 받거나 협박을 받아서 그렇게 행동하는 거라고 봐요."

"남자답게 굴어야지요!" 글래디스가 말했어. "그 모든 걸 다 아무 죄 없는 고양이에게 떠넘기려고요?"

"랜슬롯이 그러는데, 고양이의 눈에 뭐가 있다고."

글래디스가 말했어. "나를 만나면 내 눈에도 뭐가 있다고 할걸요."

*과거에 일부다처제를 시행했었다.

그녀는 나가서 조용히 콧김을 씩씩 내뿜었어. 슬픔에 잠긴 워플은 한숨을 내쉬며 신소용돌이파 조각을 다시 만들기 시작했지.

약 5분 뒤, 글래디스는 보트가로 가는 길에 맥스턴 스퀘어를 지나면서 돌연 그 자리에 멈춰섰어. 그녀가 본 광경은 어떤 약혼녀라도 그렇게 멈추게 할 만한 것이었지.

11번지로 이어지는 길을 따라 두 인물이 걸어가고 있었어. 아니, 셋이라고 해야 하나? 그들 앞에서 목줄을 한 채 걷고 있는, 거의 닥스훈트 종류로 보이는 뚱한 표정의 개까지 센다면 말이야. 두 인물 중 하나는 랜슬롯 뮬리너였어. 말쑥한 회색의 청어가시 무늬 트위드 재킷과 새 홈부르크 모자*를 쓰고 있었어. 목줄은 그가 잡고 있었지. 현대판 뒤 바리**로 보이는 다른 이는 랜슬롯의 이젤에서 보았던 초상화 속 여자라는 것을 알아차렸어. 그녀가 바로 그 악명 높은 가정 파괴범이자 사랑의 보금자리 파괴자인 브렌다 카베리-퍼브라이트였어. 다음 순간 그들은 11번지의 층계를 올라가서는 차를 마시러 들어갔어. 음악이 조그맣게 흘러나왔지.

블레셋 사람들***의 소굴에서 간신히 한 시간 반 정도 곤혹스러운 시간을 보낸 뒤, 랜슬롯은 마차를 타고 신속히 집으로 향했어. 카베리-퍼브라이트 양과 단둘이서 대화하고 나면 아교의 바다에서 수영하면서 다량으로 아교 물을 삼킨 것처럼 늘 머리가 멍하고 어지러웠지. 온통 드는 생각이라곤 간절하게 술을 마시고 싶다는 생각뿐. 술은 작업실 소파 뒤 찬장에 있었어.

마차 요금을 지불하고 나서 마른 혀를 앞니에 부딪혀 우쭈쭈쭈 소리를 내며 급하게 뛰어나갔어. 그런데 바로 앞에 멀리, 저 멀리 있다고 생각했던

*남성용 모자로 좁은 챙이 말려 있다.

**Du Barry. 루이 15세의 애첩.

***옛날 팔레스타인 서남부에 살며 이스라엘 사람을 괴롭힌 민족.

글래디스 빙리가 있었어.

"자기야!" 랜슬롯이 소리쳤어.

"그래, 나야!" 글래디스가 말했지.

오랫동안 망을 보고 있었기 때문에 그녀는 평정심을 회복하는 데 오래 걸렸어. 작업실에 도착한 이래 카펫 위에서 3,142번 또각또각 걷는 소리를 내었고, 얼굴에 쓰디쓴 미소가 911번 스쳤지. 그녀는 이제 세기의 전투를 치를 준비가 되었어. 그녀는 일어나서 두 눈에 불을 켜고 그를 마주 보았어.

"당신, 카사노바지!" 그녀가 말했어.

"당신? 누구?" 랜슬롯이 말했어.

"누구? 지금 누구라고 했어?" 글래디스가 외쳤어.

"그딴 말은 브렌다 카베리-퍼브라이트에게나 써먹지그래. 맞아, 랜슬롯, 난 모든 걸 다 알고 있어. 이 돈 후안 같은 자식, 헨리 8세 뮬리너! 방금 당신이 그녀와 있는 걸 봤어. 당신과 그녀가 뗄 수 없는 관계라고 들었지. 당신이 그녀와 결혼할 거라고 버나드 워플이 말해줬단 말이야."

"신소용돌이파 조각가가 하는 말을 다 믿어선 안 돼." 랜슬롯이 덜덜 떨며 말했어.

"당신은 틀림없이 오늘 밤 저녁식사 하러 그곳으로 돌아갈 거야." 글래디스가 말했어. 바로 얼마 전에 맞닥뜨렸던 브렌다 카베리-퍼브라이트를 의식하며 그녀는 순전히 소유욕에 사로잡힌 망나니처럼 비난하며 되는대로 지껄였어. 조용히 저녁을 먹은 후에 극장에 가자며 랜슬롯을 초대했거나 이제 막 초대하려던 참이었겠지, 라며 그녀는 혼잣말을 했어. 하지만 목표물을 명중했지. 랜슬롯은 고개를 떨구었어.

"보충 설명이 좀 필요해." 그가 시인했어.

"아! 그러셔?" 글래디스가 외쳤어.

랜슬롯의 눈은 퀭했어. "난 가고 싶지 않아. 정말로 가고 싶지 않다고. 근데 웹스터가 가라고 한단 말이야." 애원하는 눈빛이었지.

"웹스터?"

"그래, 웹스터! 내가 약속을 피하려고 하면 웹스터가 내 앞에 앉아서 나를 뚫어지게 봐."

"뭐가 어쩌고 어째?"

"정말로 그런다니까. 자기가 직접 물어봐."

이젠 카펫 위를 급히 연속해서 또각또각 걷는 발걸음 소리가 여섯 번 늘어 합계가 3,148번이 되었어. 태도도 바뀌어서 위태로울 만큼 차분해졌지.

"랜슬롯 뮬리너. 이제 선택해. 나인지 아니면 브렌다 카베리-퍼브라이트인지. 난 당신에게 침대에서 담배를 피우게 하고, 바닥에 재를 엎지르게 하고, 하루 종일 잠옷과 천으로 된 실내화를 신게 하고, 주일 아침에만 면도하게 해줄 수 있는 가정을 제공하겠어. 그 여자한테는 바라는 게 뭔데? 사우스 켄싱턴에 있는 집에서, 어쩌면 브롬프톤 거리일지도 모르지, 어쨌든 그 여자의 어머니와 같이 살아야 될걸. 아마 빳빳한 옷깃과 꽉 끼는 구두, 모닝코트*와 중절모자로 이어지는 삶일 거야."

랜슬롯은 몸을 부르르 떨었지만, 그녀는 무자비하게 계속했어.

"격주 목요일에는 집에 있겠지. 오이 샌드위치를 건네주려고 말이지. 매일 개에게 바람을 쐬어주다 보면 명실상부 개아범이 돼 있을 거야. 베이스워터**에서 외식을 하고, 여름휴가를 보내러 본머스***나 디나르****로 가게 될

*morning coat. 남자들의 예복 상의. 앞쪽은 짧고 뒤쪽은 아주 긴 검정 또는 회색의 재킷.

**Bayswater. 런던 중심가에 있는 지역 이름.

***Bournemouth. 영국 잉글랜드 남부, 햄프셔주 서남부의 도시로 해변 휴양지.

****Dinard. 프랑스 서부의 도시로 해변 요양지.

거야. 잘 선택해, 랜슬롯 뮬리너! 신중하게 생각할 시간을 주겠어. 마지막으로 한마디만 더 하지. '햄엔비프'에서 나랑 외식을 하러 일곱 시 반 정각에 '풀럼의 가비지 주택'에 나타나지 않으면, 내가 어떻게 하는지 두고 봐!"

그리고는 턱에 묻은 담뱃재를 털어내면서 거만하게 걸어 나갔어.

"글래디스!" 랜슬롯이 외쳤어.

하지만 그녀는 가 버렸어. 몇 분 동안 랜슬롯 뮬리너는 망연자실한 채 그대로 있었어. 그때 술을 마시지 않았다는 생각이 퍼뜩 떠올랐지. 찬장으로 허둥지둥 달려가 병을 꺼냈어. 코르크 마개를 뽑고는 콸콸 들이부었지. 그때 마룻바닥에서 어떤 움직임이 그의 이목을 끌었어.

웹스터가 거기에 서서 그를 올려다보고 있었던 거야. 웹스터의 눈에는 말없이 질책하는 듯한 낯익은 표정이 서려 있었지. '주임사제 관저에서 익숙했던 것들은 찾아볼 수 없군'이라고 말하는 것 같았어.

랜슬롯은 온몸이 마비된 듯했어. 손발이 묶여 옴짝달싹 못하게 된 느낌, 탈출구가 없는 올가미에 붙잡힌 느낌이 그 어느 때보다도 가슴 저리게 다가왔지. 아무런 감각도 느낄 수 없는 손에서 병이 툭 떨어져서 그 안에 있는 호박색 액체를 쏟아내며 마룻바닥을 굴러갔어. 하지만 그걸 알아차리기에는 정신적으로 너무 지쳐있었어. 욥이 새로이 끓는 물을 발견했을 때* 취했을 것 같은 몸짓으로 창가로 가서 침울하게 밖을 내다보며 서 있었어.

그런 뒤 한숨을 쉬면서 몸을 돌려 다시 웹스터를 보았는데, 그만 마법에 걸린 듯 넋을 잃은 채 바라보게 되었어.

그가 본 광경은 랜슬롯 뮬리너가 아니라 그 누구라도 아연실색하게 할 만한 것이었어. 처음에는 자신의 눈을 의심했지. 그런 다음 자기가 단순히 정

*욥기 41:31. 깊은 물을 솥의 물이 끓음 같게 하며 바다를 기름병 같이 다루는도다.

신이 오락가락하기 때문에 보이는 상상의 산물이 아니라는 것을 서서히 깨닫게 되었어. 믿을 수 없는 일이 실제로 일어나고 있었던 거야.

웹스터는 바닥에 위스키로 고인 웅덩이 옆에 웅크리고 앉아있었어. 하지만 공포심이나 혐오감 때문에 웅크리고 있었던 게 아니야. 그 물질 옆에 더 가까이 가서 더 적극적인 조치를 취하려고 몸을 웅크리고 있던 것이었어. 웹스터는 혀를 주사기처럼 날름날름거리고 있었어.

그러더니 돌연, 아주 잠깐 동안, 핥는 것을 멈추더니 랜슬롯을 힐끗 쳐다보았어. 웹스터의 얼굴에 미소가 휙 스쳤어. 무척이나 다정하고 허물없고 즐거운 동지애로 가득 찬 미소였지. 랜슬롯도 덩달아 미소를 지을 수밖에 없었어. 아니, 미소뿐만 아니라 윙크까지 할 수밖에 없었어. 그 윙크에 화답하려는 듯 웹스터도 윙크했어. 짓궂은 악동 같긴 하지만 온 마음을 담은 진심어린 윙크는 분명 이렇게 말하는 거 같았어. '언제부터 이랬어?'

그런 뒤 가볍게 딸꾹질을 하면서 바닥에 흠뻑 스며들기 전에 재빨리 핥아야 하는 자신의 임무로 되돌아갔지.

랜슬롯 뮬리너의 음울한 영혼으로 불현듯 햇빛이 쏟아져 들어왔어. 마치 어깨 위에 있던 무거운 짐을 내려놓은 것 같았지. 지난 2주간 억압하던 참을 수 없는 강박관념이 멎었고, 자유인이 되었다는 것을 느꼈어. 마지막 순간에 형 집행이 취소된 사형수라고나 할까. 웹스터는 근엄한 미덕의 화신처럼 보였지만, 결국엔 보통 남자들이나 다를 바가 없었던 거야. 랜슬롯은 이제 다시는 웹스터의 눈길 아래서 겁먹고 움츠릴 일이 없게 됐어. 비밀을 쥐고 있으니 말이야.

웹스터는 크리스마스이브 날의 사슴처럼 잔뜩 마셨어. 그러더니 알코올 웅덩이에서 벗어나 명상에 잠긴 것처럼 느릿느릿 빙글빙글 돌았어. 이때금 마치 '영국 헌법'에 대해 말하려고 애쓰는 듯 머뭇거리며 야옹야옹 울었지. 자기가 음절을 또렷이 발음하지 못하는 게 더 신나는 것처럼 보였어. 왜냐하면 매번 발음이 샐 때마다 야오오옹야오오옹 길게 끄는 웃음소리를 낼 수 있었거든. 바로 이때, 갑자기 녀석은 구식 사라반드*와는 사뭇 다른 경쾌하고 빠른 박자의 춤을 추기 시작했어.

무척이나 흥미로운 광경이었지. 지금만이 아니라 다른 어느 때라도 넋을 잃고 볼만한 광경이었어. 하지만 지금 랜슬롯은 카베리-퍼브라이트 부인에게 짧은 편지를 쓰느라 정신이 없었어. 만약 그날 밤이나 혹은 다른 날 밤에라도 그녀의 역겨운 집 근처라도 간다고 생각한다면 랜슬롯 뮬리너의 혜안을 크게 과소평가하는 것이라는 편지였지.

그렇다면 웹스터는 어떻게 되었을까? 이제 녀석은 단단히 술독에 빠져 있었어. 평생 동안의 금욕은 녀석을 돌이킬 수 없는 알코올 중독의 희생양으로 만들었지. 이제는 다정함을 넘어 호전적인 단계에 이르렀어. 좀 바보 같아 보이던 미소가 얼굴에서 싹 사라지고, 대신 눈살을 찌푸리면서 몸을 바짝 엎드려 싸울 태세를 갖추고 있었어. 한동안 뒷다리로 서서 이리저리 적절한 적수를 찾아다니다가, 털끝만큼의 자제심도 잃은 채 전속력으로 방을 다섯 차례나 뛰어다녔어. 그러다 조그만 풋스툴**에 부딪히자 이빨과 발톱을 죄다 드러내면서 최대한 사납게 풋스툴을 공격했어.

하지만 랜슬롯은 웹스터가 하는 짓을 보지 못했어. 거기에 없었기 때문이야. 랜슬롯은 보트가에서 마차를 부르고 있었어.

"풀럼의 가비지 주택으로 가주세요." 마부에게 말했어.

*Saraband. 느리고 장중한 느낌의 스페인 춤. 또는 그 춤곡.

**footstool. 발을 얹는 받침.

P. G. 우드하우스 고양이가 다 그렇지, 뭐

아늑한 휴식처인 '앵글러스 레스트' 술집에선 밤마다 '이성의 열기와 영혼의 흐름'을 진정시켜주는 정적이 흐를 때가 종종 있다. '위스키와 스플래쉬'가 정적을 깼다.

"자네의 고양이 웹스터에 대해 생각을 좀 해봤는데 말이지." '위스키와 스플래쉬'가 뮬리너 씨에게 말했다.

"뮬리너 씨한테 웹스터란 이름의 고양이가 있어?" 며칠 만에 우리 모임에 이제 막 다시 합류한 '스몰 포트'가 물었다.

술집의 현자賢者가 미소를 지으며 고개를 가로저었다. "웹스터는 내 고양이가 아닐세. 서부 아프리카의 봉고봉고 해협에서 주교 직무를 맡으려고 영국에서 배를 타고 항해한 볼저버의 대성당 주임사제 고양이였어. 그분은 고양이를 조카에게 보살펴 달라고 부탁한 뒤 떠났지. 조카는 내 사촌인 에드워드의 아들 랜슬롯으로, 예술가야. 이 신사분들한테 며칠 전 저녁에 웹스터가 어떻게 잠시 랜슬롯의 삶에 완전한 혁명을 일으키게 되었는지 말해줬지. 어렸을 때부터 사제 관저에서 자란 탓에 웹스터는 근엄하고 대단히 까다로웠어. 내 사촌의 아들에게 막강하고도 괴팍한 성미를 유감없이 발휘했지. 자유분방한 작업실 분위기에 느닷없이 들어온 사보나롤나* 소小선지자나 다름없었어." 뮬리너가 말했다.

"고양이는 랜슬롯을 빤히 쳐다보면서 그를 무기력하게 만들었대." '비터 한 파인트'가 말했다.

"매일 면도도 하고 담배도 끊게 만들었대." '레몬 사우어'가 덧붙였다.

"랜슬롯의 약혼녀인 글래디스 빙리를 세속적인 여자로 여겼대." '럼과 우유'가 말했다. "그래서 브렌다 카베리-퍼브라이트라는 아가씨하고 엮어주려고 애썼대."

"그런데 어느 날, 겉으로는 엄격한 원칙주의자처럼만 보였던 그 동물에게도 의외의 약점이 있고, 우리들이나 진배없다는 점을 랜슬롯이 발견하게 된 거지. 우연히 술병을 떨어뜨렸는데 그 고양이가 글쎄 내용물을 잔뜩 퍼마시고는 못볼 꼴을 보여버린 것이었어. 그 결과, 마법이 그 즉시 풀렸다네." 뮬리너 씨가 결론지었다. 그러더니 '위스키와 스플래쉬'에게 물었다. "웹스터 이야기의 어떤 면이 자네의 생각을 사로잡았을까?"

"심리학적인 면이지. 내가 보기에 그 고양이에게는 대단한 심리학적인 드라마가 있어. 내 눈에는 그 고양이의 상위 자아와 하위 자아가 싸우는 게 훤히 보여. 그 녀석은 처음으로 실수를 범했어. 그렇다면 도대체 그 녀석은 어떻게 되었을까? 그 녀석이 빠져든 새롭고도 타락한 분위기가 어린 새끼고양이 시절 사제 관저에서 받았던 독실한 가르침을 무효로 만들어버렸을까? 아니면, 경건한 성직자적인 태도가 팽배해서 계속 원래대로 있었을까?" '위스키와 스플래쉬'가 말했다.

"만약 며칠 전 밤에 들려주었던 이야기의 결말에서 웹스터에게 무슨 일이 일어났는지 알고 싶어 하는 거라면, 내 말해주지. 자네가 상위 자아와 하

*Girolamo Savonarola(1452~1498). 이탈리아의 종교 개혁가. 이단으로 몰려 교황 알렉산데르 6세에 의해 파문당해 화형에 처해졌다.

위 자아 사이의 싸움이라고 부를만한 일은 정말 조금도 없었어. 하위 자아가 거뜬히 이겼거든. 처음으로 장엄한 주연酒宴을 벌인 그 순간부터 녀석은 성자 고양이에서 최고로 자유분방한 낭만 고양이가 되었지. 하루를 아침 댓바람부터 시작해서 밤이 이슥해서야 끝냈고, 공공장소에서 엄청나게 싸움을 벌였으며, 고결한 언동은 싹 사라져버렸어. 둘째 주말이 끝날 무렵이 되자 끊임없는 패싸움으로 인해 왼쪽 귀가 너덜너덜해졌고, 전투 시 내는 살벌한 소리는 첼시의 보트가 사람들에게는 아침 우유배달부의 요들송처럼 친숙하게 되었어." 뮬리너가 말했다.

'위스키와 스플래쉬'는 위대한 그리스 비극을 상기시킨다고 했다. 뮬리너 씨는 그 말이 맞다면서 몇 가지 닮은 점이 있다고 했다.

"그렇다면 랜슬롯은 이 모든 사실에 대해 어떻게 생각했나?" '럼과 우유'가 물었다.

뮬리너 씨가 말했다. "랜슬롯은 각자 서로 자기방식대로 편하게 살아야 한다는 예술가의 신조를 가지고 있었어. 그는 동물의 도를 넘는 난폭함에 관대했어. 어느 날 저녁 글래디스 빙리가 웹스터의 오른쪽 눈을 붕산용액으로 닦고 있는데, "고양이가 다 그렇게 치고받고 하는 거지, 뭐"라고 말했다는군. 사실 어느 날 아침 대양 한가운데에서 전송한 삼촌의 무선전신이 도착하지 않았더라면 아무 문제 없었을 거야. 건강상의 사유로 주교직을 사임하고 곧 영국으로 다시 돌아올 거라는 소식이 전해진 거지. 서신은 이런 말로 끝을 맺었네. '웹스터의 평안을 빌면서.'"

* * *

며칠 전에 말했듯, 랜슬롯과 봉고봉고에 있는 주교 사이의 정황을 떠올린다면, 이 소식이 청년에게 얼마나 깊은 영향을 미치는지는 말할 필요도 없을 걸세. 완전히 폭탄선언이었지. 그림을 그려서 혼자 먹고살 정도로 벌긴 했지만, 글래디스 빙리와 결혼할 수 있는 여분의 돈을 마련하기 위해서는 삼촌을 감동시켜야 했어. 그리고 웹스터를 돌보는 일을 맡으면서 이 일이 틀림없이 감동을 줄 거라 여겼지. 물론 평소에 감사하는 마음을 가지는 것만으로도 삼촌의 마음은 풀릴 거라고 혼잣말을 하긴 했지만 말이야. 하지만 지금은 어떨까?

"자기도 전보 봤지." 글래디스와 이 문제를 의논하면서 랜슬롯은 불안한 목소리로 말했어. "마지막 말 기억나? '웹스터의 평안을 빌면서'래. 시어도어 삼촌은 영국에 도착하자마자 분명 서둘러 여기에 와서 이 고양이와 성스러운 재회를 하는 게 처음으로 하는 일일 거야. 그런데 뭘 보게 될까? 지독히도 지저분한 깡패 고양이. 보트가의 끝판왕을 보게 되겠지. 지금 저 맹수 꼬락서니 좀 봐." 고양이가 누워있는 방석을 조바심 난 듯 가리키며 랜슬롯이 말했어. "얼른 한번 보라고. 부탁이야!"

웹스터는 확실히 말쑥한 모습은 아니었어. 모퉁이에 있는 선술집의 드센 고양이들이 최근 웹스터의 전용 쓰레기통을 침범하려 하고 있었지. 싸워서 그 고양이들을 물리치긴 했지만 그 사건은 녀석에게 싸움의 흔적을 남겼어. 이미 짧아진 귀가 한층 더 짧아진 데다 한때 반질반질 윤기가 흐르던 옆구리에도 털이 몇 뭉텅이씩 빠져있었어. 꼭 오랜 친구들 몇 명과 어울려 저녁을 보낸 뒤에 고인이 된 레그 다이아몬드*처럼 보였지.

*Jack "Legs" Diamond(1897~1931). 뉴욕과 필라델피아를 주름잡던 폭력배였다. 유괴혐의로 재판을 받고 석방된 날 밤, 가족과 친구들과 함께 레스토랑에서 저녁을 먹고는 정부의 집에 가서 자는 도중 또 다른 폭력배들에게 총을 맞아 끔찍하게 죽었다.

그 모습을 보고 전율하면서 랜슬롯이 말을 이어갔어. "저 만신창이를 보면 시어도어 삼촌이 뭐라고 하실까? 모든 죄를 나한테 씌울 거야. 고결한 영혼을 수렁에 빠트린 게 나라고 주장하겠지. 그러면 신혼 경비에 필요한 몇백 파운드를 얻으려고 했던 모든 기회가 다 날아가고 말 거야."

글래디스 빙리는 점점 커져가는 절망감에 고심했어. "훌륭한 가발 제작자라면 뭔가 할 수 있지 않을까?"

"여분의 털을 좀 붙일 수는 있겠지." 랜슬롯이 인정했어. "그럼 귀는 어떡할 건데?"

"안면 외과의사는 어때?" 글래디스가 제안했어.

랜슬롯은 고개를 가로저었어. "단지 외모의 문제가 아냐. 전체적인 성격의 문제야. 아무리 인물에 대한 이해력이 떨어지는 사람이라도 지금의 웹스터를 보면 독하고 나쁜 놈이라는 걸 단박에 알아볼 수밖에 없어."

"삼촌이 언제 올 거라고 예상하는데?" 잠시 뜸을 들인 후 글래디스가 물었어.

"언제든 오시겠지. 이즈음에는 도착했을 테니까. 왜 아직 안 오시는지 모르겠네."

바로 이때 현관문에 부착된 우편함에 편지가 떨어지는 소리가 들려왔어. 랜슬롯은 맥이 탁 풀린 채 나갔지. 잠시 후 글래디스는 그가 경악하는 소리를 들었어. 손에 편지지 한 장을 들고 랜슬롯이 황급히 들어왔어.

"이것 봐. 시어도어 삼촌이 보낸 거야."

"런던에 계신 거야?"

"아니. 햄프셔 밑에 있는 위드링턴 영지領地라고 불리는 곳에 있어. 중요한 점은 아직 웹스터를 보고 싶어 하지 않는다는 거야."

“왜 안 보고 싶대?”

“뭐라고 하셨는지 읽어줄게.” 랜슬롯은 다음과 같은 편지를 읽었어.

햄프셔, 보틀비 계곡, 위드링턴 영지에서,

사랑하는 랜슬롯에게,

고국에 돌아온 즉시 네게 서둘러 들리지 않는 걸 보고 놀랐겠지. 위에 적힌 주소지에서 위드링턴 부인과 그녀의 어머니인 펄트니-뱅크스 여사와 즐겁게 지내고 있다는 것을 설명해야 될 거 같아 이 편지를 보낸다. 위드링턴 부인은 대영제국 훈작사*를 받은 고故 조지 위드링턴 경의 미망인으로, 고국으로 돌아오는 항해길 선상에서 친해졌단다.

봉고봉고의 황량한 환경에 있다가 돌아와 보니 우리 영국의 전원 지역이 얼마나 근사한지 알게 되는구나. 나는 여기서 무척 즐겁고 편안한 시간을 보내고 있단다. 위드링턴 부인과 그녀의 어머니 모두 상냥하신 분들이다. 특히 위드링턴 부인은 온갖 전원 속을 함께 거니는 동반자란다. 우린 둘 다 고양이 애호가로서의 강한 유대감을 가지고 있다.

사랑하는 조카야. 고양이 이야기가 나오고 보니 웹스터 이야기를 꺼내지 않을 수 없구나. 너도 선뜻 상상할 수 있듯, 나는 한 번이라도 더 간절히 웹스터를 보고 싶고, 내가 부재중인 동안 얼마나 아껴주며 사랑으로 보살폈는지도 알고 싶지만, 웹스터를 여기에 데려오는 것은 바라지 않는단다. 위드링턴 부인은 매력적인 여자인 건 사실이지만, 고양이 문제에 관해서는 안목이 전혀 없는 사람처럼 보이거든. 그녀는 퍼시라

*Commander (of the Order) of the British Empire. 특별한 공로가 있는 사람에게 주는 영국의 훈장.

는 이름의 상당히 꺼림칙한 주황색 동물을 애지중지하는데, 웹스터가 가진 숭고한 원칙에 비하면 형편없다는 것만을 증명하는 꼴이란다. 지난밤만 해도 퍼시가 내 창문 밑에 있는 커다란 얼룩고양이와 명백히 최악의 동기를 가지고 사적인 싸움을 벌였어. 이 말이 무슨 뜻인지 이해하리라 믿는다.

이곳에 웹스터를 데리고 와서 나와 함께 지내는 것을 거부하는 것은, 내가 얼마나 녀석을 그리워하는지 알고 있는 친절한 여주인에겐 이해가 안 되는 일이겠지만, 그래도 난 단호해야만 한단다.

사랑하는 랜슬롯, 내가 들를 때까지 웹스터를 돌봐 주려무나. 남은 여생을 조용히 보낼 시골집에 녀석과 함께 갈 수 있을 때까지 말이다.

너희 둘 모두에게 좋은 일만 있기를,

사랑하는 삼촌, 시어도어.

글래디스 빙리는 골똘히 듣다가 편지 끝부분에 이르자 안도의 한숨을 내 쉬었어. "휴, 시간을 좀 벌었네."

"맞아." 랜슬롯이 맞장구쳤어. "이 동물의 내면에 예전의 자존심이 어렴풋하게라도 남아있는 게 있다면 그것을 일깨울 수 없는지 봐야 해. 오늘부로 웹스터는 수도자 같은 은둔생활에 들어가야만 해. 수의사에게 데려가 건강을 회복시키고, 수의사 지시대로 단조로운 생활로 이끌어야겠어. 정숙한 환경에서라면 어떤 유혹도 없을 테고 밤늦게 들어오는 일도 없겠지. 간소한 음식과 우유 식단을 엄격하게 지킨다면 다시 예전의 자신을 찾을지도 몰라."

"'돌아온 탕아'네." 글래디스가 말했어.

"바로 그거야." 랜슬롯이 대답했어.

그래서 대략 2주 동안 첼시의 보트가에 있는 내 사촌인 에드워드의 아들 작업실에서는 다시 한번 평온함이 지배하는 환경이 조성되었지. 수의사가 고무적인 이야기를 전했어. 웹스터가 성격과 외모에서 뚜렷한 진전을 보인다는 것이었지. 오밤중에 한적한 골목길에서 녀석을 만날 용의는 아직까지 없다고 첨언했지만 말이야. 그러던 어느 날 아침, 시어도어 삼촌에게서 전보가 또 한 통 왔어. 청년은 당혹스러움에 눈살을 찌푸렸어. 내용은 이래.

이전보를받는즉시사정상기간은특별히정하지말고위드링턴영지로오려무나마침표악의는없지만부득이하게속임수를써야한다는말을하게되어쉼표유감이구나마침표너는도착하는즉시내법적대리인이며가문에중요한문제가있어의논하러왔다고말하면된단다마침표네가오면어찌된영문인지소상히설명할테지만쉼표사랑하는조카야쉼표꼭알아야될필요가있지않다면묻지말고와주려무나마침표꼭도와다오마침표웹스터에게안부를전한다.

랜슬롯은 이 수수께끼 같은 서신을 읽고는 눈을 치켜뜨며 글래디스를 쳐다보았어. 불행히도 대부분의 예술가들에게는 이런 종류의 전보에 달갑지 않은 해석을 하도록 이끄는 감각적인 기질이 있게 마련이지. 랜슬롯도 그 규칙에서 예외는 아니었어.

"영감이 결혼하려 하고 있어." 랜슬롯이 판결을 내렸어.

여자이고 따라서 더 영적인 글래디스가 이의를 제기했어.

"내가 보기엔 미친 거 같은데. 왜 변호사인 척하라는 거지?"

"소상히 설명한다잖아."

“그럼 어떻게 변호사인 척할 건데?”

랜슬롯은 곰곰이 생각했지.

“변호사들은 헛기침을 해, 내 그건 잘 알지. 또 흔히 손가락 끝을 서로 깍지 끼고는 국가를 상대로 한 비그스 사의 소송 사건에 관해 이야기하거나 민사소송으로 이어질 수 있는 불법행위나 공직자들의 부정행위 등등에 관해 이야기하지 않을까? 꽤 현실적인 인물을 흉내 낼 수 있을 거 같은데!”

“그렇다면 연습을 시작하는 게 좋겠어.”

“아, 그래. 시어도어 삼촌은 분명히 어떤 문제 때문에 곤욕을 치르고 있어. 난 삼촌 편을 들어야 해. 일이 잘 돌아간다면 삼촌이 웹스터를 만나기 전에 돈을 달라고 할 수도 있어. 편하게 결혼하려면 돈이 얼마나 있어야 하지?”

“최소 5백 파운드야.”

헛기침을 하고 손가락 끝을 깍지 끼면서 랜슬롯이 말했어. “흐음, 명심하겠어.”

위드링턴 영지에 도착했을 때 랜슬롯은 처음 만나는 사람이 무슨 일인지를 소상히 설명해 줄 시어도어 삼촌이기를 바랐어. 하지만 집사가 그를 응접실로 안내했을 때 그곳에는 위드링턴 부인과 그녀의 어머니인 펄트니-뱅크스 여사, 고양이 퍼시만 있더래. 위드링턴 부인은 악수를 했고, 펄트니-뱅크스 부인은 숄을 두른 채 안락의자에 앉아 가볍게 목례를 했어. 하지만 랜슬롯이 고양이 퍼시에게 다정하게 대해야겠다는 의도를 가지고 오른쪽 귀밑을 긁어주려고 다가갔을 때, 고양이는 뒷걸음질 치면서 구석에서 청년을 싸늘하고 사악한 눈빛으로 내다보더래. 그리고는 코앞에 다가가자 강철같이 단단한 갈래진 발을 휘둘러 손등이 까지도록 할퀴었대.

그걸 본 위드링턴 부인의 얼굴이 굳어졌어.

"퍼시가 당신을 좋아하지 않는 거 같군요." 부인이 쌀쌀한 목소리로 말했어.

"재들은 다 알아, 다 안다고!" 펄트니-뱅크스 여사가 음울하게 말했어. 그녀는 뜨개질을 하다가 순간 혼잣말을 하더래. "고양이들은 우리가 생각하는 것보다 더 영리하다니까."

랜슬롯은 정신적으로 피로감이 몰려와서 헛기침도 할 수 없었어. 의자 깊숙이 주저앉아 눈에 눈곱이 낀 조그만 녀석을 이리저리 뜯어보았지.

그들은 매몰찬 사람들처럼 보이더래. 펄트니-뱅크스 여사에게서는 명주실로 만든 솔밖에 볼 수 없었지만, 위드링턴 부인은 한눈에 볼 수 있었대. 랜슬롯은 그녀의 외양이 마음에 들지 않았어. 위드링턴 영지의 여주인은 눈이 마노*처럼 차갑고 단호해 보였대. 전원 지역에 사는 영국인들의 전유물이라 할 수 있는 트위드천으로 만든 옷을 입고 있었는데 엘리자베스 여왕의 젊었을 때 모습을 상상하면 된대. 완고하고 사악한 사람의 표본이라나. 고양이에 대한 애호가 온순한 삼촌을 그런 사람에게 끌리게 할 수 있다니 경탄스러울 따름이더라는군.

그렇다면 퍼시는 어떨까. 녀석은 혐오스러움 그 자체였대. 몸은 주황색에 영혼은 칠흑같이 새까만 녀석은 양탄자 위에 몸을 쭉 뻗고는 오만함과 증오심을 뿜어내고 있었어. 아까 말했듯이, 랜슬롯은 고양이의 난폭한 성질에도 관대한 청년이야. 그런데 이 동물은 웹스터에게서 보이는 지독함이라든가 혼신의 힘을 다 바쳐 싸운다든가 소란스럽게 허세를 부린다든가 하는 면이 전혀 없더라는 거야. 웹스터는 썩어가는 정어리의 소유권을 놓고 정적들과 다투려고 고래고래 악을 쓰거나 으르렁거리면서 돌격하는 부류의 고양이였

*agate. 보석의 일종. 단면이 사람의 눈처럼 생겼다.

지. 하지만 내면은 고故 존 설리번*보다도 더 단점이 없었어. 반면 퍼시는 토실토실 윤기나는 외모에도 불구하고 천박하고 모질더래. 그놈은 영혼에서 나오는 아름다운 소리도 없고, 반역과 술수에만 능한 응석받이였어. 아픈 얼룩고양이를 덮치려고 하는 걸 보면 능히 상상이 되겠지.

퍼시가 할퀸 상처로 인한 통증은 점차 누그러지고 있었지만, 정신적으로 더 고통스러운 아픔이 이어졌어. 그 사건은 두 여자에게 나쁜 인상을 준 게 분명했어. 랜슬롯을 의심과 반감의 눈길로 보더라는 거야. 분위기는 냉랭했고 대화는 어색하게 이어졌지. 드레싱공**이 울렸을 때 랜슬롯은 자기 방으로 도망칠 수 있다는 게 그렇게 기쁠 수가 없었다는군.

문을 열고 봉고봉고 주교가 들어왔을 때 그는 넥타이 매듭을 마무리하는 중이었어.

"랜슬롯!" 주교가 말했어.

"삼촌!" 랜슬롯이 외쳤어.

그들은 손을 꼭 움켜쥐었지. 서로 얼굴을 본 지 4년이 넘었기에 랜슬롯은 삼촌의 모습에 충격을 받았어. 사제 관저에서 마지막으로 보았을 때, 사랑하는 시어도어 삼촌은 다정하고 건장한 남자로 자신만만하게 각반을 차고 있었어. 그런데 이제는 어딘지 모르게 쪼그라든 것 같았어. 초췌하고 겁에 질린 얼굴이었지. 삼촌의 모습은 꼭 토끼를 연상시켰어.

주교는 문 쪽으로 발걸음을 옮기더니 문을 열어 복도를 훑어보았어.

그런 뒤 문을 닫고 발끝으로 살금살금 걸어오더니 목소리를 낮춰 조용

* John L. Sullivan(1858~1918). 글러브 없이 겨루는 베어너클 권투 시대의 마지막 세계 헤비급 챔피언이었던 미국의 권투 선수. 하지만 1892년에 열린, 글러브를 착용한 최초의 시합에서 J. 코베트에게 헤비급 타이틀을 빼앗겼다.

**dressing-gong. 만찬 등을 위해 몸치장할 것을 알리는 종.

조용 말했어.

“와 줘서 고맙다, 얘야.”

“뭘요, 당연히 와야지요.” 랜슬롯이 진심으로 대답했어. “시어도어 삼촌, 근데 도대체 무슨 일이에요?”

“아주 골치 아픈 문제가 생겼어.” 거의 속삭이듯 주교가 말했어. 그러더니 잠시 멈췄어. “위드링턴 부인 만나봤지?”

“그럼요!”

“말했다시피 네가 나를 별도로 감시하지 않으면 그녀에게 청혼해야만 한단다. 넌 내가 우려하는 바를 이해할 거라 믿는다.”

랜슬롯은 놀라서 입이 딱 벌어졌어.

“왜 그런 미친 짓을 하고 싶은 거예요?”

“난 결혼하고 싶지 않단다, 얘야.” 주교는 몸을 부르르 떨며 말했어. “내 바람과는 전혀 무관한 일이야. 하지만 위드링턴 부인과 그녀의 어머니가 결혼하기를 바란다는 게 요점이야. 저들이 얼마나 드세고 단호한 여자들인지 너도 직접 봤을 거야. 최악의 사태가 올까 봐 두려워.”

주교는 비틀거리며 의자로 가더니 덜덜 떨면서 풀썩 주저앉았어. 랜슬롯은 동정 어린 마음으로 바라보았지.

“언제부터 시작됐어요?”

“선상에서야.” 주교가 말했어. “바다 항해를 해본 적 있니, 랜슬롯?”

“몇 차례 아메리카에 다녀온 적은 있어요.”

“그건 같은 경우라고 할 수 없어.” 생각에 잠기어 주교가 말했어. “대서양 횡단여행은 무척 짧아서 회귀선의 달밤을 보지도 못해. 하지만 아메리카로 항해 중인 그 짧은 기간에도 짠 바닷바람을 맞다 보면 이성에게 기이하게 끌리는 법이지."

"바다에서는 모든 게 좋아 보이니까요." 랜슬롯이 맞장구쳤어.

"바로 그거야." 주교가 말했어. "항해하는 동안에는, 특히 밤에는 말이야, 상황에 부적절한 말이라는 것을 스스로 알면서도 다정한 말을 하게 된단다. 얘야, 나는 그만 여객선 선상에서 위드링턴 부인에게 자제력을 잃은 말을 하고 말아서 이 지경이 되었어."

랜슬롯은 비로소 이해되기 시작했어.

"하지만 삼촌, 이 집에 오지는 말았어야죠."

"초대를 받아들였을 때엔, 비유하자면, 아직 그녀에게 취한 상태였어. 열흘 정도 여기에 있고 보니까 내가 얼마나 위험한 상황에 처했는지 깨닫게 된 거란다."

"왜 떠나지 않았어요?"

주교는 약하게 신음소리를 냈어.

"저들은 내가 떠나는 걸 허락하지 않아. 저들한테는 어떤 변명을 해도 소용이 없어, 랜슬롯. 난 사실상 이 집에 갇힌 죄수란다. 며칠 전에는 내 법률 고문과 긴급한 업무가 있어서 즉시 대도시로 가야 한다고 말했지."

"그럼 됐겠네요." 랜슬롯이 말했어.

"아니. 완벽하게 실패했어. 저들은 나보고 법률 고문을 여기로 초대하라더구나. 햄프셔 시골의 차분한 분위기에서 의논하면 되겠다고 주장했어. 아무리 논리적으로 이치를 따져가며 설득하려고 해도 확고했지. 너는 여자들이 어디까지 확고할 수 있는지 모른단다." 주교가 몸을 부르르 떨며 말했어. "결국 이 불행한 곳에까지 너를 오게 만들 정도야. 영혼에 사슬을 묶어서라도 떨어지지 말라는 셰익스피어의 강력한 표현*이 이제야 비로소 무슨 말인지 알게 되었단다. 위드링턴 부인을 만날 때마다 나는 점점 더 그녀의 영혼 가까이에 사슬이 묶이고 있다는 것을 느낄 수 있어. 그리고 그 여자의 고양이가 혐오감을 주는 것처럼 그 여자도 혐오감을 주고 있지. 그건 그렇고, 얘야. 잠깐 좀 즐거운 화제로 바꿔보자꾸나. 우리 웹스터는 어떻게 지내니?"

랜슬롯은 주저하다가 말했어. "콩을 잔뜩 먹어요."**

"살을 빼는 중이야?" 주교가 걱정스럽게 물었어. "의사가 채식하라고 지시했어?"

랜슬롯이 설명했어. "활기차다는 것을 뜻하는 표현일 뿐이에요."

"아!" 안심하며 주교가 말했어. "여기 와 있는 동안은 어떻게 돌보기로 했니? 내가 믿을 만한, 안심할 수 있는 데다 맡겼겠지?"

"최상이죠." 랜슬롯이 말했어. "런던에서 제일 유능한 수의사가 임시 보호자예요. 첼시의 보트가 9번지에 있는 J. G. 로빈슨이라는 의사예요. 직업적 능력도 뛰어날뿐더러 인품도 아주 고매한 사람이죠."

"너라면 웹스터와 잘 지낼 거라 믿었어." 주교가 감동하며 말했어. "그렇지 않다면 위험에 직면한 내게 강력한 보호막이 되어 달라며 런던을 떠나 여기 와달라고 부탁하는 게 꺼려졌을 거란다."

"근데 제가 삼촌에게 무슨 도움이 될 수 있죠?" 곤혹스러워하며 랜슬롯이 말했어.

주교가 확신에 차서 말했어. "크나큰 도움이 되지. 너의 존재만으로도 값을 헤아릴 수 없단다. 너는 위드링턴 부인과 내게서 한시라도 눈을 떼서는

*"친구는 사귀되 아예 상스럽지 말 것이요, 한번 받아들이기로 마음먹은 친구라면 네 영혼에 사슬로 묶어서라도 떨어지지 마라." 『햄릿』 1막 3장 61~63행에 나오는 말. 폴리니오스가 아들 라에르테스를 떠나보내며 하는 조언이다.

**Full of beans. '원기 왕성하다, 활기차다'라는 숙어지만, 여기서 주교는 문장 그대로 받아들인 듯하다.

안 된다. 그리고 우리가 함께 거니는 것을 목격할 때마다 서둘러 와서 표면적으로는 법적 문제를 논의하려는 것인 양 나를 떼어놓아야 한다. 예를 들어, 장미정원에 같이 가자고 내게 갖은 노력을 다 기울일 때와 같은 경우 말이다. 이런 식으로 해야 피할 길 없는 운명을 피할 수 있게 된단다."

"무슨 말인지 확실히 알았어요." 랜슬롯이 말했어. "아주 좋은 계획이에요. 저만 믿으세요."

주교가 안타깝다는 듯 말했어. "내가 대략적으로 그런 계략은 전보에서도 암시했지만, 악의는 없어도 부득이하게 속임수를 써야 하는 거란다. 하지만 이런 경우에는 방법이 너무 착하기만 해도 안 돼. 그건 그렇고, 그 사람들한테 네 이름을 뭐라고 이야기했니?"

"제 본명이요."

"나라면 폴킹혼이나 구치, 위더스 같은 이름을 선호했을 거야." 주교가 수심에 차서 말했어. "그런 이름들이 더 법률과 관련된 것처럼 들려. 하지만 그건 사소한 문제니까. 핵심은 내가 너에게— 음— 너에게 의지할 수 있다는 것이지."

"어디 가지 않고 계속 삼촌 옆에 붙어 있을까요?"

"암, 그래야지. 내 옆에 꼭 붙어 있어. 이제부터 너는 나의 충실한 그림자란다. 그리고 만약 우리의 노력이 보상을 받는다면, 그러리라 믿지만, 나는 네게 크게 고마워할 것이다. 일생동안 나는 꽤 많은 재산을 축적했어. 만약 네가 크건 작건 사업하는 데 자금이 필요하다면—"

"이런 얘기를 꺼내주셔서 정말 기뻐요, 시어도어 삼촌. 공교롭게도 저는 5백 파운드가 필요해요. 사실은 천 파운드면 더 좋고요."

주교가 그의 손을 잡았어.

"얘야, 이 시련을 견디도록 도와주면 그 돈을 주마. 그런데 어떤 목적 때문에 그 돈이 필요하지?"

"결혼하고 싶어요."

"아이고야!" 몸을 부르르 떨면서 주교가 말했어. "알았어, 알았다고." 마음이 좀 진정된 후에 주교는 계속해서 말했어. "그건 내가 상관할 바가 아니지. 네가 네 마음을 가장 잘 아는 사람일 테니 말이다. 하지만 고백하자면, 이런 지독한 상태에선 결혼이란 말을 듣기만 해도 뭐라 설명할 순 없지만 가슴이 철렁 내려앉는 기분이구나. 네가 그렇다고 물론 나더러 위드링턴 부인과 결혼하는 게 어떠냐고 하진 않겠지?"

"아니요, 삼촌!" 랜슬롯이 진심으로 외쳤어. "제가 곁에 있는 한 절대 안 돼요. 기운 내세요, 삼촌. 기운 내시라고요!"

"그래, 기운 내마!" 주교가 충실하게 따라 했어. 하지만 목소리에 어떤 확신도 없이 그저 입 밖으로 튀어나온 말일 뿐이었지.

다행히도 이어지는 나날들 속에서 내 사촌인 에드워드의 아들 랜슬롯은 천 파운드를 모으는 기대에 부풀었고, 또한 사람들에게 존경받는 삼촌에 대한 깊은 연민과 동정심도 쌓여갔어. 그렇지 않았다면 그는 틀림없이 흔들리고 약해졌을 거야.

모든 예술가는 민감한 법. 특히나 민감한 사람이 스스로 환영받지 못하는 손님이라는 사실을 깨닫는 것보다 더 고통스러운 일은 없을 거야. 그리고 설령 랜슬롯이 나르키소스와 같은 허영심을 가지고 있다 할지라도, 자신이 위드링턴 영지에서 선호하는 인물이라는 것은 확신할 수 없었어.

문명의 발달은 여자들의 자연스러운 감정의 폭발을 억제하는 데 크게 기여했지. 여자들에게 자제심을 가져왔으니 말이야. 정서적 위기를 겪을 때

요즘 여자들은 자신들이 느끼는 감정을 육체적으로 좀처럼 표현하지 않게 되었어. 위드링턴 부인도 나이 든 그녀의 어머니도 실제로 뜨개질바늘로 랜슬롯을 찌르지는 못했지. 하지만 그러한 반감을 놀라울 정도로 자제하는 강인한 의지를 보였던 순간들이 있었어.

하루하루 흘러가면서 매일매일 청년은 단둘이서만 나누는 사담을 깨겠다는 약속을 능숙하게 지켰고, 분위기는 점점 더 긴장되고 열띠게 되었지. 위드링턴 부인은 보틀비 계곡과 런던을 오가는 열차 서비스의 우수성에 대해 꿈꾸듯 말했고, 특히 아침 8시 45분에 떠나는 급행열차를 극찬했어. 펄트니-뱅크스 여사는 진정한 의무와 관심은 대도시에 있으면서 (자신들이 원하지도 않는 곳인) 시골에서 게으르게 시간을 보내는—구체적으로 더 정확하게는, 이름을 거명하는 것을 정중하게 삼가면서—얼간이들이 있다고 숄을 두른 채 중얼거렸어. 고양이 퍼시는 말과 표정으로 랜슬롯을 계속해서 깔보고 있었지.

설상가상으로 청년은 당사자의 사기가 점점 저하되는 것을 느낄 수 있었어. 그들의 묘책이 한결같이 성공했음에도 주교는 분명히 중압감 때문에 무너지고 있었어. 절망적인 상태가 계속되면서 태도에도 영향을 미치기 시작했지. 주교는 더욱더 담비에게서 도망치는 토끼를 닮아가게 되었어. 지금까지 잘해왔다는 의견에도 전혀 기운을 내지 않았지. 마치 피할 수 없는 운명을 피하려는 시도가 무슨 소용이 있냐고 묻는 것처럼, 절망적인 몸짓으로 내리 앞발을 올려 차기만 했어.

드디어 어느 날 밤, 랜슬롯이 불을 끈 뒤 심란한 마음을 가라앉히고 자려 할 때 다시 불이 켜졌어. 침대 머리맡에 섬세한 이목구비의 삼촌이 초췌한 모습으로 서 있었어.

랜슬롯은 한눈에 착한 영감이 한계점에 도달했다는 것을 알 수 있었어.

"무슨 일이에요, 삼촌?"

"얘야. 우린 이제 망했어." 주교가 말했어.

"아, 설마?" 랜슬롯은 가슴이 철렁했지만 최대한 명랑하게 말했어.

"폭삭 망했다고." 주교가 허허롭다는 듯 반복했어. "오늘 밤에 위드링턴 부인이 내게 네가 집을 떠나줬으면 좋겠다고 분명하게 통보했단다."

랜슬롯은 숨을 크게 들이쉬었어. 태생이 낙천주의자이긴 했지만, 이 소식의 중요성을 경시할 수는 없는 거니까.

"이틀간만 더 머물도록 허락했어. 그런 다음에 집사에게 8시 45분 특급 열차에 맞춰 네 짐을 꾸리라는 지시를 내렸어."

"흐음!" 랜슬롯이었어.

"흐음!" 주교였어. "이제 나는 무방비 상태로 혼자 남겨지겠지. 네가 나를 부지런히 지켜봐서 피할 수 있는 것도 한두 번이나 되겠지. 정원의 정자에서 보내는 오후라니!"

"숲 속은 어떻고요." 랜슬롯이 말했어. 잠시 무거운 침묵이 흘렀어.

"이제 어떡하시려고요?" 랜슬롯이 물었어.

"생각…… 생각해 봐야지." 주교가 말했어. "어쨌든 잘 자라, 얘야."

주교는 고개를 푹 숙이고 방을 나갔어. 랜슬롯은 오랫동안 잠을 못 이루며 뒤척이다가 잠이 들었어. 선잠이었어.

두 시간 뒤, 랜슬롯은 방 바깥에서 들려오는 엄청난 소동 때문에 잠이 깨었어. 소음은 현관에서 나는 것 같았어. 잠옷 바람으로 황급히 나갔지.

이상한 광경이 눈에 들어왔어. 위드링턴 영지의 모든 인원이 현관에 모인 것 같았어. 연보랏빛 실내복을 입은 위드링턴 부인, 예의 숄을 두른 펄트니-뱅크스 여사, 파자마 바람의 집사, 한두 명의 하인, 여러 하녀들, 잡역부, 구두닦이 소년도 있었어. 그들은 깜짝 놀란 눈으로 봉고봉고 주교를 응시하고 있었어. 주교는 한 손에는 우산을 쥐고 다른 한 손에는 불룩한 옷 가방을 들고는 정장까지 차려입은 채 현관문 가까이 서 있었어.

구석에는 고양이 퍼시가 낮은 소리로 욕을 퍼붓는 듯 웅얼거리며 앉아 있었지.

랜슬롯이 다가가자 주교는 눈을 깜빡거리며 멍하니 주변을 둘러보았어.

"여기가 어디지?" 주교가 말했어.

여기저기서 자발적으로 햄프셔에 있는 보틀비 계곡의 위드링턴 영지라는 것을 알렸어. 집사는 전화번호까지 보태는 지경에 이르렀지.

"잠결에 걷고 있었던 거 같아요." 주교가 말했어.

"그래요?" 펄트니-뱅크스 여사가 말했어. 랜슬롯은 그녀의 말투에서 싸늘함을 감지할 수 있었어.

"자야 할 시간에 깨워서 정말 미안합니다." 초조한 말투였지. "얼른 내 방으로 물러가는 게 좋겠네요."

"당연하죠." 펄트니-뱅크스 여사가 다시 한번 싸늘하게 말했어.

"제가 가서 이불 덮어 드릴게요." 랜슬롯이 말했어.

"고맙다, 얘야." 주교가 말했어.

침실에 감시당할 위험이 없다는 것을 알자 주교는 몹시 지친 듯 침대에 주저앉았어. 희망을 잃은 우산이 바닥에 떨어졌어.

"운명이야. 얼마나 더 몸부림쳐야 하지?"

"어떻게 된 일이에요?"

"곰곰이 생각해봤어. 어둠을 틈타 조용히 달아날 수 있는 최선의 계획을 세웠지. 개인적으로 화급하고도 중요한 업무가 있어 갑작스럽게 런던을 방문해야 했다는 것을 다음날 위드링턴 부인에게 전보로 알릴 작정이었어. 근데 막 현관문을 여는 순간 저놈의 고양이를 발로 밟아버린 거야."

"퍼시요?"

"그래, 퍼시." 주교가 씁쓸하게 말했어. "그놈은 복도에서 어슬렁거리고 있었어. 어쩌면 어둠 속에서 무슨 사명을 띠고 있었는지도 모르지. 이렇게 괴로운 와중에도 녀석의 꼬리를 납작하게 밟아버린 게 틀림없다는 생각을 하니 그나마 조금은 위안이 되는구나. 온 체중을 실어 내리밟았지. 난 호리호리한 남자가 아니잖아?" 쓸쓸히 한숨을 내쉬며 주교가 말했어. "이젠 정말 끝이야. 포기했어. 내가 졌어."

"삼촌, 그런 말씀 마세요."

"맞는 말이잖아. 달리 할 말이 뭐가 있겠어?" 주교가 약간 퉁명하게 대답했어. 그것은 랜슬롯 자신도 대답할 수 없는 질문이었지. 조용히 그는 삼촌의 손을 토닥인 뒤 걸어 나갔어.

한편, 펄트니-뱅크스 여사의 방에서는 열띤 토론이 열리고 있었어.

"세상에, 잠결에 걷다니!" 펄트니-뱅크스 여사가 말했어.

위드링턴 부인은 노부인의 말투에 화가 나는 것 같았어.

"왜 잠결에 걸으면 안 되는데요?" 그녀가 쏘아붙였어.

"왜 그래야 하는데?"

"걱정 때문에 그러죠."

"걱정이라니!" 펄트니-뱅크스 여사가 콧방귀를 꼈어.

"그래요, 걱정이요!" 위드링턴 부인이 씩씩하게 말했어. "전 그 이유를 알고 있어요. 어머니는 저만큼 그이를 이해하지 못해요."

"미꾸라지처럼 잘도 빠져나가지." 펄트니-뱅크스 여사가 투덜거렸어. "누가 모를 줄 알고. 런던으로 몰래 빠져나가려고 했던 거야."

"바로 그거예요!" 위드링턴 부인이 말했어. "고양이한테 가려고 한 거예요. 어머니는 그이가 고양이와 떨어져 있어야 한다는 게 무엇을 의미하는지 전혀 이해하지 못해요. 저는 그이가 오랫동안 불안하고 괴로워한다는 걸 알고 있었어요. 이유는 하나죠. 웹스터가 애타게 그립기 때문이에요. 저는 그게 뭔지 안다고요. 퍼시를 이틀 동안 잃어버렸을 때 전 거의 미칠 지경이었어요. 내일 아침식사 후 곧장 첼시의 보트가에 있는 로빈슨 박사에게 전보를 쳐서 첫차를 타고 여기로 내려와 달라고 부탁하겠어요. 지금 웹스터를 돌봐주고 있거든요. 모든 걸 다 떠나서 퍼시에게도 좋은 친구가 될 거예요."

"쀍!" 펄트니-뱅크스 여사였어.

"무슨 뜻이에요, 쀍이라니?" 위드링턴 부인이 따졌어.

"쀍이라고!" 펄트니-뱅크스 여사가 내뱉었어.

다음 날 내내 위드링턴 영지에는 어색한 분위기가 맴돌았어. 펄트니-뱅크스 여사의 태도 때문에 주교의 당혹스러움은 커져만 갔지. 의미심장하게 코를 훌쩍거리면서 숄 너머로 그를 바라보곤 했어. 오후 중반경이 되어서야 그는 서재로 가서 남아있는 법적 업무를 마무리 지어야 한다는 랜슬롯의 제안을 받아들이면서 안심이 되었어.

서재는 쾌적한 잔디와 관목숲이 내다보이는 1층에 있었어. 열린 창문 사이로 여름 꽃들의 향기가 퍼져왔어. 깊이 상처받은 영혼을 달래주어야 할 풍경이었지만, 주교는 그 풍경들에서 아무것도 느낄 수 없었어. 랜슬롯이 위로하려고 갖은 애를 써봤지만 그마저 거부한 채, 손으로 머리를 감싸 쥐고 앉아있었어.

"그 훌쩍거리는 소리!" 마치 아직도 귓가에 울려 퍼진다는 듯 몸서리치며 주교가 말했어. "그건 무슨 의미일까! 얼마나 불길한 의미일까!"

"그냥 코감기에 걸린 건지도 몰라요." 랜슬롯이 설득하려 들었어.

"아니야. 문제는 그보다 더 심각해. 저 끔찍한 노부인이 어젯밤 내 속임수를 간파했다는 걸 의미한다고. 그 노부인은 내 마음을 꿰뚫어 보고 있어. 이제부터는 경계심이 더해질 거야. 저들의 시야에서 벗어날 수도 없고, 끝장나는 건 시간문제일 뿐이야." 덜덜 떠는 한 손을 애절하게 조카에게 뻗으며 주교가 말했어. "랜슬롯, 너는 인생의 문턱에 있는 젊은이야. 인생이 행복해지기를 바란다면, 항상 지금 내가 하는 말을 기억하려무나. 바다 항해를 할 때 저녁식사 후에는 절대 갑판에 가지 말아라. 필시 유혹당할 것이다. 라운지는 답답하니 저녁 식사 후에 많은 사람들이 경험하는 포만감을 식힐 겸 시원한 바람이 불어오는 곳으로 가자고 혼잣말을 하게 될 거야…… 달빛이 파도를 은빛으로 물들이는 것을 볼 수 있는 갑판에 가면 얼마나 기분이 좋을까 생각할 거야…… 하지만 가지 마라, 얘야. 절대 가지 마라!"

"네, 꼭 명심할게요, 삼촌." 랜슬롯이 달래듯 말했어.

주교는 침울한 침묵에 빠졌어.

분명 여러 생각들이 꼬리를 물고 이어지는 것 같더니, 다시 말을 이어갔어. "단지 내가 하느님이 명한 독신자 중 하나라서 결혼한 상태를 불안하고 걱정스럽게만 여긴다는 건 아니야. 내 특유의 비극적인 상황 때문에 돌아버린 거란다. 내 운명은 일단 위드링턴 부인의 운명과 연결되어 있어. 난 다시는 웹스터를 보지 못할 거야."

"아, 삼촌. 소름 끼쳐요."

주교는 고개를 가로저었어.

"그래." 그가 말했어. "이 결혼이 이루어진다면 나의 길과 웹스터의 길은 분리되어야만 해. 그 순수한 고양이를 위드링턴 영지에서 살게 할 순 없어. 그 짐승 같은 퍼시와 계속 어울리며 살 게 할 순 없다고. 그러면 웹스터는 타락할 거야. 랜슬롯, 너도 웹스터를 알잖니. 몇 달 동안이나 네 동반자이자 정신적 지주였잖아. 너도 웹스터의 숭고한 이상을 잘 알잖아."

일순간 랜슬롯의 마음속에 어떤 장면들이 떠올랐어. 입에 청어 등뼈를 물고 마당에 서 있는 장면, 길고양이에게서 본-부슈*를 훔치고는 골목에서 목이 터져라 괴성을 지르는 장면이었지. 하지만 그는 망설이지 않고 연달아 대답했어.

"아, 네, 상당히 잘 알죠."

"숭고하죠."

"지고하고말고요."

"나는 퍼시가 자부심과 자존심으로 똘똘 뭉쳐서 보란 듯이 위엄을 드러내기 때문에 강력히 비난하지만, 웹스터의 위엄은 그런 것들로 물들지 않았어. 웹스터는 깨끗한 양심과 인식에 기대지. 심지어 새끼였을 때도 절대 정도를 벗어나지 않았었다고. 새끼였을 때 웹스터를 보았더라면 좋았으련만 안타깝구나, 랜슬롯."

"그러게요, 삼촌."

"웹스터는 털실 꾸러미를 가지고 논 적도 없는 아이야. 고요한 여름날 부드럽게 울려 퍼지는 성가대의 맑은 노랫소리에 귀 기울이며 대성당의 벽이 드리운 그림자에 앉아있는 걸 더 좋아했지. 녀석이 얼마나 마음속 깊은 상념에 잠겼는지 알 수 있을 정도였어. 한 번은 웹스터가……"

*bonne-bouche. 한 조각의 진미珍味.

그러나 언젠가 선량한 영감의 회고록에서 모습을 드러내는 것 외에는 추억은 세상에서 사라질 운명이었어. 바로 이때 문이 열리고 집사가 들어왔어. 팔에 바구니를 안고 있었지. 이 바구니 안에서 갑갑한 환경하에 기나긴 기차여행을 마치고는 도대체 어찌 된 사연인지 묻는 듯 격분한 나머지 절규하는 고양이의 울음소리가 이어졌어.

"이런!" 주교가 깜짝 놀라 외쳤어.

지긋지긋한 비운의 느낌은 랜슬롯의 마음에 어두운 그림자를 드리웠어. 그는 그 목소리를 알아봤어. 저 바구니 안에 무엇이 있는지 알아본 거야.

"멈추세요!" 랜슬롯이 외쳤어. "시어도어 삼촌, 제발 열지 마세요!"

하지만 너무 늦었어. 주교는 이미 떨리는 손으로 열심히 끈을 자르며 우쭈쭈쭈 고양이를 어르는 소리를 내고 있었어. 두 눈에는 사랑하는 고양이를 되찾은 고양이 애호가들의 눈에서만 볼 수 있는 광기가 서려 있었지.

"웹스터!" 주교가 떨리는 목소리로 불렀어.

그러자 바구니 밖으로 온갖 괴성을 지르면서 웹스터가 휙 튀어나왔어. 잠시 웹스터는 방을 이리저리 질주했어. 자기를 그 물건에 가둔 사람을 찾는 게 분명했어. 녀석의 눈이 불꽃처럼 이글거리고 있었기 때문이야. 조금 진정되자 녀석은 앉아서 온몸을 핥기 시작했어. 그때 처음으로 주교는 녀석을 주시할 수 있었어.

그나마 2주간 수의사한테 맡겼었기에 다행이었지. 아직도 충분하지는 않았지만. 랜슬롯은 턱없이 모자란다는 느낌이 들면서 초조해 죽을 지경이었어. 겨우 2주간 격리한다고 해서 찢어진 피부에 털을 다시 나게 할 수는 없는 노릇 아니겠어? 여분의 3센티가 모든 차이를 만드는, 물어뜯긴 귀를 되돌릴 수는 없는 노릇 아니겠냐고. 웹스터는 마치 방금 기계 같은 것에 낀 것처럼 보이는 꼬락서니로 로빈슨 박사에게 보내졌었어. 아주 조금 완화되긴 했지만 그 꼴이 어디 가겠어? 웹스터를 보자 주교는 가슴이 찢어지는 소리를 내뱉었어. 그런 뒤 랜슬롯에게 돌아서서 우레와 같은 목소리로 말했어.

"랜슬롯 뮬리너, 그래 이게 지금 성스러운 믿음을 완수했다는 게냐!"

랜슬롯은 온몸을 부들부들 떨면서 간신히 대답했어.

"삼촌, 제 잘못이 아니에요. 저 녀석은 아무도 못 말려요."

"흥!"

"정말 아무도 못 말린다니까요." 랜슬롯이 말했어. "게다가 이웃 고양이들 중 한 놈과 가끔 건전한 싸움을 벌이는 게 뭐가 그리 나쁜가요? 고양이들이란 게 다 그렇게 치고받고 싸우면서 크는 거죠."

"유감스러운 추론이네." 주교가 숨을 헐떡거리며 말했어.

비록 멍청하게 말하긴 해도 랜슬롯은 계속해서 말했어. 이제 다 부질없다는 것을 깨달았기 때문이지. "개인적으로 만약 제가 웹스터의 주인이었다면 저는 저 녀석을 자랑스러워할 거예요. 저 녀석의 전력을 생각해보세요." 얼굴이 약간 파리해지면서도 랜슬롯은 말을 이어나갔어. "웹스터는 단 한 번도 싸움을 경험해보지 않은 채 보트가로 왔어요. 그런데 경험이 전무한 데도 불구하고 2주 만에 거리의 모든 고양이들이 저 녀석을 보기만 해도 벽을 타고 넘어가 버리거나 가로등 기둥으로 올라가 버린다는 건 그만큼 타고난 재능이 있다는 거 아니겠어요?" 이제는 숫제 열변을 토하며 말했어. "11번지에서 암갈색 수고양이 한 마리를 때려눕히는 모습을 삼촌이 보셨으면 좋았을 텐데. 제가 지금까지 목격한 최고의 광경이었거든요. 게다가 그 수고양이는 풀럼가와 같이 멀리 떨어진 곳에서도 명성이 자자한 녀석이었는데 웹스터와 난타전을 벌이더니 패배를 인정했어요. 1회전 때는 연타 끝에 수고양이에게 유리하게 돌아가는 기미까지 보이다가 2회전에 들어서자……”

주교가 손을 들어 올렸어. 얼굴이 핼쑥해 있었어.

“그만! 이루 말할 수 없이 슬프구나. 난……”

주교가 하던 말을 멈췄어. 뭔가가 주교 옆에 있는 창턱에 뛰어올라 주교를 깜짝 놀라게 했기 때문이었지. 낯선 고양이의 소리를 듣고는 무슨 일인지 염탐하려고 고양이 퍼시가 온 것이었어.

퍼시에게도 고양이 무리 중 최고로 복 받은 자로 풍요로운 생활을 누리며 적어도 독기를 품은 적을 걱정할 필요가 없는 시절이 있었어. 랜슬롯은 퍼시가 실제로 종이뭉치를 가지고 노는 것을 본 적이 있었어. 하지만 이번 경우는 그러한 시절의 놀이와 같은 게 아니라는 게 즉각적으로 드러났지. 퍼시는 분명 사악한 분위기를 풍기고 있었어. 그 녀석의 어두운 영혼이 세로로 가늘어진 두 눈동자에서 반짝이고 있었지. 퍼시는 꼬리를 탁탁 치면서 잠시 웹스터를 단단히 비웃는 듯 서 있었어.

그런 뒤 수염을 씰룩쌜룩거리더니 낮은 소리로 뭐라고 중얼중얼거렸어.

퍼시가 중얼거리기 전까지 웹스터는 녀석이 온 걸 모르는 게 분명했어. 기차 여행 후에 더러워진 몸을 아직도 닦아내고 있었으니까. 하지만 퍼시가 중얼거리는 소리를 듣고는 놀라서 올려다보았지. 그리고 퍼시를 본 순간 귀가 납작해지더니 눈에서 전투적인 빛을 뿜어냈어.

순간, 두 놈 다 잠시 멈칫했어. 서로 뚫어져라 쳐다만 보았지. 그런 뒤, 퍼시가 꼬리를 탁탁 치면서 더 낮은 소리로 자신의 성명서를 반복했어. 그리고 이 지점에서 랜슬롯은 내게 자기가 수년간 고양이의 언어를 연구했기 때문에 아주 쉽게 그놈들이 나눈 대화를 말한 그대로 옮길 수 있다고 했어.

두 놈이 나눈 대화는 이렇다는 거야.

웹스터: 누구, 나?

퍼시: 그래, 너.

웹스터: 뭐라고?

퍼시: 알아들었냐?

웹스터: 그래?

퍼시: 그래.

웹스터: 그래?

퍼시: 그래. 일로 나와. 네 놈의 나머지 귀 한쪽도 물어 뜯어줄 테니.

웹스터: 그래? 네 놈이 물어 뜯길 텐데?

퍼시: 일로 와. 어디 한 번 해보자.

웹스터(하악질 해대며): 그래, 해보자고? 이런 머리에 피도 안 마른 놈이! 간땡이가 부었구먼! 야, 난 아침 댓바람부터 너보다 더 센 놈들을 때려눕히신 몸이야.

웹스터(랜슬롯에게): 야, 내 코트 갖고 옆에 서 있어. 자, 그럼, 간다!

이 말과 함께 우웽우웽 소리를 내면서 웹스터는 전투태세를 갖추고 전진했어. 잠시 후, 폐쇄 성찬식*의 17마리 고양이처럼 보이는 마구 뒤얽힌 한 덩어리가 창턱에서 방으로 떨어졌어.

랜슬롯은 내게 이렇게 말했어. 중대한 문제를 가지고 벌이는 고양이 싸움은 늘 볼만한 광경이고, 아주 생생하고 끝내주는 싸움이란 것을 보장하지만, 자기는 그 싸움을 응시한 게 아니라 봉고봉고 주교를 응시했다고 말이지.

처음 그 광경을 맞닥뜨린 얼마 동안, 고위 성직자의 모습에서는 극심한

*같은 교파(교회)의 신자만이 참례하는 성찬식.

공포와 고통의 감정 이상의 것은 보이지 않았어. 자신의 완벽한 애완동물이 16개의 다리를 동시에 가진 존재로 보이는 퍼시의 맹공격에 맞서는 것을 지켜보는 모습은 마치 "오, 루시퍼, 아침의 아들이여. 너는 어찌 하늘에서 떨어졌느냐"*라고 말하는 듯했지. 그런데 그다음에 정말 갑작스럽게도, 주교의 내면에서 웹스터의 기량에 대한 열렬한 자부심과 우리 모두가 겉으로 드러내는 스포츠 정신과 아주 흡사한 것이 동시에 일깨워지는 것처럼 보였어. 주교는 얼굴이 새빨개지면서 두 눈이 열성 당원의 눈처럼 열기로 번뜩이더니, 자신이 지지하는 후보에게 온갖 몸짓과 말로 격려하면서 전투대원들 주위를 날뛰었어.

"최고야! 멋져! 더 세게 쳐, 웹스터!"

"웹스터, 왼손으로 훅을 날려!" 랜슬롯이 외쳤어.

"바로 그거야!" 주교가 우렁차게 소리를 질렀어.

"담가 버려, 웹스터!"

"한 방에 보내버려!" 주교가 맞장구쳤어. "그 표현은 내게는 새로운 것이지만, 박력과 활기가 뭔지 제대로 느낄 수 있네. 내 귀염둥이 웹스터가 '담가 버리는' 거 말이야."

이때 시끄럽게 싸우는 소리에 이끌려 위드링턴 부인이 헐레벌떡 방으로 들어왔어. 바로 그때 퍼시가 적수가 휘두른 오른발에 맞고 쫓기면서 창턱으로 냅다 튀는 걸 본 거야. 퍼시는 이 초청 시합에서 체급을 떠나 뛰어난 적수와 맞서야 한다는 사실을 일찌감치 깨닫기 시작했지. 지금 퍼시는 오로지 도망쳐야겠다는 생각밖에 없었어. 그런데 웹스터가 계속 싸움에 참가할 뜻을 비친 거야. 그들은 잔디밭에서 한 번 더 전투를 벌이기 시작했어.

*이사야 14:12에 나오는 말.

위드링턴 부인은 질겁한 채 그 자리에 서 있었지. 그토록 사랑하는 애완동물이 그토록 고통스럽게 패자가 되는 것을 보게 되자 그녀는 결혼 계획을 잊어버렸어. 이제 더 이상 마취제를 사용해서라도 주교와 결혼하겠다고 작정한 냉정하고 결의에 찬 여자가 아니었지. 그녀는 격분한 고양이 애호가였고, 분노로 이글거리는 눈으로 주교를 마주 봤어.

"이게 무슨 짓이죠?" 그녀가 따졌어.

주교는 아직도 한눈에 봐도 흥분감에 휩싸여 있었지.

"당신의 짐승 같은 동물이 싸우자고 했고, 웹스터는 그놈을 호되게 벌준 것뿐이라오!"

"우리 웹스터가 해냈어요!" 랜슬롯이 말했어. "왼손으로 코크스크로우 펀치* 날리는 거 보셨죠!"

"오른손으로는 잽싸게 어퍼컷을 날렸어!" 주교가 외쳤어.

"런던에서 웹스터를 당해낼 수 있는 고양이는 한 마리도 없어요."

"런던?" 주교가 흥분하며 말했어. "영국 전역을 찾아도 없을걸. 아, 존경스러운 웹스터!"

위드링턴 부인은 격분해서 발을 동동 굴렀지.

"당신이 저 고양이를 망쳤어요!"

"어느 고양이?"

"저 고양이요." 위드링턴 부인이 가리키며 말했어.

웹스터가 창턱에 서 있었어. 숨을 약간 헐떡이는 데다 귀는 치료하기 이전보다 더 악화되었지만 얼굴에는 승리한 자의 만족스러운 미소가 흐르고 있었지. 웹스터는 머리를 좌우로 움직이고 있었어. 마치 한두 마디 해달라는

*corkscrew punch. 권투에서 나사를 박듯이 주먹을 비틀어 넣어 때리는 펀치.

대중들의 기대에 부응해 마이크를 찾는 것 같았다고 하더군.

"저런 야만스러운 짐승은 죽여버려야 한다고 강력히 주장합니다." 위드링턴 부인이 말했어.

주교가 그녀의 눈을 뚫어져라 보았지.

"부인, 저는 그 계획을 지지하지 않습니다." 그가 대답했어.

"거부하는 거예요?"

"확실하게 거부합니다. 저는 이 순간만큼이나 웹스터를 크게 존경해본 적이 없습니다. 저는 웹스터를 공공의 은인, 사심 없는 이타주의자라고 생각합니다. 생각이 똑바로 박인 사람이라면 수년간 당신의 저 말할 수 없이 혐오스러운 고양이를 웹스터가 방금 다룬 것처럼 다루고 싶었을 겁니다. 이제 저는 감사와 존경의 마음 밖에는 아무 생각이 들지 않습니다. 개인적으로 저는 정말로 맛있는 생선이 든 접시를 손수 줄 작정입니다."

"여기서는 주지 못할걸요."

그녀가 벨을 눌렀어.

"포더링게이." 집사가 나타나자 차갑고 단호한 목소리로 말했어. "오늘 밤 주교님이 떠나실 거야. 6시 41분에 맞춰 가방을 꾸리는지 확인해 줘."

그녀는 방에서 휙 나갔어. 주교가 돌아서서 랜슬롯에게 자애로운 미소를 지었지.

"딱 좋은 시간을 줬군. 우리 조카에게 수표를 쓸 수 있는 시간 말이야."

주교는 허리를 굽혀 웹스터를 품에 안고는 랜슬롯과 서로 재빨리 힐끗 눈짓을 교환하더니 아무 말 없이 살그머니 나갔어. 이 성스러운 순간만큼은 경계할 필요가 없었지.

실눈을 뜨고 삶을 보라

나는 고개를 숙여 심원한 초록빛 눈동자를 들여다보았다. 그 동물은 눈꺼풀을
한 번도 깜빡이지 않고 내 눈을 뚫어지게 바라보았다. 나는 시간의 근원에
빨려들어 가고 있다는 느낌이 들었다. 그 표정 없는 둥그런 구체 앞에서 시대의 전경이
재검토되면서 지나가는 것 같았다. 인류의 모든 사랑과 희망, 욕망이. 거짓으로
판명되었던 모든 영원한 진리가. 구원해주리라 발견했던 모든 영원한 믿음이
결국엔 지옥일 뿐이라는 것을 발견한 그 모든 것이.

프리츠 라이버 도약하는 자를 위한 시공간

거미치는 자신도 아주 잘 알듯 아이큐가 약 160은 되는 초超새끼고양이였다. 물론 녀석은 말을 하지 못했다. 하지만 언어능력에 근거한 아이큐 테스트가 매우 편파적이라는 것은 모두가 알고 있는 사실이다. 게다가 녀석은 사람들이 자기를 위해 상을 차리고 커피를 따라주기 시작했을 때부터 말을 했다. 아슈르바니팔*과 클레오파트라는 바닥에 있는 그릇에서 말고기를 먹었고 말을 하지 못했다. 아기는 아기침대에서 젖병에 든 분유를 먹었고 말을 하지 못했다. 씨씨는 식탁에 앉아있었지만 사람들은 씨씨에게 커피를 따라주지 않았다. 씨씨는 말을 단 한 마디도 하지 못했다. 거미치가 '맛있는 말고기'와 '야옹아 이리 온'이라고 별명을 붙인 아빠와 엄마는 식탁에 앉아 서로 커피를 따라주며 말을 했다. 이상은 틀림없는 사실임을 증명한다.

한편, 거미치는 거의 문명화된 동물이라면 누구라도 귀로 듣고 외워서 말할 수 있는 고양이 방언은 물론, 모든 인간의 언어를 직관적으로 이해하고 생각을 투사하는 데 능통하게 되었다. 극적인 독백과 소크라테스식 대화법, 퀴즈 프로그램 방송, (사자와 호랑이 뒤에 숨은 진상을 밝혀내는 곳인) 아프리카 오지로 고양잇과를 찾아 떠나는 원정, 외행성 탐사 등은 시간문제일 뿐

*Ashurbanipal(?~626? B.C.). 고대 아시리아의 왕 이름.

이었다. 『냄새 백과사전』, 『고양이 심리학』, 『보이지 않는 계시와 비밀스러운 경이』, 『도약하는 자를 위한 시공간』, 『실눈을 뜨고 삶을 보라』 등등 차곡차곡 자료를 축적하고 있는 책의 경우도 마찬가지였다. 현재로서는 자신의 나이 수준에 맞는 경험을 놓치지 않으면서, 최대한 지식을 내 것으로 만들기 위해 꽁지에 불이 나도록 바삐 돌아다니는 것만으로도 충분했다.

푸른 눈을 가진 유아기에서 청소년기로 접어드는 마법의 길에 따르는 일련의 여러 별명이 보여주듯이, 거미치는 겉보기에는 그저 평범하고 활달한 새끼고양이일 뿐이었다. '꼬맹이', '앵앵이', '몽실이', '(서투르게 골골 소리를 내지 않는) 고롱이', '굶어 죽은 귀신', '살쾡이', '(교미가 아니라 애정에 집착하는) 난봉꾼', '스푸크와 캐트니크Spook and Catnik' 등이 거미치의 별명이었다. 이들 중 마지막 별명은 보충 설명이 필요할 것 같다. 당시 막 러시아에서 스푸트니크*에 이어 무트니크**를 쏘아 올렸을 때였다. 어느 날 밤, 거미치는 고정되어 있는 인간 항성과 상대적으로 천천히 움직이는 나이 든 두 고양이의 천체天體를 지나, 거실 마루의 창공을 가로질러 똑같은 방향으로 세 번이나 쏜살같이 내달았다. 이를 본 '야옹아 이리 온' 엄마는 다음과 같은 키츠의 시 구절***을 인용했다.

> 새로운 행성이 그의 시계視界 속으로 유영해 왔을 때
> 나는 하늘의 어느 관찰자처럼 느껴졌다

*Sputnik. 1957년 구소련이 발사한 세계 최초의 인공위성.

**Muttnik. 1957년 개를 태우고 발사한 소련의 제2호 인공위성. 견위성犬衛星이라 불린다.

***존 키츠(John Keats. 1795~1821)의 '채프먼 역譯의 호머를 처음 읽고서On First Looking into Chapman's Homer'(1816) 중 한 구절이다. 호머가 창조한 미의 세계를 원문으로는 아니지만 채프먼의 번역을 통해 접하고는, 호머의 시 세계를 발견한 기쁨과 감동을 천문학적 발견과 지리학적 탐험에 비유하고 있다.

'맛있는 말고기' 아빠가 "아! 캐트니크!"라고 말할 수밖에 없던 건 당연지사다.

그 새로운 이름은 영구적인 조짐을 보이는 이름인 거미치로 대체되기 전까지 3일 내내 지속되었다.

거미치는 '맛있는 말고기' 아빠가 '야옹아 이리 온' 엄마에게 하는 말을 엿듣게 되었다. 어린 고양이가 이제 막 진정한 어른 고양이가 되기 직전이라는 것이었다. 몇 주 안 되는 짧은 시간 동안 거미치의 활기찬 몸집은 탄탄해지고 가느다란 목이 두꺼워지며 털이 곤두서고 새끼고양이가 가진 모든 발랄하고 깜찍한 성질들이 급속히 사라지면서 행동 범위가 한정된 외골수 수고양이로 변한다고 말했다. 그러면서 '맛있는 말고기' 아빠는 완전히 아슈르바니팔처럼만 되지 않으면 다행이라고 결론지었다.

지적으로 우월한 입장에 있는 거미치는 무심한 척 짜릿한 기분을 느끼며 이러한 예측에 귀 기울이고 있었다. 외적으로 평범한 존재가 가진 여러 면을 받아들인 것과 똑같은 마음가짐이었다. 그가 조그만 양철 그릇에 자기 몫으로 주어진 말고기를 싹싹 핥고 있자 아슈르바니팔과 클레오파트라는 그 모습을 곁눈질로 죽일 듯 노려보고 있었다. 그들은 가끔 깡통에 든 고양이 음식을 먹었지만, 거미치는 절대 먹지 않았기 때문이다. 살아있는 고양이와 봉제 곰 인형의 차이를 모르는 홀딱 벗은 백치 같은 아기는 자기가 얼마나 무식한지를 숨기려고 낑낑거리는 시끄러운 소리를 내면서 눈에 보이는 온갖 것들을 무차별적으로 쿡쿡 찔러댔다. 하지만 그보다 훨씬 더 심각한 문제는 아주 교묘하게 숨겨진 씨씨의 악의적인 행동이었다. 특히 혼자 있을 때 방심하지 말고 지켜봐야 하는 씨씨는 뒤틀려있는 데다 좀 모자라는 애가 아닐까 싶을 정도로 발달이 늦었다. 거미치는 '맛있는 말고기' 아빠와 '야옹아 이리 온' 엄마가 속으로 제일 걱정하는 것이 씨씨라는 것을 알고 있었다.(씨씨가 저지르는 온갖 사악한 짓들은 곧 나올 것이다.) '야옹아 이리 온' 엄마는 커피를 그렇게나 많이 마시면서도 새끼고양이만큼이나 아주 멍청하고 지성이 결여되어 있었다. 이를테면, 다른 존재들처럼 새끼고양이들도—여기에서 저기로 가기 위해서는 그들 사이에 있는 공간을 가로질러야만 한다는 식의—똑같은 시공간을 움직이며 비슷한 오류를 범한다고 확고하게 믿는 식이었다. '맛있는 말고기' 아빠조차도 거미치와 단둘이 있을 때는 비밀 교리의 상당 부분을 이해하고 거미치에게 내면적인 이야기를 하면서도 정신적으로 얼마나 꽉 막혀있는지 몰랐다. 훌륭한 가정의 수호신이긴 하지만 미치고 팔짝 뛸 정도로 머리가 둔하다는 자격지심 때문에 괴로워하는 것 같았다.

하지만 거미치는 이 고양이인간 식구들이 죄다 지적으로 모자라고 짐승처럼 이성이 부족했어도 너그럽게 봐줄 수 있었다. 왜냐하면 오직 자신만이 자기 자신과 다른 새끼고양이들, 그리고 아기들에 대한 참된 진실뿐 아니라, 정신박약자들에게는 숨겨진 진실, 질병의 병원균 이론만큼이나 본질적으로 놀라운 진실, 단일 원자의 폭발에 전체 우주가 기원한다는 진실을 알고 있기 때문이다.

새끼고양이로서 거미치는 '맛있는 말고기' 아빠의 두 손이 '맛있는 말고기' 아빠의 팔 끝에 영구적으로 붙어 있는 털 없는 새끼고양이로 각각 고유의 독립적인 생활을 한다고 믿었다. 첫 놀이친구이자 위로자, 전투 상대인 저 다섯 개의 발가락이 달린 누르스름한 두 괴물을 거미치는 얼마나 사랑하고 미워했는지 모른다!

하지만 이렇듯 일고의 가치도 없는 기상천외한 생각조차도 거미치 자신에 대한 진실에 비하면 얼마나 하찮은 공상일 뿐이란 말인가!

제우스의 이마가 부풀어 터지면서 미네르바를 낳았다. 거미치는 '맛있는 말고기' 아빠의 평상복인 수건용 천으로 만들어진 추레하고 낡은 목욕 가운의 허리춤에서 태어났다. 새끼고양이는 직관적으로 자신의 탄생을 확신할 수 있었으며, 그 자신뿐 아니라 제아무리 데카르트나 아리스토텔레스에게라도 그것을 논리적으로 증명할 수 있을 터였다. 그 오래된 목욕 가운의 새끼고양이 크기만 한 주름 속에서 몸의 원자가 모여 생명을 부여했다. 가장 초기의 기억은 '맛있는 말고기' 아빠의 체온으로 따뜻해진 수건 천에 감싸여 졸고 있었다는 것이다. '맛있는 말고기'와 '야옹아 이리 온'은 친부모님이었다. 거미치의 기원에 관한 또 다른 이론은, '맛있는 말고기' 아빠와 '야옹아 이리 온' 엄마가 이따금 이야기하는 것을 들은 것으로, 자신이 문 옆 쓰레기통에 버려진 고양이 중에 유일하게 생존했는데, 비타민 결핍증으로 온몸을 덜덜 떨고 있었고 꼬리 끝과 발톱 위의 털은 죄다 벗겨져 있었으며 안약을 넣는 스포이트로 따뜻한 황색 우유와 비타민을 먹여 돌보면서 생명과 건강을 되찾아야만 했다는 것이었다. 이 이론은 영웅의 탄생을 숨기려는 불가사의한 자연적 본성에 근거한 합리화 중 하나일 뿐이었다. 어쩌면 현명하게도, 영웅의 탄생을 참을 수 없는 사람들로부터 진실을 가리려는 것일지도 몰랐다. '야옹아 이리 온' 엄마와 '맛있는 말고기' 아빠처럼 허위로 합리화하다 보면 씨씨와 아기가 아슈르바니팔과 클레오파트라의 새끼가 아니라 자기들 자식이라는 믿음을 낳는다.

거미치가 순수 직관으로 탄생의 비밀을 발견한 그 날, 그는 즉시 격하게 흥분했다. 부엌으로 돌진해서 처음 20분 동안은 튀긴 가리비를 극도로 괴롭혔다. 하지만 달려들어 갈기갈기 찢어 게걸스럽게 먹어치우는 것은 참았다. 그러나 탄생의 비밀은 서막에 불과했다. 지적 능력이 일깨워지면서 이틀

후 한층 더 큰 비밀을 직관적으로 알게 되었다. 그는 인간의 자식이었으므로 '맛있는 말고기' 아빠가 말했던 성숙한 시기에 도달했을 때 골난 듯 뚱하게 변하는 게 아니라 현재 털 색깔인 붉은 황금빛 머리를 가진 존엄한 청소년으로 변한다는 것이었다. 그러면 커피를 따를 수도 있고, 즉시 모든 언어를 다 말을 할 수 있게 될 것이다! 반면 씨씨는(이제는 얼마나 사악한지를 여실히 보여주고 있었다!) 대략 거의 비슷한 시기에 몸을 웅크리고는 털 바깥으로 날카로운 발톱을 드러내며 자기 머리색깔 만큼이나 음흉하고 포악한 암고양이 성질을 드러낼 것이다. 씨씨가 관심 있는 거라곤 오로지 교미와 자기애, 그리고 아슈르바니팔의 후처들과 클레오파트라의 암컷 떼들과 어울리는 것뿐일 것이다.

모든 새끼고양이들과 아기들, 모든 인간들과 고양이들은 어디서 살든지 간에 정확히 마찬가지라는 것을 거미치는 즉시 깨달았다. 곤충이 발생 과정에서 변태기를 겪는 것만큼이나 사춘기는 그들의 삶의 구조의 일부였다. 그것은 또한 늑대인간들, 뱀파이어들, 마녀들의 친구들의 모든 전설의 기초가 되는 근본적인 사실이었다.

마음속에서 선입견을 제거한다면 대단히 논리적이라고 거미치는 혼잣말을 했다. 아기들은 합리적인 사유나 언어 능력이 없는 어리석고 어설프고 보복심 강한 생물이었다. 그들이 자라서 강탈과 번식에만 열중하는, 대화도 없고 뚱하기만 한 이기적인 짐승이 되는 것보다 더 자연스러운 게 있을까? 반면 새끼고양이들은 민첩하고 예민하고 섬세하고 이 세상에서 제일 활기가 넘친다. 손재주가 좋고 언어를 말하고 책을 쓰고 음악을 만들고 고기를 입수해서 분배하는 달인이 되는 것 외에 그들에게 어떤 다른 운명이 가능할까? 새끼고양이들과 사람들, 아기들과 고양이들이 외모와 크기 면에서 서로 다르다는 것을 지적하기 위해 신체적 차이를 강조하는 것은 나무만 보고 숲을 보지 못하는 격이 될 것이다. 이는 마치 곤충학자가 변태기를 신화로 선언해야 하는 것과 똑같다. 곤충학자의 현미경은 애벌레의 점액에서 나비의 날개를 발견하거나 황금빛 딱정벌레의 날개를 발견하지 못하기 때문이다.

그럼에도 불구하고 그것은 믿기 어려울 정도로 충격적인 진실이었다. 거미치는 동시에 왜 인간과 고양이, 아기들, 어쩌면 대부분의 새끼고양이들이 그것을 인식하지 못하는지 쉽게 이해할 수 있다는 것을 깨달았다. 나비에게 그가 한때 털북숭이 구더기였다는 사실을, 또는 둔해 빠진 애벌레에게 언젠가는 걸어 다니는 보석이 될 거라는 사실을 어떻게 설명할 수 있을 것인가? 그런 상황에서 유약한 정신을 가진 사람이나 고양잇과는 자비롭게도 대량의 기억상실이 보호해준다. 가령 벨리코프스키*는 우리가 새까맣게 까먹고 있던 사실, 즉 유사 이래 지구는 현재의 궤도에 (우주적 안도의 한숨과 함께!) 정착하기 전 혜성의 방식으로 작용하는 외계행성인 금성과 충돌해서 대격변을 일으켰다는 사실을 다시금 상기시켜주었다.

이러한 결론은 거미치가 처음으로 심오한 통찰을 한 후 흥분해서 다른 이들에게 전하려고 애쓸 때 확인되었다. 거미치는 자신이 발견한 통찰을 아슈르바니팔과 클레오파트라는 물론 심지어 혹시나 해서 씨씨와 아기에게까지도 한정된 전문용어가 허용하는 범위 내에서만이 아니라 고양이 방언으로도 이야기했다. 그 생각에 사로잡혀 방심하고 있을 때 씨씨가 포크로 자신을 찌를 기회로 이용했다는 것만 빼고는 그들은 아무 관심도 보이지 않았다.

나중에 '맛있는 말고기' 아빠와 단둘이 있을 때, 거미치는 근엄한 노란

*Immanuel Velikovsky(1895~1979). 유대계 러시아 출신 학자이자 정신과 의사. 『대격변의 지구』(1955)를 말한다. 이 이론은 대부분의 학자들에게 거부되고 무시된 반면, 대중들에게는 열광적인 지지를 받았으며, 이 책은 후에 학문적 가치로도 대단히 인정받았다.

눈으로 가정의 수호신을 뚫어지게 바라보면서 새로운 위대한 생각을 투사했지만, 가정의 수호신이 거미치의 모습을 보면서 점점 눈에 띄게 불안해하더니 심지어 진짜 두려워하는 기색을 보였기에 그쯤에서 그만두었다. 나중에 '맛있는 말고기' 아빠는 '야옹아 이리 온' 엄마에게 이렇게 말했다. "당신은 틀림없이 거미치가 아인슈타인 이론이나 원죄의 교리만큼이나 깊은 것을 이해시키려 애쓰고 있었다고 할걸."

하지만 거미치는 이제 형태상으로 거의 사람이라는 것을 이러한 실패 이후 다시 한번 상기했으며, 이는 필요한 경우 비밀을 홀로 어깨에 짊어져야 하는 운명의 일부였다. 그는 자신이 변태기가 되었을 때 일반적인 기억상실이 어떤 영향을 미칠지 궁금했다. 이 질문에 대한 확실한 대답은 없었다. 그리고 기억상실을 바라지는 않지만, 때로는 기억을 지우고 싶다고 바랄 만한 이유가 있다는 것을 느꼈다. 운명으로 가둬질 수 없는 지식의 측면에서 말하자면, 어쩌면 그는 진정한 첫 새끼고양이-사람일 것이다.

한번은 약물을 사용하여 그 과정을 가속화시키면 어떨까 싶은 생각이 들었다. 부엌에 혼자 있을 때 거미치는 식탁 위로 풀쩍 뛰어 올라가 '맛있는 말고기' 아빠의 커피잔 바닥에 있는 검은 물웅덩이를 깨끗이 핥기 시작했다. 역겹고 악취가 났다. 혐오감이 생긴 데다 겁에 질린 거미치는 으르렁거리며 물러났다. 그 시커먼 음료는 적절한 시간과 적절한 의식을 제외하고는 혀를 풀어 자유롭게 말을 하는 마법에 효과가 없다는 것을 깨달았다. 차라리 주문을 외는 게 나을지도 몰랐다. 확실히 불법적인 시음은 매우 위험했다.

'야옹아 이리 온' 엄마가 말없이 졸라대는 어린 씨씨에게 처음으로 우유와 설탕을 듬뿍 타서 몇 순가락 줬을 때, 거미치에게는 커피가 그 자체로 어떤 경이로운 작용을 할 거라는 기대가 부질없다는 사실이 한층 더 입증되었다. 물론 이때쯤에는 씨씨가 곧 고양이로 변할 운명이고 따라서 아무리 커피를 많이 마셔도 말을 할 수 없을 거라는 사실을 거미치는 알고 있었지만, 그럼에도 불구하고 어떻게 처음으로 한 모금 들어간 것을 내뱉는지, 그 후에 어떻게 침을 질질 흘리는지, 그리고 어떻게 컵에 달려들어 그 내용물을 '야옹아 이리 온' 엄마의 가슴팍에 뿌리는지를 보는 것은 아주 유익했다.

거미치는 씨씨를 염려하는 자신의 부모님에 대해 계속해서 깊은 연민을 느끼고 있었다. 그래서 얼른 변태기를 일으켜 인정받는 사람-아이로서 진심으로 부모님을 위로할 수 있는 그 날이 오기만을 간절히 바랐다. 부모님이 온갖 애를 써가며 어린 소녀에게 말문이 트이도록 구슬리는 모습, 그것도 항상 다른 사람들이 없을 때에만 그런 시도를 하는 모습과 씨씨가 우연히 입 밖에 낸 한두 마디 말과 비슷한 것에 매달려 희망을 품고선 계속해서 되풀이하게 하는 모습, 또 부모님이 발달지체에 대한 두려움이 아니라 주로 아기에게 하는 못된 짓이 명백하게 들어난다는 두려움에 더욱더 사로잡히는 모습을 보고 있으려니 거미치의 가슴은 미어지는 듯했다……. 비록 두 마리의 고양이와 거미치가 그 아픔을 같이 나누긴 하겠지만 말이다. 한번은 씨씨가 아기 침대에 혼자 있는 아기를 붙잡고는 블록의 날카로운 모서리를 이용해 아기의 커다란 반구형 이마 아래쪽으로 삼각형의 붉은 점을 찍었다. 씨씨가 한 짓을 발견한 '야옹아 이리 온' 엄마가 처음으로 한 행동은 '맛있는 말고기' 아빠가 볼 수 없도록 아기의 이마를 문질러 흔적을 없애는 것이었다. '야옹아 이리 온' 엄마가 이상심리학 책을 읽다가 '맛있는 말고기' 아빠가 오자 숨긴 것도 바로 그날 밤이었다.

거미치는 자신들이 씨씨의 부모가 될 거라고 정말로 믿으면서 마치 실제로 부모라도 되는 듯 씨씨에게 깊은 애정을 느끼는 '야옹아 이리 온' 엄마와 '맛있는 말고기' 아빠의 심정을 십분 이해했다. 하지만 현 상황에서는 부모님을 도울 수 있는 일이 거의 없었다. 거미치는 최근에 아기를 독자적으로 보살펴야겠다는 생각이 들기 시작했다. 그 가엾은 조그만 원초적 고양이는 완전히 바보에다 무방비 상태였다. 그래서 거미치는 비공식적으로 자신을 그 생물의 수호자로 임명하고는 아기방의 문 뒤에서 낮잠을 자거나, 씨씨가 나타날 때마다 요란하게 이리저리 뛰어다녔다. 고양잇과-인간 식구의 잠정적인 성인의 일원으로서 어떤 일이 있어도 도리에 맞는 책임감을 가져야 한다는 것을 깨달았기 때문이다.

책임감을 받아들이는 것은 그 누구와도 공유할 수 없는 직관과 비밀을 홀로 짊어지는 것만큼이나 새끼고양이의 삶에서 중요한 부분을 차지한다고 거미치는 혼잣말을 했다. 그런데 그 직관과 비밀의 수는 날마다 계속해서 늘어났다.

예를 들어, '다람쥐 거울 사건'과 같은 것이 있었다.

거미치는 평범한 거울의 수수께끼와 거울 속에 비친 생물들에 관한 수수께끼를 일찌감치 풀었다. 거실에 육중하게 걸려있는 벽 같은 것을 조금 관찰하고 냄새를 맡고 원인을 찾아내려고 시도한 뒤, 그는 단번에 거울이라는 존재는 실체가 없거나 아니면 적어도 공상의 세계 속에 밀폐된 채 봉인되어 있다는 것을 확신했다. 아마 거울 속에는 순수 영혼의 창조물들 혹은 악의가 없는 모조 유령들이 있을 터였다. 발로 아주 살짝 만져보았지만 차갑기만 한, 거미치와 똑 닮았지만 말이 없는 거미치 생령生靈을 포함해서 말이다.

어느 날 거미치는 거울세계를 들여다보면서 정신줄을 놓아버린 뒤 생령의 영혼이 자신의 육체 속으로 슬그머니 들어오는 동안 거울에 있는 생령 속으로 슬그머니 들어가면 무슨 일이 벌어질지 상상력을 발휘했다. 그러려면,

간단히 말해서, 냄새가 없는 유령 고양이와 입장을 바꾸어 생각하면 되었다. 진짜 거미치를 따라잡기 위해 거울 속에서 이리저리 뛰어다니는데 필요한 속도와 판단력을 제외하고는 철저히 모방으로 이루어진 삶, 주도권을 보여줄 기회가 전적으로 결여된 삶으로 운명 지어진 존재는 소름 끼치게 따분할 것이다. 그래서 거미치는 거울 근처에서는 항상 정신줄을 단단히 붙들어 매야겠다고 결심했다.

하지만 그것이 '다람쥐 거울'에 대해 확실히 말해주는 것은 아니다. 어느 날 아침, 거미치는 침실 창문 밖으로 현관 지붕을 내다보고 있었다. 거미치는 이미 창문을 다른 한쪽과 두 종류의 공간으로 나누는 반거울로 분류한 상태였다. 거울세계와 외부세계라고 불리는 가혹한 영역은 기이하고도 위험하게 규칙적으로 울리는 소음들로 가득 채워져 있었다. 그 속에서 다 큰 어른 인간들은 특별한 옷을 입을 요량이나 또는 다시 만나게 되니 안심하라고 그런다지만 실은 역효과만을 얻는 밤 인사를 간간이 외쳤다. 두 종류의 공간이 공존한다는 것은 『도약하는 자를 위한 시공간』 제27장의 개요를 마음속에 품고 다니는 새끼고양이에게는 전혀 역설적인 것이 아니었다. 실제로 공존에 관한 것은 책의 소주제 중 하나였다.

오늘 아침 침실은 어두컴컴했고 외부세계는 칙칙하고 햇빛이 비치지 않았기에 보통 때와 달리 거울세계를 들여다보기가 힘들었다. 거미치는 거울 쪽을 향해 얼굴을 똑바로 들어 올리고 콧구멍을 벌름거리며 앞발을 창문턱에 올렸다. 그런데 거미치 생령이 일상적으로 차지하고 있는 정확히 똑같은 공간 속에서 맞은편으로 무언가가 쑥 올라왔다. 튀어나올 것만 같은 흉포해 보이는 검은 눈알, 흉악한 삽 모양의 이빨로 채워진 거대한 턱, 이마를 바닥에 사납게 납작 엎드린 채 잔뜩 찌푸린 얼굴을 하고 있는 지저분한 갈색 짐승이었다.

거미치는 소스라치게 놀랐고 소름 끼치게 두려웠다. 단단히 부여잡고 있던 정신줄이 축 늘어지는 것을 느꼈고, 자유의지와는 무관하게 뒤쪽으로 약 3미터를 순간이동했다. 시공간에서 지름길로 가는 기능을 활용한 것으로, 사실상 공간왜곡歪曲을 이용해 여행하는 것이었다. 이는 거미치가 가진 능력 중 하나로 '야옹아 이리 온' 엄마는 아예 믿지 않았으며, '맛있는 말고기' 아빠조차도 의심하지만 않았을 뿐 받아들이지는 않았었다.

그런 다음, 잠시도 지체하지 않고 거미치는 털북숭이 엉덩이를 박차고 일어나 방향을 홱 돌려 전속력으로 아래층으로 달려가 소파 꼭대기에 뛰어오르고는 벽거울 속에 있는 거미치 생령을 몇 초 동안 빤히 바라보았다. 거미치는 자신이 아직 자기 자신이며, 침실 창문에서 대면했던 역겨운 갈색의 유령으로 변모되지 않았다는 확신이 완전히 들 때까지 긴장의 끈을 늦추지 않았다.

"이게 무슨 일이래?" '맛있는 말고기' 아빠가 '야옹아 이리 온' 엄마에게 물었다.

나중에 거미치는 자기가 보았던 것이 (다락방을 습격하는 것만 빼고는) 전적으로 외부세계에 속하는 견과류 사냥꾼인 흉포한 다람쥐였을 뿐, 절대 거울 속에 사는 게 아니라는 사실을 알게 되었다. 그럼에도 불구하고 거미치는 다람쥐가 거미치 생령의 자리를 차지하고는 자기 것으로 만들려고 했다는 심오한 순간적 확신이 들었던 생생한 기억을 떨칠 수 없었다. 만약 다람쥐가 자기와 영혼을 교환하는 것에 적극적으로 관심을 표명했더라면 어떤 일이 일어났을지 생각하고는 몸서리를 쳤다. 거미치가 항상 두려워했던 것처럼, 거울과 거울이 가져온 상황은 명백하게 영혼의 전이轉移에 큰 도움이 되었다. 가령 (발톱으로 다이아몬드를 박아 넣듯이!) 유리를 똑바로 오르는 계획이라든가 나무보다 더 높이 날아오르려는 계획처럼 위험하고도 흥미로운, 어쩌면 유용한 정보가 될지도 모르는 지식들을 거미치는 기억상자에 저장해 놓았다.

요즘 들어 거미치의 생각상자는 미어터진다는 느낌이 들기 시작했으며, 정당하게 마시는 진짜 풍부한 커피 맛에 대해 말할 수 있는 순간조차도 기다릴 수 없는 지경에 이르렀다.

거미치는 이 광경을 마음속에 소상하게 그려 넣었다. 가족이 부엌 식탁에 은밀하게 모였다. 아슈르바니팔과 클레오파트라는 바닥에서 공손하게 지켜보고 있었고, 거미치 자신은 도자기로 만든 얄팍한 잔을 발로(손이었던가?) 가볍게 만지작거리며 의자에 똑바로 앉아있었다. '맛있는 말고기' 아빠는 검은 김을 내뿜는 가느다란 물줄기를 잔에 부었다. 아빠는 '위대한 변신'이 임박했음을 알고 있었다.

동시에 거미치는 집에 또 다른 심각한 상황이 급속히 악화되고 있다는 것을 알게 되었다. 지금 깨달은 건데, 씨씨는 아기보다 훨씬 더 나이가 들었기에, 좀 덜 매력적이긴 하지만 똑같이 필요한 변신을 오래전에 겪어야 했을 터였다. ('맛있는 말고기' 아빠가 처음으로 준 날생선 통조림은 처음으로 마셔본 커피만큼이나 흥분될 수는 없는 법이다.) 씨씨는 벌써 변신을 하고도 남았어야 했다. 거미치는 말 없는 뱀파이어 같은 존재가 무럭무럭 자라는 소녀의 몸에 서식하고 있다는 공포심에 점점 사로잡혔다. 비록 내적으로는 아무런 능력이 없을지 모르는 그저 피에 굶주린 암고양이일지라도 말이다. '맛있는 말고기' 아빠와 '야옹아 이리 온' 엄마가 그런 괴물을 위해 목숨을 바쳐가며 돌봐야 한다고 생각하니 몸서리쳐지게 끔찍했다! 거미치는 부모님의 고통을 조금이라도 덜어드릴 수 있는 기회가 온다면 주저하지 않고 즉시 나서겠노라고 혼잣말을 했다.

그러던 어느 날 밤, 거미치에게 변화의 순간이 왔다는 느낌이 터질 듯 강렬하게 다가왔다. 마룻바닥이 삐걱거리며 툭 하고 부러졌고, 수도꼭지에서는 물방울이 똑똑 떨어졌으며, 닫힌 창문에서는 기이하게 커튼이 바스락거리며 날렸다. 집이 유난히 동요하는 것으로 보아 내일이 바로 그날임을 알아차렸다.(그것으로 보아 거울세계를 포함한 여러 영적세계가 임박한 것이 틀림없었다.) 드디어 거미치에게 기회가 온 것이었다.

'야옹아 이리 온' 엄마와 '맛있는 말고기' 아빠는 약에 취해 다른 날보다 특히 곤히 잠들어 있었다. 엄마는 지독한 감기에 걸려 있었고, 아빠는 불길하게 하이볼*을 워낙 많이 마셨더랬다.(거미치는 자기가 그간 씨씨를 걱정했다는 것을 알았다.) 불안하게 낑낑거리며 살짝 몸을 뒤척이는 소리가 나긴 했지만 아기도 역시 잠들어 있었다. 아기 침대에는 달빛이 가득 쏟아지고 있었고, 인간이나 고양이가 아무런 힘을 쓰지 않는데도 창문의 차양이 빙그르르 돌면서 감아 올라갔다. 두 눈을 감았지만 몹시 흥분된 마음은 집의 모든 경계선뿐만 아니라 외부세계 이곳저곳까지 미치고 있었다. 거미치는 침대 밑에서 불침번을 섰다. 하고 많은 밤 중에 이런 밤에 잔다는 것은 상상할 수도 없는 일이었다.

그때 갑자기 발걸음 소리가 들려왔다. 아주 살며시 나는 소리인 것으로 봐서 클레오파트라가 틀림없다고 생각했다.

아니, 발걸음 소리는 살며시 나는 정도가 아니었다. 아주 유연하고 가벼워서 마침내 거울세계에서 거미치 생령이 빠져나와 어두운 복도 사이로 거

*위스키 같은 독한 술에 소다수 등을 섞고 얼음을 넣은 음료.

미치를 향해 소리 내지 않고 걸어오는 것 같았다. 목에 단 리본이 척추를 따라 곤두섰다.

그때 아기방에 씨씨가 살금살금 들어왔다. 평평한 눈에서부터 약간 노출된 가지런한 송곳니로 보아 씨씨인 게 분명했다. 길고 얇은 노란색 잠옷을 입은 씨씨는 이집트 공주처럼 날씬해 보였지만, 오늘 밤 씨씨의 내면에는 고양이가 너무도 강력했다. 지금 씨씨의 얼굴을 한번 보면 마치 '야옹아 이리 온' 엄마가 씨씨가 숨겨두었던 의사의 전화번호를 불러달라고 시켜서 온 것 같았다. 거미치는 이 생명체가 털도 부풀리지도 않고 동공을 실눈처럼 가늘게 뜨지 않고도 잠시 존재할 수 있다는 점에서 자연법칙의 극악무도한 유예 상태를 목격하고 있다는 것을 깨달았다.

거미치는 이빨을 드러내 으르렁거리고 싶은 마음을 억누르며 제일 어두운 구석으로 물러섰다.

씨씨는 침대로 다가오더니 달빛에 그림자가 드리우지 않도록 살금살금 아기 위로 몸을 숙였다. 잠시 동안 그녀는 흐뭇해했다. 그러더니 자기가 가져온 기다란 모자핀으로 아기의 뺨을 살살 긁기 시작했다. 핀은 아기의 눈에서 아슬아슬하게 벗어나 있었다. 아기는 깨어나 씨씨를 쳐다보았지만 울음을 터뜨리지는 않았다. 씨씨는 계속해서 긁어댔고, 긁을 때마다 항상 조금씩 더 깊게 긁었다. 보석이 박힌 핀 끝이 달빛을 받아 반짝였다.

거미치는 이리저리 뛰어다니거나 심지어 하악질을 하거나 꽥꽥 비명을 질러대도 대항할 수 없는 공포에 직면했다는 것을 알았다. 오직 마법만이 그렇듯 명백하게 초자연적인 징후와 맞서 싸울 수 있었다. 하지만 아무리 결과가 쓰라리고 눈에 빤히 보인다 할지라도, 지금은 결과에 대해 생각할 때가 아니었다.

달빛 속에서 거미치는 황금빛 두 눈을 씨씨에게 고정한 채 침대 맞은편으로 아무 소리도 내지 않고 풀쩍 뛰어올랐다. 그리고는 사나운 표정을 지으며 급히 서두르지 않고 천천히 발걸음을 옮기며 똑바로 나아갔다. 자신에게 모자핀을 마구 흔들어대는 손과 팔 사이의 공간의 속성에 대한 탁월한 지식을 이용하여 똑바로 걸어간 것이었다. 코끝이 마침내 씨씨의 코끝에 닿을 정도로 가까이 다가갈 때까지 거미치는 한 번도 눈을 깜빡이지 않았다. 씨씨는 눈길을 돌릴 수 없었다. 그런 뒤 거미치는 자신의 영혼을 한 움큼 타오르는 화살처럼 씨씨에게 서슴없이 내던지며 마법의 거울을 작동시켰다.

달빛 속에서 음흉하고도 겁에 질려 있는 씨씨의 얼굴은 어떤 의미에서는 거미치가 진정한 새끼고양이-거미치로서 이 세상에서 본 마지막 모습이었다. 다음 순간 거미치는 앞이 안 보이는 사악한 검은 구름이 자신을 감싸고 있다는 느낌이 들었다. 그 자신을 밀어내고 대신 들어선 씨씨의 영혼이었다. 동시에 거미치는 어린 소녀가 비명을 꽥 지르는 것을 들었다. 아주 크게, 하지만 이전보다 한층 더 분명하게 "엄마!"라고 외치고 있었다.

그렇게 부르짖는 소리는 '야옹아 이리 온' 엄마를 깊은 잠이나 약에 취해 잠들었을 때는 말할 것도 없고 무덤에서라도 깨어나게 했을 것이다. 몇 초 만에 엄마가 아기방으로 달려왔고 그 뒤를 이어 바로 '맛있는 말고기' 아빠가 왔다. 엄마는 씨씨를 품에 안았고, 어린 소녀는 그 경이로운 단어를 몇 번이고 또렷이 발음했다. 그리고 이어서 기적적으로 이런 명령을 내렸다. "꼭 안아줘!" '맛있는 말고기' 아빠도 들었기 때문에 여기에는 의심의 여지가 없다.

그때 마침내 아기가 울음을 터뜨렸다. 아기의 뺨에 긁힌 자국이 눈에 띄었다. 결국 이렇게 되리라는 것을 알았지만, 거미치는 '야옹아 이리 온' 엄마가 혐오심과 공포심에 울부짖는 가운데 지하실로 쫓겨났다.

조그만 고양이는 신경 쓰지 않았다. 서류를 보관하고 있는 서랍들과 서류철에 붙은 꼬리표를 죄다 가리는, 처음으로 커피를 마시고 처음으로 말을 한 광경에 대해 상상하는 것조차도 영원히 완전히 덮어버리는, 이제는 자신을 항상 감싸고 있는 지하실의 어둠은 씨씨의 영혼보다 10분의 1도 어둡지 않았다.

씨씨의 동물적인 흉포함 속에 완전히 갇히기 전 최후의 직관에서, 거미치는 슬프게도 영혼이 의식과 똑같은 것이 아니며, 영혼은 희생되거나 잃을지라도 여전히 의식은 깨어있어야 한다는 것을 깨달았다.

'맛있는 말고기' 아빠는 모자핀을 보았기에 (그래서 '야옹아 이리 온' 엄마가 보기 전에 모자핀을 재빨리 숨겼고) 상황이 보이는 것과 다르다는 것을 알았다. 그리고는 거미치가 최소한 희생양처럼 되어버렸다는 것을 알았다. 아빠는 조그만 고양이가 쫓겨나 있는 기간 동안 지하실로 통조림을 가져와서 적잖이 사과했다. 비록 사소한 것이기는 했어도 거미치에게는 큰 위안이 되었다. 새로운 어둠 속에서 생각이 자꾸 끊기기는 했지만, 거미치는 결국 고양이의 가장 친한 친구는 사람이라고 혼잣말을 했다.

그날 밤부터 씨씨는 현 발달 단계에서 과거로 역행하지 않았다. 씨씨의 언어능력은 2개월 만에 3년간의 진전을 보였고, 눈에 띄게 밝고 발랄하며 활기찬 소녀가 되었다. 비록 첫 기억이 달빛이 비치는 아기방과 거미치의 확대된 얼굴이라는 사실은 아무한테도 말하지 않았지만 말이다. 그 이전에는 모든 것이 칠흑같이 어두웠었다. 씨씨는 거미치에게 약간 조심스러우면서도 늘 매우 친절하게 대했다. 씨씨는 절대 "부엉이의 눈" 놀이를 할 수 없었다.

몇 주 후, '야옹아 이리 온' 엄마가 두려움을 잊게 되면서 거미치는 다시 한번 집에서 마음대로 뛰어다니게 되었다. 하지만 그때는 '맛있는 말고기' 아빠가 늘 경고했던 변신이 완전히 다 일어났을 때였다. 거미치는 이제 새끼고양이가 아니라 거의 건장한 몸으로 날뛰고 있었다. 거미치에게 심리적인 형태는 뚱하거나 무뚝뚝한 게 아니라 극도의 위엄이라는 형태로 나타났다. 가끔은 살면서 결코 도달하지 못하는 모험의 바닷가에서 결코 캐내지 못할 보물에 대해 곰곰이 생각하는 옛날 해적처럼 보였다. 이따금 거미치의 노란 두 눈을 들여다보노라면, 적어도 서너 권 분량은 되는 『실눈을 뜨고 삶을 보라』라는 책의 소재가 거미치의 내면에 있다는 것을 느끼게 된다. 거미치는 그런 책을 쓰지는 않겠지만 말이다. 어쩌면 그건 당연한 일이다. 이 세상에서 자신의 운명은 자라서 인간이 되는 게 아니라 새끼고양이에 불과하다는 사실을 거미치는 아주 잘, 그것도 참으로 통렬하게 잘 알고 있으니 말이다.

프리츠 라이버Fritz Leiber

휴고상, 네뷸러상, 러브크래프트상, 세계환상문학상 등을 휩쓴 장르문학의 거장. 현대 호러소설의 선구자로 평가받고 있다. 과학, 형이상학, 역사, 시에 능했으며, 고양이를 대단히 사랑했다. 유명한 체스 선수이기도 했으며, 펜싱 챔피언이기도 했다. 『아내가 마법을 쓴다』 외 다수의 작품이 있다.

H. P. 러브크래프트 율타르의 고양이들

스카이강 너머에 있는 율타르*에서는 어떤 사람도 고양이를 죽일 수 없다고 한다. 난롯불 앞에서 그릉그릉거리며 앉아있는 녀석을 가만히 바라보고 있노라면 나는 그 말이 무슨 말인지 정말로 이해가 된다. 고양이는 수수께끼처럼 아리송하고 인간들은 알 수 없는 기이한 것들에 가깝기 때문이다. 고양이는 고대 아이귑투스**의 영혼이며, 지금은 잊혀진 메로에***와 오빌**** 도시에 대한 이야기를 품고 있다. 고양이는 밀림의 왕의 친족이며, 유구하고 불길한 아프리카의 비밀을 간직한 계승자이다. 스핑크스가 사촌이고, 스핑크스의 언어로 말을 한다. 하지만 스핑크스보다 더 오래되었기에 스핑크스가 잊어버린 것까지 기억한다.

시민들이 고양이를 죽이는 것을 금지하기 전, 한 늙은 소작인과 그의 아내가 율타르에 살았다. 그들은 이웃의 고양이들을 덫으로 잡아 죽이는 것을 아주 즐거워했다. 왜 그랬는지는 나도 모른다. 밤에 고양이가 내는 소리를 무척 싫어했다는 것만 빼곤, 황혼녘에 마당과 뜰에서 남몰래 뛰어다니는 것을

*Ulthar. H. P. 러브크래프트가 만든 허구의 도시이자 허구의 신.

**이집트의 왕으로 다나우스와 쌍둥이 형제. 이집트를 정복하고 이 땅에 자기 이름을 붙였다.

***수단 북부 나일강에 면한 고대 도시. 700 B.C.경부터 350 A.D.경까지 번영한 왕국의 수도였다.

****솔로몬 왕이 보석을 얻었다는 도시.

나쁘게 생각했다는 것만 빼곤 말이다. 그러나 이유가 무엇이든, 그 노부부는 자신들이 사는 돼지우리 같은 집 근처에 오는 모든 고양이들을 덫으로 잡아 죽이는 것을 낙으로 삼았다. 어두워지고 나서 들려오는 소리에 많은 마을 사람들은 그들의 살해방식이 극도로 기이하다고 생각했다. 하지만 마을 사람들은 노부부와 그런 것들에 대해 이야기를 나누지 않았다. 두 사람의 말라 비틀어진 얼굴에 상습적으로 드리워진 표정 때문이기도 했고, 그들이 사는 오두막이 방치된 마당 뒤편에 뻗은 참나무들 밑에 아주 작고 음산하게 숨어 있기 때문이기도 했다. 실은 고양이를 기르는 주인들은 이 괴상한 사람들을 싫어하는 만큼이나 두려워했다. 그래서 잔인한 암살자들이라며 그들을 질책하는 대신, 소중한 애완동물이나 쥐잡이 고양이가 어두컴컴한 나무 밑의 외떨어진 돼지우리 쪽으로 어슬렁거리지 않도록 조심하는 게 다였다. 어쩔 수 없는 실수로 고양이를 잃어버렸을 때에는 어두워진 이후 소리가 들려왔고, 잃어버린 사람은 무력하게 애도할 수밖에 없었다. 아니면 그렇게 사라진 게 자식들 중 하나가 아님을 운명에 감사드리며 위안을 삼아야 했다. 울타르의 사람들은 단순했고, 모든 고양이들이 처음에 어찌하여 왔는지를 알지 못했기 때문이다.

어느 날, 남쪽에서 온 낯선 방랑자들 무리가 울타르의 비좁은 자갈길로 들어섰다. 가무잡잡한 그 방랑자들은 매년 두 번 마을을 통과하는 다른 유목민들과는 달랐다. 그들은 시장에서 은의 재산가치에 대해 말했고, 상인들에게서 화려한 구슬들을 샀다. 방랑자들의 땅이 어디인지는 아무도 알 수 없었다. 하지만 이상하게 기도를 드리는 모습이 보였고, 그들이 타고 온 4륜 마차 측면에는 인간의 육체에 고양이, 매, 숫양, 사자의 머리가 기이한 모습으로 그려져 있었다. 그리고 무리의 지도자는 뿔 두 개가 달린 장식물을 머리에 쓰고 있었는데, 뿔 사이에는 특이하게도 납작한 원반 같은 것이 달려 있었다.

무리에는 어린 소년이 딱 한 명 있었다. 소년은 아버지도 어머니도 없이 오직 조막만 한 까만 새끼고양이만 소중히 여겼다. 역병은 소년에게 인정을 베풀지 않았지만, 그나마 소년의 슬픔을 덜어주도록 이 조그만 털북숭이를 남겨두었다. 아주 어렸을 때는 검은 새끼고양이의 익살스러운 짓에서 커다란 위안을 찾을 수도 있는 법이니 말이다. 까무잡잡한 사람들이 메네스*라고 불렀던 소년은 기이한 그림이 그려진 마차 계단에 앉아 우아한 새끼고양이와 놀게 되면서 우는 일보다 미소 짓는 일이 점점 더 많아지게 되었다.

방랑자들이 율타르에 머무른 지 사흘째 되는 날 아침, 메네스는 새끼고양이를 찾을 수 없었다. 시장에서 엉엉 울고 있자 어떤 마을 사람들이 노부부와 그날 밤 들은 어떤 소리에 대해 말해줬다. 그 얘기를 들은 소년은 울음을 멈추고 명상에 들어가더니 마침내 기도를 드렸다. 소년은 태양을 향해 두 팔을 쭉 뻗고는 마을 사람들은 도통 이해할 수 없는 말로 기도를 올렸다. 마을 사람들은 무슨 말인지 이해하려고 그다지 애쓰지 않았다. 그들의 관심이 주로 하늘과 기묘한 모양을 띤 구름에 쏠려 있었기 때문이다. 정말 특이한 광경이었다. 어린 소년이 신에게 기도를 드리자 하늘 높은 곳에서 어슴푸레하고 흐릿한 색다른 형상이 만들어지는 것 같았다. 가운데에 납작한 원반이 있고 좌우 측면에 뿔이 달린 왕관을 쓴 혼성체였다. 자연은 상상력에 깊은 감명을 주는 그러한 환상들로 가득 차 있다.

그날 밤 방랑자들은 율타르를 떠났고 다시는 보지 못했다. 그리고 마을 전체에서 고양이를 한 마리도 찾을 수 없다는 사실을 알아챘을 때 주인들은

*기원전 3,200년경의 이집트 초대의 왕 이름.

속이 탔다. 난롯가마다 익숙하게 자리 잡고 있던 고양이가 사라진 것이었다. 큰 고양이, 작은 고양이, 검은 고양이, 회색 고양이, 줄무늬 고양이, 노란 고양이, 흰 고양이 모두 다 사라졌다. 크라논 시장은 까무잡잡한 사람들이 메네스의 새끼고양이를 죽인 데 대한 보복으로 고양이들을 모조리 데려가 버렸다고 단언했다. 그리고는 방랑자 무리와 어린 소년에게 악담을 퍼부었다. 하지만 깡마른 공증인 니스는 소작인 노부부가 더 유력한 용의자라고 선언했다. 고양이들에 대한 증오심으로 악명이 높은 데다 점점 더 대담해졌기 때문이다. 하지만 그럼에도 불구하고 어느 누구도 그 사악한 부부에게 감히 항의하지 못했다. 여관 주인의 아들인 어린 아탈이 황혼녘에 율타르의 모든 고양이들을 나무 밑에 있는 그 혐오스러운 마당에서 봤다고 맹세했을 때조차도 말이다. 고양이들은 마치 짐승들에 대한 전례 없는 의식을 수행하듯 아주 천천히 그리고 엄숙하게 오두막 주위에서 이열로 원을 그리며 서성거리고 있었다고 했다. 마을 사람들은 어린 꼬마가 말하는 것을 어디까지 믿어야 할지 몰랐다. 그 악마 같은 한 쌍이 고양이들에게 주술을 걸어 죽인 것이 두려웠으면서도 사람들은 늙은 소작인이 어두컴컴하고 혐오스러운 마당 바깥으로 나올 때까지는 나무라지 않기로 했다.

그렇게 율타르 사람들의 분노는 덧없이 잠이 들었다. 그런데 동이 틀 무렵 사람들이 잠에서 깨었을 때, 모든 고양이가 그 익숙한 난롯가에 돌아와 있었다! 큰 고양이, 작은 고양이, 검은 고양이, 회색 고양이, 줄무늬 고양이, 노란 고양이, 흰 고양이, 한 마리도 빠진 게 없었다. 고양이들은 윤기가 반질반질 나고 살이 통통하게 오른 채 나타나서 만족스럽다는 듯 그릉그릉 낭랑한 소리를 냈다. 시민들은 서로 그 일에 대해 이야기를 나누며 크게 경탄스러워했다. 크라논은 고양이들을 데려갔던 것이 까무잡잡한 사람들이라고 다시 주장했다. 노령의 부부가 사는 오두막에 있었다면 살아 돌아오지 못했을 거라는 사실이 그 이유였다. 하지만 모두들 한 가지에는 동의했다. 모든 고양이들이 자기에게 주어진 고기를 먹거나 접시에서 우유를 마시는 걸 거부한다는 사실이 무척이나 이상하다는 것이었다. 꼬박 이틀 동안 윤기가 반질반질 흐르는 게으른 율타르의 고양이들은 음식을 입에 대지도 않았다. 그저 난롯가나 햇볕에서 꾸벅꾸벅 졸기만 할 뿐이었다.

딱 일주일이 지나자 마을 사람들은 해 질 무렵 나무 밑에 있는 오두막 창문에서 불빛이 하나도 새어 나오지 않는다는 것을 알아차렸다. 그때 깡마른 니스가 고양이들이 떠났던 그날 밤 이후로 아무도 노부부를 보지 못했다는 점에 주목했다. 또다시 일주일 뒤, 시장은 직무상 두려움을 이겨내고 기이하게 고요한 거처에 들러봐야겠다고 결심했다. 대장장이 샹과 석공 툴을 증인으로 대동할 만큼 조심스럽긴 했지만 말이다. 금방이라도 부서질 듯한 문을 부수었을 때 그들이 발견한 것은 흙바닥 위에 깨끗하게 살이 발라져 있는 인간의 해골 두 구뿐이었다. 어둑어둑한 구석에서는 희귀한 바퀴벌레들이 우글우글 기어 다니고 있었다.

그 뒤 율타르의 시민들 사이에서는 무수한 말들이 떠돌았다. 검시관 재스는 깡마른 공증인 니스와 길게 갑론을박을 벌였으며, 크라논과 샹과 툴은 질문 공세에 시달렸다. 여관 주인의 아들인 어린 아탈조차도 꼬치꼬치 추궁당하고는 보상으로 사탕을 받았다. 사람들은 늙은 소작인 부부에 관해, 까무잡잡한 방랑자 무리에 관해, 꼬마 메네스와 그의 검은 새끼고양이에 관해, 메네스의 기도와 기도를 올리는 동안의 하늘에 관해, 무리가 떠나던 날 밤 고양이들의 행실에 관해, 그리고 그 혐오스러운 마당에 있는 어두컴컴한 나무 밑 오두막에서 나중에 발견된 것에 관해 이야기했다.

그리고 결국 시민들은 하세그에서 상인들이 들려주고 니르에서 여행객들이 서로 이야기하는 놀라운 법안을 통과시켰다. 즉, 울타르에서는 어떤 사람도 고양이를 죽일 수 없다는 법안 말이다.

H. P. 러브크래프트H. P. Lovecraft
미국의 소설가로 에드거 앨런 포와 함께 공포문학의 아버지로 인정받는다. 폐쇄적인 생활을 통해 '괴이한 은둔자'로 지내며 독서와 창작에 몰두, '기이한 작품들'을 세상에 내보인다. 점차 명성을 쌓아 일군의 아마추어 작가들에게 추앙받으며 서서히 '러브크래프트 문학 계보'를 형성한다. 1920년대에 들어와 『네크로노미콘』, 『프나코틱 필사본』 같은 가공의 책을 비롯한 불멸의 창작물을 남긴다. 생전에 빛을 보지 못했던 그의 작품 세계는 후대에 재평가되어 공포 소설의 선구자로 인정받는 것은 물론, 장르를 넘나들며 무수히 변용될 정도로 독보적인 위치를 점하고 있다. 이것은 1920년에 쓴 단편소설로, 열렬한 고양이 애호가였던 러브크래프트의 개인적인 취향이 반영되었다고 한다.

프레데릭 스튜어트 그린 대나무숲 고양이

"샐리! 아따, 샐리! 시방 가고 있당께." 짐 간트는 축 늘어진 낡은 중절모의 챙을 뒤로 넘기고는 오두막 쪽으로 흐리멍덩한 두 눈을 돌렸다.

젊은 여자가 집 모퉁이에서 나왔다. 양손에는 꽥꽥거리는 닭들이 대롱대롱 매달려 있었다. 마차에 다다를 때까지 그녀는 아무 말도 하지 않았다.

"짐, 안달루시*에 도착할 때까진 이놈들을 내리면 안 되야. 주류 밀매소에 들릴라는 생각 같은 거슨 허덜 말고. 알아묵었소?" 아무런 희망이 담겨 있지 않은 남부 사람 특유의 느릿느릿한 말투였고, 역시 아무런 희망도 품지 않은 표정으로 그녀는 남자의 누르스름한 얼굴을 살펴보았다.

"한 방울도 안 마신 지 석 달이 넘었구마잉, 글제?" 짐이 부루퉁한 말투로 대답했다.

"그라고말고, 아적까정 아조 잘 했소." 그녀는 닭들을 마차에 휙 던져 넣었다. 꽉 묶여 뒤틀린 닭들의 다리가 얼마나 아플까에 대해서는 아무 생각이 없었다. "한 마리당 25센트씩 받을 수 있응께, 그라먼 모다 해서 2달러가 된다고, 짐. 그 돈보다 적게 받으면 차말로 안 되야."

짐은 고삐 역할을 하는 면으로 된 밧줄을 아무 열의 없이 잡아당겼다.

*Andalushy. 앨라배마주 코빙턴 카운티에 있는 도시. 원래는 Andalusia이고, Andalushy는 방언이다.

"노새야, 일어나더라고!" 짐이 외치자 마차는 무더운 먼지투성이 길을 따라 삐걱거리며 흔들흔들 굴러갔다.

여자는 딱 1분 동안 남자의 곱사등을 경멸스럽다는 듯 바라보더니 돌아서서 집으로 걸어갔다. 입가에는 쌀쌀맞은 미소를 짓고 있었다.

샐린 간트는 오두막으로 가는 짧은 길을 건너면서 칙칙한 주변 환경에 눈길도 주지 않았다. 그녀는 스물두 해를 살아오는 동안 이 앨라배마 촌구석에서만 지냈다. 을씨년스럽고 제멋대로 자란 소나무 숲 속의 개간지는 끝없이 황량했다. 그녀의 마음속에 들끓는 불만을 부채질할 비교대상이 없는 게 천만다행이었다. 그럼에도 단조로운 소나무 숲이 길게 펼쳐지고, 울창한 대나무 숲은 더 길게 펼쳐지는 이 풀 한 포기조차 나지 않는 헐벗은 깡촌은 무심결에 그녀의 온갖 생각을 잠재우며 쓰라린 울분을 날려버리곤 했다.

짐 간트의 2인용 오두막에 있는 두 개의 방은 '지붕이 달린 통로'로 분리되어 있었다. 트인 현관이 오두막 한가운데를 내지르는 구조로, 드문드문 있는 이웃들에게는 호화로운 집으로 여겨졌다. 간트는 그 땅에 자리를 잡아 4년 전에 농가를 지었고, 샐리를 아내로 맞아들였다. 이 오두막을 짓는 데는 젖 먹던 힘까지도 다 써야 했다. 자그마한 옥수수밭 한 뙈기와 그보다 더 자그마한 고구마밭 한 뙈기를 일구는데 뼈 빠지게 일해야 하는 데다, 완만하게 흐르는 피전 크리크강에서 물고기도 낚아야 했다. 지금은 아무것도 하지 않지만 말이다. 샐리는 돈을 버는 한 가지 수입원으로 닭들을 키웠고, 왜소한 노새와 가축용으로 키우는 야생 돼지 여섯 마리를 간간이 돌보았다.

여자는 오두막 현관 계단용으로 딱 알맞게 베어낸 통나무로 올라가다가 귀 기울여 들으려고 멈춰 섰다. 부엌에서 어떤 소리가 희미하게 나고 있었다. 오도독오도독 씹는 소리였다. 샐리는 살금살금 문으로 걸어갔다. 씻지 않은 그릇들로 어질러진 식탁 위에서 고양이 한 마리가 생선 대가리를 물어뜯고 있었다. 너덜너덜한 흉터로 인해 벌거벗은 살갗이 드러나는 곳을 빼면 온통 철사처럼 뻣뻣한 털로 뒤덮여 있는, 살이라곤 찾아볼 수 없는 말라비틀어진 짐승이었다. 다부진 턱으로 생선의 두꺼운 두개골을 비어있는 새알마냥 으스러뜨리고 있었다.

샐리는 난로로 뛰어가 관솔을 하나 쥐었다.

"이 호로새끼 같은 누랭이 보소잉!" 그녀가 비명을 질렀다. "옘병 허들 말고 뽈딱 꺼져!"

고양이는 깜짝 놀라서 홱 돌아서더니 사악한 눈빛을 번득이며 여자를 정면으로 쳐다봤다. "이 호로새끼야, 뽈딱 꺼지지 못허냐!" 여자가 다시 비명을 꽥 질렀다.

고양이는 등을 곧추세우고는 옆으로 풀쩍풀쩍 뛰었다. 샐리는 삐죽삐죽한 나무토막을 공중에 대고 휘둘렀다. 한 끗 차이로 그 짐승을 놓치면서 나무토막이 벽 저 끝에 부딪혀 박살 났다. 그 동물은 부풀어 오른 몸을 둥그렇게 구부리면서 대치했다.

"워메, 이 대그빡에 피도 안 마른 놈, 인자 귀빵맹이를 확 볼라불제!" 샐리가 또다시 나무토막을 집으려고 허리를 굽혔다. 고양이는 날아가는 무기보다 더 빨리 문으로 쏜살같이 달려갔다.

"이 오사럴놈, 니가 디질라고 환장했는갑다잉!" 샐리가 고양이 뒤에 대고 외쳤다. "워메, 무신 써글 놈이 조로코롬 우악시럽당가!" 샐리는 의자에 털썩 주저앉아 이마에 맺힌 땀을 닦았다.

몇 분이 지나서야 여자는 의자에서 일어나 '지붕이 달린 통로'를 건너 침실로 갔다. 색이 바랜 햇볕 가리는 모자를 구석으로 집어 던지고는 머리를 풀어헤치더니 빗질하기 시작했다.

샐리 간트는 예쁘지도 아름답지도 않았다. 하지만 무지렁이 백인들만 사는 소나무 숲 촌구석에서 검은 머리와 검은 눈동자, 깨끗한 피부와 하얀 이는 단연 돋보였다. 그녀는 여자였고, 게다가 젊었다. 2년 동안 고열로 인해 흙빛으로 변한 낯짝 밖에는 보지 못했던 남자에게, 제멋대로 자라난 속눈썹과 흐리멍덩한 푸른 눈동자 밖에는 보지 못했던 남자에게, 항상 코담배용 막대기* 때문에 이가 누렇게 변한, 충치가 없는 깨끗한 이를 보지 못했던 남자에게, 그것도 젊은 남자에게, 그녀는 필시 매력적으로 보였을 것이다.

샐리는 능숙한 솜씨로 머리를 다시 돌돌 묶었다. 벽에 박아 놓은 나무못에서 푸른색 사라사** 원피스를 끄집어냈다. 인쇄된 무늬는 작열하는 햇볕에도 아직 바래지 않았다. 그 원피스를 입으면 날씬해 보이면서도 약간 우아한 느낌이 났다. 침대 밑에서 질기고 투박한 단화를 한 켤레 꺼냈다. 신발은 그 신발을 최대한 많이 신는 사람의 무기력한 본성과 틀림없이 일치하는 법이다. 단화는 레이스나 버클 때문에 지장 받지 않도록 그냥 신고 벗을 수 있게 되어 있었다. 마지막으로 머리에 푸른색 리본을 매서 손질을 마쳤다. 싸구려 명주실로 만든 리본은 그녀의 검은 눈동자를 한층 환히 빛나게 했다.

샐리는 집을 나와 쓰레기가 어질러져 있는 마당을 가로지르기 시작했다. 오두막에서 얼마 가지 않아 주변을 둘러보려고 멈춰 섰다.

"징해부러. 저 집도 징허고, 죄다 징해. 그중에서도 아조 짐이 젤로 징허제." 그녀가 모질게 말했다.

그녀는 얼굴을 찌푸리며 돌아서서 옥수수밭 사이를 걸어가 개간지 끄트머리에 이르렀다. 여기서부터 소나무 숲이 시작되었다. 아직 사람의 손길

*snuff stick. 코담배를 이나 잇몸에 바르기 위한 이쑤시개 비슷한 막대.

**calico. 흰 무명천에 여러 가지 무늬를 물들인 것.

이 닿지 않은 땅이었다. 고맙게도 그늘을 드리워주는 그 나무들 아래서 그녀는 발걸음을 서둘렀다. 나무들이 끝도 없이 어지럽게 늘어서 있었다. 가지가 없이 하늘 높이 우뚝 솟은 꼭대기에서 햇빛이 비치고 있었다.

약 1. 5킬로미터를 가자 저지대가 나왔다. 그녀는 약간 경사진 비탈을 내려가 대나무 숲으로 발을 들여놓았다. 여기서부터 어둠이 에워싸고 있었다. 자라나는 두꺼운 줄기는 그녀의 키의 두 배에 달했다. 그 줄기 위로 남쪽 지방의 칙칙하고 우중충한 이끼로 뒤덮인 사이프러스 가지들이 뻗어있었다. 줄지어 있는 나뭇잎들 때문에 햇빛이 조금도 비치지 않아 대지는 습했다. 샐리는 한 걸음씩 더 나아가기 전에 죽은 통나무 너머를 주의 깊게 살펴보면서 습지대를 천천히 조심조심 걸어갔다. 가재가 진흙투성이 틈바구니에 있는 구멍으로 미끄러져 들어가려고 허둥지둥 뒷걸음질 쳤다. 흑색토와 썩어가는 식물들에서 나는 역겨운 냄새가 바람 한 점 없이 무더운 공기를 가득 채우고 있었다. 축축하게 펼쳐진 습지에 숨어 있는 수천 마리의 벌레들이 윙윙 소리를 냈다. 묵직한 단화 바닥 아래로는 끈적끈적한 물이 천천히 흐르고 있었다. 발을 뗄 때마다 바닥에서는 무지갯빛의 기름진 엷은 막으로 들끓는 녹색과 보라색의 거품이 일었다.

길을 꺾어 돌자 젊은 남자가 그녀를 붙잡더니 두 팔로 땅에서 번쩍 들어 올렸다. 대략 스무 살 정도 되어 보이는 사내였다.

"오메, 밥. 깜짝 놀랬잔애. 으째 쪼까 거친디!" 한마디 말도 없이 남자는 여자에게 연신 입을 맞춰댔다. "인자 그만 혀! 아직도 허기진갑소잉?"

"내가 언제 배부른 적 있었어? 아, 샐리. 당신을 너무너무 사랑해!" 남자가 온몸을 떨며 말했다.

"밥, 이녁은 확실히 여그 있는 다른 사내들허고는 다르당께." 느릿느릿 말하는 샐리의 목소리에는 어떤 뿌듯함 같은 게 있었다. "이녁맨치 여자헌티 허는 사내는 여 동네선 본 적이 없었당께."

"당신처럼 사내들을 유혹하는 여자도 없지." 그러더니 그녀를 꽉 끌어안고는 험악하게 말했다. "다른 놈들한테는 절대 허락하면 안 돼, 알았지?"

샐리가 두 눈을 반짝이며 빙긋이 웃었다.

"이녁도 내가 안 그런다는 거슬 잘 암시로. 다털 짐이 무서워서 벌벌 떤당께."

사내의 뺨이 별안간 붉어지더니 팔짱을 끼고는 진지하게 섰다.

"샐리, 이젠 더 이상 이런 식으로 지낼 수 없어. 오늘 강가로 오라고 한 건 그 때문이야."

"우덜을 가로막는 거시 뭐신디?" 여자의 얼굴에 겁먹은 표정이 스쳤다.

"난 떠날 거야."

여자가 남자 앞으로 바짝 다가갔다.

"새 철로에서 일자리럴 잃었소?"

"아냐. 배에 내려가서 마저 얘기하자."

그는 샛강 둑에 있는 조그만 배의 평평한 바닥에 내려오도록 그녀를 도와줬고, 정중한 손길로 후미에 앉도록 한 뒤 맞은편에 마주 보고 앉았다.

"아니, 일자리를 잃은 게 아니야." 그가 진지하게 이야기하기 시작했다. " 하지만 내 도로 구역이 거의 다 끝났어. 약 일주일 후에 철로를 연장하는 다른 거주지로 옮겨갈 거야."

그녀의 검은 두 눈이 놀래서 휘둥그레지며 잠시 침묵한 채 앉아있었다. 그는 그녀의 눈에서 슬픔의 신호를 찾았다.

"이녁이 떠나믄 나는 우째야쓰까?" 그녀의 목소리에 절망적인 기색이

역력했다. 사내는 그것이 기뻤다.

"그게 요점이야. 회사에서 나를 전출시키도록 하는 대신, 내가 스스로 전출하는 거지."

그는 그녀가 앞으로 할 말의 뜻을 충분히 이해할 수 있게끔 잠시 말을 멈추었다.

"난 오늘 밤 여기서 떠날 거야. 그리고 당신도 데려갈 거야."

"아니, 안 된단 말이여, 그럴 수 없단 말이여!" 그의 강렬한 시선 앞에서 그녀는 움츠러들었다.

그가 재빨리 그녀에게로 건너가 품에 꼭 끌어안으며 말을 쏟아냈다.

"아냐! 같이 가! 같이 가야 한다고! 당신은 나를 사랑하잖아, 그렇지?"

샐리는 도리없이 고개를 끄덕였다. "이 세상 그 무엇보다도 사랑하지?"

다시 샐리는 고개를 끄덕였다.

"그럼, 들어 봐. 오늘 밤 정각 열두 시에 강으로 와. 늪 끄트머리에서 기다리고 있을게. 우린 브루턴*으로 노를 저어 갈 거야. 그럼 6시 20분이 되면 모빌**에 닿을 수 있을 거야. 우리 거기서 다시 한번 새 삶을 시작하자." 그가 호기롭게 말을 마쳤다.

"고로코롬 못 한당께! 이녁이 돌아부렀는갑다. 집에 짐이 처백혀 있는디 워째 빠져나오라고?"

"그것도 이미 다 생각해 놨어. 당신은 이걸 보여주기만 하면 돼." 그가 자리 밑에서 병을 하나 꺼냈다. "짐이 이걸로 뭐할지는 당신도 잘 알잖아. 정말 어렵게 찾아낸 제일 센 콘 위스키***야."

*Brewton. 앨라배마주 남부의 도시.
**Mobile. 앨라배마주 남서부의 항구.
***corn whisky. 미국 남부에서 생산되는 옥수수 위스키로, 숙성을 하지 않은 증류주이다.

"오메, 밥! 무서워 죽겄소."

"날 사랑하지 않아?" 그의 젊은 두 눈이 실망감에 책망하는 듯 바라보고 있었다.

샐리는 두 팔로 사내의 목을 끌어안고는 품에 안았다. 그런 뒤 밀어냈다.

"밥, 다른 사내들이 그러는디 회사에서 다달이 백 달러를 준다든디?" 밥이 활짝 웃었다. "그래, 맞아, 내 사랑. 그보다 좀 더 많아. 125달러를 받지. 신도 저버린 이 땅에서 2년간이나 이 일을 해왔거든. 게다가 돈을 쓰지도 않아서 지금까지 천 달러 이상을 모아놨어."

여자의 눈이 휘둥그레졌다. 그녀는 사내의 입에 키스를 퍼부었다.

"그 사람들도 이녁이 젤로 똑똑헌 기술자라는 걸 아는 거시제."

사내가 고개를 빳빳이 들어 뻐기는 듯한 자세를 취했다.

샐리는 다시 말하기 전에 암산을 좀 했다.

"오메, 우째야쓰까, 밥. 난 갈 수가 없소. 시방 무서워 죽겄소."

그는 그녀를 붙잡았다. 오랜 경험상 남자는 그녀가 망설이는 척한다는 것을 눈치챘다.

"내 사랑, 뭐가 그렇게 두려워?" 그가 외쳤다.

"모빌에 도착한 후에는 뭐 하믄서 먹고 살 거신디?"

"아, 그것도 다 생각해놨지. 텍사스에 새로운 철로를 만들고 있어. 우린 거기에 갈 거야. 난 선임 기술자로 일자리를 얻을 거야. 이래 봬도 전문가잖아." 그가 자랑스럽게 말을 마쳤다.

"피곤헐지도 모르고, 내가 그만 입을 다물기를 바라겄지만, 밥."

그는 격렬한 키스로 그녀의 말을 덮어버렸다. 그의 젊은 가슴은 터질 듯 뛰고 있었다. 그는 모빌과 뉴올리언스, 그리고 서로 사랑하는 그들 앞에 놓여있는 모든 세계의 찬연한 아름다움을 밝은 빛깔로 그리고 있었다.

샐리는 배에서 내리면서 자정에 오겠다고 약속했다. 그는 자정에 소나무들과 대나무들이 만나는 지점에서 그녀를 기다리고 있겠다고 했다.

둑 상단에서 그녀는 돌아서서 손을 흔들었다.

"잠깐! 잠깐만!" 사내가 불렀다. 그는 산비탈로 돌진했다.

"그만 허드라고, 밥. 쪼까 아프잔애." 그녀는 그의 품 안에서 몸을 빼내고는 끈적끈적한 길을 따라 다시 서둘러 갔다. 소나무 숲에 이르렀을 때 그녀는 잠시 멈춰 섰다.

"천 달러 이상이여!" 그렇게 중얼거리는 그녀의 약삭빠른 얼굴에 만족스러운 듯한 미소가 서서히 번졌다.

이제 나무 꼭대기 저 너머에서 나뭇잎 사이로 햇살이 곧장 맹렬하게 내리쬐고 있었다. 수직으로 비추는 햇살이 대지를 탈 듯이 뜨겁게 달구고 있었다. 우뚝 솟은 가지들 위에서 반짝이는 솔잎들은 미동도 없었다. 정오께쯤이었다. 남부 앨라배마의 습기를 잔뜩 머금은 공기는 연인들과 파충류들만 빼고는 살아있는 모든 생명체들을 푹푹 찌는 생지옥에서 살도록 하고 있었다.

오두막에 이르자 샐리는 먼저 부엌으로 갔다. 찬장을 열고 병에서 코르크 마개를 딴 다음, 선반 상단에 위스키를 올려놓고 나무로 된 문을 닫았다.

그녀는 '지붕이 달린 통로'를 건너 침실로 갔다. 그녀가 들어서자 으르렁거리며 하악질하는 소리가 맞이했다. 침대 한가운데에 그 노란 고양이가 웅크리고 있었다. 막 뛰어오를 준비가 된 채, 두 눈을 번득이며 뼈가 다 드러나는 앙상한 근육을 팽팽하게 당기고 있었다. 소스라치게 놀란 여자가 뒤로 물러섰다. 고양이가 다리를 뻣뻣이 세우며 좀 더 가까이 다가왔다. 그들은 굴하지 않고 서로의 눈을 노려보았다.

“디지기 전에 여그서 싸개싸개 나가라잉! 이 옘병할 누랭아!”

샐리의 목소리가 강철처럼 단단하게 울려 퍼졌다.

고양이는 침대 끄트머리에 서서 커다랗게 벌린 입가에 이빨을 번득이며 태세를 갖추었다. 싸우겠다는 눈길을 단 한 순간도 거두지 않은 채, 샐리는 신고 있던 신발을 확 벗었다. 발톱을 세운 고양이가 여자의 목을 향해 똑바로 뛰어올랐다. 고양이와 육중한 단화가 공중에서 충돌하고는 같이 마룻바닥으로 떨어졌다. 고양이는 사뿐히 조용하게 내려앉은 뒤 열린 문으로 총총총 뛰어갔다.

샐리는 떨리는 손으로 목을 만지며 뒤로 물러나 오두막의 통나무 벽에 기대었다…….

“짐! 워메, 짐 왔소!” 샐리가 오두막에서 불렀다. “언능 들어오시오잉, 저녁 준비 다 되었응께.”

‘오늘까정 술을 한 모금도 안 마셨제.’ 그녀가 생각했다. ‘지금 거진 석 달째라 아마 돌아불 거시여.’

남자는 땅바닥에서 나무토막 몇 개를 집고는 어둠을 뚫고 발을 질질 끌며 왔다. 샐리는 그가 무기력하게 다가오는 모습을 지켜보면서 그녀를 둘러싸고 있는 음울한 환경의 숨 막힐 듯한 비애감을 온몸으로 느꼈다. 사내의 열정적인 계획이 되살아나자 마음속에서 상상력이 꿈틀거렸다. 저 멀리 소나무 한 그루가 지평선에 또렷하게 서 있었다. 껍질이 벗겨진 채 바싹 마른 색깔의 적나라한 몸통만이 남아있었다. 성장을 저해당한 나무 꼭대기 근처에는 헐벗은 커다란 나뭇가지 하나가 뻗어 있었다. 전에는 한 번도 주목하지 않았었지만 오늘 밤 여자에게 그것은 새까만 하늘에 유령이 매달려 있는 교수대처럼 보였다.

샐리는 몸서리치면서 불 켜진 부엌으로 들어갔다.

"시방 장작더미에서 방울뱀 한 놈을 죽여부렀어." 짐이 나무토막들을 내려놓고 밑에 부목을 댄 의자를 식탁으로 끌어당겼다.

"방울뱀?"

"그려, 방울뱀! 등에 겁나 큰 다이아몬드가 백힌 놈이 똬리를 틀고 있더랑께."

"물지는 않았소?" 그녀가 재빨리 물었다.

"아녀. 그놈의 모가지를 분질러부렀어. 나 생각엔, 그놈이, 거시기, 송곳니를 막 들이밀고 있을 때 잽싸게 죽여분 거 같소."

"그놈이 임자를 공격했소?"

"그라제. 그놈 주둥이에서 꼭 안개맨치로 독이 나오더랑께."

"옴마, 시방 장난허요?"

"아녀, 진짜여. 나도 그간 듣기만 했지 보덜 못했어. 시커먼 땅바닥에다가 자빠져 있는 그놈을 때래눕힐라고 도끼를 막 가져왔을 때게 그놈 입에서 허연 물줄기허고 똑같은 것이 뿜개져 나오는 걸 봤당께."

"비암이 월매나 컸는디?"

"겁나 컸지."

"까죽 벳겼소?"

"아녀. 날이 너무 새카매서 못 베꼈어. 허지만 겁나 높이 매달아 놔서 돼지들도 건들진 못할 거시여. 까죽을 안달루시에 가져가믄 4비트*는 받제."

"6비트 아래로는 받지 마소. 고로코롬 큰놈들은 보기 드물잔애."

짐은 조용히 저녁식사를 마쳤다. 뱀을 죽인 것은 그들 사이에 세 끼에

*bit. 12½센트에 해당하는 금액.

걸쳐 나누는 평소 대화보다 더 많은 대화를 나누게 했다.

샐리가 그릇을 치우고 있을 때 노란 고양이가 문으로 들어왔다. 고양이는 여자를 피해 벽 가까이에서 살금살금 움직이더니 남자의 무릎에 뛰어올랐다. 짐은 그 짐승의 눈을 들여다보며 껄껄 웃더니 거칠거칠한 털을 쓰다듬기 시작했다. 고양이는 귀에 거슬리는 골골골 소리를 내기 시작했다.

샐리는 잠시 조용히 그 둘을 바라보았다.

"짐, 그 괭이 죽여부소."

짐은 담배에 찌들어 누렇게 변한 이를 드러내며 더 크게 껄껄 웃어댔다.

"짐, 시방 내가 말하잔애요. 그 괭이새끼 죽여부러야 헌다고."

"안 된다고 시방 말하고 있잔애."

"오늘 그 괭이새끼가 나헌티 덤벼들었당께. 대그빡을 치지 않았으면 뭔 사단을 냈을지 몰랐당께요."

"글씨, 나 보기엔 임자가 이놈헌티 잘 보여야 할 거 같은디. 건들지 말고 냅두믄 임자를 괴롭히진 않을 거시여."

여자는 주저했다. 그녀는 아직 결심이 서지 않은 채로 남편을 바라보았다. 잠시 후 그녀가 다시 말을 꺼냈다.

"짐 간트, 나가 마지막으로 물어보겄소. 임자헌티는 뭐시 더 중헌디? 나여, 저 으르렁거리는 대그빡에 피도 안 마른 짐승이여?"

"임자헌티 으르렁거리는 것맨키로 나헌티는 으르렁거리지 않는다 허잖소." 남자가 완강하게 대답했다. "그라고 난 죽이지 않는다 혔고, 건들지 말고 기냥 냅두라고도 분명히 말혔제. 인자 앵간히 하고 마루에다 매트리스나 내놔. 날이 겁나 더워서 안에서 통 잘 수가 있어야제."

여자는 남자 뒤를 지나쳐 찬장으로 가 나무로 된 문을 활짝 열었다. 그리고는 부엌에서 나왔다.

짐은 고양이를 쓰다듬고 있었다. 귀에 거슬리는 골골골 소리가 정적 속에서 더욱 크게 들렸다.

1분이 지났다.

남자의 흐리멍덩한 눈에 반짝이는 것이 들어오더니, 반짝임이 점점 더 커졌다. 그는 천천히 머리를 들어 붉은 살갗 밑의 울대뼈가 도드라져 보일 때까지 턱을 점점 더 길게 내뺐다. 뼈대 굵은 코의 콧구멍이 벌렁벌렁거렸다. 멀리 떨어진 냄새를 맡느라 안간힘을 쓰는 개처럼 자극적인 공기의 냄새를 맡으며 킁킁거렸다. 혀는 이미 튀어나와서 입술 좌우를 핥고 있었다.

밝은 곳에 서서 여자는 잔인한 미소를 지었다.

남자가 불쑥 일어섰다. 무릎에 있다는 사실이 잊혀진 고양이는 바닥에 떨어졌지만, 공중에서 몸을 비틀면서 날렵하게 내려앉았다. 짐이 방향을 홱 돌리더니 찬장으로 성큼성큼 걸어갔다. 손이 병 가까이에 닿자 눈에서 불꽃이 튀었다. 선반에서 병을 휙 낚아채고는 머리를 뒤로 한껏 젖혔다. 불타는 듯한 위스키가 목구멍을 타고 흘렀다. 그는 자리로 돌아왔다. 고양이가 옆구리를 그의 다리에 대고 비벼댔다. 그는 몸을 굽히더니 고양이를 탁자 위에 올려놓았다. 그리고는 노란 짐승 앞에서 병을 흔들며 껄껄껄 웃었다.

"그리여, 마시자, 마셔불자!" 그는 무색의 액체를 커다란 컵으로 단숨에 거의 반 잔이나 들이켰다.

샐리는 마루로 매트리스를 질질 끌고 왔다. 옷을 다 차려입은 채 그녀는 자정이 되기만을 기다리며 누워있었다.

부엌의 통나무 벽에 기대어 빈 병을 흔든 지도 벌써 한 시간이 지났다. 양손으로 탁자를 단단히 누르고 있으면서 발을 들어 올리다가 짐은 실수로 촛불을 넘어뜨렸다. 그는 불길을 흘겨보더니 맨손바닥을 그 위에 척 올려놓았다. 뜨거운 촛농이 손가락 사이로 흘러나왔다. 그 상태로 탁자에 있다가 열린 문으로 몸을 돌렸다. 순간적으로 기우뚱하다가 균형을 잡은 뒤, 다시 앞으로 휘청거리다가 문설주에 어깨를 부딪치면서 몸이 반쯤 팽그르르 돌았다. 남자는 매트리스를 눈앞에 두고도, 바닥에 등을 대고 푹 고꾸라졌다. 현관 바닥의 거칠거칠한 판자에 뒤통수를 세게 부딪히면서 꼼짝도 하지 않고 누워있었다. 두 발은 문지방 위에 쭉 뻗은 채였다.

노란 고양이는 쓰러진 몸 위로 가볍게 뛰어오르더니 어둠 속으로 나아갔다…….

여자는 눈이 휘둥그레진 채 이 모든 걸 지켜보며 누워 있었다. 잠시 긴장된 순간이 흐른 뒤, 쓰러져 있는 남자에게서 희미하게 숨소리가 들려왔다. 샐리는 눈살을 찌푸렸다. "염라국에서도 안 받아줄 작자여." 큰 소리로 말하면서 옆으로 돌아누웠다. 그녀는 별을 보면서 아직 열한 시가 안 되었다고 판단했다. 졸음이 왔다. 그녀는 뒤숭숭한 채 잠이 들었다.

밖에서는 노란 고양이가 어둠 속을 살금살금 돌아다니고 있었다. 고양이는 장작더미 근처에 멈춰 서더니 발을 내밀어 그 위에 놓여 있는 무언가를 가볍게 톡톡 쳤다. 기다란 송곳니로 그것을 꽉 물고는 집 쪽으로 슬그머니 달아났다. 그리고는 아무 소리도 내지 않고 마룻바닥으로 뛰어오른 뒤, 몸을 낮게 내리깐 채 슬금슬금 열린 통로를 건너기 시작했다. 여자를 지나치는 순간, 여자가 잠결에 뭐라고 중얼중얼거리며 주먹을 마구 휘둘렀다. 고양이는 납작 엎드려서 마룻바닥으로 갔다. 그런데 휘두르는 팔 근처에서 고양이가 이빨로 물고 가고 있던 그 무언가가 떨어졌다. 고양이는 통로를 가로질러 허둥지둥 밖으로 나왔다.

어둠을 뚫고 귀가 째질 듯 날카롭게 윙윙거리는 소리에 발맞추어 밤이 흘러갔다.

여자가 잠에서 깨었다. 구름 낀 밤하늘에 별들이 흐릿하게 반짝였다. 그녀는 일어나려고 오른손 손바닥에 온 힘을 주며 침대를 짚었다. 침 자국 두 군데가 손목에 박혀 있었다. 그녀는 몸서리치며 숨이 멎을 듯 울부짖었다. 상처 부위를 뽑아내려고 왼손을 뻗었다. 그런데 차갑고, 단단하면서도 축축한, 죽은 것 같은 것이 만져졌다. 그녀는 손을 뒤로 확 빼냈다. 정적을 뚫는 외마디 비명이 흘렀다. 즉각적으로 참을 수 없는 극심한 고통이 팔을 덮쳤다. 그녀는 다시 그 고통스러운 침 자리를 뽑아내려고 했다. 떨리는 손으로 어둠 속에서 방향을 잃은 채 더듬었다. 하지만 손목에 들러붙어 있는 사체를 두 번이나 만질 수는 없었다. 그녀는 비명을 지르며 남자에게 힘겹게 기어갔다.

"짐, 시방 내가 아퍼. 도와줘, 도와달라고!"

남자는 움직이지 않았다.

"짐, 일어나랑께! 도와달라고!" 그녀는 꼼짝도 않는 남자에게 헛되이 울부짖었다.

무시무시한 통증이 손목에서 어깨로 퍼지고 있었다. 그녀는 왼손으로 주먹을 쥐고 남자의 얼굴을 때렸다.

"이 써글 놈의 술주정뱅이야, 도와달라고! 이 독 좀 뽑아달라고!"

여자가 요란하게 치는 주먹 아래에 남자는 무기력하게 누워있었다…….

피전 크리크로 이어지는 길을 따라 소나무들과 대나무들이 접하는 지점에서 사내가 기다리고 있었다. 동쪽 하늘이 검은색에서 회색으로 변할 때까지 기다렸다. 그런 다음 신중하게 발걸음을 옮기기 시작했다. 그의 얼굴은 오두막 쪽을 향하고 있었다. 개간지 가까이에 오자 동쪽의 회색 하늘이 붉은색으로 바뀌었다. 그는 숲에서 나와 옥수수밭으로 들어섰다. 밭고랑 사이를 걷는 동안 발자국 소리 하나 내지 않았다.

오두막에 와서 벽에 가까이 기대어 귀 기울였다. 긴장한 귓가에 한 남자의 거친 숨소리가 들려왔다. 그는 천천히 집 중간에 있는 통로 쪽으로 움직였다. 숨소리 위로 꺽꺽 숨넘어가는 소리가 들려왔다. 그런데 숨을 크게 들이쉬는 소리와 꺽꺽 숨넘어가는 소리 사이에 또 다른 소리가 들려왔다. 경쾌하고도 거칠게 벅벅 긁어대는 소리였다.

해가 평평한 대지 위로 훤히 떠오르면서 입구를 비추었다.

사내가 모퉁이에서 고개를 들이밀었다. 노란 고양이 한 마리가 매트리스 발치에 앉아있었다. 고양이의 목구멍에서 귀에 거슬리는 골골골 소리가 규칙적으로 나오고 있었다. 골골골 소리를 낼 때마다 그 짐승의 펼쳐진 발톱은 뻣뻣한 이불잇을 꽉 움켜잡았다가 놓아주었다.

그 너머에 남편이 누워있었다.

고양이와 남편 사이, 매트리스가 벗겨진 침대에 여자가 뻗어 있었다. 그녀의 멀건 두 눈은 고양이의 히죽거리는 얼굴을 빤히 노려보고 있었다. 사내 쪽을 향해 밖으로 뻗은 어깨는 완연하게 부어올라 있었고, 손과 팔은 모든 인간의 형체를 벗어나 부풀어 오른 모습이었다. 동맥 깊숙이 박힌 독니로 인해 퉁퉁 부은 손목에는 갈기갈기 찢겨진 뱀의 대가리가 매달려 있었다.

한들거리는 옥수수 잎사귀들이 밭고랑 사이로 하얗게 질려 달아나는 사내의 얼굴을 채찍질했다.

프레더릭 스튜어트 그린Frederick Stuart Greene

공포소설 작가이자 편집자. 열세 편의 단편을 모은 『The Grim Thirteen』으로 큰 인기를 끌었다.

사키 앤 부인의 침묵

에그버트는 비둘기장인지 폭탄 제조공장인지 모르는 곳에 들어서는 듯 한 남자의 태도로 희미한 빛이 감도는 커다란 응접실로 들어왔다. 그는 어느 쪽이든 만일의 사태에 대비하고 있었다. 점심식사 자리에서 벌어진 사소한 부부싸움이 확실하게 마무리되지 않았다. 문제는 앤 부인이 안 좋은 기분을 연장하느냐 아니면 싸움을 포기하느냐였다. 차 탁자 옆의 안락의자에 앉아 있는 아내의 자세는 일부러 그러는 것처럼 약간 뻣뻣해 보였다. 12월 오후의 어스름 속에서 에그버트의 코안경은 아내의 얼굴에 드러난 표정을 파악하는데 실질적인 도움이 되지 않았다,

수면 위에 떠다니는 얼음장과도 같은 냉랭함을 깨뜨리려고 그는 희미한 성스러운 빛에 관해 한마디 했다. 그나 앤 부인이나 겨울이나 늦가을 오후 네 시 반부터 여섯 시 사이에는 그런 말을 하는 것이 관례였고, 그것은 결혼생활의 일부였다. 거기에 특별히 정해진 대답은 없었고, 앤 부인은 한마디도 하지 않았다.

돈 타르키니오는 앤 부인의 기분이 언짢을지에 대해서는 눈곱만큼의 관심도 없이 난롯불을 쬐며 페르시안 양탄자 위에 몸을 쭉 펴고 누워있었다. 그 녀석은 양탄자와 마찬가지로 흠잡을 데 없는 페르시안 종이었고, 목둘레

의 털은 두 번째로 맞이하는 겨울만큼이나 눈부신 아름다움을 뿜어내고 있었다. 르네상스적인 경향을 띠는 사환이 그에게 돈 타르키니오*라는 이름을 붙여줬다. 에그버트와 앤 부인은 자신들에게 맡겨뒀다면 그를 영락없이 플러프**라고 불렀을 테지만, 꼭 그렇게 불러야 한다고 고집을 부리진 않았다.

에그버트는 손수 차를 따랐다. 앤 부인이 먼저 침묵을 깨뜨릴 어떤 기미도 보이지 않았기 때문에 그는 예르마크***처럼 마음을 단단히 먹기로 했다.

"점심때 내가 한 발언은 순전히 학문적인 면을 적용한 거였소." 그가 진지하게 말했다. "그런데 거기에 쓸데없이 사적인 의미를 부여하는 것 같소만."

앤 부인은 침묵으로 친 방어벽을 고수했다. 피리새가 느릿느릿 '타우리스의 이피게니아'****에 나오는 선율을 부르며 그들 사이의 간극을 메웠다. 에그버트는 그 선율을 즉시 알아챘다. 그것은 피리새가 지저귀는 유일한 선율이었고, 그 선율을 잘 지저귄다는 평판이 자자해서 새를 데려온 것이었다. 에그버트와 앤 부인 둘 다 자기들이 제일 좋아하는 오페라 곡인 '런던탑의 근위병'과 같은 것을 불러주면 더 좋아했을 것이다. 예술적인 면에 있어서는 그들은 취향이 비슷했다. 예를 들어 회화에서는 제목만 봐도 무슨 뜻인지 잘 알 수 있도록 더 이상의 설명이 필요 없는 정직하고 명료한 그림 쪽으로 마음이 기울었다. 마구는 채워져 있지만 병사가 타지 않은 군마가 흐트러진 모

*영국 소설가 프레데릭 윌리엄 롤프(Frederick William Rolfe, 1860~1913)가 쓴 책의 주인공 이름. 르네상스 시대의 열다섯 살 로마 청년 돈 타르키오니가 24시간 동안 겪은 각종 모험담을 담았다.

**Fluff. 동물이나 새의 '솜털, 솜뭉치'라는 뜻.

***Timofeievitch Yermak(미상~1584). 불굴의 정신으로 러시아의 시베리아 정복의 기초를 닦은 탐험가. 전설적인 영웅이다.

****괴테의 대표적인 희곡이자 크리스토프 빌리발트 글루크가 작곡한 오페라. 이피게니에는 운명의 부당함에 대해 끊임없이 회의하고 인간의 자유의지를 속박하는 교권敎權이나 사회제도 등에 대항하면서 인간의 도덕적인 결단을 통한 자유의지를 구현하는 인물로 그려진다.

습으로 비틀거리며 들어오는 뜰에 파랗게 질려 쓰러져 있는 여자들이 가득 차 있고, 그 가장자리에는 '나쁜 소식'이라는 제목이 쓰여있다. 이것은 그들의 마음속에 군대에 어떤 재앙이 있다는 것을 분명하게 해석하도록 해준다. 그들은 그 그림이 전달하려고 하는 바가 무엇인지 알 수 있었고, 지적으로 좀 둔한 친구들에게 그림에 대해 설명해줄 수 있었다.

침묵이 계속되었다. 대체로 앤 부인은 본격적으로 불만을 토로하기에 앞서 4분 동안 침묵한 뒤 열변을 토하는 식이었다. 에그버트는 우유병을 집어 들어 돈 타르키니오의 접시에 조금 부어줬다. 우유는 이미 가장자리까지 가득 차 있었기 때문에 지저분하게 흘러넘치는 것은 당연한 결과였다. 에그버트가 돈 타르키니오에게 이리 와서 쏟아진 우유를 마셔달라고 애원하는 눈길로 호소했을 때 돈 타르키니오는 놀라운 마음으로 바라보았지만, 무심결에 흥미가 서서히 사라졌다. 돈 타르키니오는 살면서 여러 역할을 하며 놀 준비가 되어 있었지만, 양탄자의 진공청소기는 그중 하나가 아니었다.

"우리가 좀 어리석다고 생각하지 않소?" 에그버트가 쾌활하게 말했다.

앤 부인은 설령 그렇게 생각했더라도 그렇다고 말하지는 않을 터였다.

"아마 어느 정도는 내가 잘못한 것일 게요." 차츰 쾌활함이 사라지면서 에그버트가 말을 이어갔다. "당신도 알다시피 어쨌든 나는 인간일 뿐이오. 당신은 내가 한낱 인간일 뿐이라는 사실을 잊어버리는 것 같소."

그는 자기가 인간에게는 중단되고 염소에게만 지속되는 사티로스* 혈통에 근거한다는 근거 없는 주장을 펼치려는 듯 그 점을 강조했다.

피리새가 '타우리스의 이피게니아' 선율을 다시 불러 젖혔다. 에그버트는 우울한 기분이 들기 시작했다. 앤 부인은 차를 마시지 않고 있었다. 아마

*고대 그리스 신화에서 숲의 신. 남자의 얼굴과 몸에 염소의 다리와 뿔을 가진 모습이다.

몸이 찌뿌드드했을 것이다. 하지만 평소 몸이 편치 않다고 느꼈을 때, 앤 부인은 자기가 아프다는 것에 대해 말을 아끼는 사람이 아니었다. "내가 소화불량으로 어떤 고통을 겪고 있는지는 아무도 몰라요." 그녀가 늘상 즐겨 쓰는 표현 중 하나였다. 하지만 그녀가 소화불량으로 고통받고 있다는 것에 대해 아무도 모른다는 것은, 아무도 그녀의 말을 제대로 듣지 않았기 때문에 야기된 것일 터였다. 그 문제와 관련해 그녀가 제공한 어마어마한 양의 정보라면 논문 자료로도 쓸 수 있을 테니 말이다.

분명히 앤 부인은 몸이 찌뿌드드한 게 아니었다.

에그버트는 자기가 부당하게 대우하고 있다고 생각하기 시작했다. 자연스럽게 그는 양보하기 시작했다.

벽난로 앞에 깔아놓은 깔개 한가운데 자리 잡은 돈 타르키니오에게 자리를 비켜달라고 설득한 뒤 그는 이렇게 말했다. "아마 내 책임일 것이오. 모든 것을 더 행복한 관점에서 더 나은 삶으로 이끌도록 되돌릴 수 있다면 무엇이든 기꺼이 하겠소."

과연 그게 어떻게 가능할지는 본인도 약간 의아했다. 중년의 나이인 그에겐 여러 유혹이 있었다. 마치 12월에 크리스마스 선물을 하나도 받지 못한 것처럼 희망을 품을 아무런 이유도 없는데 2월에 크리스마스 선물상자를 요구하는 방치된 정육점 소년과 같은, 집요하지 않은 일시적인 유혹들이었다. 여자들에게 광고란을 통해 1년 열두 달 내내 광고함으로써 생선용 나이프와 모피 목도리를 살 수밖에 없도록 하지만 그는 절대 구입하지 않는 것처럼, 여러 유혹에 굴복하겠다는 생각이 전혀 없었다. 잠재적인 대죄가 될 수도 있는 유혹을 누가 요구한 것도 아닌데 스스로 금욕하는 데에는 그래도 감동적인 면이 있었다.

앤 부인은 감동받았다는 어떤 기색도 보이지 않았다.

에그버트는 안경 너머로 초조하게 그녀를 보았다. 그녀와 말다툼하는 중 최악의 상황까지 가는 것은 전혀 새로운 경험이 아니었다. 독백으로 최악의 상황까지 가는 것이 새로이 경험하는 굴욕이었다.

"가서 식사 자리에 알맞는 옷을 입어야겠소." 의도적으로 느릿느릿 움직이면서 짐짓 준엄한 말투로 말했다.

문 앞에서 결국 마음이 약해진 그는 한 번 더 호소할 수밖에 없었다.

"우리 정말 너무 어리석지 않소?"

'바보.' 에그버트가 물러나면서 문을 닫을 때 돈 타르키니오가 내뱉은 마음의 소리였다. 그런 다음 돈 타르키니오는 보드라운 앞발을 공중에 들어 올려 피리새가 있는 새장 바로 밑의 책꽂이 위로 가볍게 뛰어올랐다. 타르키니오가 새의 존재를 주목한 듯 보인 것은 이번이 처음이었지만, 실은 오랜 기간에 걸쳐 신중하고 정확하게 형성한 행동이론을 실행하고 있는 것이었다. 스스로 전제군주나 다름없다고 상상해왔던 피리새는 급작스럽게 평소의 3분의 1 위치로 끌어내려졌다. 그런 다음 속수무책으로 날갯짓을 펄럭이기 시작하다가 꽥꽥거리며 날카로운 비명을 질렀다. 새를 사는 데 새장을 빼고 27실링이 들었지만, 앤 부인은 전혀 끼어들 기미가 보이지 않았다.

그녀는 죽은 지 두 시간이 지나 있었다.

사키Saki

앞의 글 『박애가와 행복한 고양이』 참조.

마르셀 프레보 여자와 고양이

"그렇습니다." 우리의 오래된 친구인 트리부도가 말했다. 그는 군의관 중에서는 보기 드물게 학식과 교양을 갖춘 사람이었다. "네, 그렇습니다. 초자연적인 현상은 어디에나 있습니다. 우리를 에워싸고, 우리를 둘러막고, 우리에게 스며들죠. 만약 과학이 초자연적인 현상을 추적한다면, 그것은 달아나 버리고 움켜잡을 수 없게 될 겁니다. 우리의 지성은 좁디좁은 숲을 개간한 우리 조상들의 지성이나 다를 바 없습니다. 개간하는 경계지점에 다가갈수록 도처에서 우리를 빙 둘러싸고 낮게 으르렁대는 소리를 듣거나 번득이는 두 눈을 보게 되지요. 저도 제 인생에서 여러 번 미지의 경계지점에 다가갈 때마다 그런 느낌을 가졌었습니다. 그중에서도 한 번은 아주 특별했죠."

젊은 아가씨가 끼어들었다.

"우리한테 얘기하고 싶어 근질근질한 거 같은데요, 선생님? 자, 얼른 말씀해보세요!"

의사가 고개를 숙였다.

"아니요, 맹세컨대 전혀 내키지 않습니다. 이 얘기는 되도록이면 하지 않거든요. 듣는 사람을 곤혹스럽게 할 뿐만 아니라 저도 곤혹스러워지니까요. 하지만 굳이 듣기를 바란다면 말씀해드리죠.

1863년에 저는 오를레앙에 배치되었습니다. 젊은 의사였죠. 그 귀족적인 도시는 상류계급 특유의 오래된 주거지로 가득 찼기 때문에 독신자 아파트를 찾기가 어려웠습니다. 저는 바람이 잘 통하고 공간이 넉넉한 걸 좋아해서 도심지 바로 외곽에 위치한 큰 건물의 1층에 숙소를 정했습니다. 생-뛰베르 인근이었죠. 원래 양탄자 제조업자의 거처 겸 창고로 쓰려고 지어진 건물이었습니다. 시간이 흐르면서 그 제조업자는 망했고, 그가 지은 커다란 건물은 세입자 없이 방치되어 있었기에 모든 세간을 포함해서 헐값에 팔렸습니다. 구매자는 구매한 뒤 향후에 수익을 남기고 싶어 했죠. 그 도시가 그런 방향으로 개발되고 있었으니까요. 그리고 실제로 요즈음에는 그 집이 도시의 경계 내에 포함되는 거 같더라고요. 하지만 내가 그곳을 숙소로 잡았을 때만 해도, 그 집은 그야말로 저 푸른 초원 위에 덩그러니 홀로 있었습니다. 구불구불한 거리 끝에 폐가가 몇 채 있었는데 황혼녘엔 꼭 대부분의 이빨이 빠진 턱 같다는 인상을 주었죠.

저는 1층의 절반을 빌렸습니다. 방이 네 개 달려 있었죠. 거리로 면한 두 방은 침실과 서재로, 세 번째 방은 옷방용으로 선반을 몇 개 세워놓았습니다. 다른 방 하나는 비워놓았어요. 이 때문에 아주 편안한 숙소라는 느낌이 들었습니다. 또 넓은 발코니도 하나 있었는데, 일종의 산책로처럼 건물 전면 전체를 따라 나 있었어요. 아니 좀 더 정확히 말하면, 발코니는 부채꼴 모양의 쇠난간으로 딱 두 부분으로 나뉘어 있긴 했지만 (특히 이 부분을 유의하시길) 누구나 쉽게 올라갈 수 있었죠.

약 두 달쯤 살고 있던 7월의 어느 날 밤, 내 방으로 돌아왔을 때 나는 우리 층의 나머지 집 창문에서 불빛이 빛나는 걸 보고 상당히 놀랐습니다. 그곳에 아무도 거주하지 않는다고 생각했거든요. 이 불빛의 효과는 아주 대단했죠. 어슴푸레하면서도 지극히 또렷하게 발코니와 거리, 인접한 들판을 비추고 있었습니다.

나는 속으로 '아하! 이웃이 생겼구나'라고 생각했습니다.

그 생각을 하니 썩 기분이 좋지는 않았습니다. 왜냐하면 그 건물을 나 혼자만 소유하고 있다는 사실이 내심 뿌듯했었거든요. 방에 들어온 뒤 소리 없이 발코니로 나갔을 때는 벌써 불이 꺼져있었습니다. 그래서 방으로 다시 돌아가서 한두 시간 정도 앉아서 책을 읽었습니다. 이따금 내 주위에서 무슨 소리가 들리는 것 같았지요. 마치 벽 속에서 경쾌한 발소리가 나는 것 같다고나 할까요. 하지만 책을 다 읽고 난 뒤 잠자리에 들자 곧바로 곯아떨어졌습니다.

거의 한밤중에 뭔가가 내 옆에 서 있다는 이상한 느낌이 들어 불현듯 잠에서 깨었습니다. 침대에서 일어나 촛불을 켜고 그게 뭔가 하고 보았죠. 방 한가운데에 어마어마하게 큰 고양이가 등을 살짝 구부린 채 번득이는 두 눈으로 나를 뚫어지게 바라보며 서 있었습니다. 참으로 멋진 앙고라 고양이였습니다. 털이 길고 꼬리는 솜방망이 같았죠. 딱 누에고치에서나 볼 수 있는 노란 비단 같은 빛깔은 또 얼마나 눈부시던지 털에 불빛이 비치자 꼭 황금으로 만든 동물 같아 보였습니다.

고양이는 그 폭신폭신한 발로 천천히 다가오더니 내 다리에 대고 물결 모양의 몸을 부드럽게 비벼댔습니다. 쓰다듬으려고 몸을 숙이자 골골골 소리를 내면서 어루만지도록 내버려 두더니 마침내 무릎 위로 폴짝 뛰어 올라왔습니다. 그때 나는 꽤 어린 암고양이라는 것을 알았죠. 고양이는 내가 마음껏 쓰다듬도록 내버려 두기로 작정한 것 같았습니다. 하지만 결국 나는 고양이를 바닥에 내려놓았고, 방에서 나가도록 유도하려고 했지만 무릎에서 뛰어내리더니 가구 사이로 숨어버리더라고요. 촛불을 끄자마자 다시 침대로 뛰어 올라오긴 했지만요. 하지만 졸음이 쏟아져서 더 이상은 고양이를 귀찮게 하지 않았습니다. 꾸벅꾸벅 졸다가 다음 날 아침 햇살에 잠에서 깨었을 때는 고양이의 흔적도 찾을 수 없었습니다.

인간의 두뇌는 아주 연약한 도구이기 때문에 참으로 쉽게 혼란에 빠집니다. 이야기를 더 진행시키기 전에 내가 언급한 사실들을 한번 요약해보세요. 자, 이러합니다. '아무도 살지 않을 거라 추측되는 아파트에서 불빛이 보였고 이내 꺼졌다. 그리고 아주 눈부신 빛깔을 지닌 고양이 한 마리가 약간 불가사의한 방식으로 나타났다가 사라졌다.' 자, 여기엔 그다지 이상한 점이 없죠, 그렇죠? 좋습니다. 자, 그렇다면 이제 이 하나도 중요하지 않은 사실이 똑같은 상황에서 날마다, 일주일 내내 반복된다고 상상해보세요. 그러면 혼자 사는 남자의 마음에 이제 중요한 것이 되었다는 인상을 줍니다. 제가 이 이야기를 시작할 때 말한 것처럼 살짝 마음의 동요를 일으킬 정도로 중요해집니다. 미지의 영역에 다가갈 때 항상 야기되는 것과 같은 거죠. 인간의 마음은 늘 무의식적으로 '동력원의 원칙'을 적용하도록 형성되어 있어요. 똑같은 일련의 사실에 대해 원인이나 법칙을 따지죠. 막연한 낭패감에 사로잡히면 원인을 짐작하거나 법칙을 찾아내는 게 불가능해집니다.

나는 비겁한 사람은 아니지만, 아이들에게서 나타나는 가장 유치한 형태에서부터 미치광이에게서 나타나는 가장 비극적인 면에 이르기까지 타인들에게 나타나는 두려움의 징후를 수시로 연구했습니다. 나는 그 두려움이란 것이 불확실성으로 먹고산다는 것을 알고 있습니다. 실제로 원인을 살펴보려고 하면, 그 두려움이란 것이 대개는 단순한 호기심으로 바뀌기는 하지만요.

그래서 나는 진실을 캐내야겠다고 결심했습니다. 관리인에게 물었죠. 그는 이웃들에 관해서 아무것도 몰랐습니다. 매일 아침 한 노부인이 이웃집을 돌보러 오기에 관리인이 노부인에게 물어보려고 했는데, 그 할머니는 완전히 귀가 먹었든지 아니면 일부러 알려주려고 하지 않든지, 하여튼 둘 중 하나였습니다. 단 한 마디도 대답하지 않으려 들었거든요. 그럼에도 불구하고, 나는 언급했던 것 중에 첫 번째 것에 대해 만족할만하게 설명할 수 있게 되었습니다. 즉, 내가 집에 들어서는 순간 갑자기 불빛이 꺼지는 것에 대해서요. 나는 이웃집 창문에 기다란 레이스 커튼이 쳐져 있다는 사실을 관찰했습니다. 두 발코니가 연결되어 있었기 때문에, 남자인지 여자인지는 모르지만, 내 이웃이 나의 무분별한 탐구심을 막고 싶었던 게지요. 그래서 내가 들어오는 소리를 들으면 항상 불을 껐던 거였습니다. 이 가정을 입증하기 위해 나는 아주 간단한 실험을 했습니다. 물론 완벽하게 성공했죠.

어느 날 정오쯤 부하가 가져온 밥으로 식은 저녁을 먹고는 그날 저녁은 외출하지 않았습니다. 어두워지자 나는 창문 가까이에 자리를 잡았습니다. 이내 이웃집 창문에서 흘러나오는 불빛으로 환히 빛나는 발코니를 보았지요. 즉시 우리 집 발코니로 소리 없이 나가 두 발코니를 분리하는 쇠난간 위로 살금살금 갔습니다. 밑으로 떨어져서 목이 부러지거나 이웃집 사람과 정면으로 마주칠지도 모른다는, 결정적인 위험에 노출되어 있다는 것을 알았지만 전혀 불안하지는 않았습니다. 끽소리 하나 내지 않고 불 켜진 창문에 다다르면서 창문이 조금 열려있다는 걸 알았습니다. 내가 어두운 창문 쪽에 있었기에 안이 빤히 들여다보이는 커튼은 방 안에서 창문 쪽을 보아야 하는 사람에게는 전혀 보이지 않게 되어 있었습니다.

크고 널찍한 침실은 방치되어 있는 건 분명했지만 아주 우아하게 장식되어 있었고, 천장에 매달린 등에는 불이 켜져 있었습니다. 그런데 방 끝의 낮은 소파에 젊고 예뻐 보이는 한 여자가 비스듬히 기대어 있었습니다. 풀어 헤쳐진 금발머리가 어깨 위로 드리워져 있었죠. 그녀는 손거울로 자신의 모습을 들여다보면서, 얼굴을 토닥토닥 거리고, 팔을 입술 위로 왔다 갔다 하고, 유연한 몸을 신기하게도 고양이처럼 우아하게 이리저리 돌리더군요. 그녀가 움직일 때마다 긴 머리칼이 파도처럼 물결치면서 반짝였어요.

그녀를 가만히 바라보고 있으려니 솔직히 좀 곤혹스러웠습니다. 특히 갑작스럽게 그 아가씨의 눈길이 내게 딱 쏠렸을 때는요. 정말 기이한 눈빛이었습니다. 램프의 불꽃처럼 눈에서 인광성의 푸른빛이 나오더군요. 나는 커튼이 쳐진 창문의 어두운 쪽에 있었기 때문에 내가 보이지 않는다고 확신했죠. 그런데 나를 봤다고 느낀 건 지극히 당연한 거였습니다. 사실은 그 아가씨가 비명을 꽥 지른 뒤 돌아앉아 소파 베개에 얼굴을 파묻었거든요.

나는 창문을 들어 올려 방으로 황급히 뛰어들어가 소파 쪽으로 갔습니다. 그리고는 베개에 숨기고 있던 얼굴 위로 고개를 숙였습니다. 내가 한 짓에 대해 몹시도 양심의 가책을 느끼면서 구구절절 변명을 늘어놓고 나 자신에게 마구 욕설을 퍼부으면서 자책하기 시작했습니다. 그리고는 내 무분별한 짓을 용서해달라고 간청했습니다. 쫓겨나도 마땅한 놈이지만 용서해준다는 단 한 마디 없이는 제발 쫓아내지 말아 달라고 간청했죠. 오랫동안 보람도 없이 애원하자, 드디어 그녀가 천천히 얼굴을 돌렸습니다. 그런데 그때 나는 그녀의 아름다운 얼굴에 살짝 미소가 스치는 것을 보았습니다. 그녀는 나를 힐끗 보더니 당시 나로선 당최 알아들을 수 없는 말을 중얼거리더군요.

"당신이군요." 그녀가 부르짖었습니다. "당신이에요!"

그녀가 그렇게 말할 때 나는 그녀를 쳐다보았습니다. 딱히 뭐라고 대답해야 할지 몰랐죠. 도대체 내가 이 얼굴을 어디서 본 적이 있었던가? 이 모습, 이 몸짓을 봤었나? 라고 생각하니까 골치가 아파 죽겠더군요. 하지만 서서히 평정심을 되찾아 변명의 여지가 없는 호기심에 대해 사과의 말을 몇 마디 더 한 뒤, 짧지만 모욕적이지 않은 대답을 듣고는 그녀에게 인사하고 들어왔던 창문으로 다시 물러나 내 방으로 돌아왔습니다. 방에 와서 오랫동안 내가 본 얼굴에 홀린 채 어두운 창문 옆에 앉아있었습니다. 그런데 이상하게 불안하더라고요. 바로 옆집에 사는 무척이나 아름답고 무척이나 사근사근해 보이는 여자가 "당신이군요"라며 나를 이미 알고 있다는 듯 말하면서도 대화는 하지 않고, 내 모든 질문에 대한 대답도 회피하는 모습이 두려운 마음을 불러일으켰습니다. 그녀는 자기 이름이 린다라고 말했는데, 그렇게 말한 게 다였습니다. 어둠 속에서 여전히 나를 향해 반짝이는 것 같은 그녀의 초록빛 눈동자를 머릿속에서 떨쳐내려고 무던히도 애썼죠. 그녀가 손으로 머리를 쓸어 넘길 때마다 마치 전기에서 불꽃이 튀는 것처럼 빛을 내며 반짝이던 긴 머리칼이 뇌리를 떠나지 않았습니다. 하지만 결국엔 잠이 들었는데, 어떤 움직이는 물체가 갑자기 내 발을 덮치기 무섭게 잠에서 깨었습니다. 그 고양이가 다시 나타난 것이었습니다. 나는 고양이를 수도 없이 쫓아버리려고 했지만 급기야 포기할 때까지 계속해서 다시 돌아오더군요. 그래서 이전처럼 나는 다시 이 낯선 동반자를 곁에 두고 잠이 들었습니다. 그런데 이번에는 기이하고도 잠깐잠깐 꾸는 꿈 때문에 괴로워서 잠이 깼습니다.

서서히 뇌가 어떤 터무니없는 단 한 가지 생각, 거의 미친 생각에 지배당하게 되는 정신적 강박상태 같은 거 경험해보신 적 있으세요? 그런 상태에 있다 보면, 이성이고 의지고 간에 모조리 없어지고 오직 서서히 생각 자체가 뒤죽박죽 뒤섞이며 점점 더 정신을 옭아매게 됩니다. 기이한 모험을 한 날

이후로 나는 그런 식으로 지독히도 고통을 겪었습니다. 새로운 일은 일어나지 않았습니다. 다만, 저녁에 발코니로 나가면 린다가 자신의 집 쇠난간 옆에서 있는 모습을 발견했을 뿐입니다. 우리는 어두워지는 잠깐 동안 잡담을 나누었고, 전처럼 다시 내 방으로 돌아오면 잠시 후 황금빛 고양이가 모습을 드러내 내 침대 위로 뛰어 올라와 보금자리를 틀고는 아침까지 머물렀습니다. 나는 이제 그 고양이가 누구 것인지 알게 되었습니다. 고양이에 대한 말을 꺼낸 그 날 저녁 린다가 "아, 네, 제 고양이예요. 꼭 황금으로 만들어진 것처럼 보이지 않아요?"라고 대답했거든요. 말했다시피, 새로운 일은 일어나지 않았습니다. 그럼에도 불구하고 막연한 공포심이 점차 나를 지배하기 시작하더니 마음속에서 점점 커져갔습니다. 처음에는 약간 바보 같은 상상에 불과했는데 점차 내 생각 전체를 지배하면서 뇌리를 떠나지 않는 신념이 되었습니다. 현실에서는 볼 수 없는 것을 끊임없이 보는 것 같았죠."

"어머, 짐작할 수 있을 거 같은데요." 이 이야기를 시작할 때 말을 꺼냈던 젊은 아가씨가 끼어들었다.

"린다가 고양이였던 거죠?"

트리부도가 미소 지었다.

"하지만 그때까지도 나는 그다지 확신이 없었습니다. 이제 나는 불면증에 시달리게 되었고, 그 와중에 조금이라도 눈을 붙이려고 할 때면 터무니없는 상상이 여러 시간 뇌리에서 떠나지 않았다는 점을 부정할 수 없습니다. 네, 맞습니다. 초록빛의 눈동자, 물결 모양의 나긋나긋한 움직임, 황금색 머리를 가진 두 존재가 불가사의한 방식으로 하나로 뒤섞이더니 단일한 개체가 이중으로 나타난 것에 불과한 것처럼 보였던 순간이었죠. 말했다시피 나는 린다를 날마다 봤지만, 뜻밖에 우연히 맞닥뜨린 척 아무리 애를 써도 그

둘을 동시에 볼 수는 없었습니다. 이 모든 것을 설명할 수 없는 것은 없다고 확신하며 그 까닭을 추론하려고 애쓰면서, 한 여자와 천진난만한 한 고양이를 두려워하는 나 자신을 비웃었습니다. 그리고 모든 사실을 추론한 결과, 실은 여자 자체나 동물 자체를 두려워한 게 아니라 내 상상 속에 존재했던 어떤 본질적인 것이 무형의 두려움을 불러일으켰다는 사실을 알게 되었습니다. 즉, 나 자신의 정신이 나타나는 것에 대한 두려움, 막연한 생각에 대한 두려움과 같은 것들로, 실제로는 모든 두려움 중에 최악인 것이죠.

내 정신에 이상이 생기기 시작했습니다. 린다와 비밀스럽고도 비인습적인 잡담을 나누는 오랜 밤들을 보낸 뒤, 내 감정은 조금씩 사랑의 빛깔을 띠게 됐습니다. 몇 날 며칠을 초기 단계의 미치광이들이 반드시 경험하는 것과 같은 남모르는 고통을 겪었지요. 서서히 마음속에서 어떤 결의가 자라나기 시작했습니다. 이 끊임없이 고통스러운 의문에 대한 해결책을 찾아야겠다는 욕구가 점점 더 강해졌습니다. 그리고 린다를 점점 더 좋아하게 될수록, 이 결의를 강하게 이행해야 할 필요성이 점점 더 커졌습니다. 저는 고양이를 죽이기로 결심했습니다.

어느 날 저녁 린다를 발코니에서 만나기 전에 의료비품 보관함에서 화학자들이 특정 부식성 물질을 섞는 데 사용하는 작은 유리 막대들을 포함해 글리세린 한 병과 작은 시안화수소산 병을 꺼냈습니다. 그날 저녁 처음으로 린다는 포옹하는 것을 허락해줬습니다. 나는 그녀를 품에 안고 그녀의 긴 머리칼을 어루만졌습니다. 손으로 만지자 계속해서 조그만 불꽃이 타닥타닥 찌릿찌릿 튀더군요. 방으로 돌아오자마자 평상시처럼 황금빛 고양이가 내 앞에 나타났습니다. 내게 오라고 불렀지요. 고양이는 등을 둥그렇게 말고 꼬리를 바짝 세운 채 세상에서 제일 사랑스럽게 골골골 노래 부르면서 내게로 와 몸을 비벼댔습니다. 나는 유리 막대를 손에 쥐고 그 끝에 글리세린을 묻혀 고양이에게 내밀었습니다. 기다란 붉은 혀로 막대를 핥더군요. 이것을 서너 번 반복한 뒤에는 아예 막대를 산에다 담갔습니다. 서슴없이 혀를 대더군요. 눈 깜짝할 사이에 고양이는 몸이 딱딱하게 굳었고, 잠시 후 소름 끼치는 강직성 경련을 일으키며 공중에 세 차례 뛰어오르더니 끔찍한 비명을 지르며 바닥에 나가떨어졌습니다. 그건 정말 인간의 비명이었습니다. 고양이는 죽었습니다!

이마에서 땀이 주르륵 흘러내리기 시작했고 손이 덜덜 떨렸습니다. 바닥으로 몸을 내던져 아직 차갑게 식지 않은 사체 옆으로 갔지요. 깜짝 놀란 두 눈을 보자 나는 공포심에 그 자리에 얼어붙었습니다. 검게 변한 혀가 이빨 사이로 내밀어져 있었고, 사지는 한눈에 보기에도 끔찍하게 뒤틀려 있었습니다. 나는 극단의 의지를 갖고 최대한 용기를 내 그 동물의 발을 들고는 집을 나섰습니다. 조용한 거리를 황급히 내려가 루아르강* 둑을 따라 부둣가로 가서 갖고 온 짐을 강으로 던졌습니다. 그러고는 햇살이 비칠 때까지 어디인지도 모르는 도시를 헤매다녔습니다. 하늘이 점점 옅어지기 시작한 뒤 불빛으로 붉게 물들었을 때가 되어서야 집으로 돌아갈 용기를 내었죠. 문 위에 손을 올려놓자 덜덜 떨리더군요. 그 유명한 포의 소설**처럼, 바로 어제 죽음에 이르게 한 그 동물이 여전히 살아있는 모습을 발견하게 될까 봐 몹시 두려웠습니다. 하지만 없었습니다. 방은 비어 있었습니다. 나는 반쯤 기절한 채 침대에 쓰러졌고, 처음으로 짐승이나 암살자 같은 것들 없이 완벽하게 홀로 있다는 느낌을 가지고 밤이 될 때까지 잠을 잤습니다."

우리가 귀 기울여 듣고 있을 때 정적을 깨고 누군가가 끼어들었다.

*프랑스 중부를 거쳐 대서양으로 흘러들어가는 강.

**에드거 앨런 포의 『검은 고양이』를 말한다.

"끝이 어떻게 될지 짐작할 수 있어요. 린다가 고양이와 동시에 사라졌죠?"

"여러분도 아주 잘 아시겠지만," 트리부도가 대답했다. "이 이야기의 사실들 사이에는 묘한 우연의 일치가 존재합니다. 그러니 그들의 관계를 그렇듯 정확하게 짐작할 수 있는 겁니다. 네, 린다는 사라졌습니다. 사람들은 그녀의 아파트에서 드레스와 속옷들, 심지어 그날 밤 입고 있었던 잠옷까지도 찾아냈지만 그녀의 신분에 조금이라도 단서를 줄 수 있는 것은 아무것도 발견하지 못했습니다. 집주인은 그 집을 '음악회 가수, 린다 양'에게 세를 주었다는 것 외엔 아는 게 없었습니다. 나는 즉결재판 판사 앞으로 소환되었습니다. 그녀가 사라진 그날 밤 강가에서 미친 듯 돌아다니는 모습이 목격되었기 때문입니다. 다행히도 판사는 나를 알고 있었습니다. 또 다행히도, 그 판사는 평범한 머리를 가진 사람이 아니었습니다. 나는 개인적으로 그에게 모든 이야기를 다 털어놓았습니다. 꼭 여러분에게 말하듯이요. 그는 심리를 기각했는데, 아마 나처럼 형사재판을 면할 수 있었던 사람은 지금까지 한정된 극소수였을 겁니다."

몇 분 동안 일행은 침묵을 깨지 않았다. 마침내 한 신사가 긴장을 풀어주고 싶은 마음에 이렇게 외쳤다.

"에이, 선생님. 다 지어낸 이야기라고 얼른 고백하세요. 여기 계신 숙녀분들을 오늘 밤 잠 못 이루게 하고 싶었을 뿐이라고요."

트리부도는 뻣뻣하게 고개를 숙였다. 미소가 사라진 얼굴은 약간 창백했다.

"마음대로 받아들이세요." 그가 말했다.

마르셀 프레보Marcel Prevost

프랑스의 소설가. 1890년대 파리 사람들의 교육과 젊은 여성에 대한 부패한 시선을 소설 속에서 보여주면서 큰 반향을 불러일으켰다. 50편이 넘는 소설을 썼으며, 그중 일부는 희곡으로 공연되기도 했다. 『반처녀들』(1894)은 희곡으로 대대적인 성공을 거두었으며, 특히 여성들에게 보내는 편지들은 소설보다 더 인기를 끌었다.

제롬 K. 제롬 딕 던커맨의 고양이

리처드 던커맨과 나는 오랜 학창시절 친구였다. 13학년에 속하는 친구들은 매일 아침 "외투"와 장갑 한 벌, "저학년에게는 망신스러운" 챙이 없는 큰 모자를 쓴 채 어떤 식으로든 서로 분류할 수 있는 복장으로 학교에 왔다. 학기 초창기에는 우리 사이가 좀 냉담했는데, 어느 방학날과 관련된 괴로운 사건을 기념하여 한 편의 시에다가 내가 직접 작곡하고 노래를 불렀던 데서 비롯되었다. 내 기억이 맞다면 이런 노래였다.

딕키, 딕키, 던크는 대박 꼴초, 셰리주 한 잔을 마시고, 곤드레만드레 취해서 집에 간다네.

그에게 무릎의 뼈가 다 드러나도록 맞고 무자비한 비난에도 살아남은 나는 그와 알게 되면서 누구보다 서로 더 좋아하게 되었다. 그가 수년간 법정 변호사와 극작가로 실패하는 동안 나는 어쩌다 언론에 몸을 담게 되었다. 그러던 어느 봄날, 그가 놀랍게도 희곡을 발표했다. 약간 괴상한 코미디였지만, 인간의 본성에 대한 믿음과 따뜻한 정서로 가득 채워져 있었다. 제작을 마치고 약 2개월 만에 그는 처음으로 내게 "기사, 피라미드"를 소개했다.

나는 그 당시 사랑에 빠져 있었다. 아마 이름이 나오미였던 것 같다. 나는 그녀에 관해 누군가와 이야기하고 싶었다. 딕은 다른 남자들의 연애사건에 지대한 관심을 가진 것으로 유명했다. 그는 사랑에 빠진 이에게 몇 시간이고 열변을 토하게 했고, "비망록"이라 이름 붙인 커다란 붉은색 표지의 공책에 간략하게 내용을 적어 넣었다. 당연히 모두들 그가 자기 희곡에 그 이야기들을 소재로 쓰는 걸 알고 있었지만, 그가 귀 기울여준다는 이유만으로 별 신경을 쓰지 않았다. 나는 모자를 쓰고 그의 작업실로 갔다.

우리는 대략 15분 정도 이런저런 잡다한 이야기를 나눈 다음, 본론으로 들어갔다. 나는 그가 움직이기 전까지 그녀의 아름다움과 선량함, 그리고 나 자신의 감정—전부터 꿈꿔왔던 사랑의 광기, 지금까지 좋아했던 다른 여자에게서는 전혀 있을 수 없는 일, 죽도록 그녀의 이름을 부르고 싶다는 욕망—을 이야기하느라 진이 다 빠져 있었다. 나는 그가 평소대로 "비망록"을 꺼내려고 일어서는가 보다 했다. 그래서 기다렸지만 대신 그는 문으로 가더니 문을 열었다. 그러자 내가 지금까지 세상에서 본 제일 크고 가장 아름다운 검은색 수고양이가 미끄러지듯 들어왔다. 고양이는 간드러지게 "야옹야옹" 거리면서 딕의 무릎 위로 뛰어오르더니 똑바로 앉아 나를 지켜보고 있었고, 나는 이야기를 이어갔다.

몇 분 뒤 내가 이야기하는 도중에 딕이 끼어들었다.

"이름이 나오미라고 한 걸로 아는데?"

"맞아." 나는 대답했다. "왜?"

"아, 아무것도 아니야. 방금 에니드라고 했거든."

나는 몇 년 동안이나 에니드를 보지 못했기 때문에 이것은 놀라운 일이었다. 게다가 그녀를 새까맣게 잊어버리고 있던 터였다. 어쨌든 그것은 대화의 활력을 잃게 했다. 몇 문장을 더 말하고 있는데 딕이 또다시 중단시켰다.

"줄리아는 누구야?"

나는 짜증이 나기 시작했다. 내 기억으로 줄리아는 시내 레스토랑에서 일하는 계산대 점원이었고, 내가 어린애에 불과했을 때 거의 감언이설로 구슬려 약혼까지 했었다. 계산대 너머로 그녀의 축 늘어진 손을 잡은 채 기다란 파우더 자국이 난 귀에 대고 쉰 목소리로 얼간이 같이 열광적인 말을 쏟아부었던 기억이 나자 낯이 화끈거렸다.

"내가 정말 줄리아라고 했어?" 나는 다소 날카로워져서 물었다. "농담하는 거지?"

"분명히 줄리아라고 말했어." 그가 부드럽게 대답했다. "하지만 신경 쓰지 마. 네가 부르고 싶은 대로 불러. 네가 말하는 게 누구인지 아니까."

하지만 내 안에서 타오르던 불꽃이 사그라들어 버렸다. 다시 불붙여 보려 했으나 눈을 들어 검은 수고양이의 초록빛 눈과 마주칠 때마다 다시 깜빡깜빡하다가 꺼져버렸다. 나는 온실에서 우연히 나오미가 내 손을 만졌을 때 온몸을 찌릿찌릿 관통했던 그때의 흥분을 다시 기억해내고는 그녀가 일부러 손을 만졌는지 궁금해졌다. 또, 그녀가 그 짜증 나는 못된 엄마에게 얼마나 다정다감했는지를 생각해내고는, 정말로 엄마였는지 아니면 단지 고용인이었는지 궁금해졌다. 또, 지난번에 봤을 때 풍성한 그녀의 황갈색 머리 다발이 햇빛을 받으며 찰랑이던 걸 떠올리며 그 머리가 다 정말 그녀의 것인지 궁금해졌다.

일단 나는 좋은 여자란 루비보다도 더 소중하다는 견해를 열정을 다하여 확실하게 표현했다. 그리고는 즉시 "불행하게도 좋은 여자라는 사실을 분간하기가 무척 어려운 게 안타깝지만"이라며, 내가 그런 생각을 하고 있다는 것조차 의식하기 전에 한 마디 덧붙였다.

그 뒤 망연자실하고는 전날 저녁에 그녀에게 말한 것을 기억해내려고 애썼다. 혹시나 결혼이나 맹세 같은 진지한 약속을 하지 않았기를 바라면서.

딕의 목소리가 불쾌한 몽상으로부터 나를 깨웠다.

"아니, 난 네가 하지 않았을 거라 생각해. 아무한테도 하지 않았을 거야."

"뭘 아무한테도 안 했다는 거야?" 나는 물었다. 나는 딕과 딕의 고양이에게 약간 화가 나 있었다. 그리고 나 자신과 대부분의 다른 것들에도 화가 나 있었다.

"왜 여기 피라미드 앞에서 사랑이니 그깟 감정이니 하는 것들을 말하지?" 일어나서 등을 둥그렇게 구부리는 고양이의 부드러운 머리를 쓰다듬으며 그가 대답했다.

"이 빌어먹을 고양이가 무슨 상관이 있는데?" 내가 쏘아붙였다.

"그건 내가 말로 할 수는 없는 거지만 굉장히 놀라운 거야." 그가 대답했다. "요전 날 밤에 레만이 우리 집에 들렀어. 그리고는 입센*과 인간 종족의 운명, 사회주의적인 개념, 그 외 모든 것에 관한 일반적인 얘기를 시작했지. 너도 그 친구가 말하는 방식 잘 알잖아. 피라미드는 저기 탁자 끄트머리에 앉아서 그를 보고 있었어. 마치 몇 분 전에 너를 보듯 말이야. 채 15분도 안 되어 레만은 이상을 추구하지 않는 사회가 더 나으며 인간 종족의 운명은 십중팔구 쓰레기더미일 뿐이라는 결론에 도달했어." 그는 눈을 가리는 긴 머리를 뒤로 넘겼다. 태어나서 처음으로 그가 제정신으로 보였다. "'우린 마치 우리가 최후의 창조물인 것처럼 우리 자신에 대해 이야기해. 난 가끔 나 자신에 대해 귀를 기울이면 피곤해져. 휴! 우리는 인간 종족이 완전히 소멸하여 그 자리를 또 다른 곤충이 차지할 수도 있다는 사실을 알고 있어. 우리가 이

*Henrik Ibsen (1828~1906). 노르웨이의 극작가 · 시인.

전에 존재했던 종족을 몰아내고 그 자리를 차지한 것처럼 말이야. 어쩌면 개미가 지구의 미래의 상속자가 아닐까 싶어. 그들은 협동이라는 걸 알잖아. 이미 우리에게 결여된 별도의 감각을 가지고 있기도 하고. 진화 과정에서 만약 그들의 두뇌와 몸집이 더 커지면 강력한 정적이 될지 누가 알겠어?' 레만이 이러더라니까. 레만한테서 이런 얘기를 듣다니 놀랍지 않아?"

"저 녀석을 '피라미드'라고 부른 이유가 뭐야?" 덕에게 물었다.

"글쎄, 피라미드처럼 오래되어 보여서 그랬나? 그냥 그 이름이 떠올랐어."

나는 고개를 숙여 심원한 초록빛 눈동자를 들여다보았다. 그 동물은 눈꺼풀을 한 번도 깜빡이지 않고 내 눈을 뚫어지게 바라보았다. 나는 시간의 근원에 빨려들어 가고 있다는 느낌이 들었다. 그 표정 없는 둥그런 구체 앞에서 시대의 전경이 재검토되면서 지나가는 것 같았다. 인류의 모든 사랑과 희망, 욕망이. 거짓으로 판명되었던 모든 영원한 진리가. 구원해주리라 발견했던 모든 영원한 믿음이 결국엔 지옥일 뿐이라는 것을 발견한 그 모든 것이. 그 기이한 검은 동물은 방을 가득 채우는 것처럼 보일 때까지 점점 더 커져갔다. 덕과 나는 공중에 떠다니는 그림자일 뿐이었다.

나는 억지로 미소를 지어 보였다. 나로서는 마법을 깨뜨리는 방법이 덕에게 고양이를 어떻게 키우게 됐는지 묻는 수밖에 없는 것처럼 보였다.

"6개월 전 어느 날 밤이야. 그때 난 주머니 사정이 좋지 않았어. 큰 희망을 품고 만든 희곡 두 편이 너도 기억하겠지만 차례대로 실패했지. 어떤 감독이 나의 글에 관심을 가질 거라고 생각하는 것조차도 어처구니없는 일처럼 보였어. 월콧은 내가 그런 상황에서 리지와 약혼식을 치르는 것이 도리에 맞지 않다고 했어. 그래서 나는 내가 떠나는 게 당연하고, 그녀가 나를 잊을 수 있는 기회를 주어야 한다는 데 동의했지. 난 이 세상에서 혼자였고 빚도 엄청나게 졌어. 모든 상황들이 더 없이 절망적이었지. 이제야 고백할 수 있지만, 그날 저녁에 머리통을 날려버릴 결심을 했어. 권총에 총알을 장전하고는 책상 위에 총을 놓았지. 그런데 손으로 총을 만지작거리고 있을 때 문에서 희미하게 긁는 소리가 들리는 거야. 처음에는 신경을 쓰지 않았지만 끈질기게 긁더라고. 그러다 드디어 그 희미한 소리가 그쳤어. 그때의 흥분감이란 말로 설명할 수 없어. 벌떡 일어서서 문을 열자 고양이가 걸어 들어왔어.

고양이는 장전된 권총 옆의 책상 모서리에 자리를 잡더니 똑바로 앉아서 나를 뚫어지게 보더라고. 난 의자를 밀치고 고양이를 보면서 앉았어. 그런데 거기에 내가 전혀 들어본 적이 없는 이름의 남자가 멜버른에서 소에게 받혀 죽었다는 소식을 알리는 편지가 있었어. 평안히 죽은 먼 친척의 유언에 따라 3천 파운드의 유산이 떨어지는데, 18개월 전에 완전히 파산한 나를 그의 유일한 상속인이자 대리인으로 둔다는 내용이었어. 그래서 난 권총을 다시 서랍 안에 고이 모셔두었지."

"피라미드가 내게 와서 일주일 동안 머무를 거라고 생각해?" 딕의 무릎 위에서 조용히 골골골거리는 고양이를 쓰다듬으려고 손을 내밀면서 물었다.

"언젠가는 그럴지도 모르지." 딕이 낮은 목소리로 대답했다. 하지만, 왜 그런지 모르겠지만, 대답을 듣기도 전에 나는 농담을 던진 것을 후회했다.

"나는 피라미드가 마치 인간인 것처럼 이야기를 나누게 됐어. 만사를 의논하지. 지난번 희곡도 공동창작이라고 생각해. 정말로 내 역할보다는 피라미드의 역할이 훨씬 더 컸어." 딕이 말했다.

내 앞에서 초록빛 눈동자로 나를 빤히 들여다보며 앉아있는 그 고양이가 없었더라면 나는 딕이 미쳤다고 생각했을 것이다. 사정이 그러했기에 나는 그의 이야기에 점점 더 흥미를 가지게 되었다.

"처음에 쓴 건 다소 냉소적인 희곡이었어. 내가 보고 들은 한 사회의 어두운 단면에 대한 사실적인 묘사였지. 예술적인 면에서 난 그게 좋다고 느꼈거든. 흥행 면에서는 의문스러웠지만 말이야. 피라미드가 출현하고 나서 사흘째 되는 날 책상에서 다시 꺼내 읽었어. 녀석은 의자 팔걸이에 앉아 내가 페이지를 넘기는 걸 지켜보고 있었지.

그건 내가 지금까지 쓴 것 중에 최고였어. 삶에 대한 통찰력이 모든 줄마다 꿰찌르고 있더라고. 나는 그 희곡을 무척 기쁜 마음으로 다시 읽고 있었어. 그런데 불쑥 어떤 목소리가 내 옆에서 말하는 거야.

'아주 기발해. 정말로 기발해. 격렬하고 사실적인 대사를 고상한 느낌이 나게 싹 바꾸기만 한다면 말이야. (전혀 대중적인 인물이 아니었던) 외무부 차관을 요크셔 출신 남자 대신 마지막 장에서 죽게 하고, 나쁜 여자가 주인공에 대한 사랑 때문에 변하는 걸로 해. 그래서 검은 옷을 입은 채 그녀 스스로 어딘가로 가서 가난한 사람들에게 착한 일을 하는 걸로 설정하면 무대에 올릴 만한 가치가 있을 거야.'

나는 화가 나서 누가 말하고 있는지 보려고 돌아봤어. 꼭 연극 감독의 의견처럼 들렸거든. 방에는 나하고 고양이밖에는 아무도 없었어. 틀림없이 나는 혼잣말을 하고 있었던 거야. 하지만 그 목소리는 생소했어.

'주인공에 대한 사랑 때문에 여자가 변한다고?' 나는 경멸적으로 항변했지. 왜냐하면 속으로 '그 남자의 일생이 파멸하는 것은 결국 그녀에 대한 광기 어린 열정 때문이잖아?' 이런 생각을 하면서 끙끙 앓고 있었거든.

'그러면 위대한 영국인들과 함께 연극도 파멸하겠지.' 다른 목소리가 되돌아왔어. '영국 희곡의 주인공들은 열정이 없어. 정직하고 다정한 영국의 아

가씨들이 '야오오옹—' 하면서 존경을 바치는 찬사만 있어. 너는 네 예술의 진가를 몰라.'

'게다가' 나는 얘기를 가로막으면서 고집 피웠어. '30년간 죄를 지은 듯한 분위기 속에서 태어나고 자라 그것을 받아들인 여자들은 변하지 않아.'

'흠, 그렇다면 이렇게 하면 되겠네. 오르간 연주를 듣게 해.' 조롱하는 듯한 대답이었어.

'하지만 작가로서—' 나는 항의했지.

'넌 항상 실패한 작가일 거야'가 그 답변이었어. '이봐 친구, 너와 네 희곡들은 예술적인 면에 있어서 이제부터 몇 년만 지나면 잊혀질 거야. 넌 세상이 원하는 것을 줘야 해. 그러면 세상이 네가 원하는 것을 줄 거야. 네가 살아남으려면 말이지.'

그래서 피라미드를 옆에 앉히고 나는 날마다 희곡을 다시 썼어. 도저히 불가능하고 못하겠다고 느낄 때마다 이를 악물고 적어 내려갔어. 피라미드가 골골골거리는 동안 나는 내가 만들어낸 모든 인물들에게 인기를 끌기 위한 대사들을 주었지. 그리고 내 꼭두각시들을 특별석 둘째 줄에서 오른쪽 눈에 손잡이 달린 안경을 쓰고 있는 귀부인들이 좋아하도록 신경 썼어. 그 연극은 5백일 간 계속될 거라고 휴슨이 말하더군. 그런데 최악은 나 자신이 부끄럽지 않다는 거였어. 심지어 만족스럽기까지 하더라니까." 딕이 말을 마쳤다.

"저 동물이 뭐라고 생각해?" 나는 웃으며 물었다. "악마의 영혼?" 고양이가 옆방으로 들어가 열린 창문을 통해서 나온 뒤 이상하게도 초록빛 눈동자는 여전한데 나를 더 이상 끌어당기지 않았기 때문이다. 나는 드디어 제정신으로 돌아왔다고 느꼈다.

“넌 내가 경험한 것처럼 6개월 동안 저 고양이와 살면서 고양이의 눈길이 너에게 고정된 것을 느끼지 않았잖아. 그리고 나만이 아니야. 그 유명한 설교자, 캐논 휠철리 알지?” 딕이 재빨리 말했다.

“난 근대 교회사에 대한 지식이 별로 없어. 물론 이름은 알지. 근데 그 사람은 왜?”

“그 사람은 이스트 엔드의 부목사였어. 10년간 무명으로 온갖 고생과 가난을 겪으면서 고귀하고 영웅적인 사람으로 살았지. 지금 그는 사우스 켄싱턴에서 부유층이 애용하는 최신 기독교 교파의 선지자로, 한 쌍의 순종 아라비아산 말을 몰고 다니면서 설교를 하고 있어. 그가 입은 양복 조끼는 그 자체가 번영의 상징이야. 그런데 며칠 전 아침에 공주를 대신해서 여기에 왔었어. 그들이 ‘극빈자 교구 목사들을 위한 기금 마련’을 후원하는데 내 희곡 중 하나를 상영하는 중이거든.”

“그런데 피라미드가 그를 실망시켰었어?” 나는 약간 비웃듯 물었다.

“아니. 내가 판단할 수 있는 한, 피라미드는 계획을 승낙했어. 요점은 휠철리가 방으로 들어가는 순간 고양이가 그에게 걸어가서 그의 다리에 대고 애정 어리게 온몸을 비벼댔다는 거야. 그는 서서 쓰다듬었지.

‘아, 이렇게 고양이가 당신에게 왔군요, 그렇죠?’ 그가 묘한 미소를 지으며 말했어. 우리 사이에는 이제 더 이상 설명이 필요 없었어. 난 그 몇 마디 안 되는 말 뒤에 숨을 뜻을 이해했거든.”

나는 얼마간 딕을 잊고 지냈다. 당대의 가장 성공적인 극작가의 반열로 급속히 올라갔기 때문에 그에 대한 풍문은 상당히 많이 들었지만 말이다. 그리고 어느 날 오후 예술가 친구의 작업실에 들를 때까지도 나는 피라미드를 새까맣게 잊고 있었다. 굶주림에 몸부림치다가 최근 대중적인 인기를 한 몸에 받는 예술가로 떠오른 친구였다. 나는 작업실 어두운 구석에서 내게 반짝이고 있는 낯익은 것처럼 보이는 한 쌍의 초록빛 눈동자를 보았다.

"세상에!" 나는 그 동물을 더 가까이에서 살펴보려고 건너가면서 외쳤다.

"이런, 세상에! 딕 던커맨의 고양이네."

친구는 이젤에서 고개를 들더니 맞은편에 있는 나를 흘낏 보았다.

"맞아. 우린 이상만으로는 먹고살 수 없어." 그가 말했다. 나는 던커맨과 나누었던 대화를 기억하며, 서둘러 대화의 주제를 바꾸었다.

그 이후로 나는 많은 친구들의 방에서 피라미드를 만났다. 그들은 서로 다른 이름을 붙였지만, 나는 똑같은 고양이라는 것을 확신했다. 나는 그 초록빛 눈동자를 알고 있다. 그 녀석은 언제나 친구들에게 행운을 가져다주지만, 그들은 그 뒤로는 다시는 예전과 똑같은 친구들이 아니다.

이따금 나는 문에서 피라미드가 긁는 소리가 들리지 않나 궁금해하면서 앉아있다.

제롬 K. 제롬Jerome K. Jerome

영국의 소설가 겸 극작가. 연극의 엑스트라로 활동하며 극작가로서의 기반을 닦았다. 유머 소설 『한인한담』이 히트하여 작가로 진출하였다. 『보트의 세 사나이』를 저술하여 해적판만 100만 부가 넘게 팔리는 히트를 기록했다.

스티븐 빈센트 비네이 고양이들의 왕

"하지만, 있잖아요." 컬버린 부인이 숨이 턱 막힌 듯 조그맣게 휴 하며 말했다. "설마 진짜 꼬리를 말하는 건 아니지요?"

딩글 부인이 근엄하게 고개를 끄덕였다. "맞다니까요. 내가 그를 봤다니까. 두 번이나. 파리에서 한 번 봤고, 물론, 그다음에는 로마에서 지휘자로 등장했어요. 우린 귀빈석에 있었는데, 그가 지휘를 했어요. 내 분명히 말하지만, 부인은 그런 감동을 오케스트라에서 받아본 적이 없을 거예요. 그리고 또 있잖아요." 그녀가 약간 주저했다. "그걸로 지휘했어요."

"입에 담기엔 너무 흉측하지만 정말 근사하고 완벽해요!" 컬버린 부인이 어리둥절하면서도 탐욕이 깃든 목소리로 말했다. "그가 이곳으로 오는 즉시 같이 저녁을 먹도록 해요. 여기로 오겠죠, 그렇지 않아요?"

"12일에 와요." 딩글 부인이 눈빛을 반짝이며 말했다. "뉴심포니악단 사람들이 3회의 특별 음악회에서 객원 지휘자가 되어 달라고 부탁했거든요. 나도 물론 그가 여기에 와 있는 동안 부인이 우리와 저녁을 같이 먹을 수 있음 정말 좋겠어요. 당연히 그는 무척 바쁘겠지만 말이죠. 하지만 시간을 내보겠다고 우리하고 약속했어요—"

"아, 정말 고마워요." 컬버린 부인이 넋이 나간 듯 말했다. 지난번에 딩글 부인이 총애하는 영국인 소설가를 급습한 일이 아직도 뇌리에 생생했다. "부인은 늘 무척 즐겁게 맞아주세요. 하지만 너무 무리하진 마세요. 남은 우리들도 우리 몫을 해야 하니까요. 헨리와 저는 아주 기쁠 거—"

"마음 써줘서 고마워요." 딩글 부인 또한 영국인 소설가의 도둑질을 떠올렸다. "하지만 우린 띠보Tibault 씨에게, 아, 이름 정말 근사하지 않아요? 사람들이 그러는데 그가 『로미오와 줄리엣』에 나오는 티볼트Tybalt의 후손이라서 셰익스피어를 좋아하지 않는대요. 어디까지 얘기했죠? 아, 우린 띠보 씨에게 지극히 간소한 시간을 드릴 거예요. 첫 콘서트를 마친 뒤에 열리는 약소한 환영파티가 되겠죠, 아마. 그분은," 그녀는 좌중을 둘러보았다. "그분은 잡다한 사람들이 모인 성대한 파티를 싫어할 거예요. 거기다, 당연하겠지만, 에, 성격이 좀 유별나다네요—" 그녀가 고상하게 헛기침을 했다. "그 유별난 성격 때문에 낯선 사람들을 보면 살짝 수줍어한대요."

"에밀리 이모, 근데 전 아직도 이해가 안 가요." 토미 브룩스가 말했다. 딩글 부인의 조카였다. "그 띠보 멍청이가 정말로 꼬리를 가지고 있다고요? 원숭이처럼?"

"토미야." 컬버린 부인이 근엄하게 말했다. "우선, 띠보 씨는 멍청이가 아니야. 굉장히 유명한 음악가라고. 유럽에서 가장 훌륭한 지휘자지. 그리고 두 번째—"

"정말이야. 정말로 꼬리가 있다니까. 꼬리로 지휘한다고." 딩글 부인은 확고했다.

"하지만 솔직히 말해서!" 귀가 벌게지면서 토미가 말했다. "제 말은, 네, 물론, 이모가 그렇다고 하면 저도 그럴 거라 믿어요. 하지만 근데도 전 아직도 몹시 황당하게 들려요. 제 말뜻 아시죠? 타토 교수님 생각은 어떠세요?"

타토 교수는 "에헴" 헛기침을 하더니 손가락을 살짝 깍지 끼면서 말했다. "저도 띠보 씨를 보고 싶은 생각이 간절하군요. 저는 진짜 호모 코다투스* 종을 본 적이 없기 때문에 약간 의심스러울 수밖에 없긴 하지만……. 예를 들어, 중세 시대에는 꼬리 달린, 음, 인간이라든가 꼬리 모양의 부속물을 가진 인간과 같은 것에 대한 믿음이 광범위하게 퍼져 있었고 여러 근거도 충분히 있었어요. 18세기 말에는 꽤 믿을 만한 네덜란드의 한 함장이 포모사** 섬에서 그러한 생물 한 쌍을 발견했다고 합니다. 그들의 문명 수준은 낮았지만, 제 생각에는 문제의 부속물은 아주 뚜렷했던 것 같습니다. 그리고 1860년에 영국의 외과의사인 그림브룩 박사가 짧지만 꼬리인 게 명백한 아프리카 원주민을 자그마치 세 명이나 치료했다고 주장했어요. 그의 증언은 입증되지 않은 말에 의존한 것이었지만요. 어쨌든 꼬리 달린 사람이라는 게 불가능하진 않지만 흔치 않은 것은 분명하죠. 물갈퀴발이 있는 동물, 그러니까 아가미 동물에 관한 얘기도 빈번하게 발생합니다. 부속물은 우리도 늘 갖고 있습니다. 유인원 형태의 혈통은 결코 완벽한 게 아니에요. 그렇다면," 탁자를 둘러보며 환하게 미소 지으면서 말했다. "정상 척추의 너덧 개의 척추 분절로서 퇴화된 흔적기관을 무엇이라 부를 수 있을까요? 아, 네, 네, 예외적인 경우에는 가능하겠지요. 음, 격세유전의 형태로 나타나는 것일지라도, 물론—"

"그렇다니까!" 딩글 부인이 의기양양해서 말했다. "정말 매력적이지 않아요? 그렇지 않아요, 공주님?"

참제비고깔이 피어 있는 들판만큼이나, 깊이를 알 수 없는 하늘의 중심

*homo caudatus. 스웨덴의 식물학자인 칼 폰 린네(1707~1778)가 『인류변형학』에서 사용한 말로 일명 '꼬리 달린 사람'이다. 중세 시대에 유럽 사람들은 꼬리 달린 사람이 존재한다고 믿었다. 오늘날 꼬리 달린 사람에 대한 이야기는 인간 또는 비비를 관찰한 것에서 파생되었다고 믿어진다.
**Formosa. 대만을 말한다. 1590년 포르투갈인이 대만을 방문하여 '아름다운 섬'이라는 뜻의 '포모사Formosa'라는 이름으로 부른 이후로 서구에서는 이 이름으로 불렸다.

만큼이나 푸르른 비브라카나르다 공주의 두 눈이 딩글 부인의 흥분한 얼굴에 잠시 머물렀다.

"차—암 매력적이에요." 벨벳을 어루만지는 듯 아주 부드러운 목소리로 그녀가 말했다. "저도 이번에 띠보 씨를 차—암 만나보고 싶어요."

"에라, 그놈 목이나 콱 부러졌으면 좋겠네!" 토미 브룩스가 숨죽여 말했지만 아무도 토미에게 관심을 기울이지 않았다.

그런데 띠보 씨가 이 나라에 도착할 때가 점점 더 가까워질수록 사람들은 공주가 정말 진심으로 말한 건지 의아하게 생각하기 시작했다. 그때까지만 해도 그녀가 유행에 관한 독특한 감각이 있다는 것은 주지의 사실이었기 때문이다. 그리고 우리는 사회적 동물이 무엇인지 잘 알고 있다.

알다시피 지금은 샴과 관련된 것들이 한창 인기몰이 중이었고, 러시아 말투가 진귀했던 옛날에 박쥐가 참신한 것으로 우대를 받았던 만큼이나 진짜 샴과 관련된 것들이 우대를 받고 있었다. 엄청난 비용을 들여 수입한 샴 예술극단은 관객들로 객석을 가득 메운 채 공연하고 있었다. 샴의 농촌생활을 그린 서사극 '구슈프츠구'는 잔글자로 빽빽하게 인쇄된 19권짜리로 막 노벨상을 수상했다. 탁월한 애완동물 판매업자들은 샴 고양이들에 대한 무시무시한 수요가 그치지 않는다고 보고했다. 샴과 관련된 것들이 파도의 물마루를 타듯 인기 절정인 이때에 비브라카나르다 공주는 물을 두려워하지 않는 하와이 사람이 서핑 보드에 있을 때처럼 태연하고도 우아한 자세를 취했다. 그녀는 없어서는 안 될 존재였다. 그녀는 비길 데 없는 존재였다. 그녀는 어디에나 있었다.

젊고 엄청나게 부유한 그녀는 한편으로는 샴 황실 가와, 다른 한편으로는 캐벗 가문*과 인척관계였다.(하지만 그녀가 살아온 21년 중 18년은 아무도 추측할 수 없는 신비의 장막에 가려져 있었다.) 여러 인종이 섞인 그녀는 낯선 만큼이나 이국적인 아름다움이 돋보였다. 그녀는 고양잇과처럼 힘들이지 않고 우아하게 움직였고, 피부는 가장 순도가 높은 금 알갱이를 부드럽게 발라놓은 것 같았다. 그런데도 살짝 쳐진 눈매의 푸르디푸른 두 눈동자는 메인 산맥의 호수만큼이나 놀랍도록 맑고 투명했다. 갈색 머리는 무릎까지 내려와서 '미용 장인 연합회'에서 머리를 짧게 치면 거액의 액수를 제공하겠다고 할 정도였다. 그녀의 머리는 폭포가 바위 위로 요동을 치며 떨어져 내리는 것 같았고, 백단유향과 같은 향기가 어렴풋이 났으며, 세련된 멋을 가지고 있었고, 태양에 바랜 듯한 빛깔을 유지하고 있었다. 그녀는 말을 많이 하지 않았는데—물론 많이 할 필요가 없었기에—목소리는 마음을 사로잡는 약간 야릇하고 조그맣고 아름다운 선율과도 같은 쉰소리였다. 그녀는 혼자 살았으며 원체 게으르다고 정평이 나 있었다. 거의 하루 종일 잔다고 알려져 있었으나, 밤에는 밤메꽃처럼 활짝 피어나며 두 눈동자에는 깊이가 서렸다.

토미 브룩스가 그녀를 사랑하게 된 것은 놀라운 일이 아니었다. 놀라운 일은 그녀가 그렇게 하도록 내버려 두었다는 것이었다. 토미에게는 이국적이라거나 빼어난 점이라곤 조금도 없었다. 유쾌하고 평범한 젊은이들 중 하나였을 뿐으로, 거의 온종일 대학교 클럽에서 신문을 읽으면서 채권사업에 뛰어들려 하고 있었으며, 밤에 열리는 만찬에서 뜻밖의 빈자리를 메우는 데 항상 필요한 정도였다. 공주가 구혼자들에게 너그럽게 대했다고 말하기는 사실 좀 곤란하다. 들어올 때는 아무리 활기찼던 구혼자라도 그녀의 냉담하고

*이탈리아 출신의 항법사 · 탐험가. 생애에 대해서는 정확히 알려져 있지 않으며, 남아 있는 탐험 기록도 정확하지 않은 것이 있어 논란의 대상이 되었다. 베네치아 공화국 국적으로 여러 곳을 탐험하다 영국으로 건너가 헨리 7세의 인가를 받아 아시아 항로를 개척하기 위해 서쪽으로 향한 것으로 알려져 있다.

도도한 눈동자를 본 순간 고개를 떨구었으니 말이다. 그런데 토미에게는 다른 구혼자들보다 조금 더 너그러이 대할 수 있는 것 같았다. 그래서 공주에게 홀딱 빠진 그 젊은이는 파크 애비뉴의 아파트에서 홀로 온갖 상상에 시달리며 몽상에 빠지기 시작하는 중이었다. 그때 그 유명한 띠보 씨가 카네기 홀에서 첫 콘서트를 지휘했다.

토미 브룩스는 공주 옆에 앉았다. 공주에게로 향하는 토미의 눈길은 갈망과 사랑의 눈길이었으나 그녀의 얼굴은 가면을 쓴 것처럼 무표정했고, 북적거리는 예비 연주회가 열리는 동안 그녀가 한 말이라곤 관객들이 무척 많아 보인다는 것뿐이었다. 하지만 토미는 오히려 평소보다 약간 더 냉담한 모습에 안심이 되었다. 컬버린 부인의 만찬회 이후로 띠보라는 존재가 그녀에게 감동을 줄지도 모른다는 막연한 불안감이 그의 마음속에서 점점 자라났기 때문이다. 이는 그가 애착이 얼마나 강했는지를 보여주고 있었다. 프린스턴 대학 출신의 단순한 남자에게 음악예술의 정수인 "조금만 더 사랑해주세요, 조금만 더 키스해주세요"라는 평범한 연주회는 명백한 고문이었기에 그는 그날 저녁의 공연 자체도 용기를 내어 험상궂게 미소 지으면서 기다렸다.

"쉿!" 딩글 부인이 숨죽인 채 말했다. "그가 나오고 있어요!" 토미는 마치 빗발치듯 일제히 엄호 사격하는 참호로 갑자기 돌아온 것처럼 깜짝 놀랐다. 띠보 씨가 등장하는 순간 우레와 같은 박수소리가 쏟아졌기 때문이다.

그 뒤 열광적인 소리가 중간에 끊기고 숨이 꼴깍 넘어가는 소리가 그 자리를 대신했다. 마치 관객석에 있는 모든 사람이 갑자기 바람이 산들거리듯 "아!"하고 커다랗게 탄성을 지르는 것 같았다. 신문에서 그에 대해 거짓말을 하지 않았기 때문이다. 꼬리가 거기에 있었다.

신문에선 그를 연극배우라고 불렀다. 그는 정말로 연출의 용법을 잘 이해하고 있었다! 머리부터 발끝까지 온통 새까맸다.(검은색 셔츠는 무솔리니를 존경한다는 특별한 상징이었다.) 그는 뚜벅뚜벅 걷지 않았다. 나긋나긋하고 경쾌하고 사뿐하게 걸었다. 그 유명한 꼬리는 한쪽 손목에 태연하게 말려 있었다. 철창 속에 갇혀있을 때 표범들이 그렇듯 불가사의한 주름을 이마에 자글자글 지은 채 우아한 흑표범이 여름 정원에 서 있듯 느긋하게 서 있었다. 반짝이는 새까만 눈동자는 어떤 놀람이나 기쁨에도 미동도 하지 않았다. 박수갈채가 광란의 절정에 달하자 그는 제왕답게 감사의 뜻으로 고개를 두 번 끄덕였다. 토미가 볼 때, 그가 고개를 끄덕이는 방식에는 공주를 지독히도 연상시키는 무언가가 있었다. 그런 뒤 그는 오케스트라로 향했다.

이때 객석에서 두 번째로 더 크게 숨을 꼴깍거리는 소리가 났다. 그가 돌아섰을 때 안주머니에 얌전하게 휘감겨진 그 믿겨지지 않는 꼬리 끝부분이 검은 지휘봉을 만들어냈기 때문이다. 하지만 토미는 쳐다보지도 않았다. 그는 오로지 공주만 바라보고 있었다.

그녀는 처음에는 박수를 치는 것도 귀찮아했지만 지금은 달랐다. 토미는 그녀가 이처럼 움직이는 것을 한 번도, 단 한 번도 본 적이 없었다. 그녀는 박수를 치는 대신 두 손을 무릎에 꽉 대고 있었다. 전신이 쇠막대기처럼 단단히 굳은 채 눈에 푸른 쌍심지를 켜고 띠보 씨에게 소름 끼치도록 집중하고 있었다. 그녀가 자세를 취한 모습이 너무나 강렬해서 순간적으로 토미는 그녀가 하시라도 나방처럼 가볍게 그 자리에서 뛰어올라 소리도 내지 않고 띠보의 옆에 내려앉아 숭배하는 마음으로 그 콧대 높은 머리를 그의 외투자락에 문지를 수도 있겠다는 미친 생각을 품게 되었다. 딩글 부인조차도 곧바로 알아차릴 정도였다.

"공주님……" 그가 겁에 질린 목소리로 속삭였다. "저기, 공주님……"

긴장한 그녀의 몸이 서서히 풀어졌고, 두 눈동자가 다시 가려지면서 침착해졌다.

"왜요, 토미?" 평소 목소리대로 말했지만 여전히 뭔가가 있었다…….

"아무것도 아니에요, 전 그저, 아, 공연이 시작됐어요!" 띠보 씨는 손을 느슨하게 쥐더니 관객들에게서 얼굴을 돌렸다. 그는 눈길을 떨구고 꼬리의 방향을 한 번 인상 깊게 바꾼 뒤 예비 단계로 꼬리 지휘봉을 바닥에 세 번 쳤다.

글루크의 '아울리스의 이피게니' 서곡이 그토록 박수갈채를 받는 일은 좀체 없었다. 하지만 관객들이 절정에 달한 것은 8번 교향곡에 이르러서였다. 뉴심포니악단이 일찍이 그토록 탁월한 연주를 한 적이 없었다는 사실은 전에는 악단의 그러한 재능을 이끌어낸 적이 없었다는 말이다. 관객석에 있던 저명한 지휘자 셋이 공연이 끝으로 치닫자 절망에 빠져 감탄하면서 부러워하는 아이들처럼 흐느끼고 있었다. 그리고 정상적으로 꼬리가 제거된 형태에 과학적으로 갖가지 꼬리를 이식시킬 수 있는 증거를 제시하는 외과의사에게 1만 달러의 거액을 제공하겠다는 소리가 들려왔다. 인간의 손과 팔이 아무리 능수능란할지라도 섬세한 기백과 강렬한 품위가 결합된 띠보 씨의 꼬리가 빚어내는 온갖 몸짓을 보여줄 수 없다는 것은 의심할 여지가 없었다.

검은 번개가 번쩍 내리치듯 흑담비 지휘봉은 금관악기를 압도했다. 새까만 채찍과도 같은 꼬리를 이리저리 휘두르자 목관악기 선율이 마지막으로 그 아름다운 숨을 거두었다. 이윽고 꼬리는 마술사의 마술봉처럼 폭풍우가 휘몰아치듯 격렬하게 현악기를 지휘했다. 띠보 씨는 계속해서 묵례를 했고, 열광적인 찬사의 함성이 카네기 홀을 주춧돌부터 흔들어 놓았다. 마침내 그가 연단에서 지쳐 비틀거렸을 때 '수요 소나타 클럽'의 회장은 심미적 감탄에 빠진 나머지 9만 달러짜리 진주 목걸이를 그에게 내던지고 나서야 겨우 복받치는 감정을 억누를 수 있었다. 뉴욕이 왔노라, 보았노라, 그리고 마침내 정복당했노라. 딩글 부인은 기자들에게 즉시 둘러싸였고, 토미 브룩스는 "약소한 환영파티"를 고대했다. 그곳에서 이 시대의 새로운 영웅을 영접할 수 있기 때문이었다. 조금 전 마치 사형집행 의자에 앉았던 것 같은 침울한 감정은 이제 거의 없어졌다.

공주와 띠보 씨의 만남은 그가 예상했던 것보다 더 나쁘기도 했고 더 좋기도 했다. 더 좋은 점은 어쨌든 그들이 서로에게 별로 말을 하지 않았다는 것이고, 나쁜 점은 그들 사이에는 말이 필요 없다는 일종의 특이한 동류의식이 마음속에 있는 것처럼 보였기 때문이다. 그들은 누가 보기에도 그 방에서 가장 돋보이는 한 쌍이었다. 띠보 씨는 그녀의 손 위로 몸을 숙였다. "둘 다 무척이나 사랑스러운 이방인이에요. 서로 무척이나 다르지만요." 딩글 부인이 지껄였지만 토미는 동의할 수 없었다.

그렇다, 그들은 서로 달랐다. 검은 옷을 입은 나긋나긋한 방문객은 주머니에 기이한 부속물을 아무렇게나 집어넣고 있었고, 아가씨는 푸른 눈에 갈색 머리였다. 하지만 그 차이는 그들이 공통점을 더 부각시키기만 할 뿐이었다. 그들이 움직이는 방식이라든가, 상냥한 몸짓, 눈길 같은, 종족보다도 훨씬 더 깊은 것 말이다. 토미는 과연 그게 뭔지 골똘히 헤아리고 있다가 다른 사람들을 둘러보자 계시가 번쩍였다. 그 한 쌍은 정말로 이방인인 것 같았다. 뉴욕의 이방인만이 아니라 마치 모든 인류에게 이방인인 것 같다는 말이다. 다른 별에서 온 예의 바른 손님들이라고나 할까.

토미는 전반적으로 그날 저녁 만찬이 행복하지 않았다. 하지만 그는 속으로 천천히 생각하고 있었고, 별로 오래 가지 않아 터무니없는 의구심이 강력하게 몰려왔다.

즉각적인 이해력이 부족하다고 토미를 비난해서는 안 될 일이다. 다음 몇 주간 그는 당혹스럽고도 괴로웠다. 자신에 대한 공주의 태도가 바뀐 것 때문이 아니었다. 그녀는 전과 똑같이 그에게 관대했지만, 띠보 씨가 항상 거기에 있었다. 띠보 씨는 난데없이 나타나는 능력을 가지고 있었고, 큰 키에도 불구하고 나비처럼 사뿐하게 걸었다. 그리고 토미는 띠보 씨가 자신의 존재를 알리느라 카펫 위에서 살짝 발을 끌며 걷는 것을 점점 싫어하게 되었다.

그것도 모자라, 제기랄! 그 남자는 무척이나 점잖았다. 끔찍이도 점잖았다! 절대 성질을 내는 법이 없었으며, 절대 당황하지도 않았다. 그는 도시남자 같은 극도로 세련된 태도로 토미를 대했지만 내심 두 눈은 업신여기는 듯했다. 토미는 속수무책이었다. 점차 공주는 더더욱 이방인에게 끌리게 되었고, 말이라는 것을 할 필요가 없는 소리 없는 교감을 나누고 있었다. 그러한 모습을 본 토미는 그래서 더 증오하게 되었다. 게다가 그런 교감 역시 토미는 할 수 없는 것이었다.

토미는 육체적으로뿐만 아니라 정신적으로도 띠보 씨에게 시달렸다. 제대로 잠도 잘 수 없었다. 잠이 들면 꿈에 띠보 씨가 나타났다. 사람이 아니라 조그맣고 날카로운 이빨 사이로 골골골거리며 다가오는 동물의 그림자, 유령, 유연한 귀신같은 모습이었다. 그놈의 전체적인 모습은 확실히 기묘했다. 물 흐르듯 유려하게 움직인다든가, 머리의 생김새, 손톱을 다듬은 모양까지도 기묘했다. 그러나 온 신경을 집중해 생각해보면 기억이 나지 않았다. 그리고 마침내 확실히 생각해냈을 때, 토미는 처음에 믿으려 들지 않았다.

한 쌍의 사소한 사건이 결국 모든 이성에도 막론하고 결정적이었다. 어느 겨울날 오후, 토미는 공주를 찾으려고 딩글 부인의 집으로 갔다. 공주는 이모와 함께 나가고 없었지만 저녁을 먹으러 금방 돌아올 거라 예상하고 서재에서 기다리려고 느릿느릿 들어갔다. 서재는 항상 한여름에도 어두울 정도였기에 막 불을 켜려고 할 때였다. 구석의 가죽 소파에서 쌕쌕 숨소리가 들려왔다. 조심스럽게 소파에 다가간 토미는 띠보 씨의 형체라는 걸 희미하게 알아볼 수 있었다. 그는 소파에서 몸을 둥그렇게 만 채 곤히 잠들어 있었다.

그 광경을 보자 토미는 화가 치밀었고 조그만 소리로 욕을 퍼붓고는 나가려고 문 가까이로 돌아왔을 때, 우리가 볼 수 없는 눈이 우리를 지켜보고 있다는, 우리 모두가 질색하는 바로 그 느낌이 그를 사로잡았다. 그는 다시 돌아왔다. 띠보 씨는 겉보기에는 손가락 하나 까딱하지 않고 있는데도 두 눈은 부릅뜨고 있었다. 사악한 그 눈은 사람의 눈이 아니었다. 눈동자는 녹색이었다. 맹세할 수도 있다. 또 눈에 눈자위도 없었으며 어둠 속에서 작은 에메랄드처럼 반짝였다고 맹세할 수도 있다. 그것은 아주 잠깐만 지속되었다. 토미가 반사적으로 스위치를 눌렀기 때문이다. 그러자 살짝 하품은 하지만 점잖은 평소 모습 그대로인 띠보 씨가 있었다. 그러나 그 일로 인해 토미는 여러 생각이 들었다. 나중에 일어난 사소한 사건도 토미의 마음의 평화를 더해주지는 못했다.

그들은 난로를 켠 채 난롯가 앞에서 대화를 나누었다. 이제 토미는 띠보 씨를 극도로 싫어하면서도, 그러한 경우에 흔히 발생하는 야릇한 동경심을 가지고 있었다. 토미는 개인적인 일화들을 말하고 있는 띠보 씨가 이전보다 더 싫어지고 있었다. 난롯불의 온기를 그토록 즐겁게 쬐면서 잔물결처럼 퍼져나가는 목소리 때문이었다.

그때 길로 난 문이 열리는 소리가 들리자 띠보 씨가 뛰어올랐다. 그 순간 놋쇠로 만든 난로망의 날카로운 모서리에 한쪽 양말이 끼면서 들쭉날쭉하게 찢어졌다. 토미는 찢어진 곳을 기계적으로 내려다보았다. 두 번째로 힐끗 보았을 때, 토미의 경험상 처음으로 띠보 씨는 완전히 이성을 잃었다. 띠보 씨는 돌연 얼굴이 일그러지더니 침을 하악하악 뱉어대고 외국어로 극렬하게 욕을 퍼부으며 손뼉을 치듯 손으로 양말을 쳤다. 그러더니 토미를 죽일 듯 노려보면서 방에서 휙 뛰쳐나갔다. 토미는 후다다닥 계단을 오르는 소리를 들을 수 있었다.

토미는 의자에 푹 주저앉았다. 복도에 울려 퍼지는 공주의 가벼운 웃음소리도 이번에는 관심이 없었다. 그는 공주를 보고 싶지 않았다. 아무도 보고 싶지 않았다. 띠보 씨의 양말에 난 구멍이 무언가를 드러내고 있었다. 그것은 사람의 피부가 아니었다. 토미는 검은색 플러시 천*을 언뜻 보았다. 검은색 벨벳이었다. 그게 드러나자 띠보 씨의 분노는 돌연 폭발했다. 하느님 맙소사! 그 남자가 양말 안에 검은색 벨벳 스타킹을 신었단 말인가? 아니면 그는, 그는……. 여기서 토미는 지끈지끈 열나는 머리를 두 손으로 움켜쥐었다.

토미는 그날 저녁 일련의 가정에 근거한 질문들을 가지고 타토 교수에게 갔지만, 교수에게 진짜 의심스러운 비밀을 털어놓을 엄두가 나지 않았다. 그가 받을 가정에 근거한 대답들은 혼란만 더욱 가중시킬 뿐이기 때문이었다. 그때 토미는 '괴짜 빌리'를 생각해냈다. 빌리는 비밀을 털어놓기에 좋은 부류로 기괴한 것들을 좋아했다. 빌리라면 도와줄 수 있을 터였다.

사흘 동안 빌리와 연락이 닿지 않아서 그 기간 내내 토미는 몹시 초조하게 보냈다. 하지만 마침내 빌리의 아파트에서 저녁을 같이 먹게 되었다. 아파트에는 기이한 책들이 있었고, 토미는 뒤죽박죽 마구 뒤섞인 의혹들을 죄다 털어놓을 수 있었다.

*벨벳의 일종으로 털 조금 길고 두툼하다.

빌리는 토미의 얘기가 끝날 때까지 끼어들지 않고 귀 기울여 들었다. 그런 뒤 담배를 피워 물었다. "하지만, 친구야." 빌리가 항의하듯 말했다.

"아, 나도 알아, 안다고—" 토미가 손사래를 치며 말했다. "내가 미쳤다는 거 나도 안다고. 굳이 그걸 말할 필요는 없어. 그런데 정말로 그 남자는 고양이야. 아, 나도 그가 어떻게 고양이가 될 수 있는지는 몰라. 하지만 고양이야. 이런, 빌어먹을! 우선 모두들 그가 꼬리를 가지고 있다는 걸 알잖아!"

"그렇긴 하지만," 빌리가 연기를 훅 내뱉으며 말했다. "아, 토미야. 나도 네가 본 것을 의심하진 않아. 아니, 네가 봤다고 생각하는 거나 네가 말하는 모든 걸 의심하는 게 아니야. 하지만 그렇다 해도—" 빌리가 머리를 흔들었다.

"그렇다면 다른 새들이나 늑대인간 같은 것들은 어떻게 설명할래?"

빌리가 미심쩍어하는 표정을 지었다. "흐음. 물론, 나도 전혀 모르겠지만, 적어도 꼬리 달린 남자는 가능하겠지. 그리고 늑대인간에 관한 이야기로 돌아가면 음, 난 늑대인간이 있다고도, 또 있었다고도 말하겠지만, 그건 내가 대부분의 사람들보다 더 많은 것을 믿는 경향이 있기 때문이야. 하지만 고양이-인간이나 고양이인 사람, 또는 사람인 고양이는 솔직히 말해서 토미—"

"현실적인 조언을 얻지 못한다면 내 생각을 깨끗이 지워버리겠어. 제발 좀 말해 달라고!"

"생각 좀 해보자." 빌리가 말했다. "우선, 너는 그 남자가 정말로—"

"그래, 고양이라고!" 토미가 격하게 고개를 끄덕였다.

"알았어. 그리고 두 번째로, 네 기분을 상하게 할지 모르겠지만, 토미야, 음, 네가 사랑에 빠진 그 아가씨가 두려워? 음, 그러니까 내 말은 최소한 그녀가 고양잇과의 줄무늬를 가지고 있다면 말이야. 그래서 그 남자에게 마음이 끌린 거라면 말이야."

"아, 이런! 빌리, 내가 알고나 있다면야!"

"음, 그렇다면 그녀 역시 진짜로 고양이라고 해보자. 그래도 그녀를 계속 좋아할 거야?"

"매주 수요일마다 용으로 변신한다 해도 결혼할 거야!" 토미가 열을 내며 말했다.

빌리가 미소 지었다. "흐음. 그렇다면 할 일이 명확하네. 띠보 씨를 없애버리는 거야. 잠깐 생각 좀 해보자."

빌리는 담배 두 개비를 다 피울 때까지 생각했다. 그 사이 토미는 바늘방석에 앉아있는 기분이었다. 그 뒤 드디어 빌리가 킥킥 대며 웃기 시작했다.

"뭐가 그렇게 웃겨?" 기분이 상한 듯 토미가 말했다.

"별거 아니야, 토미. 곡예하는 걸 생각하니까 웃겨서 그랬어. 완전히 미친 짓 같은 건데, 하지만 만약 그가, 네가 생각하는 대로 그가 고양이라면 통할지도 몰라—" 그러더니 책장으로 가서 책 한 권을 꺼냈다.

"옛날이야기나 들려주면서 흥분을 가라앉혀야겠다고 생각한다면—"

"닥치고 내 말 좀 잘 들어 봐. 네가 정말로 그 고양이 녀석을 없애버리고 싶다면 말이야."

"어떻게 하면 돼?"

"아그네스 리플라이어의 책이야. 고양이에 관한 책*이지. 잘 들어 봐. '월터 스콧 경이 워싱턴 어빙에게, 또 몽크 루이스가 셸리에게 전한 유명한 이야기가 스칸디나비아식으로 변형된 것 또한 있는데, 그 이야기들을 보면 어떤 형태로든 모든 나라에서 민간전승으로 구체화된 것을 알 수 있다.' 자, 토미, 이제 잘 들어 봐. '한 여행객이 폐허가 된 수도원에서 고양이들의 행렬을

*Agnes Repplier(1855~1950). 미국의 에세이 작가. 『난롯가의 스핑크스』를 말한다.

보았다. 고양이들은 왕관이 올려진 조그만 관을 무덤 안에 내려놓고 있었다. 공포심에 사로잡힌 여행객은 서둘러 현장을 빠져나왔다. 하지만 목적지에 도착했을 때 그는 자신이 본 불가사의한 광경을 친구에게 전하고 싶어 참을 수 없었다. 이야기를 다 마치기도 전에, 난롯가에서 평온하게 웅크리고 있던 친구의 고양이가 벌떡 일어나더니 이렇게 외쳤다. '그렇다면 내가 고양이들의 왕이다!' 그리고는 굴뚝 위로 순식간에 사라졌다.' 자, 어때?" 빌리가 책을 덮으며 말했다.

"맙소사!" 토미가 빤히 쳐다보며 말했다. "맙소사! 그게 가능하다고 봐?"

"난 우리 둘 다 미쳤다고 생각해. 하지만 네가 시도하고 싶다면—"

"해보자! 다음번에 그를 만나면 불쑥 그 얘기를 꺼낼 거야. 하지만, 저기, 난 폐허가 된 수도원을 모르는데—"

"아, 상상력을 발휘해야지! 센트럴 파크든 어디든 무슨 상관이야. 마치 너한테 그런 일이 일어났던 것처럼 말하라고! 장례 행렬이나 기타 등등을 직접 본 것처럼 말이야. 조금 일반적인 구절을 끌어다가 이야기를 시작할 수도 있어. 어디 보자, 아, 여기 있네! '정말 이상하지 않은가? 어떻게 현실이 그렇듯 종종 소설과 똑같을 수 있을까? 세상에, 불과 어제만 해도—' 알아듣겠어?"

"정말 이상하지 않은가? 어떻게 현실이 그렇듯 종종 소설과 똑같을 수 있을까?" 토미가 충실하게 따라 했다. "불과 어제만 해도—"

"한가로이 센트럴 파크를 거닐고 있을 때 아주 기묘한 광경을 보게 되었다."

"한가로이, 여기가 좀 이상해. 책 줘 봐! 나머지는 내 식으로 해야겠어!" 토미가 말했다.

그 유명한 띠보 씨가 서부 여행을 떠날 즈음 사람들은 딩글 부인의 집에서 송별연이 열리기를 굉장한 기대를 갖고 기다렸다. 딩글 부인은 비브라카 나르다 공주를 비롯해서 송별연에 참석하는 모든 사람들만이 아니라, 이 송별연 자체가 사교계에서 매우 이례적으로 관심을 끌 만하다는 사실이 널리 알려지도록 했다. 그래서 토미만 빼고 모든 이들이 이번만은 거의 정각에 왔다. 토미는 이모와 단둘이 이야기를 나누고 싶었기 때문에 적어도 15분 일찍 와 있었다. 하지만 불행하게도 코트가 잘 벗어지지 않아 이모가 귓속에 대고 어떤 이야기를 다급히 속삭이는 것을 한마디도 알아들을 수가 없었다.

"그러니까 절대 아무한테도 말하지 마!" 이모가 희색이 만면한 채 말을 마쳤다. "발표하기 전까지는 말이야. 내 생각엔 샐러드를 먹을 때 발표할 거 같아. 사람들은 샐러드에 도통 관심이 없거든."

"아무한테도, 뭐라고요?" 토미가 어리둥절해서 말했다.

"공주와 띠보 씨가 오늘 오후에 막 약혼했다고! 정말 흥미롭지 않니?"

"그렇군요." 토미는 가장 가까이에 있는 문으로 더듬거리며 걸어가기 시작했다. 이모가 그를 말렸다.

"애야, 거기 서재엔 들어가지 마. 나중에 축하해줘도 되잖아. 지금 거기서 단둘이 달콤한 순간을 보내게 내버려 두라고—" 그러더니 망연자실한 톰을 남겨둔 채 이모는 집사를 재촉하려고 돌아갔다.

잠시 후 그는 이렇게 지껄였다. 아직은 쓰러지지 않은 상태였다.

"정말 이상하지 않은가? 어떻게 현실이 그렇듯 종종 소설과 똑같을 수 있을까?" 가물가물한 기억을 혼잣말로 반복하면서 토미는 서재의 문을 주먹으로 쳤다.

늘 그렇듯, 딩글 부인이 틀렸다. 공주와 띠보 씨는 서재에 없었다. 토미는 유리문을 지나쳐 정처 없이 헤매다가 그들이 온실에 있는 것을 발견했다.

일부러 보려 한 게 아니었기 때문에 토미는 잠시 후 돌아섰다. 하지만 그 순간만으로도 충분했다.

띠보 씨는 의자에 앉아있었고 그녀는 그 옆에 등받이가 없는 의자에 웅크리고 있었다. 그의 손이 그녀의 갈색 머리를 부드럽게 살살 어루만지고 있었다. 검은 고양이와 샴 새끼고양이였다. 그녀의 얼굴은 가려져 있었지만 띠보의 얼굴은 볼 수 있었다. 게다가 들을 수도 있었다.

말을 하고 있지는 않았지만, 그들 사이에서 어떤 소리가 났다. 속이 텅 빈 나무에서 거대한 벌들이 윙윙거리는 것 같은, 만족스러움으로 가득 찬 소리였다. 목구멍 깊은 곳에서 나오는 행복으로 가득 찬 그릉그릉하는 음악소리. 띠보의 입술에서 나오는 그 소리는, 그녀의 행복으로 가득 찬 그릉그릉하는 소리에 대한 응답이었다.

컬버린 부인은 응접실로 돌아온 토미의 손을 잡더니 이때껏 토미의 안색이 이토록 창백한 것을 좀체 본 적이 없었다고 말했다.

만찬의 처음 두 요리가 지나가는 동안 토미는 꿈을 꾸고 있는 것 같았다. 하지만 딩글 부인의 오래 숙성된 포도주는 눈이 돌아갈 만큼 맛있었고, 고기 요리를 먹는 중에 서서히 정신이 돌아오기 시작했다. 토미는 이제 단 하나의 결의만 가지고 있었다.

다음 얼마 동안 토미는 필사적으로 대화에 끼어들려고 했지만 딩글 부인이 이야기를 하고 있었고, 또 심지어 가브리엘도 딩글 부인의 이야기에 끼어들 기회만 노리고 있었다. 그러다 마침내 부인이 한숨 돌리면서 토미는 기회를 맞이했다.

"그래서 말인데요." 토미가 귀청이 찢어지는 듯 큰소리로 자기가 뭘 말하고 있는지 알지도 못하면서 말했다. "그래서 말인데요—"

"자, 제가 앞서 말씀드린 것처럼," 타토 교수가 말했다. 하지만 토미는 굴복하지 않았다. 접시들이 치워졌다. 샐러드가 나올 시간이었다.

"그래서 말인데요." 다시 시작했다. 그 소리가 무척이나 크고 이상해서 컬버린 부인은 자리에서 벌떡 일어나 꼴사납게 허둥대다가 탁자 위로 넘어질 뻔했다. "정말 이상하지 않은가요? 어떻게 현실이 그렇듯 종종 소설과 똑같을 수 있을까요?" 그리고는 시작했다. 그의 목소리는 훨씬 더 격앙되었다. " 이런, 불과 오늘만 해도 저는 한가로이 거닐고 있었는데—" 한마디 한마디 배운 대로 따라 했다. 장례식을 묘사할 때 토미는 자신을 향한 띠보의 눈빛이 이글이글 타오르는 것을 볼 수 있었다. 공주도 긴장한 기색이 역력했다.

이야기를 끝마쳤을 때 기대했던 일이 벌어졌다고는 말할 수 없지만, 지루한 침묵이 흐른 건 아니었다. 딩글 부인의 산통을 깨는 말이 뒤따랐기 때문이다. "원 참, 토미야. 고작 그게 다야?"

토미는 상심한 채 다시 의자에 몸을 파묻었다. 그는 얼간이였고 최후의 지략은 실패했다. "자, 그러면—"이라고 말하는 이모의 목소리가 어렴풋이 들렸다. 이때 이모가 막 치명적인 발표를 하려 한다는 사실을 깨달았다.

하지만 바로 그때 띠보 씨가 이야기를 꺼냈다.

"잠시 실례해도 되겠습니까, 딩글 부인?" 극도로 공손한 태도였다. 부인은 이내 조용해졌다. 띠보 씨는 토미 쪽으로 몸을 돌렸다.

"브룩스, 오늘 오후에 본 게 확실한가요?" 약간 조롱하는 말투였다.

"당연하죠." 토미가 뚱하게 말했다. "혹시 제가 일부러—"

"아, 아니, 아니, 아니요." 띠보 씨가 언외의 의미를 일축했다. "하지만, 그토록 재미있는 이야기라면 당연히 자세한 내용을 알고 싶지 않겠어요? 그리고 당연히, 물론 당연하겠지만, 당신이 묘사한 것과 같은 왕관이 관 위에 있었겠죠?"

"당연하죠." 토미가 의아해하면서 말했다. "하지만—"

"그렇다면 내가 고양이들의 왕이군요!" 띠보 씨가 우레와 같은 소리로 외쳤다. 그런데 그가 그렇게 외칠 때 집안의 불들이 깜빡거렸다. 음악을 연주하기 위해 만들어진 발코니에서는 솜뭉치에 감싸여진 듯 약하게 펑 폭발하는 소리가 났다. 그것은 얼굴을 찌푸리게 하는 조명이 잠시 터지면서 나는 소리였고, 조명은 순식간에 사라졌다. 이어서 하얀색의 매캐한 연기가 자욱하게 깔려서 눈을 뜰 수가 없었다.

"아, 저 끔찍한 사진사들 같으니!" 투덜거리는 딩글 부인의 목소리는 음악 선율처럼 듣기 좋았다. "저녁 식사가 끝날 때까지는 플래시를 터뜨리지 말라고 그렇게 말했건만! 하필 딱 상추를 베어 물었을 때 찍을 게 뭐람!"

어떤 사람은 소심하게 킥킥거렸다. 또 어떤 사람은 헛기침을 했다. 그런 뒤 점차 연기가 사라졌고, 토미의 눈동자에 드리웠던 녹색과 검은색의 반점도 서서히 사라져갔다.

그들은 마치 동굴 속에 있다가 이제 막 눈 부신 태양 아래로 나온 사람들처럼 서로를 바라보며 눈을 깜빡거렸다. 아직도 강렬하게 번쩍이던 갑작스러운 조명 때문에 눈이 아렸기에 토미는 맞은편 식탁에 있는 사람들의 얼굴을 분간하기가 어려웠다.

딩글 부인이 능숙한 자세로 반쯤 눈이 먼 일행들을 지휘했다. 부인은 손에 잔을 쥐고 일어났다. "자, 친애하는 여러분," 그녀가 낭랑한 목소리로 말했다. "우리 모두 무척 행복할 거라 확신합니다—" 그러더니 입을 크게 벌린 채 믿을 수 없다는 듯 경악한 표정을 지으며 말을 멈췄다. 들어 올려진 유리잔에서 호박색 물줄기가 흘러나와 식탁보 위에 내용물을 쏟기 시작했다. 그녀는 말하면서 띠보 씨의 자리로 곧장 눈길을 돌렸는데, 띠보 씨가 자리에 없었다!

어떤 이들은 플래시가 터지는 동안 굴뚝 위로 사라졌다고 말했다. 또 어떤 이들은 유리도 깨지 않고 단번에 유리창으로 뛰쳐나간 거대한 고양이가 띠보였다고 말했다. 타토 교수는 띠보 씨의 의자 위에서만 작동하는 불가사의한 화학적 요란擾亂* 때문이라고 적어두었다. 독실한 기독교 신자인 집사는 악마가 몸소 그를 데려갔다고 믿었다. 딩글 부인은 마법과 사악한 영기靈氣** 사이에서 주저하고 있었다. 다 그럴 수 있다 쳐도 한 가지는 확실했다. 플래시가 번쩍하고 터진 뒤 가공의 암흑이 만들어진 순간, 위대한 지휘자인 띠보 씨가 필멸자들의 시야에서 흔적도 없이 영원히 사라졌다는 것이다.

컬버린 부인은 그가 국제적인 사기꾼이라고 욕을 퍼부으며, 이제 막 정체를 밝히려는 순간이었는데 플래시가 터지고 연기가 나는 틈을 타 살짝 도망쳤다고 했다. 하지만 역사에 길이 남을 저녁 식탁에 앉은 사람들은 아무도 그녀의 말을 믿지 않았다. 타당한 설명들이라고는 없었지만, 토미는 자신이 안다고 생각했다. 그리고 고양이를 지나칠 때마다 궁금함을 금치 못했다.

토미 부인은 남편이 마음속으로 고양이들을 어떻게 생각하는지 잘 알고 있었다. 그녀는 시카고 출신의 그레첸 울와인이었다. 토미는 그녀에게 이야기의 전모를 들려줬지만, 그녀는 대부분 믿지 않았다. 하지만 속으로는 그 사건과 관련된 한 사람으로서 고양이가 틀림없다고 생각했다. 토미가 얼마

*지층 변형을 가져오는 운동.
**심령술에서 영매의 몸에서 발산한다는 가상의 물질.

나 용감하게 결국엔 자신의 공주를 얻었는지를 전하는 게 당연히 훨씬 낭만적이겠으나, 불행히도 그것은 진실하지 않을 것이다. 비브라카나르다 공주 또한 더 이상 우리와 함께 있지 않기 때문이다. 그녀의 가슴은 딩글 부인의 만찬이 극적인 대단원을 내리면서 산산이 부서졌고, 결국 바다 여행을 떠났다. 그리고 그 여행에서 다시는 미국으로 돌아오지 않았다.

당연히 흔히 있는 이야기들이 떠돌았다. 누군가는 샴 수녀원에서 수녀가 되었다는 얘기를, 누군가는 '내 누이의 정원'*에서 가면을 쓴 무용수가 되었다는 얘기를 들었다고 했다. 또 누군가는 파타고니아에서 살해당했다고도 하고, 트레비존드**에서 결혼했다는 얘기를 들었다고 했다. 그러나 정확하게 확인될 때까지는 이 천박하게 꾸며낸 이야기들 중 조금이라도 사실에 근거한 이야기는 하나도 없다. 토미는 바다 여행은 구실일 뿐 전대미문의 방법으로 어마무시한 띠보 씨와 재회했을 거라고 마음속으로 굳게 확신하고 있다고 나는 생각한다. 눈에 보이는 세계건 보이지 않는 세계건 어디에나 그는 있을 수 있다. 사실, 폐허가 된 도시나 지하 궁전 어딘가에서 그들은 지금 모든 신비한 고양이 왕국의 왕과 여왕으로 함께 통치하고 있을지도 모른다. 하지만 그것은, 물론, 거의 불가능하다.

*Le Jardin de ma Soeur. 벨기에 브뤼셀에 있는 전형적인 작은 카페 극장으로 콘서트와 연극, 쇼 등을 볼 수 있다.

**Trebizond. 옛 이름은 트라페주스. 터키 동북부, 흑해에 면한 항구 도시로 고대 그리스의 식민지였다.

스티븐 빈센트 비네이Stephen Vincent Benét

미국의 시인 겸 소설가. 다분히 애국적이며 서정성이 풍부한 미국적 소재를 노래한 작품이 많다. 급진적인 노예해방론자 존 브라운을 중심으로 남북전쟁을 배경으로 한 장편 서사시 『존 브라운의 유해』와 미국 식민의 의의를 해설한 장편 서사시 『서부의 별』로 퓰리처상을 두 차례 수상했다. 특히 단편에 우수한 작품이 많다. 이 이야기는 1930년대 뉴욕에 온 신비로운 외국인 2인(샴 공주와 파리 출신의 지휘자)과 그들의 모임에서 벌어지는 재미있는 환상을 다루고 있다.

타다 남은 불씨 앞에서 고양이가 들려준 이야기

폭신한 방석에 눕고 기름진 음식들을 먹으면 난 죽고 말 거야. 그런 풍족한 삶은
불쌍한 놈들한테나 맞는 거야. 자유로운 고양이는 감옥을 대가로
깃털로 만든 방석이나 고양이용 고기를 절대 맞바꾸지 않아.

앤드루 바턴 '반조' 패터슨 고양이

대부분의 사람들은 고양이가 지능이 없는 동물로 안락한 것을 좋아하고, 쥐와 우유 외에는 별로 관심이 없다고 생각한다. 그러나 고양이는 대부분의 인간보다 더 많은 특성을 가지고 있으며 삶에서 훨씬 더 많은 만족을 얻는다. 모든 동물계 중에서 고양이는 가장 다면적인 특성을 가지고 있다.

고양이는 운동선수이자, 음악가, 곡예사, 바람둥이, 사나운 전사, 최고의 장난꾸러기이다. 고양이는 하루 종일 집에서 빈둥빈둥 돌아다니고, 만사태평하며, 난롯가에서 잠을 자고, 여자들의 관심에 시달리고, 아이들 때문에 짜증 난다. 가끔 한두 시간 정도 쥐구멍을 지켜보면서 시간을 보내는 것은 정말로 따분해 죽겠기 때문이다. 이런 모습을 보고 사람들은 이따위 것들이 고양이의 삶을 지탱하는 전부라는 생각을 갖게 된다. 그러나 땅거미가 내려앉을 때의 고양이를 지켜보라. 고양이의 진면목을 보게 될 것이다.

차를 마시려고 온 가족이 둘러앉았을 때 고양이는 대체로 자신의 몫을 챙기려고 잠깐 얼굴을 내밀고는 요란하게 골골골거리며 가족의 다리에 몸을 비벼댄다. 그러는 내내 고양이가 생각하는 것은 그날 저녁을 보내게 될 싸움질이나 연애질이다. 식탁에 손님이 있으면 특히 그 손님에게 예의 바른데, 그것은 앞으로 벌어질 일에 손님을 가장 잘 이용할 수 있기 때문이다. 손님은 때로는 이런 공손함을 먹을 것 좀 달라고 인식하는 대신, 허리를 굽혀 쓰다듬으면서 이렇게 말한다. "오구오구, 불쌍한 야옹이! 오구오구, 야옹이가 그래쪄!"

고양이는 얼마 안 가 그게 지겨워진다. 그래서 발톱을 들어 올리고 조용하지만 단호하게 손님의 다리를 긁는다.

"아야!" 손님이 말한다. "고양이가 나를 발톱으로 찔렀어!" 가족들은 대단히 즐거워하며 이렇게 말한다. "너무 귀엽지 않아? 너무 똑똑하지 않아? 고양이는 네가 먹을 걸 주기를 바라고 있어."

손님은 자신이 하고 싶은 일을 감히 하지 못한다. 예를 들어, 고양이를 창문으로 걷어차는 것 같은 일이다. 두 눈에는 분노와 아픔의 눈물이 가득 고이지만 즐거워 죽겠다는 표정을 짓는다. 그리고는 접시에서 생선을 조금 발라내 손으로 건네준다. 고양이는 조심조심 생선을 받아든다. 눈에 서린 표정이 이렇게 말하는 것 같다. '다음번에는 얼른얼른 똑바로 알아들으라고, 이 친구야.' 그리고는 사악하게 골골골거리면서 생선을 먹어치우기 전에 손님의 신발로부터 안전한 거리로 물러난다. 고양이는 바보가 아니다, 절대로.

가족이 차를 다 마시면 소화도 시킬 겸 난롯가 주위에 모여든다. 고양이는 아무 생각 없이 방에서 꾸부정하게 나가 어슬렁거리다가 사라진다. 삶, 참된 삶이 이제 그에게 시작된다.

그는 뒷마당으로 느긋이 내려가 울타리 꼭대기로 한 번에 뛰어오르고는 건너편으로 가볍게 내려앉아 비어 있는 농장의 공공 통행로 쪽을 총총거리며 걸어가서 텅 빈 헛간의 지붕 위로 폴짝 뛰어오른다. 가는 동안 그는 문명의 나약함을 떨쳐버린다. 걸음걸이는 표범처럼 유연하다. 재빨리 좌우를 훑으며 살금살금 움직인다. 적들이 무척이나 많기 때문이다. 개들, 채찍을 휘두르는 마부들, 돌멩이를 든 조그만 사내아이들이 적들이다.

헛간 지붕에 도착한 고양이는 등을 둥그렇게 구부린 뒤 낡은 지붕의 연한 나무껍질에 한두 번 발톱을 긁고는 방향을 휙 바꾸어 기지개를 몇 번 켠다. 온 근육이 제대로 작동하는지 보기 위함이다. 그 뒤, 고개를 거의 발톱까지 떨구고는 뒷마당에 있는 동무들에게 고유의 울음소리를 흘린다. 사랑을 부르는 소리일 수도 있고 전투, 아니면 운동하자는 소리일 수도 있다.

얼마 지나지 않아 동무들이 온다. 우아한 그림자를 드리우며 소리 없이 길을 빙 둘러서 다가온다. 가끔씩 정찰하느라 멈칫거린다. 삼색고양이, 얼룩고양이, 검은 고양이, 온갖 집고양이들이 다 있지만, 당분간은 모두가 자연 그대로의 상태로 바뀐다. 이제는 더 이상 한 시간 전에 생선과 우유를 구걸하던 위선적이고도 온순한 피조물이 아니다. 그들은 이제 털을 곤두세우고 위엄 있는 척 어깨를 잔뜩 부풀리며 걷는다. 그들이 벌이는 싸움은 잔혹하고 결연하다. 한 마리는 굴복하기도 전에 갈기갈기 찢어발겨질 것이다.

어린 암고양이조차도 인간에 비해 헤아릴 수 없는 우월함을 가지고 있는데, 그들은 평평한 지붕에서 팔다리를 큰 대자로 쫙 편 채 고래고래 고함을 지르고 싸우면서 질투심, 증오심, 적개심을 해소한다. 모든 고양이들이 싸움질을 한다. 정도의 차이는 있어도 모두가 어렸을 때 스스로 훈련을 한다. 당신의 고양이는 어쩌면 그의 구역에서 인정받는 경량급 챔피언일지도 모른다. 고양이 링 위의 그리포* 말이다!

당신이 당신의 삶에서 얻는 것보다 고양이가 그의 삶에서 얼마나 더 많은 것을 얻는지 생각해보면 당신은 낯이 부끄러울 것이다. 고양이의 삶은 얼

*'어린 그리포Young Griffo'로 잘 알려진 페더급 복싱 챔피언, 알버트 그리피스(Albert Griffiths, 1871~1927)를 말한다.

마나 격렬한 싸움이고 얼마나 열렬한 구애런가! 당신은 겨우 하나의 작은 연애 사건밖에는 겪지 않은 데다 살면서 전력을 다해 싸워본 적도 없었을 것이다!

그들이 벌이는 운동도 마찬가지다! 나이가 들어 링에서 은퇴할 시점이 되면 그들은 더 체계적으로 운동하러 간다. 평범한 뒷마당은 우리에게는 말할 수 없을 정도로 따분한 곳이지만 그들에게는 아서왕의 기사들이나 로빈 후드의 호걸들보다 더 용감한 모험을 할 수 있는 사냥터이자 밀회 장소이다.

늙은 암고양이가 이웃 베란다에 있는 카나리아를 죽이겠다고 결심한다. 울타리 꼭대기에서 남몰래 살그머니 정찰하는 그 황홀한 상태를 생각해보라. 집에서 기르는 개를 깨우지 않도록 살금살금 소리 없이 접근해서 단숨에 달려든 뒤 날개를 파닥이는 새의 몸통을 난도질할 때까지 잔혹하게 할퀴고는 새장 창살 사이로 질질 끌어낸다. 그리고는 전리품을 물고 의기양양하게 물러난 뒤 으르렁거리면서 만찬을 벌인다! 그중에서 가장 재미있는 부분은 아침 먹는 시간에 맞춰 집에 도착해 포만감에 취해 얌전히 있는데 집주인이 이렇게 말하는 것을 들을 때이다. "톰*이 아픈 게 분명해. 식욕이 하나도 없어 보이니 말이야."

집에 사는 사람들보다 집을 더 좋아한다는 비난이 항상 고양이들에게 쏟아진다. 당연히 고양이는 자신의 친구들이 모두 있고, 온갖 명소를 다 알고 있는 자신의 나라, 자신의 땅을 떠나고 싶어 하지 않는다. 타지로 유배되면 그는 새로운 지리를 익히고, 또 다른 개 종족을 부당하게 착취하고, 완전히 새로운 고양이 왕국을 위하여 싸움을 벌이고 구애해야만 한다. 그런 종류의 것들을 하기에는 삶이 너무 짧다. 따라서 가족이 이사할 때 가급적이

*tom은 '수고양이'라는 뜻. 키우는 고양이가 암컷인지 수컷인지에 대한 개념도 없다는 의미로 쓰였다.

면 고양이는 옛날 집에 머물면서 새로운 세입자들에게 정을 붙여야 할 것이다. 고양이가 자신의 방식으로 삶을 누리는 동안 새로운 세입자들에게는 자기를 맡아 기르는 특권을 줄 것이다. 또한 옛 주인에 대한 충절이 가져올지 모르는 불확실한 보상 때문에 자신의 전 생애를 희생시키지는 않을 것이다.

앤드루 바턴 '반조' 패터슨Andrew Barton 'Banjo' Paterson
호주의 시인이자 군인, 언론인, 소설가. 호주의 비공식 애국가인 '춤추는 마틸다'를 비롯, '스노위 강에서 온 사나이'라는 시는 특히 호주인들의 불굴의 정신, 즉 "호주의 정신"을 가장 잘 표현한 국민시로 칭송받고 있다. 10달러 지폐 앞면을 장식할 정도로 호주의 국민시인으로 추앙받는다.

A. S. 다운즈 플라토—어떤 고양이 이야기

작년 여름 어느 날, 커다랗고 잘생긴 검은 고양이 한 마리가 메인가街 한쪽으로 진지한 얼굴로 걸어가다가 길을 건너더니 중간 지점에서 반대쪽으로 걸어갔다. 고양이는 덴*이라 불리는 집 앞에 서더니 베란다 계단을 올라가 열린 창문 옆에 멈췄다.

집 안에 앉아있던 한 여인이 고양이를 보고는 말을 걸었다. 고양이는 전혀 알아차리지 못한 채 앞발을 문틀에 올려놓았다. 마치 그 방이 자기한테 적당할지 궁금하다는 듯 이리저리 살펴보다가 마침내 그녀의 얼굴을 가만히 바라보았다.

잠시 생각한 뒤 고양이는 안으로 들어갔고, 그때부터 가족의 중요한 구성원으로 자리를 잡았다. 고양이는 모두에게 예의가 발랐지만, 처음 보았던 그 여인에게만 사랑을 바쳤다. 고양이가 난롯가에 누워서 사람들이 나누는 모든 대화에 어떻게 귀 기울이는지, 그러다가 어떻게 그녀가 이야기를 할 때만 고개를 드는지, 또 어떻게 그녀가 이야기를 마치면 아주 흡족하다는 듯 다시 고개를 떨구는지를 보면 기분이 참 묘해졌다.

그 집에 있는 어느 누구도 고양이만큼 지혜롭지 않았다. 왜냐하면 유일

*Den. '소굴'이라는 뜻.

하게 고양이만이 실수를 저지르지 않기 때문이었다. 고양이가 활동하려고 선택하는 시간은 가장 햇살이 좋을 때였다. 드러눕는 양탄자는 가장 부드러운 것이었고, 방에 들어가는 순간 과연 저 친구가 자기를 무릎 위에 눕게 할지 아닐지를 알고 있다. 그녀가 제일 아끼는 옷을 입었을 때는 자기를 받아들이지 않기 때문이다. 덴에 사는 그 누구도 어떻게 그 고양이가 플라토라고 불리게 되었는지 알지 못했다. 고양이가 그 이름에 대답한다는 것은 사실이며, 그 집에 오기 전에도 그렇게 불리었는지 물어보면 지혜롭게 미소를 지었다. 그 미소는 '중요한 것은 어떻게 불리었는지 또는 어디서 왔는지가 아니라, 나는 플라토이며 여기에 있지 않은가?'라고 말하는 것 같았다.

플라토는 소음을 싫어했다. 청소를 특히 탐탁잖아 했다. 빗자루와 쓰레받기를 보면 불안해서 어쩔 줄 몰라 하며 안락의자에 있는 부드러운 방석을 찾았다. 이 방석들이 차례대로 들어 올려져 먼지가 털릴 때면, 플라토는 서재에 있는 책상으로 피신했다. 하지만 일주일에 한 번씩 자기가 제일 좋아하는 방이 아수라장이 된다는 것을 알게 된 순간, 또 다른 피난처를 찾아내고는 정오가 될 때까지 일어나지 않았다.

많은 사람들이 플라토의 크리스마스 선물에 대해 심사숙고했다. 모두들 플라토가 누워있을 만한 커다란 등나무 바구니가 좋겠다고 했다. 바구니에는 가벼운 덮개가 달려 있어 열 수도 있었다. 그 안에 진홍색의 광택 나는 면직물로 만든 방석을 넣어 놓고 귀여운 카드에는 진홍색 새틴의 리본을 묶어 놓았다.

선물이 플라토 앞에 차려졌다. 아마 살면서 지금까지 처음 보았을 테지만 놀라움도 호기심도 전연 보이지 않으면서, 마치 그러한 은신처가 오래전에 마련되었어야 했다는 듯 도도하게 바라보았다. 눈썰미가 있는 사람이라면 플라토가 그러한 호사스러운 물건에 익숙하지 않다는 것을 알 수 있지 않을까? 플라토는 조심스럽게 발을 들여놓은 뒤 부드러운 방석 위에 우아하게 몸을 말았다. 방석의 빛나는 색조가 플라토의 아름다운 검은색 털과 무척 잘 어울렸다.

얼마 지나지 않아 플라토는 바구니를 무척 좋아하게 되었고, 아무하고도 같이 쓰고 싶어 하지 않았다. 어린 베시가 "그냥 진홍색상이 인형과 어울리는지 보려고" 그 안에 인형을 넣으면 플라토는 도끼눈을 하고 바라보다가 험상궂은 얼굴로 걸어가서는 인형의 가슴팍을 콱 눌러버렸다. 그러면 베시는 "플라토, 우리를 제발 용서해줘"라고 말했다. 무심결에 공이나 장난감을 바구니에 떨어뜨리면 한시도 지체하지 않고 그것들을 끄집어냈으며, 손님들이 바구니를 살펴보려고 들어 올리면 '오오, 그렇단 말이지. 내가 감시하지 않으면 소매치기하거나 숟가락을 훔쳐갈 거란 말이지'라고 생각하는 듯한 눈빛으로 시선을 고정시켰다.

플라토의 행동은 전혀 예측할 수 없었다. 호기심이 아주 강했다. 어느 추운 오후에 대로변을 걷다가 불쌍한 노란 새끼고양이가 힘겹게 자신을 따라오고 있다는 것을 알아차렸다. 새끼고양이는 너무 말라서 뼈를 셀 수 있을 정도였고, 온몸이 더러운 데다 성한 곳이 없었다.

플라토 주인님은 원한다면 정문으로 들어갔다. 하지만 사람이 자기를 먼저 기쁘게 하지 않는 한, 사람을 기쁘게 하려고 기다리는 것을 별로 내켜하지 않았기에 스스로 안에 들어가는 방법을 터득했다. 헛간문 중 하나에는 구식 걸쇠가 달려 있어서 뛰어오르면 걸쇠에 닿아 발로 들어 올릴 수 있었다. 그렇게 문을 열고는 가엾은 노란 부랑묘를 먼저 들여 넣고 자기도 따라 들어왔다. 노랑이는 즉시 바닥에 누웠다. 플라토는 까끌까끌한 혀로 노랑이를 핥기 시작했다. 한편 그 모습을 지켜보던 구경꾼들은 접시에 우유를 가지고 와서 플라토가 손님을 대접하는 것을 도왔다. 노랑이가 먹는 동안 플라토는 마치 노랑이의 어미인 듯 흐뭇하게 그 모습을 바라보며 쉬고 있었다. 오찬이 끝나자 플라토는 다시 온몸을 구석구석 핥아주기 시작했다. 뼈다귀밖에 안 남은 길 잃은 동물이 이제 도움을 받게 되자, 몰골이 조금은 그럴싸해 보였다. 하지만 플라토의 자애로움은 끝난 게 아니었다. 응접실로 이어지는 문을 본 다음 노랑이를 바라보았다. 그리고 드디어 노랑이의 조그만 귓가에 대고 속삭이듯 다정하게 몸을 숙였다. 하지만 노랑이는 꿈쩍도 하지 않았다. 아마 비참한 삶을 사는 동안 노랑이는 그토록 편안한 적이 없었을 테고, 현재 상태로 있는 것만으로도 좋다고 생각하는 것 같았다. 가끔은 어떤 이유나 설득도 쓸모없을 때가 있다. 플라토는 목 뒷덜미를 물어 집안으로 데려가야겠다고 결론 내렸다. 그리고는 자기가 그토록 아끼는 우아한 바구니 가까이에 노랑이를 떨궈놓았다.

그런 뒤에는 뭘 해야 할지 모르는 것 같았다. 바구니는 훌륭하고 따뜻했다. 플라토는 피곤하고 추웠다. 바구니는 자신에게 주어진 선물이었다. 거리에서 떠돌던 노랑이는 아직도 더러웠다. 바닥에 깔린 양탄자는 노랑이가 여태껏 알았던 그 어떤 것보다 부드러운 침대일 터였다. 이러한 생각, 떨고 있는 떠돌이 동물을 자신의 아름다운 보금자리로 물어다 놓겠다는 생각을 통해 플라토는 마침내 이기심을 극복한 것일까?

A. S. 다운즈A. S. Downs –미상.

에디스 네스빗 흰 고양이

흰 고양이는 온통 어두컴컴한 다락방 안쪽, 그중에서도 가장 막다른 곳에 있는 컴컴한 선반 뒤에 있었다. 흰색 도자기로 만든 두 귀 중 하나가 이가 빠졌기 때문에 몇 년간 거기에 묵혀있었고, 여분의 침실에도 가능한 장식품이 아니었다.

태비는 온갖 짓궂은 짓을 하며 오후가 정점에 달해있을 때 그 고양이를 발견했다. 태비는 홀로 남겨져 있었다. 하인들만이 집 안에 있는 유일한 다른 사람들이었다. 태비는 착하게 있을 거라고 약속했었다. 물론 착하게 있을 셈이었다. 하지만 착하게 있지 않았다. 태비는 우리가 생각할 수 있는 온갖 짓을 다 했다. 오리가 헤엄치는 연못으로 걸어 들어갔기 때문에 옷을 하나도 남김없이 몽땅 갈아입어야 했다. 건초더미 위에 올라가서는 떨어졌다. 요리사는 하마터면 목이 부러질 뻔했다고 말했다. 쥐덫에서 쥐를 한 마리 발견하고는 부엌에 있는 찻주전자에 넣었다. 요리사가 차를 우려내려고 했을 때 쥐가 덤벼들어 그녀는 비명을 지르며 눈물을 흘렸다. 태비는 이렇게 된 것에 대해 미안하게 생각했다. 그리고 물론 당당하게 미안하다고 말했다. 그러면서 실은 약간 놀래키려 했을 뿐이라고 해명했다. 쥐 사건 때문에 혼란스러운 틈을 타 차와 함께 내놓는 블랙커런트 잼을 몽땅 먹어치웠다. 이것 역시 지적받는 순간 화끈하게 사과했다. 또 돌멩이로 온실의 창문을 깨뜨렸고……. 그런데 왜 그렇게 골치 아픈 일만 저지를까? 마지막으로 한 일은 절대 들어가지 말라고 했던 다락방을 탐험하는 것이었다. 그리고 거기에 들어가서 흰 고양이를 선반에서 넘어뜨리는 것이었다.

흰 고양이가 떨어지는 소리를 듣자 하인들이 몰려왔다. 고양이는 깨지지 않았다. 다만 다른 한쪽 귀만 부서졌을 뿐이었다. 태비는 침대에 눕혀졌다. 하지만 하인들이 아래층으로 내려가자마자 침대에서 나와 다락방으로 기어 올라가 고양이를 손에 넣고는 욕조에서 씻겼다. 그래서 엄마가 런던에서 돌아왔을 때 태비는 온통 다 젖은 잠옷을 입은 채 층계 앞에서 폴짝폴짝 뛰다가 엄마 품에 와락 달려가 울부짖었다. "엄마, 전 정말 못된 일을 저질렀어요. 정말 죄송해요. 그런데 제발 흰 고양이를 가지게 해주세요."

엄마가 피곤에 지친 나머지 평소처럼 얼마나 장난꾸러기였는지를 알고 싶어 하지 않는다는 사실을 깨닫자, 태비는 훨씬 더 죄송스러운 마음이 커졌다. 엄마는 입을 맞추며 이렇게만 말했다.

"우리 아가, 오늘도 하루 종일 장난쳤구나. 이제 자러 가야지. 잘 자렴."

태비는 도자기 고양이에 관해 더 이상 말하기가 꺼려져 다시 자러 갔다. 하지만 그 고양이를 가지고 가서 이야기를 나누고 입을 맞추고는, 매끄럽고 반짝이는 어깨에 뺨을 대고 잠이 들었다.

그 후 며칠간, 태비는 지나칠 정도로 착했다. 착해지는 것은 보통 못되지는 것만큼 쉬운 것 같았다. 엄마가 몹시 피곤하고 아팠기 때문일 수도 있다. 그 사이에 검은색 코트와 중절모를 쓴 신사들이 엄마를 보러 왔고, 그 남자들이 가고 난 뒤면 엄마는 울음을 터뜨리곤 했다.(집에서 일어나는 이러한 일들은 때때로 사람들을 착하게 만들기도 하고, 때때로 다른 방식으로 행동하게끔도 한다.) 아니면 대화할 도자기 고양이가 있기 때문일 수도 있다. 어쨌든 어느 쪽이든 간에 그 주 주말에 엄마는 이렇게 말했다.

"태비, 넌 정말로 착한 아들이고, 내게 큰 위안을 준단다. 착해지려고 무척 열심히 노력한 게 틀림없어."

"아뇨, 그렇지 않았어요. 전 태어난 이래 노력한 적이 없었어요"라고 말하는 것은 곤혹스러운 일이었다. 하지만 태비는 그렇게 말하였고, 노력에 대한 대가로 포옹을 받았다.

"도자기 고양이를 갖고 싶어 했지. 이제 가져도 돼." 엄마가 말했다.

"정말 가져도 된다고요?"

"그럼 정말이고말고. 하지만 깨뜨리지 않도록 아주 조심해야 해. 그리고 절대 다른 사람에게 주면 안 돼. 그건 이 집에 딸려있는 거야. 엄마는 네 숙모인 제인에게 잘 보관하겠다고 약속했단다. 그 고양이는 아주 아주 오래된 거야. 사고 날지 모르니 절대 집 밖으로는 가져가지 마."

"전 흰 고양이가 너무 좋아요, 엄마." 태비가 말했다. "제가 가진 장난감들 중에서 제일 좋아요."

그 후 엄마는 태비에게 몇 가지를 이야기했고, 그날 밤 태비는 잠자리에 들면서 엄마가 들려준 이야기들을 도자기 고양이에게 충실하게 되풀이했다. 도자기 고양이는 약 15센티미터 높이로 매우 총명해 보였다.

"못된 변호사가 우리 엄마가 가진 돈을 거의 몽땅 가져가면 우린 이 크고 멋진 하얀 집을 떠나야 해. 그러면 바로 옆에 또 다른 집이 다닥다닥 붙어있는 아주 조그만 집에 가서 살아야 해. 엄마는 그렇게 되는 걸 몹시 싫어하셔. 알아들었지?" 태비는 이야기를 마쳤다.

"당연하지." 도자기 고양이가 아주 분명하게 말했다.

"뭐라고?" 잠옷을 절반쯤 걸친 채 태비가 말했다.

"당연하다고 말했어, 옥타비우스." 도자기 고양이는 그렇게 말하더니, 앉아있던 자세에서 벌떡 일어나 도자기로 된 다리를 쭉 뻗으며 도자기로 된 꼬리를 흔들었다.

"너 말할 수 있어?" 태비가 말했다.

"내가 말하는 거 안 보여? 이해가 안 돼?" 고양이가 말했다. "난 이제 네 꺼니까 말할 수 있는 거야. 전에는 말할 수 없었거든. 그건 예의가 아니었지."

태비는 잠옷을 목에 두른 채 입이 딱 벌어져서는 침대 가장자리에 앉았다.

"진정해. 그렇게 바보 같은 눈으로 보지 마." 나무로 만든 높은 벽난로 위 선반을 따라 걸으면서 고양이가 말했다. "누가 보면 나랑 이야기하는 걸 좋아하지 않는다고 생각할 거야."

"아냐, 무지 좋아." 태비가 조금 정신을 차리면서 말했다.

"알았어." 고양이가 말했다.

"저기, 만져봐도 돼?" 태비가 소심하게 물었다.

"물론이지! 난 네 꺼라니까. 자, 조심해!" 도자기 고양이는 몸을 추스르더니 뛰어내렸다. 태비가 고양이를 붙잡았다.

도자기 고양이를 쓰다듬자 비록 살아 있다고는 하지만 여전히 딱딱하고 차가우며 촉감이 반질반질 매끄러웠다. 하지만 그런데도 살과 피를 가진 여느 고양이처럼 지극히 활기차고 정말로 몸을 둥그렇게 말 수 있다는 것을 알고 나니 무척이나 충격적이었다.

"우리 예쁜 흰 고양이. 네가 정말 좋아." 태비가 말했다.

"나도 네가 좋아." 고양이가 골골골거렸다. "그렇지 않았다면 체면을 구겨가면서까지 절대 대화를 시작하지 않았을 거야.”

“네가 진짜 고양이면 좋을 텐데.” 태비가 말했다.

“진짜 고양이라니까.” 고양이가 말했다. “자, 그럼 우리 이제 뭐 하고 놀까? 넌 운동을 별로 좋아하지 않는 거 같은데. 쥐 잡는 거 같은 거 말이야.”

“한 번도 해 본 적이 없어. 하지만 그건 안 하는 게 좋을 거 같아.” 태비가 말했다.

“알았어, 옥타비우스.” 고양이가 말했다. “그러면 흰 고양이의 성으로 데려가 줄게. 침대로 들어가. 침대는 특히 다른 여행객이 없을 때 아주 훌륭한 여행용 마차거든. 자, 눈을 감아.”

태비는 고양이가 말한 대로 했다. 그런데 눈을 감았지만, 계속 감고 있을 수가 없었다. 눈을 아주 가느다랗게 뜬 뒤 벌떡 일어났다. 태비는 이제 침대에 있지 않았다. 부드러운 짐승가죽으로 만든 소파에 앉아있었고, 소파는 눈부시게 화려한 홀에 있었다. 홀의 벽은 황금과 상아로 되어 있었다. 태비 옆에는 더 이상 도자기가 아닌 흰 고양이가 서 있었다. 진짜 살아있는 고양이였고 털도 보통 고양이들과 같았다.

“자, 다 왔어.” 고양이가 말했다. “여행하는데 오래 걸리지 않았지, 그렇지? 이제 동화 속에서 나와서 기가 막히게 훌륭한 저녁을 맛보게 될 거야. 보이지 않는 손이 우리 시중을 들 거야.”

고양이의 발은 이제 하얀 벨벳처럼 보드라웠고, 그 발로 박수를 치자 식탁보가 방으로 둥둥 떠왔다. 이어서 나이프와 포크와 스푼과 유리잔들이 둥둥 떠왔고, 식탁이 놓여지고, 접시가 흘러들어왔다. 그들은 먹기 시작했다. 온통 다 태비가 무척 좋아하는 음식들이었다. 식사 후에는 음악과 노래가 흘러나왔다. 태비는 털로 뒤덮인 보드라운 하얀 이마에 입맞춤을 하고는 모서리에 기둥이 네 개 박힌 황금빛 침대로 자러 갔다. 침대에는 나비 날개 모양의 이불이 덮여 있었다. 태비는 집에서 잠이 깨었다. 벽난로 선반 위에 입가에 버터가 녹지 않은 것처럼 보이는 하얀 고양이가 앉아있었다. 털북숭이 몸뚱이는 목소리와 함께 사라지고 없었다. 고양이는 말이 없었고, 도자기였다.

태비는 고양이에게 말을 걸었다. 하지만 대답이 없었다. 온종일 고양이는 한마디도 안 했다. 잠자리에 드는 밤이 되어서야 고양이는 갑자기 야옹야옹 울더니 기지개를 켜고는 이렇게 말했다.

"서둘러. 오늘 밤 내 성에서 연극 공연이 있단 말이야."

태비는 서둘렀다. 그랬더니 흰 고양이 성에서 또다시 근사한 저녁으로 보답해줬다.

그렇게 몇 주가 흘렀다. 평범한 어린 소년에게 기쁨과 슬픔, 좋은 것과 나쁜 것으로 가득 채워진 나날이었다. 흰 고양이의 마법의 성에서 어린 왕자는 여러 밤을 보냈다.

그러다가 엄마가 다시 태비에게 이야기를 하는 날이 왔다. 몹시 겁에 질린 심각한 얼굴로 태비는 엄마가 한 말을 도자기 고양이에게 전했다.

"이런 일이 일어날 줄 알았어." 고양이가 말했다. "항상 그렇지 뭐. 그래서 다음 주에 이 집을 떠난다고? 음, 그렇다면 이 곤경에서 벗어날 길은 딱 한 가지네. 태비, 검을 빼 들고 내 목과 꼬리를 베."

"그러면 공주로 변하는 거야? 그리고 내가 너와 결혼하면 돼?" 태비가 두려움에 떨며 물었다.

"아니, 아니야." 고양이가 안심시키는 목소리로 말했다. "나는 그 어떤 것으로도 변하지 않아. 하지만 너와 네 엄마는 행복한 사람으로 변할 거야. 다만 나는 더 이상 존재하지 않을 뿐이야. 너를 위해서."

"그렇담 하지 않겠어." 태비가 말했다.

"해야만 해. 자, 동화 속 왕자님처럼 용감하게 검을 빼 들어. 그리고 내 목을 베."

투구와 흉갑과 함께 검이 태비의 침대 위에 매달려 있었다. 제임스 삼촌이 지난 크리스마스 때 선물로 준 것이었다.

"난 동화 속 왕자가 아니야. 난 태비이고, 네가 너무 좋아."

"넌 네 엄마를 더 좋아해." 고양이가 말했다. "얼른 내 목을 베어내. 동화 속 이야기는 항상 그렇게 끝을 맺어. 너는 엄마를 세상에서 제일 좋아해. 엄마를 위해서야."

"알았어." 태비는 신중히 생각한 끝에 시도하려고 했다. "그래, 나는 세상에서 엄마가 제일 좋아. 하지만 너도 좋아. 도저히 네 목을 못 베겠어. 아니, 우리 엄마를 위해서라도 못 베겠어."

"그렇다면 내가 할 수 있는 걸 해야겠네!"

고양이는 일어서더니 흰 도자기 꼬리를 흔들었다. 그리고는 태비가 채 말릴 틈도 없이 이전처럼 태비의 품 안으로가 아니라 널따란 벽난로 밑에 깔린 바닥돌로 뛰어내렸다.

모든 게 끝났다. 도자기 고양이는 높게 둘러쳐진 놋쇠로 만든 난로망 안에서 깨졌다. 쿵 하고 떨어지는 소리에 엄마가 헐레벌떡 뛰어나왔다.

"무슨 일이야?" 엄마가 외쳤다. "아, 태비. 아, 도자기 고양이!"

"고양이가 그랬어요." 태비가 흐느껴 울며 말했다. "고양이가 저보고 목을 베어달라 했는데, 전 그럴 수가 없었어요."

"말도 안 되는 소리 하지 마, 아가야." 엄마가 슬픈 목소리로 말했다. "그건 사태만 더 악화시킬 뿐이야. 얼른 깨진 조각들을 줍자."

"겨우 두 조각이에요." 태비가 말했다. "다시 붙여줄 수 없어요?"

촛불 가까이에서 깨진 조각들을 쥐고는 엄마가 말했다. "이런! 전부터 깨져있었던 걸 수리한 거였네."

여전히 흐느끼면서 "저도 알아요"라고 태비가 말했다. "아, 불쌍한 흰 고양이, 아, 아, 아!" 마지막에 한 "아!"는 괴로워서 울부짖는 것이었다.

"얘야, 운다고 고양이를 고칠 순 없어." 엄마가 말했다. "저기 봐, 저기 삽 가까이에 조각이 또 있잖아."

태비가 몸을 굽혔다.

"이건 그 고양이한테서 나온 조각이 아니에요." 태비가 말하면서 그 조각을 들어 올렸다.

열쇠에 얇은 양피지 종이가 묶여있었다. 엄마가 그 종이를 쥐더니 촛불 옆으로 가서 읽었다. "흰 응접실 안, 벽난로 선반에 붙은 판, 매듭 뒤, 자물쇠의 열쇠."

"태비! 이게 뭐지! 근데…… 어디서 나온 걸까?"

"우리 흰 고양이한테서 나온 거 같아요." 태비가 울음을 그치면서 말했다. "엄마, 벽난로 선반에 붙은 판에 뭐가 있는지 볼까요? 아, 제발 저도 가서 보게 해주세요!"

"안 돼." 엄마는 이렇게 시작하더니 다음과 같이 끝을 맺었다. "잠옷을 입으면 몰라도."

그림들과 박제된 새들과 도자기들이 놓인 탁자들이 있는 복도를 지나 아래층으로 내려가 흰 응접실로 갔다. 하지만 벽난로 선반에 붙은 판에서는 어떤 매듭도 볼 수 없었다. 온통 다 하얗게 칠해졌기 때문이었다. 하지만 엄마는 손가락으로 벽 곳곳을 부드럽게 만지면서 둥그렇게 튀어나온 지점을 발견했다. 매듭이 확실했다. 그런 다음 매듭을 풀 때까지 가위로 그 주변을 찢었다. 그리고는 가위 끝으로 매듭이 쏙 빠져나오도록 했다.

"진짜로 열쇠구멍이 있을 거 같지는 않아." 엄마가 말했다. 그런데 진짜로 있었다. 게다가 열쇠도 딱 맞았다. 선반에 붙은 판이 확 열어젖혀졌다. 안에 선반 두 개가 달려있는 작은 찬장이 있었다. 선반 위에 무엇이 있었을까? 낡은 레이스들과 자수품들, 오래된 보석과 은 제품들이 있었다. 또 돈도 있었고, 태비가 가장 흥미 없어 하는 먼지투성이의 낡은 서류들도 있었다. 하지만 엄마는 그 서류에 흥미를 보였다. 엄마는 활짝 웃다가 눈물을 흘리다가 이내 거의 울음 섞인 목소리로 말했다.

"아, 태비야. 도자기 고양이를 왜 그토록 잘 돌보라고 했는지 이유가 여기 있어!" 그러더니 이야기를 들려줬다. "150년 전에 집안의 가장이 반란군에 맞서 싸우러 나가면서 딸에게 도자기 고양이를 아낌없이 잘 돌보라고 말했어. "그 이유를 쓴 편지를 보내마"라고 아버지는 말했지. 아버지와 딸은 첩자가 엿들을 수도 있는 열린 광장에서 헤어졌기 때문이야. 그런데 아버지는 집에서 20킬로미터도 채 못 가서 매복한 사람들에게 습격당해 돌아가셨단다. 딸은 그 사실을 전혀 몰랐어. 하지만 딸은 고양이를 지켰어. 이제 저 고양이가 우리를 구해줬구나." 엄마가 말했다.

"이 유서 깊은 소중한 집에 머무를 수도 있는 데다, 이 집 외에 다른 집 두 채를 더 갖게 됐어. 태비야, 파운드케이크하고 생강차 좀 줄까?"

태비는 좋다고 했고, 다 먹어치웠다.

도자기 고양이는 수리되었다. 하지만 이제는 응접실에 있는 앞면이 유리로 된 찬장 선반에 놓여졌다. 집을 구해줬기 때문이다.

여러분은 이 모든 이야기가 하도 터무니없어서 꾸며낸 이야기라고 생각할지도 모르겠다. 천만의 말씀이다. 만약 그렇다면 바로 그 이튿날 밤에 베개를 베고 깊이 잠들어 있는 태비가—매일 저녁마다 털북숭이 친구로 변한 도자기 고양이인—흰 고양이와 함께 흰 고양이의 동화 같은 성에서 그토록 즐겁게 지낸 것에 대해서는 뭐라고 설명할 것인가?

엄마는 추호도 의심하지 않았고, 태비는 이제 도자기 고양이를 유리장 안에 보관하는 것에 대해 하나도 개의치 않았다. 여러분은 어쩌면 우연히 흰 떠돌이 고양이가 들어왔을 뿐이라고 생각할지도 모르겠다. 태비는 그렇게 어리석지 않다. 도자기 고양이는 골골골거리는 면에서 볼 때도 마법의 흰 고양이가 냈던 것과 똑같은 부드러운 음조였다. 도자기 고양이는 태비에게 말을 걸지 않는다. 그건 사실이다. 하지만 태비는 고양이에게 말을 할 수도 있고, 또 말을 걸기도 한다. 그 고양이가 흰 고양이라는 것을 완벽하게 확신하는 이유는 도자기 고양이의 두 귀와 똑같이 그 고양이의 두 귀 끝부분이 없어졌기 때문이다. 싸우다가 귀 끝부분을 잃었을 수도 있다고 말한다면, 여러분은 어떤 일이든 이의를 제기하는 부류의 사람이며, 태비에게 일어났던 눈부신 마법과 같은 일이 절대 여러분에게는 일어나지 않을 거라고 확신한다.

에디스 네스빗Edith Nesbit

영국의 시인이자 아동 문학가. 60권 이상의 아동문학을 저술했다. 어린이들의 일상과 상상의 세계를 생동감 있게 묘사했으며, 『모래요정과 다섯 아이들』로 영국 최고의 '판타지동화 작가'로 인정받았다. 또한 정치 운동가이기도 해서 후에 노동당에 가입한 사회주의 조직인 '페이비언 협회'를 공동 설립했다.

에밀 졸라 고양이의 천국

숙모가 내게 앙고라 고양이 한 마리를 유산으로 남겼다. 내가 아는 동물 중 가장 멍청한 녀석이었다. 이것은 어느 겨울밤, 타다 남은 불씨 앞에서 나의 고양이가 내게 들려준 이야기다.

1

나는 당시 두 살로, 사람들이 그때까지 볼 수 있었던 그 어떤 고양이보다도 순진하고 뚱뚱한 고양이였어. 그 어린 나이에도 난롯가 앞에만 내내 붙어 있는다고 조롱받는 동물의 온갖 뻔뻔스러운 모습을 보여줬지. 그렇긴 했지만 네 숙모와 함께 있게 해주었던 하느님의 뜻이 얼마나 감사했는지 몰라! 그 훌륭하신 여인은 나를 숭배했어. 찬장 밑에 내 전용 침대를 마련해주었고, 푹신한 깃털 방석과 도톰한 양탄자도 있었어. 음식은 침대만큼이나 좋았지. 빵과 수프 같은 것은 없었어. 오로지 고기, 그것도 약간 설익힌 고기만 주셨어.

이 모든 안락한 생활에도 불구하고 내게는 단 하나의 바람, 단 하나의 꿈이 있었어. 반쯤 열린 창문으로 미끄러지듯 빠져나가 지붕으로 도망치는 것이었어. 나를 예쁘다고 쓰다듬어주는 생활도 따분했고, 폭신한 침대도 질리기만 했어. 너무 뚱뚱한 나머지 구역질이 나올 것 같았고, 아침부터 저녁까지 행복하다는 것에 대해 권태감이 밀려들었지.

먼저, 목을 쭉 빼고 창문 건너편의 지붕을 내다보았다는 말부터 해야겠구나. 그날은 네 마리 고양이가 싸우고 있었어. 털과 꼬리가 공중에 바짝 곤두선 채 환희에 찬 욕설을 내뱉으며 햇볕이 흠뻑 내리쬐는 푸른색 슬레이트 지붕에서 데굴데굴 구르고 있었어. 나는 그토록 놀라운 광경을 본 적이 없었어. 그때부터 신념이 확고해졌지. 진정한 행복은 저 지붕 위에 있는 거라고, 사람들이 아주 세심하게 꼭꼭 걸어 잠그는 창문 앞에 있는 저 지붕 위에 있는 거라고. 나는 그에 대한 증거를 고기를 숨겨놓는 찬장의 문을 꼭꼭 닫아버리는 것에서 찾았어.

나는 달아나기로 마음먹었어. 삶에는 설익힌 고기보다 더한 다른 것이 있다는 확신이 들었지. 저 지붕에 미지의 이상이라는 것이 있었어. 그런데 어느 날 식구들이 부엌의 창문을 닫는 것을 잊어버린 거야. 나는 창문 아래에 있는 작은 지붕으로 뛰어내렸어.

II

기가 막히게 아름다웠어! 지붕은 감미로운 향기를 내뿜는 넓은 홈통으로 둘러져 있었어. 나는 황홀한 기쁨에 사로잡혀 홈통을 따라 걸었어. 아주 기분 좋게 따뜻하고 보드라운 진창 속으로 발이 푹푹 빠지는데 꼭 벨벳 위에서 걷고 있는 것 같더라니까. 태양이 아낌없이 내리쬐면서 내 지방을 녹였고 온몸 구석구석이 파르르 떨렸어. 하지만 기쁨은 공포와 뒤섞여 있었어. 특히 거리로 거의 굴러떨어질 뻔한 끔찍한 충격을 경험했던 것이 기억나네. 고양이 세 마리가 지붕 꼭대기에서 몹시 험악하게 야옹야옹거리며 나를 에워쌀 때는 까무러칠 지경이었어. 고양이들은 재미로 야옹거리는 거라면서 나보고 얼간이라고 했어. 나는 그 고양이들과 함께 야옹야옹거리기 시작했어. 얼마나 재미있었는지 몰라. 그 유쾌한 친구들 중에 나처럼 뚱뚱한 고양이는 없었어. 뜨거운 태양으로 달궈진 양철판 위에서 미끄러지자 그들은 나를 보며 킥킥 웃어댔어. 그런데 그 무리 중 하나인 늙은 수고양이가 내게 각별한 우정을 보여줬어. 그는 내게 세상 물정을 가르쳐주겠노라고 제안했고, 나는 기쁘게 받아들였지. 아! 숙모가 주는 고양이용 고기는 생각도 나지 않았어. 홈통에 고여 있는 물을 마시자 그 어떤 달달한 우유보다도 더 달콤했지. 모든 것이 기막히게 멋지고 아름답게만 보였어. 이때 암고양이가 한 마리 지나갔어. 아주 매력적인 암고양이로, 그녀를 보는 것만으로도 나는 이전에 경험해보지 못했던 느낌을 가졌더랬어. 지금까지는 꿈속에서나 이토록 척추가 유연한 절세미인을 보았었거든. 나와 세 친구는 신출내기를 맞이하려고 앞다퉈 달려갔어. 맨 앞에 서서 그 매력덩어리에게 막 인사를 건네려고 할 때, 동무 중 하나가 잔인하게 내 목을 물었어. 나는 아파서 꽥 비명을 질렀어.

나를 끌고 가면서 늙은 수고양이가 말했어. "흠! 이거보다 더 낯선 모험을 하게 될 거야."

III

한 시간 정도를 걷자 굶주린 늑대처럼 허기져왔어.

"이 지붕 위에선 뭘 먹는 거예요?" 친구인 수고양이에게 물었어.

"찾아내는 거라면 뭐든." 수고양이가 재빨리 대답했어.

이 대답에 나는 적잖이 당황스러웠어. 주의 깊게 이곳저곳을 살펴봤지만 아무것도 찾지 못했기 때문이야. 마침내 나는 다락방에서 점심을 차리고 있는 한 젊은 여공을 보았어. 붉은 육즙이 줄줄 흐르는 먹음직스러운 갈빗살이 창문 밑 식탁 위에 놓여 있더군.

'저게 바로 내가 원하는 거야.' 참말로 순진한 생각이 들었지.

나는 식탁 위로 뛰어들어 갈빗살을 낚아챘어. 그러자 여공이 나를 보더니 빗자루를 집어 들어 철썩철썩 소리가 나도록 내 등을 후려치는 거야. 나는 무시무시하게 욕설을 퍼부으며 도망쳤어.

"마을에 갓 나온 것을 먹고 싶어?" 수고양이가 말했어. "저기 식탁 위에 있는 고기는 멀리서 침을 꿀꺽 삼키라고 있는 거야. 우린 시궁창에서 먹을 걸 찾아야 해."

나는 부엌에 있는 고기가 고양이의 것이 아니라는 사실을 도무지 이해할 수 없었어. 배가 꼬르륵 소리를 내며 요동을 치기 시작했지. 밤까지 기다려야 한다는 수고양이의 말에 완전히 자포자기한 심정이었어. 게다가 거리로 내려가 쓰레기 더미를 뒤져야 한다니. 그것도 밤까지 기다려서 말이야! 수고양이는 그 말을 완고한 철학자처럼 조용히 말했어. 허기진 상태가 계속된다는 생각을 하는 것만으로도 나는 기절할 지경이었어.

IV

밤은 더디게 왔어. 안개까지 끼자 뼛속까지 시렸어. 가늘게 비가 내리기 시작하더니, 빗속을 뚫고 갑작스럽게 돌풍이 불어왔어. 우리는 유리로 탁 트여있는 계단으로 내려갔어. 거리는 얼마나 추악해 보이던지! 지붕은 더 이상 아름다운 태양이 내리쬐어 온통 하얗게 빛나는, 그토록 기분 좋게 데굴데굴 굴러다니던 온기 가득한 곳이 아니었어. 미끌미끌한 자갈 때문에 발이 자꾸만 미끄러졌어. 서럽게도 도톰한 담요와 깃털이 든 방석이 생각나지 뭐야. 그런데 거리에 나서자마자 수고양이가 온몸을 바들바들 떨기 시작했어. 그는 최대한 몸을 작게 말고 집 주변을 따라 몰래 달려가면서 나더러 가능한 한 재빨리 따라오라고 했어. 그러고는 거리에서 첫 번째로 보이는 대문으로 황급히 들어가더니 피난처를 찾았다는 안도감에 골골골 소리를 냈어. 왜 도망친 거냐고 물었더니 이렇게 대답하더라고.

"손에 막대기를 들고 등에는 바구니를 진 남자 봤어? 막대기 끝에 쇠 갈고리가 달려있었잖아."

"네."

"만약 그 남자가 우릴 보면 우리 머리를 때려서 기절시키고는 불에 구워 먹을 거야."

"불에 구워 먹는다고요?" 내가 비명을 질렀어. "그럼 이 거리가 우리의 것이 아니에요? 먹을 수는 없지만 먹힐 수는 있군요."

V

거리의 문 앞에 나와 있는 음식물 쓰레기통들은 텅 비어 있었어. 나는 절망적으로 쓰레기 더미를 뒤졌지. 타다 남은 잿더미 속에 놓여 있던 말라비틀어진 뼛조각을 간신히 두세 개 찾아냈어. 그때 나는 그동안 얼마나 맛있는 음식을 먹었는지를 깨달았어. 내 친구 수고양이는 쓰레기 더미 사이에서 예술가처럼 긁어 파고 있더군. 그는 조금도 서두르는 기색을 내비치지 않으면서 내게 아침까지 온갖 쓰레기 더미를 뒤지고 다니도록 했어. 나는 빗속에서 바깥에 열 시간 이상 있었기 때문에 사지가 덜덜 떨렸어. 망할 놈의 거리, 망할 놈의 자유, 나의 감옥이 얼마나 아쉽던지!

날이 밝자 비틀거리는 내 모습을 본 수고양이가 묘한 표정을 지으며 묻더군.

"바깥세상의 삶을 충분히 경험했지?"

"네, 그럼요!" 내가 대답했어.

"집에 가고 싶어?"

"네, 가고 싶어 죽겠어요! 근데 어떻게 집을 찾죠?"

"따라와. 오늘 아침 네가 집에서 나오는 모습을 봤을 때, 너같이 뚱뚱한 고양이는 쓰디쓴 자유의 기쁨을 누릴 수 없다는 것을 알았어. 네가 사는 곳을 알고 있으니 문 앞까지 데려다줄게."

의연한 수고양이는 단지 이 말만 했어. 집에 도착하자 그는 내게 최소한의 감정도 드러내지 않으면서 "잘 가!"라고 말했어.

"안돼요." 내가 외쳤어. "이렇게 헤어질 순 없어요. 저와 같이 가요. 제 침대를 같이 쓰고 음식도 나눠 먹어요. 제 여주인은 아주 좋은 분이라서—"

그는 내 말을 가로막았어.

"닥쳐." 수고양이가 거칠게 말했어. "넌 얼간이야. 저 안에서 푹신한 방석에 눕고 기름진 음식들을 먹으면 난 죽고 말 거야. 그런 풍족한 삶은 불쌍한 놈들한테나 맞는 거야. 자유로운 고양이는 감옥을 대가로 깃털로 만든 방석이나 고양이용 고기를 절대 맞바꾸지 않아. 잘 있어."

수고양이는 다시 지붕 위로 돌아갔어. 떠오르는 태양이 따사롭게 어루만지자 바짝 마른 기다란 몸이 즐겁게 떨리는 모습이 보이더군.

집에 들어오니까 숙모가 회초리를 들더니 나를 때렸어. 나는 그것을 더없이 기쁘게 받아들였지. 나는 때리는 것도, 온기가 있는 것도, 전부 충분히 즐겁게 맛보았어. 회초리로 맞는 동안, 이후에 숙모가 줄 고기를 생각하니 황홀하기만 했거든.

V

이제 꺼져가는 불씨 앞에서 몸을 쭉 뻗고 누워있는 내 고양이가 한 이야기를 마치겠다. 고양이의 관점에서 말하자면, "사랑하는 주인님, 주인님도 알다시피 진정한 행복이나 천국이란, 고기가 있는 집에서 입 닥치고 매를 맞는 것입니다."

에밀 졸라Emile Zola

위고, 발자크, 스탕달, 플로베르 등과 함께 19세기 프랑스 소설 시대를 연 대표적인 소설가 중 한 사람. 『목로주점』, 『제르미날』, 『대지』 등 다수의 걸작을 썼다. 개인보다는 집단, 특히 하층 대중을 묘사하는 데 뛰어났으며 인간의 추악과 비참성을 적나라하게 파헤치는 게 인간생활의 개선과 진보에 도움이 된다고 생각하였다. 잘 알려진 애묘가이다.

•마크 트웨인의 『딕 베이커의 고양이』와 프레더릭 스튜어트 그린의 『대나무숲 고양이』에 나오는 전라도 사투리는 「전남타임스」의 김양순 기자님이 도움을 주셨습니다.

•이 도서의 국립중앙도서관 출판예정도서목록(CIP)은 서지정보유통지원시스템 홈페이지(http://seoji.nl.go.kr)와 국가자료공동목록시스템(http://www.nl.go.kr/kolisnet)에서 이용하실 수 있습니다.(CIP제어번호: CIP2017029863)

고양이를 읽는 시간

처음 만나는 고양이 세계문학 단편

사키, 마크 트웨인 외
지은현 옮김

초판 1쇄 발행 _ 2017년 12월 8일
펴낸이 강경미 | **펴낸곳** 꾸리에북스 | **디자인** 앨리스
출판등록 2008년 8월 1일 제313-2008-000125호
주소 121-840 서울 마포구 합정동 성지길 36, 3층
전화 02-336-5032 | **팩스** 02-336-5034
전자우편 courrierbook@naver.com

ISBN 9788994682297 03800